KNAU[...]
SCIENCE FIC[...]

Herau[...]
Werner[...]

Auf dem Thron der Menschen sitzt der falsche König: Jodos. Seit er durch böse Magie an die Macht kam, herrschen Verwirrung und Chaos in den Königreichen. Die Stadtstaaten im Norden haben sich aus der Allianz gelöst und trachten nach Unabhängigkeit, Fürsten und Feldherren haben nicht mehr das Wohl der Königreiche im Sinn, sondern nur noch den eigenen Vorteil, und ganze Völker ziehen schließlich wegen ein paar Meilen Land gegeneinander in den Krieg. Während die Menschen sich Tag für Tag vernichten, während Zwietracht und Verrat regieren, sammeln sich die Kreaturen des Schattenreichs zum entscheidenden Schlag. Nur der wahre König könnte die Königreiche der Menschen retten vor den Ghulen, den Trollen und den Wesen der Nacht. Doch König Chondos war selbst ein Gefangener im Schattenreich, und er hat noch einen langen Weg zur Grenze vor sich ...

Paul Edwin Zimmer ist der jüngere Bruder von Marion Zimmer Bradley. Er wurde dem SF/Fantasy-Leser durch die Zusammenarbeit mit seiner Schwester bei den Romanen »Die Jäger des Roten Mondes« und »Die Flüchtlinge des Roten Mondes« bekannt. Nach einer großen Zahl von Kurzgeschichten und Erzählungen, die er in den siebziger Jahren verfaßte, begann er Anfang der achtziger Jahre sein Fantasy-Epos »Das Schattenreich«, das bislang sein Hauptwerk darstellt und von namhaften Kollegen und Kritikern begeistert aufgenommen wurde.

Als erster Band der Serie »Das Schattenreich« erschien in der Knaur-Taschenbuchreihe *Science Fiction/Fantasy*:

»Der verschwundene Prinz« (Band 5822)

Deutsche Erstausgabe

Titel der Originalausgabe »The Dark Border, Vol. 2: King Chondos' Ride«

Umschlaggestaltung Franz Wöllzenmüller
Umschlagillustration Corey Wolfe
Satz Auer, Donauwörth
Druck und Bindung Elsnerdruck, Berlin
Printed in Germany 5 4 3 2
ISBN 3-426-05823-5

Paul Edwin Zimmer

König Chondos' Ritt

Das Schattenreich II

Fantasy-Roman

Deutsche Erstausgabe

Aus dem Amerikanischen von Theo Kierdorf

Knaur

ISBN 3-426-05823-5 1480

Für meine Tochter
FIONA LYNN ZIMMER
die fast genauso alt ist
wie dieses Buch

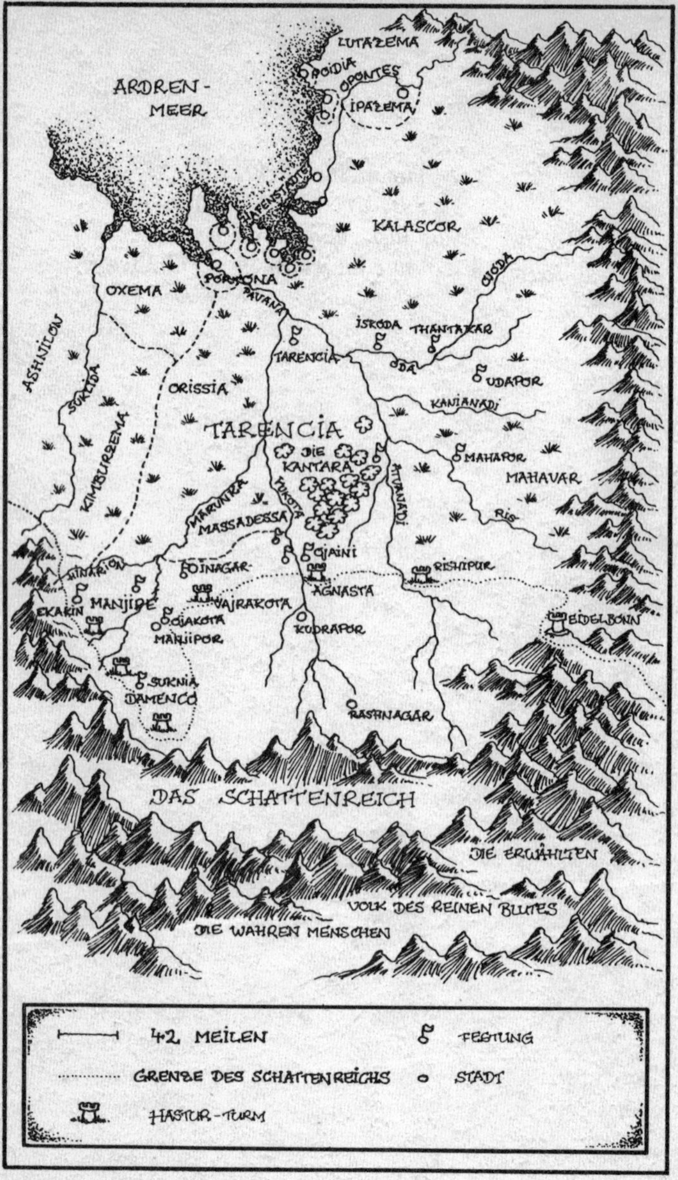
ARDREN-
MEER
LUTAZEMA
POIDIA
OPONTES
IPAZEMA
HAFENSTADTE
KALASCOR
PORTONA
PAVANA
OXEMA
ASHNILON
SUKLIDA
ORISSIA
KIMBURZEMA
TARENCIA
ISKODA
THANTAKAR
ODA
UDAPOR
KANIANADI
TARENCIA
DIE
KANTARA
MAHAPOR
MAHAVAR
MARUNKA
MASSADESSA
YUKOTA
RIS
OJAINI
RISHIPUR
MINARION
INAGAR
AGNASTA
EKARIN
MANJIPE
VAJRAKOTA
OJAKOTA
MANIIPOR
KUDRAPOR
EIDELBONN
SUKNIA
DAMENCO
RASHNAGAR
DAS SCHATTENREICH
DIE ERWÄHLTEN
VOLK DES REINEN BLUTES
DIE WAHREN MENSCHEN
42 MEILEN
FESTUNG
GRENZE DES SCHATTENREICHS
STADT
HASTUR-TURM

Was bisher geschah

Vor zehntausend Jahren trieb Hastur die Dunklen Wesen aus der Welt und bevölkerte sie mit Menschen aus einem anderen Universum neu. Tausend Jahre später wurden durch menschliche Gier versehentlich die Barrieren geöffnet, die Hastur zwischen den Welten errichtet hatte, und wieder einmal schritten die Acht Dunklen Lords durch die Welt und verschlangen im Vorübergehen ganze Nationen.

Den Kindern Hasturs gelang es, die Acht Dunklen an ihren Wohnort zurückzutreiben, doch die niederen Dunklen Wesen blieben zurück und legten einen schwarzen Zauber über die Bergketten, die am westlichen Rand des Hauptkontinents von Norden nach Süden verliefen. Dieser Zauber verbarg die Berge vor dem Licht der Zwillingssonnen.

Das Schattenreich wuchs im Lauf der Jahre allmählich an. Vor tausend Jahren senkte es sich über das Takkarische Reich, und der letzte der stolzen Takkarer floh aus seiner Heimat in den Bergen in die winzige nördliche Provinz, die als einziger Teil seines Landes übriggeblieben war.

Im Lauf der Jahrhunderte zerbrachen Fehden zwischen einzelnen Zweigen des alten Königshauses das Königreich in drei winzige, einander bekämpfende Fürstentümer, die noch kleiner wurden, als der Schatten von den Bergen her immer näher rückte.

Die Schwachen und die Feiglinge flohen. Diejenigen, die zurückblieben und nicht nur den wilden Nachtgängern, sondern auch der schwarzen Magie trotzten, welche die Ernte vernichtete und die Kinder im Mutterschoß tötete, wurden zum Volk der Grenzländer, die um jedes Stückchen Boden kämpften.

Der härteste Kampf um das ärmste Land wurde im westlichsten der Fürstentümer, in Manjipé ausgetragen – jenem Land, das die alte Stadt Manjipor umgab, die angeblich von den ersten Takkarern erbaut worden war, die Hastur selbst in die Welt gebracht hatte. Immer wieder überdeckte der Schatten diese Stadt; und immer wieder trieben die Manjipéaner ihn zurück.

Fern im Osten beherrschten die Prinzen der reichen Stadt Mahapor, die dem stolzen Geschlecht der Mondavaner entstammten, ein Gebiet, das sich nach Norden erstreckte und weit genug von der Grenze entfernt war, um ihrem Volk fruchtbares Land für Viehzucht und Ackerbau zu bieten. Diese Gebiete konnten die Dunklen Wesen nicht vernichten, und so wurde Mahavara zum stärksten aller Fürstentümer an der Grenze.

Zwischen Manjipé und Mahavara lag, umgrenzt von Flüssen, der letzte Rest des Waldes der Kantara, der einst das ganze Land bedeckt hatte.

Vor vierhundert Jahren hatte Rojer von Aqilla, ein Bandit aus Devonia oder Alferrida, am Zusammenfluß der drei Flüsse nördlich der Kantara eine Räuberfestung erbaut und war durch Zölle, die er dem Flußhandel abverlangte, reich und mächtig geworden. Um sein Schloß herum entstand die Stadt Tarencia. Als der Kantara-Zweig des alten Königsgeschlechts vom Aussterben bedroht war, heiratete ein Lord aus Tarencia die letzte Prinzessin jenes Hauses, und die Emporkömmlinge der Aqillas herrschten als Prinzen von Tarencia über die Kantara. Nördlich des Grenzlandes hatten die reichen Hafenstädte am Meer von Ardren schon lange den Ruhm des takkarischen Imperiums vergessen und empfanden nur Verachtung für die lumpigen Grenzländer.

Etwa ein Jahrhundert vor der Zeit der Handlung heiratete ein seynyorischer Kaufmann, Riccarho DiVega, der der berühmten DiVega-Familie entstammte, eine Prinzessin der Aqillas, und Krieg und Schicksal machten ihn zum Erben. Er wurde zur Kriegszeit gekrönt, unterwarf die stolzen Mondavaner und eroberte Mahapor. Anschließend machte er sich daran, die vielen zerstrittenen Fürstentümer und Stadtstaaten zu einem Königreich zu vereinen. Sein Sohn Olansos führte diese Arbeit fort, indem er die reichen Stadtstaaten an der Meeresküste und die fruchtbaren Ländereien im Norden der Grenzlandstaaten eroberte. In vorgerückten Jahren heiratete er Tarani, die Prinzessin des aussterbenden Geschlechts von Manjipor.

Mit immensen Summen Geldes, die er durch Steuern von den Hafenstädten eintrieb, heuerte Olansos eine große Zahl seynyorische Söldner an und verschaffte den Grenzländern Nahrung, Brennstoff und Waffen, um die weitere Ausbreitung des Schattenreiches einzudämmen. Taranis Vetter Jagat führte eine Armee über die Grenze, und entriß mit Feuer und Stahl und mit der magischen Hilfe der Kinder Hasturs dem Schatten sein Reich, Damenco, ein Land, das angefüllt war mit jenem giftigen dämonenverseuchten Staub, auf dem so lange nichts wachsen konnte, bis man das Erdreich bis auf das Grundgestein abgetragen und in mühsamer Arbeit neuen Boden aufgeschüttet hatte.

Die Königin Tarani schenkte Olansos zwei Söhne – Zwillinge –, aber einer von ihnen, Jodos, verschwand bald nach seiner Geburt. Er wurde von einem abtrünnigen Zauberer in das Schattenreich entführt. Zwanzig Jahre später ließ der sterbende König Olansos seinen berühmten Vetter Istvan DiVega, den berühmtesten Schwertkämpfer der Welt, zu sich rufen und ihn schwören, Chondos, den verbliebenen Zwillingssohn zu unterstützen, denn die eroberten Länder rebellierten gegen die Krone. Das Gold der Handelsstädte förderte in großem Maß den Verrat, und der alte Prinz Hansio von Mahapor, der »alte Fuchs«, wartete nur auf den geeigneten Augenblick zur offenen Rebellion. Unglücklicherweise machte sich Prinz Chondos mit seiner taktlosen Art zu reden viele Feinde, so daß Jagats Sohn Pirthio fast sein einziger Freund war.

Istvan war erfreut, als er hörte, daß Martos, ein Schüler eines alten Freundes, die Söldnertruppe Jagats anführte. Und Jagats Nichte und Adoptivtochter Kumari trug sogar ein Kind von Martos, der sie inständig gebeten hatte, mit ihm fortzugehen. Aber Kumari war unentschlossen, denn durch die Jahrhunderte war es für Grenzländer zu einer Frage des Stolzes geworden, sich den Gefahren ihres Landes nicht durch Flucht zu entziehen.

Der Tod König Olansos' setzte viele Kräfte in Bewegung. Ein gewaltiger Angriff auf die Hastur-Türme, welche die Grenze bewachten, führte Hasturs und Menschen mit Notfeuer und Schwert in den Kampf gegen die Dunklen Wesen. Währenddessen benutzten die Dunklen den Aufruhr des magischen Krieges, um Jodos, den verschwundenen Prinzen, unbemerkt über die Grenze zu senden. Und die Verschwörer in den Hafenstädten nutzten ebenfalls die Verwirrung, die während der Krönung entstand, um ihre Pläne voranzutreiben. Istvan DiVega tötete mit einer Hand zwanzig Mörder, die ausgesandt waren, ihn umzubringen, und Martos erledigte ebensoviele, um Prinz Jagat zu schützen.

Während der Krönung versah der Hastur, der Chondos krönte, diesen auch mit einem Geistschutz gegen die Dunklen Wesen. Aber Prinz Jodos drang in der gleichen Nacht insgeheim in den Palast ein, und es gelang ihm, Chondos in eine tiefe Trance zu versetzen, bevor ihn sein Geistschild schützen konnte. So konnte Jodos sich einen genügend großen Teil der Erinnerungen seines Bruders aneignen, so daß er dessen Rolle als König spielen konnte, während ein geflügelter Dämon Chondos in die Gefangenschaft des Schattens beförderte.

In der Trunkenheit der Krönungsfeier versuchte eine Gruppe junger Grenzländer, zu denen auch Jagats Sohn Pirthio gehörte, die Kaufleute durch einen Scheinangriff zu erschrecken. Im Verlauf dieses Unternehmens wurden sowohl Pirthio als auch der junge Prinz von Mahapor durch seynyorische Söldner getötet, die Wache hielten.

Die wohlüberlegte, beleidigende Kondolenzbotschaft, die Jodos dem betrübten Lord Jagat überbringen ließ, genügte dem alten

Lord, um ihn als Rebellen nach Damenco zurückkehren zu lassen.

Während sich die Grenzländer und die Hafenstädte auf einen Krieg vorbereiteten und Istvan DiVega die Söldnertruppen zu sammeln begann, griffen die Dunklen Wesen einen entfernten Teil der Grenze an, um die Kinder Hasturs davon abzuhalten, die Situation in Tarencia genauer zu untersuchen. Währenddessen begann Jodos, den Geist aller Höflinge zu infiltrieren und in seine Gewalt zu bringen – mit Ausnahme von DiVegas Geist, der durch den Zauber seines Hasturschwertes geschützt wurde.

Chondos, der tief im Schatten in der Ruinenstadt Rashnagar gefangengehalten wurde, weigerte sich, den Dunklen zu dienen und plante seine Flucht. Martos und Kumari stritten sich, als sie sich weigerte, mit ihm fortzugehen, denn ihr Kind war nach Pirthios Tod Jagats einziger Erbe. Martos ritt nach Süden, um an der Belagerung der Stadt Manjipor teilzunehmen, zu deren Entlastung Jodos eine Armee unter Istvans und Prinz Phillipos' Kommando entsandte. Für Jodos war damit die Hoffnung verbunden, daß auf diese Weise alle Grenzländer vernichtet werden könnten und dadurch das Königreich für einen Einfall aus dem Schattenreich anfällig wurde.

Istvan hörte ein Gerücht, daß Martos in Manjipor gefallen sei, und ihm wurde klar, daß dieser junge Mann, der Erbe der Schwertkünste der ›Schule der drei Schwerter‹ (deren berühmtester Meister er selbst war), für ihn wie ein Sohn hätte sein sollen.

Istvan machte seine Armee bereit, zur Entlastung von Manjipor loszumarschieren. Ein Edler der Kantara, Ballo von Kotulmer, beanspruchte das Recht seines Klans, die Vorhut der Kantara in den Krieg zu führen, und um nicht zu riskieren, seine einzigen Verbündeten unter den Grenzländern zu verärgern, gestattete Istvan ihm, an der Spitze der Vorhut zu marschieren, obgleich man ihn gewarnt hatte, daß Kotulmer stolz und starrköpfig sei.

Mit behelfsmäßigen Waffen ausgestattet, floh Chondos aus

den Ruinen von Rashnagar und durch die öden, dämonenverseuchten Berge des Schattenreichs und nahm Zuflucht in zerstörten Hasturtürmen. Unterdessen ritt Martos mit einer kleinen Streitmacht los, um Istvans Armee aufzuhalten und sie aufzureiben . . .

1

Chondos folgte dem Lauf des Wassers den Berg hinab. Jeder Tag erschien ihm dunkler als der vorangegangene. Jenseits des Schattenreichs hatten sich die Wolkenmassen, die vom Meer von Ardren im Norden heranstürmten, an der Grenze aufgetürmt, und die Bewohner der Dunkelheit hatten die Gelegenheit ergriffen, um die Nebel mit ihrem Netz von Zaubern zu durchweben, das die Berge vom Licht der Zwillingssonnen abschirmte.
Zweimal mußte er sich hinter Felsblöcken verstecken, weil Nachtwesen umherschlichen: einmal war es ein Troll und einmal eine Horde von gigantischen Ghulen, die doppelt so groß waren wie Menschen. Aber keines dieser Wesen hatte ihn gewittert. Er mußte durch fauliges, hüfthohes Wasser waten, wobei er seinen Speer fest in der Hand hielt, aus dessen blauer Spitze Notfeuer aufloderte. Aber die Wesen, die sich im Wasser unter dem Schatten versteckt hielten, spürten ihn nicht auf, und so konnte er die Fluten lebendig, wenn auch stark verschmutzt durchqueren.
Mehrmals erblickte er hinter sich ein winziges braunes Wesen. Er hätte gerne geglaubt, daß es mehr als eines dieser Wesen gäbe und er sie nur zufällig immer wieder sah. Als er sich jedoch an die schrille, piepsende Stimme erinnerte, die in einer Nacht seinen Namen gerufen hatte, schwand diese Hoffnung dahin. Die Kreatur war zweifellos ein Spion des Meisters.
Als die schwarzen Streifen des Sonnenuntergangs den Himmel überzogen, sprang plötzlich etwas Großes und Haariges mit menschenähnlichen Beinen hinter einem Felsen hervor.

Er tötete es mit seinem Speer und war froh, daß er es nicht klar erkennen konnte. Anschließend rannte er wie ein Kaninchen auf den schwachen Schimmer des Notfeuers weit unten im Tal zu.

Dies war der dritte der zerstörten Hasturtürme, die er während seiner Flucht aus Rashnagar fand. Ein riesiger Baum mit einem alten, knorrigen Stamm erhob sich mit dicken und wunderschönen Blättern vor ihm, umringt von glühendem Gestein. Innerhalb der Mauern lag eine dicke Schicht toter Blätter und abgefallener Äste im hohen, frischen Gras. Chondos sammelte einen Haufen davon, um auf einem flachen Teil der Mauer ein Feuer zu entzünden, starrte dann in die farbigen Flammen und versuchte, das Grau der Erde und des Himmels zu vergessen.

Später in der Nacht wurde er durch Schreie und Gebrüll aufgeweckt, und als er hinausschaute, sah er den Troll, der den Kadaver eines Ghuls zerriß. Die übrigen Ghule waren geflohen. Dann nahte der Morgen, der so dunkel war wie eine Wolkennacht. Stunden vergingen, bevor Chondos glauben konnte, daß dies wirklich der Tag war.

Die Knochen des Ghuls lagen zerbrochen herum. Etwas Rattenähnliches, Braunes huschte durch den zerschmetterten, abgenagten Brustkorb. Chondos warf einen Stein und beobachtete, wie die Kreatur wegrannte. Er füllte seine Ärmel mit Stücken des glühenden Gesteins und schnitzte mit seinem Messer aus einem der geraderen Äste eine Spitze. Das war zwar nicht mit einem Schwert zu vergleichen, aber immerhin war es das Beste, was er sich zur Zeit erhoffen konnte.

Der Rest des wenigen verbliebenen Getreides, das er entwendet hatte, schmeckte faulig, und nachdem er die winzige Ration verzehrt hatte, die er sich zugestand, war er immer noch hungrig. Er fragte sich, wie lange sein Vorrat wohl reichen würde, denn er konnte unmöglich abschätzen, wie weit die Grenze noch entfernt war.

Die ausgelaugte Asche wirkte fahl unter dem schwarzen Himmel. Gewundene Lichtstreifen schlängelten sich über die glühende Mauer und verschwanden wieder. Nachdem er seine Speere aufgesammelt hatte und zusätzlich auch noch Holz für weitere Spitzen, setzte er sich auf den niedrigen Teil der Mauer neben die Asche seines Feuers und starrte in den schorfigen Staub hinaus, um nach irgendeinem Anzeichen für das Licht der Grenze zu suchen. Doch das einzige, was er entdecken konnte, war der breite, dunkle Fluß, der sich durch einen kargen Hain von schwächlichen, strauchartigen, blätterlosen Gewächsen zwischen den Felsen daherwand.

Ein warmes Prickeln, das von einem Stein neben ihm ausging, schärfte seine Sinne. Er fühlte sich nun wacher, als ob er durch die Macht genährt würde, die immer noch in jenem zerschmetterten Gestein glühte. Widerwillig glitt er von der Mauer und begann mit erhobener Fackel durch die feine Asche auf den fauligen schwarzen Fluß zuzustapfen.

An einem Büschel blattloser Pflanzen konnte er die Spuren von Zähnen entdecken. Er starrte sie nachdenklich an. Das Wild fraß sie, wie er wußte, aber das hieß noch gar nichts – ein Mensch konnte schließlich auch nicht von Gras leben. In Rashnagar hatten ihm seine Wächter etwas zu essen gegeben, das ein großer Pilz gewesen sein mußte. Ob dies das Gleiche war? Er zögerte und strich sich mit den Fingern durch die mittlerweile ziemlich langen, gekräuselten Stoppeln auf den Wangen und berührte behutsam die Pflanze. Einen Augenblick später brach er ein Stück davon ab und steckte es sich in den Mund.

Schwer zu kauen und fast geschmacklos, dachte er bei sich, und doch irgendwie vertraut. Ja, genau damit hatten sie ihn auch in der Ruinenstadt ernährt. Diese Pflanzen schienen überall am Fluß zu wachsen. Er brach ein größeres Stück ab und kaute es. Ob dies ihn nun am Leben erhalten mochte oder nicht – zumindest linderte es die Qual des Hungerns. Wenn er nur damit durchhalten konnte, bis er die Grenze erreichen würde . . .

Er nahm den Speer mit der Steinspitze von seiner Schulter. Mit der Fackel in der einen Hand und dem glühenden Speer in der anderen wanderte er durch die Dunkelheit des Schattentages.

»Was glaubt dieser Narr, was das hier sein soll?« knurrte Aimon DiBraise wütend am dritten Tag des Ritts von Ojaini. »Ein Wettrennen?« Sein gutmütiges Lächeln war verschwunden. Die Falten, die nun seine sommersprossige Stirn durchzogen, machten ihn zu einem völlig anderen Menschen.
»Wahrscheinlich denkt er sich so etwas ähnliches«, antwortete Pression D'Olafos, der neben DiBraise ritt.
Hinter den beiden Söldnerhauptleuten trommelten die Hufe von sechshundert Pferden auf die harte, ausgedörrte Erde. Rüstungen rasselten, Leder quietschte. Sonnenverbranntes Gras erstreckte sich unter dem bewölkten Himmel weit und flach nach Norden und Osten. Vor ihnen machten graue Flecken vergifteten Staubes das unwirtliche Land unfruchtbar. Zu ihrer Linken verdunkelte der glasige Schatten den südlichen Himmel.
Zuerst spähte nur eine der beiden Sonnen zwischen den dichten Sturmwolken hervor, dann auch die andere. Sie warfen schmerzhafte Lichtpunkte auf die winzigen Rüstungen der fernen Reiter – die Vorhut der Armee, die nach Manjipor marschierte.
D'Olafos erhob sich in seinen Steigbügeln und hielt seine breite, bronzefarbene Hand schützend über die Augen. »DiSezrotti läßt seine Männer in einer langen Reihe reiten«, sagte er verblüfft. »Warum tut er das wohl ...? Ah! Sehr gut!« Er stieg wieder in seinen Sattel. »Auf diese Weise können wir das Ende seines Zuges im Auge behalten, ganz gleich, wie schnell dieser Idiot Kotulmer sie weitertreibt.«
»Sie sollten ihn einfach ziehen lassen!« warf DiBraise ein. »Wenn Kotulmer unbedingt ungeschützt in einen Hinterhalt reiten will, so soll er es doch tun! Wenn ihm sein Ruhm so wichtig ist –«
»Es ist DiVegas Befehl«, sagte D'Olafos achselzuckend. »Er befahl ihnen, in Sichtweite zu bleiben! Oh, ich bin ganz

deiner Meinung! Und ich denke, DiVega wird seinen Befehl abändern, wenn er selbst merkt, was Kotulmer da tut. Aber du hast Kotulmer ja auf der Ratssitzung erlebt! Wie er einfach aufstand und forderte, die Vorhut anzuführen, und wie alle Kantaraner sich hinter ihn stellten. DiVega sollte sich nicht mit ihnen anlegen –«

»Sich mit ihnen *anlegen*?« knurrte DiBraise. »Man sollte sie fertigmachen, wenn sie keine Befehle einhalten können!«

»Wir haben ohnehin schon genug Feinde in den Ländern an der Grenze«, warf D'Olafos beschwichtigend ein. »Denke daran, der alte Fuchs wartet nur darauf, über uns herzufallen, und wir haben nur die Kantaraner, um unseren Rücken zu schützen, abgesehen von den zwei oder drei Kompanien, die DiVega zum Schutz von Ojaini zurückließ. Wenn alle Grenzländer sich gegen uns vereinigen würden, dann würden wir...«

»Kämpft Kotulmer denn nun für uns oder gegen uns?« fuhr DiBraise dazwischen. »Und was wäre besser für uns?«

»Unterschätze die Grenzländer nicht!« entgegnete D'Olafos mit düsterer Stimme. »Es gibt noch andere Tugenden außer Disziplin und Stärke, die weder von körperlicher Größe noch von erworbenen Fertigkeiten abhängen. Ihr seid doch nun wahrlich schon lange genug hier, um das wissen zu müssen!«

Wolken verdeckten das Licht der Sonnen, und die glänzenden Lichtpunkte verschwanden. Die fernen Rüstungen nahmen die Farbe von Tränen an. D'Olafos' Pferd schüttelte den Kopf, so daß sein Zaumzeug klirrte.

»Das wird kein leichter Krieg werden«, fuhr D'Olafos kurze Zeit später fort. »Gegen Männer, die an jedem Tag ihres Lebens dem Tod und Schrecken, die schlimmer sind als der Tod, gegenüberstehen...«

»Ja, ja, ich weiß das alles!« entgegnete DiBraise ungehalten, und seine sonst eher sanfte Stimme nahm vor Zorn einen schrillen Klang an. »Werden die Grenzländer *uns* beschuldigen, wenn Kotulmer in einen Hinterhalt reitet? Sind wir denn seine Kindermädchen?«

»Du kennst DiVega«, entgegnete D'Olafos. »Er verschwendet niemals Männer. Manch einer würde das eine Schwäche nennen. Ich nicht. Aber da er nun einmal Kotulmer nicht davon abhalten konnte, die Führung zu übernehmen, wird er dafür sorgen, daß jemand da ist, der ihn aus der Gefahr bringen kann, wenn er sich in eine hineinbegibt.«

»Auch wenn er dafür die gesamte Armee aufs Spiel setzt?«

»Nein.« D'Olafos schüttelte seinen Kopf. »Wenn er einmal merkt, daß Kotulmer den Rest der Vorhut in Gefahr bringt, wird er den Befehl abändern und diesen Narren so weit vorauseilen lassen, wie er will.«

»Wir werden ihn einholen, wenn seine Pferde müde werden«, sagte DiBraise. »Er kann dieses Tempo unmöglich lange durchhalten. Wahrscheinlich werden sie sich schon morgen vor uns daherschleppen.« Er lachte in sich hinein.

D'Olafos nickte und grinste, aber seine Augen erhoben sich zu den hügligen, graugesprenkelten Weiten in der Ferne, wo irgendwo jenseits der langen Marschkolonne die kleine Gruppe, die Kotulmers Banner folgte, aus der Sicht entschwunden war.

Weit voraus beobachteten noch andere Augen Kotulmers Banner.

Martos folgte dem Finger des Kundschafters und spähte über vertrocknete braune Grashalme. Die schwarze Mauer des Schattens trennte die graue Erde vom grauen Himmel. Winzige Reitergestalten bewegten sich auf den dunklen Vorhang zu. Die selbstgefertigten Rüstungen, die lose um sie hingen, ließen diese Männer im Sattel wie zusammengekrümmte reitende Käfer erscheinen. Ihre Rüstung unterschied sich leicht von derjenigen der Krieger aus Manjipor.

»Das ist Kotulmers Banner«, sagte Suktio, der neben ihm stand. »Ah! Er hat wohl das alte Privileg der Omdavaner gefordert und DiVega gezwungen, es ihm zu gewähren!« Er lächelte über die Verwirrung, die sich auf Martos' Gesicht abzeichnete. »Kotulmers Omdavaner führen die Vorhut der Kantara seit tausend Jahren an.«

Das Lächeln wirkte freundlich, aber sogleich kamen Martos wieder Kumaris wütende Stimme und Suktios um den Schwertgriff gekrallte Finger in den Sinn . . . Jetzt war keine Zeit, über solche Dinge nachzudenken! Er verbannte ihr Gesicht und die wütenden Worte, die ihn verfolgten, aus seinem Geist und richtete seinen Blick auf die öde, aschgraue Wüste, wo Dämonen das Land verschlungen und nur jenen bleigrauen Staub zurückgelassen hatten.

Nun sah er hinter den grotesken, schlechtbewaffneten Grenzländern in der Ferne andere Männer marschieren, deren Panzerhemden in der Dunkelheit wie Wasser glitzerten – eine lange schmale Kolonne, die sich bis weit über das Blickfeld hinaus erstreckte. Noch weiter hinten konnten seine Augen mit Mühe eine langsam vorrückende, schwache Andeutung von Staubwolken wahrnehmen, die unzählige, kaum wahrnehmbare winzige Punkte verhüllten: DiVegas riesige seynyorische Armee, die so viel größer war als seine eigene. Dann fiel sein Blick auf eine tiefe Landsenke, die direkt neben der Straße verlief, und eine Idee durchfuhr ihn blitzartig und vertrieb jeden weiteren Gedanken an Kumari aus seinem Kopf.

»Dort – die – Schlucht.« Er stotterte einen Augenblick lang, bevor er seine Zunge wieder in der Gewalt hatte. »Kann man ihren Grund von – von der Straße aus sehen? Könnten Männer, können sich Männer darin verstecken? Und Pferde?« Er deutete auf die Stelle, und Suktio folgte seinem Arm.

»Warum, ja natürlich«, sagte der Grenzländer. »Ein guter Platz für einen Hinterhalt! In der Tat fand in alter Zeit an dieser Stelle schon einmal eine Schlacht statt . . .«

»Wenn wir Männer dort hinunterbringen . . .« Seine freudige Erregung verschwand. Er beobachtete die feindlichen Kundschafter in ihrer heruntergekommenen Grenzländerrüstung, die auf beiden Seiten der Straße entlangstrichen. »Aber das ist nicht gut«, fuhr er stirnrunzelnd fort. »Ihre Kundschafter würden uns entdecken, noch bevor wir in Stellung gehen könnten.«

»Vielleicht auch nicht!« Suktio richtete sich auf. »Nicht,

wenn ... hör zu! Lord Ballo von Kotulmer steht in dem Ruf, ein voreiliger und dickköpfiger Mann zu sein. Wenn sich nun eine kleine Gruppe von Männern vor seinen Leuten zeigen würde – zum Beispiel dort, auf jenem Hügel – dann wird er wahrscheinlich zum Angriff übergehen.«
Martos' Herz pochte wild. Er zog seinen Dolch und kratzte mit diesem Schlachtpläne in den trockenen Boden.

Istvan DiVega, der über den Bericht des Sehers zutiefst beunruhigt war, starrte in die ferne Dunkelheit, die die Vorhut verschluckt hatte. Hinter ihm und um ihn her klangen Pferdehufe auf dem Gestein, schlugen geräuschvoll auf die Erde oder lautlos auf die immer dichter werdenden Flecken des grauen Staubes.
Schweiß rann über sein Gesicht. Sein Körper sehnte sich nach den kühlenden Regenfällen, die sein Geist fürchtete. Dies war nun der dritte Sonnenaufgang, seit Kotulmer sein Lager in der Frühe abgebrochen und seine Männer in einem Tempo angetrieben hatte, das sie der Kompanie seines Vetters Enjanton weit vorauseilen ließ. Die Grenzländer hatten keinen Seher. Boten, die man nach ihnen ausgeschickt hatte, hatten arrogante Antworten überbracht, die besagten, daß die Seynyorer Langschläfer und Drückeberger seien, und ihre Pflicht und Schuldigkeit sei es, schnell aufzuholen.
Istvan schnaubte. Es blieb ihm nichts anderes übrig, als diesen Narren vorauseilen zu lassen. Durch die Versuche seines Vetters Enjanton, den Anschluß an Kotulmers Männer zu behalten, hatte sich schon jetzt sowohl seine eigene Kompanie wie auch die von DiSezrotti gefährlich weit vom Hauptteil der Armee entfernt. Die Düsternis des Himmels und des Landes schien sich in sein Herz zu senken, und er sehnte sich vergebens nach einem Baum oder einem Vogel. Vor ihm erhoben sich braune Hügel mit Flecken von grauem Staub, die wie Wunden aussahen. Im Norden sah er breite Streifen braunen Graslandes, aber entlang der Grenze war alles grau und verwüstet.

Und es würde noch schlimmer kommen. Zu ihrer Linken fiel das Schattenreich nach Süden hin ab. Über seiner Schulter, jenseits der wogenden Helme, konnte Istvan den blauen Schein des Vajrakota-Turms sehen, der sich schwach gegen die Dunkelheit im Osten abhob. Er bildete den Vorposten des Landstückes, das Lord Jagat aus dem Schattenreich herausgeschnitten hatte. Von hier nach Manjipor mußten sie meilenweit durch verseuchten Staub marschieren, völlig abhängig von jenem riesigen Versorgungstroß, der Nahrung für Männer und Pferde mitführte.

Gestern hatten sie auf dem Weg nach Vajrakota die erste große Wegstrecke durch den Staub zurücklegen müssen. Und ein wenig weiter vor ihnen war eine riesige Geröllebene gewesen, wo der Staub um eines der kleinen Grenzlandschlösser herum abgetragen worden war. Sie waren an mehreren zerstörten Schlössern vorübergekommen, aber hier hatten Kundschafter berichtet, daß sie von einem weiblichen Wachtposten angerufen worden seien. Er und Arjun waren mit den Kundschaftern zum Tor geritten. Ein Pfeil schlug neben den Hufen seines Pferdes ein. »Das war kein Zufall!« hatte eine Frau hinter den Mauern gerufen.

Schockiert erkannte Istvan, daß er für diese Grenzlandfrauen kein Mensch mehr war, sondern nur irgendein Feind, wie ein Ghul oder ein Troll. Er schüttelte sich erneut bei der bloßen Erinnerung an diesen Vorfall. Was sollte ein Mann tun, wenn eine Frau ihn angriff? Der Bann Hasturs erwartete jeden Mann, der das Gesetz Hasturs brach, indem er eine Frau tötete! Aber wie gut mochten diese Grenzlandfrauen ihr kleines Fort gegen die *wirklich* Dunklen Wesen verteidigen, wenn die Grenze aufbrach, während ihre Männer noch in jenem törichten Krieg kämpften? Er hatte Lord Rinmull gebeten, ein paar seiner Männer in der Nähe des Schlosses zurückzulassen, die sich bereithalten sollten, den Bewohnerinnen notfalls zur Hilfe zu kommen. Aber in jedem Fall war es wichtig, diesen Krieg rasch zu beenden.

Plötzlich kam ihm ein Gedanke, und er wendete den Kopf, um

auf die blaue Flamme des Vajrakota-Turmes zurückzuschauen. Bevor Lord Jagat die Dunklen Wesen aus Damenco vertrieben hatte – *so wie Hastur sie am Anbeginn der Zeit aus der Welt vertrieben hatte* –, mußte die Grenze sicherlich an dieser Stelle weiter nördlich gelegen haben?
Und dennoch stand dieser Turm immer noch an der Grenze und hielt das Dunkel zurück. Er hatte jene alten Geschichten nie geglaubt, die besagten, daß die Hasturs ihre Türme fortbewegen könnten. Manchmal, das wußte er, überließen sie sie den Menschen, und es gab entlang der gesamten Grenze Schlösser, in deren Zentrum solche Türme lagen. Ekakin war eines davon. *Hatte* sich der Turm nun bewegt? Hatte er Beine bekommen und war gewandert? War er durch die Luft geflogen? Oder war er einfach verschwunden, um an seinem neuen Standort wieder aufzutauchen?
»Lord Istvan?« Arjun DiFlaccas Stimme brach unsanft in seine Gedanken ein. »Ihr habt vor einer Weile etwas gesagt, das ich nicht verstanden habe.«
Es gibt eine ganze Menge, was du nicht verstehst, dachte Istvan, hielt aber diese sarkastische Erwiderung zurück. Er begann allmählich die großzügige Geste zu bereuen, mit der er diesen Jungen gebeten hatte, an seiner Seite zu reiten. Die naive Selbstgerechtigkeit des jungen Grenzländers ging ihm langsam auf die Nerven. Er erinnerte sich seines Aufbrausens Arjun gegenüber, als sie von jenem Schloß voller Frauen weggeritten waren: »Und was sagt deine Höflichkeit im Kriege hierzu?« Das Schloß konnte sich wohl kaum bewegen, wenn die Dunklen Wesen kämen . . .
»Worum handelt es sich denn?« fragte Istvan ihn mit einem Seufzer. Schließlich war der Junge in seinem ganzen Leben noch nie weiter als hundert Meilen von der Grenze entfernt gewesen. Die weite Welt, die Istvan kannte, war für ihn ein Wunder und ein Traum. Und außerdem hatte sein Rat es Istvan immerhin schon ermöglicht, zwei gefährliche Konflikte zwischen der leicht verletzbaren Grenzlandehre und dem seynyorischen Stolz vorauszusehen und abzuwenden.

»Ihr sagtet, daß einer der Helden, die sich bei Rath Tintallain versammelten, ein Kamerad von Fendol gewesen sei. Nun dachte ich, Fendol habe vor sehr langer Zeit gelebt. Vor vielen hundert Jahren!«

»Vor fünftausend Jahren«, antwortete Istvan. »Vor dem Fall von Galdor. Aber Tuarim MacElathan stammt von einer unsterblichen Rasse ab, obgleich einige auch behaupten, er trüge das Blut von Sterblichen in sich. Er ist älter als Kandol Hastur-Lord. Aber in Elthar gibt es Elfen – das ist die große Stadt der Hasturs in Y'Gora, so wie Carcosa auf diesem Kontinent –, die noch älter sind. Sie kamen den Kindern Hasturs zur Hilfe, als die Dunklen Wesen zum erstenmal in die Welt zurückkehrten.«

Und sie sind nicht alt, dachte er, und Staunen und Neid mischten sich in seinem Inneren. Bitterkeit erschütterte ihn. *Schau, was nur sechzig Jahre mit mir angestellt haben,* dachte er.

»Ich wünschte mir, ich könnte den Ozean überqueren«, fuhr Arjun fort, »oder ich könnte ihn zumindest einmal *sehen*! Aber ich würde lieber nach Carcosa gehen als nach Y'Gora und ein Land sehen, das nie von den Dunklen Wesen verwüstet wurde.«

Istvan blickte lächelnd auf den Jungen hinab. Arjuns dahintrottendes Grenzlandpony wirkte fast verloren unter den riesigen, sehnigen seynyorischen Kriegspferden, die es weit überragten.

»Und ein Land, in dem die jungen Menschen von nichts anderem reden, als das langweilige Carcosa zu verlassen, wo nie etwas passieren kann, und zur Grenze zu ziehen, wo das Leben gefährlich und aufregend ist«, sagte Istvan mit einem Lächeln. Arjun starrte ihn verwundert an.

Während der Junge immer noch über das Gehörte nachdachte, kam Prinz Phillipos zu Pferd heran. Die weißen Federn an seinem Helm wehten im Wind, und er saß stolz auf seinem weißen Roß. »Graue Seide!« sagte der Prinz entrüstet. »Das sind also die Modeeinfälle meines Kämmerers! Einen Ballen nach dem anderen kaufte er davon! Wenn ich nach Hause komme, wird er den ganzen Kram wegwerfen müssen! *Ich* werde das Zeug jedenfalls nicht tragen! Nicht nach all dem!« Die weißen Federn wippten bleich und geisterhaft auf seinem Helm auf und ab. Seine Rüstung wirkte stumpf in der Dunkelheit; der polierte Stahl kam erst im Sonnenlicht voll zur Geltung. Verloren und traurig in dieser trostlosen Einöde schrie sie nach Sonnenstrahlen.

»Ihr wißt, Lord DiVega«, sagte der Prinz vergnügt, »daß das Land vor uns noch wesentlich unwirtlicher ist, als es aussieht? Seid Ihr sicher, daß Ihr die beste Truppenordnung dafür gewählt habt? Es könnte sein, daß wir in einen Hinterhalt geraten.«

Istvan starrte ihn an. Dieser gutgekleidete, hohlköpfige junge Mann hatte noch nie zuvor seinen Mund geöffnet, um sich zu militärischen Fragen zu äußern.

»Während der Gonshi-Kriege vor achthundert Jahren gab es hier einmal einen Hinterhalt«, fuhr der Prinz fort. »Ich kann mich an den Namen der Schlacht zwar nicht erinnern, aber ...«

»Arankila?« warf Arjun DiFlacca ein.

»Wie, ja! Das war der Name!« Phillipos grinste. »Danke! Arankila! Ja, die Mondavaner waren damals zeitweilig eine Allianz mit den Aryarajanern eingegangen, weil die Arthavaner von Manjipor die Kontrolle über die königliche Familie erlangt hatten und ... Nun, es ist schon eine ziemlich komplizierte Geschichte.

Jedenfalls überquerten die beiden Clans den Yukota – die größte Feldarmee seit dem Fall von Rashnagar, soviel ich weiß –, aber die Arthavaner versteckten eine ziemlich große Gruppe von Kriegern in einer der Senken vor uns und stellten ihre Hauptarmee im dahinterliegenden Gelände offen sichtbar auf. Der Feind marschierte auch prompt an den Männern in der Senke vorbei, und als –«

»Aber das ist schon lange Zeit her!« fuhr Arjun verächtlich dazwischen. »Heute könnte man dort nicht einmal mehr eine Kaninchenbrut verstecken!«

»Nun, wahrscheinlich nicht«, gestand Phillipos zu, ohne sein

Lächeln zu verlieren, während Istvans Blick über die grauen Einöden schweifte und versuchte, die Gestalten von Männern zu entdecken, von denen er wußte, daß sie dort sein mußten.
»Damals gab es dort viel mehr Deckung. Es muß wunderbar gewesen sein. Nur fruchtbares Land, grün und waldbewachsen. Ich denke, Ihr wißt mehr über die Gonshi-Kriege als ich. Ich habe nur den Bericht in den *Rajaji* gelesen, und natürlich Jaya Charuns Gonshi-Chronik.«
Geheimnisvolle Namen von lange verstorbenen Königen und Helden klangen bedeutungslos in Istvans Ohren nach, faszinierend wie Reste einer verbleichenden Tapete, während Arjun und der Prinz über die alten Kämpfe der Arthavaner und Mondavaner um die Herrschaft sprachen, in jenen Tagen, als das alte Herrschergeschlecht zu bloßen Marionetten geworden war, zu Geiseln der Interessen rivalisierender Clans. Geisterarmeen kämpften in ihren Stimmen; lange verstorbene Höflinge verschworen sich. Istvan hörte schweigend den Fetzen einer Geschichte zu, die nicht die seine war, die jedoch für seine Begleiter ebensoviel bedeutete wie die Verteidigung von Heyleu oder die alte Fehde zwischen den Vegas und den DiVegas für ihn.
». . . warum, Prinz Rutna wäre hier in Arankila gefangen oder getötet worden«, sagte Arjun, »wenn nicht Kailun, der Anführer der Omdavaner, den Helm des Prinzen mit dem königlichen Helmbusch ergriffen und an seiner Stelle gekämpft hätte und mein Vorfahre Chichak, Kailuns Bruder, währenddessen das Pferd des Prinzen vom Schlachtfeld gezerrt und durch den Yukota zurückgeführt hätte. Einige behaupten, Kailun sei im Kampf inmitten der Schlacht gefallen, aber es gibt auch eine alte Geschichte darüber, daß er gefangengenommen wurde und er sich selbst getötet habe, damit die Arthavaner nicht die Wahrheit erführen und seinem Prinzen mehr Zeit zum Entkommen bliebe.«
»Welch eine Verschwendung!« Prinz Phillipos schüttelte den Kopf.
Arjun entrüstete sich. »*Verschwendung?* Er rettete seinen

Lord! Wäre Prinz Rutna als letzter der Aryarajaner gestorben, so wäre kein Tropfen des uralten Blutes über die Aqillas bis hin zu König Olansos übertragen worden, und die Kantara wäre unter die Herrschaft von Manjipor oder Mahapor geraten. In den alten Zeiten töteten sich Menschen aus weit trivialeren Gründen als diesem!«

»Krieg an sich ist eine Verschwendung«, entgegnete Prinz Phillipos störrisch. »Während die Arthavaner und die Aryarajaner und die Mondavaner einander umbrachten, fraßen die Dunklen Wesen das Land auf, um das sie kämpften.«

»Zumindest war es ein sauberer Krieg zwischen ehrbaren Männern«, warf Arjun ein, »und nicht eine von diesen blutigen Grenzlandmetzeleien!« Er schüttelte die Faust in Richtung Schattenreich. »Wenn sie nur aus der Welt vertrieben werden könnten, gäbe es auch keine anderen Kriege mehr!«

Istvan bewegte sich und sprach. »Da bin ich mir nicht so sicher.« Die beiden jungen Männer wandten sich zu ihm um und starrten ihn an. »Manchmal denke ich, ihr Grenzleute könnt glücklich sein, daß ihr ein wirkliches Übel direkt vor eurer Tür habt.« Er schüttelte traurig den Kopf. »Ich glaube manchmal, daß der Mensch mit dem Bedürfnis geboren wurde, gegen das Böse zu kämpfen, und wenn es nichts Böses gibt, gegen das er kämpfen kann, dann schafft er es sich selbst.«

»Worüber redet Ihr da?« fragte Prinz Phillipos ihn mit einem verwirrten Stirnrunzeln.

»Schaut«, sagte Istvan, »glaubt ihr, daß Lord Jagat böse ist?«

»Jagat?« antworteten beide gleichzeitig entsetzt.

»Natürlich nicht!« sagte der Prinz.

»Natürlich nicht.« Istvan nickte. »Hier in dieser Gegend weiß man, was böse ist. Aber in Ländern, die weit vom Schatten entfernt liegen, wo die Dunklen Wesen nur als Gerücht existieren, habe ich Menschen gesehen, die im Krieg so handeln wie die Dunklen selbst, und dann glauben sie auch noch, ihre Feinde seien böse. Auf diese Weise können Menschen zu so kriminellen Gestalten werden wie Sandor von Angavar, zu

Männern, die der Haß gegenüber aller Ehre blind gemacht hat. Wenn die Dunklen Wesen nicht mehr existieren würden, könnte jeglicher Krieg zu dieser Art Verrücktheit ausufern.«

»Das glaube ich nicht!« rief Phillipos aus. »Egal, wie ein paar Verrückte sich betragen mögen, die meisten Männer werden sicherlich die Gesetze des Krieges einhalten!«

»Ich hoffe, Ihr behaltet recht«, entgegnete Istvan. »Aber erinnert Ihr Euch an die Frauen in jener Burg gestern? Sie hätten uns ermordet, obgleich sie *wußten*, daß das Gesetz Hasturs es uns verbietet, ihnen etwas anzutun, und sei es auch nur, um uns zu verteidigen. Und wozu dies alles? Ein Streit zwischen zwei Blutsverwandten. Ein törichter Wettstreit um die Frage, wem von ihnen der Thron zusteht.«

Vom Wasser gerundete Steine rollten und polterten in einem trockenen Flußbett unter den Hufen der Pferde. Arjun starrte ihn schockiert an. »Ihr redet so, als ob ... als ob Ihr nicht glauben würdet, daß dieser Krieg ein gerechter Krieg oder überhaupt von Wichtigkeit ist?«

»Kriege werden selten um wirklich wichtige Belange ausgetragen«, antwortete Istvan bitter. »O ja, das hier *ist* wichtig! Weil die Dunklen Wesen lauern und niemand außer Chondos das Reich zusammenhalten kann.« *Was nicht heißt, daß er das bislang besonders gut gemacht hätte*, dachte er bei sich. »Und wenn Jagat gewinnt, wird wieder genau das gleiche geschehen wie damals, als die Arthavaner und die Mondavaner hier miteinander kämpften!« Sein Arm zeigte über den grauen Staub des uralten Schlachtfeldes. »Das ist der Grund, weshalb wir diesen Krieg schnell beenden müssen! Aber wenn die übrigen Provinzen Jagat akzeptieren würden, wäre er ein guter König.« *Ein besserer als Chondos.* »Und so lange das Reich vereinigt ist, spielt es keine Rolle, wer es regiert.«

Als er endete, wurde er sich einer unheimlichen Stille bewußt. Das graue Pulver umgab sie nun vollständig und dämpfte den Hufschlag der Pferde. »Aber die meisten Kriege, und ich habe in vielen gekämpft«, fuhr er fort, »sind töricht.

Ein König beschließt, daß er ein bestimmtes Stück Land haben möchte, das einem anderen König gehört, der dann glaubt, es verteidigen zu müssen. Gewöhnlich spielt es für die Bewohner keine besondere Rolle, wohin die Steuer geht, wenn sie sie erst einmal bezahlt haben. Aber wenn die Armeen ein paarmal über das Feld marschiert sind, ist ohnehin nicht mehr viel übrig, wovon man Steuern bezahlen könnte!« Die Wut in seiner Stimme überraschte ihn selbst. »Dummheit und Gier – das ist alles, was man für einen Krieg braucht!«

»Aber was ist mit König Olansos?« wollte Arjun wissen. »Hätte er nicht die kleinen Stadtstaaten und Fürstentümer erobert, dann wäre gar kein Königreich entstanden! Und dann läge die Grenze jetzt bei Inagar oder Hinarion!«

»Nun aber mal langsam«, warf Istvan ein. »Ich habe nicht gesagt, daß Krieg zwischen Menschen niemals gerechtfertigt gewesen sei oder daß in keinem Falle Gutes daraus entstehen könne. Aber nur allzuoft sind die Gründe der Menschen für Kriege banal, reine Vorwände, um ihre Gier oder ihr Verlangen nach Ruhm und Heldentaten zu rechtfertigen.« *Und dieser Krieg?* überlegte er. *Niemand wollte ihn. Beide Seiten wurden in ihn hineingezwungen. Aber war das wirklich so?*

»Wenn die Notwendigkeit, das Königreich zu vereinigen, Olansos Kriege rechtfertigt«, sagte Phillipos bedächtig, »was rechtfertigt dann die Männer, die gegen ihn kämpften? Einige der Vasallen meines Vaters vergaben ihm nie, daß er sich diesem . . . wie haben sie es noch genannt – *blutbesudelten Räuber und Unterdrücker königlicher Staaten* unterworfen hat! Sogar heute noch«, sagte er mit einem Lachen in der Stimme, »gibt es Männer, die es begrüßten, wenn ich mich gegen die Krone erheben würde.«

»Einer der kadarinischen Philosophen«, sagte Istvan, »schrieb, daß Krieg nur gerechtfertigt sei, um das eigene Heim gegen fremde Eroberer zu verteidigen. Jedoch gäbe es ohne die Eroberungen von Ore dem Großen kein Kadar.«

Als er verstummte, spürte er wieder die ungeheure Einsamkeit. Nun hämmerten ihm schon seit neun Tagen die Pferdehufe in den Ohren. Trotz des Geklappers von Leder und Stahl und der erbärmlichen Stimmen der Männer um ihn her, schien die Armee nun in unnatürlicher Stille zu marschieren.

Die Dämonen hatten das Land bis auf die Knochen aufgefressen und diese in grauen Staub verwandelt. Hier, wo Männer, die schon seit langem tot waren, um ein Königreich gekämpft hatten und wo so viele Männer neben Kailun von Kotulmer einen Heldentod gestorben waren, bevor das Geschrei der Schlacht verstummt war, bedeckte nun giftige Asche das Feld von Arankila, die sich selbst in den seltenen Winden kaum bewegte. Der Staub erhob sich kaum über die Fesseln der Pferde, sondern lagerte sich sogleich wieder auf dem Boden ab. Das war allerdings auch gut so, denn dieser Staub zerstörte die Lungen der Menschen, und Istvan erinnerte sich an Freunde, die nach Carcosa zurückgekommen waren und Blut gespuckt hatten.

»Schaut euch diese Burschen dort an, wie sie sich dahinschleppen!« Phillipos deutete auf den Zug der Fußsoldaten. »Was für lange Gesichter sie haben! Schuld daran ist allein diese Düsternis und Stille. Sie müssen aufgeheitert werden. Ich werde mich darum kümmern!« Er wendete das wunderschöne weiße Pferd und galoppierte zu den marschierenden Männern zurück.

Istvan hatte Heimweh nach Carcosa, nach den Kindern, die neben sprudelnden Springbrunnen spielten; nach dem Sonnenlicht, das durch geordnete Baumreihen am Berghang auf die Fenster versteckt zwischen Hangwegen liegender Häuser durchschien. Doch vor ihm lagen nun Dünen bleiernen Staubs, die das Geräusch der Hufe dämpften. Aller alter Heroismus von Arankila hatte dies nicht zu ändern vermocht. Jetzt starben wieder Männer in Manjipor, und noch viele mehr würden folgen, bevor dieser Krieg beendet sein würde. Zuerst Jagats Sohn, dann Birthrans Schüler, Martos, und dann der Student seines Vetters Raquel, Nurin Kimerosa – wie viele würden es noch werden? So viele junge Männer, tot! Junge Männer starben – immer starben die jungen Männer, doch er überlebte!

Ein plötzliches Pfeifen ließ ihn stutzen. Ein Vogel? Aber die Vögel waren schon vor langer Zeit von der Grenze fortgeflogen.

Als er sich auf seinem schwankenden Pferd umwandte, sah er Prinz Phillipos, der lachend eine Silberpfeife in der Hand hielt. Die Fußsoldaten schauten auf. Erneut setzte der Prinz die Flöte an den Mund und zwitscherte einen weiteren zirpenden Ruf. Dann spielten seine Finger ein altes Lied, eines, das vor langer Zeit seinen Weg nach Carcosa gefunden hatte. Istvan fühlte, wie das Pferd zwischen seinen Schenkeln schwankte und tänzelte, und einen Augenblick lang war er wieder jung, Teil einer Menge von jungen Männern auf feurigen Pferden, die sich im Festtagsglanz durch hellerleuchtete Straßen drängte, während kichernde Mädchen ihnen zuschauten oder hinter den Mutigeren und Glücklicheren im Damensitz saßen. Nur für einen Augenblick hatte er diese Vision; dann war er wieder alt und ritt durch das graue Ödland am Fuße des Schattens und führte ein Heer jüngerer Männer in die Schlacht und in den Tod, während die Nachtwesen sie beobachteten und hinter dem dunklen Schleier lauerten.

Nervöse Männer warteten in einem riesigen Graben.
Martos versuchte die Kompanien der winzigen Spielzeugfiguren zu zählen, die sich durch das endlose Grau bewegten: kleine Haufen von Grenzländern trotteten auf ihren erdfarbenen Ponys zwischen den geordneten Blöcken der großen seynyorischen Schlachtrosse daher. Aber sogar eine riesige Armee wie diese wirkte in einem so gewaltigen Ozean aus Staub und vor der dunklen Masse des Schattens zwergenhaft. Gegen wieviel tausend Seynyorer mochten die hundertvierzig Männer, die von seiner eigenen Kompanie übriggeblieben waren, und die paar hundert Grenzländer und Massadessaner stehen? Bei den Seynyorern, so erinnerte er sich, bestand eine Kompanie aus dreihundert Männern.
Hinter ihm schnaubten Pferde und klirrte Zaumzeug. Er hörte Paidros mit gesenkter Stimme zu den Männern sprechen. Sein Magen war übersäuert, wahrscheinlich von dem kalten Huhn und dem Schiffszwieback, die er am Morgen

gegessen hatte. Aber wenigstens hatten sie ihm nicht schon wieder rohen Fisch gebracht.

Fernes Gebrüll ließ seine Augen über die Straße schweifen. Unter Kotulmers Banner sah er wogende Waffen und entblößte Schwerter. Dann schaute er rasch auf die rechte Seite der Straße weit hinter ihnen. Dort befanden sich Suktios Männer am vereinbarten Ort und hoben sich gegen den Himmel ab. Die Wolkendecke am Himmel öffnete sich, und das Sonnenlicht brach hervor. Schwerter blitzten auf; Suktios Kettenpanzer glitzerte wie Juwelen; die hängenden Streifen und Platten aus lackiertem Pferdeleder schimmerten in dunklem Braun.

Die Pferde wurden zum Galopp angespornt, als Kotulmers Banner dem Feind entgegenflatterte. Auf der Straße dahinter verfielen die langen Beine der melancholischen seynyorischen Pferde in Trab. Die Zwillingssonnen verschwanden in den wirbelnden Wolken. Ein Kundschafter in Grenzländerrüstung ritt vorüber. Ihm folgte ein zweiter. Keiner von beiden würdigte die Vertiefung, in der Martos sich mit seinen Männern befand, auch nur eines Blickes.

Martos wandte sich um und sprang den Hang hinab, wo Paidros Donnerkopf im Zaum hielt, und schwang sich dann in den Sattel. Seine Kompanie war aufgesessen und befand sich in Schlachtformation. Die kleine Gruppe der Massadessaner und Grenzländer, die ihrem Angriffskeil mehr Gewicht verleihen sollten, standen in Haufen dahinter.

Donnerkopf schüttelte sich lebhaft und stampfte im Staub. Mit einem Fersenstoß zwang Martos das Kriegspferd mit einem Satz den Hang hinauf, hielt das Tier jedoch an, sobald er über den Rand schauen konnte. Er nahm sein langes Schwert aus der Scheide. *Von Zwergenhand geschmiedet,* dachte er bei sich, *in Y'Gora jenseits des Meeres, und es vermag sogar Trollfleisch zu durchschneiden.*

Ein Stück schwarzen Felsens starrte ihn an und erinnerte ihn an Kumaris Augen. Er schüttelte wütend den Kopf. Jetzt war wirklich keine Zeit für solche Gedanken! Unterhalb des flach abfallenden Hangs zogen soeben die Seynyorer von links nach rechts vorüber. Obgleich die Reihe ziemlich lang und ausgedünnt war, schätzte er, daß es etwa sechshundert Männer sein mußten. Sie hatten die Gangart ihrer Pferde zum Galopp beschleunigt. Schon bald würde die Mitte der langgezogenen Linie ihn erreichen. Er streckte sein Schwert nach oben und erhob sich in den Steigbügeln.

Jetzt! Das Schwert sauste nach unten.

»Attacke!« brüllte Paidros.

Donnerkopf brauste unter dem Druck von Martos' Sporen los, sprang mit einem Satz über den Hang und landete in lockerem Sand. Die häßlichen Springer jagten vorüber. Martos hörte Pfeile auf seinen stählernen Brustpanzer zuschwirren. Er biß die Zähne zusammen, steckte sein Schwert in die Scheide und griff nach dem Bogen an seinem Stiefel.

Verwirrte Seynyorer wendeten ihre Pferde, fanden aber keine Zeit, sich neu zu formieren. Pfeile schwirrten durch die Luft; ihre nadelscharfen Spitzen drangen durch die Ringe der Kettenpanzer, und reiterlose Pferde drangen in die seynyorischen Linien ein, während die Kadariner nach rechts und links schossen.

Ein letzter Pfeil schwirrte von Martos' Bogen. Männer galoppierten über den Aschenboden, der die Hufgeräusche verschluckte. Die Springer preschten wie magere, häßliche Hunde vor. Martos' Sturmhaube schaukelte auf seinem Kopf, als ein Schaft vom Rand seines Helmes abprallte, während er sich zur Seite beugte, um den Bogen wieder in seinen Behälter zu stecken. Er nahm den Schild vom Sattel. Seine Faust schürfte schmerzhaft über das Leder, als er seinen Arm durch die Halterungen steckte. Plötzlich zog ein Gewicht an seiner Schulter.

Er zog sein Schwert frei, und ein Dickicht von Stahl erhob sich hinter ihm. Die Springer schwebten wie Vögel über der seynyorischen Linie. Martos sah, wie die Gegner zurückwichen und die riesigen Pferdeleiber in der Luft anstarrten, deren Hufe sich so nahe über ihren Helmen befanden. Die Reiter

in der Luft beugten sich mit ihren geschwungenen Bögen nieder, und Pfeile zischten aus dem Himmel herab. Seynyorer wurden aus ihren Sätteln geschleudert, Blut schoß aus ihren Mündern, Federn streiften über ihre Ohren.
Eine Stahlwelle traf die zurückweichende Linie. Martos stand in den Steigbügeln an der Spitze, den Schild eng an seine Schulter gepreßt, und schwang sein Schwert wie einen Silberfächer. Ein Toter stürzte aus einem Sattel, und sein Blut und Hirn vermengte sich mit der giftigen Asche. Martos' Schwert, das nun einem roten Fächer glich, krachte gegen einen eilends erhobenen Schild. Eine dünne Stahlscheibe flog auf seine Augen zu. Der braune Rücken seines Schildes schlug sie zur Seite, und seine Armknochen erzitterten vom Schock des Aufpralls. Er drehte sich im Sattel, schlug wild um sich und spürte, wie Panzerringe unter seiner Klinge zerbarsten. Donnerkopf drängte ein reiterloses Pferd zur Seite. Die öde Wüste des grauen Staubes erstreckte sich am Rande des Schattenreichs.
Hinter ihm kreischten Männer auf. Rüstungen läuteten wie Totenglocken; Pferde wieherten und schnaubten. Ein Keil lebendiger Männer stürzte sich durch die aufgebrochene Linie. Weiter vorn versuchten die Reiter der springenden Pferde immer noch, ihre rasenden, bockenden Tiere unter Kontrolle zu bringen. Trompeten erschallten und zeigten die Kehrtwende an, und die ganze Truppe folgte, als Donnerkopf in die Gegenrichtung umschwenkte.
Die Seynyorer starrten über ihre Schultern, und dann gab plötzlich die ganze Linie ihren Tieren die Sporen und ergriff die Flucht.
»Schau, wie sie laufen!« rief jemand, und die Männer lachten jubelnd. Nur Martos lachte nicht. Dies waren schließlich Seynyorer.
Die begeisterten Krieger fingen an, die Fliehenden zu verfolgen, aber Paidros' Stimme fuhr dazwischen: »Bleibt zusammen! Im Trab! Langsamer Trab! Schließt auf!«
Martos wandte sich im Sattel um und zählte die auf- und

abhüpfenden Gesichter hinter sich. Paidros' Wange war von einem langen Kratzer gezeichnet, und links und rechts von ihm waren auch andere verwundet: Oton, Huaris, Diegos ... Vor den grauen Wolken flatterte der Geisterwolf, das Wahrzeichen vom Hause seines Vaters unter Jagats Schwerterrad am Schaft, und Martos spürte, wie Generationen von Vorfahren ihn durch die leeren Stoffaugen beobachteten. Er kämpfte mit seiner Zunge.
»Verwundete, bleibt zurück!« Paidros wiederholte das Kommando lauter, doch er selbst blieb nicht zurück, wie Martos bemerkte, aber der Kratzer sah auch wirklich nicht so gefährlich aus.
Frische Kämpfer rückten vor, stellten sich im richtigen Abstand auf und machten sich für den zweiten Angriff bereit. Vorne, weit vor den Fliehenden, erkannte Martos manövrierende Reiter. Er wagte zwar nicht zu hoffen, daß die Seynyorer in die Reihen ihrer Kameraden hineinreiten und sie verwirren würden, aber immerhin war dies möglich.
Er hörte Valiros' Stimme hinter sich, und als er sich umwandte, sah er ihn zusammen mit den anderen auf den neurotischen, mißgestalteten Springern auf die Front zutänzeln. Die Seynyorer wendeten ihre Pferde, bildeten eine Linie und hielten ihre Waffen in der Luft bereit. Bewunderung wirkte wie Wein auf Martos' Stimmung; ein würdiger Feind und ein ehrenvoller Kampf.
»Schaut nur, sie halten an!« spottete Valiros. »Ob sie wohl ihre Pferde ausruhen lassen wollen, bevor sie weiterfliehen, was meint ihr?«
Was für ein dummer Ausspruch! dachte Martos bei sich. Die feindlichen Reihen lagen zu tief, um zu springen. Und die Seynyorer hatten doppelt so viele Männer wie er mit seiner kleinen Streitmacht. Er trieb Donnerkopf durch die staubige Asche. Ein Pfeil flog an ihm vorbei und zersplitterte auf Stahl. Wo mochte Suktio nur sein?
Plötzlich dröhnten Hufe auf festem Boden; sie ritten über ein Stück unbeschädigten Landes. Wieder zischten Pfeile an ihm

vorüber, prasselten auf Helme, zersplitterten auf Rüstungen und drangen in Fleisch ein. Seynyorer schrien, und feindliche Hufe fielen in Trab. Martos hörte, wie Paidros seinen Namen rief. Er wandte sich um. Der kleine Mann deutete auf irgend etwas weit links. Erdbraune Ponys rannten über den grauen Staub und trugen kleine dunkle Männer in graubrauner Lederrüstung, gesäumten Reithosen und weiten Ärmeln, die merkwürdig im Wind flatterten; und vor ihnen ein grimmiges Banner: der Kopf des Lords von Kotulmer auf einem Speer.

Martos erhob sein Schwert hoch in die Luft, gab Donnerkopf die Sporen und trieb das große Pferd durch die schwirrenden Pfeile voran. Die Seynyorer steckten ihre Bögen weg und zogen die Schwerter. Er sah das Ende der vorrückenden Linie, die bereit war, an beiden Flanken vorzupreschen, während die Mitte die Wucht seines Angriffs abfing.

Ein Halbmond! Plötzlich erkannte sein Geist die bekannten Strategiesymbole, wie sie in der Schule der Drei Schwerter gelehrt wurden. Diese Inspiration fuhr wie ein Blitz in sein Gehirn. Er kämpfte mit seiner Zunge, die ihm nicht gehorchen wollte, und streckte die flache Seite seines Schwertes aus, um Paidros zu berühren.

»Rechts!« krächzte er. Paidros starrte ihn an. »Rechts! Die Hörner!« Und dann drehte er sich nach rechts und griff den Feind zu seiner Linken an, wo der anstürmende Flügel ausgedünnt war und die abgewandten Schilde der Gegner nutzlos waren. Pferde sprangen aus dem Wege. Valiros starrte ihn ungläubig an.

»Rechts – schwenkt!« erscholl Paidros' spröde Stimme.

Eine Trompete gab das Kommando weiter. Die seynyorischen Reiter erstarrten, als Martos im Steigbügel aufstand und seine schwere Klinge erhob. Die Springer stiegen hinter ihm auf und schütteten einen Pfeilhagel über die Reihe der Kavallerie. Einer der Berittenen auf Martos' Weg versuchte sich umzudrehen und sich ihm zu stellen. Sein erhobenes Schwert krachte unter Martos' fallender Klinge nieder. Donnerkopfs

Schulter warf das seynyorische Pferd zu Boden und seinen Reiter aus dem Sattel. Ein weiterer Berittener nahte; sein fallendes Schwert krachte auf Martos' erhobenen Schild. Das Zwergenschwert kreiste über Martos' Kopf. Knochen und Stahl zerbrachen unter seinem Hieb.
Er sah, wie Paidros mit rotgefärbtem Rapier durch das Gedränge jagte. Der Lärm der Schlacht dröhnte Martos in den Ohren; Schwerter trachteten nach seinem Leben und sprangen wie metallische Regenbögen vor den Wolken hoch. Sein Schild klirrte wie ein Amboß.
Jetzt hörte er über dem Hämmern und Kreischen das Geschrei aus vielen Männerkehlen, das sich zu einem alten Kriegsruf vereinte, den er nur ein einziges Mal zuvor gehört hatte. »Die Barriere des Blutes!«
Er erschauderte bei der plötzlichen Erinnerung. Jagat hatte ihm gesagt, daß dieser Kriegsruf nie in Schlachten gegen Menschen verwandt würde. Dies war der Ruf derjenigen, die gegen den Schatten kämpften.
»Die Barriere des Blutes! Die Barriere des Blutes!«

Weit im Norden saß der falsche König wie eine Spinne im Netz seines Hofes. Träume waren sein Aufenthalt und sein Jagdgebiet, und seine Beute die Geister der Menschen; doch tagsüber saß er auf Chondos' Thron, um die Rolle des Königs zu spielen.
Jodos fürchtete den Einfluß, den dies dem Geist seines Bruders auf seinen eigenen Geist gab. Chondos' Erinnerung, nicht seine eigene, enthielt all die Rituale, die er zu kennen geglaubt hatte. Und nicht nur die Rituale des Hofes, sondern auch all jene seltsamen kleinen Rituale der Höflichkeit und Freundschaft, des Grüßens und des Abschiednehmens und des freundschaftlichen Gesprächs.
Der Gedanke an den Meister und die Torturen, die ein Versagen mit sich bringen würde, zwangen ihn zu lächeln und zu lachen, trotz seiner Furcht vor dieser für ihn verderblichen Menschheit. Währenddessen wartete er ungeduldig auf Neu-

igkeiten aus dem Süden, wo der Krieg gerade begonnen hatte. Es gefiel ihm, den alten Lord Zengio und seinen Sohn zu beobachten, in ihren schiefen Blicken Mißtrauen und Angst zu erkennen und die ersten Anzeichen von Haß. Wenn er in die Tiefen ihres Geistes blickte, konnte er sehen, wie die Saat wuchs, die er in ihren Träumen gesät hatte. Und am ganzen Hofe zeigten auch die Geister anderer ähnliche Ansätze. Er lächelte, während er sein Netz weiterspann und auf Nachricht vom Krieg im Süden wartete.

Die ersten Berichte waren äußerst verwirrend. Ein Seher stürzte während seines Berichts vom Pferd und krallte sich unter dem Todesschock des fernen Kameraden mit einer Hand an seiner Kehle fest. Heiler in roten Roben trugen ihn weg, während Istvan in den grauen Nebel starrte, wo Männer außer Sichtweite kämpften und starben.
DiBraise und D'Olafos waren schon im Kampf. Istvan befahl sechs Kompanien, sie zu unterstützen, und die Muskeln seines mageren Pferdes spannten sich zwischen seinen Fersen, während er auf das Schlachtfeld zuritt und seine Seher mit sich nahm.

Martos ritt durch das Geschrei und den Lärm der Schlacht. Schweiß rann wie Regen von ihm herab, obgleich sein Mund trocken war. Hand und Ärmel waren von dem vielen Blut verklebt, das von seinem Schwertgriff herabtropfte.
Der Kampfgeist der Seynyorer ließ nach. Zu viele von ihnen lagen in ihrem purpurnen, trockenen Blut unter den Hufen der Pferde. Hammerschläge von beiden Seiten hatten ihre Schlachtreihe aufgerieben. Kommandos gingen in den Todesschreien und im Dröhnen des Stahls unter; jeder noch lebende Mann war von seinen Kameraden durch die vielen Toten getrennt, die die Pferde tänzelnd zu umgehen versuchten.

Durch den aufgewühlten Aschenstaub sah Istvan ausschwärmende Gestalten: DiBraise und D'Olafos vereinigten ihre Kompanien und versuchten, der Vorhut zur Hilfe zu kommen. Und dahinter sah er andere Punkte näherkommen, die zu klein waren, als daß man sie hätte erkennen können.
Nachdenklich kramte er in seiner Satteltasche. Seine Hand schloß sich um eine Röhre. Er hielt sein Pferd an, nahm das Glas und setzte es an die Augen: Ein schwarzes Pferd stapfte aus dem Grau, auf seinem Rücken saß ein gepanzerter Reiter. Ein kleines braunes Pferd jagte näher. Ein in rötlich lackiertes Leder gekleideter Mann schwang ein nur verschwommen sichtbares graues Schwert. Plötzlich war das Schwert rot. Die graue Gestalt fiel vom Rücken des schwarzen Pferdes, und ein roter Streifen befleckte ihre Seite.
Dunkle Pferde mit phantomartigen Reitern in glitzernden Rüstungen sammelten sich und stoben dann wieder auseinander; matter Stahl verschwamm mit dem Staub zu einer grauen Einheit. Kleine, kräftige Grenzländer zermürbten die geisterhaften Reiter. Plötzlich blitzte ein schneeweißes Pferd in Istvans Fernglas auf. Der Helm seines Reiters glänzte. Ein stumpfer, nasser Glanz unter einem wehenden scharlachroten Umhang. Ein Kadariner!
Etwas wie eine riesige Wasserwelle schien aufzubrausen und die Luft zu erfüllen. Istvan schreckte zurück; das Glas schlug zur Seite. Dann sah er, daß er über die Schulter gepanzerter Männer schaute, deren Kettenpanzer unter dem Gang ihrer Pferde wie Wellen flimmerten. Fahles Licht glitzerte auf den Rüstungen wie auf einem schattigen Teich.

Martos und Paidros ritten nebeneinander. Schwerter donnerten und klirrten. Über den Köpfen ihrer Feinde konnte Martos die nahenden Reiter sehen: sechshundert Männer in mattem Metall. Der Geisterwolf starrte auf sie herab. Verwundete schrien, Gesunde brüllten. Gedämpfte Hufe wühlten den bleiernen Staub auf.
Martos hob das blutüberströmte Schwert hoch in die Luft.

Hinter ihm sammelten sich am Rande der Schlacht seine Männer zu einer dichten Linie. Paidros brüllte einen Befehl. Styllis' Trompete wiederholte ihn.
Plötzlich flog ein Schwarm Pfeile hoch über das Gewirr von Freunden und Feinden und fiel auf die herannahenden Krieger. Noch bevor das Schwirren der Bogensehnen verstummt war, senkte sich Martos' Schwert und verspritzte Blut über den giftigen Staub. Paidros schrie; eine Trompete erscholl. Kadariner und Grenzländer sprengten zu einem plötzlichen Angriff los, der die Reste der dezimierten Kompanien aufrüttelte und sie in die Reihen ihrer Retter trieb. Martos sah, wie Seynyorer in der Verwirrung des ersten Schocks andere Seynyorer töteten.

Im Schattenreich verbarg die Abenddämmerung den grauen Staub. Chondos konnte nicht weit sehen. Eintöniges Grau bedeckte das kleine Tal, und der dahinterliegende Berg war verschwunden.
Er kletterte die Böschung hinauf – die nun niedriger war, näher an der Wasseroberfläche – und spähte über die weite, düstere Ebene. Verstreute Klumpen sahen aus wie Büsche, Felsen oder Pilze, doch es waren nur wenige und auch weit voneinander entfernt. Er meinte, in der Ferne auf der ausgedörrten Ebene verschwommene Gestalten sich bewegen zu sehen und duckte sich rasch nieder.
Vorsichtig folgte er dem Fluß, wobei er die Erde mit der glühenden Speerspitze prüfte. Vor ihm schien das Grau heller zu werden. Er hoffte, daß dies auf einen weiteren Turm hindeutete. Da erhob sich hinter einem Felsen eine knochige Gestalt.
»König Chondos!« krächzte eine rauhe Stimme.
Chondos pflanzte das Ende der Fackel in den Staub und ergriff seinen gesenkten Speer mit beiden Händen.
»Erkennt Ihr mich nicht mehr, Lord?« Die schnarrende Stimme kam ihm irgendwie bekannt vor. »Fürchtet Euch nicht vor mir, Prinz; ich bin ebensolange durch diesen Staub gewandert wie Ihr.«

Das Wesen kroch hinter dem Felsen hervor. Lumpen verhüllten Fleisch, das seinerseits kaum die Knochen bedeckte; aber dennoch kam ihm das ledrige Gesicht *tatsächlich* irgendwie bekannt vor.
»Ich habe Euch in Rajinagara gedient! Könnt Ihr Euch nicht daran erinnern? Ich bin lange Zeit allein gewesen. Und ich bin durstig . . . durstig!«
»Dann trinkt doch«, antwortete Chondos und deutete auf das riesige schwarze Gewässer zu seiner Linken. Jetzt erkannte er das Gesicht wieder. Es war einer seiner »Diener« – derjenige, der kurz vor Chondos' eigener Flucht verschwunden war.
Die elende Gestalt taumelte über Chondos' Pfad und beobachtete ihn von der Seite, während sie sich dem Fluß näherten. Chondos hielt seinen Speer bereit, aber der andere schien ziemlich geschwächt zu sein, und außerdem war er auch unbewaffnet. Was mochte ihn lebend durch die Gefahren der Berge gebracht haben?
Starker Druck entstand in Chondos' Kopf, und plötzlich durchdröhnte ihn ein Surren. Der Hastur-Zauber erhob sich aus den Tiefen seines Geistes.
Die knochige Gestalt wandte sich blitzartig um. Chondos richtete die flammende Speerspitze auf den von Rippen zerfurchten Brustkorb, aber der war schon nicht mehr da. Das Wesen hatte sich zur Seite gewunden, und dürre Hände umschlossen den Speer. Hartes Holz brach entzwei. Die glühende Steinspitze flog funkensprühend davon, und Chondos wurde von den Füßen gerissen.
Fahle Lippen gaben den Blick auf lange weiße Nadeln frei. Rote Augen starrten in die seinen.

Martos' Armmuskeln schmerzten. Sein riesiges Schwert erhob sich und fiel immer wieder. Metall zerriß; ein Fleischklumpen, der einst ein Mann gewesen war, wurde von einem Sattel unter die Hufe der Pferde geschleudert, wo schon viele andere solcher Klumpen lagen und Teile von noch lebenden Männern, die brüllten und aus deren zappelnden Stümpfen

das Blut quoll. Männer schrien triumphierend, trunken vom Leben und vom Krieg.
Stahl prallte auf Martos' Schild. Er drehte sich behende, sein Schwertarm bewegte sich leicht, und so konterte er Streich um Streich. Schilde erhoben sich und fielen. Mit schmerzenden Knien trieb er Donnerkopf hierhin und dorthin. Die mageren Stuten der Feinde scheuten vor ihm zurück, und ein reiterloses Pferd, aus dessen verwundeter Flanke Blut strömte, galoppierte zwischen sie. Das seynyorische Pferd sträubte sich wild; Donnerkopf zitterte, beruhigte sich aber bald wieder. Kadarinische Kriegspferde waren dazu erzogen, schlimmeres als dies hier auszuhalten.
Der Hunger quälte Martos' Magen, und es war kein anderes Essen in Aussicht als Schiffszwieback und kaltes Huhn... oder roher Fisch! Ein Rinderbraten kam ihm in den Sinn, braun und dampfend. Er konnte den Bratensaft fast riechen.
Die bockende seynyorische Stute trug ihren Reiter davon. Männer brüllten und schrien und übertönten das Klirren des Metalls. Reiterlose Pferde flohen durch das Kampfgetöse.
Rind! Lamm! Schwein! Er stellte sich Fleisch vor, geröstetes, geschmortes, gebratenes; er stellte es sich rot und saftig vor. Dann sah und roch er das Blut, das von seinem Schwertarm herabtropfte, und sein leerer Magen versuchte, durch die Kehle ins Freie zu gelangen.
Durch das Gehämmer hindurch hörte er Paidros brüllen und wandte Donnerkopf in diese Richtung. Paidros deutete in eine bestimmte Richtung. Martos starrte verständnislos dem Arm des kleinen Mannes nach. Er starrte in leeres Grau, bis seine Augen sie schließlich sahen. Immer noch klein, eilte Kavallerie in Blockformation der Schlacht entgegen. Sechs Kompanien – fast tausend Mann.
»Hast du vielleicht noch ein paar andere gute Ideen?« rief Paidros ihm spöttisch zu. »Oder können wir jetzt von hier verschwinden?«
Martos starrte stirnrunzelnd auf die herannahenden

Schwärme der rasch näherkommenden Punkte. Hinter ihm ertönten immer noch die Stimmen der Grenzländer.
»Die Barriere des Blutes«, murmelte er und wandte sich wieder Paidros zu. »Glaubst du, die Grenzländer wissen, was ›Rückzug‹ bedeutet?«
»Wenn nicht«, knurrte Paidros, »sollten wir ihnen besser schnell eine Lektion darin erteilen!«

Chondos ließ den zerbrochenen Speerschaft los und taumelte zurück. Aus seiner Kindheit hörte er Lord Jagats Stimme: *Schaue ihnen nicht in die Augen!* Er zwang sich, das rote Starren zu vermeiden. *Stich nach dem Herzen, wenn du es überhaupt versuchst,* hatte Jagat gesagt, *oder schneide den Kopf sauber ab. Nichts anderes kann einen Vampir töten – auch kein reiner Stahl.* Und er hatte nicht einmal reinen Stahl.
Finger, die Klauen ähnelten und unmenschlich lang waren, klammerten sich um seinen Arm. Sein Schultergelenk mit einem plötzlichen Ruck streckend, riß das Wesen ihn von den Füßen, als wäre er eine Puppe aus Lumpen.
Die Ärmel seines Gewandes waren immer noch mit den glühenden Steinen gefüllt. Er schwang seinen freien Arm blitzschnell herum, und der Ärmel mit den Steinen schlug in das bleiche Gesicht. Er hörte einen Schrei und flog durch die Luft. Als der graue Staub um ihn aufwirbelte, blieb ihm die Luft weg. Ein offener Mund klaffte vor ihm, und elfenbeinfarbene Zähne wollen sich in seine Kehle schlagen. Der schwere, Übelkeit erregende Geruch von Blut und Verfall ließ ihn würgen.
Er trat das Wesen mit beiden Füßen. Es war, als ob er einen Ledersack träte, der mit getrockneten Stöcken gefüllt war. Die Kreatur segelte gewichtslos durch die Luft und fiel weit entfernt auf den Erdboden. Aber sie war noch vor ihm wieder auf den Füßen und fauchte wie eine Katze, während sie auf ihn zujagte. Chondos hatte gerade noch genug Zeit, einen der Steine aus seinem Ärmel hervorzuholen und in die Hand zu

nehmen. Als die Leiche ihm an die Kehle springen wollte, preßte er den Stein an das Gesicht des Dings.
Das Steinstück flackerte auf. Chondos spürte keinerlei Hitze; ein angenehmes Prickeln durchzog seinen Arm. Der Vampir schrie und taumelte zurück, und über seinen Augen war nun ein Stück versengter Haut zu sehen. Chondos hob den Gesteinssplitter hoch und lies ihn dann mit beiden Händen niedersausen. Der Schädel gab nach wie ein Wespennest; die knochige Gestalt fiel zu Boden. Aber sie war immer noch nicht tot. Auf Händen und Knien kriechend versuchte sie sich erneut zu erheben.
Chondos erinnerte sich an den zugespitzten Stock, den er wie ein Schwert an seinem Gürtel trug, und griff nach ihm. Knochige Finger grabschten nach seinem Fußknöchel und gruben sich in das Fleisch. Er schlug mit dem Stein nach ihnen. Ein Schrei aus leeren Lungen ertönte. Als die Finger vom zerfetzten Fleisch seines Beins abfielen, warf er die Gestalt auf den Rücken und stieß den Stock tief in ihre Brust hinein. Papierene Haut zerbarst; Knochen zersplitterten; träges braunes Blut quoll hervor. Chondos hämmerte den Stock weiter mit dem Stein in den Körper und spießte ihn an den Boden. Er hinkte an die Stelle, wo seine Fackel im Staub lag, und entfachte sie, während er sie erhob, zu einer lodernden Flamme. Ein Schauer durchfuhr ihn. Dieser junge Vampir war sich nicht seiner Kraft bewußt gewesen. Aber ein älterer...
Er setzte die trockenen Kleiderfetzen in Brand. Das vertrocknete Fleisch fing Feuer. Schwer atmend wandte er sich ab und hinkte weiter am Fluß entlang, der Grenze entgegen.

Istvans Herz peinigten die Schreie der Männer und Pferde. Die Vorhut wand sich immer noch verwirrt im Kampf, aber die Grenzländer und ihre kadarinischen Verbündeten waren verschwunden. Er sah, wie Pression D'Olafos seinem Pferd die Sporen gab, um zu ihm zu reiten, und DiSezrotti und Vetter Enjanton folgten ihm dicht auf den Fersen. Und dann

war da auch noch ein anderer Mann, den Istvan nicht kannte. Blut schoß aus einem Riß in Enjantons Panzer hervor.
»Wo ist DiBraise?« fragte Istvan, als D'Olafos salutierte. Er mußte sich mit seiner Stimme über das Geschrei der Verwundeten erheben.
»DiBraise ist tot!« schrie D'Olafos zurück. »Omartos DiMadyar« – er deutete mit dem Daumen auf den Fremden, der an seiner Seite ritt, einen massigen schwarzbärtigen Mann – »hat das Kommando über seine Kompanie übernommen.«
»Was ist denn passiert?« fragte Istvan.
»Dieser Idiot, Kotulmer...« DiSezrottis Stimme klang wie ein Schnarren.
»Er ist tot«, fiel Enjanton DiVegas Stimme ihm ins Wort. »Sein Kopf war auf einem Speer. Ich habe es gesehen.« Seine Stimme klang schwach.
»Dort ist er besser aufgehoben als zuvor auf seinen Schultern!« schnaubte D'Olafos.
»Über Tote soll man nicht schlecht sprechen!« sagte DiMadyar. Er wankte im Sattel, obgleich Istvan keine Wunde sehen konnte.
»Ich habe gefragt, *was ist passiert?*« brauste Istvan in einem herrischen Ton auf, wie man es bei ihm nur selten hörte.
»Kotulmer ging plötzlich zum Angriff über«, sagte Enjanton. »Vor ihm war eine feindliche Truppe. Alle Grenzländer, die als Flügelmänner eingesetzt waren, stürmten vorüber. Wir ritten schneller, und dann hörte ich Schreie hinter mir, und Reiter griffen an – wie aus dem Nichts!«
»Sie tauchten aus der Erde auf. Es muß dort eine Bodensenke geben«, sagte DiSezrotti. »Aber sie hatten Springer, DiVega! Fünf oder sechs Stück! Deshalb durchbrachen sie unsere Linie so schnell!«
»Was?« Istvan erstarrte. »Springende Pferde, hier?«
»Sie sprangen über unsere Schlachtreihe wie Kaninchen, die

über eine Reihe Kohl springen. Dann griff der Rest in einem geschlossenen Keil an, so daß hundert von ihren gegen zehn von unseren Leuten ritten. Hastur möge mir vergeben, aber ich fing an, auf die Pferde zu schießen.«

»Um wie viele Männer wart ihr unterlegen?« fragte Istvan.

»Tatsächlich waren wir in der Überzahl. Ich möchte sagen, es waren etwa zur Hälfte Grenzländer und zur Hälfte Kadariner. Und es gibt nur eine einzige kadarinische Kompanie in dieser Gegend, soweit mir bekannt ist, und das ist die von Martos von Onantuga. Bei den Kadarinern bilden hundertfünfzig Männer eine Kompanie, und soviel Männer hatte Martos. Er war es tatsächlich. Ich sah ihn an der Spitze des Keils.«

»*Waaas?*« Istvan war selbst erstaunt über die Heftigkeit seiner Reaktion. »Er lebt noch?«

»Sicher tut er das.«

Dann brauchte er wenigstens nicht diese traurige Nachricht Birthran zu überbringen. Zumindest jetzt noch nicht.

2

Die Stimmen der Grenzländer sangen in der Abenddämmerung.

Die Erde soll essen
Den Samen des Menschen,
Und der Mensch soll ihre Milch trinken ...

Das Feuerlicht zuckte. Dicker, öliger Rauch überdeckte das stumpfe Glühen der Totenfeuer.

Die Erde muß gefüttert werden,
Denn alle Nahrung kommt
Aus den Brüsten der Erde ...

Istvan versuchte, dem Geruch des verbrannten Fleisches zu entgehen, der sich mit dem Rauch behäbig nach Süden bewegte. Er hatte befürchtet, er müßte die Toten trotz der Hitze mit nach Manjipor nehmen, denn die Grenzländer verbrannten ihre Toten niemals im grauen Staub, weil sie die lebensspendende Asche nicht mit dem von den Dämonen hinterlassenen giftigen Pulver vermischen wollten. Aber die Kantarer hatten inmitten des Staubes eine kleine Insel gefunden, weniger als eine Meile vom Schlachtfeld entfernt: ein ärmliches Stückchen unverdorbenen Bodens.

Ein großer Teil des Holzes, das sie aus der Kantara mitgebracht hatten, war für die Errichtung dieser Totenfeuer verbraucht worden. Wenn die Dunklen Wesen nun angreifen würden, so würde dieses Holz beim Kampf gegen sie fehlen, aber die Asche der Toten wurde so immerhin für das Land gerettet. Auf den Feldern an der Grenze würden sie nebeneinander liegen: Seynyorer und Kadariner, ein paar Massadessaner, alle fünfzig Männer von Kotulmer und ein einziger Manjipéaner, dessen Kameraden ihn im Stich gelassen hatten. Denn Jagats Männer hatten nach lebenslanger Gewohnheit des Kampfes gegen den Schatten ihre Toten und Verwundeten fortgeschafft, obgleich die kadarinischen Verwundeten zurückgelassen worden waren – sicher unter Hasturs Gesetz und als zusätzliche Last für Istvans Armee.

Die Erde muß gefüttert werden, dachte Istvan. Er hatte gehört, wie die Grenzländer diesen Spruch benutzten, um ihre Armut zu erklären oder sogar um sich zu entschuldigen, wenn sie ihre Notdurft verrichteten, aber meist hatte er ihn in Zusammenhang mit dem Tod gehört, als Trost für Witwer und Witwen. Eine Grenzlandfrau pflegte bei jeder Totgeburt zu murmeln: »Die Erde muß gefüttert werden.« Das Gleiche pflegte sie zu sagen, wenn ihr Ehemann oder ihr Geliebter aus dem permanenten Krieg an der Grenze tot nach Hause zurückgebracht wurde; anschließend sah sie sich dann nach jemand anderem um, der ihr Kinder schenken konnte. Wenn eine Kindsgeburt, das Alter oder die Fänge irgendeines marodierenden Nachtwesens sie schließlich dahinraffte, dann pflegten ihre Lieben oder ihre Kinder zu sagen: »Die Erde muß gefüttert werden«, um anschließend gleich weiterzukämpfen.

Zumindest brauchte sich ein Grenzländer niemals zu wundern, *weshalb* er starb.

Istvan spürte eine schwache feuchte Brise im Gesicht, aber sie war schon bald abgeklungen. Er hörte einen Schrei. Jemand deutete nach Norden. Dann sah er im Dunkeln eine Reihe rötlicher Funken. *Jagats Männer,* dachte er. *Die Erde muß gefüttert werden.*

Seine Gelenke schmerzten im kalten Wind, der die Flammen von den Totenfeuern wegjagte und schmierigen Rauch nach Süden und auf das Schattenreich zutrieb. Die Dunklen Wesen würden diesen Rauch in den Zauber hineinweben, der die Berge verdeckte. Die Totenfeuer würden die ganze Nacht über brennen, und am Morgen würden die Kantarer die heilige Asche sammeln und ihre Felder damit weihen. Männer, die neben Hasturs Zitadelle geboren waren, würden die Gärten der Grenze nähren.

D'Olafos Kompanie war stark dezimiert worden; dreißig seiner Männer waren tot. Anderen Kompanien war es noch schlimmer ergangen. Fast die Hälfte von DiSezrottis Männern war getötet oder verwundet worden, und fast ein Drittel von Enjanton DiVegas Leuten einschließlich Enjanton selbst. Istvan dachte daran, wie er seinem schwerverletzten Vetter vom Pferd geholfen hatte.

». . . wir waren ihnen ohne jede Deckung ausgeliefert«, hatte der verwundete DiSezrotti gesagt. »Wie ich das überlebt habe, werde ich wohl nie begreifen . . . Irgendwie habe ich es geschafft, meinen Sattel herumzudrehen und den Schild über meinen Kopf zu heben, und sieben oder acht von ihnen trafen ihn nacheinander im Vorüberreiten. Der letzte warf mich vom Pferd, oder vielleicht hat mich auch mein Pferd abgeworfen.«

Ballo von Kotulmer, dieser Idiot! Jetzt war er tot, und sein

Kopf stak auf einem Speer. Und es nützte überhaupt nichts, ihn dafür verantwortlich zu machen. Letztlich war immer der Kommandant selbst verantwortlich, ganz gleich, was passierte, und schließlich war er sogar gewarnt worden. Er hätte Kotulmer schärfer im Auge behalten sollen. Er hätte hinter ihm herreiten können, als die Grenzländer vorpreschten, und er hätte Rinmull von Ojaini zu seiner Unterstützung mitnehmen können.

Wenn! Lauter nutzlose »Wenns«! Der Graue Staub vergiftete die Wunden seiner Männer. Die Heiler hatten schwere Arbeit zu leisten. Wie viele dieser Männer würden noch sterben müssen, um die Felder der Grenzländer mit ihren verbrannten Gebeinen zu segnen?

Der Mensch ist ein Teil der Erde!
Alles muß zur Erde zurückkehren!
Der Mensch ist das Fleisch der Erde.

Die Grenzländer sangen über der Glut der Totenfeuer. Sterne und Monde waren von dicken Wolken verdeckt. In Nächten wie dieser gingen die Dunklen Wesen um – und verwundete Menschen waren ihre bevorzugte Beute.

Im Süden und Osten glühten die Türme – Ketusima, Vajrakota, Agnasta. Sie ragten leuchtend über das versengte Land und zeichneten sich vor der schwarzen Mauer ab. Istvan hielt grimmig nach dem geringsten Aufleuchten von Notfeuern Ausschau, aber die Türme waren fahle Säulen schwachen Lichts im klaren südlichen Himmel. Ohne sie hätte man in einer solchen Nacht kaum feststellen können, ob der Schatten überhaupt da war.

Jodos trug das Gesicht und den Körper von Lord Zengios Sohn, als er die Traumkorridore im Schloß des Schlafs dieses alten Mannes durchstreifte. Während Zengio, der Konstabler, sich durch die kristallenen Träume seiner Arbeit bewegte, die sein ganzer Stolz war, hörte er die Stimme seines Sohnes sagen: *Das alles gehört nun mir, alter Mann!* Rohe Hände packten ihn, zogen ihm die Amtsrobe von den Schultern, und das Gesicht seines Sohnes starrte in sein eigenes. Zengio schlug dieses Gesicht so heftig er konnte, aber der junge Mann lachte nur und stieß ihn zur Seite.

Durch ein kristallenes Fenster sah Zengio Istvan DiVega aus dem Krieg zurückkehren, beladen mit einem Ruhm, den er gar nicht mehr benötigte. *Du bist alt, alter Mann!* verspottete ihn die Maske seines Sohnes. *Aber er ist noch älter. Du hättest diese Armee befehligen können, wenn du dir das Kommando nicht hättest nehmen lassen – du wertloser alter Narr!*

Wutentbrannt suchte Lord Zengio sich ein Schlachtfeld und fand auch eins auf dem Hof, der sich zu einer riesigen Ebene ausweitete. Dort war König Olansos' Armee aufmarschiert. Der Konstabler ritt an seinem Platz an der Seite des Königs, wurde jedoch plötzlich zur Seite gestoßen.

Ich bin jetzt der Konstabler! verkündete sein Sohn Mario. Er stand da, in den Mantel gehüllt, den er aus der Kanzlei des Konstablers gestohlen hatte. Zengio griff nach seinem Schwert, doch war die Armee schon in Bewegung gekommen, und der undankbare Sohn führte seine Männer in die Schlacht und dem Ruhm entgegen.

Zengio wandte sich an König Olansos um Beistand, aber an seiner Stelle fand er den jungen König Chondos vor. *Er hat dir deinen Posten geraubt!* lachte der junge König.

Wütend rannte Zengio davon. Er umklammerte sein Schwert und wandte sich an seine Truppen. *Ihr hört auf mein Kommando*, rief er. *Bin ich denn nicht schließlich der Konstabler?*

Du bist tot, antworteten sie ihm. *Dein Sohn hat deinen Mantel geerbt.*

Aber ich bin doch gar nicht tot! schrie Zengio.

Das wirst du bald sein, rief der abtrünnige Sohn ihm zu und zog einen scharfen Dolch.

Zengio spürte, wie die Spitze des Dolches auf seine Brust zielte und fiel taumelnd in ein rotes Flackern. Eine graue, dunkle Ebene erstreckte sich um ihn. Hundsköpfige Gestalten quollen wie Ghule aus dem Boden, der aus brodelndem Schlamm zu bestehen schien. Vor ihm erhob sich ein dunkler Turm in den sonnenlosen Himmel.

Innen schien der Turm zunächst leer zu sein. Nichts rührte sich. Auf dem Boden lagen menschliche Gebeine herum. Eine Wendeltreppe erhob sich leer in die Dunkelheit unter dem Dach. Dennoch fühlte er um sich die Anwesenheit von irgend etwas und einen Willen. Vom Dach her glühten zwei rote Lichter. Die Luft bewegte sich und erwachte zum Leben.

Zengio floh. Als er zurückschaute, erblickte er berghoch hinter sich eine Säule dunklen Nebels, und an ihrer Spitze sah er steinschwarz gegen den Himmel einen Kopf mit riesigem Gebiß, wie den eines Drachen, der mit flammenden, haßerfüllten Augen auf ihn herabschaute.

Sein Herz schlug bis zum Halse, und die Welt war ein kalter Ort. Er suchte den Trost seines eigenen Geistes auf, aber an den Toren der Festung stand der Usurpator: das Gesicht seines Sohnes sah ihn hämisch mit erhobenem Messer an. Unter dem gestohlenen Mantel kam Olansos' Krone zum Vorschein, die von Blut triefte. Grausames Gelächter ertönte aus der Maske seines Sohnes, als er sich die bluttriefende Krone auf den Kopf setzte.

Niedergeschmettert durch den Verrat seines Sohnes floh Lord Zengio in seine eigene Jugend, weit weg von seinem weißen Haar und von dem Schmerz in seiner Brust, in die Arme einer Frau, die wieder jung und schön war. In ihrem Bett fand er Trost, bis das scharfzähnige Kind beißend aus ihrem Schoß kroch. Zengio schrie, als die scharfen Zähne ihn verstümmelten, und schrie dann noch einmal auf, als das Kind seine Mutter verschlang.

Er erwachte schreiend und lag schwitzend und zitternd in der Dunkelheit, mit dem Schrecken jenes Traumes, an den er sich jedoch nicht mehr erinnern konnte. Jodos, der in sich hineinlächelte, setzte nun Zengios Gesicht auf und machte sich auf, durch die Träume Marios, des neuen Konstablers, zu geistern.

Istvan stieg traurig auf sein müdes Pferd. Die Riten waren beendet; er hatte die Toten geehrt. Die Totenfeuer würden noch die ganze Nacht brennen, aber die Lebenden mußten jetzt schlafen, und der Kommandant brauchte einen klaren Geist für den nächsten Kriegstag.

Eine kühle Brise schlug ihm ins Gesicht. Er zuckte zurück und schaute dann zum bewölkten Himmel auf. Die Zeit der Trokkenheit war vorüber, und schon bald würden diese Wolken den Winterregen fallen lassen; und wenn sie erst einmal damit angefangen hatten, hörten sie so bald nicht wieder auf. Man konnte es als glücklichen Zufall ansehen, daß die letzten drei Tage regenfrei gewesen waren. Wenn der Regen einsetzte, würde es nur wenige Tage dauern, bis der Staub um Manjipor zum undurchdringlichen Morast geworden war. Der Staub wurde nie zu wirklichem Schlamm, aber die Staubkörner glitten und rutschten mit dem Wasser hin und her, bis schließlich weder Pferde noch Menschen darin festen Boden finden konnten. Die Hufe der Pferde schwollen an, und der Staub vergiftete die Wunden.

Nur noch eine kleine Verzögerung, und für Manjipor käme jede Hilfe zu spät; Maldeo müßte die Stadt dann alleine halten. Wenn Jagats Männer diese Armee aufhalten könnten, würden der Regen und der Staub den Rest dazutun.

Und Istvan wußte immer noch nicht, wie groß die gegnerische Streitmacht war, mit der er zu rechnen hatte! D'Olafos und DiSezrotti hatten die Truppe, die sie angegriffen hatte, auf fünf- oder sechshundert Männer geschätzt. DiCalvados, dessen Weg die Gegner nach der Schlacht kreuzten und der sie verfolgte, bis Istvan ihn zurückbeorderte, hatte sie auf etwa tausend Mann geschätzt. Aber das war nur diese eine Gruppe; Jagat hatte möglicherweise mehrere Truppenteile von gleicher Größe zur Verfügung, die entlang der Route an verschiedenen strategisch wichtigen Punkten standen.

Keiner der Kantaraner, die er als Kundschafter ausgesandt hatte, hatte irgendein Anzeichen der Feinde ausmachen können – obgleich Jagats Kundschafter diese Armee ziemlich

schnell gefunden hatten! Aber schließlich war dies ja auch ihr eigenes Land. Und viele der kantaranischen Kundschafter, so vermutete er, würden niemals zurückkehren.
Die Hufschläge der Pferde, die in der Dunkelheit um ihn her erschollen, wurden plötzlich leiser, als das Heer vom festen Boden weg in den Staub hineinritt. Wenn er sich konzentrierte, konnte er hören, wie der Staub unter der Last der Pferde leise quietschte, aber das war alles, was zu hören war. Nach der Schlacht hatte D'Olafos gesagt, die Kadariner hätten alle reiterlosen Pferde eingefangen und davongetrieben. Das war wahrscheinlich der Grund, weshalb DiCalvados zu seiner abweichenden Schätzung gekommen war. Aber das bedeutete, daß nur fünfhundert Männer vier seynyorische Kompanien vernichtet hatten! Es mußte Martos gewesen sein, dachte Istvan, der jenen letzten gewagten Angriff ersonnen hatte. Die Taktik trug eindeutig das Zeichen der Schule der Drei Schwerter.
»Sie ritten in unsere Reihen hinein, mischten sich unter unsere Freunde und trieben sie einfach davon«, hatte D'Olafos gesagt. »Der Kampf erfaßte zuerst unseren linken Flügel, Seynyorer und Kadariner liefen wild durcheinander, und sie schlugen um sich wie verrückt.« Seynyorer hatten Seynyorer erschlagen in jenem ersten wilden Getümmel. »Ich habe gedacht, eine dritte Truppe hätte unsere Nachhut angegriffen«, murmelte DiSezrotti, wie um sich zu entschuldigen.
Omartos DiMadyar ritt an Istvans Seite, wobei sein grotesk geschientes Bein linkisch in der Luft baumelte. Wie viele andere Männer hatte auch er sich ein Knie gebrochen, als die Kadariner von links angriffen und die Grenzländer von rechts, und sie gemeinsam die dichtgedrängten Reiter in der Mitte zusammengetrieben hatten, so daß sie Stiefel an Stiefel kämpfen mußten.
Nur kadarinische Kavallerie konnte so entschlossen vorpreschen und angreifen. Istvan erinnerte sich an die Schlacht auf dem Feld von Ovimor: wie die geordneten Blöcke der kadarinischen Kavallerie in leuchtenden Stahlgewittern angriffen,

und sein eigenes jungenhaftes Staunen über die Reiter am Himmel, als die Pferde sich in die Luft erhoben.

»Mit welcher Art Männer haben wir zu kämpfen?« hatte D'Olafos gefragt.

»Mit gut trainierter kadarinischer Kavallerie«, hatte Istvan geantwortet. D'Olafos war zu jung, um sich an die Schlacht von Ovimor erinnern zu können, obgleich ein älterer Bruder von ihm dort gefallen war.

Aber es war doch nur eine kleine Kompanie von Kadarinern dort, dachte Istvan. *Jetzt sind es noch weniger, denn auch sie verloren Männer in der Schlacht. Und es waren auch nur fünf oder sechs von den springenden Pferden.* Die Grenzländer, so erinnerte er sich, kämpften gewöhnlich in einer weniger strengen Schlachtordnung, und sie kämpften mehr als Einzelne denn als Gruppe.

Wieder trug ihm der Wind einen feinen Regenschauer ins Gesicht und riß ihn aus seinen Gedanken. Es war immer noch heiß zwischen den einzelnen Windstößen, obgleich es nicht die gewöhnliche stickige Hitze war. Sein Körper lebte auf unter der erfrischenden Wohltat des feuchten Windes, obgleich sein Geist schauderte, wenn er sich die Schlacht vorstellte, die möglicherweise noch vor ihm lag.

Er hörte über dem leisen Quietschen des Staubes Omartos DiMadyars lautes Atmen. Er hatte ihm empfohlen, nicht mitzukommen, aber DiMadyar hatte darauf bestanden. Er hatte DiBraise gesehen, wie der an dem Pfeil in seiner Kehle zog, bevor er am eigenen Blut erstickte. Die meisten der unverwundeten Überlebenden der Schlacht waren hier.

Das vor ihnen liegende Lager war dunkel. Der größte Teil des Holzes, das man für Fackeln hätte verwenden können, war für die Totenfeuer der gefallenen Kameraden verbraucht worden. Die Hufschläge der Pferde wurden durch den aufwirbelnden Staub gedämpft. Er fragte sich, ob die Wachen sie überhaupt hören würden.

»Halt!« schrie einer der Wächter. »Das Paßwort!«
»Heyleuische Kiefernstämme!«
»Heyleuische was?« flüsterte Paidros Martos zu.
»Still!« zischte Martos zurück.
»Heyleuische Kiefernstämme lautet es!« Die Stimme erreichte sie klar am Ende der Reihe, wo sie zusammen mit Seynyorern und Grenzländern ritten. »Passiert, General DiVega!«
Martos merkte sich das Paßwort, aber es sah ganz so aus, als ob sie es nicht einmal benötigen würden. Die Reitergruppe, der sie sich angeschlossen hatten, passierte die Lattenzäune ohne weiteren Aufenthalt: Martos und Paidros, die in dunklen Umhängen auf gestohlenen seynyorischen Pferden saßen, waren mit den drei Grenzländern, die sie begleiteten, insgesamt nur zu fünft.
Kein Wunder, dachte Martos, *wo Istvan DiVega doch selbst die Führung hat. Was für ein glücklicher Zufall.*
»Heyleu?« fragte Paidros, während die Reiter im Inneren des Lagers verschwanden. Allein schon die Größe des Lagers war erschreckend, aber gerade das würde ein Schutz für sie sein. In einer so großen Armee würde ein fremdes Gesicht kaum auffallen, und sicherlich nicht in einer solch dunklen Nacht. Und ein paar der Seynyorer trugen obendrein kadarinische Rüstungen.
»Heyleu ist der große seynyorische Hafen, und heyleuische Kiefernstämme sind Schiffsmasten, die man im Hafen sieht«, flüsterte Martos Paidros zu. »Das ist aus einem berühmten Gedicht. In Heyleu soll es im Frühling wunderschön sein.«
»Kiefernstämme!« Paidros schüttelte seinen Kopf. »Was für eine seltsame Parole! Warum –«
»Ssssst!«
Martos witterte Pferde. Seine aufmerksamen Ohren bemerkten in der Nähe Schnauben und gedämpfte Hufschläge. Er folgte den Geräuschen. Die Pferde waren an einem langen durchhängenden Seil zwischen zwei Pflöcken angebunden. Die Tiere kauten geräuschvoll auf weißen Leinentüchern, die

ausgebreitet worden waren, um den metallischen Staub vom Heu fernzuhalten und um den Dung für die Grenzländer zu sammeln.
Schlafende Männer hatten sich in Decken unter dem bewölkten Himmel zusammengekauert; das einzige Zelt, das zu sehen war, mußte wohl das des Kommandanten sein.
Es gab leere Plätze in der Reihe, und der einzige verschlafene Wächter blickte kaum auf, als Martos und Paidros die gestohlenen seynyorischen Pferde anbanden und die Futtertaschen für sie aus einem halbleeren Getreidesack auffüllten. Aber der Wächter wurde aufmerksam, als sich ein merkwürdiger Grenzländer näherte, der sein rauhgeputztes Pony am Zügel führte.
»Verzeiht, Lord«, sagte der Fremde, »aber ich glaube, ich habe mich in der Dunkelheit verirrt. Ich bin einer von Lord Ajeysios Männern, und er hat mich ausgeschickt, um von den Proviantwagen Futter für unsere Pferde zu holen. Aber diese Armee ist – so groß...« Er breitete hilflos die Arme aus, und Martos lächelte in sich hinein. Der Mann machte seine Sache wirklich ausgezeichnet.
»Ihr habt Euren Weg in der Tat verfehlt«, sagte der Wächter. »Ihr seid viel zu weit gegangen! Ihr müßt dorthin zurückgehen und... wartet einen Augenblick! Heh, du da!« Er gestikulierte zu Paidros hin, der neben dem offenen Getreidesack stand und einen Futtersack in der Hand hielt. Martos fluchte im Stillen. »Wieviel ist noch in dem Sack?«
Martos' Finger griffen nach dem Schwert. Wenn der Wächter bemerkte, daß dies die Stimme eines Fremden war...
»Er ist nicht einmal mehr halbvoll!« rief Paidros zurück. Martos' Hand umfaßte den Griff fester, jederzeit bereit, das Schwert zu ziehen.
»Das habe ich mir gedacht«, antwortete der Wächter. »Wir brauchen selbst auch noch mehr«, fuhr er fort und wandte sich an den Grenzländer. »Ich werde sofort einen Mann losschicken, um es zu holen, und der kann dir dann gleichzeitig den Weg zeigen.«

Martos fragte sich, ob wohl lächerlicherweise er oder Paidros dazu bestimmt würde, den Grenzländer zu den Bagagewagen zu führen, aber der Wächter wandte sich um und ging an der Reihe der Schlafenden entlang. Schließlich hielt er an und trat gezielt in einen Haufen Decken. Ein Mann kam darunter hervor, fluchte und zog sein Schwert.

»Leg das Ding weg, du Mistkerl! Ich habe dir doch gesagt, daß wir mehr Getreide brauchen! Geh sofort zu den Vorratswagen und bring noch einen Sack her! Und außerdem kannst du diesem Fisch« – er hüstelte – »diesem *Gentleman von der Grenze* den Weg zeigen. Er hat sich in der großen Stadt verirrt.«

Murrend steckte der verschlafene Mann das Schwert fort, rieb sich die Augen und stapfte auf den Lagerzaun zu. Martos verschwand in der Dunkelheit, während Paidros um das Pferd herumging, ihm den Futtersack umhing, bis er schließlich außer Sichtweite des Wächters war und sich unbemerkt davonmachen konnte, um Martos wieder zu treffen.

Als der Seynyorer mit Jagats Vasallen zusammen losging, war ihm nicht klar, daß ihm noch weitere vier Männer durch das düstere Licht des bewölkten Himmels folgten.

Jodos folgte Lord Mario durch die dunklen Korridore seiner Träume. Er trug das Gesicht Lord Zengios.

Ich habe dich in die Welt gebracht, gackerte er mit der Stimme des alten Mannes. *Und ich kann dich auch wieder aus ihr herausnehmen!*

Mario floh durch die Alptraumkammern seines eigenen Geistes, aber der alte Tod mit dem Gesicht seines Vaters begegnete ihm an jeder Ecke.

Du Dieb! schrie die schrille Stimme. *Du hast mir meinen Mantel gestohlen!*

Mario rannte schluchzend davon. Warum haßte ihn sein Vater nur so sehr? Er rannte unter den Torbogen, wo ein eiserner Drachen über den Hof wachte, aber das Gesicht seines Vaters wartete schon an der Tür zu seinem Zufluchtsort.

Vater! Nein, Vater! schrie er und wich zurück. Scheusale grinsten, als ein scharfes Messer schnitt. Er spürte, wie Blut aus der Stelle hervorsprudelte, wo einst sein Ohr gewesen war. Er ließ das Ohr auf dem Boden zurück und rannte davon. *Dieb!* gackerte die Stimme seines Vaters hinter ihm. *Ich habe dich in die Welt gebracht, und ich werde dich auch wieder daraus entfernen.*
Mario rannte um die Ecke. Eine Hand griff nach seiner Schulter und hob ihn vom Boden hoch. Er trat um sich und kämpfte, aber er war wieder so klein wie ein Kind und wurde von einem Giganten von Vater festgehalten. Der Stock des Konstablers schlug auf seinen Rücken.
Undankbarer Kerl! Dieb und Lügner, wütete die Stimme seines Vaters. *Du hast meinen Mantel gestohlen. Du und der König.* Er wurde zu Boden gerissen und sah, wie der riesige Fuß seines Vaters auf ihn zu kam. Seine Rippen trieben ihm den Atem aus den Lungen, und der Schmerz ließ ihn hochfahren. *Du Schuft!* schrie die Stimme. *Du Dieb!*
Er rollte sich auf seine Füße und rannte los. Er sah Statuen, die ihn mit ihren spöttischen Steinaugen anblickten. Warum haßte ihn der alte Mann nur so?
Seine Mutter würde ihn retten. Also lief er zu ihrer Kammer und warf sich schluchzend in ihren Schoß. Eine gackernde Stimme ertönte. Die Mutter schrie. Mario suchte nach seinem Dolch. Das Blut seiner Mutter rann an ihrer Kleidung herab. Mit einem Schrei stieß Mario das Messer in den Hals seines Vaters.

Istvan DiVegas Augen öffneten sich in der Dunkelheit seines Zeltes, und er setzte sich auf, als Schreie an sein Ohr drangen. Er hatte sein Schwert schon neben dem Bett bereitliegen. Schwaches Notfeuer von seiner Klinge beleuchtete die Zeltwände. Aber durch den Zelteingang fiel eine andere Art von Licht ins Innere: ein dunkles, rotes Glühen. Er sprang auf seine nackten Füße und durchquerte das Zelt mit dem geübten, langen Satz eines Schwertkämpfers. Der weiche Staub

gab unter seinen Füßen nach. Die Grenze stand in Flammen; die Dunklen Wesen rückten vor! Er hörte, wie jemand seinen Namen rief, während er gerade den Zelteingang öffnete und den kühlen Griff des Schwertes in seinen Händen wärmte.
»Was ist los? Die Grenze...« Aber seine Augen fanden am Horizont nur die gewohnte sternenlose Dunkelheit hinter dem schwachen Licht der fernen Türme.
»Nein, Lord«, sagte die Stimme. »Das ist nicht die Grenze. Die Troßwagen brennen.«

Zuerst schien es, als ob sie in der allgemeinen Verwirrung niemand bemerken würde, aber als Martos damit fertig war, den Sattelgurt des nervösen, stampfenden Pferdes festzuziehen, schrie eine Stimme: »Heh! Was machst du da eigentlich?«
Zwei Männer rannten durch die langen Reihen verlassener Nachtlager auf ihn zu. Einer der beiden war der Wächter, der ihnen zuvor so bereitwillig geholfen hatte. Paidros saß schon im Sattel. Martos schwang sich aufs Pferd, brüllte die Pferde an und wedelte mit seinem Mantel, um sie zu erschrecken. Palisadenzäune fielen um, und dreihundert Pferde, die ohnehin schon durch den Lärm und den Rauch beunruhigt waren, bäumten sich auf, zerrten an ihren Seilen und befreiten sich. Rennende Männer fluchten und schwangen ihre gezogenen Schwerter. Der Pferdewächter rannte vor die fliehenden Tiere, wedelten mit den Armen und versuchten, auf diese Weise die Pferde umzulenken. Die Leittiere änderten ihre Richtung, aber die Herde war zu groß und zu dicht gedrängt. Der Pferdewächter fiel zu Boden, und Martos hörte, wie er unter den donnernden Hufen schrie. Es lief ihm kalt über den Rücken. Das hatte er wirklich nicht beabsichtigt. Schreiende Männer rannten hinterher, aber das ließ die Pferde nur um so schneller rennen.

Der Wind entfachte lodernde Flammen und rollte den dichten Rauch nach Süden. *Noch mehr Rauch für den Schatten,*

dachte Istvan bitter. Männer rannten durch ölige Wolken und trugen schwelende Getreidesäcke weg. Einige davon rissen auf, und wertvolle Nahrung vermischte sich mit giftiger Asche.
Alles Heu war vernichtet. Es war nicht mehr zu retten. Die Nahrung für die Männer brannte ebenfalls. Flammen flackerten durch den Rauch wie Blitze in dunklen Wolken und quälten beim Verlöschen geblendete Augen mit ihrem fahlblauen Schatten. Männer rannten aus dem riesigen Feuerofen in den wütenden Wind, um Getreide, Brot und Fleisch zu retten.
Als er plötzlich einen kalten Zug im Gesicht spürte, warf Istvan den Kopf hoch. Riesige Wassertropfen prasselten auf sein Gesicht. Durch das Geschrei hörte er ein dumpfes Rasseln, als die Regentropfen auf den schorfigen Giftstaub schlugen, und in kürzester Zeit war sein Gesicht naß.
Es goß in Strömen. Der Regen rieselte in die Flammen und durchtränkte die geretteten Säcke mit verkohltem Getreide. Heißer Dampf vermischte sich nun mit dem Rauch. Erschöpfte Männer mit rauchgeschwärzten Gesichtern versuchten, den Rauch aus ihren Lungen zu husten, während der eisige Regen um sie her niederprasselte. Andere rannten durchnäßt und triefend in die dampfenden Flammen, stapften dann mit fast trockenen Kleidern wieder heraus und trugen halbverbrannte Säcke, in deren Gewebe noch Funken glühten. Wagen brachen unter ihren verkohlten Rädern zusammen und entleerten halbverkohlte Fracht in den giftigen Staub. Der Regen zischte auf dicke Schichten orangener Glut.
In den Wagen waren auch Zelte gewesen, die nun verbrannt waren, mit Ausnahme der Offizierszelte, und diese mußten nun dazu dienen, das wenige Getreide, das noch nicht feucht geworden war, trockenzuhalten. Das meiste angeröstete nasse Getreide würde verfaulen, und ein Pferd konnte sterben, wenn es zuviel davon fraß.
Als das Feuer endlich verlosch, graute der Morgen. Eine dicke Rauchsäule hing über der zischenden schwarzen Asche. Alles,

was noch zu retten gewesen war, war gerettet worden. Istvan befahl den Männern, ein wenig zu schlafen, zusammengekauert unter nassen Decken, jeweils zu mehreren, um sich so zu wärmen, während der kalte Regen niederfiel.

Zwei- oder dreimal wachte Chondos während der Nacht auf und hörte entlang des Stroms in der Ferne ein Jammern und Heulen, als ob sich menschliche und tierische Stimmen miteinander vermischten, die in der Ferne verklangen, ohne jedoch völlig zu verstummen. Doch als er über die Mauer des zerstörten Turmes blickte, sah er nur Ödland vor sich.

In der Morgendämmerung hörte er es wieder, diesmal vermischt mit dem gewöhnlichen Chor aus Schreien und Gebrüll; aber so weit er flußabwärts sehen konnte, war entlang der Flußufer keinerlei Bewegung zu erkennen – und ebensowenig konnte er auch nur das geringste Lebenszeichen auf der nur spärlich von Pilzen bewachsenen Ebene über den Ufern am Rande des Tales erkennen. Er zitterte und fragte sich, wie sicher wohl sein Zufluchtsort sein mochte. Gegen Trolle und Ghule leistete er gute Dienste, aber die Dunklen Wesen hatten ihn schließlich schon einmal zerstört.

Ein Vers aus »Pertaps Ritt« kam ihm in den Sinn . . .

Dämonen zerstörten Hasturs Turm,
Ihrer Macht hielt er nicht stand.
Sie schmolzen den Stein bis auf den Grund
Und warfen den Schatten über das Land.

Als er sicher war, daß der grauschwarze Himmel nicht mehr heller würde, kletterte er widerstrebend über die schwach glühende Mauer und folgte dem trägen Gewässer zur Grenze. Er bemerkte, daß die Pilze hier spärlicher wuchsen, da der gefährliche Dämonenstaub im Tal stärker wurde. Der Proviant, den er aus Rashnagar mitgebracht hatte, war verbraucht.

Der Dunst wurde nun dichter, und die Luft schien vor seinen

Augen zu vibrieren. Er hielt an, spannte seine Muskeln und horchte aufmerksam. Wieder hörte er das Jammern, leise und weit jenseits der giftigen Staubwüsten. Es hätte Wind sein können, der sich in einem Wald verfing; in der Kantara gab es während der großen Winterstürme solche Geräusche. Aber sogar die Baumgeister hatten die vergifteten Ebenen vor ihm verlassen.

Das Geräusch wurde immer lauter und kam näher. Die menschlichen Laute wurden klarer. Chondos erschauerte. Jener unheimliche, durchdringende Chor bestand aus den Stimmen von Frauen und Männern. Aber damit vermischt waren andere Geräusche zu hören, tiefes und stöhnendes Geheul wie das eines einsamen Hundes, und schrilles Quieken wie von einem Schwein. Allmählich verstummten die Geräusche. Es war, als ob jene Kreaturen in einem riesigen Kreis wandern und beim Gehen stöhnen würden, dachte er bei sich.

Er bewegte sich vorsichtig weiter und hielt einen Speer in der Hand bereit. Nach einer Weile schwollen die Geräusche wieder an. Er kauerte sich am Ufer nieder und schaute über die Ebene, um die Wesen auszumachen, die jene Geräusche verursachten. Der Nebel täuschte seine Augen; die Ebene war leer.

Als er sich wieder dem Fluß zuwandte, erspähte er einen winzigen braunen Kopf, der über einen Felsen spähte. Das Wesen huschte außer Sicht, als es sich entdeckt sah. Einen Augenblick lang fragte er sich, was geschehen würde, wenn er das Ding zurückriefe. Er hatte sich schon so sehr an diese Kreatur gewöhnt, die ihm ständig folgte, daß er seine Furcht vor ihr verloren hatte. Er war fast einsam genug, um es zähmen zu wollen – *fast.*

Das Stöhnen beruhigte sich in der Ferne. Der angeschwollene Fluß gurgelte zu seiner Linken, ansonsten war die Einöde jedoch still – mit Ausnahme des Tappens von winzigen Pfoten hinter ihm.

Regentropfen prasselten auf die Kapuze von Istvans Umhang. Seine Ohren bemühten sich, Worte aufzuschnappen:
»... Martos von Onantuga, da bin ich mir sicher!« schrie Kardom D'Aglar durch den Regen. »Ich sah ihn nach Ukarakia mehrmals mit Jagat zusammen, und den kleinen Mann kenne ich ebenfalls. Sie jagten die Pferde direkt über den Pferdewächter.«
»Dafür werde ich ihn töten«, schrie der andere Mann, ein Reiter in D'Aglars Gefolge. Seine Stimme klang schrill vom Schock über das Geschehene. »Der arme Nico hatte nicht die geringste Chance! Sie haben die Pferde direkt über ihn hinweggetrieben! Ihr wißt, daß ein Pferd niemals über einen Menschen trampelt, wenn es das vermeiden kann! Ich hörte ihn schreien. Warum? Warum hat er...« Klatschender Regen verschluckte Ausrufe des Hasses, dann erhob sich die angespannte Stimme kreischend: »Aber ich werde sie schon finden, ich töte den –«
»Jetzt reicht's!« brüllte Istvan, der gezwungen war, über das Murmeln des Wassers hinwegzuschreien, obgleich eine sanfte Stimme in dieser Situation viel wirkungsvoller gewesen wäre. »Wir befinden uns im Krieg! Im Krieg sterben nun einmal Männer. Männer töten einander. Aber es ist närrisch zu hassen. Der Krieg ist es, der tötet. Die Soldaten auf beiden Seiten tun nur ihre Pflicht.«
»Aber das war kein Krieg!« lamentierte der Soldat, doch sein Kommandant fuhr ihn scharf an. Istvan schloß seine Augen und ließ die wütenden Stimmen vom Lärm des Regens verschlucken. Hätte er diesen Krieg aufhalten können? Konnte er ihn jetzt noch beenden?
»Kommandant!« Das war Firencios Stimme. Istvan öffnete die Augen. Durch die grauen Regenfäden grüßte ihn eine verschwommene Gestalt. »Alle Kompanien sind zum Abmarsch bereit.«
»Gut!« brüllte Istvan zurück. »Weitermachen!« Er wendete sein Pferd, und der Wind trug einen Schwall eisiger Regentropfen in sein Gesicht.

»Ach-*tung*!« kommandierten Stimmen entlang des Zuges. »Ab-*marrrsch*!« Übernächtigte Männer auf erschöpften Tieren stapften über den giftigen Staub durch den niederprasselnden Regen. Istvans Stute taumelte und schwankte, während ihre Hufe über den unsicheren Grund trabten. Zwischen den winzigen, giftigen Teilchen floß schon Wasser. Istvan klopfte auf den Nacken des Tieres und flüsterte ihm Kosenamen ins Ohr, um es zu beruhigen, während ihm die Regentropfen an der Nase herabliefen.

Er bedauerte seine Soldaten, die durch den Wolkenbruch stolperten, und wünschte, er hätte sie ein wenig länger schlafen lassen können. Aber die Pferde würden hungern, bevor sie Manjipor erreicht hätten. Einige würden lahmen, da das Wasser ihre Hufe so lange bearbeiten würde, bis sie rissen. Viele würden dann sterben, weil der giftige Staub und Keime aus dem Schatten in die Risse eindringen würden. Aber wenn er sich dem Grasland im Norden zuwenden würde, konnte er ebensogut umkehren. Der Regen und der Staub würden Manjipors Schicksal besiegeln, und die Stadt würde fallen, noch bevor der Regen vorüber war. Selbst wenn er nach Norden ritt, würde das dürftig bewachsene Land kaum Weidegrund für sechshundert hungrige Pferde bieten.

Am Morgen hatten die Männer Fleisch gegessen, das außen schwarz verkohlt war, im brennenden Troßwagen geröstet. Aber der Proviant für die Männer würde bis Manjipor ausreichen, und es würde sogar noch ein wenig übrigbleiben. Knapp war das Futter für die Pferde.

Kardom D'Aglars Kompanie schleppte sich zusammen mit Phillipos' Männern durch den Regen. Ihre Pferde waren weit weg – bei Martos.

Martos war dafür verantwortlich. Birthrans bester Schüler. Birthrans Wunsch war es gewesen, daß Istvan diesen Jungen treffen sollte, aber sicher nicht auf diese Weise. Welche Laune des Schicksals hatte sie – Schwertkämpfer der gleichen Schule, natürliche Verbündete – in diesem Krieg zu Gegnern gemacht? Und nun dösten übernächtigte Männer wegen Martos

auf den Rücken hungriger Pferde, während eine feindliche Truppe von unbekannter Größe angriffsbereit in der Nähe lauerte.
Istvan mußte an den überrannten Pferdewächter und seinen Kameraden denken. Er hörte jene haßerfüllte Stimme, die gerufen hatte: ›*Dafür werde ich ihn töten!*‹ Istvan hatte sich die Leiche des Wächters nicht angeschaut, aber er wußte, was er vorgefunden hätte. Er konnte dem Mann seinen Haß nicht verübeln. Schon ein gewöhnlicher Krieg war schwer zu ertragen . . .
Er erinnerte sich an die einzigartige Erleichterung, die er empfunden hatte, als er hörte, daß Martos nicht tot war. Eine Zeitlang hatte er über den Tod des Jungen getrauert, als sei sein eigener Sohn gestorben. Nun war einer seiner Leute tot, weil Martos lebte. Zu Tode getrampelt. Eine häßliche Art zu sterben. *Aber auch nicht schlimmer als das Alter. Und viel schneller.* Seine Gelenke schmerzten infolge des Regens.
Er dachte an Birthran, an die Zeit, als er ihn zum letztenmal gesehen und dieser mit stolzgeschwellter Brust von Martos' Heldentaten geprahlt hatte. Irgend etwas in seiner Erinnerung machte ihn stutzig. Er starrte in die farblosen Wasserfäden, aber statt des säuselnden Geplätschers vernahm er die Stimme des Schwertkämpfers: »Er wird einmal ein Held werden wie diejenigen in den alten Liedern«, so hatte Birthran gesagt. »Er ist ein so ernster junger Mann. Ein Schüler der Philosophen Atrion und Eldir. Und er ist durch und durch ehrenhaft.«
Das traf wohl für diesen Fall nicht zu. Eher beim schnellen Stich mit einem Rapier oder beim Hieb mit einer Axt. Wie konnte jener junge Mann, den Birthran beschrieben hatte, es vor sich selbst verantworten, bei Nacht in ein feindliches Lager einzudringen und einen Mann durch Pferde zertrampeln zu lassen, anstatt ihn mit dem Schwert zu töten, und Krieg nicht gegen seine menschlichen Gegner zu führen, sondern gegen die unschuldigen Pferde? Es sei denn . . .
Er lächelte und richtete sich im Sattel auf. Es sei denn, Martos

hätte zu wenig Männer, um einen Angriff auf die Vorhut reiten zu können – typisch kadarinisch, merkte er, jetzt, wo er darüber nachdachte. Weniger als zwei Kompanien hatte Di-Sezrotti gesagt. In seinem Kopf löste sich der riesige schattenhafte Gegner, von dem er geglaubt hatte, er schliche irgendwo außer Sichtweite umher, wie eine zerplatzende Seifenblase auf.

»Sie kehren nicht um!« sagte Valiros.
Martos rieb sich den Schlaf aus den Augen. Dann wandte er sein Gesicht dem schwarzsilbernen Himmel zu und ließ sich vom eisigen Wind vollends aufwecken.
Valiros' Gesicht war kaum zu erkennen. Martos kannte das Gesicht des Grenzländers neben ihm, aber er konnte sich nicht an den Namen des Mannes erinnern. Der Regen trommelte auf die Rüstung des anderen. Das Wasser rann über das lackierte Leder und plätscherte um seine Beine wie ein durchsichtiger Rock. In der Nähe konnte Martos Pferde sehen, die dicht aneinandergedrängt standen, die Köpfe zusammensteckten und ihre Schweife im Wind flattern ließen. Einige der Tiere grasten, und in ihren Mähnen hing nasses Gras. Das Geheul des Windes ließ ihn schaudern, denn das Geräusch erinnerte ihn an die Schreie des zertrampelten Pferdewächters.
Sie kehrten nicht um? War DiVega denn verrückt?
»Ich bin jetzt wach«, sagte er, betrachtete sich und zog den Umhang enger. »Laßt Euren Bericht hören.«
Der Grenzländer verbeugte sich. »Die Seynyorer haben ihr Lager abgebrochen und marschieren nach Manjipor. Eine kleine Gruppe von Rotroben, die Verwundete auf Karren mitführen, hat sich von der Armee getrennt und zieht nach Norden – in Richtung Inagar, glaube ich.«
Sie kehren nicht um! Martos starrte nach Süden. Jenseits der endlosen Regenschleier lag die Grenze wie schwarzer Fels, der hinter einem Wasserfall zum Vorschein kommt. Er sah, wie sich Donnerkopf gegen den Wind anstemmte, wie seine

Mähne und sein Schweif wehten und sein cremefarbener Umhang wie altes Elfenbein schimmerte. *Sie kehren nicht um!* Er stellte sich Donnerkopf dünn und hungernd vor und mußte wieder an die Schreie des überrannten Wachtpostens denken, und an den Jubel, mit dem er beobachtet hatte, wie die Funken aus dem lodernden Heu aufgestiegen waren.

Er hatte die großen Kriegspferde gefüttert, als er noch zu jung war, um ihre Schultern auf Zehenspitzen zu erreichen. Seine Vorväter hatten Pferde gezüchtet und sie in die Schlacht geritten, so weit die Überlieferung reichte. Und jetzt mußten seinetwegen Pferde hungern. Pferde waren unschuldige Werkzeuge des Krieges: Sie kümmerten sich nicht im geringsten um die törichten Bestrebungen der Menschen; ihnen war es gleichgültig, ob Chondos oder Jagat über Tarencia herrschte. Alle Kavalleristen stimmten darin überein, daß es eine Sache war, einen menschlichen Gegner zu töten, daß es jedoch die Tat eines Feiglings wäre, ein Pferd zu töten, dumm und unnötig, ganz so, als würde man Kinder oder Unbewaffnete töten. Er erinnerte sich, daß sein Großvater gesagt hatte, der neue Kriegsstil mit Bögen sei schlecht, weil man damit auch die Pferde träfe.

Die Menschen machen sich blind für das Böse, das sie tun, hatte Atrion geschrieben, *indem sie auf ein Ziel schauen, das weit jenseits ihres Tuns liegt. Aber der sich selbst beurteilende Mensch durchschaut solchen Betrug.*

Soviel also zum sich selbst beurteilenden Menschen!

Eine tugendhafte Tat ist sich selbst Lohn genug. Eine böse Tat hingegen entwürdigt das Leben der gesamten Menschheit.

Die Pferde, die durch ihn gestorben waren, würden immer noch tot sein, wenn dieser sinnlose Krieg vorüber wäre – tot und nutzlos, wenn die Dunklen Wesen das nächste Mal über die Grenze kamen. Und was würde es dann schon ausmachen, wer Olansos' Krone trüge?

Der sich selbst beurteilende Mensch kann nicht in Böses verwickelt werden, denn er weiß, daß all sein Tun die gesamte Menschheit beeinflußt.

Das plötzliche leise *Tapp-Tapp* auf dem Staub ließ Chondos stutzen, bevor noch die ersten Regentropfen auf sein Gesicht fielen. Der Fluß zu seiner Seite plätscherte plötzlich, und kleine ringförmige Wellen kräuselten sich auf ihm. Regentropfen schlugen im Staub auf. Feuchtkalte Tröpfchen klatschten auf seine Stirn und prallten mit erstaunlicher Kraft von seinen Wangenknochen ab.
Da erspähte er ein braunes Fell, das sich blitzartig zwischen den Felsen bewegte. Sein winziger Bewacher suchte sich eine Deckung. Er überlegte, ob es eine Art Eichhörnchen sein mochte, das die Vernichtung der alten Wälder überdauert hatte und das nun ähnlich den Geisterhirschen durch die entlegenen Bergtäler schlich?
Aber wer oder was hatte dann seinen Namen gerufen?
Er hielt sich nahe am Ufer, während er weiterzog, was ihm auch einen gewissen Schutz vor dem heftigen Regen bot. Das rhythmische Klatschen wurde bald zu einem angenehmen Geräusch in seinen Ohren. Der graue Dämonenstaub vor ihm wurde dunner. Der Fluß bewegte sich nun zwischen Ufern aus dickem rotem Lehm.
Er hielt den zerbrochenen Speer mit der Steinspitze wie ein Schwert vor sich, so daß er stets sehen konnte, ob seine scharfe gläserne Spitze glühte. Auf diese Weise konnte er zumindest erkennen, ob ihm unter dem Staub Dämonen auflauerten. Der glitschige Lehm unter seinen Füßen erschien ihm nach dem langen Marsch durch den Staub wie eine Wohltat. Es war schon eigenartig, daß er so glücklich war, einfach nur, weil er jetzt durch Lehm watete! Seine Farbe, die der von geronnenem Blut ähnelte, erschien ihm wunderschön nach all dem endlosen stumpfen Grau.
Er kämpfte sich über eine Anhöhe, wobei der Lehm unter seinen Füßen wegrutschte, und schaute plötzlich durch das feine Schimmern von Wassergräben entlang den flachen braunen Mauern einer Burgruine, die direkt den alten Liedern entsprungen zu sein schien. Sie erhob sich inmitten des Flusses auf einer kleinen Insel, obgleich die Strömung jahrhun-

dertelang Schlamm gegen seine Mauern gespült hatte. Ein langer Ausläufer einer zerstörten Brücke reichte fast bis an das Ufer auf der Seite des Flusses, auf der Chondos sich befand. An ihren Enden schäumte das Wasser um massive Steinblöcke. Trockenes Land und Flußwasser vermischten sich hier. Nebenarme bildeten ein Labyrinth von Seitentälern, deren Ufer aus rotem Lehm bestanden.
Legenden aus seiner Kindheit kamen ihm in den Sinn: Erinnerungen an historische Schlachten und verzweifelte Belagerungen und an den letzten tragischen Kampf gegen das Dunkle. Denn er erkannte jenen gedrungenen Turm mit den braunen Mauern. Während seiner ganzen Kindheit hatte er sein gewebtes Abbild vor Augen gehabt.

Die Männer, die schlafen in Kudrapor
Schlafen mit Waffen in der Hand:
Denn die Grenze bewachet Kudrapor,
Wo Dämonen belauern der Sterblichen Land.

Kudrapor! Lange Zeit hatte die Stadt die Kreuzung des Yukota und der Straße nach Rashnagar bewacht. Durch lange Jahrhunderte des Kampfes hatte es die angreifenden Armeen abgehalten und dies auch dann noch getan, als der Schatten nach Norden vordrang. Von hier aus hatte Pertap seinen berühmten Ritt gewagt, und alle Schrecken des Schattens waren ihm auf den Fersen gewesen. Und hier war er auch eine Generation später mit all seinen Männern gestorben, weil er diese strategisch wichtige Befestigungsanlage nicht aufgeben wollte. Irgendwo in diesen Ruinen vermoderten ihre abgenagten und zerschmetterten Gebeine.
Chondos schritt auf die berühmte Burg zu, und ein Hochgefühl des Ruhmes kitzelte ihn auf dem Rücken. Dann hielt er an, als er durch den Regenschleier die verkrüppelten, mißgebildeten Gestalten erkannte, die sich bei den zerbrochenen Säulen herumtrieben, dort, wo die zerstörte Brücke einst das Ufer erreicht hatte.

Er kroch durch den Schlamm, und der Saum seines Gewandes wurde dadurch besudelt. Die Wesen waren auf diese Entfernung nur Kleckse in der Landschaft, mit pfeifenstielartigen Armen und Beinen, die wie dünne Linien aus ihren rundlichen Körpern hervorragten. Aber wenn *er* sie von hier aus sehen konnte, mußten sie ihn ebenfalls erkennen können, denn er war größer.
Er studierte sorgfältig das verschwommen sichtbare Gelände und kroch hinter eine Erhebung im Schlamm. Er wollte zuerst einmal nachdenken, bevor er sich daran machte, um die Koboldwachen herumzuschleichen, und er hatte Hunger. Er hatte jetzt eigentlich ständig Hunger. Ihm kam der Verdacht, daß der Pilz, dem er zur Zeit sein Überleben verdankte, wenig nahrhaft für seinen Körper war.
Während er aß, hörte er ein leises Krabbeln, und ein kleines hinterhältiges Wesen äugte über einen in der Nähe liegenden Gesteinsbrocken. Er fürchtete sich nicht mehr vor diesem Wesen. Es hätte ihn im Gegenteil beunruhigt, wenn es plötzlich verschwunden wäre. Die Einsamkeit zeigte allmählich ihre Auswirkungen. Sogar den erbärmlichsten Speichellecker unter seinen Höflingen hätte er jetzt aufs Herzlichste empfangen.
Er hätte gerne gewußt, ob dieses rattenartige Wesen ebenso hungrig war wie er selbst. Er brach ein Stück von dem Pilz ab, den er aß, und warf es zum Felsen hinüber. Der winzige Kopf verschwand. Er lächelte in sich hinein und warf ein weiteres Stück hoch in die Luft, so daß es hinter dem Felsen verschwand.
Der Regen fiel weiter auf ihn nieder, während er da saß und das geschmacklose Zeug aß und nachzudenken versuchte. Er mußte irgendwie an den Kobolden vorbeikommen und weiter dem Lauf des Yukota folgen. Seine Ohren fingen aus der Richtung des Felsens schwache Kaugeräusche auf. Einen Augenblick später tauchte der winzige Kopf auf.
Er beobachtete ihn am Rande seines Blickfelds. Das braune Wesen huschte um den Felsen und schoß auf das Stück zu, das

er zuerst geworfen hatte. Es schlang es hinunter und beobachtete Chondos argwöhnisch, als ob es erwarte, daß er über es herfallen würde. Chondos konnte das Wesen nun zum erstenmal genau sehen. Der Regen hatte das Fell an seinen Körper geklebt. Ganz sicher war dies keine gewöhnliche Ratte. Der Kopf hatte dafür nicht die richtige Form. Das war kein Rattenkopf, und es war auch nicht der Kopf eines Eichhörnchens. Der Kopf glich eher einem winzigen Menschenkopf.
Die Kreatur fraß den Pilz ganz auf und beobachtete ihn wachsam. Chondos warf ihm ein weiteres Stück hin, und das Wesen sprang davon, jederzeit bereit zur Flucht. Sein nackter rosafarbener Schwanz zuckte. Chondos bewegte sich nicht. Nach kurzer Zeit schlich das kleine Wesen wieder auf das Pilzstück zu und begann behutsam daran zu knabbern, wobei es seinen Blick nie von Chondos abwandte.
Vielleicht, so dachte Chondos, würde die Kreatur, wenn er sie weiter füttern würde, ihre Furcht vor ihm ganz verlieren. Plötzlich wurde er sich seiner Gedanken bewußt. Er verlor hier nur Zeit! Das Tageslicht nahm schon ab. Er mußte eine Möglichkeit finden, wie er die Kobolde in Kudrapor umgehen und vor Anbruch der Nacht den nächsten Turm erreichen konnte – andernfalls würde er die Nacht in der unheimlichen Dunkelheit verbringen müssen.
Er kroch im Schutze des Felsens weiter. Weicher Lehm gluckste um seine Knie und schlabberte gegen seine Handgelenke. Von der scharfen Steinspitze seines zerbrochenen Speers schimmerte eine schwachblaue Flamme. Sie wurde heller, als er sich der alten Burg näherte, wo die Kobolde sich aufhielten. Er hielt den Speer ganz fest an sich gepreßt und verbarg ihn mit seinen Schultern, damit das Licht ihn nicht verriete, bis schließlich der schmierige Lehm die Flamme verbarg.
Die braunen Mauern tauchten unter dem schwarzen Spitzdach auf. Im Regen wirkte die Burg so sanft, wie er sie auf dem gewebten Bild gesehen hatte, vor dem er als kleiner Junge geträumt hatte. Aber der Himmel war jetzt nicht mehr blau: Kudrapor war gefallen.

Es war so um die Mitternacht,
Als die Sterblichen alle schliefen,
Da erhob sich das Heer der Dämonen-Lords
Zum Angriff aus unendlichen Tiefen.

Hell erglühet Hasturs Turm
Das Notfeuer am Himmel brennt.
Doch Dämonen zerstörten Hasturs Turm,
Und das Dunkel zog über das Firmament.

Regentropfen näßten den Lehm und platschten ihm in die Augen. Seine Arme waren bis zu den Ellbogen mit dünnflüssigem rotem Lehm verschmiert. Sein Gewand war feuchtkalt. Er kroch auf eine niedrige Mauer aus Lehm zu, die durch die Regenfälle von tausenden von Jahren angeschwemmt worden war, aus Lehm, den sie aus der darüberliegenden Böschung herausgewaschen hatten. Dahinter sah er Kudrapor aus dem schlammigen Wasser aufragen. Der glasige Regenschleier verbarg die Beschädigungen durch Alter und Kriege. Chondos konnte sich fast bildlich vorstellen, daß die massiven Mauern immer noch die Männer der königlichen Garde beherbergten, die die Überquerung des Yukota überwachte – wenn man von den Kobolden am Wasser absah.
Die Kobolde trugen rostige Mäntel, die von alten takkarischen Schuppenpanzern stammten. Runde Helme bedeckten ihre spitzen Köpfe. Unter ihren eisernen Rändern starrten riesige schräge Augen böse hervor. Einige von ihnen trugen Krummschwerter aus den frühesten Tagen der takkarischen Geschichte. Chondos erspähte begierig die mit Grünspan überzogenen Bronzegriffe an ihren Gürteln. *Wenn er doch nur ein Schwert hätte!*
Einige der Kobolde waren barhäuptig und bleich wie Wegschnecken. Andere waren mit einem schmutzigen weißen Fell bedeckt. Er konnte ihre schroffen Stimmen hören. Sie knurrten, wenn sie sprachen, und ihre Stimmen klangen so bestialisch, daß er den Worten keine Beachtung schenkte, bis er mit

einem plötzlichen Schock bemerkte, das sie die Hastur-Sprache benutzten – die allgemeine Sprache der Menschen.
»Wie lange noch?« hörte er einen von ihnen sagen.
Verschiedene andere Stimmen erhoben sich daraufhin, aber Chondos konnte keine einzelnen Worte verstehen. Speere wurden von skeletthaften Händen geschüttelt. Dann hörte er durch das Knurren hindurch wieder ein deutliches Wehklagen. Die Kobolde wurden plötzlich still. Vermischt mit dem herzerweichenden Schluchzen ließ ein tiefes Bellen sein Herz gefrieren. Die Geräusche wurden nun immer lauter.
»Sie kommen zurück!« winselte einer der Kobolde ängstlich.
»Was passiert, wenn sie sie diesmal nicht vertreiben können?« fragte ein anderer.
»Dann werden wir eine nette Mahlzeit für sie abgeben«, knurrte der erste.
»Wir sollten in die Burg laufen«, sagte ein anderer, aber seine Kameraden grunzten nur und kauerten sich auf den Boden, während der Regen um sie her niederprasselte und das Schluchzen, Winseln und Bellen immer lauter wurde.
Chondos fuhr hoch und schaute auf, als sich auf dem Weg zur Burg etwas rührte. Er sah eine Koboldgestalt, die über die Brücke rannte. Auch sie trug eine alte rostige Rüstung. Ihre Beine waren kürzer und dicker als die der weißen Kobolde, und sie waren ebenso wie ihr Gesicht und ihre Hände mit einem kurzen schwarzen Pelz bedeckt. Sie bewegte sich vorsichtig über den zerstörten Teil der Brücke und sprang dann über das Wasser auf einen der herabgefallenen Steine. Grausame rote Augen brannten unter dem Rand ihres Helms, während das Wesen von Stein zu Stein hüpfte, wobei es seine langen Arme wie Flügel ausbreitete.
Das unheimliche Wehklagen schwoll an und wurde dann allmählich wieder leiser. Die erschrockenen Kobolde liefen nun aufgeregt umher. Die schwarze Gestalt bewegte sich auf das Ufer zu, während die weißen Kobolde sich bedrohlich vor ihr aufbauten, knurrend und zischend.
Chondos nahm an, der Neuankömmling gehöre zu einem

anderen Stamm, aber er konnte kein Wort verstehen, bis der schwarze Kobold wütend seine Stimme erhob: »Hütet eure Zungen, oder ich werde sie essen. Oder möchtet ihr lieber von *ihnen* gefressen werden? Sie haben nicht viel zu essen.«

»Niemand hat viel zu essen«, knurrte der größte der weißen Kobolde. »Ohne Haut schmeckst du genau wie jeder andere auch. Was machst du auf unserer Seite des Flusses?«

Chondos setzte sich in Bewegung und schaute nervös auf den riesigen Zwischenraum zwischen ihm und dem nächsten Felsblock. Die Augen aller Kobolde waren von ihm abgewandt und schauten auf den Schwarzen. Doch als er zum Laufen ansetzte, erscholl direkt hinter ihm eine schrille Stimme – die gleiche quiekende Stimme, die ihn vor dem Troll gewarnt hatte.

»*Hier!*« schrie sie. »König Chondos ist hier, hinter dem Lehmberg! Kommt und holt ihn! Aber denkt daran, die Belohnung gehört mir!«

Unnötigerweise sprang Chondos hinter den Hügel zurück. Über seine Schulter sah er das winzige braune Wesen, das ihm so lange gefolgt war und nun auf der Spitze des Felsblocks stand. Wut überkam ihn – eine törichte, grundlose Wut, die einem noch viel törichteren Gefühl entsprang, daß er sich verraten fühlte. Er hatte diesem Wesen noch Nahrung hingeworfen. Aber schließlich stand es nicht auf seiner Seite; es war niemals auf seiner Seite gewesen.

Koboldfüße polterten heran. Jetzt war keine Zeit für Torheiten! Er tauchte die Steinspitze des zerbrochenen Speers in eine Wasserlache, und der gezackte flammende Stein, von dem nun der Schlamm abgewaschen war, glitzerte wieder.

Der erste Kobold, der um die Ecke des Lehmhügels herumgerannt war, blieb sogleich stehen, und seine flachen Füße rutschten durch den roten Lehm, als das helle Licht des Speers in seinen Augen brannte. Seine Brust war mit einem rostigen Panzer bedeckt, aber seine Augen befanden sich etwa in Höhe des menschlichen Herzens. Chondos stürzte los und hielt den Speer wie ein Schwert. Das Ding kreischte einmal und erhob ein rostiges Krummschwert, bevor der flammende Glassplitter in einem schrägen Halbmond von der Größe eines menschlichen Mundes verschwand.

Die alte Klinge fiel trudelnd aus der Hand des Kobolds, und Chondos ließ den Speergriff fallen. Ein Dutzend anderer Kobolde schwärmte über den Lehmhügel, aber nun hatte Chondos DiVega, König von Tarencia, ein Schwert in der Hand.

Schwerer Stahl peitschte am Ende seines Arms hervor, und ein Koboldkopf spritzte den übrigen Kobolden Schlamm in die Augen. Er wandte sich einem anderen zu, der vom Lehmhügel aus seinen Kopf zu treffen versuchte. Die gebogenen Klingen schlugen aufeinander, und Chondos stieß über das andere Schwert, als dieses zur Seite prallte. Aber das Krummschwert verfehlte die Kehle des Gegners. Die Spitze verfing sich in einem Ring der Rüstung und warf den Kobold unverletzt zurück auf das Ufer. Chondos wich einem Hieb aus, und sein Schwert schnitt durch ein Handgelenk, das nicht dicker als eine Kerze war. Er schlug einen Speer zur Seite, der auf seinen Nacken zielte, und als er der Spitze des Gegners entgangen war, streckte er sich aus, um seinen knochigen Nacken zu durchtrennen.

Im Hintergrund von Chondos' Geist tanzte Istvan DiVega durch den Schloßgarten, während das Sonnenlicht auf seinem Schwert glitzerte. Chondos' rostige Klinge peitschte in einen braunen Nebel, um eine Speerspitze abzuwehren, die auf seine Kehle zielte. Er fühlte, wie die Schneide auf hartes Holz aufschlug, und in wilder Panik drehte er sich um sich selbst. Holz zerbrach, und die Speerspitze fiel zu Boden, als er sich einer anderen Waffe entzog. Der Schweiß auf seiner Stirn mischte sich mit eisigem Regen. Seine Feinde hatten Rüstungen. Er nicht.

»Fangt ihn lebendig!« schrie einer der Kobolde, und hinter dem Felsen in seinem Rücken schrillte die Stimme des Rattenwesens wie ein Echo: »Nehmt ihn lebendig gefangen! Der Meister tötet jeden, der ihm Leid antut! Denkt daran! Tot dem, der ihn verletzt! Der Meister hat es befohlen! Denkt daran! Mir gehört die Belohnung!«

Lebendig? Chondos' Zähne knirschten unter einem grimmigen Grinsen. Das würde keine leichte Aufgabe für sie werden!

Der verwundete Kobold stolperte schreiend davon und umklammerte sein blutendes Handgelenk. Einer der anderen brachte ihn zu Fall und durchschnitt die Sehnen seiner Beine.

Ein Horn dröhnte heiser und verstimmt. Chondos sah, daß es der schwarze Kobold blies, der in angemessener Entfernung vom Kampf stand und das Horn zum Himmel erhob.

Die Kobolde zögerten, verteilten sich vorsichtig und versuchten, sich hinter Chondos zu stellen, ohne jedoch in Reichweite seines Schwertes zu kommen. Sichelförmige Augen glühten im Halbdunkel. Regen und Schweiß nahmen ihm die Sicht. Mit einem Schrei riß er sein Schwert hoch und verlagerte das Gewicht, als ob er angreifen wollte. Als die Kobolde quiekend zurückwichen, schlang er den trockensten Teil seines herabhängenden Ärmels über die Augen, so daß ihm die darin verborgenen Steine auf die Wange schlugen.

Mit der Linken faßte er in die Tasche, und einer der Steine glitt in seinen Handteller. Brüllend richtete er die Schwertspitze zum Himmel und rannte auf die Kobolde zu, die sich zu seiner Linken an ihm vorbeidrängten. Sie gingen ihm aus dem Weg, aber hinter sich hörte er das schon erwartete Klatschen flacher Füße, die es auf seinen Rücken abgesehen hatten. Heimtückischer Schlamm peitschte unter seinen Füßen auf, als er sich umdrehte und den Stein schleuderte. Er traf die riesigen Augen des nächststehenden Kobolds, und diese glühten in einer blauweißen Flamme auf.

Heulend und mit über die Augen gehaltenen Händen krümmte sich die Kreatur auf dem Boden, während Chondos einem Speerstoß auswich und sein Arm das fallende Gewicht seines Schwertes durch einen knochigen, weißbepelzten Ellbogen jagte. Er sprang zurück und wirbelte die alte Klinge abwärts, als ein Kobold nach seinem Bein schnappte. Er spürte, wie der Stahl zitterte, als dieser auf einen eisernen

Helm aufschlug. Der Bronzegriff schmerzte in seiner Hand, und der Kobold fiel betäubt in den Schlamm.
Horden von bleichen Kobolden schrien und umringten ihn, während sie ihre Waffen außer Reichweite seines Schwertes schwangen. Und hinter ihnen sah er Kobolde mit schwarzem Fell, die über die Landzunge von Kudrapor ausschwärmten.

Durch die Jahrhunderte hindurch drang
Kein Feind auf diesen Boden vor.
Der schlimmere Tod macht mich nicht bang:
Ich will bannen das Dunkel von Kudrapor!

»Kudrapor!« schrie er und hob seine Klinge hoch in die Luft. Die Kobolde wichen schreiend zurück, und er drehte sich um und rannte aus dem Flußtal hinauf in das Gewirr der Kanäle, die er dort erspäht hatte.
Brüllendes, schreckliches Gelächter folgte ihm. Sie liefen sogleich hinter ihm her, aber seine Beine waren länger; er vergrößerte den Abstand. Einen Augenblick lang schien es so, als hätte der Trick funktioniert und er würde seine Verfolger in dem Gewirr von Wasserläufen verlieren. Der Regen würde seine Spuren und seinen Geruch verwischen, und er würde auf einem anderen Weg zum Fluß zurückkehren und den nächsten zerstörten Turm erreichen – vielleicht sogar den, zu dem Pertap geritten war.
Löcher öffneten sich im Boden, und die Umrisse von bleichen Gestalten, deren weißes Fell vom Lehm verschmutzt war, erhoben sich und stellten sich ihm in den Weg. Eine Koboldstadt erstreckte sich vor ihm. Er nahm flammende Steine in seine Linke, wandte sich in die Enge getrieben um und stellte sich seinen Verfolgern. Das alte braune Schwert, dessen Rost nun mit Blut überdeckt war, sauste durch die Luft.
Er ging den gleichen Weg zurück, den er gekommen war und warf den Gegnern flammende Fragmente des zerstörten Hasturturmes wie glühende Kohlen ins Gesicht. Sein Schwert, das nach rechts und links durch die Luft schnitt, war wie ein

Todeswind in seiner Hand. Diejenigen, die ihm am eiligsten nachgejagt waren, starben, bevor sie auch nur bemerkt hatten, daß sich ihr Opfer umgewandt hatte. Einige zögerten, da sie sich an den Befehl des Meisters erinnerten, und versuchten, Chondos lebend zu fangen. Andere versuchten ihn zu töten. Aber es bestand für sie keinerlei Hoffnung zu entkommen. Schwert und Geist vereinigten sich in Chondos zu einem einzigen Ziel. Er würde sie zwingen, ihn zu töten, und bis er selbst starb, würde er töten.

Sein Schwertknauf war heiß geworden in seiner Hand, und sein wirbelnder Schwertarm war mit fauligem Blut bedeckt. Er tanzte zum Fluß hinab, und Leichen fielen überall, wo er vorüberkam. Panzerringe zersprangen unter seiner Klinge; dunkles Blut spritzte umher. Plötzlich rannten die Kobolde davon. Er jagte sie bis zum Ende des Flußtals. Kudrapor erhob sich hinter der fliehenden Meute. Die Hoffnung kehrte zurück. Fern vom Flußufer, das sie zusammenhielt, würden sie sich zerstreuen, und dann würde er weiterrennen können.

Da bahnte sich plötzlich ein dicht gedrängter Keil von schwarzen Kobolden mit kleinen runden Schilden durch die Fliehenden. Sie bildeten eine Kampflinie durch das gesamte Flußtal. Seine Linke zog das Schnitzmesser aus dem Gürtel. Das rostige Schwert peitschte in großen Kreisen, er schleuderte sich ihnen entgegen und versuchte, durch pure Wildheit einen Durchbruch zu erzwingen.

Seine Klinge schlug auf Holz und Leder auf. Die Gegner bildeten einen Kreis um ihn, und ihre erhobenen Schilde schlossen sein Schwert ein. Ein Speerschaft fuhr zwischen seinen Füßen in den Boden und brachte ihn zum Straucheln, und er rutschte im regennassen Lehm aus. Seine Klinge drosch auf erhobene Schilde, während er gleichzeitig um sein Gleichgewicht rang. Irgend etwas traf seine Kniekehle, und er fiel zu Boden. Seine linke Hand und das Messer, das sie hielt, waren tief im Lehm versunken. Sein Schwert peitschte unter den Schilden her, und ein Kobold schrie auf, als die gebogene Klinge seine spindeldürren Beine traf.

Chondos spürte einen Streich an der Rückseite seines Kopfes, und ein blauweißer Schmerz blitzte vor seinen Augen auf. Schilde trieben sein Schwert in den Schlamm. Nebelhafte Gestalten sprangen auf ihn, Hände ergriffen seine Arme und Beine. Er ließ sein jetzt nutzloses Schwert fallen und rollte sich herum, ergriff sein im Schlamm liegendes Messer und stieß es in Fleisch über sich. Heißes Blut schoß auf seine Hand. Er wand sich und stach. Dann durchfuhr ein anderer stechender Schmerz seinen Kopf, und er konnte in der plötzlich über ihn hereinbrechenden Dunkelheit seine Arme und Beine nicht mehr finden.

3

Istvan DiVega döste auf dem sanft wiegenden Rücken seines Pferdes. Das Gewicht des durchnäßten Umhangs lastete schwer auf seinen Schultern, aber es war ein guter dicker Umhang. Wäre nicht das ständige Plätschern des Wassers gewesen, so hätte er nicht einmal bemerkt, daß es überhaupt regnete, zumindest solange der Wind ihm den Regen aus dem Gesicht hielt. Er schwankte zwischen Schlaf und Wachsein, und den meisten übrigen ging es ebenso. Er bedauerte schon jetzt die Wachen für die kommende Nacht. Sein Körper sehnte sich danach, daß der Marsch zu Ende ginge und er Zeit fände, sich auszustrecken und zu schlafen, aber es waren immer noch viele Meilen zu bewältigen. Viele Meilen vergifteten Staubes . . .
Seine Knöchel schmerzten in den Steigbügeln, und manchmal hatte er das Gefühl, als ob Eiswasser schmerzhaft durch Löcher sickerte, die in seine Gelenke gebohrt wären. Der Regen war nun feiner und setzte sich wie ein Schleier gegen die graue Erde und den grauen Himmel ab. Die Seynyorer stapften weiter. Sie hatten schon früher ohne zu schlafen mar-

schieren müssen, und sie waren darauf gefaßt, daß sie auch später wieder ohne Schlaf auskommen müßten. Die Kalascorier waren fußkrank und erschöpft, und sogar die Grenzländer waren träge.
Plötzlich sah Istvan durch den Regen, daß eine der Kompanien in der Nähe abgesessen war und die Pferde am Zügel führte. Er schüttelte sich und versuchte sich zu erinnern, ob es auch für ihn Zeit wäre, abzusitzen und seine Stute am Zügel zu führen, doch dann fiel ihm wieder ein, daß dies ja Ciavedes' Kompanie war, die das Tempo vorgeben sollte.
Er wandte sich im Sattel um, und sogleich schlug ihm kalter Wind und Regen ins Gesicht. Nachdem er sich das eisige Wasser aus den Augen gezwinkert hatte, sah er, daß andere Reiter hinter ihm aufgeschlossen hatten. Er gähnte, bewegte sich im Sattel und streckte sich; seine Knie durchfuhr ein stechender Schmerz. Er beugte das Gelenk seiner Schwerthand unter dem Umhang und versuchte, auf diese Weise den stumpfen Schmerz zu beseitigen, der an seinen Knöcheln und Handballen nagte. Die Schläfrigkeit überfiel ihn wieder, doch plötzlich wurde er durch Firencios Stimme, die fast dröhnend durch das Prasseln des Regens schallte, roh aus dem Halbschlaf gerissen.
». . . Kundschafter rechts vor uns«, sagte Firencio. »Sein Pferd war verschwunden, und es war reines Glück, daß sie über seinen Körper stolperten.«
»Was?« schrie Istvan. »Sprich lauter, Kerl! Ich kann bei diesem Lärm kein Wort verstehen.«
Der vorderste Mann der Reihe von Kundschaftern, die sich parallel zur Armee im Norden bewegten, war tot aufgefunden worden. »Er hatte sein Schwert gezogen«, fuhr Firencio fort, »und möglicherweise war sogar Blut darauf, aber der Regen hat es natürlich abgewaschen. Jedenfalls waren alle seine Wunden auf der Vorderseite des Körpers.«
Firencio hatte kaum seinen Bericht beendet, als zwei weitere Botschaften eintrafen, eine unmittelbar nach der anderen. Eine kleine Gruppe von Männern war vor der Armee im Regen erspäht worden. Sie hatte ihren Weg gekreuzt und war in

Richtung Süden geritten. Und noch ein weiterer Kundschafter war getötet worden, diesmal direkt vor den Augen zweier Kompanien. Fünfzehn Männer waren im Norden aus dem Regenschleier aufgetaucht und hatten den Kundschafter verfolgt, ihn von der Armee abgeschnitten und ihn schließlich getötet. Ein einzelner Mann hatte mit dem Kundschafter gekämpft, während die anderen auf ihren Pferden gesessen und den Kampf beobachtet hatten.
Es waren Männer zur Hilfe geritten, aber der Kundschafter war gestorben, noch bevor sie ihn hatten erreichen können, und seine Mörder waren schon im grauen Nebelschleier verschwunden. Zwanzig Männer von DiCalvados' Kompanie waren ihnen gefolgt – und nicht zurückgekehrt.
»Diese Idioten!« entfuhr es Istvan. Dann schwieg er und dachte wütend nach, während der Regen auf seine Kapuze prasselte. Es kam nichts Gutes dabei heraus, auf Männer wütend zu sein, die möglicherweise schon tot waren.
Die Männer, die die Straße vor ihnen überquert hatten – ob sie Teil einer größeren Gruppe waren? War der Feind vorausgeritten, um ihnen den Weg abzuschneiden? Oder war dies nur ein Trick, um ihn genau dies denken zu lassen, um ihn im grauen Staub aufzuhalten, während die wertvollen Vorräte allmählich verbraucht wurden? Zu große Vorsicht konnte in dieser Situation tödlich sein.
Martos. Er erinnerte sich an das, was Birthran ihm erzählt hatte. Wenn Martos genügend Männer hätte, um in einer offenen Feldschlacht gegen diese Armee anzutreten . . .
Es gab nur noch so wenige Grenzländer, daß Jagats Armee die seine zahlenmäßig nicht um mehr als tausend Mann übertreffen konnte. Und es gab mindestens zweitausend Seynyorer in Manjipor, und diejenigen unter Jagats eigenen Leuten, die sich auf Maldeos Seite geschlagen hatten, und dazu Eisenfausts Männer. Jagat konnte keine Armee ins Feld führen, die seiner eigenen die Stirn bieten könnte, ohne die Streitmacht erheblich zu verringern, die Manjipor belagerte, oder ohne die Belagerung ganz aufzugeben.

»Welche Neuigkeiten gibt es aus Manjipor?« fragte er scharf. Kalte Tropfen spritzten auf seine Nase, als er sich im Sattel aufrichtete.
»Aaahm . . . nichts Neues . . . soviel ich gehört habe.« Firencio blickte verwirrt drein.
»Bringt mir einen der Seher herbei, aber schnell. Sofort!«
Firencio salutierte und ritt davon, und Istvan setzte sich in seinem Sattel zurecht und wartete. Bevor Firencio noch mit dem Seher zurückkehren konnte, erreichten Istvan zwei weitere Berichte. Der erste Kundschafter links wurde vermißt, und ein reiterloses Grenzlandpony stolperte kopflos durch die Reihen von Alon Robardins Männern. Während Istvan noch über diese Neuigkeiten nachdachte, ritt Rupiros D'Ascoli mit einer weiteren Nachricht heran. Seine Männer und die der nächsten Kompanie im Zug – die auch von D'Ascoli geführt wurde – hatten eine kleine Gruppe Berittener gesehen, die einen anderen Kundschafter verfolgten. In Sichtweite der beiden Kompanien hatten sie ihn umringt, um ihn abzufangen. Ein Mann hatte ihn in einen Kampf verwickelt, während die übrigen zusahen. Scheinbar hatte der Kundschafter seinen Angreifer überwältigen können, denn ein zweiter Berittener war aus der Gruppe geritten, um zu kämpfen. D'Ascoli hatte Männer zur Hilfe ausgeschickt, aber die Gruppe war verschwunden, bevor die Hilfe eingetroffen war, und hatte die Leiche des Kundschafters zurückgelassen. D'Ascoli hatte die Verfolger zurückgerufen, da er sich über die Gefahr im klaren war.
Istvan schickte nach Lord Rinmull von Ojaini und nach Arjun DiFlacca, als Firencio mit dem Seher kam. Auch der Seher hatte Neuigkeiten. Wenige Augenblicke zuvor war ein Reiter aus dem Süden gekommen, und der Schatten erhob sich hinter ihm im Regen wie schwarzes Glas, das man durch ein Netz sieht. Der Mann war bis auf ein paar Schritte an die Vorreiter von Chalcondiels Kompanie herangeritten, war in seinen Steigbügeln aufgestanden und hatte etwas zu Boden geworfen, bevor er sein Pony gewendet hatte und davongeprescht

war. Das Ding, das er ihnen zugeworfen hatte, war zwischen die Hufe der Pferde gerollt: Es war der Kopf eines vermißten Kundschafters.

»Welche Nachricht gibt es aus Manjipor?« fragte Istvan.

»Sie haben gestern einen weiteren Angriff auf die Mauern abgeschlagen, aber heute scheinen Jagats Männer auf das Ende des Regens zu warten.«

»Frag D'Oleve, ob er schätzen kann, wieviel Männer noch dort sind. Und am besten soll er auch gleich schätzen, wie viele gestern morgen noch dort waren. Ich möchte, daß man mir *jede* Veränderung in der Truppenstärke mitteilt – alles, was darauf hindeuten könnte, wie viele von ihnen die Belagerung aufgegeben haben und hierher gekommen sind.«

»Sehr wohl, Lord, aber das könnte einige Zeit dauern.« Der Seher schloß die Augen und fiel in Trance.

Istvan richtete sich auf und wandte sich D'Ascoli zu. »Sie haben einzeln gegen ihn gekämpft, hast du gesagt?«

»Ja.« D'Ascoli nickte bedächtig. »Natürlich, wenn er den zweiten getötet hätte, hätte er einem dritten Gegner gegenübergestanden und so weiter, bis er alle zwanzig getötet hätte. Es ist zwar nicht so fair, wie es auf den ersten Blick erscheinen mag, aber zumindest haben sie ihn nicht durch rein zahlenmäßige Überlegenheit überwältigt.«

Istvan knurrte. »Firencio, ich möchte, daß alle Kundschafter zurückgerufen werden. Und zwar jetzt sofort. Und ...« Er hielt inne, um zu horchen. »Was, in Hasturs Namen, ist denn das?«

Aus den dahintreibenden Regennebeln drang ein hohes, musikalisches Summen zu ihnen.

»Wenn wir hier nicht so weit vom Meer entfernt wären, würde ich sagen, daß es ein –« Er wurde durch D'Ascolis Lachen unterbrochen.

»Genau das ist es!« sagte er. »Ihr habt vollkommen recht, es ist ein Muschelhorn. Die Grenzländer benutzen sie manchmal als Kriegshörner. Die alten Takkarer brachten sie vom Meer mit, und in einigen Häusern gibt es sie noch als wertvolle

Erbstücke. Man erzählt sich die seltsamsten Legenden darüber.«
Wenige Augenblicke später ritt ein völlig erschöpfter, blutender Mann in die Reihen von DiGasclons' Kompanie, der letzte der Kundschafter zur Rechten. Er war der letzte Überlebende von zwanzig Männern aus DiCalvados' Kompanie, die den Mördern des Kundschafters nachgeritten waren; alle anderen lagen irgendwo weiter nördlich tot im Regen.

Kalter Regen fiel auf Chondos' Gesicht und rollte wie eisiger Schweiß über seine Haut, um dann in den Schlamm neben ihm zu tropfen. Sein Kopf pochte. Rauhe, krächzende Stimmen bedeuteten ihm nichts, auch nicht der Schmerz in seiner Schulter und ebensowenig seine wundgescheuerten Handgelenke.
Plötzliches erschrak ihn wildes Geschrei, und seine Augen öffneten sich blitzartig. Regentropfen sprangen aus dem unbestimmten Grau. Eine schmerzerfüllte Stimme plapperte und bat flehentlich. Andere Stimmen höhnten. Chondos kniff die Augen zusammen und rollte mit seinem Kopf durch den Schlamm.
Die Kobolde, die er verwundet hatte, wurden in Stücke geschnitten, während andere um sie herum lachten und höhnten und sich über ihre Schreie und ihr Kämpfen lustig machten. Er sah, wie jemand seinen Peiniger krallte, aber der andere Kobold packte seine Hand und grinste höhnisch.
»Du hast wohl gedacht, du würdest leben, um uns andere aufzuessen, ist es nicht so?« Das lange Messer schlitzte ihn auf. Der Schlächter stopfte sich eine Handvoll blutiges Fleisch in den Mund und kaute, holte dann etwas wie ein dünnes weißes Band hervor und begann, mit der flachen Seite seines Messers darüber zu schaben. Das Schreien wurde noch wilder. Der Kobold mit dem Messer lachte mit noch vollem Mund und spuckte überall Blut umher.
Chondos wurde übel, er schloß seine Augen. Dann hörte er über das Geschrei hinweg ein plötzliches Knurren hinter sich

und eine tiefe, rauhe Stimme: »Nein, das tust du nicht!« Weiteres Knurren erscholl, das Geräusch von Schlägen und ein plötzliches Winseln. »Er ist nicht zum Essen da! Nimm deine Pfoten weg!«
Chondos spannte die Arme an und versuchte sich aufzurichten und zu kämpfen. Scharfe Stacheln kratzten über seine Handgelenke. Man hatte ihm die Hände hinter dem Rücken festgebunden. Seine Schultergelenke schmerzten.
»Weg da! Er gehört uns! Er ist auf unserer Seite des Flusses!« Diese Stimme war noch schriller und mißtönender.
»Und wer hat ihn gefangen? Ihr Maden würdet immer noch rennen, und er wäre längst verschwunden, wenn wir auf unserer Seite geblieben wären.«
Über sich sah Chondos miteinander kämpfende schwarze und weiße Gestalten, die sich wegen des Regenschleiers in seinen Augen nur undeutlich vom allgemeinen Grau abhoben. Der Weiße stolperte zurück. Eine gebückte schwarze Gestalt, deren ganzer Körper in einer grauen Rüstung steckte, stand mit erhobenem Schwert über ihm.
»Also bleibt weg von ihm!« röhrte die tiefe, grimmige Stimme. »Es ist mehr als genug Fleisch da, und es wird noch mehr werden, wenn ihr es wagt, ihn noch einmal anzurühren! Er gehört dem Meister, und die Belohnung –«
»Mir!« hörte er eine schrille, winselnde Stimme, eine Stimme, die Chondos nur zu gut kannte. »Die Belohnung gehört mir! Niemand von euch hätte ihn fangen können, außer mir! Er gehört mir!«
»Dann komm doch und hol ihn dir ab!«, knurrte der schwarze Kobold im Flüsterton. Sogar Chondos konnte ihn durch die Schreie hindurch kaum hören.
Der Regen nahm ab, und kurze Zeit später war er nur noch ein feines Nieseln, fast wie ein Nebel.
»Fleisch!« schrie die schrille Stimme. »Der Meister versprach mir, daß ihr mir Fleisch geben würdet!«
Über sich sah Chondos die großen schrägen Augen von weißen und schwarzen Kobolden, die sich verstohlene Blicke

zuwarfen. Ihre scharfen Zähne waren hinter einem Lächeln verborgen, und Schlitze flackerten in dem nasenlosen Raum zwischen den Augen und Mündern der schwarzen Kobolde.
»Gebt ihm etwas Fleisch«, sagte der schwarze Kobold mit einer ruckartigen Bewegung seines Kopfes in Richtung auf die schreienden Kreaturen hinter ihm. Wieder sah Chondos, daß die beiden einen Blick austauschten, und dann entfernte sich die weiße Gestalt aus seiner Sicht.
Eine verblüffend rote Zunge erschien zwischen den schwarzen Lippen, und die Nüsternschlitze flackerten. Dann senkten sich die riesigen Augen zu Chondos herab, zu schnell, als daß er seinen eigenen noch hätte schließen können. Der riesige Mund weitete sich; dünne Lippen gaben Reihen spitzer Zähne frei.
»Bist du wach?« flüsterte der Kobold. Er lachte mit einem schrecklichen, gurgelnden Glucksen. »Bereit zum Tranchieren. Du hast eine Menge mehr Fleisch als die alle da!« Er deutete auf die schreienden Kreaturen hinter ihm. »*Viel* mehr Fleisch.«
Chondos hatte ein Gefühl, als sei ein Stein auf seine Brust gefallen, aber er bekam sein Gesicht wieder unter Kontrolle und starrte ruhig und ohne zu blinzeln in die großen roten Augen des Kobolds. Der Meister wollte ihn haben; diese Kreatur würde es nicht wagen, ihn anzurühren. Die Lippen zuckten, als wolle er noch weitere Drohungen ausstoßen, aber dann wandten sich die roten Augen von ihm ab. Der weiße Kobold kam zurück und hielt in seinen besudelten Händen einen Brocken zuckendes, blutendes Fleisch. Blut klumpte in seinem weißen Fell.
»Hier ist dein Fleisch und dort dein Gefangener!« brüllte der schwarze Kobold. »Komm und hol dir beides ab!« Aus den Augenwinkeln sah Chondos, daß die Kobolde wieder heimliche Blicke austauschten. Er drehte den Kopf, um sehen zu können, wohin die Kobolde schauten, weg von dem fressenden Mob und seinem Gekreisch. Er sah, wie ein brauner Fellball von der Spitze eines Felsens herabkam und auf sie zurannte.
Die Kreatur blieb argwöhnisch außer Reichweite der Kobolde

stehen und beobachtete sie genau. »Werft das Fleisch hierher!« kommandierte die schrille Stimme.
Mit einer Grimasse warf der weiße Kobold dem kleinen Wesen den Fleischbrocken hin. Eine rote, tropfende Masse flog durch die Luft und verteilte sich auf dem Boden. Sogar die kleineren Stücke flogen nicht weit genug, und einzelne Stücke fielen mehrere Fuß entfernt zu Boden.
»Jetzt weg mit euch!« kommandierte die schrille Stimme wieder. Schweigend zogen sie sich langsam zurück. Aber wieder sah Chondos, daß sich das schwarze und das weiße Gesicht bösartige Blicke zuwarfen. Zwischen den schwarzen Lippen kam die rote Zunge zum Vorschein und leckte die Nadelzähne.
Chondos erinnerte sich an den Troll. Bevor das kleine Wesen ihn verraten hatte, hatte es ihm das Leben gerettet. Aber was machte das jetzt noch aus? Es war ein Feind. Es hatte ihn nur der Belohnung wegen gerettet.
Die Kobolde entfernten sich von ihm. Er versuchte die Füße zu bewegen – gefesselt, natürlich. Mit einer krampfartigen Bewegung, die messerscharfen Schmerz durch seinen Kopf schickte, wand er sich in eine sitzende Position. Er fühlte sich schwach und krank. Sein Haar starrte von Schlamm, und vielleicht auch von Blut.
Er hatte gedacht, er hätte sie dazu bringen können, ihn zu töten. Er zog die Knie an die Brust und blickte auf die Seile, die um seine Knöchel geschlungen waren. Sie waren aus langen Hautstreifen geflochten, an denen noch Fell hing. Die Knoten entmutigten ihn.
Selbst wenn er seine Beine hätte freimachen können, schien es wenig sinnvoll, mit gebundenen Händen und ohne Waffen in den Schatten zu laufen. Plötzlich bemerkte er, daß man ihm die Ärmel entfernt hatte: Die wenigen noch verbliebenen Steinstücke waren verschwunden. Er konnte zwar immer noch das Gewicht der Silberringe an seinen Fingern spüren, aber solange seine Hände auf dem Rücken festgebunden waren, würden sie ihm kaum eine Hilfe sein.

Argwöhnisch beobachtete das Rattenwesen, wie die Kobolde langsam davonschlurften. Als sie sich seiner Meinung nach weit genug entfernt hatten, schnüffelte es am nächstgelegensten Stück Fleisch und begann gierig zu kauen.
Hinter Chondos verebbten die Schreie der geschlachteten Kobolde zu einem jämmerlichen Miauen. Kalter Regen kühlte seine Haut und rann ihm wie Tränen über das Gesicht. Seine angespannten Schultern schmerzten, und die Borsten auf der Schnur schnitten in die weiche Haut der Handgelenke. Seine Augen wanderten suchend durch den Schlamm, um ein verlorenes Messer oder Schwert zu entdecken, obgleich er wußte, daß er keine Möglichkeit hätte, es unbemerkt zu ergreifen oder zu benutzen.
Aus den Augenwinkeln sah er die schwarzen und weißen Kobolde sich trennen und langsam das verstreute Fleisch umkreisen. Das Rattenwesen fraß sorglos und bewegte sich von einem Fleischstück zum anderen und stopfte sich voll, während es sich, ohne es zu merken, den sich langsam bewegenden Kobolden näherte. Sie würden es fangen. Aber warum sollte ihm das etwas ausmachen?
Der weiße Kobold setzte zum Sprung an. Chondos schrie. Der winzige Kopf richtete sich mit tropfendem Mund auf. Es sprang davon, als die weiße Gestalt zum Sprung ansetzte. Es entkam den zupackenden Händen, lief zurück und huschte in die Sicherheit der hohen Felsbrocken.
Der schwarze Kobold folgte ihm und wollte ihm den Weg abschneiden. Das Rattenwesen drehte sich um, versuchte zu springen, aber es war nach dem Mahl nicht schnell genug. Die langfingrige schwarze Hand fuhr herab und ergriff den Schwanz und eines der Hinterbeine. Dann baumelte die Kreatur von der schwarzbepelzten Hand herab, und der Kobold lachte und streckte seinen langen Arm aus, während das Rattenwesen zappelte und winselte.
»Hier ist deine Belohnung«, spottete der Kobold und schrie so schrill wie er nur konnte. Er öffnete sein Maul und näherte die verzweifelt kämpfende Kreatur seinen langen Zähnen.

Das Rattenwesen zappelte und senkte seine Fänge in die Oberlippe des Kobolds. Brüllend vor Schmerz schleuderte er das Ding von sich, und die winzigen Zähne rissen durch sein Fleisch. Dunkles Blut rann. Das Rattenwesen krümmte sich und biß in die Hand, die es festhielt.

Knurrend schlug der schwarze Kobold die Kreatur wie eine Peitsche gegen den Stein, den es zu erreichen versucht hatte. Der kleine Körper wurde zerschmettert. Ein schriller Schrei endete rasch. Chondos schloß die Augen . . . Als er sie wieder öffnete, starrte der Kobold auf den schlaffen Körper in seiner Hand. Knurrend fing er an mit seinen Zähnen die bepelzte Haut zu entfernen.

Der weiße Kobold näherte sich ihm. Der schwarze Kobold starrte ihn an und riß überheblich ein Stück roten Muskels vom Rücken des Rattenwesens.

»Wahrscheinlich gehört auch *das* dir? Ich habe es auf dieser Seite des Flusses gefangen.« Blutbeschmierte Lippen grinsten höhnisch. »Dann nimm es! Aber der Mann gehört uns!« Er warf dem weißen Kobold den winzigen blutenden Körper ins Gesicht. Dieser wischte sich das Blut aus den Augen, taumelte zurück und zerrte an seinem Schwertgriff, aber ein rostiges Messer peitschte am Ende eines langen schwarzen Armes hervor. Die braune Klinge verschwand im weißbepelzten Körper.

Der schwarze Kobold lachte und erhob sein Maul zum Himmel. »Noch mehr Fleisch!« schrie er. »Frisches Fleisch!«

Chondos hörte das Herbeieilen von Koboldfüßen. Der Weiße versuchte davonzulaufen, fiel jedoch blutend zu Boden. Rennende Kobolde, schwarze und weiße, nahmen ihm die Sicht. Chondos schloß die Augen. Das Schreien setzte ein . . . und nahm kein Ende. Chondos preßte die Augenlider fest zusammen und wünschte, er hätte auch die Ohren verschließen können. Dann hörte er neben sich die tiefe Stimme.

»Schneidet die Fußfesseln durch, damit er gehen kann.«

Sie würden seine Fußfesseln durchschneiden, und er würde rennen, rennen, rennen, weg von dem Geschrei und dem Blutgeruch, selbst wenn seine Hände noch gefesselt waren.

Etwas Rauhes und Kratzendes glitt über sein Gesicht. Er öffnete die Augen. Schwarze Kobolde standen bewaffnet und grimmig um ihn herum. Einer von ihnen hatte ihm eine Schlinge über den Kopf gelegt. Unwillkürlich zuckte er zusammen. Die Kobolde lachten, was ein gurgelndes Geräusch erzeugte, wie das Husten einer ertrinkenden Katze. Das Seil zog sich um seinen Hals zusammen.

Einer beugte sich mit einem langen Messer in der Hand zu ihm herab. Chondos trat mit seinem gefesselten Fuß nach ihm, aber eine Koboldferse, die in seinen Rippen landete, streckte ihn zu Boden. Als er herumrollen wollte, stürzten sich zwei der Kobolde auf seine Füße und hielten ihn am Boden fest. Die Kreaturen wogen nicht mehr als Kinder, aber sie waren stärker, als er vermutet hatte. Er stemmte und bäumte sich auf, aber er konnte sie nicht abschütteln. Ein Fuß traf seinen Bauch, und er lag japsend da.

Bevor er wieder zu Atem gekommen war, zerrten sie ihn auf die Füße. Er stand vornübergebeugt, atmete stoßweise und lachte über sich selbst. Wenn er auf den Kobold mit dem Seil zurennen würde, könnte er ihn mit seiner Schulter umstoßen...

Ein Schmerz durchfuhr seinen Rücken. Er sah eine Peitsche durch die Luft sausen. Sie sauste erneut auf seinen Rücken nieder.

»Vorwärts!« knurrte die tiefe Stimme. »Wir müssen hier wegkommen!«

Die Schlinge um seinen Nacken wurde strammer und zog ihn vorwärts. Der Peitschenhieb brannte noch immer auf seinem Rücken und machte sich bis in seine Finger hinein bemerkbar. Er stapfte unwillig vorwärts, die Straße hinab, die ihn zurück in die Berge bringen würde, zurück nach Rashnagar.

Der Wind trieb Regentropfen in Martos' Gesicht. Er ritt der Reihe von Karren entgegen, auf denen seine eigenen Männer zusammen mit denen Istvans lagen, vereint durch ihr vergossenes Blut. Die Wagen der Heiler, die von geduldigem Vieh

gezogen wurden, rollten langsam nach Norden. Lange Reihen von Rotroben gingen neben ihnen her. Über das jammernde Knarren und Rumpeln der Räder erhob sich das Stöhnen der schmerzgequälten Verwundeten. Segeltuch war über die Wagen gespannt worden, um die Verwundeten zu schützen.
Die Männer hinter ihm hatten gelacht und gescherzt, während sie aus dem Lager geritten waren, doch sie waren ungewöhnlich ernst geworden, als sie den dunklen Zug der blutrot gekleideten Männer gesehen hatten, die aus der Unbestimmtheit des grauen Staubs und des Regens aufgetaucht waren. In wenigen Augenblicken würden sie wissen, wer von ihren vermißten Kameraden noch lebte und wer von ihnen in den Totenfeuern verbrannt war, die sie in der vorangegangenen Nacht entzündet hatten. Einige der Kadariner dachten an die stillen Gräber ihrer Vorväter, in denen diejenigen, die hier fielen, nie liegen würden; andere erinnerten sich an Schwertklingen und Pfeile, die ihnen in der Schlacht unangenehm nahe gekommen waren. Sie alle wußten, daß sie ohne Glück und ohne ihre Fähigkeit ebenfalls in jenen Wagen liegen würden – oder der schmierige Rauch ihres verbrannten Fleisches würde sich im Wind erheben, und die Aschen ihrer Gebeine wären gesammelt worden, um die Gärten der Grenzländer zu heiligen.
Purpurne Kapuzen hoben sich, als sie vorbeiritten, und eine große Gestalt in roter Robe wandte sich zu ihnen um, verließ ihren Platz in der Reihe und kam ihnen entgegen. Die übrigen marschierten weiter, während das Wasser auf die roten Kapuzen prasselte.
Eine plötzliche Änderung der Windrichtung trieb Martos eisigen Regen ins Gesicht. Er blinzelte. Der Heiler erreichte sie und hielt an. Mit einer Hand warf er seine purpurfarbene Kapuze zurück. Darunter kam ein dunkles Gesicht zum Vorschein. Friedliche braune Augen schauten sie unter dichtem schwarzem Haar an, das der schräg fallende Regen in kürzester Zeit durchnäßt hatte, so daß es am Schädel festklebte. Martos spürte, wie sein eigener Schädel sich unter der Kapuze verkroch, aber den Heiler schien das nicht zu interessieren,

und seine dunklen Augen blieben unbeweglich. Es kam Martos so vor, als könnte nichts die perfekte Ruhe dieses Gesichts stören.

»Willkommen, mein Sohn«, grüßte ihn der Mann in der roten Robe. »Was wünschst du?«

Martos kämpfte einen Augenblick lang mit seiner Zunge, um die Antwort zu finden. »Ich bin gekommen . . .« stammelte er eine Sekunde lang und fuhr dann fort . . . »um meine verwundeten Männer zu sehen.« Die dunklen Augen schauten ihn immer noch schweigend an. »Meine Männer«, sagte er dann wieder und stammelte dabei leicht. Der vom Regen triefende Kopf des anderen nickte. Das Wasser prasselte auf ihn nieder.

»Dann komm.« Der Heiler wandte sich ab, und als Martos von seinem Pferd gestiegen war, um ihm zu folgen, hielt der Zug der Wagen an. Paidros und Valiros folgten ihm.

»Wir können uns nicht allzulange aufhalten.« Der Heiler zog die Kapuze über sein nasses Haar. »Schaut zuerst in diese Wagen hier. In ihnen befinden sich die Schwerverwundeten, die möglichst bald weiterreisen müssen. Dieses Wetter kann ihnen sehr schaden. Wenn wir sie retten wollen, dürfen wir nicht lange hierbleiben. Bei einem solchen Regen kann eine plötzliche Erkältung einen Menschen ins Grab bringen, der ohne diese zusätzliche Belastung womöglich schnell geheilt wäre. Beeile dich deshalb, so sehr du kannst! Es könnte Leben retten.«

Im Dunkel des Wagens lagen Männer ohne Gliedmaßen, mit abgebundenen und bandagierten Arm- und Beinstümpfen. Stöhnen drang durch das Rasseln des Regens auf die Zeltplane.

»Wir können mehr gegen die Schmerzen tun, wenn wir in Inagar sind«, sagte der Heiler. »Wir beabsichtigen, die Nacht in Rangpur, nördlich von hier zu verbringen und dann am Morgen weiterzuziehen. Ist das dort nicht einer Eurer Männer?«

»Emilio«, sagte Paidros. »Zumindest wissen wir jetzt, daß er noch lebt.«

»Nur gerade eben noch, fürchte ich«, sagte der Heiler. Martos vermochte nichts zu sagen. Er hatte sich Emilios Wunden angeschaut, und er erinnerte sich an den fröhlichen Jungen, der von weit her, aus dem nördlichen Sardis nahe der seynyorischen Grenze gekommen war, um einen Platz in der Kompanie zu finden.

Er fand weniger seiner Männer, als er gehofft hatte. Er wurde immer finsterer, je größer die Zahl der Vermißten wurde: Tibalo, Linardo und Garsio waren hier; Inigos, Espris, Luvicos und Luego . . . Er erinnerte sich daran, wie Paidros die Kompanierolle verlesen hatte, bevor sie das Lager verließen, und an die langen Zeiten der Stille, wenn Name auf Name unbestätigt blieb.

Es waren auch drei Massadessaner in dem Wagen, und Martos schickte Valiros, um den massadessanischen Führer, Buldeo, herbeizuholen, damit er sie identifizieren könne. Es waren auch viele Seynyorer da, aber kein einziger Grenzländer. Er hatte ihnen befohlen, die Verwundeten zurückzulassen, so wie er selbst es getan hatte, um die gegnerische Armee dadurch zu belasten, aber aus der langen Gewohnheit ihrer Kriegsführung an der Grenze heraus hatten sie sowohl die Toten als auch die Verwundeten mitgenommen, so als ob sie mit Dunklen Wesen kämpfen würden und nicht mit ehrenvollen Menschen.

Die meisten Verwundeten in den Wagen waren Seynyorer, eine Tatsache, die Martos *natürlich* ziemlich stolz machte. Die Seynyorer standen seit Tausenden von Jahren in dem Ruf, die besten Soldaten der Welt zu sein, und dies waren abgehärtete Veteranen mit langjähriger Kriegserfahrung. Es wäre sogar eine ehrenvolle Tat gewesen, sie mit einer gleichstarken Truppe besiegt zu haben. Mit ihnen zu kämpfen, wenn man in der Minderzahl war, und sie dann überwältigt zu haben, grenzte an ein Wunder. Doch fand er dort, wo eigentlich Stolz hätte sein müssen, eine eigenartige Leere vor, während er in die Wagen mit den Verwundeten hineinschaute.

Die ersten Wagen mit den am schwersten Verwundeten zogen

schon wieder weiter. Die Männer in den übrigen Wagen waren lebendiger, weniger stark betäubt, weniger ernst verwundet.
»Kommandant!« schrie Quintis, als er Martos' Gesicht hinter dem Wagen auftauchen sah. »Ich habe nicht gedacht ... warum, ich hätte nie gedacht ... ich bin sehr erfreut, Euch hier zu sehen, Sir. Haben wir gewonnen?« Einer der Seynyorer auf dem Wagen lachte.
»Ja!« antwortete Martos. Der Seynyorer schüttelte sich weiter. Martos schaute ihn absichtlich nicht an und fuhr fort: »Zähle doch nur die Zahl der Kadariner hier und ziehe sie von der Zahl der Seynyorer ab. Ich bin stolz auf euch Männer! Ihr habt euch einer seynyorischen Truppe gestellt, die zweimal so groß war wie eure eigene, und ihr habt nur geringfügige Verluste erlitten!«
Der lachende Seynyorer war wieder still geworden.
Martos fuhr fort und zwang sich, seine Stimme ruhig zu halten. Er hatte das unangenehme Gefühl zu erröten, hoffte aber, daß das Licht dämmrig genug wäre, so daß es niemand bemerken würde. »Ich bin stolz, und auch ihr könnt stolz sein. Ihr habt nach bester Tradition kadarinischer Krieger gekämpft.« Fast hätte er »Armee« gesagt, hatte dies aber gerade noch rechtzeitig zurückgehalten. Platitüden! Klang das, was er da sagte, in den Ohren anderer ebenso idiotisch, wie es ihm selbst erschien? Er beschloß, lieber zu schweigen, bevor er etwas wirklich Dummes sagen würde.
»Ihr hättet es nicht so gut gemacht, wenn ...« drang eine wütende und verächtliche Stimme vom Wagen zurück, aber dann wurde ein Zischen hörbar und ein Geräusch fast wie von einem Handgemenge, und dann sprach eine andere Stimme. »Ja, Kadariner, ihr *habt* es gut gemacht.« Martos sah den Sprecher in der hintersten Ecke des Wagens – einen älteren Mann –, und für den Bruchteil einer Sekunde dachte er, es wäre Istvan DiVega selbst. Aber nein, sein Gesicht war voller, und dieser Mann war jünger. »Aber ihr könnt den Ozean nicht mit einem Weinglas leeren. Ihr besitzt nicht die Kraft,

unsere Armee außer Gefecht zu setzen. Ihr könnt uns aufhalten, aber wir werden dennoch ankommen.«

»Dann könnt ihr als Gleichstarke gegen uns antreten«, sagte Paidros mit leicht spöttischem Tonfall. »Wenn ihr nicht mehr zu viele auf dem Wege verliert.«

»Gut gesprochen«, sagte der Seynyorer ruhig. »Aber es gibt nur eine Kompanie von euch Kadarinern. Der Rest –«

»*Hai mai!*« erscholl eine wütende Stimme, und neben Quintis erhob sich ein schwergewichtiger Massadessaner, der in Bandagen eingewickelt war, und setzte sich unter Schmerzen auf. »Waren in der Angriffstruppe, die Eure Linien durchbrachen, keine Grenzländer oder Massadessaner, DiSilva? Ich selbst habe –«

Ein Heiler schob Martos schroff zur Seite, und im gleichen Augenblick spürte er, wie Paidros ihn fortzog. Nur eine Sekunde lang widersetzte er sich, bis er erkannte, daß sie recht hatten. Er hörte, wie der Heiler ruhig und bestimmt redete. Die Männer, die noch am Vortage ihr Bestes versucht hatten, einander zu töten, mußten nun ihr gemeinsames Mißgeschick auf dem von der Tradition und von Hasturs Gesetz dafür geschaffenen neutralen Boden ertragen. Die seynyorischen Veteranen waren dies gewöhnt, und niemand erkannte besser als sie die Wahrheit der alten Maxime:

Der Mann, den du heute zu töten versuchst,
Könnte morgen dein Leben retten.

Die Tradition unter den umherwandernden Söldnertruppen – und, in geringerem Maße unter den Kriegern der ganzen Welt – betonte, daß Kameradschaft zwischen Männern wachsen könne, selbst wenn es sich um Männer gegnerischer Lager handele, wenn sie litten und auf ihre Heilung warteten, vereinigt durch das Blut, das sie verloren hatten.

Dies war ein Ideal – und jedes Ideal, an das genügend Menschen glauben, wird zur Wahrheit –, aber Martos wußte, wie leicht ein solches Ideal zerstört werden konnte. Der schwierigste Teil der Aufgaben der Heiler war wahrscheinlich der, unter ihren Schützlingen den Frieden zu erhalten, den Schmerz von den Wunden fernzuhalten und dafür zu sorgen, daß der Kummer über die gefallenen Kameraden nicht in Haß und Gewalt umschlug.

Die seynyorischen Veteranen waren daran gewöhnt, die beschwerliche Zeit des Heilens in herzlicher Kameradschaft mit ihren früheren Feinden zu verbringen, und seine eigenen Männer – so hoffte er – waren zumindest mit der Idee vertraut, sich so zu verhalten. Aber den Massadessanern, deren Erfahrung sich auf die Verfolgung seltener Diebe und gelegentlicher Räuberbanden der Dunklen Wesen beschränkte, war diese Tradition der Kriegerklasse unbekannt. Oder tat er ihnen damit Unrecht? Jagat hatte von alten Kriegen gesprochen, in denen die Massadessaner den Grenzländern Land abgejagt hatten – was keine leichte Sache gewesen sein konnte.

Diego lag im nächsten Wagen, mit Pfeilwunden im Arm, mit bandagierter Schulter und einem geschienten Bein. Ein weiterer Massadessaner ... Das war es dann. Ein höflicher Heiler – ein jüngerer Mann, der weniger förmlich war als der erste – geleitete sie zurück zu ihren Pferden, während Martos' Geist sich immer noch mit den Männern beschäftigte, die nicht da waren, mit den Vermißten und Toten: Carlos und Matios, Ijinio, Balsaro, Octios ... Gomis und auch Tomis ... Eliso, Hosio ... Andrios ...

Donnerkopf rührte sich unter ihm, als er sich in den Sattel geschwungen hatte. Er klopfte das Pferd abwesend, während die Gedanken durch seinen Kopf wirbelten. Noch kurz vor der Schlacht, in der grauwändigen Vertiefung, hatte Andrios den alten Witz über die kurzsichtige Anstandsdame und die Zwillingsschwestern erzählt. Und jetzt war Andrios tot, sein Körper war zu Asche verbrannt worden, und die Überreste seiner Gebeine waren gesammelt worden, um die Felder der Grenzländer fruchtbar zu machen. Und es würde auch keine Witze über Tomis und Gomis mehr geben ...

Kurz darauf bemerkte er, daß der Heiler zu ihm sprach und ihm versicherte, die Männer würden die bestmögliche Pflege erhalten.
»Ja, natürlich«, sagte Valiros gerade. »Ich glaube, Martos hat sogar befohlen, auch den Rest der Verwundeten nach Inagar zu senden. Ist es nicht so, Martos?«
Martos' Zunge war wieder einmal wie betäubt. Er kämpfte einen Augenblick lang, brachte dann stotternd ein bekräftigendes Grunzen heraus und bewegte den Kopf auf und ab. Er leckte seine Lippen, wütend über die dumme Behinderung, die seine Zunge immer gerade dann lähmte, wenn er sie am meisten brauchte.
»Ja!« stieß er hervor. Seine Stimme klang in seinen eigenen Ohren rauh und häßlich. »Wir schicken sie!« Er fühlte, wie ein neuer Stotteranfall einsetzte und preßte seine Kiefer aufeinander, bis der Anfall vorübergegangen war. »Nach Inagar!« endete er und drehte Donnerkopf. Wasser spritzte über sein Gesicht, als hätte jemand ein Glas Wasser in die Öffnung seiner Kapuze gegossen. Er stemmte seine Fersen in die Flanken des Pferdes und war im Regen verschwunden, der ihm wie Tränen übers Gesicht lief.
Der Schock des kalten Wassers tat ihm gut. Es machte ihn klar und brachte ihn in die Gegenwart zurück. Er verlangsamte Donnerkopfs Gangart, und kurz darauf holten ihn Valiros und Paidros ein. Sie sprachen nicht, doch allein schon ihre Gegenwart war angenehm. Sie ritten zu dritt nebeneinander, und einen Augenblick später beugte er seinen Kopf und ließ den Regen auf den Stoff seiner Kapuze klatschen, die über seinem Kopf hing. Sein durchnäßter Bart tropfte. Er hob den Kopf, schüttelte sich die Kapuze vom Gesicht und streckte ihn dann dem Regen entgegen. Paidros schaute ihn ungeduldig an, und als sich ihr Blick traf, sprach er.
»Sollten wir uns nicht bald nach Süden wenden? Wir müßten uns nun etwa auf gleicher Höhe befinden wie die Nachhut ihrer Armee. Oder habt Ihr Eure Pläne geändert . . .« Er sah den Ausdruck in Martos' Augen und schwieg.

»Wo ist jener Kundschafter?« fragte Martos. »Er sagte, er könnte uns zu Suktio bringen.«

Paidros grunzte. Sein Pferd fiel zurück.

Martos richtete sich auf und schaute um sich. Wie dunkel es war! Aber es konnte doch noch nicht Nacht sein! Sie waren rundum vom Nebelschleier des fallenden Wassers eingehüllt, aber am Himmel befand sich eine schwarze Masse. Der Schatten war durch diesen Regenvorhang hindurch nicht mehr zu sehen. Es schien so, als ob sich in den Wolken eine Armee von Männern befände, die mit Eimern gössen.

Dann ritt der Kundschafter heran, und sein kleines Grenzlandpony trabte neben Donnerkopf her. Martos mußte zu ihm hinabschauen, der Kopf des Mannes reichte gerade bis zu seinem Ellbogen. Er versuchte, sich an den Namen des Mannes zu erinnern. Der Mann war gewöhnlich im Wachdienst auf Jagats Schloß eingesetzt gewesen; also müßte er eigentlich seinen Namen kennen.

»Shiraj«, sagte er einen Augenblick später, nachdem ihm der Name wieder eingefallen war.

»Mulraj, Lord«, antwortete der Grenzländer schnell.

Verlegenheit wärmte kurze Zeit Martos' Gesicht, und einen Augenblick lang war auch seine Zunge wieder gelähmt.

»Mulraj.« Er rang nach einer Entschuldigung und fuhr dann fort. »Du sagtest, daß Lord Suktio – daß er seine Männer aufteilen würde, um – um –« Kaltes Wasser prasselte ihm ins Gesicht. Was wollte er eigentlich sagen? Es wirkte nicht so, als ob er nachdächte. »Um Kundschafter und Nachzügler aufzugreifen, und um – um soviel Verwirrung wie möglich zu stiften. Denkst du –« Ein plötzlicher Windstoß wehte die Kapuze von seinem Kopf, und eisige nasse Hämmer donnerten auf seinen Schädel und trieben alles, was er zuvor noch klar hätte sagen können, aus seinem Geist. Er langte nach oben, zog die Kapuze über sein triefendes Haar und sagte dann einfach: »Bring uns zu Suktio.«

Schlammiges Gras gluckste unter den Hufen ihrer Pferde, und aus riesigen Pfützen spritzte Wasser bis zu den Steigbügeln hinauf. Das Getose des fallenden Regens machte sie taub, und der silbergraue Vorhang schnitt die Welt von ihnen ab. Wie Mulraj seinen Weg durch dieses Chaos finden konnte, war Martos nicht klar.

Dann plötzlich endete der glucksende, bebende Boden unter ihren Hufen, und statt dessen rutschten und wicherten die Pferde nun, während sich der glitschige Staub unter dem Wasser bewegte, das um ihre Knie schäumte.

»Geht jetzt langsam!« sagte Mulraj, doch sein Ruf war im Prasseln des Wassers kaum hörbar. »Wir befinden uns hier auf ziemlich niedrigem Gelände, und das Wasser hat den Staub überflutet. Sehr glitschig, Lords! Aber bald wird das Land ansteigen, und der Weg wird dann leichter werden.«

Martos fühlte, daß Donnerkopf schwankte, während sie weiterritten. Wasser, das von dem Pferd hochgespritzt wurde, durchtränkte den Saum seines Umhangs.

Der Boden stieg *tatsächlich* schon bald an, und der heimtückische Staub, der ihre Füße zwar jetzt auch noch unsicher auftreten ließ, war nicht mehr jener schreckliche Morast wie zuvor. An der Spitze der Hügelketten waren Flächen von entblößtem glatten Fels. Martos hörte Mulrajs Stimme.

»Verflucht sei dieser Krieg!« sagte der kleine Grenzländer. »Wir haben auf einen Regen wie diesen gehofft. Schaut, Lord, er hat sogar den Staub weggewaschen. Es muß schon ein ziemlich starker Regen sein, der das schaffen kann, und wenn dies normale Zeiten wären, so würden wir zu den Türmen reiten und die Hasturs bitten, zu kommen und die Arbeit zu vollenden. Dieses ganze Gebiet könnte gesäubert werden, und obgleich es dann auch noch mehrere Jahre ohne den Staub brachliegen müßte ...« Er schüttelte nervös seinen Kopf, und seine Stimme verlor sich wieder im Getose des Regens.

Vor ihnen funkelte finster der Schatten durch wäßrige Schleier. Martos ritt durch trauriggraue Regenschauer, aber immer noch floß hinter seinen Augen rot und rein das Blut durch seine zähen Venen. Er konnte es fast riechen, so wie im Dunkel der Wagen, wo es ihm in die Nase gekommen war.

Männer, die den Tod fürchten, sollten nicht in den Krieg ziehen. Hatte Atrion das geschrieben? Oder war es jemand anders gewesen? Er konnte sich nicht daran erinnern.

Seine Männer waren ihm schließlich nicht von Kadar gefolgt, um gesund zu bleiben. Sie hätten auch sicher zu Hause sitzen bleiben können, unverletzt und gesund in dem Frieden und in der Sicherheit, die sie alle als so bedrückend empfunden hatten. Bei ihrem ersten Einsatz waren sie gegen die Soldaten der Liga von Ardren angetreten, ohne auch nur einen einzigen Mann zu verlieren, und mit nur äußerst geringfügigen Verwundungen. In Ukarakia mit den Dunklen Wesen zu kämpfen, war natürlich ziemlich erschreckend gewesen, aber im Grunde eine einfache, unkomplizierte Sache. Nicht so wie diese hier...

Konnte er seine Männer zwingen, den Preis für *seinen* Ruhm zu bezahlen? Schuldete er ihnen nicht als ihr Kommandant – was? Sicherheit? Im Krieg gab es nun einmal keine Sicherheit. Er hatte denjenigen, die ihm folgten, niemals Sicherheit versprochen; er hatte ihnen Krieg versprochen, Schlachten und Abenteuer. Und sie waren schließlich hier nicht gefangen wie die Grenzländer. Sie waren gekommen, weil sie den Krieg suchten, und sie hatten ihn gefunden. Warum sollten ein paar abgetrennte Glieder...

Ein hohes, schrilles, wohlklingendes Wimmern drang durch das Prasseln des Regens zu ihnen. Martos hielt sein Pferd an und schaute sich um. Konnte das der Schrei eines Dämonen sein? War die Grenze aufgebrochen und brachte dadurch den Krieg zu einem Ende?

»Lord Suktio ist in der Nähe!« sagte Mulraj. »Hört! Das ist Chandras Muschelhorn, das Erbstück des Hara-Clans, das der große Held Chandra in den großen Kriegen der Vergangenheit trug. Es war in Vajrakota durch die Jahrhunderte hindurch in Ehren gehalten worden, und Lord Suktio bekam es von seiner Mutter, die die Letzte dieser Linie war.«

Martos hatte noch nie ein Muschelhorn gehört – oder auch nur jemals zuvor von einem solchen gehört, denn es gab keine

Muscheln in dem kleinen Binnenmeer von Kadar, nicht einmal in dem größeren landumschlossenen Meer von Ardren. Aber jetzt, da er wußte, daß dies irgendein Horn war und daß Suktio es blies, schien das Problem, Suktio zu finden, einfach zu lösen zu sein. Er rief seine Trompeter herbei, Romulos und Styllis, und lies sie in ihre Hörner blasen. Und noch während der Ton des Muschelhorns verklang, antworteten ihm die kadarinischen Trompeten mit einem goldenen Schmettern, an- und abschwellend wie bei einem Hahn, der in der Morgendämmerung krähte.

Es dauerte nicht lange, und Suktio selbst tauchte zwischen den grauen Regenfäden auf, mit sechzehn Männern in seinem Gefolge. Martos ritt heran, um ihn zu begrüßen. Der Grenzländer verbeugte sich im Sattel und zerdrückte dabei eine Erdnuß zwischen seinen Fingern.

»Gut gemacht, Lord!« Der Grenzländer warf sich die beiden Kerne in seinen Mund und verpackte die Hülsen säuberlich in ein kleines Säckchen, das an seinem Sattelbügel hing. Alles was in dieser Tasche war, würde schließlich auf die Felder kommen. »Die Seynyorer werden jetzt jeden Augenblick einen Angriff von uns erwarten.« Er holte eine weitere Handvoll Nüsse hervor und bot sie höflich Martos an. Martos nahm eine Nuß und rollte sie zwischen Daumen und Zeigefinger, während Suktio sprach. »Als ich die Signalhörner hörte, dauerte es einen Augenblick, bis ich erkannte, daß Ihr das sein mußtet; es hat mich ziemlich aufgeschreckt. Es könnte sie aufgehalten haben, und wenn wir noch einmal eine Fanfare für sie ertönen lassen, werden sie vielleicht noch für Stunden dasitzen und auf unseren Angriff warten! Wahrscheinlich werden sie auch ihre Kundschafter wieder aussenden.«

»Macht weiter!« rief Martos und gab Romulos und Styllis ein Zeichen. Die beiden erhoben ihre langen Trompeten. Martos schaute interessiert auf das gebogene Muschelhorn in Suktios Hand. Es sah eigentlich nicht so aus, als könnte man damit einen solchen Ton erzeugen. Er hatte eher eine Art seltsamen Tierhorns erwartet.

Dann schmetterten die Trompeten über die Geräusche des Regens, und das schrille Dröhnen der großen Muschel von Vajrakota übertönte sie noch und vermischte sich mit ihnen. Von verschiedenen Stellen jenseits des silbrigen Regenvorhangs antworteten ihnen Kuhhörner.

Suktio setzte das Muschelhorn ab. Die Trompeter setzten die Trichter ihrer Hörner auf ihre Oberschenkel. Die Leere, die zuvor durch ihr Spiel ausgefüllt worden war, wurde nun vom dichten Geplätscher des prasselnden Wassers erfüllt.

»Das sollte genügen, um ihnen ein wenig Kopfschmerzen zu bereiten«, sagte Suktio mit einem zufriedenen Lächeln. »Jetzt werden sie denken, daß sich hier draußen eine große Streitmacht befindet, und sie werden jeden Augenblick einen Angriff erwarten.« Er lachte in sich hinein.

Regentropfen prasselten auf die staubbedeckte Ebene. Martos hörte zu. Durch das Geplapper des Wassers hörte er das klatschende Geräusch eines galoppierenden Reiters. Ein Grenzländer kam eilig aus dem Regenschleier herangeritten. Suktio galoppierte auf ihn zu. Der Grenzländer hielt sein Pferd an und gestikulierte aufgeregt.

Martos erinnerte sich an die Nuß zwischen seinen Fingern und zerdrückte sie, indem er seinen Daumen niederdrückte. Suktio und der Neuankömmling schnatterten aufgeregt, doch ihre Worte verloren sich im sonoren Geräusch des Regens. Der Neuankömmling gestikulierte ständig in die Richtung, aus der er gekommen war.

Martos stopfte sich die Kerne in den Mund und kaute. In Kadar aß man Erdnüsse nur wegen ihres angenehmen Geschmacks, und niemand hätte sie als Nahrungsmittel ernstgenommen. Doch bei den Grenzländern waren sie ein wichtiger Bestandteil ihrer Ernährung, und es war sogar einer der geschmackvolleren Bestandteile ihrer Kost, obwohl auch sie nach einer Weile etwas eintönig wurden. Er wollte gerade die Schale wegwerfen, als er sich an Suktios Tasche erinnerte. Man sollte die Schale nicht in den Staub werfen. Besser war es, sie für die Pferde oder für die Felder aufzubewahren. Der

Regen wusch überall um sie her den vergifteten Boden ab und entfernte so alle organischen Unreinheiten: das Blut sowohl seiner eigenen Männer als auch das von DiVegas Männern ...
Suktio und der Neuankömmling kamen laut redend zurück. Der Regen hämmerte auf ihre Helme. »Sie sind nicht stehengeblieben«, sagte Suktio. »Sie marschieren immer noch. Ich kann es nicht verstehen.«
»Was hast du gemacht?« fragte Martos. »Mulraj sagte etwas über alte takkarinische Kriegstaktiken.«
»Ja, tatsächlich, Martos, er hat die Wahrheit gesprochen«, antwortete Suktio. »So kämpfte Kaljit, der Banditenprinz in jenen Tagen, die heute Legende sind. Und Chandra, der dieses Muschelhorn vor mir trug – und viele andere Helden in jenen alten Tagen.«
»Sie können in diesem Regen nicht weiter sehen als wir, und wir kennen das Land so gut, wie sie es niemals kennen werden. Eine so riesige Armee im Auge zu behalten, ist eine einfache Sache, aber zerstreute Gruppen von Männern sind nicht so leicht zu finden. Alle meine Männer sind in kleine Gruppen aufgeteilt, die jeweils gerade außer Sichtweite reiten. Wenn sie einen der gegnerischen Kundschafter sehen, dann schneiden wir ihn ab, so daß er nicht zur Haupttruppe fliehen kann. Dann kämpft einer von uns gegen ihn, während die anderen zuschauen, und dies alles in Sichtweite der Armee. Zwanzig Männer ritten aus, um einen Kundschafter zu retten, und sie folgten unseren Männern in den Regen, wo ihre Kameraden warteten. Jetzt sind sie alle tot.«
»Aber es sind noch wesentlich mehr am Leben«, unterbrach ihn der Mann, der soeben angekommen war. »Und es scheint so, als ob wir nichts tun könnten, um sie in ihrem Marsch aufzuhalten.«
Suktio nickte, und Verdruß zeichnete sich auf seinem Gesicht ab. »Boktio hat sie beobachtet. Er sagte mir, als wir die Trompeten erklingen ließen, hätte für kurze Zeit Verwirrung geherrscht, sie hätten jedoch dann sogleich ihren Marsch fortgesetzt. Sie haben alle ihre Kundschafter zurückgerufen,

was praktisch bedeutet, daß sie jetzt blind marschieren. Suktio hielt inne, dachte nach und sagte dann: »Sie bewegen sich ein wenig von der Hauptroute weg nach Süden. Wenn wir – wenn sie weit genug abkommen, werden sie tiefer in den Staub hineinmarschieren und Manjipor am Ende noch verfehlen.« Wieder unterbrach er sich, und der Regen trommelte auf seinen Helm. Dann schüttelte er den Kopf. »Ich hätte gedacht, sie würden anhalten, um sich zu verteidigen oder zumindest weitere Kundschafter aussenden.«

»Sie haben darauf gesetzt, daß wir es nicht wagen würden, sie anzugreifen«, sagte Martos, »und sie haben gewonnen.« *Das ist DiVegas Werk,* dachte er bei sich. »Wir sollten ihnen noch einmal das gleiche Spiel anbieten, aber diesmal sollen sie verlieren.«

»Sie sind in einer sehr dichten Formation, Lord«, sagte der Kundschafter. »Wenn wir versuchen, eine einzige Kompanie anzugreifen, werden die anderen uns sogleich umzingeln. Und wir sind zu wenige.«

»Wenn wir zwischen sie reiten und mit Pfeilen auf sie schießen würden«, sagte Martos gedankenvoll und warf Paidros einen Blick zu, »dann müßten sie anhalten und sich verteidigen. Wir könnten uns zurückziehen, ohne selbst getroffen zu werden, und sie würden warten müssen, um festzustellen, ob wir wieder angreifen würden.«

»Das würde sie aufhalten. *Hai,* das gefällt mir!« sagte Suktio. »Wir könnten es vielleicht schaffen, sie den ganzen Tag über hier festzuhalten – vielleicht würden uns sogar einige von ihnen verfolgen. Ein guter Plan!«

Martos war erstaunt, als er bemerkte, daß er anfing, Suktio zu mögen. Es war schon eigenartig. Er erinnerte sich an den Streit mit Kumari, während er Suktio anschaute und seine Hand sich fest um den Schwertknauf legte.

»Ich werde nun die Männer sammeln, und wir können angreifen.« Suktio hob die große Muschel an seine Lippen und ihr hoher Ton drang durch den Lärm des Regens. Noch einmal ertönte sie zu einem kurzen Signal; dann noch einmal mit

einem langen, wimmernden Schrei. Paidros sprach mit Romulos und Styllis, und auch ihre Trompeten ertönten. Die Männer spitzten die Ohren.
Martos sah Kumaris Augen geisterhaft im grauen Regenschleier. Ob Suktio einer ihrer früheren Liebhaber war? Es war wohl besser, es nicht zu wissen, dachte er; und dann erinnerte er sich an das alte Sprichwort: *Alle Verwandtschaft entsteht durch den Schoß einer Frau.*
»Wenn sie mit einer echten Streitmacht zurückschlagen«, sagte der Kundschafter, »könnten wir innerhalb kürzester Zeit aufgerieben sein!«
»Das ist natürlich wahr.« Suktio zuckte die Achseln. »Die Erde ist die Braut des Kriegers.«

4

»Ja, natürlich habe ich die Trompeten gehört! Ich bin vielleicht alt, aber taub bin ich noch lange nicht!« Istvan saß auf dem Rücken seines grauen Pferdes, und um ihn her goß immer noch der Regen in Strömen. Sein Knie krachte, als er sich im Sattel bewegte, und plötzlich mußte er über die Entrüstung in seiner Stimme lächeln. Schließlich waren viele Menschen in seinem Alter – und sogar schon wesentlich früher – tatsächlich taub. »Reitet einfach weiter!« sagte er.
»Aber wenn wir angegriffen werden –« Firencio schwieg sogleich, als Istvan ihn anblickte.
Rupiros D'Ascoli fing statt dessen an zu reden. »Nun komm schon, DiVega, du kannst eine feindliche Truppe von unbekannter Größe, die sich auf unserer rechten Flanke gesammelt hat, nicht einfach ignorieren. Diese Hörner müssen irgend etwas zu bedeuten haben!«
»Natürlich«, antwortete Istvan. »Die Trompeten bedeuten, daß Martos von Onantuga dort draußen ist, und zwar mit

weniger als hundertundfünfzig Männern – denn das ist die Anzahl, mit der er hier angefangen hat –, und nach der Schlacht gab es etliche verwundete und tote Kadariner. Das Muschelhorn bedeutet, daß seine Verbündeten aus dem Grenzland und aus Massadessa bei ihm sind. Wie viele können das ungefähr sein, DiSezrotti?«

»Vier- oder fünfhundert vielleicht, wenn er nicht mehr hat als in der Schlacht. Aber er könnte Verstärkung bekommen haben. Oder vielleicht hat er auch einen gewissen Teil als Reserve zurückgehalten.«

»Das wäre zwar möglich, aber er hat es nicht getan«, sagte Istvan und schüttelte seinen Kopf. »Eine große Streitmacht mit einer kleineren anzugreifen, ist entweder idiotisch oder äußerst gerissen, oder zwar tollkühn, aber notwendig. Ich habe noch nie gehört, daß Martos ein Idiot sein soll. Er *könnte* jedoch einen lange vorbereiteten und ehrgeizigen Plan haben, der darauf abzielt, uns dazu zu verleiten, seine Truppenstärke zu unterschätzen – in diesem Fall könnten wir tatsächlich jeden Augenblick angegriffen werden. Wenn wir nicht schon die letzten Reste unserer Vorräte aufgezehrt hätten, würde ich anhalten und eine Schlachtlinie aufbauen lassen, einfach nur um sicher zu gehen – oder besser noch, ich würde versuchen, ihn zu verfolgen! Aber wenn wir nicht bald aus dem Staub herauskommen, werden wir noch zu Fuß nach Manjipor marschieren müssen; auch jetzt schon könnte es uns passieren, zu Fuß gehen zu müssen! Deshalb vermute ich, daß er mit weniger als sechshundert Männern angegriffen hat, weil dies alles ist, was er zur Verfügung hat. Tatsächlich *ist* Verstärkung für ihn auf dem Weg, da bin ich mir sicher, aber die kann noch nicht hier sein, es sei denn, sie könnte fliegen. Ich vermute, daß er versucht, uns aufzuhalten, bis seine Verstärkung angekommen ist, oder gar um uns in den grauen Staub zurückzutreiben. Er versucht, für Jagat Zeit zu gewinnen.«

»Nun, ich hoffe, du hast recht«, brummte Ciavedes. »Aber ich wünschte mir, daß du uns gestattest, Kundschafter auszusenden, um herauszufinden, wie die Dinge stehen! Wenn sie tatsächlich eine nennenswerte Truppe dort draußen haben, könnten sie uns in zwei Hälften zerteilen!«

Istvan seufzte und hörte dem Klatschen des Wassers auf den Staub zu. »Ich werde keinen einzigen meiner Männer in den sicheren Tod schicken«, sagte er. »Gegen fünfzehn Mann zu kämpfen, auch wenn es nur jeweils ein einzelner ist – und es könnte auch genausogut sein, daß sie nicht dabei bleiben –, ist nichts, was ich –«

»Aber das *habt* Ihr schon getan!« warf Arjun DiFlacca heftig ein. Istvan starrte den Jungen an.

»Nun ja, das habe ich tatsächlich, aber –« Er wurde durch lautes Gelächter von Servara und Rupiros D'Ascoli unterbrochen.

»Sagt mir, DiVega, ist das Bescheidenheit, oder läßt Euer Gedächtnis nach?« kicherte Servara. »Ich mußte sie zählen, wie ihr wißt!«

Istvan schüttelte seinen Kopf. »Also gut!« sagte er kurz angebunden. »Aber das hat nichts hiermit zu tun. Das waren Halunken! Diese hier sind trainierte und kampfgeübte Grenzlandkrieger! Und allein, daß ich so etwas ein- oder zweimal habe tun müssen, heißt noch nicht, daß ich es noch einmal tun könnte; oder gar, daß ich es freiwillig tun sollte! Und insbesondere heißt es nicht, daß ich von irgend jemand anderem erwarten könnte, daß er es tun sollte. Wenn es jeder könnte, dann brauchten wir uns keine Sorgen zu machen über die Größe der Streitmacht dort draußen. Sogar wenn es – laßt mich überlegen, sechs mal fünfzehn – sogar wenn es neunzigtausend Männer wären, so wären wir ihnen noch gewachsen! Weshalb sollten wir dann also Kundschafter ausschicken?«

Istvan hatte die verbliebenen Kundschafter zu DiBolyars und Robardins Kompanien vorgeschickt. Diese führten jetzt die Armee an, und die kläglichen Reste der ehemaligen Vorhut befanden sich in ihren Reihen.

Der Regen goß in Strömen, während sie weiterritten. Zu ihrer Linken stapfte die lange Reihe der kalascorischen Fußsoldaten entschlossen durch die Nässe. Die schweren Umhänge der Fußsoldaten trieften, und die Spitzen ihrer Piken und Hellebarden, deren Halteriemen herabbaumelten, waren mit leichten wasserdichten Scheiden bedeckt. Eine einzige Bewegung, und all diese tödlichen Spitzen wären kampfbereit.

Weiter rechts ritten die Männer von DiCalvados auf ihren Pferden. Die müden Tiere trotteten mit gesenkten Köpfen einher, und der Regen rann von ihren Mähnen herab; sie zitterten und schnaubten verärgert und hungrig. Erst am Abend würde jedes der Tiere weniger als eine Handvoll Getreide bekommen. Wieviel weniger als eine Handvoll es sein würde, das wußte Istvan noch nicht sicher. Es waren noch ein wenig Brot und getrocknete Früchte da, mit denen man das wenige Futter strecken konnte, aber bei sechstausend Pferden würde das auch nicht weit reichen. Wie sollten sie auf hungrigen Pferden in eine Schlacht ziehen können? Selbst wenn sie das Gebiet jenseits des Staubs erreichten, wo wieder stellenweise Gras wuchs, wäre nicht genügend Weidegrund für alle Tiere vorhanden. Und wenn sie erst einmal in Manjipor ankämen . . .

Irgend etwas bohrte sich in Istvans Geist. Irgend etwas hatte er nicht in seine Überlegungen mit einbezogen. Was mochte es sein?

Die Männer um ihn herum hatten wieder zu sprechen begonnen, doch was er hörte, war größtenteils leeres Gerede. Er ignorierte es und konzentrierte sich auf jenen schwer faßbaren Gedanken, bis D'Ascolis Stimme ihn erreichte:

». . . meinst du nicht auch, Istvan?«

»Aahmm. Eine gute Frage! Was soll ich denn *auch* meinen?«

D'Ascoli lachte. »Du hast gar nicht zugehört.«

»Wem sollte ich denn zuhören?«

»Ich habe gerade gesagt, daß sie sich nicht um die Kundschafter kümmern würden, wenn –«

Ein plötzlicher Schrei ließ ihn verstummen. Ein Seher ritt in ihre Mitte und schrie: »Ein Angriff! DiGasclons Kompanie wird angegriffen! Hört nur.«

In der allgemeinen Sprachlosigkeit, die diesen Worten folgte, hörten sie durch das Klatschen des Regens hindurch in der Ferne das Geschrei von Männern. DiGasclon richtete sich im Sattel auf. »Vega! DiVega!« brüllte er. »Kommt schon!« Und schon war er verschwunden, und sein Pferd galoppierte zurück an das Ende des Zuges.
»Jetzt greifen sie Vegas Kompanie an«, sagte der Seher.
»Was!« rief Istvan. »Was für eine Art von Angriff ist es?«
»Pfeile«, antwortete der Seher. »Sie reiten –« Er schloß seine Augen fester. »Ja, sie reiten entlang des Zuges, ungefähr in einem Abstand von hundert Yards. Sie feuern in die Reihen und reiten dann weiter.«
»Jetzt *haben* wir sie!« sagte Istvan. Der Rest blickte ihn verblüfft an. »DiCalvados! Ciavedes! Nehmt eure Leute und folgt mir. Ihr übrigen geht zurück zu euren Kompanien. Und befehlt euren Leuten, sie sollen alle auf sie schießen, wenn sie kommen! Aber laßt euch auf keinen Fall von ihnen dazu verleiten, sie zu verfolgen! Denn genau das wollen sie. Verlaßt auf keinen Fall den Zug ohne meinen ausdrücklichen Befehl!« Er wandte sich dem Seher zu. »Gebt die Botschaft zurück. Befehlt ihnen, ihre Bögen zu spannen.«
Istvan wendete sein Pferd und galoppierte zu der Lücke, die die beiden nächsten Kompanien voneinander trennte, und DiCalvados und Ciavedes folgten ihm auf den Fersen. In kürzester Zeit waren beide Kompanien in Bewegung. DiCalvados' Kompanie ritt zweihundert Yards genau im rechten Winkel zur Marschrichtung und drehte sich dann zum Ende des Zuges hin um. Ciavedes' Kompanie schwenkte aus wie eine sich öffnende Tür. Istvan ritt zwischen ihnen.
Das Manöver war kaum ausgeführt, als sie aus dem Regen Reiter auf sich zueilen sahen. Istvans Schwert glitt aus der Scheide, und auf seiner Klinge flackerte Notfeuer auf. Sein Schwert schwebte hoch in der Luft, um das Signal zum Angriff zu geben, und seine Lungen waren mit Luft gefüllt. Aber die feindlichen Reiter bogen schon ab von der Haupttruppe, und als die vordersten die beiden Kompanien bemerkten, die

sie erwarteten, brüllten sie über ihre Schultern nach hinten, und durch den Regen und über das Gebrüll erhob sich der eindringliche Ton des großen Muschelhorns.
Wie ein aufgeschreckter Haufen Vögel wendeten sich die Grenzländer und Kadariner in kürzester Zeit um und entfernten sich blitzschnell nach Norden. Schon als Istvan seine Schwertklinge hinabsausen ließ, um den Angriff zu signalisieren, wußte er, daß es zu spät war.

Lange bevor das Muschelhorn ertönte, hatten sich Martos und seine Männer darauf vorbereitet, umzukehren. Die Gefahr war absehbar. Schon zielten seynyorische Pfeile auf sie und fielen in nächster Nähe nieder.
Sie ritten in einer langen, schmalen Reihe, und als die Muschel rief, gab es keine Verzögerung: Alle Kämpfer wendeten ihre Pferde und flohen. Sie verstreuten sich, während sie ritten, aber das war nicht weiter gefährlich. Hinter ihnen blieben die Kantaraner und Seynyorer in ziemlicher Verwirrung zurück. Der Regen wurde wieder dichter. Schon bald, das wußte Martos, würde er wieder zu jenem schüttenden Wolkenbruch werden, durch den er hierhergeritten war.
Dann rauschte der Wasserfall aus den Wolken nieder. Regentropfen prasselten auf Martos' Helm. Jenseits der Ohren seines Pferdes sah er nur vages Grau, das von silbernen Fäden unterbrochen wurde. Die Männer um ihn herum waren verschwunden, und nach kurzer Zeit schien es, als wäre er ganz allein. Er ließ seinen Bogen in den Behälter gleiten und zog die Klappe darüber, die ihn vor dem Wasser schützen sollte. Einer der Männer in seiner Nähe war am Arm von einem Pfeil getroffen worden, und Martos nahm an, daß auch andere verwundet sein müßten. Aber alles in allem waren sie gut davongekommen. Der Feind hatte nur wenig Zeit gehabt zu reagieren. Die Attacke war gut geplant gewesen. Sie hatte nicht viel Schaden anrichten können – aber die königliche Armee hatte angehalten, und es war große Verwirrung ausgebrochen, während die Gegner nach ihren Bögen gekramt hat-

ten. Es würde sie einige Zeit kosten, sich wieder neu zu formieren und weiterzumarschieren.
Er selbst hatte nicht einmal vorgehabt, irgend jemanden zu töten, zumindest nicht, bis sie angefangen hatten zurückzuschießen. Aber bei sechstausend Männern war die Möglichkeit, daneben zu treffen, gering, deshalb mußte es zweifellos einige von ihnen erwischt haben.
Es war notwendig, sagte er wütend zu sich selbst.
Laß den Menschen, der keine Gefahr für dich ist, seines Wegs gehen, antwortete Atrion. *Keines Menschen Leben ist mehr wert als das eines anderen. Wenn der Tod bei einer Begegnung nicht schon zugegen ist, so ist es töricht, ihn einzuladen. Der Tod ist ein launischer Gast: sein Appetit könnte größer sein, als sein Gastgeber erwartet.*
Aber das war eine Warnung davor gewesen, ein Duell zu erzwingen oder ein Schwert gegen einen Unbewaffneten zu ziehen. Aber war dies wirklich eine andere Situation? Dennoch stellte ein Teil seines Geistes sich beständig vor, wie er Pfeilen auswich, nach dem Bogen in seinem Stiefel suchte, unfähig zurückzuschlagen, während Pfeile wie aus dem Nichts auf ihn niederschwirrten.
Das Muschelhorn sang den Ruf zum Sammeln. Er wendete sein Pferd. Das Tageslicht wurde immer schwächer. Jenseits des Schattens senkten sich die Zwillingssonnen zum Meer. Regentropfen nahmen ihm die Sicht und tauchten die Welt in einen glasigen Schleier. In wenigen Stunden würde es dunkel sein.
Plötzlich schwieg die Muschel. Durch den Regen hörte er das Gemurmel von Stimmen und das Klirren von Stahl. Er zog sein Zwergenschwert aus der Scheide und spornte das Pferd an. Der Regen peitschte ihm ins Gesicht, während er durch einen Fluß ritt. Voraus vernahm er Kampflärm. Er zügelte sein Pferd, vor ihm kämpften Grenzländer.
Kantaraner mußten ihnen gefolgt sein. Offensichtlich konnten die Grenzländer im allgemeinen Durcheinander Freunde nicht von Feinden unterscheiden; Martos selbst konnte das

jedenfalls nicht. Die knochigen kleinen Männer in ihren lakkierten Lederrüstungen sahen für ihn auf ihren erdfarbenen Pferden alle gleich aus, mit Ausnahme einiger weniger, die er gut kannte. Bimsio machte er aus, den besten Schwertkämpfer an der Grenze, der mit gutgezielten Streichen die Gegner aus ihren Sätteln fegte. Und er sah Suktio, wie er durch das Gedränge jagte und wie sein rotes Schwert Blut mit Regen vermischte, so daß hellrote Tröpfchen umherspritzten, während es auf- und niederschlug.
Martos' Männer ritten heran und sammelten sich hinter ihm. Sie waren durch die selbstgemachten Rüstungen der Grenzländer ebenso verwirrt wie er selbst. Weitere Grenzländer stürzten aus dem Regen herbei und mischten sich unter die Kämpfenden, wobei sie ihre Schwerter über den Köpfen schwangen und dann mit einem tieftönenden *Bu-umm* auf die Lederschilde der Gegner niederdroschen. Seltsame Kriegsrufe erhoben sich über den Lärm der Waffen. Dic zuschauenden Kadariner waren wie betäubt von der Vehemenz des Kampfes.
Grenzländer kämpften gegen Grenzländer. Erinnerungen von mehr als tausend Jahren brudermörderischer Fehden wurden geweckt und forderten ihr Recht, gestärkt durch die Zähigkeit und den Mut, den die Überlebenden in jahrhundertelangen hoffnungslosen Kämpfen entwickelt hatten. Martos spürte ein erschreckendes Frösteln. Was für Krieger! Sie stürzten sich selbst in die Schwerter ihrer Gegner. Mehr als einmal sah er einen Sterbenden, der sich in ein Schwert stürzte, bis zum Griff hinunter, und dann nach dem Mann schlug, der es hielt. Verstümmelte erhoben sich aus den Lachen ihres eigenen Blutes und versuchten einen letzten Streich. Einhändige versuchten, die Schwerter von ihren abgetrennten Armen zu ergreifen. Andere Männer fielen paarweise zu Boden, sie hatten sich die Schwerter gegenseitig in die Körper getrieben. Diese Krieger waren nicht so gut ausgebildet wie die Seynyorer. Ihnen fehlte auch die Reitkunst seiner eigenen Kadariner und meist auch die Größe und das

Gewicht der Männer des Nordens, aber sie waren unübertroffen in ihrer völligen Mißachtung von Schmerz und Tod. Martos hatte erlebt, wie Grenzländer den Dunklen Wesen entgegentraten, er hatte sie auch gegen Fremde kämpfen sehen, und er hatte gesehen, wie sie in Manjipor gegen Ihresgleichen kämpften, aber noch nie zuvor hatte er gesehen, wie die uralten Feindseligkeiten zwischen den verschiedenen Fürstentümern zum Leben erwacht waren. Plötzlich verstand er, warum das alte Takkarische Reich in so winzige Teile zerfallen war und die Dunklen einen so großen Teil des alten Landes in Besitz hatten nehmen können.

Plötzlich war der Kampf zu Ende. Die Grenzländer schauten einander mißtrauisch an, aber die Schwerter hatten ihren Tanz beendet. Der Regen prasselte aus silbrigem Himmel nieder. Er sah Suktio, wie er in seinen Steigbügeln stand und mit blutverschmierter Hand das alte Muschelhorn erhob. Es übertönte schrill das gurgelnde Geräusch des Regens und krähte siegreich über die Toten. Martos ritt langsam näher, seine Männer folgten ihm. Auf dem nassen grauen Staub lagen Grenzländer und verschwendeten ihr Blut auf der giftigen Asche. Regenwasser spritzte auf ihre Rüstungen und lief in einem dicken Film über den Lack.

Suktio senkte sein Horn, und Martos sah, daß aus Rissen in seiner Rüstung Blut hervorquoll. Es war ein teurer Sieg gewesen. Es gab mehr Tote als Verwundete, und unter denen, die Suktio vor Ende der Schlacht erreicht hatten, gab es mehr Verwundete als Gesunde.

Der Feind, eine geschlossene reitende Gruppe, war dem Ruf des Muschelhorns durch den Regen gefolgt und hatte Suktio erreicht, bevor noch mehr als ein halbes Dutzend seiner Männer sich um ihn versammelt hatte, so daß sie den Manjipéanern zahlenmäßig zunächst überlegen gewesen waren. Und alle manjipéanischen Heiler befanden sich noch immer im Lager im Norden.

Es schüttete wie aus Kübeln, und der Regen wusch Blut und Schweiß von den Toten. Martos wollte zum Himmel aufblicken, aber das Wasser trommelte ihm ins Gesicht. Der Himmel war immer noch grau mit schwarzen Tupfen. Es mußte also irgendwo über den Wolken noch Licht sein. Plötzlich fühlte er sich erschöpft. Verspannte Muskeln schmerzten in Nacken und an den Schultern. Der Tag erschien ihm sehr lang. Wie lang mochte es noch sein bis zum Anbruch der Dunkelheit? Die Wolken gaben keinerlei Hinweis. Die Pferde waren erschöpft...

Die Pferde. Die hungrigen Pferde im Lager der Seynyorer. Er hatte ihren Marsch verlangsamt. Die Nacht würde kommen, und sie würden immer noch in der grauen Staubwüste sein. War es möglich, daß sie noch Heu hatten? Nicht viel jedenfalls, denn die Wagen mit dem Heu waren die ersten gewesen, die Paidros in Brand gesteckt hatte. Die Pferde mußten hungrig sein. Er sollte sie stehlen und sie mit nach Norden nehmen, wo sie grasen könnten.

Wenn er nur genügend Männer und Pferde hätte, um einen ordentlichen Frontalangriff wagen zu können, anstatt diese verdammten Spiele mit Hinterhalten, Überfällen und anschließender Flucht spielen zu müssen. Aber selbst mit der Verstärkung, die Jagat ihm schickte, wäre er immer noch im Verhältnis sechs zu eins unterlegen.

Einen Augenblick lang schien es, als wolle der Regen nachlassen. Dann jedoch schwoll das Gemurmel des Wassers zu einem Dröhnen an.

»Nehmt das nicht zu ernst!« stieß Istvan hervor. »Seht zu, daß ihr weiterzieht, und zwar möglichst schnell! Verzögerung war der einzige Grund für diese – Übung. Wenn wir wieder unsere alte Geschwindigkeit aufnehmen, könnten wir bis Sonnenuntergang durch das Schlimmste hindurch sein. Wenn nicht, müssen wir eben in der Dunkelheit weitermarschieren! Wenn euch also an Schlaf gelegen ist, dann laßt eure Männer *marschieren*!«

Schlaf! Das Bedürfnis danach machte seine Glieder schwerer als sein durchnäßter Umhang. Er schüttelte sich, sah auf und ließ sich vom Regen den Schweiß aus dem Gesicht waschen. Das niederprasselnde eisige Wasser half. Er wäre schon vor Stunden eingeschlafen, wenn nicht dieser Regen gewesen wäre. Er senkte den Kopf und ließ die winzigen Wassertröpfchen, die an pickende Vögel erinnerten, auf seinen Umhang prasseln.

Die wenigen noch verbliebenen Heiler, deren rote Roben sich leuchtend gegen das Grau abhoben, suchten die Verwundeten auf und zogen ihnen die Pfeile aus dem Körper, während die Grenzländer sich um die Toten kümmerten. Es gab weniger Tote als Verwundete, und nicht einmal viele Verwundete. Zumindest zwei der Männer waren unter den spitzen kadarinischen Pfeilen niedergestürzt, die ihre Rüstungen durchdrungen hatten, und einem der Männer war einer der Pfeile der Grenzländer durch die Kehle gefahren. Aber meist hatten sich die Pfeile in den Kettenringen der Rüstungen verfangen und nur einen leichten punktförmigen Einstich oder auch gar keine Spur hinterlassen. Und die meisten Pfeile waren einfach ins Leere geflogen. Bei diesem Regen zu treffen, war nicht leicht, nicht einmal aus dem Stand, geschweige denn beim Reiten in vollem Tempo.

Er haßte Bögen. *Istvan der Bogenschütze.* Der Name verspottete ihn, dieser ekelhafte Name, den er niemals loswerden konnte. Auch Martos mußte dieser Art von Kampf überdrüssig sein. Er schmunzelte, als er sich an Birthrans Beschreibung erinnerte, und er fragte sich, was Fendol in einer solchen Situation getan hätte, oder Tuarim . . .

»Lord! Kommandant DiVega!« Istvan schaute auf und sah, daß Rinmull von Ojaini auf ihn zuritt. Sein scheckiges braunes Pony hob sich klar von der Unbestimmtheit des Regens und des Staubes ab.

»Lord Rinmull.« Istvan grüßte ihn. »Was ist geschehen?«

Der Grenzländer hielt sein kleines Pferd an und vollführte im Sattel eine linkische, tiefe Verbeugung. »Ich habe entdeckt, Lord, daß einige meiner Leute den Feind nach der Attacke verfolgt haben. Und Eure Männer erlaubten ihnen . . .« Er

hielt inne und unterdrückte die Wut, die in seiner Stimme schwang. »Und Eure Männer, Lord DiVega, hatten die Anordnung, ihren Platz in der Reihe nicht zu verlassen, so daß meine Männer ohne Unterstützung waren.«
Istvan saß wie betäubt da, Schock und Wut kämpften in seinem Inneren. Sein erster Impuls war, den Mann anzubrüllen, daß seine Anordnungen auch seine Männer beträfen; daß die Männer, die hinausgeritten waren, dies gegen seine Anordnung getan hätten und alles, was geschehen sein mochte, ihre eigene Schuld war, nicht die seine. Aber jetzt war keine Zeit, sich vor der Verantwortung zu drücken. *Was auch passiert, immer ist der Kommandant schuld*, dachte er. Und er war noch stolz und erleichtert darüber gewesen, daß keine seiner Kompanien ihren Platz in der Linie verlassen hatte.
»Ich glaube nicht, daß irgend jemand das wußte«, sagte er. »Ich selbst wußte nichts davon, bis ...« Er hielt inne, als aus dem dämmrigen Regenschleier ein Ton erscholl: der hohe, klare Ton des Muschelhorns.
Da sind deine Männer, dachte er, sprach den Gedanken aber nicht aus. Als er Rinmull musterte, wußte er, daß dieser das gleiche dachte. Noch mehr tote Männer und rotes Blut, das in den Regen rann, und leere Augen, die in den weinenden Himmel starrten.
»Wie viele?« fragte er sanft, und er mußte es lauter wiederholen, damit er durch den trommelnden Regen zu hören war. Rinmull blickte mit weiten Augen und verkniffenem Mund zu ihm auf.
»Ich weiß es nicht. Vielleicht fünfzig. Sie... ich weiß es nicht!«
Firencio kam herbeigeeilt und trieb ein Pferd an, das schon stark von der Erschöpfung gezeichnet war. Hinter ihm folgten DiCalvados, Ciavedes und andere.
»Habt Ihr das Horn gehört?« fragte Firencio. »Sie kommen zurück!«
»Wenn sie das tatsächlich tun, werden wir sie diesmal erwischen«, sagte Istvan. »Aber ich glaube nicht, daß das der

Grund für das Signal war. Ich würde es mir allerdings fast wünschen.« Er gestikulierte zu Lord Rinmull hinüber. »Wir haben einige unserer Verbündeten von der Grenze verloren.«

»Ich habe auch einige meiner Männer verloren!« warf Firencio ein. »Die meisten Kompanien hatten Glück, aber einige meiner Männer –«

»*Fünfzig!*« sagte Istvan, und seine Stimme unterbrach die des Jüngeren mit einem Ton, den er nur selten benutzte. »Sie haben die Linie verlassen und sind den Angreifern gefolgt.« Er sah, wie sich Firencios Mund schloß. »Ich fürchte, das Muschelhorn verkündet einen Sieg.«

»Hätten Eure Männer sie nicht unterstützen können?« brach es aus Rinmull leidenschaftlich heraus. »Oh, ich weiß, Lord Istvan, es war dumm von ihnen, ihren Platz zu verlassen, und es war auch gegen Eure Anordnung ... aber als ihr saht ...«

»Ich glaube nicht, daß irgend jemand es gesehen hat«, antwortete Istvan.

»Ich habe eine Gruppe von Grenzländern gesehen«, sagte Firencio.

»Aber natürlich sehen alle Grenzländer gleich aus!« warf Rinmull ein. »Vielleicht solltet ihr Ausländer uns unsere Schlachten selbst schlagen lassen. Wir können uns zumindest voneinander unterscheiden!«

»In diesem Regen«, fuhr Istvan schnell fort, »weiß ich nicht einmal, ob ich meinen eigenen Bruder auf zehn Fuß Entfernung erkennen könnte, ganz zu schweigen von hundert Schritten! Und die Rüstungen *sind* nun einmal ziemlich ähnlich.« Rinmull seufzte, sein Kopf sank herab, bis der Regen von der Rückseite seines Helmes herabspritzte.

»Ihr habt das Recht dazu, Lord«, sagte er. »Es war nicht Euer Fehler. Aber jetzt sind Männer tot, die meine Vasallen und Verwandten waren. Und außerdem war Pirthio ein guter Freund von mir.«

Weit entfernt im Regen krähte das Muschelhorn, erhob sich

und fiel in einen triumphierenden Rhythmus. Rinmull drehte sich im Sattel und starrte in die Ferne. Auch Istvan starrte in den kristallenen Schleier und versuchte die winzigen Gestalten ferner Männer auszumachen.

»Wir müssen ein paar Kundschafter ausschicken, DiVega!« Das war Ciavedes' Stimme. »Ich kenne Eure Einwände, aber wir müssen herausfinden, was da draußen vor sich geht! Wenn wir schon früher Kundschafter ausgeschickt hätten, wären wir vor der Attacke gewarnt worden.«

»Nein«, sagte Rinmull. »Das ist eine alte Tradition, Lord Ciavedes. Ein Kundschafter wäre nur als erster gestorben.«

»Vielleicht«, antwortete Ciavedes. »Aber das ist ein Risiko, das wir alle eingehen. Vielleicht sollten wir eine kleine Gruppe von Kundschaftern aussenden, gerade genug, um sich verteidigen zu können, wenn sie angegriffen werden.«

»Und da ist noch etwas anderes, DiVega«, warf DiCalvados ein. »Die Kundschafter, die du an die Spitze geschickt hast, berichteten mir, daß es ganz so aussieht, als ob wir vom Weg abgekommen wären und uns nun zu weit nach Süden bewegen. Wenn wir Manjipor verfehlen, könnte es passieren, daß wir durch den Staub wandern, bis unsere Pferde zusammenbrechen. Wir brauchen jemanden, der nach den Wegsteinen an der alten Straße Ausschau hält.«

»Wenn wir zu weit südlich gekommen sind, dürfte es doch nicht allzu mühsam sein, einfach ein wenig nach Norden auszugleichen«, antwortete Istvan.

Rinmull und Firencio sprachen beide gleichzeitig. Istvan hob eine Hand. Beide verstummten.

»So einfach ist die Sache leider nicht, Lord Istvan«, sagte Rinmull. »Wenn wir von der alten Straße abgekommen sind und die Wegsteine verfehlt haben, ist die Gefahr, daß wir uns im Staub verirren, ziemlich groß, besonders jetzt im Winter. Im Sommer ist es eine einfache Sache, aber der Regen macht es schwierig, den richtigen Weg zu finden.«

»Und die Kundschafter machen sich selbst Sorgen, Vetter«, sagte Firencio. »Ich habe soeben mit einem von ihnen gesprochen. Er sagte, es sei besser, wenn ein einzelner Mann stürbe, als wenn die gesamte Armee sich verirrte. Er war bereit zu gehen.«

»Schickt mich, Lord DiVega!« Das war Arjun DiFlaccas Stimme. Istvan wandte sich um und sah ihn hinter sich auf seinem kleinen Pony reiten. Seine Augen waren sehr hell und lebhaft. »Ich kann den Wegstein finden! Die Erde ist die Braut des Kriegers; aber mein Pferd ist schnell, und ich kann auch kämpfen!«

Istvan knirschte mit den Zähnen. Irgendwie ließ der Eifer in der Stimme des Jungen diesen noch jünger erscheinen, als er tatsächlich war – zehn Jahre und nicht siebzehn.

»Ich kann auch gehen, wenn es notwendig ist«, sagte Rinmull mit einem Achselzucken. »Vielleicht werde ich auf diese Weise herausfinden, was mit meinen Leuten passiert ist.«

Der Regen schien abzunehmen. Istvan stand in den Steigbügeln und blickte über die Ebene hinaus, während er sein Pferd einen Augenblick lang anhielt. Jetzt konnte er zumindest ein wenig durch den Regen hindurchschauen. Er konnte die Armee hinter sich erkennen und das graue Ödland vor sich. Gegen das Grau sah er winzige Andeutungen von Gestalten und Farben. Menschen und Pferde? Er strengte seine Augen an, um es zu erkennen. Dann wurden die fernen Gestalten wieder durch einen Vorhang grauen Regens verhüllt, der aus dem Norden heranschwebte. Während er noch beobachtete, bewegte sich der Sturm auf sie zu und ließ den Regen zu einem wahren Wasserfall anschwellen.

»Bewegt euch weiter!« brüllte er und ließ sich in den Sattel zurückfallen. Er trieb sein Pferd an. Dann prasselte das Wasser wieder auf seine Kapuze herab, und Männer und Pferde stapften blind ihres Weges. Istvan sah, wie sich Ciavedes' Mund bei dem Versuch, gegen den Regen anzubrüllen, öffnete und schloß, aber was er auch sagen mochte, es ertrank im Lärm des Sturmes. Das Pferd scheute und taumelte. Istvan klopfte die Flanke des Tieres, stieg dann aus dem Sattel und führte es am Zügel.

Das niederpeitschende Wasser drückte ihm die Kapuze gegen den Schädel und durchnäßte sie völlig. Das Pferd senkte den Kopf und stolperte zitternd weiter. Istvan spielte nervös mit den Zügeln in seiner Hand. Jagats Männer konnten sich nun ausruhen. Er dagegen würde morgen mit einer Armee müder Männer und müder Pferde daherkommen. Hungrigen Pferden. Kranken Pferden . . .
Er hob den Kopf, um durch die Regenstürme zu spähen, und die auf dem Rand der Kapuze zerplatzenden Tropfen fielen ihm in die Augen. Er konnte kaum ein paar Schritte weit sehen. Um ihn her stolperte die königliche Armee durch den Sturm. Ein kalter Wind kam von Norden auf und schnitt durch Istvans nassen Umhang, trieb das Knacken aus seinen Gelenken und machte sie vollends steif. Der Wind peitschte den Sturm vorwärts und prügelte die Armee mit Regen, als ob sie mit Steinen beworfen würde.
Männer und Pferde schleppten sich mühsam weiter. Zumindest hatte nun der wasserfallartige Niederschlag ein Ende. Das Brüllen des niederstürzenden Wassers wurde leiser und verebbte zu einem Trommeln. Es konnte noch nicht lange so sein, aber es schien ihm, als ob er sein Pferd schon seit Ewigkeiten am Zügel durch die niederstürzenden Wassermassen geführt hätte. Jetzt wurden im Regenschleier andere Männer sichtbar. Er konnte die Armee um sich wieder sehen. Aber nur wenige Meilen entfernt endete die Welt immer noch in einem Wolkenvorhang.
»Regnet es hier oft so stark?« erhob sich nun Ciavedes' Stimme über den Regen.
»Oft, Lord?« antwortete Rinmull von Ojaini. »Nicht allzuoft, nein.« Er wandte sich ab und ritt auf Istvan zu. »Wünscht Ihr, daß ich hinausreite? Jetzt ist wahrscheinlich die beste Zeit dazu, und jener Wind, der mit dem Regen kommt, ist zweifellos die Ursache dafür, daß wir allesamt nach Süden abgedriftet sind.«
»Er hat außerdem auch eine nette Unordnung geschaffen«, sagte Ciavedes. »Schaut Euch das an! Keine zwei Kompanien

sind mehr beieinander! Wir müssen aufschließen! Wenn der Feind nun angreifen würde ... «

»Da besteht wohl keine Gefahr«, sagte Rinmull. »Er befindet sich kaum in einer besseren Lage als wir. Aber sagt, wünscht Ihr, daß ich hinausreite, Kommandant?«

Istvan überlegte. Rinmull hatte wahrscheinlich recht. Ein Angriff war im Augenblick ziemlich unwahrscheinlich, und wenn sie schließlich gar Manjipor verfehlen würden ... Andererseits konnte er es sich nicht leisten, Rinmull zu verlieren. Ojaini war zur wichtigsten Stadt der Kantara geworden, und ihr Lord war nach dem König selbst der wichtigste Mann in der ganzen Provinz. Nur Rinmull konnte die unruhigen Grenzlandadligen unter Kontrolle halten. Und doch mußte es wohl geschehen.

»Ihr habt gesagt, Kundschafter zu töten, sei alte Grenzlandsitte, Lord Rinmull?«

»Die Sitte ist älter als die Grenze«, antwortete Rinmull grimmig. »Lange bevor die Dunklen Wesen aus dem Norden kamen, kämpften die alten Helden des Takkarischen Reiches so, wenn sie sich einem Feind gegenübersahen, der größer war als sie selbst. Sogar bevor die Barrieren Hasturs durchbrochen wurden, im goldenen Zeitalter des Friedens, als die Dunklen Wesen noch aus der Welt verbannt waren, kämpfte Prinz Ranjit allein gegen die Armeen seines eroberungswütigen Onkels. Zumindest lautet so die Legende.«

»Es gibt viele Legenden über Prinz Ranjit, und es gab früher noch viel mehr«, fuhr er nachdenklich fort. »In den alten Büchern, die in Ojaini aufbewahrt werden, habe ich Balladen und Fragmente von Geschichten gefunden, die heute vergessen sind, und Bezugnahmen auf noch wesentlich mehr. Aber als die Armee des Eroberers Ranjit in die Berge seiner Heimatprovinz jagte und alle außer einer Handvoll Männer ihn verlassen hatten, so sagt die Geschichte, spürte er die Kundschafter der Armee auf, zwang sie zum Einzelkampf und erschlug sie nacheinander. Und die große Armee ging in den Bergen in die Irre und wurde durch Hunger und Kälte zum

Umkehren gezwungen. Und Ranjits Ruhm wurde so gewaltig, daß die Männer sich unter seinem Banner sammelten. Auf diese Weise erlangte er schließlich den Thron zurück, der ihm rechtmäßig zustand.
Und als die Armee von Adlerheim in das Reich eindrang, soll der große Held Virata sich an die Geschichte von Prinz Ranjit erinnert haben, und obgleich er weit weniger Männer hatte als die Invasoren, soll er es geschafft haben, sie aufzuhalten, bis eine größere Armee bereitgestellt worden war. Und auch Kaljit, der Banditenprinz, siegte lange Zeit über die kaiserliche Armee, bis er verraten wurde.« Einen Augenblick lang schwieg Rinmull, während die Wolken um die Gebeine des Landes weinten. Anstatt dann weiterzusprechen, sang er leise:

Und niemand weiß wo Kaljits Grab
Verborgen ist in den hohen Bergen.

Der Wind stöhnte und setzte Eisdornen in Istvans Gelenke. Er schloß die Augen und dachte nach, wann er in der Vergangenheit nach Manjipor geritten war. Er erinnerte sich an die winzigen Markierungszeichen, die entlang der Straße aufgestellt waren, winzige flache Pfeiler, die in Steinhaufen eingefaßt waren. Er würde sie erkennen, wenn er sie sähe.
»Nun, DiVega?« sagte Ciavedes. »Wirst du irgend etwas unternehmen? Oder stolpern wir hier nur kopflos im Staub herum?«
»Ich bin bereit zu gehen, Lord«, sagte Rinmull wieder.
»Ich bin nicht bereit, Euch gehen zu lassen«, sagte Istvan. »Ihr seid der Führer der Kantaraner, und Ihr werdet hier gebraucht. Schickt mir statt dessen den Kundschafter Kurrun. Und Ihr habt vollkommen recht, Ciavedes, wenn Ihr sagt, die Armee sei in einem bedauerlichen Zustand. Schaut Euch beispielsweise Eure eigene Kompanie an! Sollte sie nicht ein wenig in Ordnung gebracht werden?«
Ciavedes erstarrte und lachte dann. »Ich habe mein eigenes

Essen anbrennen lassen, während ich versucht habe, Eures zu kochen, nicht wahr? In Ordnung, DiVega, ich werde mich wieder um meinen eigenen Kram kümmern!« Er wendete sein Pferd und ritt zu seinen eigenen Männern hinüber.

Istvan hielt sein Pferd an und wandte sich um. »Firencio!« sagte er. »Ich möchte, daß diese Armee wieder ausgerichtet wird! Ich möchte, daß jede Kompanie eng aufschließt, so daß wir in einer geschlossenen Formation marschieren, ohne die vielen Lücken zwischen den einzelnen Kompanien. DiCalvados und DiGasclon sollten als flankierende Flügel im Norden agieren, und Chalcondiel und Servara im Süden. Ich möchte, daß zwischen den einzelnen Blöcken gerade genug Raum ist, daß ein einzelner Reiter hindurchreiten kann...« Er sprudelte einen Strom von Befehlen hervor.

Als der Kundschafter Kurrun wenige Augenblicke später eintraf, fand er den Kommandanten DiVega alleine vor. »Wie würdest du uns auf die Straße nach Manjipor zurückführen?« fragte DiVega ihn. »Wenn du als Kundschafter ausrittest, wonach würdest du schauen?«

»Nach der Straße selbst natürlich, Lord«, sagte der Mann. »Sie ist in dieser Gegend eindeutig markiert. So habe ich ja herausgefunden, daß wir uns von ihr entfernt haben müssen.«

»Woher weißt du, daß wir nach Süden marschieren und nicht nach Norden?«

»Das ist nur eine Annahme, Lord. Der Wind hat aus dem Norden geblasen, und es scheint mir wahrscheinlich, daß uns das nach Süden abgetrieben hat. Außerdem sind wir aus dem Norden angegriffen worden. Wenn ich die Straße nicht nördlich von uns finde, werde ich sie im Süden suchen.«

»Wie kannst du vermeiden, daß du dich im Regen verirrst?«

»Eine Armee, die so groß ist wie diese, macht viel Lärm, Lord«, sagte Kurrun erstaunt. »Der Wind ist beständig genug, um als Führer zu dienen. Und wenn der Regen abnimmt, kann man im Süden den Schatten sehen. Ich kenne dieses Land gut, Lord. Ich habe viele Karawanen von Ojaini aus begleitet.«

»Angenommen, du könntest die Armee nicht finden und würdest sie im Regen verfehlen. Was würdest du dann tun?«
»Ich würde nach Westen zu dem kleinen Fluß gehen, an dem wir heute nacht lagern werden, und ich würde seinem Ufer folgen, bis ich das Lager erreicht hätte.«
Istvan nickte bedächtig. »Sehr gut, Kurrun. Danke. Melde dich jetzt bei Hauptmann DiBolyar und übernimm die Führung seiner Männer.«
»Aber Lord Kommandeur«, protestierte der Mann, »wollt Ihr nicht, daß ich –?«
»Du hast den Befehl gehört, Kurrun.« Istvans Stimme klang freundlich, aber unerbittlich fest. Der Mann kniff die Augen zusammen, vollführte im Sattel eine linkische Verbeugung und war verschwunden.
Istvan wandte sein Pferd nach Norden. Er hielt bei DiCalvados' Kompanie an, gerade lange genug, um Firencio eine Nachricht zukommen zu lassen: »Du übernimmst das Kommando, bis ich zurückkomme.«
Eine ziemlich einfache Botschaft, dachte er und lachte. Er wendete sein Pferd nach Norden. Der Wind pfiff und peitschte ihm Wasser ins Gesicht. Er stieß seine Füße leicht in die Flanken des Tieres und ritt in den Regen.

Jedesmal, wenn Chondos stolperte, schnitt die Schlinge ihm den Atem ab, und die Peitsche sauste auf seine Schultern nieder. Manchmal traten sie ihn auch. Die Wut staute sich in ihm an, doch er konnte nichts anderes tun, als seine gefesselten Hände wild zu Fäusten zu ballen und wütend an den Fesseln zu zerren. Die Muskeln in seinen Schultern waren feste Blöcke, die arg schmerzten, während sie vergeblich an den Seilen rissen, die sie gefesselt hielten. Das rauhe Seil scheuerte an der Haut seiner Handgelenke.
Das Blut pochte in seinem mitgenommenen Kopf, und seine Füße schmerzten. Die Kobolde marschierten ziemlich schnell. Wenn er zurückblieb, zog sich die Schlinge um seinen Hals zusammen, und die Peitsche sauste ihm auf die Schultern

nieder. Er spürte den Regen auf dem mürben Fleisch an dieser Stelle, und er wußte, daß der Stoff dort durch die wiederholten Peitschenhiebe weggerissen worden war. Kühler Regen rann an seinem Rücken herunter und vermischte sich mit warmem Blut. Rashnagar und der Meister. Er wäre besser im Kampf getötet worden. Besser hätte der Troll ihn erwischt. Besser hätte er in jener ersten Nacht seine eigene Kehle durchschnitten. *Der Tod ist die Braut des Kriegers*, sagten die Grenzländer. Unter den Grenzländern war es üblich, daß sie sich selbst töteten, um eine Gefangenschaft bei den Dunklen Wesen zu vermeiden. Wenn er an die schreienden Kobolde dachte, wußte er, warum die Grenzländer dies taten.

Sie kletterten eine enge Schlucht hinauf. Der Boden stieg unter seinen Füßen an, und das Seil vor ihm wurde straff. *Ein Mann kann immer sterben*, sagten die Grenzländer. Er spürte, wie sich das Seil um seinen Hals zusammenzog, und er lächelte.

Er stemmte die Füße gegen den Hang und lehnte sich zurück gegen den Druck des straffen Seils. Plötzlich fühlte er, wie sein Nacken nachgab und die Kehle sich schloß. Er drückte sich ab und ignorierte den Schmerz. Seine Lungen waren wie betäubt und schmerzten.

Eine tierische Stimme knurrte ein rauhes Kommando. Geräusche kamen und gingen in Wellen, während das Blut in seinen Ohren gurgelte. Sein Herz versuchte sich einen Weg aus der Brust heraus zu hämmern. Ein anderer Schmerz riß über seinen Rücken, aber er befand sich schon jenseits dieser Empfindungsfähigkeit. Er spürte, wie die Taubheit an der Stirn entlang in seine Augen wirbelte. Er fühlte, wie seine Beine zusammenklappten und sah, wie der Boden auf ihn zustürzte ...

Etwas brannte in seinem Nacken, etwas fummelte daran herum. Er spürte etwas Kaltes, und plötzlich verrieten ihn seine Lungen und saugten tiefe, holprige Atemzüge brennend kalter Luft ein. Aber er fiel. Es war ihm gleichgültig. Er schlief fast.

Etwas machte sich an seinen Armen zu schaffen. An seinen Schultern wurde plötzlich gewaltsam gezerrt, während seine beiden Arme verdreht wurden. Er schwamm oder flog, doch merkwürdigerweise spürte er seine Zehen über den Boden schleifen. Dann stieg der Boden hoch, schlug ihm ins Gesicht und trieb die neugewonnene kostbare Luft wieder aus seinen Lungen.

Er lag da, atmete in tiefen, zitternden Zügen und fühlte, wie angenehm die Luft seine zitternden Lungen kühlte. Es gab nichts Kostbareres als Luft. Die Kobolde plapperten und stritten sich über ihm. Wasser tropfte über seinen schmerzenden Rücken. Er versuchte, sich herumzurollen. Beim erstenmal fiel er zurück, und Schlamm spritzte über sein Gesicht, als er auf den Boden aufprallte. Beim zweitenmal schaffte er es, sich auf seine Schultern zu rollen. Ein Ellbogen war neben ihm eingeklemmt, verdrehte seinen Arm und verursachte neuen Schmerz in seinen ohnehin schon ziemlich mitgenommenen Schultergelenken. Mit einem Ruck rollte er sich auf den Rücken.

Schwarze Kobolde drängten sich um ihn. Wasser fiel in seine Augen, so daß er blinzeln mußte. Die wütenden Kobolde knurrten und zischten. Seltsame schwarze Gestalten erhoben sich in der Nähe. Vor ihm waren riesige Felsbrocken. Das Seil um seinen Nacken war verschwunden.

Er trat mit den Füßen und schlängelte sich zum nächsten der Felsen. Die Seiten des Felsbrockens wölbten sich vor. Er schlängelte sich so nah wie möglich an die Basis des Felsens heran, um aus dem Regen zu kommen. Er fühlte sich völlig erschöpft. Seine Glieder waren zu schwer, um sich bewegen zu können. Er schloß die Augen und schlief ein.

Der Regen umschloß Istvan wie eine Mauer. Er schlug auf seine Kapuze und spritzte ihm in die Augen. Das Gewicht seines nassen Mantels drückte auf den Schultern. Nach einer Weile war ihm, als gäbe es niemanden außer ihm selbst auf der Welt; nichts als grauen Staub und jenen farblosen Wasservorhang, der um ihn her zischte und plätscherte.

Doch wenn er genau hinhörte, konnte er hinter sich viele Geräusche hören: Stimmen, das Klirren von Metall, das Schaben von Leder, das Blasen und Schnauben von Pferden und das Plätschern von Wasser. Eine so große Armee machte viel Lärm. Er hörte einen Augenblick lang zu und trieb dann sein müdes Pferd weiter. Durch den glasigen Schleier des Regens schien der Staub nichtssagend und endlos, eine monotone Ebene, die ohne jeden Orientierungspunkt und ohne jede Veränderung scheinbar ewig weiterging.

Er zählte mechanisch die Schritte des Pferdes, um eine Vorstellung von der Entfernung zu behalten, die er schon zurückgelegt hatte. Der Regen, der ihm ins Gesicht fiel, sorgte dafür, daß er sich ungefähr nach Norden bewegte. Er versuchte, den Kopf zur einen oder anderen Seite zu halten, um den Regen daran zu hindern, seinen Blick zu trüben. Wenn der Wind blies, fiel der Regen auf seine Augenlider, und seine Gelenke schmerzten vor Kälte. Das karge Land breitete sich im Regen vor ihm aus.

Aus dem Dunkel vor ihm drang ein schwaches Husten an sein Ohr. Einen Augenblick lang dachte Istvan, er sei vom Weg abgekommen und bewege sich im Kreis, aber der Wind blies ihm nach wie vor Wasser ins Gesicht, und so erkannte er, daß irgendwo hier draußen Martos' Männer sein mußten. Er hörte ein schwaches Stimmengemurmel und das röchelnde Schnauben eines Pferdes. So gut wie möglich jegliches Geräusch vermeidend, hob er vorsichtig den schweren Schild vom Sattel. Er fragte sich, ob sie ihn wirklich nacheinander angreifen würden.

Wenn es Grenzländer waren, würden sie es tun. Nicht nur, weil es ihre Tradition war, sondern weil Angst – letztlich der einzige Grund dafür, zu mehreren einen einzelnen Gegner anzugreifen – schon lange aus jedem Mann ausgebrannt worden war, der die Wahl getroffen hatte, an der Grenze zu leben. Ein Mensch, der nicht bereit war, ständig dem Tod gegenüberzustehen und gegen eine unschlagbare Übermacht anzukämpfen, würde hier weggehen und sich einen anderen Platz zum Leben suchen. Jeder, der auch nur einen Funken gesunden Menschenverstandes hatte, zog hier weg und suchte sich einen anderen Aufenthaltsort.

Er lächelte plötzlich, weil er sich an einen alten Scherz erinnerte. *Grenzländer sind so dumm, daß sie immer in die falsche Richtung laufen ...*
Etwas stach ihm in die Augen, ein fester Punkt vor dem vagen Dunkel. Er wandte sein Pferd der Erscheinung zu. Andere verschwommene Gestalten tauchten in der Nähe der ersten auf. Und dann schaute er auf die Steinhaufen mit den Pfeilern in der Mitte, die die Straße markierten. Er nickte gedankenverloren in sich hinein. Es würde nicht lange dauern, bis die Armee wieder auf dem richtigen Weg wäre. Unter den Hufen des Pferdes und unter den Wasserpfützen trieb der Staub über die Reste der alten Straße.
Er hörte das Schnauben eines Pferdes, das sich deutlich vom Rauschen des Regens abhob. Verschwommene Gestalten von Berittenen tauchten aus dem Wasserschleier auf. Der dichte Regen trommelte auf selbstgefertigte Lederrüstungen. Die rauhen Mäntel der kleinen Grenzlandponys waren mit Schlamm bespritzt und völlig durchnäßt. Die Reiter bildeten einen Kreis. Der Stahl ihrer Schwerter war von Wassertröpfchen überzogen. Einer der Männer trug eines jener seltenen Kettenhemden.
»Das ist ein Seynyorer!« rief einer der Grenzländer.
Sie starrten Istvan unsicher durch die feinen Linien des Wassers an.
»Packt ihn!« bellte der Mann mit dem Kettenpanzer. »Sujio!«
»Verteidige dich, Kundschafter!« brüllte einer und gab seinem Pferd die Sporen.
Istvans Hasturklinge fuhr aus der Scheide. Der Grenzländer hielt sein Pony einen Augenblick lang an und starrte auf das Notfeuer, gab seinem Pferd aber dann wieder die Sporen und erhob sein Schwert hoch über den Kopf. Istvan ließ den Zügel aus der Schildhand fahren und trieb seine müde Stute mit den Knien an. Sie bewegte sich nur etwa einen Schritt vorwärts. Der Grenzländer stand in den Steigbügeln, zum Hieb bereit. Sein Pferd war größer als die meisten Grenzlandponys, und seine Klinge peitschte zu Istvans Kopf hoch. Istvans Schild

hob sich zur Verteidigung, nahm ihm aber gleichzeitig auch die Sicht. Doch während der Schild noch unter dem gegnerischen Schlag erzitterte, holte sein Schwertarm weit aus. Und als er den Schild senkte, schnitt das flammende Schwert auf die rechte Schläfe seines Gegners zu. Es schlitzte über den Lederschild des Grenzländers und hinterließ einen feinen Riß darauf. Nach diesem Streich ruhte sich Istvans Arm aus, wandte sich um und trieb die Spitze über die Kante des Schildes. Dies war die Bewegung eines Könners, und dazu eine sehr gefährliche. Sein Arm war vom Ellbogen ab entblößt, und die gegnerische Klinge erhob sich schon zum Schlag. Kalte Stiche fegten vom Ellbogen bis zum Handgelenk, aber das Schwert fiel aus der erschlafften Hand des Grenzländers, und der Schild fiel zu Boden und zeigte an, daß Istvans Schwertspitze getroffen hatte. Das Pferd des anderen stürzte davon, der Tote fiel von seinem Rücken.
Ein Zischen drang durch das Plätschern des Regens hindurch an sein Ohr: Alle Grenzländer hatten zur gleichen Zeit tief eingeatmet. Istvans Schild senkte sich, während er die Zügel wieder in die Hand nahm, so daß sie zusammen mit dem Schildgriff in seiner linken Hand lagen.
Brüllend stürzte ein Grenzländer von hinten auf ihn zu. Istvan wendete seine erschöpfte Stute, und der Wind trieb ihm Regen in die Augen. Eine verschwommene Gestalt galoppierte aus dem Regen, und Istvan hörte, wie eine Klinge durch die Luft zischte. Er duckte sich hinter seinem Schild, zog das Knie auf dieser Seite hoch und zog die Schwerthand dicht an sich, um sich soviel Deckung wie möglich zu geben. Sein Schild donnerte gegen seinen Helm, und sein geduckter Nakken schmerzte unter der Anspannung. Er streckte den Körper und versuchte, die leisen Geräusche der Hufschläge auf dem Staub vom ständigen Geplapper des Regens zu unterscheiden. Er hörte, wie die platschenden Hufe sich hinter ihm wendeten, und dann kamen sie von rechts auf ihn zu, wo er nur sein Schwert hatte, um sich zu schützen. Es blieb keine Zeit, das müde Pferd zu wenden, er hatte sogar kaum Zeit, sein Gesicht

vom Regen abzuwenden und das blind machende Wasser aus den Augen zu schütteln. Er sah ein Schwert, das auf sein Gesicht zupeitschte und wehrte es mit seiner eigenen Klinge ab.
Stahl krachte auf Stahl. Der Grenzländer zog sein Pferd hoch, um seinen Positionsvorteil zu erhalten. Istvan riß die glühende Klinge über den Kopf und schlug zu. Das Schwert des Grenzländers holte aus zum Gegenschlag, während er sein Schild erhob. Doch als seine Augen hinter dem Schild verschwanden, lehnte sich Istvan im Sattel zurück und drehte sein Handgelenk, so daß das Schwert in die Luft schnellte und den Grenzländer völlig verfehlte, um dann über dem Widerrist des Pferdes niederzugehen.
Dann peitschte er es wild in die Höhe und versuchte, das Schwert zu treffen, das auf seine Brust zielte. Stahl schlug auf Stahl, als die Klingen einander trafen, und die Klinge des Grenzländers prallte wirkungslos von Istvans Metallschild ab, als er diesen schnell vor sich zog.
Dann war der Grenzländer vollauf damit beschäftigt, sich an seinem bockenden und um sich tretenden Pferd festzuhalten. Istvan setzte sich fest in den Sattel. Irgend jemand lachte, und mehrere andere Stimmen schlossen sich dem an. Istvan bereitete sich auf einen weiteren Angriff vor. Der blieb jedoch aus. Der Grenzländer bekam sein Pferd wieder unter Kontrolle und wendete sich erneut Istvan zu. Istvan ritt ihm entgegen. Sein Schwert flammte durch den Regen, als ob die Sonnen darauf scheinen würden. Der letzte Rest des Gelächters erstarb.
Der Grenzländer hob den Schild und schwang das Schwert über dem Kopf. Istvan stieß seine müde Stute vorwärts, und die Wut prickelte in den Muskeln seines Arms, während er seine Hand fest um den Schwertknauf geschlossen hielt. Er hob den Schild bis zur Nasenspitze. Jetzt würde er sein Schwert nicht zur Deckung benutzen müssen, während der Gegner sich gleichzeitig decken und zuschlagen konnte! Es war nun Sache des Grenzländers, zu . . .

Er fragte sich, warum er so wütend war. Der Mann versuchte schließlich nur, am Leben zu bleiben, und Istvan war der Feind, den er zu töten hatte. Die Wut verknotete noch immer seinen Arm. Und Wut war dumm, sie konnte einen Menschen töten, sie konnte die Einheit von Geist und Schwert durchtrennen. Wasser klatschte auf die Rüstungen, während die beiden Pferde sich einander näherten. Istvan versuchte sich zu entspannen, aber ihm blieb kaum Zeit dazu. Mit einem plötzlichen Spurt preschte das Grenzlandpony heran, und die Gestalt in der Lederrüstung tauchte zwischen den Wasserschleiern auf und spritzte Regentropfen von einem nur verschwommen sichtbaren Schwert.

Istvan riß den Schild hoch und schnitt darunter her. Er spürte, wie seine Klinge sich in Leder senkte und riß sie scharf zurück. Sein eigener Schild bewegte sich nach unten aus seinem Blickfeld, und darüber sah er den tiefen Schnitt am Rand des kleinen Schildes seines Gegners. Das war das Gefährliche beim Kampf mit einer Hasturklinge: Sie war so scharf und so widerstandsfähig, daß sie fast jede Rüstung durchschlug, doch in einem Schild konnte sie äußerst leicht steckenbleiben.

Das Schwert des Grenzländers sauste schon wieder auf ihn zu und wirkte über dem Kopf seines Besitzers wie ein silbernes Rad. Es zielt auf Istvans Augen. Seine Schildkante schlug die Klinge nach oben und ließ sie unschädlich über seinen Helm wegschnellen, und sein eigenes Schwert folgte ihr nach unten. Seine Schultern ächzten, als er sich für diesen Streich niederbeugte. Er wollte die Höhe seines eigenen Pferdes für sich nutzen, um über den Schild seines Feindes hinwegzuschlagen. Der Grenzländer beugte sich verzweifelt im Sattel zurück. Die glühende Spitze schnitt über seine Nase, und er behielt eine breite Blutspur an der Nasenspitze zurück, als ob er von einem Dorn gekratzt worden wäre.

Da! Istvan jubelte und erinnerte sich, wie er sich selbst einmal aus einem Schlag herausgelehnt hatte, und ein anderer Teil seines Geistes trauerte über die wilde Freude, die er empfand. Der Grenzländer setzte sich wieder aufrecht, und noch in dieser

Bewegung sausten Arm und Klinge in einem Bogen auf Istvans Kopf zu, während der Schild zur Seite glitt. Istvan sah, wie die Schulter zum Schlag ausholte.
Istvans Schild schoß in die Höhe, und sein Schwert peitschte an seiner Innenkante entlang auf den unsichtbaren Gegner zu. Metall dröhnte auf den Stahl seines Schildes. Er spürte, wie seine Klinge durch Leder und Fleisch schnitt. Sein Schild senkte sich, und er sah eine Wolke von Blut. Seine Klinge, die zugestochen hatte, kurz bevor der Schild ihn blind machte, war tief in die Schulter des Gegners gesunken, dort, wo sie mit dem Nacken verbunden war. Sie hatte durch das Leder geschlitzt und die Arterie geöffnet. Rote Tropfen spritzten wie eine Fontäne hervor und vermischten sich mit dem Regen. Die Klinge war mit einem Ruck wieder frei. Der Tote stürzte zu Boden.
Überall um ihn her waren verhaltene Ausrufe zu hören. Istvan ergriff sein Schwert fester und wartete. Seine Schultern schmerzten im Regen.

5

Ein Tritt in die Rippen rüttelte Chondos wach. Er ballte die gefesselten Hände und versuchte vergeblich, sie auseinanderzuzerren. Borsten rieben gegen seine Handgelenke.
»Auf, Sklave!« spottete eine rauhe Stimme.
Etwas peitschte durch die Luft und verursachte einen Schmerz in den Beinen. Er krümmte sich wütend zusammen und zerrte an seinen Fesseln. Koboldgelächter drang ihm in die Ohren. Die Peitsche schlug auf seine Schultern nieder. Er stellte sich schwankend auf die Füße. Überall um ihn her erscholl Gelächter. Er schritt auf seine Peiniger zu.
Die Seile um seine Knöchel wurden fester und brachten ihn zu Fall. Er fiel ungeschickt auf sein Gesicht und lag zappelnd im

Schlamm. Er hörte ihr häßliches Gelächter im Regen. Die Peitsche sauste auf seine Schultern nieder.
Er wälzte sich unbeholfen zur Seite. Seine Schultern schmerzten von der Anspannung. Er setzte sich auf und schaffte es dann, auf die Knie zu kommen. Der Regen kühlte seinen Kopf. Er starrte auf seine Peiniger. Keiner von ihnen überragte seine Schultern, und einige von ihnen erreichten gerade seine Ellbogen. Aber sie waren bewaffnet, und er nicht. Seine Hände waren gebunden, ihre waren frei. Und die Schlinge war verschwunden. Sie hatten ihm auch noch die Hoffnung auf den Tod genommen.
Ein riesiges Stück rohes Fleisch fiel vor ihm auf den Boden. Er starrte vor sich hin. Ob sie wohl erwarteten, daß er hinkriechen und es mit den Zähnen ergreifen würde? Er erinnerte sich an die geschlachteten Kobolde, und sein Magen drehte sich um. Er hielt sein Gesicht ruhig und schaute weg. Die Kobolde spotteten.
Zumindest war genug Wasser da. Es tropfte aus dem schmierigen Himmel des Schattens. Er warf den Kopf zurück und öffnete den Mund. Der Regen hatte einen seltsam bitteren Geschmack, aber das hatte er erwartet.
»Steh auf!« knurrte die Stimme des Kobolds wieder.
Wieder zischte die Peitsche durch die Luft. Chondos' Schultermuskeln schmerzten vor ohnmächtiger Wut. Wenn seine Hände nur vor ihm festgebunden gewesen wären, hätte er einen Versuch gewagt, die Peitsche zu ergreifen. Was machte es schon aus, wenn sie ihn töteten? Wäre er nicht besser tot, wenn er schon nicht entfliehen konnte? War nicht der Tod besser als der Verrat, den sie von ihm wünschten?
Ein Schmerz durchfuhr seine Schulter. Chondos stolperte auf die Füße. Seine gebundenen Hände zerrten an den Seilen, mit denen er gefesselt war. Seine Schultern waren angespannt und schmerzten, aber die Seile hielten.
»Geh, Sklave!«
Die Peitsche wickelte sich um seine hinkenden Beine. Seine

hilflosen Hände ballten sich immer wieder zusammen. Wenn er sie doch nur um jene schwarzbepelzte Kehle legen könnte! Das Maul des Kobolds drückte unmenschliche Heiterkeit aus. Er erhob die Peitsche erneut, aber eine andere Stimme knurrte einen Befehl, den Chondos nicht verstehen konnte. Der Arm mit der Peitsche erstarrte mitten in der Bewegung. Augen, die wie Kohlen glühten, starrten ihn an, dann senkte sich die Hand mit der Peitsche wieder.

Nun drängten sich die Kobolde um ihn herum und stießen, zwickten und pufften ihn. Er taumelte, stolperte einen Schritt nach dem anderen vorwärts. Da die Hände hinter seinem Rücken festgebunden waren, konnte er das Gleichgewicht nur bewahren, indem er die Füße bewegte. Nach einem kurzen Augenblick erkannte er, daß sie ihn auf diese Weise zum Laufen zwingen wollten.

Er versuchte stehenzubleiben. Dabei fiel er fast zu Boden, aber lange schwarze Arme fingen ihn auf und stießen ihn grob weiter, und so mußte er weiterstolpern.

Schnatternde Kobolde drängten sich um ihn, und seine Nase war von ihrem tierischen Gestank erfüllt. Sie stießen ihn unentwegt weiter. Immer wieder erlangte er seine Balance zurück und blieb stehen, aber dann zwang ihn ein langer Arm sogleich wieder dazu, weiterzustolpern.

Warum mochten sie wohl aufgehört haben, ihn mit der Peitsche zu traktieren? War das nur deshalb, weil die jetzige Methode besser funktionierte? Oder, was wahrscheinlicher war, weil der Meister ihn unverletzt haben wollte, und sie befürchteten, daß sie ihn dadurch zu schwer verletzen könnten?

Er schwitzte. Seine Schultern und seine gefesselten Arme schmerzten. Es nieselte, aber die winzigen Regentropfen verloren sich im Schweiß. Er fühlte sich schwindelig.

Sie stießen ihn weiter, einmal in die eine Richtung, dann wieder in eine andere. Sein Kopf drehte sich. Sie schwärmten wie Ratten um ihn herum: riesige Ratten, die wie Menschen gingen, eine Rüstung trugen und Speere und Schwerter. Und Peitschen . . .

Er schien stundenlang auf diese Weise weiterzustolpern. Dann plötzlich war es vorbei. Als er wieder die Balance verlor, waren keine Hände mehr da, um ihn aufzufangen. Er sah, wie der Erdboden auf ihn zukam, verdrehte seine Schultermuskeln und versuchte auf diese Weise, seine Hände nach vorne zu bringen, um den Fall abzudämpfen. Er schaffte es, sich zu drehen und fiel auf einer Schulter zu Boden. Der Aufprall trieb die Luft aus den Lungen.

Eine Zeitlang schenkte er den streitenden Stimmen keine Beachtung. Sie waren zur Zeit weniger wichtig als der Regen, der auf sein Gesicht tropfte. Er öffnete seinen trockenen Mund und ließ die winzigen Tröpfchen, die vom Himmel fielen, langsam hineinfallen. Nach einer Weile fiel es ihm wieder leichter zu atmen. Die Intensität der Stimmen lenkte seine Aufmerksamkeit auf sie, und er hörte zu.

»Unsere Fackeln werden ausgehen«, quiekte irgend jemand. »Wir haben nichts. Sie werden uns fressen!«

»Ich werde dich noch selbst fressen, wenn du nicht aufhörst zu jammern«, sagte eine rauhe, knurrende Stimme, die Chondos schon kannte. »Habt ihr vergessen, daß ich einen Bluttrinker rufen kann? Niemand wird es dann wagen, sich uns zu nähern!«

Der andere Kobold murmelte etwas Unverständliches.

»Nein«, knurrte die tiefe Stimme, »dieser Bluttrinker kennt die Meisterworte, alle Namen der Großen. Er wird ihnen befehlen, aus dem Wege zu gehen, und sie werden sich verkriechen.«

Ein allgemeines Stimmengewirr kam auf, in dem sich die einzelnen Stimmen verloren, und der Regen verstärkte sich auf seinem Gesicht. Inmitten dieses Durcheinanders kam ein Kobold zu ihm herüber und stieß ihn an.

»Geh!« erscholl die rauhe Stimme. »Geh, oder wir ziehen dich.«

Seine Hände ballten sich hinter seinem Rücken, aber er konnte nichts tun. Außer vielleicht, seine Peiniger zu ermüden, indem er sie zwang, ihn zu tragen. Er biß seine Zähne zusammen und stolperte auf die Füße.

Müdigkeit schien durch jedes seiner Glieder zu fließen. Würden sie ihn wohl jemals schlafen lassen, oder hatten sie vor, ihn wachzuhalten und gehen zu lassen, bis er umfiel? Wurden Kobolde müde wie Menschen, oder würden sie einfach immer weitergehen und nie schlapp werden? Was würden sie wohl tun, wenn er nicht mehr mithalten konnte? Die Massen von schreiendem rohen Fleisch, die sie gegessen hatten, zogen an seinem Geist vorüber. Aber während er noch schauderte, fiel ihm ein, daß der Meister ihn lebendig wollte. Es wäre besser, wenn sie ihn töteten. Vielleicht würden sie ihn zwingen zu gehen, bis er starb. Das wäre wohl noch das Beste, was passieren konnte.

Der Schrecken machte ihn mürbe. Die Erschöpfung ließ ihm den Gedanken an einen solchen Tod sehr real erscheinen. Ein Wächter der Stärke tief in seinem Inneren fing nun an mit einem anderen Teil zu kämpfen, der nur leben und von Schmerz und Furcht befreit sein wollte. Er wollte friedlich zum Meister gehen und die Kobolde bitten, ihn nicht zu verletzen.

Was war den Männern von Kudrapor widerfahren, bevor sie gestorben waren? Der Gedanke bestärkte ihn. Der Wächter in seinem Geist drängte das schnatternde, furchterregende Ding in die Tiefe und knallte den Deckel zu. »Pertaps Ritt« ertönte in seinem Geist:

Die Glocken erklangen in Kudrapor,
Und die Männer spähten finster in die Nacht.
Doch wo sie auch suchten der Türme Licht,
Nirgends erglühte der Notfeuer Macht.

Wo ist das Licht von Hasturs Turm?
Wo sind die Sterne am Himmel?

Der Rhythmus der Ballade festigte seinen Schritt, während er weiterstapfte. Er bewegte seine schmerzenden Schultern. Kobolde drängten sich um ihn, aber sie rührten ihn im Augenblick nicht an.

Mit Feuer und Stahl und Silberklingen
Kämpften die Krieger sich durch die Nacht:
Dann weit entfernt, hinter dem Feind,
War plötzlich ein Schimmer von Licht erwacht.

Istvan spähte zwischen den Regentropfen hindurch und wartete auf den nächsten Angriff. Er hielt seinen Schild auf dem Sattel und beugte sich über den Rücken der grauen Stute, während seine Augen sich rasch umherbewegten.
Wie lange mochte es noch dauern, bis er übermüdet zusammenbrach? Wie lange mochte es dauern, bis ihn die Schmerzen in seinen Gliedern in einem wichtigen Augenblick langsam werden ließen? Ihn schauderte. Er wollte nicht sterben. *Es wäre aber besser,* dachte er. Schon bald würden ihn die Schmerzen des Alters mit verkrüppelten Gliedern an sein Bett fesseln. Und dann würde das lange Warten folgen. Besser, er stürbe hier, in voller Aktion.
Ein Reiter ritt aus dem Kreis. Istvan knirschte mit den Zähnen und hob sein flammendes Schwert. Wenn man seit vielen Jahren ums Überleben kämpft und aus jeder Schlacht mit einem dankbaren »Ich lebe noch!« auf den Lippen hervorgegangen ist, stirbt es sich nicht leicht.
Schmerz schmerzt nicht, sagte er unnachgiebig zu sich selbst. *Es ist die Angst vor dem Schmerz, die schmerzt!* So mußte es wohl auch mit dem Tod sein. Und dann gab es da noch die Männer, die ihn brauchten.
Der Grenzländer ritt langsam durch den Regen. Istvan sah zwischen den gebogenen Verschlußklappen des Lederhelms das bartlose Gesicht eines jungen Mannes: ein Junge, noch jünger als König Chondos.
Istvans Gelenke schmerzten, und er *fürchtete* den Schmerz – und zwar in zweifacher Hinsicht: Der Schmerz konnte ihn entweder auf der Stelle töten, oder wenn er das nicht täte, konnte er ihn zum Gefangenen seines Bettes machen, so daß schließlich das Alter ihn töten würde.
Der Junge zügelte das Pferd, verbeugte sich im Sattel und zog

dann mit einer gezierten Bewegung sein Schwert. »Du hast bisher wenig Höflichkeit erfahren, Seynyorer!« sagte der Junge durch den Regen. »Ich möchte aber nicht, daß du stirbst und schlecht von uns denkst. Ich bin Shiraj, ein Vasall von Lord Jagat, und ich stamme aus dem Geschlecht der Maldawuts, Pertaps Klan! Mit wem habe ich die Ehre?«

Ein netter Junge, dachte Istvan. *Eine Schande, ihn töten zu müssen.* »Istvan DiVega«, antwortete er.

»DiVega! DiVega!« ging ein Raunen durch den Kreis von Männern. Das Gesicht des Jungen war plötzlich starr und fahl geworden. Aber er war schließlich ein Grenzländer. Mit zusammengekniffenen Lippen erhob er seine Klinge zu einem flüchtigen Gruß und trieb dann sein kleines Pony vorwärts. Istvan hatte ihn schon in sein Herz geschlossen. Er würde eher selbst sterben, als diesen Jungen zu töten.

Dann hieb Shirajs Schwert auf sein Gesicht zu, und Istvan riß den Schild hoch, um es abzuwehren. Er konnte spüren, wie sein Schwertarm hinter dem Kopf zum Schlag ausholte. Er wollte auch selbst nicht sterben. Mußte er denn tatsächlich diesen jungen Mann, dieses mutige und wertvolle Kind töten? Warum konnte er nicht loslassen und selbst sterben? Wenn er jetzt stürbe, wäre die Sache endlich ausgestanden!

Er hob sein Schwert zum Gegenschlag und ließ es den Jungen mit seinem Schild leicht wegheben. Er wollte diesen Jungen nicht töten, nur um selbst noch ein paar erbärmliche Jahre zu leben. Aber würde Shiraj ihm dazu überhaupt die Möglichkeit lassen?

Er spähte über den Schildrand: Das kleine Grenzlandpony betonte noch das jugendliche Aussehen des Jungen. Er kämpfte hier ja mit einem Kind! Es wäre so einfach für ihn gewesen, seine größere Reichweite auszunutzen und über den Schildrand hinweg nach unten zu schlagen.

Dann stellte sich Shiraj in die Steigbügel, und seine Klinge trieb zu einem Stoß nach oben. Istvan ließ die Spitze wirkungslos vom Stahl seines Schildes abgleiten und unterdrückte einen fast unwillkürlichen Hieb nach dem Handge-

lenk, das ihm so unschuldig dargeboten wurde. Der junge konnte getötet werden, wenn er derartige Spiele spielte!
Der Arm des Jungen holte zu einem weiteren Schlag aus. Istvan riß das Schwert über den Kopf und ließ den Schild sinken. Der Schild des Jungen wich nach oben aus, aber zugleich wollte er die ihm dargebotene Blöße treffen.
Istvans Schwert zischte im Halbkreis herum und hielt inne, als Shirajs Arm vorschnellte. Die wartende Klinge stieß unmittelbar unterhalb des Ellbogens ins Fleisch und kratzte über Knochen. Ein Schrei aus der Kehle des Jungen verebbte zu einem Gurgeln. Das Schwert fiel ihm aus der Hand. Istvan zog die eigene Klinge mit einem Ruck zurück, bevor die Bewegung des Jungen die Muskeln vollständig durchtrennen konnte.
Die entsetzten Atemzüge der Anwesenden übertönten die Geräusche des Regens. Istvan senkte das Schwert und lehnte den Schild gegen den Oberschenkel.
Shiraj schwankte im Sattel, und Istvan sah, wie sich der Junge auf die Unterlippe biß. Shiraj ließ den Schild aus Holz und Leder vom Arm gleiten und legte die nun freigewordene Hand auf die blutende Wunde.
»Mein Dank für die Ehre, Lord Istvan!« Seine Stimme klang schrill durch den murmelnden Regen. Dann gab er seinem Pferd die Sporen und ritt davon, während das Blut an seinem Arm herabrann und über seinen Sattel spritzte.
»Nein, Bimsio!« sagte jemand scharf. Istvan wendete sich dem Sprecher zu. Ein Grenzländer ritt langsam auf ihn zu. Für Grenzlandverhältnisse war es ein großer Mann. Istvan konnte einen leidenschaftlichen, triumphierenden Blick erkennen, den Blick eines Mannes, der einen Traum in Erfüllung gehen sieht. Istvan hatte diesen Blick schon früher gesehen. Er bedeutete den sicheren Tod.
»Bimsio!« ertönte die scharfe Stimme erneut. Diesmal sah Istvan den Sprecher, einen mageren, narbigen Mann mit Hakennase, der nur aus Sehnen und Knochen zu bestehen schien und eines jener alten Kettenhemden trug, die aus den legen-

dären Tagen des Takkarischen Reiches stammten. An seiner Schulter war mit einer Schnur ein altes Muschelhorn befestigt. Er galoppierte aus dem Kreis, und der große Mann wendete sich ihm mit einem träumerischen Lächeln auf dem entzückten Gesicht zu.
»Istvan DiVega, Suktio!« sagte er. »Istvan der Bogenschütze!«
»Ich verbiete es dir, Bimsio!« sagte der Vernarbte. »Ich habe schon drei meiner Männer verloren. Ich kann es mir nicht leisten, noch mehr zu verlieren... und ganz besonders dich nicht!«
»Aber mit einem Schild –« setzte Bimsio wieder an, aber Suktio schnitt ihm das Wort ab.
»Selbst mit einem Schild ist er dir überlegen, Bimsio. Wenn Martos hier wäre, hätte er vielleicht eine Chance.«
»Er ist ihr Kommandant! Ohne ihn...«
»Auch ohne ihn würden sie weitermarschieren. Sie sind gestandene Krieger, Veteranen, und jede ihrer Kompanien hat einen erfahrenen Kommandanten. Sie können es leichter verwinden, ihn zu verlieren, als wir uns den Verlust auch nur noch eines einzigen weiteren Mannes leisten können.« Er ritt auf Istvan zu und hielt die geöffnete Hand in die Höhe. Wenige Schritte vor Istvan kam sein Pferd zum Stehen.
»Wenn ich meinen Männern befehle, euch alle zusammen anzugreifen, Istvan DiVega«, sagte er, »würdet wahrscheinlich selbst Ihr sterben, aber gleichzeitig auch viele meiner Männer. Geht eures Weges, Istvan DiVega, und wir werden das gleiche tun.«
Istvan schaute ihn eindringlich an, überrascht und argwöhnisch. Ihm erschien dies ungewöhnlich vernünftig für einen Grenzländer. *Grenzländer laufen immer in die falsche Richtung...*
Aber das Schwert des Grenzländers steckte immer noch in der Scheide. Istvan steckte auch sein eigenes weg, blieb jedoch gleichzeitig äußerst wachsam, aber der andere rührte sich nicht von der Stelle. Der Regen fiel jetzt wieder stärker, und

der Wind schnitt durch Istvans durchnäßte Kleider. Er zitterte.
Seine Hand lag auf dem Schwertknauf, der Schild auf seinem Arm. Wenn sie versuchen sollten, ihn in eine deckungslose Situation zu bringen, so würden sie sich wundern. Er wurde sich des Gewichts seines wassertriefenden Umhangs bewußt, der schwer zwischen den Schulterblättern hing. Zumindest hatte er Rückenwind.
Sie beobachteten ihn erwartungsvoll. Sie hatten nun alle ihre Schwerter weggesteckt. Istvan wendete sein Pferd.

Der Himmel war immer noch eine riesige graue Wand. Martos sah Licht über den Wolken; hinter dem westlichen Schatten hingen die Zwillingssonnen über dem Horizont. Dort konnten sie allerdings wohl nicht mehr allzulange bleiben. Der kalte Wind erhob sich heulend aus dem Norden, und er raffte seinen Mantel enger um sich. Wo mochte Suktio nur sein? Er hatte ihm befohlen, eilends zurückzukommen!
Der Regen prasselte nieder und trommelte in seinen Ohren wie eine Rassel. In das Prasseln mischten sich nun klatschende Geräusche, und aus dem Regen tauchten Reiter auf. Suktio bildete ihre Spitze, und er ritt ihm entgegen. Hinter sich hörte er die Stimme von Paidros.
»Was ist passiert? Seid ihr in einen Hinterhalt geraten?«
»Nein.« Suktio schüttelte traurig den Kopf. Plötzlich lachte er bitter auf. »Oder vielleicht sind wir das auch. Wir sahen, wie ein Kundschafter die Haupttruppe verließ und ritten ihm nach.«
»Ich verstehe!« Paidros blickte finster auf die Leichen.
»Einer weniger von ihnen, und zwei weniger von uns.«
»Drei weniger von uns«, sagte Suktio. »Shiraj hat ein Loch im Arm. Aber wir konnten den Kundschafter nicht töten. Es war Istvan DiVega.«
Alle drei Kadariner wiederholten gleichzeitig den Namen.
»Ich hätte ihn töten können!« Bimsio ritt hinter Suktio vor.
»Beim Schwertkampf bin ich ihm vielleicht unterlegen, aber

mit Schilden kann ich ihm entgegentreten! Suktio hinderte mich daran.«
»Ihr hättet euch alle gleichzeitig auf ihn stürzen sollen!« warf Paidros ungehalten ein.
»Und wie viele Männer hätte ich dann wohl übrigbehalten?« knurrte Suktio. »Wir hatten keine Zeit. Schaut doch nur! Der Himmel verdunkelt sich schon! Willst du immer noch angreifen, Martos? Wenn du das willst, werden wir in der Dunkelheit kämpfen müssen! Sie sind nicht stehengeblieben, und ihre Vorhut müßte schon das Ende der grauen Staubwüste erreicht haben. Sie trieben zwar immer noch nach Süden ab, aber DiVega wird das wohl jetzt ändern, denke ich. Er war an der Straße, als wir auf ihn stießen. Nun, Martos?«
Martos sagte nichts. Er blickte erneut zum Himmel auf und blinzelte, weil ihm Wasser ins Gesicht lief. Zunächst dachte er noch, das Zwielicht habe sich nicht verändert, aber dann sah er, daß sich das nieselnde Wolkendach tatsächlich zusehends verdunkelte.
Auf der anderen Seite der Mauer des Schattens, die jetzt durch den Regen verborgen wurde, mußte der Himmel im Sonnenuntergang erglühen. Die Strahlen der Zwillingssonnen konnten das Bollwerk der Dunklen Wesen nicht mehr durchdringen und den Himmel über den Wolken blau färben. Dort oben würden nun Sterne zum Leben erwachen, und eine Unmenge wandernder Monde würde die Wolken von oben in ein glänzendes Licht tauchen. Doch hier unten gab es nur zunehmende Düsternis und Nieselregen. Und Istvan DiVegas riesige Armee marschierte immer noch nach Manjipor.
»Wir reiten«, sagte er, und sein Stottern war verschwunden. »Wenn wir sie von hinten angreifen, können wir sie nach Süden treiben und sie verwirren, und vielleicht können wir sie sogar daran hindern, den Weg zur Straße zu finden, und falls sie sich verteidigen, können wir sie vielleicht sogar in den Staub zurückziehen.«
Paidros runzelte die Stirn und schüttelte den Kopf. Wenige

Augenblicke später hatte sich die kleine Truppe in Bewegung gesetzt und hielt auf die Nachhut der riesigen Armee zu.

Aus Istvans Schnurrbart tropfte der Regen. Seine müde Stute trottete erschöpft durch Wasserpfützen, während der Schlamm unter ihren Hufen aufspritzte. Das neblige Zwielicht um ihn wurde immer dunkler. Die Sterne würden bald über den Wolken zum Vorschein kommen, wenn die Zwillingssonnen verschwanden. Aber bis dahin mußte er seine Armee erreicht haben.

Er lebte! Aber weshalb sollte er darüber glücklich sein, wunderte er sich. Er konnte schließlich nicht ewig leben. Der Tod war ihm auf den Fersen, und er kam immer näher. Jedesmal wenn er versuchte, sich ihm zu stellen, wich er wie aus alter Gewohnheit zurück.

Tod! Warum fürchtete er ihn so sehr? Jeder begegnete ihm früher oder später, Hunderte von Malen, wenn das zutraf, was gesagt wurde – *wenn* es zutraf. Er hatte genügend von den Philosophen gelesen, um die allgemeine Theorie zu kennen – die einzige, über die die Hasturs sich nicht lustig machten – so hieß es zumindest; daß es in Wahrheit nur eine einzige Seele gäbe oder ein einziges Wesen und das ganze Universum, Materie und Geist gleichermaßen, aus einem einzigen Stoff zusammengesetzt sei. Doch einige waren der Ansicht, daß die Individuen abgesplitterte Fragmente des Ganzen seien; andere nahmen an, daß alles aus einer Art gemeinsamen Zentrums entstünde.

Einer der kadarinischen Philosophen behauptete, die Einzelseele bewegte sich in der Zeit vor und zurück, so daß ein Mann sterben und dann als sein eigener Vater wiedergeboren werden konnte. Oder als seine eigene Mutter. Oder als der Fasan, den er einmal getötet hatte, um ihn zu essen. Man konnte auf diese Weise auch derjenige sein, den man selbst getötet hatte – vor einigen tausend Leben. Ein anderer Weiser vertrat die These, daß die Toten wieder in das ursprüngliche Wesen aufgenommen würden und Erinnerungen an frühere

Geburten nur zufällig von den neu Heranwachsenden erlangt würden. Die Hasturs waren da auch keine große Hilfe, denn sie behaupteten, die Wahrheit sei riesiger, als daß der Geist eines Sterblichen sie zu fassen vermöchte, daß jedoch alle Theorien zumindest teilweise zuträfen.

Istvan seufzte und starrte durch die kristallartigen Fäden des Regenwassers. Vor ihm, jenseits des verschleiernden Sturmes konnte er die vielfältigen Geräusche der Armee hören: Knarren, Klappern, Klirren und Plantschen. Der Wind blies ein wenig von rechts. Istvan lenkte seine Stute in diese Richtung. Es gab zwar all diese Theorien, aber er wußte immer noch nicht, was er zu erwarten hatte, wenn er starb. Was geschah zwischen Tod und Wiedergeburt, vorausgesetzt, es gab tatsächlich eine Wiedergeburt? War es wie ein Schlaf? Wie ein Besuch in einem wunderbaren spirituellen Königreich? *Wenn die Menschen alt werden, sind ihre Körper erschöpft, und sie müssen dafür sorgen, daß sie neue finden.* Das hatte er selbst einmal einem Kind erzählt. Er wünschte sich, er selbst könnte die Dinge so einfach sehen.

Dort, bei der Straße, war er sehr nahe daran gewesen, es herauszufinden. Wenn sie ihre alte Tradition vergessen und ihn alle gleichzeitig angegriffen hätten, so hätten sie ihn töten können. Manch einer hätte die Grenzländer für diese entgangene Chance ausgelacht. Istvan sah das anders. Er kannte das Leben, das die Grenzländer führen mußten, und er kannte auch die Zwecke, denen derartige Traditionen dienten, wie sehr auch »praktisch« denkende Menschen darüber lachen mochten. Ein solches Verhalten brannte die Angst aus und härtete den Willen.

Durch den chaotischen Rhythmus des niederprasselnden Wassers hindurch konnte er klar die sich vermischenden Geräusche der vor ihm marschierenden Armee hören. Dann wurde der Rhythmus des Regens schneller und schwoll zu einem Klirren an, der die Geräusche der Marschierenden übertönte. Dies dauerte jedoch nur kurze Zeit und erstarb dann wieder.

Er lauschte durch das abebbende Gemurmel des Regens und hörte in der Ferne ein Plätschern und das Knarren von Pferdegeschirr, aber seine Augen waren immer noch verwirrt vom Rauschen des Wassers, und so konnte er die Ursprungsrichtung dieser neuen Geräusche nicht erraten. Irgendwo in diesem Regen marschierten zwei Armeen. Eine befand sich vor ihm, aber wo mochte die andere sein? Er dachte fieberhaft nach und trieb sein erschöpftes Pferd an.

Das Tageslicht nahm nun ab. Die Dämmerung kroch über den Staub und verdunkelte die regnerische Luft. Die Wolken lagen schwarz über den schwirrenden Tropfen. Der kalte Wind nagte an seinen Gelenken. Das Murmeln des Regens wurde abwechselnd laut und wieder leiser.

Er lauschte besorgt. Er konnte seine eigenen Männer vor sich hören, aber wo mochten die Grenzländer sein, gegen die er gekämpft hatte? Und wo war der Rest von Martos' Armee? Ihr Mangel an Furcht machte die Grenzländer zu dem, was sie waren – aber warum hatte ihr Anführer so vorsichtig reagiert? Das war ziemlich ungewöhnlich. Irgend etwas war faul an der Sache, irgend etwas paßte nicht richtig zusammen, wenn ein Grenzländer sich Sorgen machte über eventuelle Verluste. Gab es da noch einen anderen Grund? Zeit vielleicht? Zeit für was?

Im abnehmenden Regen hörte er in der Ferne ein Plätschern: die Hufe vieler Pferde in seichten Wasserlachen. Er gab seinem Pferd die Sporen. Durch den dünner werdenden Regenvorhang sah er vor sich das riesige, schwarze Mosaik seiner Armee. Er drehte sich im Sattel um und entdeckte hinter sich, halbversteckt von der Dämmerung und vom Sturm, neblige Gestalten, die sich in einer Horde bewegten, wie die Geister von Spielzeugmännern auf Spielzeugpferden.

Schwärmende Kobolde schnatterten und knurrten, während Chondos durch die Düsternis des Schattens stapfte.

Was ist das für ein Licht dort fern,
Flammend in Weiß und Gold und Rot?
Hastur hat einen neuen Turm erbaut
Und tut schon jetzt, als seien wir tot.

Die alte Ballade gab seinen Füßen neue Festigkeit. Schweiß und Regen rannen über sein Gesicht und hüllten seine schläfrigen Augen in einen Nebel.

Ritte jetzt ein Mann zu Hasturs Turm
Der von unserem Kampf dort künden mag,
Ob dann die Männer von Kudrapor
Lebend sähen den nächsten Tag?

Der Weg führte zwischen unterspülten, ausgehöhlten Klippen hindurch. Felsen erhoben sich vor ihnen, und zwischen ihnen tat sich ein Labyrinth von Gängen auf. Das Dach des Schattenreichs war von schwarzen und grauen Streifen durchzogen. Die Nacht brach an. Die Kobolde drängten sich unter einen Überhang. Winzige Blitze suchten Chondos' Augen. In den Lichtfunken konnte er schwarze Gestalten erkennen. Licht glühte auf. Einen Augenblick später kamen die Kobolde mit Fackeln, die im Regen zischten, wieder zum Vorschein. Kleine Rauch- und Dampfwolken verdunkelten das Licht. Die Kobolde krochen in den Unterschlupf zurück, um dort das Nachlassen des Regens abzuwarten. Die grauen Streifen verschwanden, und der ganze Himmel war nun tiefschwarz. Fackeln flackerten und überzogen den dunklen Fels mit rotem Licht. Die Schweinsaugen der Kobolde glühten, ihre scharfen Fänge glänzten.
»Beeilung«, knurrte der Anführer mit seiner tiefen Stimme in Höhe von Chondos' Ellbogen. Kobolde, so erinnerte sich Chondos, gehörten zu den wenigen Dienern der Dunklen Lords, die mit Feuer umgehen konnten und dies auch taten.
»Wir müssen bis zu den Höhlen kommen«, kreischte eine Stimme. »Aber bei dem Regen verlöschen die Fackeln!«

»Dann ruf doch deinen Bluttrinker«, rief eine andere Stimme. »Du hast so mit deiner Macht geprahlt, jetzt kannst du sie benutzen!«
Andere Stimmen schlossen sich an, doch jetzt schienen sie jede Erinnerung an Menschliches zu verlieren, und Chondos, der schwankte, konnte aus dem allgemeinen Gewirr tierischer Geräusche keine einzelnen Worte mehr heraushören. Erschöpfung überfiel ihn in immer neuen Wellen.
Chondos schloß seine Augen und stürzte. Er spürte, wie seine Knie auf den Boden aufprallten. Die Schultern schmerzten, und die Arme waren taub; er konnte die Fesseln um seine Handgelenke nicht mehr spüren. Schmerz und Erschöpfung trieben jeden Gedanken aus seinem Geist, während ihm die Knie zitterten. Das rote Licht verglühte, die tierischen Stimmen erstarben. Ein Fuß trat ihn in die Seite. Er spürte, wie er hinfiel, und anschließend packten ihn brutale Hände und rissen ihn unbarmherzig auf die Füße.
Der Regen war nun schwächer geworden. Er mußte geschlafen haben. Er hörte die Stimme des Anführers, die einen unheimlichen, spröden Singsang mit seltsamen Worten ertönen ließ. Als er sich umdrehte, sah er, daß eine Gestalt mit schwarzem Fell abseits von den übrigen stand. Mit einer Fackel, die sie in ihrer Hand hielt, erzeugte sie flammende Muster.
»*Vidraj! Erscheine, Vidraj!*« sang sie. Die Fackel wurde hochgehoben, wieder nach unten gepeitscht und schoß dann scharf zur Seite.
»*Unsterblicher Leichnam! Herr der Nacht! Vidraj! Vidraj! Komm aus dem Schutz, der dich umhüllt! Erscheine! Vidraj! Amivahi! Amarkaya!*«
Chondos schüttelte verwirrt den Kopf. Höhe und Ton der Stimme dieser Kreatur ließ ihn erschauern, als ob die Geräusche auf irgendeine Weise sein Gehirn durchbohren würden.
»*Vidraj! Bei den Acht Lords der Dunklen Welt! Erscheine! Vidraj! Erscheine!*«
Die Schläfrigkeit und der Schmerz in seinem Rücken schienen verschwunden zu sein.

»Beim Pakt! Kravya Amarta! Erscheine! Vidraj!« fuhr die Stimme fort.
Plötzlich ertönte hinter Chondos ein Schrei, der ihn herumfahren ließ. Der Gesang erstarb, als eine weiße Gestalt in das Fackellicht stürzte. Etwas Langes, Braunes wirbelte am Ende seines Arms. Ein schwarzer Kobold fiel zu Boden. Andere weiße Gestalten tauchten aus der Dunkelheit auf. Chondos erkannte in ihnen die anderen Kobolde, die am Fluß vor ihm geflohen waren.
Viele der schwarzen Kobolde waren schon gefallen, von hinten erstochen. Kreischend wandten sich die Überlebenden den Eindringlingen zu. Rostige Klingen wurden in Blut gebadet. Die Schreie der Sterbenden übertönten den Regen. Der Geruch von brennendem Fell drang in Chondos' Nase. Die schwarzen Kobolde benutzten ihre Fackeln nun als Waffen: Sie schleuderten sie ihren Gegnern in die Augen. Und über die Schlachtrufe und die Todesschreie hinweg hörte Chondos wieder die Stimme des Anführers, die sich zu einem triumphierenden, krächzenden Gesang erhob:
»Vidraj! Nun ist Blut für dich vergossen! Unterwürfig warten wir auf dich! Vidraj! Erscheine, Vidraj! Amivahan! Herr der Nacht! Vidraj!« Die Stimme erhob sich zu einem triumphierenden Schrei, und der Anführer wandte sich einer springenden weißen Gestalt zu und schleuderte ihr die brennende Fackel in die Augen, während er mit der anderen Hand sein Schwert aus der Scheide zog. Der weiße Kobold sprang zurück, und die braune Klinge des Anführers zischte durch die Luft und traf den Weißen am Knöchel.
Chondos stolperte gegen einen Felsen und stützte sich am Stein ab, um nicht hinzufallen. Überall kämpften Kobolde, schrien und schnatterten, stachen, bissen und überlisteten einander. Er schloß die schläfrigen Augen und öffnete sie wieder. Er fragte sich, was wohl geschähe, wenn er davonzulaufen versuchte. Er sammelte sich und spürte, daß seine Muskeln bleiern und schlaff waren.
Etwas krachte gegen seinen Geist. Er drehte sich dem Felsen

zu und spürte, wie ihm sein Geistschildzauber ins Bewußtsein rückte. Die Kobolde waren plötzlich ruhig. Das Schreien und Kämpfen hatte aufgehört, und sogar die Verwundeten wimmerten jetzt nicht mehr. Ein Mann schritt in das Licht der Fackeln. Er war nicht groß, aber mager, elegant und furchtlos. Er trug die Kleidung der Grenzländer, aber sein Gesicht war bleich. Die Kobolde krümmten sich zu seinen Füßen.

Chondos blinzelte mit seinen verklebten Augen und erkannte, daß diese Kleider älter waren als all die zusammengeflickten Erbstücke, die seine Grenzländer trugen. Sie sahen eher aus wie Kleidungsstücke von irgendeinem uralten Wandteppich.

Chondos' Knie gaben nach, und er rutschte am Stein herab. Sein Geist war leer; es machte ihm nicht einmal etwas aus, daß seine gefesselten Arme an den Gelenkpfannen zerrten.

»Nieder, Kravyad!« Die Macht in der Stimme ließ ihn zittern, und die Kobolde fielen zu Boden und wälzten sich im Staub.

»Wer hat es gewagt, mich herbeizurufen! Was geht es mich an, wenn ihr euch gegenseitig auffreßt! Ihr Narren!« Seine Augen warfen das Licht der Fackeln wie glühende Rubine zurück. Dann spürte Chondos, daß die Augen auf ihm haften blieben, und auf einmal verschwamm die Gestalt und stand dann plötzlich über ihm. Die roten Augen schauten in seine eigenen.

»Was ist das?« fragte die Stimme sanft. »Ein Geschenk für mich?«

»Nein!« Das war die Stimme des Anführers der Kobolde. Er kam herbeigerannt und warf sich in den grauen Staub, direkt vor die Füße der bleichen Gestalt. »Nein, Vidraj, er ist für den Meister. Das ist der Grund, weshalb ich dich herbeigerufen habe.«

Die verwundeten Kobolde winselten.

»Also warst *du* es, der mich gerufen hat! Kravyad, solche Künste sind gefährlich! Und wage nicht, dich mir zu widersetzen! Wenn der Meister wünscht...« Er schwieg und musterte Chondos. »Ah«, sagte er nun sanfter, »das ist wohl der, den sie gejagt haben. Dann ist es wohl der neue König der

Takkarer? Und er gehört dem Meister allein.« Seine bleichen Lippen gaben Nadelzähne frei, und ein Zischen ertönte. »Ich bin durstig, ich bin trocken wie ein Stein, und der Meister verbietet mir dies!« Eine bleiche Zunge schoß zwischen den weißen Fangzähnen hervor.
»Hier ist Blut vergossen worden, Großer!« Der Anführer der Kobolde packte einen schwarzen Kobold, der in der Nähe im Sterben lag. Er winselte und schrie, als er grob weggeschleift wurde. Der Vampir schaute kalt auf ihn nieder.
»Fauliges Blut«, sagte er. »Aber zumindest ist es naß.« Er kniete nieder und stieß sein Gesicht in die Wunde des am Boden Liegenden, und seine lange weiße Zunge kam zum Vorschein.
Chondos schauderte, er schloß seine Augen. Die verwundeten Kobolde fingen jetzt wieder an zu schreien. Plötzlich hörte er den Anführer der Kobolde knurren, und dann hörte er eine andere Stimme: »Großer Lord!«
»Was ist los, Kravyad?« sagte Vidraj.
Chondos öffnete die Augen. Der Vampir kniete nur wenige Fuß von ihm entfernt. Sein Gesicht war mit Blut vom Körper des zerrissenen Koboldes beschmiert. Einer der weißen Kobolde kroch in der Nähe am Boden und krallte sich im Staub fest. Der Anführer der schwarzen Kobolde stand drohend über ihm.
»Der Gefangene gehört *uns*, Lord! Er war auf unserer Seite des Flusses. Sie haben ihn uns gestohlen! *Uns* steht die Belohnung zu!«
Die Nadelfänge blitzten zwischen den blutverschmierten Lippen hervor. »Warum sollte *mich* das interessieren?« höhnte Vidraj.
»Treibe die Würmer davon!« knurrte der schwarze Kobold. »Dann können wir ihn zum Meister bringen und die Belohnung entgegennehmen. Jagt sie zurück in ihre Löcher!«
»Nein«, sagte Vidraj. Er leckte sich mit einer Grimasse das schwarze Blut von den Lippen, und Chondos sah, daß seine Zunge und die Lippen jetzt schwach blauviolett gefärbt waren.

»Was sollte ich mich um euch Rattenvolk scheren und um eure albernen Streitereien? Ihr seid kaum gut genug zum Essen.« Mit einer plötzlichen, blitzartigen Bewegung war er auf den Füßen und türmte sich vor den verkrüppelten Kreaturen auf. »Ihr habt also *mich* herbeigerufen, um *euren* Gefangenen zum Meister zu bringen?«
»Damit Ihr uns schützt und uns unbeschädigt an den jagenden Großen vorbeibringt.«
»Damit *ihr* dann die Belohnung empfangen könnt!« Seine purpurnen Lippen bewegten sich, und Chondos erschauerte, als der Vampir lachte. »Und jetzt wollt ihr, daß ich jene anderen wegtreibe?« Er lachte wieder, und seine roten Augen glühten in bösartigem Humor auf. »Gibt es denn so viele von euch? Ihr habt euch gegenseitig umgebracht, als ich ankam; und ich sehe viel totes Fleisch am Boden, viel vergeudetes Blut.«
Plötzlich wandten sich die purpurnen Augen Chondos zu. Er wich zurück. Das war nicht nur ein wandelnder Leichnam mit Zähnen wie der, den er am Vortage getötet hatte. Dies war ein Meistervampir, der Macht besaß und geübt war in ihrer Anwendung – und er war alt, alt...
»Ich werde das hier zum Meister bringen. Diejenigen unter euch, die die Belohnung einfordern möchten, können ja mitkommen.« Die roten Augen glühten, und Chondos fühlte, daß sie auf die Barrieren seines Geistes einschlugen.
Die Symbole des Zaubers, der Chondos' Geist schützte, füllten nun seine Augen und Ohren, machten ihn für die glühenden Augen blind und erstickten das unentwegte Gemurmel des Regens. Die Machtwelle fiel von seinem Geist ab. Er war wieder da und kroch am Fuße des Felsens umher. Kaltes Wasser spritzte über ihn, eine Horde von Kobolden drängte sich in der Nähe, und die Augen des Vampirs glühten rot in der Dunkelheit.
»So!« sagte Vidraj. »Du denkst also, dein armseliger, auswendiggelernter Zauberspruch könnte dich vor *mir* schützen! Du Narr!« Er lachte, und seine roten Augen glühten auf.

Chondos' Bein zwickte. Er schaute hinab und sah, daß die Muskeln in seinen beiden Beinen unkontrolliert zu zucken begannen. Seine Fersen gruben sich in den Schlamm, und seine Beine streckten sich. Er versuchte zu treten, aber seine Beine waren taub. Er konnte nur zuschauen, wie sie sich bewegten, in den Schlamm sanken und seinen Rücken gegen den Felsen drückten. Etwas floß wie Wasser um ihn herum und hob seinen Körper in die Höhe, während die Beine ihn hochstießen. Sein Rücken und seine gefesselten Hände kratzten am rauhen Stein entlang. Ein Fuß zog sich zurück und grub sich ein, dann auch der andere.

Er versuchte dagegen anzukämpfen, sich aus dem Gleichgewicht zu bringen und vornüber zu fallen, aber die Luft vor ihm schien sich zu verfestigen und stieß seinen Kopf rückwärts gegen den Felsen. Ein Fuß vollführte einen ruckartigen Schritt – dann der andere, und plötzlich stolperte er vorwärts.

»Siehst du, Narr?« flüsterte Vidraj. »Du kannst nicht gegen mich kämpfen.« Chondos fühlte, wie sein Körper Schritt für Schritt weitertorkelte.

Die roten Augen wandten sich ab, und plötzlich hatte Chondos wieder die Kontrolle über seine schmerzenden Beine. Er stand schwankend da, während die Stimme des Vampirs im tosenden Regen leise zischte:

»Wenn es notwendig sein sollte, könnte ich dich den ganzen Weg bis nach Rajinagara marschieren lassen. Aber das wird nicht notwendig sein. Du wirst daran denken, daß es nutzlos ist, dich meiner Macht zu widersetzen.« Die Stimme veränderte sich und wurde machtvoll und gebieterisch. »Du *wirst* gehen. Oder *sie* werden dich antreiben! Bringt ihn her, Kravyad!«

Der Vampir wandte sich ab. Kobolde kamen durch den trommelnden Regen herbeigekrochen: schwarzpelzige und weißpelzige und weichhäutige, bleiche Kobolde, deren weiße Haut naß und dick war. Blutiges Fleisch war in ihren Mäulern. Fackeln rauchten und zischten in ihren Händen. Er sah, wie sich die schwachen Flammen glitzernd in den riesigen, sichelförmigen Augen spiegelten. Aber alles, was er sah, wurde durch seine

Erschöpfung verschleiert. Er fühlte sich krank und schwindelig, sein Kopf schmerzte. Während sie sich um ihn drängten, stapfte er weiter hinter dem Vampir her und fragte sich, ob man ihn wohl jemals schlafen lassen würde.

Istvan DiVega trieb seine Stute mit den Fersen durch den trommelnden Regen, während er hinter sich die Geräusche einer sich nähernden Truppe hörte. Die Männer von Nomenos DiGasclons Kompanie starrten ihn mit offenen Mündern an, als er in ihre Reihen galoppierte. Er glitt von seinem erschöpften Pferd herab und lehnte den Kopf gegen den Sattel. Er verspürte das dringende Bedürfnis nach Schlaf.

»Kommandant DiVega!« Ein junger Offizier, einer der Leutnants der Kompanie, hielt neben ihm an. »Wo seid Ihr gewesen? Der Hauptmann sagte –«

»Dafür ist jetzt keine Zeit«, unterbrach ihn Istvan. »Direkt hinter mir befindet sich eine Armee. Wo ist euer Hauptmann? Holt ihn, und auch euren Seher, schnell! Und sagt euren Leuten, sie sollen sich zum Kampf bereit machen!« Er schloß einen Augenblick lang die Augen und spürte das harte Leder des Sattels naß an seiner Stirn. Der Schlaf kroch hinter seinen Augen hervor.

Hinter sich hörte er scharfe Stimmen Kommandos brüllen und schabende Geräusche von Stahl. Plötzlich erkannte er, daß er wirklich einschlafen würde. Er warf den Kopf in den Nacken und blinzelte, während Nieselregen über sein Gesicht sprühte. Der Himmel über ihm war dunkel, die Sonne schon untergegangen. Dann sah er, daß die Männer stehengeblieben waren und Bögen hervorholten, ihre Schilde ergriffen und ihre Helme unter dem Kinn befestigten . . .

Nomenos DiGasclon kam herangeritten, und hinter ihm Boros DiVega.

»DiGasclon! Laß deine Männer weiterreiten. Sie sollen weiterreiten, während sie sich bewaffnen! Wo ist dein Seher?«

»Er kommt gleich«, antwortete DiGasclon und wendete sein Pferd.

Dann rief er seinen Leuten Befehle zu.

»Suche den Seher, der Firencio DiVega am nächsten ist. Sag ihm, daß jede Kompanie, die nicht direkt angegriffen wird ... Nein, warte –« Istvan rieb wild über seine Augenbrauen und versuchte durch den Nebel der Erschöpfung hindurch zu denken. »Sag ihm, der vordere Teil der Armee soll auf jeden Fall weitermarschieren. Der einzige Sinn dieses Angriffs ist Verzögerung. Wir befinden uns jetzt etwa drei Meilen südlich von dem Ort, wo wir eigentlich sein sollten. Wenn wir uns nach Norden wenden, müßten wir auf die Straße treffen. Er soll alle vorderen Kompanien übernehmen, mit ihnen zum Lager marschieren und ...«

»Da kommen sie, Sir!« Es war die Stimme eines jungen Mannes, des Leutnants. Istvans Kopf fuhr hoch, und seine Augen streiften durch das Zwielicht und den Regen und blieben schließlich auf einem gescheckten Schatten haften, der sich bewegte. Sie waren immer noch einige Meilen entfernt, es blieb noch ein wenig Zeit – ein wenig Zeit ...

»Zieht weiter! Haltet auf keinen Fall an und wendet euch nicht um, bis sie in der Nähe sind. Wartet auf meinen Befehl«, schrie er. »Vetter Boros! Mache deine Kompanie bereit, damit sie uns unterstützen kann.« Boros salutierte und ritt davon. Istvan wandte sich wieder dem Seher zu. »Botschaft an Prinz Phillipos, Kardom D'Aglar, Esrit Gunnar und Asbiorn Kung. Die Fußsoldaten sollen anhalten und Linien bilden. Dann möchte ich, daß DiFlaccas ...«

Er fuhr fort, mit ruhiger Stimme Befehle auszuteilen, während er beobachtete, wie das nebelhafte Gebilde im Zwielicht allmählich zu winzigen Gestalten von Männern und Pferden wurde.

6

Martos beobachtete, wie winzige schwarze Flecken, Vogelschwärmen gleich, aus dem regnerischen Zwielicht heraus zu riesigen Herden von Pferden heranwuchsen, die Reiter auf ihren Rücken trugen.
»Wir müssen schnell zuschlagen und uns dann davonmachen!« sagte Paidros. Er deutete auf eine bestimmte Stelle. »Dort, am Schluß, zwischen den Kompanien.«
Die seynyorische Armee wirkte wie ein riesiger, umgefallener Bau, dessen Blätter hinter den Regen verborgen lagen. Am Ende des Zuges konnten sie einzelne Kompanien erkennen, die sich wie Wurzeln ausbreiteten, zwischen denen kleine Gruppen von Grenzländern wie Erdklumpen wirkten.
»Dieser entblößte Flügel dort...« Martos deutete auf eine Kompanie, die ihnen in nördlicher Richtung entgegenragte. »Umkreist sie und kommt ihr aus nordwestlicher Richtung entgegen.« Wenn sie schnell genug reiten könnten, dachte er, würden sie jene vereinzelten Reiter passieren, weiter nach Süden und Westen vordringen und etwaige Verfolger tiefer in die Staubwüste hineintreiben.
»Genau«, sagte Paidros. »Jetzt sehe ich sie.« Er stellte sich in seine Steigbügel. »Im Galopp!« ertönte seine ruhige Stimme. »Rechts – schwenkt!«
Martos' Sattel rüttelte unter ihm; Donnerkopfs Muskeln spannten und streckten sich.
Regentropfen klingelten auf den Rand seines Helmes. Er fuhr sich mit seiner trockenen Zunge vergeblich über die Lippen und lehnte dann den Kopf zurück, um aus dem Himmel zu trinken. Sein Herz pochte in der Brust, als ob es durch die Rippen brechen wollte.
Plötzlich erinnerte er sich daran, wie Kumari das Ohr an seine Rippen gepreßt hatte und wie sie gelacht hatte: *»Ein Tanz!«* Und wie ihr Herz in jenem weißen Tal zwischen ihren zusammengepreßten Brüsten unter ihm gepocht hatte. Würde er

jemals wieder spüren, wie ihr Herz gegen das seine schlug? Würde sein eigenes Herz morgen noch schlagen? Jetzt jedenfalls schlug es, und zwar lauter als die Hufe auf dem dämpfenden Staub, lauter sogar als das Plätschern des Wassers auf Stahl.

»Links – schwenkt!« brüllte Paidros neben ihm. »Im Galopp! Nehmt die Bögen!«

Die Seynyorer marschierten weiter, als ob der graue Staub um sie herum leer wäre. *Natürlich*, dachte Martos, *jetzt müßten sie uns doch sehen?*

»Haltet die Bögen bereit!« rief Paidros. »Schießt!«

Die feindlichen Pferde liefen plötzlich durcheinander, während ihre Reiter sich aus der Marschordnung heraus zu einer Reihe formierten.

»Sucht ein Ziel!« rief Paidros. »Zielt!«

Auf dem wogenden Sattel balancierend zog Martos die Sehne seines Bogens, und schaute über die Pfeilspitze auf eine sich bewegende Reitergestalt. Die Luft vor ihm füllte sich mit dünnen, schwarzen Stacheln, die kein Regen waren.

»Schießt!« brüllte Paidros, und dem Schwirren der Sehnen folgte das Zischen der Pfeile.

»Angriff!«

Dann galoppierten sie über den grauen Staub, und die feindlichen Pfeile gingen um sie herum nieder.

Chandras Muschelhorn erscholl hinter ihnen, und Jagats Männer brüllten die Kriegsrufe des Grenzlandes.

Martos hörte das Schwirren der Pfeile, während er immer wieder die Sehne spannte, anlegte und schoß, und die Gestalten vor ihm durch den Regen näher kamen und immer größer wurden.

»Bögen ab!« schrie Paidros. »Zieht die Schwerter!«

Er steckte den Bogen in den Behälter neben seinem Stiefel. Er spürte das Gewicht des Schildes und das kreisende Schwert in der Luft.

Im düsteren Regen sah Martos Augen, die hinter Schildrändern hervorspähten, und erhobene, nasse Schwerter.

Sein Pferd ritt in die feindliche Linie: das Zwergenschwert über seinem Kopf jagte falkenschnell auf das nächste Augenpaar zu. Ein Schild zuckte hoch, um sie zu decken, und dröhnte wie eine Glocke gegen seinen Stahl. Ein nasses Schwert schnellte auf seinen Kopf zu, während sein eigener Schild an seinem Arm erdröhnte. Seine Klinge zischte an seiner Schildkante entlang. Er spürte, wie Metall sich zerteilte und die Klinge darunter auf weiches Fleisch stieß. Donnerkopf stürzte weiter durch den hämmernden Lärm der Schlacht.

Istvan hörte dem Dröhnen des Metalls zu. Er saß angespannt auf dem Rücken seiner müden Stute. Scham durchfuhr ihn. Er sollte dort sein, inmitten der Schlacht, und seine Männer führen.

Aber das war Nomenos DiGasclons Aufgabe, und der machte seine Sache gut. Istvan sah ihn, wie er hoch erhoben im Sattel saß und wie sein graues Schwert wirbelte. Seine Stimme glich einer Trompete.

Prinz Phillipos galoppierte heran. Er glänzte im Zwielicht auf seinem schönen, weißen Pferd. Der Regen ruinierte den Glanz seiner polierten Rüstung.

»Alles ist geschehen, wie Ihr es befohlen habt«, sagte Phillipos, nachdem er salutiert und dann auf die lange Schlachtlinie gedeutet hatte.

Eine massive Schildmauer war mit Piken gespickt; Männer mit Hellebarden und längeren Speeren standen dahinter, und unter diese hatten sich Carrodier mit ihren kurzen, schweren Äxten gemischt, ebenso wie die Männer von Kardom D'Aglars Kompanie mit ihren gezogenen Schwertern.

Die Hülsen von den scharfen Spitzen der Piken waren verschwunden; Regentropfen trommelten auf die Schneiden der Hellebarden.

»Rückt vor!« sagte Istvan. Seine helle Klinge schnitt durch die Luft. Die stachelbewehrte Mauer bewegte sich auf die wirbelnden Reiter zu. Istvan wußte, daß Boros DiVegas Kompanie sich nun auf der feindlichen Flanke befand, und Rinmull

von Ojainis Männer schwenkten ein. Er hatte drei Kompanien als Reserve zurückzuhalten.
Vorne marschierte der Rest der Armee weiter. Die Kadariner preschten durch DiGasclons Reihen; Metallgedröhn brandete auf. Rinmull brüllte den Kriegsruf von Ojaini, und um sie herum schwirrten die Grenzländer wie die Bienen; Kadariner und Kantaraner kämpften gegeneinander.

Martos wirbelte sein tödliches Schwert über dem Kopf und preschte durch die feindlichen Linien. Plötzlich kamen von links kleine Männer in Lederrüstungen auf ihren erdfarbenen Ponys herangeritten.
Zwei von ihnen preschten auf ihn zu. Das riesige Schwert lag federleicht in seiner Hand und flog in die Höhe, schlug einem der beiden den Kopf ab und drehte sich dann, um durch die Schulter des anderen zu schneiden. Blut floß in den giftigen Staub.
Er sah Rodericos, von Grenzländern umgeben, dessen Schild hochfuhr, um einen Hieb von links abzufangen. Ein anderer stach unter den Schwertarm, der zum Gegenschlag ausholte. Martos sah, wie helles Blut aus der Arterie schoß.
Wütend vor Schmerz preschte er mit erhobenem Schwert durch das Gedränge. Regentropfen prasselten auf seinen Helm, Schwertstreiche donnerten auf dem Schild. Wasser spritzte von seiner kreisenden Klinge, als er einen Grenzländer aus dem Sattel wirbelte und dessen aus Holz und Leder gefertigten Helm zerschmetterte.
Dann sah Martos jenseits der Kämpfenden ein Dickicht aus Speeren, die aus einem Wall von Schilden vervorragten. Stahl krachte auf seinen Schild.
Martos' schwerer Schild wehrte den Hieb ab und wirbelte auf das Handgelenk des Angreifers zu. Eine Hand fiel zu Boden, und Blut spritzte daraus hervor, aber Martos' lange Klinge zog weiter ihre todbringenden Kreise, hinter seinen Rücken herauf und über seinen Helm hinweg, und tauchte wie eine Schwalbe unter der Schildkante des Mannes zu seiner Linken

hindurch. Er spürte, wie Stahl erzitterte, als seine Schneide Holz und zerbrechliche Knochen durchschlug.
Dann flog sein Blick zurück zu den vorrückenden Speerspitzen. Sogar bei voller Angriffswucht würde ein Angriff sich an einer solchen Mauer brechen. Seine Männer waren durch den Kampf langsamer geworden und hatten sich zerstreut. Sie würden an jener Schlachtlinie scheitern, so wie ein Kinderspielzeug wirkungslos vom Brustkasten eines Erwachsenen abprallte.
Und die Zunge in seinem Mund war schon wieder wie abgestorben.

Istvans nasser Mantel schien unter dem Gewicht des niederprasselnden Regens wie aus Blei. Die Flamme seines Schwertes glühte auf Phillipos' Brustpanzer und glitzerte auf den tödlichen Spitzen der Piken.
Füße wirbelten den grauen Staub auf, während die Schlachtlinie vorwärts schritt; die Piken senkten sich nach vorn, und die Hellebarden holten zum Schlag aus. Die doppelschneidigen carrodischen Äxte und die guten seynyorischen Schwerter hoben sich im Regen.
Wasser rann an Phillipos' Rüstung hinab. Die Federn auf seinem Helm waren ein Gewirr von tropfenden Fasern und Stacheln. Istvan sah entschlossene Ruhe in seinem Gesicht. Der Prinz war ein Krieger, Istvan hatte keine Zweifel mehr daran.
Ein Dröhnen, das mit Schreien vermischt war, veranlaßte Istvan, sich im Sattel umzuwenden. Ein Pferd war in die Reihe der Schilde geraten und trat erschreckt gegen das bedrohliche Metall, während der durchgeschüttelte Reiter sich an seinem Rücken festklammerte. Weiter vorne schlugen Reiter aufeinander ein. Das metallische Hämmern übertönte die Geräusche des Wassers.
Die Schlachtlinie bewegte sich auf das Getümmel zu und rückte Freund und Feind dicht zusammen. Die Hufe der erschreckten Pferde zerstampften Bronze. Istvan drängte seine

müde Stute vorwärts und beobachtete die Schlacht durch den Vorhang des niederfallenden Wassers. Die Regentropfen brannten in seinen Augen.

Martos kämpfte mit seiner bleiernen Zunge und zog sein widerspenstiges Pferd in die Höhe, während er hektisch umherblickte. Er konnte in dem allgemeinen Tumult Paidros nicht finden, aber nicht weit von sich entfernt sah er Valiros, der mit einem seynyorischen Veteranen focht.

Martos riß Donnerkopf herum. Er hatte die meisten seiner Männer überholt, da er sich mit einer solchen Kunstfertigkeit seinen Weg durch den Kampf bahnte, daß ihm kaum jemand standhalten konnte. Ein Grenzländer, der auf ihn zuritt, schlug auf seinen Schild. Martos wehrte einen Hieb auf seine Schläfe ab und lenkte den Schlag über den Rand des kleinen gegnerischen Schildes. Holz und Leder zerbrachen unter seiner Klinge.

Nach einem raschen Hieb auf einen zweiten Mann, der versuchte, ihm von links den Weg abzuschneiden, gab er seinem Pferd die Sporen. Donnerkopf sprang durch die Dämmerung, und verdutzte Grenzländer sahen, wie er vorbeiritt.

Lederschilde klapperten unter dem Hämmern der ständig niederprasselnden Hiebe; Stahlschilde dröhnten wie Gongs. Männer brüllten und schrien, während sie töteten und starben. Reiterlose Ponys fielen. Dröhnende Rüstungen wurden von Schwertern zerteilt, und stahlgepanzerte Kadariner stürzten zu Boden.

Martos entdeckte hinter sich einen kaum sichtbaren Reiter, der mit schlagbereitem Schwert auf ihn zueilte. Ein leichter Zug an Donnerkopfs Zaumzeug brachte die verschwommene Gestalt näher. Das Schwert ging auf seinem Rücken nieder. Er wandte sich im Sattel um und wirbelte einen blitzschnellen Schlag durch die Fläche des fallenden Schwertes. Der Stahl ertönte, als er ihn nach unten schmetterte. Der baumelnde Schwertarm des Mannes behinderte seine Schildkante, als Martos' Klinge ihn traf.

Martos spürte, wie der Schwertknauf in seiner Hand weggerissen wurde, als der Körper des Toten niederfiel. Schnell zog er die Waffe zurück.
Thiondos und Odessis kämpften an Valiros' Seite, und ihre Schilde dröhnten unter Schwerthieben, so daß die gestohlene seynyorische Stute von Valiros sich verängstigt aufbäumte. Leere Sättel gaben Auskunft über einige der anderen. Martos Herz krampfte sich zusammen. Wo mochte Paidros sein?
Martos brach durch die Reihen der Gepanzerten, während sein scharfes Schwert durch den Wind jagte. Donnerkopfs Schulter stieß eine knochige Stute gegen eine andere, so daß lange Beine über glitschige Asche schleiften; beide fielen unbeholfen zu Boden.
Die Seynyorer zerstreuten sich. Martos' Schwert durchschnitt Stahl und Knochen. Während er an Valiros' Seite kämpfte, versuchte er zu sprechen. Aber nur ein Gurgeln entfuhr seiner Kehle, das im Trommeln des Regens unterging.
Er hörte die Kriegsschreie von Jagats Männern, die sich einer Attacke auf ihre Flanke entgegenstellten, und er hörte das hämmernde Krachen von Waffen und Rüstungen. Martos schlug wie wild mit seinem Schwert um sich und deutete in eine bestimmte Richtung. Schwach sah er in der regnerischen Dunkelheit schwankende Gestalten kämpfen.
Valiros kannte Martos gut, und er erkannte die Bitte in seinen Augen.
»Möchtest du, daß ich den Befehl gebe?« fragte er, während er Martos' Gesicht genau beobachtete. »Du möchtest, daß die Kompanie sich in diese Richtung wendet?« Er stand in seinen Steigbügeln und schaute stirnrunzelnd nach links, wo die Kantaraner ausschwärmen. »Nach rechts schwenken?« Martos nickte stumm. Valiros runzelte die Stirn und starrte in den Kampf.
»Du bist verrückt!« sagte er und schüttelte den Kopf. Dann rief er laut: »Sammeln! Links – schwenkt!«
Irgendwo in der Dunkelheit gab Paidros das Kommando weiter.

Istvan DiVega sah, wie das weiße Pferd wendete und zurück in den Tumult stürzte, aber das bedeutete im Augenblick nichts für ihn. Es drängte ihn danach, sich selbst in die Schlacht zu stürzen und sein Leben zum Schutz seiner Männer einzusetzen, aber er mußte beobachten. Regentropfen prasselten auf seine Kapuze.

Ein Kadariner kam durch die Reihen der Kämpfer aus der Kantara herangestürmt, und roter Stahl schwang in seiner Hand. Prinz Phillipos gab seinem Pferd die Sporen. Istvan sah, wie er dem Kadariner den Weg abschnitt und seine feine Klinge auf den Schild des Kadariners prallte.

Ein blitzender Schwerthieb rupfte die durchnäßten Federn vom Helm des Prinzen. Istvan beobachtete die Spannung in Phillipos. Der Prinz war ein angemessener Gegner für seinen Feind.

Ein kadarinisches Kriegspferd blieb stehen und bäumte sich vor dem Schildwall auf. Der Mann auf seinem Rücken starrte zu lange. Eine Pike schoß hervor; sein Schild schlug sie weg, aber eine ausschwingende Hellebarde traf ihn an der Schulter und zog ihn aus dem Sattel, hinab und aus Istvans Gesichtsfeld.

Martos' kleine Armee war nun gefangen, dachte Istvan mit einem bitteren Triumph. Boros DiVega sperrte ihre Flanke ab. Von den entfernten Teilen des Schlachtfeldes her vernahm er Kriegsschreie der Grenzländer. *Wie soll ich das Birthran beibringen?* Es würde ein blutiger Sieg werden. Der größte Teil von Martos' Kompanie würde die Felder des Grenzlandes füttern.

Istvan hörte, wie ein Kommando gebrüllt wurde, und er bemerkte einige bedenkliche Veränderungen in der Bewegung der Schlacht. Wild peitschende Schwertarme änderten ihre Richtung, als ob plötzlich ein Wind durch das Stahldickicht führe. Kadariner in Metallrüstungen ballten sich zusammen. Gewöhnliche Reiter wären verwirrt durcheinandergeritten und ihre Pferde wären noch scheu vom Angriff gewesen, aber die kadarinischen Kriegspferde waren die besten der Welt, sie

blieben vollkommen ruhig im Wahnsinn der Schlacht. Es war insbesondere die Pferdezucht, die die kadarinische Kavallerie so großartig machte.
Prinz Phillipos' Klinge peitschte im Kreis herum, und sein Stahlschild tönte wie eine Glocke. Der Helm des Kadariners schepperte und dröhnte, dann flog der Mann schlaff wie eine Vogelscheuche aus dem Sattel; tot oder bewußtlos – das würden die Heiler später noch herausfinden.
Während Istvan zuschaute, veränderte sich das Bild der Schlacht. Wie ein fließender Strom beim Wandel der Gezeiten seine Richtung ändert, so wirbelten die Gestalten in der Dunkelheit durcheinander. Inmitten der Schlacht entstand plötzlich eine Stille, als die kadarinischen Kriegspferde aus dem Zentrum verschwanden, um sich in das Getöse des kantaranischen Angriffs zu stürzen.
Kleine Grenzlandponys sprengten auseinander, als die dichtgedrängten kadarinischen Pferde zwischen sie drängten und scharfer Tod in den Händen ihrer Reiter schwang. Lederschilde schepperten unter den hämmernden Schwertern; Stahlschilde dröhnten wie Gongs.
In kürzester Zeit hatten sich die Kadariner einen Weg gebahnt, und nur der graue Staub lag noch vor ihnen. Aber dahinter konnte Istvan die Kriegsschreie der Grenzländer hören, wo Jagats Männer immer noch kämpften.

Mitten im Getöse des Metalls ritten Martos und Valiros durch die Schlacht. Valiros brüllte so laut er konnte, aber die Grenzländer schenkten ihm keinerlei Beachtung.
Alle Männer Suktios kämpften gegen Seynyorer, die vom Ende des Zuges heranbrandeten und die Grenzländer in die feindlichen Linien drängten. Martos sah Suktio und preschte an seine Seite. Valiros folgte ihm wie ein Schatten.
»Zieht euch zurück!« schrie Valiros. »Wende deine Männer nach links! Sorge dafür, daß sie hier herauskommen!«
Suktios Schwert prallte von einem Helm ab. Sein Lederschild klirrte, als er den Gegenschlag abwehrte. Martos gab Donner-

kopf die Sporen. Die Schulter des großen Pferdes ließ eine knochige Stute stolpern, während ihr Reiter sich hilflos an ihrem Rücken festhielt.
»Wende deine Männer!« brüllte Valiros. »Sieh zu, daß sie sich nach Norden bewegen!«
»Wir sind hier beschäftigt!« entgegnete Suktio mit einem Kopfschütteln. Ein seynyorischer Schwertstreich prasselte auf seinen kleinen Schild. Ein weiterer zischte auf Martos' Gesicht nieder und knallte auf seinen erhobenen Schild.
Die Seynyorer ritten nun von allen Seiten heran. Überall um ihn herum peitschten Schwerter durch die Luft, und Martos kämpfte mit seiner tauben Zunge; er suchte verzweifelt nach Worten, während sein Schwert wie ein scharfes Pendel am Ende seines Armes baumelte.
»Suktio –« Plötzlich brachen die Worte in Martos' Geist. Er kämpfte darum, sie stotternd hervorzubringen. »Suktio! *Du kämpfst hier nicht um das Land!*« Eine Schwertspitze schoß auf seine Augen zu. Sein eilends erhobener Schild nahm ihm die Sicht. Er hörte ein schrilles Klingen wie von zerspringendem Glas und fühlte wie sein Schild schwankte, als das zustechende Schwert zerbrach.
»Was?« schrie Suktio zurück. »Was hast du gesagt?«
Donnerkopf bäumte sich auf und hämmerte mit eisenbeschlagenen Hufen. Martos kämpfte mit seiner Zunge und versuchte Worte zu finden, als eine Schwertklinge heranschoß. Er sog Luft in seine Lungen, schwang seinen Schild hoch und leckte sich die Lippen, als die Waffe auf seinen Arm krachte.
»Wird der Tod deiner Männer auch nur einen einzigen Fuß Landes zurückgewinnen?« schrie er. Sein Schwert schlug einen Helm ab. Worte, Worte, er versuchte, Arme und Zunge gleichzeitig zu bewegen: »Wenn nicht, dann nichts wie *weg* hier!«
Ein Schwert schlug über die Spitze seines erhobenen Schildes. Es stoppte am Ende des Hiebs, und plötzlich zielte die Spitze direkt auf seine Augen. Er senkte sein Kinn blitzartig auf den Brustpanzer, beugte sich über die Mähne seines Pferdes, und

sein Schwert sauste in der Verlängerung des Ellbogens und des Handgelenks auf eine Hand zu, die er nicht sehen konnte. Die Sturmhaube schaukelte auf seinem Kopf. Seine Ohren dröhnten, als die scharfe Schwertspitze auf den Stahl des Helms traf. Dann fiel das Schwert mitsamt dem blutenden Arm hinab. Donnerkopf zitterte, als eine rote Springflut seinen Umhang tränkte. Der herabfallende Unterarm plumpste von Martos' Knie auf die giftige Asche.

Suktios Pony bäumte sich auf und drehte sich. »Weg jetzt, weg hier!« hörte Martos den Grenzländer brüllen. »Wir werden anderswo nötiger gebraucht! Folgt mir! Weg hier!«

Der wimmernde Klang von Chandras Muschelhorn erhob sich über die metallischen Geräusche. Kleine Grenzlandponys wirbelten herum und zogen sich aus der Schlacht zurück.

Von der Not nach Worten befreit, riß Martos sein Schwert zurück wie ein Schlächter; Sattel um Sattel wurde durch seine zischenden Streiche leer. Er ritt an der Linie auf und ab, schlug nach rechts und links und baute so eine Barrikade aus reiterlosen Pferden, so daß die Grenzländer verschwinden konnte, bevor auch nur irgendein Seynyorer etwas von ihrem Rückzug bemerkt hatte.

Dann wendete er Donnerkopf und folgte den Grenzländern in die regendunkle Nacht. Valiros ritt verblüfft hinter ihm her. Trotz aller Schwierigkeiten hatte er die königliche Armee aufgehalten und zum Kämpfen gezwungen.

Doch selbst das war eine Kleinigkeit im Vergleich dazu, daß er inmitten der Schlacht die Gewalt über seine Zunge zurückerobert hatte. Er hatte sprechen müssen, und er hatte gesprochen.

Istvan beobachtete, wie der Schwarm der Feinde in der Dunkelheit im Regen verschwand. Sein Rücken schmerzte, und die Erschöpfung machte seine Augen schwer. Er lauschte auf das Stöhnen der Verwundeten. Wasser spritzte auf seinen Helm. Seine müden, alten Muskeln schmerzten. Schlaf! Er brauchte ihn, und zwar dringend. Ebenso ging es seinen Männern. Schlaf, eine warme Mahlzeit und Schutz gegen den Regen. Trockene Kleider, warme Betten, ein festes Dach über dem Kopf, das waren die Dinge, die sie alle brauchten. Aber all das würden sie so bald sicher nicht bekommen.

Ungefähr in diesem Augenblick würde der andere Teil der Armee anfangen, das Lager zu errichten. Ein kaltes Lager, gepeitscht vom erbarmungslosen Regen und geschlagen vom tückischen, bitteren Wind; aber immerhin ein Platz zum Schlafen. Aber diese müden Männer, die vom Kampf erschöpft waren, mußten durch den Regen weitermarschieren, ohne jede Aussicht auf Rast, und sie mußten obendrein auch noch ihre Toten und Verwundeten tragen. Die drei Kompanien, die aus dem Kampf herausgehalten worden waren, konnten als eine Art Wache für die übrigen dienen. Martos würde allerdings wohl kaum heute Nacht erneut angreifen. Beide Seiten waren in diesem Kampf übel zugerichtet worden: Martos' Männer mußten ebenso erschöpft sein wie seine eigenen Leute.

Die Heiler, die nicht nach der Schlacht weggezogen waren, waren auf dem dunklen Schlachtfeld beschäftigt, wo die Verwundeten blutend und stöhnend lagen, während der Regen in Strömen fiel.

Völlig übermüdet hielt sich Istvan mit Mühe im Sattel und hörte dem Wasser zu, das auf seine Kapuze schlug. Heute nacht mußte er die Männer über viele Meilen zum Lager führen. Und am nächsten Morgen mußten sie schon wieder weitermarschieren. Würde er sie ausruhen lassen, so würde er damit einen Angriff geradezu herausfordern.

Sie waren kaum noch einen Tagesmarsch von Manjipor entfernt, aber in Manjipor mußten sie sich noch einer ganz anderen Schlacht stellen, nämlich diesmal nicht gegen Martos' kleine Truppe, sondern gegen Lord Jagats gesamte Armee. Am Morgen mußte auch die Verstärkung für Martos diesen erreicht haben. Zweifellos würde er sie auf der Straße zur Stadt angreifen und sich dann zurückziehen nach – *Ojakota!*

Wie ein Blitz schoß es plötzlich durch Istvans Kopf. Das war der Punkt, nach dem er in seinem übermüdeten Geist seit Stunden gesucht hatte. Er hatte Ojakota vergessen; das konnte ein Desaster bedeuten – oder die Rettung. Er rief nach dem Seher.
Ob in Ojakota Vorräte sein mochten? Oder hatten Eisenfausts Männer die Burg leergeräumt, bevor sie von ihnen verlassen wurde?

Martos sah Paidros mit blutüberströmten Gesicht aus der Dunkelheit reiten, aber der kleine Mann lachte in sich hinein, als er Martos' besorgten Blick sah.
»Ein Kratzer!« sagte er mit einem Kopfschütteln. Dann wurde sein Gesicht nüchtern. »Andere hat es schlimmer erwischt. Patraclos ist tot. Und Darios, Evarin und Pirasos sind entweder ebenfalls tot oder dem Tod zumindest ziemlich nahe. Jedenfalls sind sie nicht mehr kampffähig! Und was haben wir dadurch gewonnen?«
»Zeit!« antwortete Martos. »Wir haben sie zum Anhalten gezwungen! Wir haben das getan, wozu Jagat uns ausgeschickt hat. Denkst du, sie werden heute nacht weiterreiten? Wenn sie uns folgen, können wir sie tiefer in den Staub hineinlocken!« Stolz stärkte seine Stimme und verbannte sein Stottern; er übertönte das Rauschen des Regens: »Sie können nicht weitermarschieren. Sie müssen kampieren, wo sie sind. Am Morgen werden wir sie mit einer großen Truppe zum Abdrehen zwingen.«
»Glaubst du das wirklich?« sagte Paidros. »Du Narr! Schau doch einmal hinter dich! Schau zurück auf den Platz, wo wir gegen sie gekämpft haben! Fünf oder vielleicht sechs Kompanien sind dort: Der Rest ist weitermarschiert. Sie werden ein Lager aufschlagen und ihre Decken ausbreiten. Sie werden eine Stunde nach Mittag in Ojakota sein, und sie werden Jagats Lagerzaun von Anbruch der Nacht umwerfen!«
Verwirrt wandte sich Martos im Sattel um und starrte in die regnerische Nacht. Er konnte nur wenig sehen, jetzt, da die

Sturmwolken nicht mehr glühten. Der Wind trieb ihm kalte Tropfen ins Gesicht, und Wasser prasselte auf seinen Helm. Aber jener gesprenkelte Flecken Schatten – die feindliche Truppe – war tatsächlich kleiner, als sie eigentlich hätte sein sollen. Kleiner als zu dem Zeitpunkt, als er und seine Männer sie angegriffen hatten.

Er spähte nach Westen durch den Vorhang des fallenden Regens und versuchte, den Rest von Istvans Armee ausfindig zu machen, aber die Dunkelheit hatte ihn schon längst verschluckt. Der hohle Applaus des Regens trommelte auf seinen Helm. Er saß zusammengesunken im Sattel und hörte Paidros nach Romulos und Styllis rufen. Seine Zunge war wieder zu einem nutzlosen Fleischklumpen geworden. Er hatte sich so stolz gefühlt wegen dieser Schlacht! Aber im Grund hatte er nur unnötig Menschenleben weggeworfen! Versagen nagte in seinem Innern. Er hörte das Dröhnen von Paidros' Stimme, der durch den Regen Befehle erteilte.

»Folgt den Seynyorern«, sagte der kleine Mann. »Laßt euch dicht neben ihrem Lager nieder. Und wenn ihr denkt, daß sie kurz vor dem Einschlafen sind, dann spielt alle Trompetensignale, die ihr jemals gelernt habt! Weckt sie auf! Laßt sie glauben, sie würden angegriffen! Laßt sie keinen Schlaf finden!«

Martos war erregt, aber seine Zunge war vollkommen taub. Er konnte nur unartikulierte Geräusche von sich geben, die im Rauschen des Regens untergingen.

»Da ist er!« sagte Paidros. »Warte hier einen Augenblick!« Er jagte sein Pferd in die weinende Nacht und verschwand in der Masse der erdfarbenen Grenzlandponys. Als er zurückkam, ritt Suktio neben ihm, und andere Grenzländer folgten ihnen.

»Paßt auf ihre Kundschafter auf«, hörte er Paidros sagen. »Sie werden euch jagen! Aber haltet sie unbedingt wach! Spielt ihnen mitten in der Nacht einen Weckruf! Und wenn sie sich danach gerade wieder zum Schlafen niederlegen wollen, dann laßt ein Angriffssignal ertönen.«

Schlaf! Martos sackte erschöpft und geschlagen in seinem

Sattel zusammen. Er dachte daran, wie Rodericos vom Pferd gefallen war, und seine Erinnerung spottete über sein Versagen, seinen Stolz und seine Dummheit. Der Regen prasselte nieder und trommelte auf seinen Helm. Die Geräusche des Wassers wurden leiser; der Regen ließ wieder nach.

Schnitzer wie dieser würden ihm sicherlich keinen Ruhm einbringen.

Und wo mochte Kumari heute abend sein? Schlafend in ihrem Bett, weit, weit weg. Ob sie wohl an ihn dachte? Oder hatte sie sich schon einen anderen Liebhaber gesucht, während sein Kind sich in ihrem Schoß bewegte?

Er merkte plötzlich, daß Paidros zu ihm sprach. Er schaute auf, blinzelte und fragte sich, ob das wohl Regen war in seinen Augen.

»Komm mit, Martos«, sagte Paidros. »Zurück auf die Pferde! Wir werden ein wenig schlafen. Schlaf ist jetzt unsere mächtigste Waffe.«

Chondos stolperte müde über die giftige Asche. Schlaf! Würden sie ihn wohl jemals schlafen lassen?

Die Welt war ein Schleier, der vor seinen Augen wehte. Schlaf war wie ein Mysterium, unbekannt und wunderbar, selten und unerreichbar. Um ihn her schnatterten und lachten die Kobolde und trieben ihn durch den kalten Regen.

Manchmal trieben sie ihn zu sehr an, so daß sich die Fesseln an seinen Knöcheln zusammenzogen und ihn stolpern ließen. Dann kicherten und spotteten alle Kobolde und traten ihn hart in die Rippen, während der Staub ihn zum Husten brachte und ihn nach Luft schnappen ließ. Dann sauste auch die Peitsche auf seine Schulter nieder und knallte auf die empfindlichen Striemen, die sie schon vorher dort hinterlassen hatte...

Schmerz erfüllte seine Sinne. Schmerz und Haß. ... Und dann würde die glockenartige Stimme des Vampirs erschallen und sie in bedrohlichem Ton warnen. Plötzlich würden die Kobolde sich zusammenkauern und erzittern, und schon bald

würden sie wieder weitermarschieren wie zuvor, und über Chondos' Rücken würde das Blut von den Peitschenstriemen rinnen.
Seine Wunden wurden vom niederfallenden Regen ausgewaschen, während er durch die Nacht des Schattens weiterstapfte. Eisiges Wasser hämmerte auf seinen Kopf. Seine Füße stolperten durch die Dunkelheit. Er torkelte mit herabhängenden Augenlidern seines Wegs, während der schwarze Himmel weinte und Wasser auf seinen Schädel tropfte.

Istvan erschauerte im eisigen Wind und zog seinen regendurchnäßten Mantel fester um sich. Der Regen hatte nachgelassen, der Wind jedoch zugenommen. Eisenfausts tiefe Stimme ertönte leicht verzerrt von den Lippen eines schmächtigen Sehers:
»Nun, wir haben Ojakota abgeschlossen, als wir es verließen, aber ich habe eigentlich nicht erwartet, daß das viel nützen würde. Es ist ziemlich einfach, in eine leere Burg einzudringen. Aber es sind viele Vorräte dort – wir konnten nicht allzuviel mit uns nehmen. Dazu blieb uns nicht genügend Zeit. Ich wollte die Burg verteidigen, aber Lord Maldeo bestand darauf, daß ich käme. Und es stimmt tatsächlich, daß wir hier dringend gebraucht werden. Einige von Jagats Angriffen kamen einem Erstürmen der Mauern näher, als er selbst wohl vermutet hatte. Aber wenn ich die Burg gehalten hätte, hättet ihr jetzt eine Basis. Jetzt können Jagats Männer sie gegen euch verwenden.«
»Vielleicht«, entgegnete Istvan. »Aber sind dort auch Vorräte für die Pferde?«
»Natürlich!« antwortete Eisenfaust. »Es ist eine der wichtigsten Wegstationen in der Gegend. Es ist viel Heu und Getreide da – und außerdem Brot und getrocknete Früchte. Ihr könnt eure Pferde gut füttern – wenn es euch gelingt, hineinzukommen. Es ist ein gutbefestigter Ort. Wenn ihr ihn belagern müßtet, kämet ihr in große Schwierigkeiten. Ihr wißt ja, wie die Grenzländer sind.«

»Ja«, sagte Istvan und dachte angestrengt nach. »Ich bezweifle allerdings, daß Jagat viele seiner Männer entbehren kann. Was denkst du?«
»Vierzig Mann könnten die Burg halten«, sagte Eisenfaust durch den Mund des Sehers. Istvan kämpfte, um ein Gähnen zu unterdrücken, und er spürte die Schwere seiner Augenlider. »Es ist ein starkes Fort, zweifellos. Wenn ich versuchen würde, es einzunehmen, würde ich meine Kräfte auf die westliche Mauer konzentrieren. Sie ist älter als die übrigen und in schlechtem Zustand. Aber wahrscheinlich kommt ihr besser weg, wenn ihr die Burg einfach umgeht und euch zur Stadt durchschlagt.«
Istvan sah, daß DiGasclon darauf wartete, sprechen zu können. »Einen Augenblick, Eisenfaust«, sagte er. DiGasclon salutierte. »Die Männer sind marschbereit, Kommandant«. Istvan nickte und wandte sich wieder dem Seher zu.
»Ich muß jetzt aufbrechen, Eisenfaust. Ich sehe dich morgen. Oder vielleicht am darauffolgenden Tag.«
»Viel Glück, DiVega! Wir werden bereit sein!« Der Seher schüttelte sich und kam aus der Trance zurück. Seine erdbraunen Augen blinzelten verwirrt. Istvan schritt auf seine müde Stute zu.
Während der meisten Zeit des Marsches war Istvan im Sattel eingenickt. Einmal rührte er sich und horchte intensiv. Er bemerkte eine Veränderung im Geräusch des niederfallenden Regens. Wurde der Regen leiser? Dann hörte er, wie die Hufe seiner Stute durch weichen Schlamm platschten.
Andere Hufe hämmerten auf harten Stein: Einige der Männer ritten auf der alten Straße. Das Lager konnte nun nicht mehr weit sein. Endlich Schlaf...
Verärgert schüttelte er sich wach. Am Ende des Zuges versorgten die Heiler die Verwundeten. Er konnte kaum müder sein als sie. Und die erschöpfte Stute zwischen seinen Knien – sie würde hungrig sein, und das Getreide war fast aufgebraucht! Warum sollte er schlafen, während andere arbeiteten?
Er schwankte im Sattel und kämpfte gegen den Schlaf an, während der schwache Regen die Welt vor seinen Augen

verschleierte. Der monotone Rhythmus des Wassers, der wie Musik auf seine nasse Kapuze schlug, dröhnte weiter.
Als er wieder aufwachte, ritten sie soeben ins Lager ein.

Der Herzog von Ipazema konnte nicht schlafen. Nur noch ein Tag Warten! Dann würde er zuschlagen! Alles war bereit. Wenn ihr Anführer nicht mehr da wäre, würden Prinz Phillipos' Streitkräfte schnell auseinanderbrechen, wenn man sie gleichzeitig von Norden und Süden angriff. *Wenn* Prinz Hansio sich an seine Abmachung hielt! Es hieß, daß die Grenzländer immer ihre Schwerter bei sich behielten, aber bei diesem alten Fuchs – wer konnte es wissen? Nun, das war jetzt auch gleichgültig. Er hatte schließlich Männer genug, höchstwahrscheinlich jedenfalls. Aber dennoch wäre es wohl besser, auf Hansios Signal zu warten.
Die Eroberung von Thantakkar! Das war eine starke Festung. Prahlte Hansio? Nun, er würde abwarten – allerdings auch nicht allzulange.
Der Herzog hielt den Seher den ganzen Tag über in seiner Nähe, damit Hansio ihn erreichen könnte, wenn er wollte. Morgen würde seine Armee bereit sein, und am darauffolgenden Tag würde sie wie ein Blitz aus dem Norden zuschlagen. Er wartete auf die Nachricht über eine Attacke auf Thantakkar – aber nicht ewig. Nur noch ein Tag, dann würde er den gesamten Norden beherrschen!
Prinz von Kalascor! Er kostete den Namen aus; ein betörender Geschmack, der Wein der Macht. Ein warmes Gefühl erfaßte ihn, während er schlaflos in seinem goldenen Bett lag.

Jodos warf den Hof und das Schloß in einen frühen Schlaf und sandte dann, geschützt vor neugierigen Augen, seine Rufe in die Nacht. Dann erhob er sich und schlich zu den Toren. Der Regen hatte aufgehört. Winzige, rasch dahinziehende Monde jagten am Himmel entlang, schmerzhaft hell zwischen den Wolken. Die Wachen schliefen sorglos auf ihren Posten, ausgestreckt auf den kalten, nassen Steinen.

Jodos griff in die Nacht. Die Spinne mußte jetzt kommen, er konnte spüren, wie sie sich durch die kühlen, feuchten Nebel bewegte, die vom Fluß aufstiegen und durch die schmutzigen Gassen an den Docks trieben.
Er wartete am Tor und kostete die Nacht mit seinem Geist. Die Schläfer bewegten sich, aber er trieb sie zurück in jene quälenden Träume, deren Form er schon lange vorher gestaltet hatte. Er spielte kurz mit ihrer Angst und ihrem Haß, aber im übrigen hatte er jetzt andere Arbeit zu verrichten. Später wollte er sie wieder durch die Kammern ihres Geistes jagen.
Er wartete und spürte, wie der tote Mann durch die nebelerfüllte Stadt schritt, um seine Befehle auszuführen.

Firencio DiVega war wütend.
»Angenommen, *ich* wäre einfach davongeritten und hätte die Armee verlassen? Ich hätte es besser getan – um dir zu folgen! Denke doch einmal darüber nach, wie gut das für die Disziplin der Truppe ist!«
»Vollkommen richtig!« lächelte Istvan. »Jüngere Offiziere brüllen ihre Vorgesetzten an – entehrend! Die Auswirkung auf die Disziplin ist äußerst schlecht, das muß ich zugeben.« Er schmunzelte über den Ärger auf Firencios Gesicht, das hinter den peitschenden Regenfäden zum Vorschein kam. »Ihr alle habt darauf bestanden, daß irgend jemand hinausgehen müsse. Ich dachte mir, es sollte jemand sein, der eine Chance hat zurückzukommen.«
»Das, Vetter, hast du nicht mit deiner gewöhnlichen Bescheidenheit gesagt!« rief Firencio aus. »Hast du etwa gedacht, niemand anders könnte die Informationen zurückbringen? Du bis nicht nur übermäßig stolz, sondern hast auch noch unrecht. Jemand anders brachte die Information zurück – *nachdem* du es getan hattest. Als wir ihn trafen, hatte er die Straße gefunden und zwar auf dem Weg zurück hierher, um uns dies zu sagen.«
»Wer?« fragte Istvan.
»Arjun DiFlacca«, antwortete Firencio.

»Dieser junge Narr!«
»Warum ist er ein Narr und du nicht? Er kam lebendig zurück. Und er ließ keine ganze Armee ohne Kommandanten zurück!«
»Die Armee war nicht führerlos. Du hattest das Kommando. Ich bin nicht wichtig. Jeder Mann hier könnte die Armee ebensogut führen wie ich, und einige sogar besser als ich. Deshalb will ich jetzt, damit wir nicht weiter hier herumstehen und uns darüber grämen, was ich hätte tun *sollen*, darüber sprechen, was wir morgen tun *werden*, damit jeder von euch –« er wedelte mit der Hand, damit sich alle Kommandanten um ihn versammelten –, »der einen besseren Vorschlag zur Annäherung an Manjipor hat, Gelegenheit hat, mir dies mitzuteilen, solange ich noch wach genug bin, um nachdenken zu können. Und *das* läßt uns nicht allzuviel Zeit!« Das Prasseln fallenden Wassers erfüllte die Stille, während er schwieg. Sogar der finster dreinschauende Firencio verstummte.
»Martos wird morgen Verstärkung erhalten«, fuhr Istvan fort, »und er wird zweifellos erneut den Versuch machen, uns abzudrängen. Vermutlich wird er auch versuchen, uns in Ojakota aufzuhalten, doch mit ziemlicher Sicherheit wird er uns schon angreifen, bevor wir den Ort überhaupt erreicht haben. Er ist ein Kadariner: er denkt als Kavallerist. Obgleich er uns zahlenmäßig nicht überlegen sein wird, wird er versuchen, uns zu treffen und unser Marschtempo zu verlangsamen.«
»Aber er weiß, daß er nach Ojakota zurückgetrieben wird! Das ist eine starke Festung. Wenn wir sie zu umgehen versuchen, wird er uns von hinten angreifen, während wir Jagats Hauptstreitmacht angreifen. Wenn wir uns auf eine Belagerung einlassen, wird uns das aufhalten und Jagats Männer die Initiative überlassen. Jagat hat nach D'Oleves Bericht mehr Männer als wir; allerdings machen uns die Truppen innerhalb der Stadt ungefähr gleich stark. Aber er kann genügend Männer in der Stadt lassen, um einen Ausfall zurückzuschlagen,

und er hätte dennoch genug Kämpfer, um uns beträchtlichen Schaden zuzufügen. Insbesondere wenn wir zu Fuß und mit hungrigen Pferden in den Kampf ziehen müssen. Aber das ist ein wichtiger Punkt. In Ojakota gibt es Getreide.« Er ließ dies nachwirken und wandte sich dann Rupiros D'Ascoli zu, dessen Kompanie das wenige restliche Gepäck bewachte. »Wieviel Getreide haben wir hier?«

»Nichts mehr«, sagt D'Ascoli und schüttelte den Kopf. »Wir haben das letzte vor einer Stunde verfüttert. Es war noch etwa eine Handvoll für jedes Pferd hier übrig, aber so sorgfältig wir es auch rationierten, wir konnten es nicht so gut aufteilen, daß genug für eure Kompanie oder für die Grenzländer übrigblieb. Deshalb müssen die restlichen Pferde mit getrockneten Früchten und Brot vorlieb nehmen. Wir haben genug zurückgehalten, um sie heute am Leben zu erhalten, aber was wir morgen tun sollen, weiß ich nicht.«

»Wieviel *ist* denn noch da?« fragte Istvan, und als D'Ascoli die Stirn runzelte, erläuterte er: »Warte, *eigentlich* wollte ich fragen, wie vielen Pferden wir eine *volle* Mahlzeit geben könnten?«

»Hmm! Nicht vielen? Ich würde sagen, wir könnten . . . oh, vielleicht fünfzig Pferden oder hundert Grenzlandponys, denn sie fressen ungefähr die Hälfte von dem, was unsere Tiere brauchen. Das ist nicht allzuviel bei sechstausend!«

»Dann hat es wohl auch nicht viel Zweck zu rationieren, nicht wahr?« fuhr Istvan fort. »Aber das ist eigentlich schon gar nicht so schlecht; wesentlich besser jedenfalls, als ich es erwartet hätte!« Sie starrten ihn an. »Ich möchte, daß alle Kompanien, die Rüstungen im kadarinischen Stil tragen, ihre schnellsten Pferde aussortieren – fünfzig insgesamt. Und ich möchte, daß all diese Pferde morgen in einer Gruppe losmarschieren. Ich möchte, daß diese Pferde soviel zu fressen bekommen, wie sie brauchen, und daß ihre Reiter gut ausgeruht sind. Morgen werden sie . . . nun . . . vermutlich auf der Südseite vom Zentrum aus gesehen marschieren. Ich möchte, daß sie sich irgendwo aufhalten, wo sie keinem direkten Angriff

ausgesetzt sind, von wo sie selbst jedoch sofort ausbrechen können.«
»Was hast du nur vor?« fragte Ciavedes. »Willst du sie als Flanke ausschicken? Das dürfte ziemlich schwierig sein.«
»Nein.« Istvan schüttelte den Kopf. »Sobald wir Martos' Truppen beschäftigt haben, werde ich sie nach Ojakota schikken, und zwar so schnell wie sie nur reiten können.«
Istvan gähnte. Er spürte, wie ihn allmählich der Schlaf übermannte. Die streitenden Stimmen seiner Kommandanten schienen hinter einer Nebelmauer hervorzukommen.

Der tote Mann schritt durch die Stadt. Jodos kostete den Schmerz des von der Spinne bewohnten Leichnams aus, während dieser sich dem feurigen Geist des gebrochenen Zaubers näherte, der vor Chondos' Entführung das Schloß geschützt hatte.
Der Geruch des Todes vergiftete den Nebel, der vom Fluß aufsticg und sich um dic Schloßmauer legte. Schwarze Gestalten tauchten im Nebel am Tor auf, aber kein Wächter schreckte aus dem Schlaf hoch, um sie zu prüfen.
Der tote Mann trat aus dem Nebel, und hinter ihm erschienen kantige schwarze Silhouetten, Hotar und die anderen, in schweren, selbstgemachten Rüstungen, die sie Männern abgenommen hatten, die sie an der Grenze getötet und gegessen hatten.
Der Geruch des Todes kroch in die Nasen der hilflosen Schläfer. Der Körper des Wächters Tonios sah nicht mehr wie der eines lebendigen Menschen aus, aber es gab schließlich genügend Körper im ganzen Schloß, die seine Aufgabe ebensogut erfüllen konnten.
Die Männer vom Volk des Reinen Blutes kauerten sich zusammen, als Jodos sie am Tor traf. Er sagte kein Wort, sondern bedeutete ihnen verächtlich, ihm zu folgen. Sie zitterten vor seiner Macht, während er sie durch die langen Korridore des stillen Schlosses führte, wo die verzauberten Menschen schliefen.

Martos hörte im Schlaf schwaches Fußgetrappel. Pferde schnaubten. Er suchte nach dem Schwertgriff.
»Martos! Wach auf!« Das war Valiros' Stimme. »Sie sind da!«
»Wer? Was?«
»Die Männer, die Jagat uns geschickt hat. Sie sind die ganze Nacht hindurch marschiert. Ymros hat eine Botschaft von Lord Jagat für dich.«
Martos rollte sich zusammen und steckte das schon halb gezogene Schwert wieder zurück in die Scheide. Die Wärme seiner Decken ließ ihn wieder in Halbschlaf fallen.
Schwache, fragmentarische Erinnerungen kamen ihm in den Sinn, von einem Traum, in dem er in einem Raum voller Frauen verzweifelt nach Kumari gesucht hatte, da sie von hinten alle wie Kumari aussahen. Aber als sie sich umwandten, hatte jede von ihnen das Gesicht einer Fremden gehabt.
Über ihm waren die Wolken von Lichtstreifen durchzogen. Schwarze Flecken drangen durch transparente graue Massen. Der Regen war jetzt ein feiner Nebel, und man konnte ihn nun kaum noch sehen. Aber der Mann, der zwischen den in Decken gehüllten Körpern der Schlafenden schritt, tropfte vor Regen und Schweiß. Martos erhob sich, aber der Grenzländer fiel auf die Knie, und zu Martos' Verwunderung verbeugte er sich mit dem Gesicht bis zum Boden, ein nur noch selten praktiziertes Begrüßungsritual des takkarischen Hofes.
»Lord Martos?« Es war die tiefe, ruhige Stimme von Ymros. Der Grenzländer fuhr wieder hoch und setzte sich nach Grenzlandart mit untergeschlagenen Füßen hin, während seine Hände auf den Oberschenkeln ruhten. »Lord Jagat sagte, ich solle Euch mitteilen, daß Ihr immer noch den Oberbefehl habt. Lord Hamir ist hier und Lord Bajio von Kaligaviot.«
Martos versuchte Gesichter zu erkennen, auf die diese Namen paßten, aber sein Kopf fühlte sich taub an und verlangte nach Schlaf. Das Prasseln des Regens wurde stärker und hörte dann plötzlich auf. »Mein Lord hat beiden gesagt, daß Ihr den Oberbefehl habt. Lord Hamir wird keine Schwierigkeiten machen, aber unser Lord meint, daß Lord Bajio sich selbst viel zu

wichtig nimmt und ständig nach einer Möglichkeit sucht, sich unentbehrlich zu machen.« Ymros kicherte. »Lord Bajio war wütend darüber, daß ein ›Ausländer‹ das Kommando übernehmen sollte, aber mein Lord sagte ihm, er sei wie der takkarische Edle in jener alten Geschichte, der an Durst starb, weil er zu stolz war, aus den Händen eines Mannes von niederer Abstammung Wasser anzunehmen, obgleich es ein Geschenk Hasturs war. Aber wenn Lord Bajio versuchen sollte, das Kommando zu übernehmen, so weiß *ich* und auch alle meine Vasallen, die mit mir gekommen sind, daß Ihr den Oberbefehl habt. Und Lord Hamir weiß es, obwohl auch er sich gekränkt fühlt und vielleicht Lord Bajio nicht gerade aufhalten wird – obgleich er nichts tun wird, was die Wut meines Lords provozieren würde. Aber Bajio ist ein Narr, und man kann nicht wissen, was er tun wird.«

»Habt Ihr...« Martos mußte kämpfen, um nicht wieder zu stottern. Er bemühte sich, ganz wach zu werden. Dies konnte ein ernstes Problem werden. Er wählte seine Worte sorgfältig aus: »Habt Ihr mit Lord Suktio hierüber schon gesprochen?«

»Nein, Lord. Er ist nicht hier. Aber ich werde es ihm sagen, sobald er zurückkehrt. Alle Männer meines Lords werden Euch in dieser Sache beistehen und Euren Anordnungen ohne Fragen folgen.«

Plötzlich brach ein Regenschauer schnell und heftig über sie herein. Martos war dem Regen gegenüber schon so abgehärtet, daß er sich nicht einmal mehr die Mühe machte, sich eine Decke über den Kopf zu ziehen. Er bewegte sich nur ein wenig, damit das Wasser nicht die Innenseite seines Bettes durchnäßte. Ymros schien die Regentropfen, die auf seinen Helm niederprasselten, nicht einmal zu bemerken.

»Es scheint mir eine ziemlich einfache Sache«, sagte Martos. »Wenn ich Hamir von Inagar direkt anspreche, muß er mir gehorchen.«

»So ist es, Lord.« Ymros nickte. »Ein guter Plan. Er könnte gelingen.« Er gähnte, und Martos erinnerte sich, daß dieser Mann den ganzen Tag über zu Fuß marschiert war und daß er noch wesentlich weniger Schlaf gehabt hatte als er.

»Legt Euch hin, Mann!« sagte er. »Sucht Euch einen Platz, wo Ihr Eure Decken ausbreiten könnt. Ihr werdet wesentlich nützlicher sein können, wenn ihr ein wenig geschlafen habt.«
Als ob er mit gutem Beispiel vorangehen wollte, kuschelte Martos sich in seine eigenen Decken und ließ sich wieder in die Wärme seiner Träume zurücktreiben, nachdem er seinen nassen Schädel bedeckt hatte.

Trompeten schmetterten durch die Dunkelheit. Istvan sprang auf. Sein Schwert glühte, während er sich auf die Füße rollte. Es regnete nicht mehr, und der kalte Wind hatte die Wolkendecke aufgerissen. Helle Monde glühten wie Perlen und Kristalle am nackten Himmel. Um ihn her zogen die aufgewachten Männer ihre Waffen und starrten, nachdem sie sich ihre Augen gerieben hatten, ins Mondlicht. Das unheimliche Heulen des Muschelhorns übertönte die Geräusche des Windes.

Istvans Knochen schmerzten. Kalter Schlamm quoll zwischen seinen Zehen hervor. Sein Schwertgriff lag kalt zwischen Zeigefinger und Daumen. Stimmen gingen im Klang der Trompeten unter, Stimmen, die heiser waren vor Schlaflosigkeit und Angst.
»Da kommen sie!« rief irgend jemand. Die Männer rannten in eine Ecke des Lagers und starrten in die Dunkelheit.
Istvan machte zwei schnelle Schritte in die gleiche Richtung, hielt dann aber an und horchte. Es war die falsche Richtung. Das fröhliche Schmettern der Trompeten übertönte den hohen, schrillen Klang des Muschelhorns. Er wandte den Kopf dem Klang und dann wieder den versammelten Männern zu. Muschelhorn und Trompete ertönten zusammen und verstummten dann beide. Kalter Wind flüsterte in Istvans Ohr. Wolkenschatten trieben über die fahle Ebene, aber es waren keinerlei Hufgeräusche zu hören. Winzige schwarze Flecken schienen sich auf der bleichen Asche zu bewegen. War das ein Pferd? Waren es zwei? Eine Gestalt jagte heran: Istvan blinzelte und erkannte die Kleidung eines Grenzländers.

»Kommandant DiVega!« Es war Rinmull von Ojainis Stimme. »Ich bin mir ziemlich sicher, daß da draußen niemand außer den Männern mit den Hörnern ist.«
»Das denke ich auch«, sagte Istvan und steckte sein Schwert weg. Er atmete tief ein. »Hört, Männer!« brüllte er. »Geht zurück in eure Betten! Es gibt keinen Angriff! Das Ganze ist nur ein Trick, um euch den Schlaf zu rauben.«

Chondos' Füße schmerzten, während er durch den fahlen Staub stolperte: gehen, gehen, endlos, die ganze Nacht hindurch gehen, durch Dunkelheit und kalten Regen. Die Striemen auf seinem Rücken brannten. Der dumpfe Schmerz war grausam, so grausam...
Er stolperte weiter durch die Nacht. Das aus den Wolken herabstürzende Wasser trommelte auf seinen Kopf. Die Kobolde knurrten und schnatterten um ihn herum, immer bereit, ihn zu peinigen. Kaltes Wasser durchnäßte ihr Fell.

In einem Vorratsraum im Schloß wechselten Hotars Männer ihre Kleider. Jetzt folgten sie in farbenprächtiger königlicher Livree Jodos' Anordnungen. In einem wenig benutzten Teil des Schlosses gab es nicht belegte Soldatenunterkünfte. In diese Räume würden nur wenige Hofbeamte kommen. Wenn dort plötzlich eine neue Truppe stationiert wäre, so würde dies niemandem als merkwürdig erscheinen.
Nachdem Jodos die Träume der Höflinge durchforscht hatte, fand er ein Opfer für die Spinne. In einem nahegelegenen Raum träumte ein junger Schreiber friedlich; eine unwichtige Gestalt am Rande des Hofgeschehens, einsam und ohne Freunde – man nahm nur selten Notiz von ihm, doch konnte es durchaus sein, daß seine Tätigkeit ihn einmal zum König brächte.
Über heimatliche Wiesen, auf denen viele Blumen wuchsen, wehten die sanften Winde seines Traumes. Menschen tanzten in kindlicher Leidenschaft. Ländliche Musik ertönte um ihn; die ganze Welt schien fröhlich und süß...

Jodos vergiftete seinen Traum.
Gift breitete sich über die gesamte Szenerie aus. Blumen starben ab, und das Gras verwelkte. Etwas kroch unsichtbar auf ihn zu. Der Träumer sprang auf die Füße. In der wirklichen Welt ließ Jodos die Muskeln des Träumers gehorchen. Er floh vor der gestaltlosen Furcht, indem er aus dem Bett sprang und blind losging. Der Schreiber floh durch eine Ruinenlandschaft, und über seine Schultern glaubte er zu sehen, wie die Furcht ihm folgte.
Tod! Es mußte der Tod sein. Ein menschlicher Körper stolperte hinter ihm her.
Der Schläfer taumelte aus seiner Kammer in den Korridor, wo Jodos mit dem Toten Mann auf ihn wartete. Obgleich er in seinem Traum rannte, stolperte sein lebendiger Körper langsam durch die Halle. Nun roch er den Leichnam, während dieser ihn langsam überwältigte, näherkam, näher...
Jodos ließ den Schlafenden auf den Boden der Soldatenunterkunft fallen. Der Schläfer lag zuckend da, als der Tote Mann sich niederkniete.
Jodos lächelte. Nach der Verwandlung würde Hotar mit seinen Männern den alten Körper beseitigen. Wenn es notwendig sein sollte, könnte man seine abgenagten Knochen später immer noch in den Fluß werfen. Aber höchstwahrscheinlich würde niemand in den Raum schauen, bevor der Schatten sich über die Stadt ausgebreitet hätte.
In seinem Traum floh der junge Schreiber immer noch vor der Leiche, die ihm folgte.
Der tote Mann kniete an der Seite des Opfers nieder. Die Spinne rannte über den Arm und sprang auf den Nacken des Schlafenden. Tonios' Körper stürzte und lag dann neben dem Schläfer. Grausam ließ Jodos den Mann aufwachen, so daß er in das Gesicht des toten Wächters starren mußte. Den Schrei in der Kehle des jungen Mannes fing er ab.
Die Spinne biß zu.

Dreimal im Laufe der Nacht wachte Istvan auf und hörte das Muschelhorn und die Trompeten, und jedesmal drehte er sich auf seinem Lager herum und schlief wieder ein. Jetzt weckte ihn das Muschelhorn wieder erneut, aber diesmal waren auch klappernde Hufe und brüllende Männer zu vernehmen. Sein Hasturschwert flog aus der Scheide, er sprang auf die Füße und lief zwischen den umherliegenden Körpern der Schlafenden hindurch.

Durch den feinen Regen hindurch sah Istvan Schwertklingen fliegen. Magere seynyorische Pferde trugen Grenzländer auf ihren Rücken. Trompeten erschallten weit entfernt.

Ein riesiges Pferd näherte sich ihm. Er stürzte auf seine Nase zu, und es scheute. Er sprang direkt neben seine Schulter. Ein Schwert glitt wirkungslos an ihm vorüber, während er seinen Rücken gegen das Pferd schleuderte und spürte, wie die mächtigen Muskeln des Tieres sich gegen seine Wirbelsäule preßten, und seine Schwertspitze durch Leder und Fleisch drang. Ein blutendes, totes Gewicht stürzte herab und streifte seine Schulter.

Irgendwo in der Dunkelheit außerhalb des Lagers heulte das Muschelhorn und verstummte. Trompeten antworteten aus der Ferne. Das Muschelhorn ließ noch zweimal klagend seinen Ruf ertönen. Reiterlose Pferde rannten umher, und lachende Männer jagten sie – aber das Gebrüll und das Klirren des Stahls war verstummt. Istvan wischte das Blut von seinem Schwert und legte sich wieder auf sein Schlaflager.

7

Der schwarze Himmel des Schattenreichs nahm von der Morgendämmerung graue Streifen an, als Vidraj Chondos' Fängern anzuhalten gestattete. Farbloser, vergifteter Staub wehte vor Chondos' Augen. Nebelhaftes Licht schimmerte.

Sein Kopf pochte noch immer vom Aufprall des Speeres; sein Rücken war mit einem Netz von Striemen übersät.
Die Kobolde versammelten sich um Vidraj.
»Ich werde zurückkehren, Kravyad«, bemerkte er höhnisch. »Ihr werdet mich gar nicht erst wieder herbeirufen müssen. Ich werde euch finden, wenn das Licht verschwunden ist.«
Die riesige Gestalt verschwamm und bewegte sich. Eine Fledermaus jagte durch die Dunkelheit. Chondos blinzelte und sackte zusammen. War er noch wach oder träumte er? Seine Augen schlossen sich.
Rohe Koboldhände packten ihn und zogen ihn weiter in die Dunkelheit hinein.

»Sie essen *wirklich* rohen Fisch!« sagte Valiros mit einem Schaudern.
Martos setzte sich auf und zog seine Decke enger um sich. Er blinzelte zweifelnd auf den Brocken in Valiros' Hand.
Feiner, zarter Regen prasselte auf ihr Lager nieder und wusch das Blut von ihren Mänteln und von den Hufen ihrer Pferde. Martos' Kopf fühlte sich an, als sei er mit Wolle vollgestopft. Er schlief schon fast wieder ein.
»Ich mag es!« sagte Paidros aus dem Regen hervortretend. »Ihre Sauce überdeckt den Geschmack, so daß man überhaupt nicht merkt, daß es Fisch ist.«
»*Wenn* ich nur nicht *wüßte*, daß es Fisch ist!« entgegnete Valiros und biß zu. Der Schiffszwieback zerbrach.
Martos kicherte in sich hinein. Immer noch der gute alte Schiffszwieback, ungesäuert, trocken und so hart wie Holz, wenn man darauf kaute.
Kaltes Huhn und Schiffszwieback. Wie lange war es nun wohl schon her, seit sie irgend etwas anderes gegessen hatten? Jetzt aßen die Grenzländer tatsächlich den Fisch, den sie in den kleinen Bächen fingen, die dem Marunka zuströmten, und sie aßen ihn roh. Jeder von ihnen führte an der Seite seines Sattels einen Kochspiegel mit sich, doch waren diese zur Zeit nicht zu gebrauchen.

»Da kommen unsere Musiker!« rief Paidros aus. »Ich will hören, wie den Seynyorern unser Konzert gefallen hat!« Er winkte ihnen zu und verschwand mit einem selbstgefälligen Lachen im Regen.
Martos rieb die vom Schlaf verklebten Augen und sah Suktio auf einem Pony heranreiten und gleichzeitig ein riesiges seynyorisches Pferd am Seil führen. Romulos und Styllis folgten ihm. Sie alle wirkten erschöpft und traurig.
Valiros gab Martos etwas Schiffszwieback, und dieser begann zu kauen. Es war kalt, zwar nicht *sehr* kalt, aber doch kälter, als er es bis jetzt gewohnt gewesen war. Den ganzen Sommer über hatte er sich nach Regen und kaltem Wetter gesehnt. Bei Ende der letztjährigen Regenzeit waren die gesunden Teile der Ebene mit dichtem grünem Gras bedeckt gewesen. Doch der Sommer hatte es braungebrannt, und auch er selbst war braun geworden.
»Was ist nicht in Ordnung?« fragte Valiros, als Paidros zurückkam. Sein Lächeln war verschwunden.
»Daß...« Paidros schüttelte den Kopf. »Unser Freund Suktio versuchte, seinen Pferdefangtrick zu wiederholen und verlor vier seiner Männer. Das Pferd, das er führt, ist dasjenige, das er aus dem seynyorischen Lager herausritt. Und es ist das einzige!«
Martos sah, wie Suktio mit Ymros sprach. Der Schiffszwieback in seinem Mund krachte vernehmlich, als er fest darauf biß, während er sich an Ymros' Worte vom vergangenen Abend erinnerte. Er kaute.
»Valiros!« rief er, als sein Mund schließlich wieder leer war. »Du auch, Paidros, das ist wichtig! Ymros« – er verstummte und kämpfte mit seiner Zunge – »er sagte, daß ... daß Lord Bajio ... könnte...« Martos blieb stecken und biß erneut in den Schiffszwieback, um seine Verwirrung zu verbergen. Der Zwieback knirschte.
»Lord Jagat hat gesagt, daß ich den ... den Oberbefehl habe. Doch Bajio ... und auch Hamir ... sind wütend, weil ein Fremder ihnen ... ihnen übergeordnet ist. Jagat schickte

Ymros auch mit... er denkt, Bajio könnte versuchen ... und Hamir könnte ... ihn unterstützen ... Bajio könnte versuchen, mir das Kommando zu entreißen.«
»*Dieser* Esel?« Paidros schnaubte. »Was glaubt er denn nur, was *er* gegen Istvan den Bogenschützen ausrichten kann?«
»Wie willst du ihn aufhalten?« fragte Valiros.
»Ich ... ich weiß es noch nicht. Ymros sagte...« Martos kämpfte mit seiner Zunge. Warum sollte ihm das Kommando soviel bedeuten? *Der sich selbst beurteilende Mann gibt nichts um Titel der Macht oder um Ansehen bei den Menschen...*
»Du sagtest, Hamir würde ihn unterstützen?« fragte Valiros. »Was ist mit Jagats eigenen Leuten?«
»Ymros sagte ... darüber spricht er im Augenblick gerade mit Suktio. Jagats Leute werden mich alle ... unterstützen. Und ich glaube nicht, daß Hamir ... Lord Jagat verärgern will...«
Valiros lachte. »Niemand, der bei Sinnen ist, würde Lord Jagat verärgern wollen!« entgegnete er.
»Wenn es dazu kommt... wenn er dazu gezwungen wird, wird er... mich unterstützen ... zwar widerwillig ... aber Jagat hat ihm gesagt, daß ich den Befehl habe. Er wird nicht...«
»Dann treib ihn!« fuhr Paidros dazwischen. »Versetze ihn in die Situation, daß er sich zu dir bekennen oder sich Jagat direkt widersetzen muß. Doch was du auch beschließen magst, beschließe es bald. Wir müssen in einem Krieg kämpfen!«

Schlamm quoll unter Istvans Stiefeln hervor, während er seine müde Stute durch den Regen führte. Die gesamte Armee ging nun zu Fuß, um die hungrigen Pferde zu schonen. Überall war klagendes Wiehern und Winseln zu hören. Nur fünfundsiebzig der Pferde waren gut gefüttert und zufrieden: die Elitetruppe, die beim ersten Anzeichen eines Angriffs nach Ojakota reiten sollte. Istvan marschierte neben diesem kleinen Trupp. Fünfundsiebzig Männer sollten eine der stärksten Festungen in Manjipé einnehmen!
Istvan vernahm zu seiner Linken Arjun DiFlaccas Stimme, die sich erhoben hatte, um irgendeine kühne Geschichte über die

Kriege an der Grenze zu erzählen. Er besaß eines der schnellsten Pferde unter den Grenzländern, und deshalb war er Mitglied der kleinen Elitetruppe, und Istvan hatte ihn zum stellvertretenden Kommandanten gemacht, zum Helfer von Boros DelContar.

»... Meilen von Waldland wären an diesem Tag verlorengegangen«, sagte Arjun gerade, »wenn nicht Prinz Hansio gewesen wäre. Er führte seine Männer in den Schatten, während die Grenze in Flammen stand und die Nachtwesen jagten, und überquerte den Atvanadi bei der alten Brücke von Gajguna – das sind gut zehn Meilen oder mehr im Schattenreich – und ritt an der Kantaraseite zurück über die Grenze. Dann griff er die Dunklen Wesen von hinten an, bevor sie noch erkannten, daß seine Truppe nicht Teil ihrer eigenen Leute war.«

Istvan lauschte. Es war ihm nie gelungen, den unerschrockenen Helden der Grenzlandsage mit dem schlauen Verschwörer in Einklang zu bringen, dessen Intrigen das Königreich schon erschüttert hatten, bevor die meisten dieser Männer hier überhaupt geboren waren. Und doch war es der gleiche Mann.

»Niemand hat je behauptet, der alte Fuchs habe keinen Mut«, sagte einer der Seynyorer. »Es ist ein Wunder, daß Hastur ihn nicht aus Versehen geröstet hat, als er die Grenze von der falschen Seite her überquerte.«

»Er hat eine Hastur-Klinge!« sagte Arjun. »Wußtet ihr das nicht? Die Turmwächter erkannten das und halfen ihm mit Magie – wie Pertap. Ich habe gehört, daß die Flammen seines Schwertes wie Blitze hervorgeschossen sein sollen, um Dämonen zu treffen, die weit entfernt waren, und Notfeuerfunken sollen wie Sterne um ihn gewirbelt sein. So heißt es zumindest. Aber das habe ich nicht mit eigenen Augen gesehen.«

Istvan lächelte.

»Was ich nie verstanden habe«, sagte DelContar bedächtig, »ist, warum ein so großer Krieger ... nun, warum er als der

Fuchs bekannt ist? Warum verschwört er sich mit Kaufleuten? Wenn er zu rebellieren wünscht, warum marschieren wir nicht gegen *ihn*, anstatt gegen Jagat zu reiten?«
»Hat er sich in seiner Jugend gegen Olansos erhoben?« fragte irgend jemand.
»Ja, und Olansos zerschmetterte seine Armee innerhalb von vierzehn Tagen, heißt es«, antwortete jemand anders.
Dichterlügen, dachte Istvan.
»So sagt man«, fuhr Arjun fort, »und seither hat er immer wieder Pläne geschmiedet, um Olansos zu töten. Doch Lord Rinmull glaubt, daß mittlerweile seine gewohnheitsmäßige Vorsicht so stark geworden ist, daß er nie einen Schritt tun, sondern stets die Lage beobachten und auf eine bessere Chance warten wird.«
Gewohnheitsmäßige Vorsicht, dachte Istvan. War dies nicht auch die Wurzel seiner eigenen dummen Todesfurcht? Bevor das Alter sein Haar bleichte, in den Tagen, als der Tod ihm noch fern schien, hatten ihn ältere Männer immer wieder vor Unbesonnenheiten gewarnt.
War auch Hansio mit diesem Spiel eingefangen worden? Ein Gefühl der Vertrautheit überkam ihn. Fühlte sich der alte Fuchs ebenso beschämt wie er selbst, wenn er die Lieder verlogener Poeten hörte? Vorsicht? Torheit! Besser war es, sich nicht zu fürchten...
Die Grenzländer schienen manchmal ihr Leben so gewohnheitsmäßig wegzuwerfen, wie andere Menschen vielleicht Gerümpel oder alte Kleidungsstücke wegwarfen. Doch hier war der Tod allgegenwärtig, in dieser vergifteten Asche, wo kein Gras wuchs und kein Vogel sang. Ein Grenzländer, der ein hohes Alter erreichte – die wenigen wie Hansio oder Jagat –, vermochte dem nahenden Tod mit Gleichmut entgegenzusehen. Sie hatten niemals damit gerechnet, so lange zu leben. Als Kind stand ein Grenzländer vor einer einfachen Wahl: entweder davonzulaufen und das Land zu verlassen oder zu bleiben und bei seiner Verteidigung zu sterben. Männer und auch Frauen, die von der Grenze geflohen waren, konnte man

überall in den Hafenstädten finden, doch für Frauen war die Wahl noch eine wesentlich härtere.
Und Hansio, der Jahre damit zugebracht hatte, gegen seine menschlichen Feinde zu intrigieren, wobei er sich niemals persönlich eingesetzt hatte und stets auf irgendeinen Vorteil bedacht war, um ein mit Sicherheit günstiges Ergebnis zu erzielen, derselbe Hansio pflegte sich ohne Aussicht auf irgendeinen Vorteil in die Schlacht gegen die Dunklen Wesen zu stürzen und sein Leben und das all seiner Leute in seinem verrückten Glücksspiel zu riskieren.
Wenn er statt gegen Jagats Armee gegen die Hansios gekämpft hätte, fragte sich Istvan, hätte dieser dann wohl auch einen Mann nach dem anderen gegen die Kundschafter kämpfen lassen? Der kühne Held des Grenzlandes hätte es getan; der schlaue Verschwörer hätte es nicht getan. Als was würde sich Hansio auf dem Schlachtfeld erweisen?
Istvan fühlte sich plötzlich an den Kampf im Regen erinnert und an seine törichte Wut über den Mann, der sich ihm von der Schwertseite her genähert hatte, um zu verhindern, daß er seinen Schild benutzte. Er war wütend über den Mann, weil er sich auf diesen Vorteil verlassen hatte, und doch hatte der andere nur versucht, den offensichtlichen Vorteil von Istvans Kunstfertigkeit auszugleichen. Wie konnte es einen Kampf unter Gleichen geben, wenn er selbst vierzig Jahre damit zugebracht hatte, sich zu schulen, ein besserer Schwertkämpfer zu sein als jeder andere? Wie konnte er einen anderen verachten, weil dieser einen Vorteil nutzte, wenn er selbst so sehr im Vorteil war?
Es war wohl ein unerreichbares Ideal – der vollkommen faire Kampf, bei dem jeder die gleiche Chance hatte, ohne jeglichen Unterschied hinsichtlich Geschwindigkeit, Stärke und Kunstfertigkeit oder sogar hinsichtlich des Mutes, so daß der Sieger einfach deshalb gewinnen mußte, weil er im Recht war.
Ein moralischer Vorteil? War es das nicht, was Schwertkämpfertum ausmachte oder zumindest ausmachen sollte? Wenn die Bewegungen erst einmal in die Muskeln und Nerven und

in den Geist eingeprägt waren, wurde dann nicht die Aktion der Klinge zu einem reinen Ausdruck des Herzens, zu einem Erblühen der inneren, ursprünglichen Natur?
Er schüttelte stirnrunzelnd den Kopf. Was war das nur für ein Unsinn? Lächerlich! Poetisch sogar, wie etwas, das von einem jener zerlumpten Wanderer in Carcosa in eine Straßenecke gespuckt wurde, einem jener Halunken, die jedes Jahr die »Stadt der Poeten« überfluteten, um dort ein ständiges Ärgernis zu sein, bis schließlich Geldmangel und der Winter sie wieder nach Hause trieben.
Jetzt war doch wahrlich nicht Zeit für solchen Unsinn! Bevor der Schatten die Sonnen verschluckte, mußten seine müden Männer kämpfen, und die hungrigen Pferde mußten gefüttert sein.

Es hatte aufgehört zu regnen. Martos zog an einem Sattelgurt, fluchte und stieß gegen Donnerkopfs Rippen. Er stieß so lange mit dem Fuß, bis er sicher war, daß der Sattelgurt fest saß.
Das gesamte Lager war auf den Beinen. Die Männer von Martos' eigener Kompanie trockneten sorgfältig ihre Bögen, zogen dann trockene Bogensehnen aus ihrem Gepäck und bespannten die Bögen neu. Grenzländer fertigten behelfsmäßige Sättel für die gestohlenen Pferde.
Ymros kam durch die Menge herbeigeeilt. »Bewaffnet Euch schnell, Lord!« zischte er. »Lord Bajio gibt schon Befehle, als sei er der Kommandant. Lord Hamir lächelt nur, doch seine Männer gehorchen.«
»Danke, Ymros.« Unflätige Worte jagten durch Martos' Kopf. »Geht jetzt zurück zu Euren Männern«, war alles, was er schließlich noch sagte. Er fragte sich, ob er wohl irgend etwas anderes hätte sagen sollen. Während er noch darüber nachdachte, ging Ymros davon. Martos' Geist bewegte sich im Kreise. Hatte er das Richtige gesagt?
Er eilte sich, schnell auf sein Pferd zu kommen, zwang sich aber dann zur Ruhe, um zu prüfen und sicherzustellen, daß

alles in Ordnung war. Schließlich stand eine Schlacht bevor, und das war wichtiger als dieser Unsinn mit Lord Bajio.
Dann spürte er, wie die Rüstung den Stoff eng gegen seine Haut preßte, jene bekannte, angenehme Steifheit, die sein Rückgrat streckte und gegen seinen Magen drückte. Er spürte die Kälte durch den Stoff seiner Kleidung, ganz wie zu Hause, nicht jenes steife Gefühl, das er immer gehabt hatte, wenn er im Backofen des südlichen Sommers seine Rüstung angelegt hatte. Er schwang sich auf den Rücken des riesigen Pferdes, und das vertraute Gewicht der Sturmhaube drückte ihn.
Fast unmittelbar danach sah er Lord Bajio, der auf einem der kleinen Grenzlandponys daherritt wie ein General, der seine Truppe abreitet. Martos steuerte Donnerkopf aus den kadarinischen Reihen und lenkte das Pferd auf den Grenzlandlord zu.
Als er sich näherte, schaute Bajio auf. Martos sah, daß er rasch ein Stirnrunzeln durch ein Grinsen ersetzte.
»Kommst du, Kadariner?« rief der Grenzländer in spöttischem Tonfall. »Ich habe mich schon gefragt, ob du des Kämpfens müde wärst und beschlossen hättest, in dein Heimatland zurückzukehren!«
Martos hatte keine so wohlvorbereitete Beleidigung erwartet, doch obgleich er Wut in sich aufsteigen fühlte, hielt er sein Gesicht unbeweglich und antwortete nicht – wohl wissend, daß seine Zunge ohnehin nutzlos sein würde. Statt dessen führte er Donnerkopf um das kleinere Pferd des anderen herum, bis sich beide Nase an Nase gegenüberstanden, klopfte dann leicht auf Donnerkopfs Nacken und ließ sein Pferd vorwärtsgehen.
Das Grenzlandpony schien beim Anblick des unmittelbar vor ihm stehenden gigantischen Tieres fast wie gelähmt. Donnerkopf trat vor, senkte den Kopf und berührte die Nase des anderen Tieres mit einem explosiven Schnauben. Das kleinere Pferd scheute und tänzelte einige Schritte weit zurück. Irgend jemand in der Menge lachte, und Martos sah, wie das dunkle Gesicht des Grenzländers sich rötete. Ein träges Lächeln

zeigte sich auf Martos' Lippen, und er fühlte, daß sich seine Zunge von den Ketten der Gefühle befreite.
»Mein Dank, Lord Bajio!« sagte er laut und schaute auf den Grenzländer mit seinem kleinen Pferd hinab. Selbst wenn ihre Pferde von gleicher Größe gewesen wären, hätte er Bajio noch überragt; und auf Donnerkopfs Rücken wirkte es so, als würde er sich zu einem Kind niederbeugen. »Ich sehe, daß alle Eure Leute wohlauf sind.« Er sah zu den Männern aus Kaligaviot hinüber. Dann wandte er den Kopf schnell den Männern aus Inagar zu. »Auch Lord Hamirs Männer sind bereit. Ich danke Euch, Lord Hamir! Ymros, sind deine Männer auch bereit?«
»Ja, Lord!« ertönte Ymros' Stimme. »Wir warten auf Eure Befehle!«
»Sehr gut!« antwortete Martos. Er sprach absichtlich mit ziemlich lauter Stimme, so daß sie über den ganzen Platz schallte. Nun sagte er im gleichen Ton wieder an Lord Bajio gewandt: »Eure Männer werden zu Lord Hamirs linker Seite reiten, und Lord Hamir wird als mein Leutnant das Kommando führen.« Jetzt war es geschehen. Das war der Krisenpunkt. Er spürte, wie irgendein Gefühl in seinem Inneren kämpfte und versuchte, seine Zunge zu packen, doch nahm er einen tiefen Atemzug und konzentrierte sich auf eines der Meditationssymbole, die Birthran ihn gelehrt hatte.
Lord Bajios Gesicht wurde abwechselnd dunkel und bleich. Es erblaßte zu einer sonderbar gelblichen Farbe und wurde anschließend dunkelrot. »Ausländer!« zischte er, und seine Stimme bebte vor Wut. »Ich bin für dich nicht irgendein niederer Vasall von Jagat, über den du befehlen kannst. Ich bin der Lord von Kaligaviot, und dies hier ist *meine* Armee!«
Der Grenzländer hatte Martos so perfekt in die Hände gearbeitet, daß das Gefühl, das seine Zunge lähmen wollte, wieder verschwand. »Lord Hamir!« rief er noch immer in gleicher Lautstärke. »Kommt bitte her!«
Er sah, wie Hamir zögerte und dann doch auf ihn zugeritten kam. Im Gegensatz zu Bajio hatte Hamir eines der langbeini-

gen seynyorischen Pferde genommen, und dieses grobknochige Tier wirkte so riesig auf seinen dünnen Beinen, daß Hamir auf seinem Rücken Martos direkt in die Augen hätte schauen können. Er tat es aber nicht; er fühlte sich recht unbequem so weit vom Boden entfernt, und er ritt unsicher, wobei seine Augen ständig auf den Boden unter den Füßen des Tieres blickten.

»Lord Hamir, ich unterstellte Lord Bajio und seine Männer Eurem Kommando«, sagte Martos. Hamir warf ihm einen wütenden Blick zu, schaute dann weg und nickte mürrisch.

»Hamir!« zischte Lord Bajio. »Werden die Takkarer denn ewig von den Söldnern des Nordens ihre Befehle entgegennehmen?« Hamir schaute unsicher und unglücklich drein.

Martos füllte seine Lungen erneut und sprach: »Lord Hamir, was hat Lord Jagat Euch gesagt, wer das Kommando hätte?«

»Ihr«, antwortete Hamir, wobei seine Stimme Haß verriet und zu einem Flüstern verkümmerte.

»Wir sind kurz davor, in eine Schlacht zu reiten, Lord Hamir«, sagte Martos besänftigend. Und dann fuhr er mit leicht erhobener Stimme fort, wenn auch nicht ganz so laut wie zuvor: »Würdet Ihr etwas lauter sprechen, Lord Hamir?« Hamir schaute ihn scharf an und biß sich dann auf die Lippe. Er schaute rasch zu Lord Bajio hin und dann wieder weg.

»Ihr habt das Kommando, Lord Martos!« sagte Hamir, und seine Stimme war dabei so laut, daß sie im gesamten Lager zu hören war. »Wir warten auf Eure Befehle!«

»Ihr wartet auf seine Befehle«, wandte Lord Bajio ein und erhob seine Stimme ebenfalls. »Ihr und Eure Vasallen. Aber ich bin nicht Euer Vasall, und auch nicht einer von Jagat. Kaligaviot ist kein Teil von Damenco! Welches Recht hat er, diesen ... Ausländer über mich zu setzen!«

»Wenn Ihr Lord Jagats Anspruch als Prinz von Manjipor nicht anerkennt«, sagte Martos ruhig, »meint Ihr, Ihr befändet Euch dann in der richtigen Armee?«

Überall um sich herum hörte er ein drohendes Zischen, wie

von Wind, der sich im Schilf fängt. Wie ein Mann hatten alle Männer Jagats ihre Schwerter gezogen.
Lord Bajios Gesicht nahm eine ungesunde gelbliche Tönung an, wie angelaufenes Elfenbein. Er starrte zu Martos hin. »Irgendwann einmal werde ich dich töten, Kadariner. Wenn dieser Krieg erst einmal vorüber ist.« Seine Stimme war gesenkt. »Aber jetzt –« seine Stimme wurde nun wieder lauter, und er erhob den Arm zu einem satirisch veralberten kadarinischen Gruß – »wie lauten Eure Befehle, Kommandant?«
»Ihr habt sie gehört«, antwortete Martos und wendete Donnerkopf. »Ymros! Buldeo! Paidros! Valiros!« Er zögerte, unsicher, ob er Suktio rufen sollte oder nicht, denn er wußte, daß dieser die ganze vergangene Nacht auf den Beinen gewesen war. Als er zu entscheiden versuchte, welchen von Jagats Vasallen er benennen sollte, um ihn zu ersetzen, sah er, daß Suktio an Ymros' Seite ritt, und daß seine Augen zwar etwas trübe, aber doch wach wirkten. Er verfluchte Paidros' »Klugheit«. Es mochte zwar sein, daß die Seynyorer um ihren Schlaf gebracht worden waren, aber mit Sicherheit traf dies auch auf Suktio zu. Doch jetzt waren andere Dinge zu bedenken, denn die Führer der einzelnen Kompanien ritten schon heran.
»Wir müssen schauen, wie die Lage unserer Gegner ist, bevor wir den endgültigen Schlachtplan aufstellen«, sagte Martos, »aber wenn ihre Marschordnung die gleiche ist wie gestern, dann möchte ich sie am Ende des Zuges bedrohen und vielleicht auch mit einer kleinen Gruppe unserer Leute angreifen, während die Haupttruppe vorreitet, um ihnen den Weg abzuschneiden. Ich habe gehofft, wir könnten sie auseinanderziehen, doch es ist nun klar, daß DiVega weitermarschieren will, was immer geschehen mag. Wir haben nicht die Kraft, sie aufzuhalten. Wir werden gezwungen sein, uns zurückzuziehen. Doch wenn wir uns in guter Ordnung zurückziehen und nach Ojakota zurückgehen, könnten wir sie vielleicht dort aufhalten.

Sie können keine Zeit damit vergeuden, Ojakota einzunehmen, während Jagats Männer sie umgeben. Wenn sie versuchen, an Ojakota vorbeizukommen und zur Stadt zu gelangen, brauchen wir nur den richtigen Augenblick abzuwarten und uns auf sie stürzen, wenn sie in den Kampf gegen Jagat verwickelt sind. Ein Ausfall von der Stadt her wird ihnen nicht helfen, denn Jagat wird das erwarten.
Hamir, Ihr und Lord Bajio werdet auf der linken Seite stehen; Ymros, Suktio und Buldeo zur Rechten. Ich werde mit meiner Kompanie im Zentrum sein. Valiros, du wirst mit den Springern direkt hinter mir reiten, so daß wir euch ins Gefecht werfen können, wann immer es erforderlich ist. Wir müssen nun los.«
Die Pferde wieherten. Ihre Hufe kneteten den Schlamm, während die verschiedenen Gruppen sich formierten. Martos hob den Arm und brüllte. Das Kommando wurde von Gruppe zu Gruppe weitergegeben, und dann war die ganze lange Reihe der Reiter plötzlich in Bewegung und ritt nach Süden, wo sechstausend Seynyorer auf die Stadt zumarschierten.

»Lord Istvan, von Norden her bewegen sich Reiter auf uns zu. Es sieht so aus, als seien es mindestens tausend Mann.«
Istvan runzelte die Stirn, und sein Blick schweifte über die kleine Truppe, die er dazu bestimmt hatte, Ojakota einzunehmen. So bald schon... Er hatte gehofft, daß Jagats Truppe frühestens in vier Stunden losmarschieren würde. Er wandte sich wieder dem Kundschafter zu.
»Wie weit sind wir jetzt noch von Ojakota entfernt?«
»Bei diesem Tempo nicht weiter als einen Tagesmarsch, Lord.«
Der Kantaraner kniff die Augenbrauen zusammen. »Vielleicht auch nur einen halben Tag.«
Istvan lächelte. Das war ja besser, als er zu hoffen gewagt hatte! Sie hatten weniger Zeit als befürchtet verloren.

»Ich weiß, wie sehr sie in der Übermacht sind!« sagte Martos kurz angebunden. Er hatte seine Beherrschung durch Paidros' ständiges Nörgeln allmählich verloren. »Wenn wir sie zurück in den grauen Staub führen könnten – aber DiVega marschiert einfach weiter. Wenn wir sie jedoch am Ende des Zuges angreifen, oder dies zumindest vortäuschen, werden wir einige von ihnen aufhalten können! Vielleicht die Hälfte. Dann wenden wir uns weiter vorne denen zu, die noch marschieren ...«

»Sie werden einfach über uns hinwegmarschieren«, entgegnete Paidros.

»Wir haben einen Vorteil hinsichtlich der Pferde«, sagte Martos. »Wir können gegen sie kämpfen, sie aufhalten und uns dann nach Ojakota zurückziehen.«

»Warum gehen wir nicht gleich nach Ojakota?« fragte Paidros.

»Wir könnten ihnen im Vorbeireiten eins verpassen, vielleicht die Bögen benutzen, während wir vorbeiziehen und sie *glauben* machen, wir würden angreifen. Doch wir haben weniger als tausend Mann. Sechstausend Kämpfern können wir uns nicht offen stellen!«

»Ich habe offene Feldschlachten erlebt, bei denen es schlimmer aussah als in unserem Fall«, brach es aus Lord Hamir heraus. »Wenn man jegliche Hoffnung aufgibt, eine Schlacht zu überleben, kann man sogar einen hoffnungslosen Kampf gewinnen. Es spielt keine Rolle, ob wir alle getötet werden, wenn dadurch DiVegas Armee nur genügend geschwächt wird. Sie können sich keine weitere Verzögerung mehr leisten. Die Stadt wird bald fallen, wenn DiVega Jagat nicht von den Mauern vertreiben kann.«

Martos dachte nach. Paidros hatte recht, das wußte er. Wenn sie erst einmal hinter jenen massiven Mauern waren, konnten sie DiVegas Armee für alle Zeiten fernhalten. Und mit Jagats Armee in solcher Nähe ...

Dennoch mißfiel ihm der Gedanke, hinter Mauern gefangen zu sein. Kavallerie war für ihn die angemessene Form des

Kampfes. Damit war er aufgewachsen, und sein Vater vor ihm ebenfalls. Sein Großvater hatte auf dem Schlachtfeld von Ovimor gekämpft, als König Manuel noch ein Kind gewesen war. Damals ging es darum, die Macht von Chelebinor zu brechen und die östlichen Provinzen zurückzuerobern.

Sein Gehirn brodelte im Fieber der Einsichten. »Wir werden uns rechtzeitig nach Ojakota zurückziehen!« sagte er kurz. »Aber zuerst werden wir sie noch ein wenig wachrütteln! Wir packen sie bei der Nachhut, bis diese anhält, während der Rest weiterzieht. Doch das bedeutet, daß sie wieder eine neue Nachhut haben. Dann reiten wir weiter und greifen auch die an.« Er schaute Paidros triumphierend an.

Der kleine Mann runzelte die Stirn und nickte nach einem kurzen Augenblick widerstrebend. »Vielleicht klappt es. Unsere Pferde sind besser genährt. Wir können ihnen davonreiten, wenn das notwendig sein sollte. Wenn wir eine Weile am Ende ihres Zuges bleiben und sie so richtig nervös machen können . . .«

»Wir werden sie mit Pfeilen spicken«, sagte Martos und nickte frohlockend. »Wir werden versuchen, sie in einen Angriff zu verwickeln. Wir werden auf sie zustürmen und . . . vorüberreiten. Ihr nehmt eine kleine Gruppe und geht auf ihre linke Seite. Der Rest von uns umfaßt sie von rechts. Während sie noch verwirrt sind, reiten wir schon weiter –«

»Aber«, Lord Buldeo, der Massadessaner, unterbrach ihn, »wir werden zwischen den beiden Teilen gefangen sein. Wir werden zwischen ihnen zermahlen werden wie Korn in einer Mühle!«

»Kommandant DiVega?« Das war Arjun DiFlaccas Stimme.

»Ja, DiFlacca?«

»Warum laßt Ihr Eure –«

»Ein Angriff!« brüllte der Seher und richtete sich in seinem Sattel auf. »In den Kompanien DiFlaccas und denen der Kantaraner fallen Pfeile nieder!«

»Sage ihnen, sie sollen zurückschießen!« gab Istvan zurück.

»Sir, sie befinden sich außer Schußweite!«
»Was?«
»Sir... ich verstehe das nicht. DiVarro sagt – er zeigte es mir durch seine eigenen Augen, Lord! Die Angriffstruppe ist mindestens fünf- oder sechshundert Schritte entfernt! Sicher außer Schußweite der Bögen! Einige Männer schießen zurück, doch ihre Pfeile erreichen das Ziel nicht. Doch die feindlichen Pfeile... gerade eben ist direkt neben DiVarro ein Mann gestürzt! Der Schaft hat seinen Panzer durchdrungen! Die Grenzländer sitzen auf.«
Istvan hörte in seiner Erinnerung König Olansos' Stimme: *Hamir von Inagar heuerte eine Truppe n'lantischer Bogenschützen an...*
»N'lantier, natürlich!« rief er aus. »Einer von Jagats Verbündeten hat eine Truppe von N'lantiern!« *Die Weitschießer, wie sie sich selbst nennen.*
»Natürlich!« sagte der Seher. Istvan sah, wie seine Augen sich in der Trance heftig bewegten. »Sir! Einige der Grenzländer sind aufgesessen und gehen zum Angriff über! Jetzt reiten sie los! Ivailos DiFlacca möchte wissen, ob er die Stellung halten oder den Grenzländern zu Hilfe eilen soll? Und Endrios DiFlacca möchte das gleiche wissen!«
Istvan schloß die Augen und dachte wütend nach. »Ja!« Er riß die Augen wieder auf. Ich möchte, daß alle drei DiFlacca-Kompanien und... laßt mich nachdenken... Servara und DiGasclon sie unterstützen! Und auch alle Männer Lord Rinmulls! Alle anderen sollen unbedingt weitermarschieren! »Übermittle diese Befehle!« Der Seher befand sich schon wieder in Trance. Istvan rieb sich die Augen. Ein halber Tag oder mehr war es noch bis Ojakota. Es war immer noch zu weit. Er hatte schon näher sein wollen; er hatte so bald noch keinen Angriff erwartet.
»Kommandant DiVega?« Das war Arjun DiFlacca wieder. Istvan schüttelte den Kopf. »Jetzt nicht, Junge!« Er könnte warten, bis sie näher waren, nachdem sie noch eine Stunde stramm geritten waren.

»Es *ist* wichtig, Lord!«
Istvan kämpfte die Wut nieder. »Was ist denn los?«
»Warum laßt Ihr Eure Pferde hungern, wenn –«
»Weil kein *Futter* da ist, du –« Er verbiß sich das Ende des Satzes und wandte sich ab. *Wichtig, meinte er. Dieser Idiot!*
»Es ist doch Fleisch da! Getrocknetes Fleisch, geräuchert und gesalzen! Und mehr als Ihr für Eure Männer braucht!«
»*Waaas*« Istvan starrte ihn an. »Was sagst du da? Man kann doch Pferden kein Fleisch zu fressen geben!«
»Die Manjipéaner tun das aber, Lord! Sie müssen ihre Pferde mit allen möglichen Dingen füttern, wenn sie im grauen Staub kämpfen. Wenn die Pferde so hungrig sind, fressen sie alles, was sie nur kauen können: Holz, Fleisch, einfach alles, was man ihnen gibt. Insbesondere alles, was Salz enthält. Man kann Ihnen nicht viel davon geben, und man kann sie auch nicht zu lange damit füttern, doch es gibt ihnen Stärke und beruhigt sie.«
Istvan starrte ihn an.

Martos beobachtete die Weitschießer. Ihre Arme wirkten wie knorrige, angeschwollene Bäume, während sie dastanden und schossen. Auf der anderen Seite der steinigen Ebene brachen einzelne Trupps aus der riesigen Armee hervor. Die Grenzländer kamen wie Puppen auf Pferderücken herangeritten, Puppen in Lederrüstungen, die winzige Bögen hoben oder stumpfen grauen Stahl schwangen. Pfeile fielen in den Schlamm, viele Schritte von Martos' Männern entfernt.
Paidros ritt zu den Weitschießern hinüber. »Aufgesessen!«
Die Gestalten mit den massigen Schultern schwangen sich auf ihre Pferde. Martos nahm seinen Bogen aus dem Kasten. Überall um ihn her legten Männer Pfeile an.
Paidros' Stimme erscholl entlang der gesamten Schlachtlinie, als er seine Kommandos brüllte. Die Springpferde tänzelten nervös.
»Angriff!« brüllte Paidros. Valiros und die Springer erhoben sich in die Luft. Martos fühlte, wie sich Donnerkopfs Muskeln

anspannten, während er die Knie gegen die Flanken des Tieres drückte. Beschlagene Hufe donnerten und trommelten wie im Unisono. Pfeile flogen heran und zersplitterten auf Rüstungen. Martos' Bogensehne surrte. Ein Pfeilhagel traf den Feind. Paidros brüllte einen Befehl, und Ymros beantwortete ihn. Die Grenzländer zur Linken hielten ihre Pferde an. Paidros' Stimme bellte wieder, und Paidros und Valiros drehten zusammen mit zwanzig weiteren Reitern ihre Pferde nach links ab, direkt an der Front von Ymros' Männern vorbei.

Martos blickte über die Schulter an der langen wankenden Schlachtlinie entlang. Die Nase eines Pferdes berührte die Hüfte des nächsten. Er spannte den Bogen, zog sein Schwert und füllte, in den Steigbügeln stehend seine Lungen mit Luft. »Rechts – schwenkt!« Sein letztes Wort war ein Schrei, doch es wurde ausgeführt. Plötzlich ritten sie von den mahlenden Massen der Grenzländer weg.

Die Grenzländer am Ende der Linie starrten sie über ihre Schwerter hinweg an und versuchten mit den Schilden ihre rechten Seiten zu schützen.

Die kleinen Grenzlandponys bockten, da sie durch die riesigen Pferde in Panik versetzt wurden. Die Grenzländer zügelten ihre Pferde, doch jetzt zerstreuten diese sich in alle Richtungen. In der Mitte befanden sich Männer, die ihre Pferde zu wenden versuchten, doch die hinter ihnen rannten in sie hinein.

Hinter den Grenzländern erschienen die stahlgewappneten Seynyorer. Plötzlich brach das Sonnenlicht durch die aufbrechende Wolkendecke, und die seynyorischen Panzer glitzerten, als ob jeder einzelne Ring derselben von winzigen Juwelen umgeben wäre. Martos legte die flache Seite seines Schwertes auf die Schulter und hielt den Schild zur Abwehr bereit. Er sah, wie sich ein Seynyorer in den Steigbügeln erhob, um etwas zu rufen – zweifellos der Kommandant. Martos' Schlachtreihe pflügte in die seynyorischen Linien, bevor der Mann noch brüllen konnte, was er brüllen wollte. Martos' Schild krachte und zitterte an seinem Arm.

Ein Pferd bäumte sich auf, als der Rand von Martos' Schild seine Nase traf. Ein verdutzter Seynyorer versuchte mit seinem Schwert zu parieren, doch die schwere Zwergenklinge trieb es ihm aus der Hand. Hinter ihm ertönte der Ruf aus Suktios Muschelhorn und das Geräusch von Metall auf Metall. Er schlug nach links und rechts; spürte, wie seine Klinge durch Kettenpanzerringe drang; hörte, wie es auf einen Schild donnerte. Dann war er durch die seynyorische Schlachtlinie gedrungen. Er drehte sich im Sattel um und beobachtete, wie zehn seiner Männer ihm folgten. Einige von ihnen hatten rote Schwerter, andere blutende Wunden. Funkelnde Schwerter wirbelten und flackerten hinter ihnen, während Ymros und seine Männer ihm durch die zerteilten seynyorischen Reihen folgten.

Männer aus der Kantara nahmen die Verfolgung auf und warfen sich ins Getümmel; doch für die Seynyorer in ihrer Verwirrung sahen alle Grenzländer gleich aus. Ymros und seine Männer brachen durch die Reihen, und hinter ihnen bekämpften sich ihre Feinde, ohne es zu wissen, gegenseitig. Hungrige Pferde ermatteten und fielen zurück, während Martos seine Männer nach Westen führte, dem Rest von Istvans Armee entgegen.

Istvan blickte rasch zu den Zwillingssonnen in dem grinsenden Loch zwischen den Wolken hinauf, blinzelte dann und schaute auf die heimtückische Wüste aus entblößtem Gestein.

»... einige von Lord Rinmulls Männern wurden getötet, einige von DiGasclons Männern ebenfalls. Lord Rinmull ist sehr wütend.«

»Er hat auch allen Grund dazu«, antwortete Istvan. *Was auch passieren mag, der Kommandant ist schuld,* dachte er und fühlte sich dabei ziemlich alt. Er starrte über das entblößte Grundgestein, auf dem das Wasser glitzerte. Die schmale Straße war eine niedrige Mauer.

Die Grenzländer hatten die Hufe ihrer Pferde und deren Unterschenkel mit Leder umwickelt, und altgediente Schat-

tenreichkämpfer taten das gleiche. Trotz dieser Vorsichtsmaßnahmen würden viele Pferde lahm sein, bevor sie Ojakota erreichten.
»Kommandant!« Die Stimme des Sehers brach in Istvans Gedanken ein. »Boros DiVega berichtet, daß eine große Gruppe von Männern sich seiner Nachhut nähert.«

Martos sah, daß die Springer wie Kaninchen zusammenhingen. Einer von ihnen bockte und drehte sich wie verrückt, während sein Reiter sich mit leichenblassem Gesicht am Sattel festhielt. Valiros folgte dicht dahinter. Er griff aus und bekam die Zügel des wildgewordenen Tieres zu fassen. Martos sah, daß der Schweif des Tieres mit Blut befleckt war. Ein Pfeil steckte im Schweif, seine scharfe Spitze stach das Tier. Valiros' eigenes überdrehtes Pferd bockte nun auch wie verrückt. Paidros lenkte sein großes, ruhiges Pferd näher und ergriff die Zügel genau in dem Augenblick, als Valiros sich gezwungen sah, sie loszulassen.
Männer eilten herbei, um dem Reiter vom Pferd zu helfen, und versuchten die wildgewordene Kreatur so weit zu beruhigen, daß der Pfeil entfernt werden konnte. Das springende Pferd warf sich herum, trat um sich und biß eines der großen Kriegspferde in die Schulter. Paidros ließ nach einem kurzen Augenblick andere kämpfen, glitt vom Rücken seines gleichmütigen Tieres und schüttelte den Kopf.
»Verrückte Geschöpfe!« schnaubte er. »Lieber würde ich ein Frettchen reiten! Das wäre noch ausgeglichener als die hier!«
Das, so glaubte Martos zu wissen, erklärte, weshalb Paidros seine beneidenswert sichere Position in der Armee verlassen hatte. Männer seiner Statur waren für die Springer vonnöten.
»Zumindest war es nur einer von ihnen«, fuhr Paidros fort. »Wir hätten es niemals geschafft, zwei von ihnen zu bändigen.«
»Keine weiteren Verletzungen? Keine... keine Verluste?«
»Sie haben uns nicht gesehen, bis wir fast direkt vor ihnen standen«, sagte Paidros. »Die Springer sprangen über die

feindliche Linie, und der Rest von uns ritt außer Schußweite. Ich glaube, sie haben gedacht, wir wären mehr.«

Martos deckte seine Augen gegen das Sonnenlicht ab und schaute auf die Wolke von Berittenen, Meilen hinter ihnen. »Sie sind wieder abgesessen!« rief er aus. »Ich dachte, sie würden uns mit der größtmöglichen Geschwindigkeit folgen, die sie ihren Pferden noch abverlangen können!«

»Es ist klüger von ihnen, das nicht zu tun«, sagte Paidros. »Sie wissen, daß wir in der Minderzahl sind. Warum sollten sie ihre Pferde ruinieren? Aber hast du immer noch vor, die nächste Gruppe anzugreifen? Er deutete mit der Hand auf den glitzernden Strom bewaffneter Reiter, die sich von ihnen entfernten.

Martos fühlte sich wie ein Geist. Sie befanden sich direkt unter den Augen der Seynyorer, doch diese marschierten weiter, als hätten sie keinen einzigen Feind auf der ganzen Welt.

»Striegelt die Pferde und laßt sie rasten«, sagte Martos. »Danach werden wir aufbrechen.« Er nagte an seinen Lippen und beobachtete die glitzernden Punkte. »Tariohan Ro!« brüllte er.

Der N'lantier dieses Namens schritt fast unbekleidet heran. Seine riesigen Schultern paßten irgendwie nicht zu dem schlanken, graziösen Körper darunter. Sogar die breite Brust unter den überkreuzten Gelenken wirkte zu klein für die Arme, die dicker waren als Martos' Oberschenkel. Hinter dem Bogenschützen mit den entblößten Schultern kamen Hamir und Bajio mit ihren grotesken, selbstgemachten Rüstungen heran.

»Stellt Eure Männer in Reichweite der Bögen auf und schießt in die seynyorischen Reihen«, sagte Martos. Tariohan Ro warf seinem Arbeitgeber einen schnellen Blick zu. Lord Hamir nickte. Der N'lantier salutierte, nahm den großen Bogen von den Schultern, den kein gewöhnlicher Mensch hätte spannen können, und spannte ihn mit einem Kräuseln der Muskeln, die Eisenstangen hätten verbiegen können.

»Wann werden wir endlich angreifen?« fragte Lord Bajio, während der N'lantier zurück zu seinen Männern schritt. »Oder werden wir hier womöglich sitzen bleiben und ihrem Abmarsch zuschauen?«
»Gegen . . . gegen so viele ist die Geschwindigkeit unserer Pferde der einzige Vorteil, den wir haben«, sagte Martos und kämpfte mit der Wut, die mit seiner Zunge rang. »Sie werden länger auf den Beinen bleiben, wenn wir sie zwischen den einzelnen Angriffen pausieren lassen.«
»*Unsere* Pferde sind ausgeruht!« warf Bajio ein. »Wie lange müssen wir denn auf Eure Riesenbabys noch warten? Was geschieht, wenn die Seynyorer Hamirs Söldner angreifen, denen Ihr soeben den Angriff befohlen habt? Werdet Ihr sie unterstützen?« Lord Hamir öffnete den Mund, runzelte aber dann die Stirn und schwieg.
»Wir sind immer noch näher bei den N'lantiern als die Seynyorer«, antwortete Martos. »Aber da Ihr sagt, Eure Pferde seien ausgeruht und Ihr Euch darüber Sorgen macht, könntet Ihr mit Euren Pferden dorthin reiten und neben ihnen Wache stehen.« *Dann hast du wenigstens etwas zu tun*, dachte er bei sich.
Nachdem sie sich entfernt hatten, sprach Paidros. »Du hättest Bajio losschicken sollen, um Ojakota zu besetzen«, sagte er. »Er wird uns noch vor Ende dieser Schlacht in Schwierigkeiten bringen. Du selbst weißt es, ich weiß es, und das Schlimmste ist, auch *er* weiß es. Wenn DiVega vor uns dort ankommt . . .«
Valiros lachte und schüttelte den Kopf. »So wie du redest, Paidros, mußt du glauben, daß DiVega Flügel gewachsen seien, so daß er nach Ojakota fliegen und die Festung im Handstreich nehmen kann! Und daß er, nachdem er die Männer getötet hat, die wir dort zurückgelassen haben, die Festung selbst hält und wartet, bis diese Armee dort ankommt! Was hast du nur unter deinem Helm? Hat dir jemand auf den Kopf geschlagen, oder ist es nur die Hitze?«
»Nun«, sagte Paidros und lächelte dabei schief, »ich muß

zugeben, daß keine der Geschichten über Istvan den Bogenschützen einen Hinweis darauf liefert, daß er sich Flügel wachsen lassen kann, doch keines von den anderen Dingen, die du genannt hast, ist unmöglich, wenn auch nur die Hälfte all der Geschichten, die man über ihn erzählt, wahr ist.«
»Nun, dann brauchen wir ihm doch nur Martos als Gegner zu schicken!« sagte Valiros feixend.

»Pfeile gehen auf DiVegas Kompanie nieder!« rief der Seher aus. »Zwei Männer sind gefallen!«
»Sind sie in Schußweite der Bögen?« fragte Istvan.
»Nein! Das müssen wieder die N'lantier sein. Jetzt gehen die Pfeile auf Vegas und D'Aglars Kompanien nieder, Sir.«
Istvan runzelte die Stirn. Er haßte Bögen, doch bei gewöhnlichen Bogenschützen konnte man zumindest zurückschießen. Erst während der letzten dreißig Jahre waren die N'lantier aus ihren in den Bergen liegenden Ländern gekommen und hatten neuen Schwung in die Kriege der Menschen gebracht.
»Sagt meinem Vetter Boros, er soll seine Leute in Bewegung halten. Sagt Prinz Phillipos, er soll seine Truppe anhalten und sie als Schlachtreihe mit den Schilden in Richtung Norden aufstellen. Sagt DiVega, er soll seine Pferde hinter dieser Schlachtreihe herumführen und seine Leute und die D'Aglars dann anhalten lassen und eine Schildmauer bilden, die direkt vor der Schlachtreihe steht.«
Seine Stute senkte die Nase auf das bloße Gestein und leckte es, als hoffte sie, darunter Gras zu finden. Istvan zog einen Brocken verbranntes Salzfleisch aus der Tasche und gab ihn dem Tier.

Das Surren der Bogensehnen erstarb, und die Weitschießer kletterten auf die Sättel ihrer Pferde, die unter ihren breiten Schultern absurd klein wirkten.
Die Reiter der springenden Pferde hatten ihre Bogen hervorgeholt, doch die schweren Kavalleristen hatten die Schwerter

gezogen. Martos drehte sich so, daß sein Schild nach vorne wies, und lehnte die flache Seite des Schwertes gegen seine Schulter.

Zunächst bewegten sie sich im Schritt, dann im Trab und schließlich im leichten Galopp. Vierhundert Schritte ... dreihundert Schritte ...

»Attacke!« brüllte Paidros.

Martos preßte die Knie gegen die Flanken seines Pferdes. Hufe klatschten zur Linken und klapperten zur Rechten. Vor ihm glitzerten Bronzeschilde, und über ihm glitzerten durstige Piken wie Dolche zwischen den Schneiden der Hellebarden. Am Boden dieses Metallzaunes krümmten sich Männer hinter kleinen runden Schilden. Die Springer setzten an, über die Mauer aus Metall zu springen, und ihre Reiter waren bereit, hinabzuschießen.

Brüllend sprangen die knienden Männer auf die Füße. Martos spürte, wie er hochgehoben wurde und sein Sattel sich unter ihm hob, als Donnerkopf sich aufbäumte und plötzlich innehielt. Alle Kriegspferde liefen los oder stockten plötzlich; springende Pferde flohen in alle Richtungen.

Fußsoldaten eilten herbei. Martos zwang Donnerkopf zu Boden und schwang sein Schwert in einem riesigen Kreis. Ein Schlag ließ seinen Arm erbeben; eine kaum sichtbare Gestalt wirbelte blutend zur Seite. Weit rechts erblickte er glitzernde Reiter, die davonritten, und fragte sich, ob dies seine eigenen Leute auf der Flucht seien, oder Seynyorer, die um seine Nachhut herumritten.

Ein Springer sauste über seinen Kopf; ein weißes Gesicht starrte auf ihn herab. Eine Reihe von Grenzlandponys setzte über den Zaun aus Speeren, wobei die Reiter, die ihre Füße aus den Steigbügeln genommen hatten, wie Frösche in den Sätteln kauerten. Eines der springenden Pferde brüllte, als es auf den Piken niederging. Sein Reiter flog aus dem Sattel und verschwand hinter den Bronzeschilden. Das sterbende Pferd trat um sich und kämpfte. Piken brachen oder entglitten den Händen derjenigen, die sie hielten, und das Tier krachte auf

die Schlachtreihe nieder und riß ein Loch in diese Mauer. Donnerkopf jagte auf diese Öffnung zu.
Gekrümmte Grenzländer sprangen aus ihren Sätteln, weil ihre Ponys vor den dolchartigen Spitzen der Piken scheuten. Einige fielen über Speerschäfte und drückten deren Spitzen zu Boden. Andere, die weiter gesprungen waren, hakten kleine Lederschilde über die Spitze riesiger Bronzeplatten und zogen sie herunter. Schwerter blitzten auf.
Donnerkopf trieb zwischen riesigen, aufrechtstehenden Schilden hindurch und sprang über den immer noch wild zuckenden Körper des Springers. Martos' Rundschild donnerte auf seinen Arm. Ein Hieb ließ harten Zwergenstahl gegen einen Schild krachen: ein Streich landete auf einem Helm.
»Zurück!« Paidros' Stimme schallte über das Geklirr und Geschrei der Schlacht hinweg. »Kehrt um! Sie schneiden uns den Rückweg ab!«
Die Axtklinge einer Hellebarde flog auf Martos' Gesicht zu, und er hob sie mit dem Schild weg. Stahl schabte über die Metalloberfläche und quetschte seinen Schildarm gegen seinen Helm. Eine Pikenspitze rutschte über seinen Brustpanzer. Um sich schlagend fühlte er, wie sich Metall unter seiner Klinge zerteilte. Der Sinn von Paidros' Worten sickerte nun allmählich in Martos' Geist. Piken und Hellebarden stachen nach ihm. Er wirbelte Donnerkopf herum und ritt über fallende Körper hinweg aus der Bresche. Grenzländer brüllten Kriegsschreie; Speersplitter flogen über die honigfarbene Bronze.

Istvan sprang auf den Rücken der grauen Stute und jagte zu den Männern, die auf den gutgefütterten Pferden warteten. »Aufgesessen!« brüllte er ihnen zu. »Gebt auf diesem steinigen Boden acht, wo eure Tiere hintreten! Reitet so schnell ihr könnt, ohne eure Pferde zu töten! Wenn ihr Ojakota erreicht habt, dann verhaltet euch so, als würdet ihr gejagt! Winkt den Männern auf den Mauern zu. Brüllt ihnen zu, sie sollten die Tore öffnen! Wir werden hier ausharren, so lange wir können! *Los!*«

Er wartete nicht auf die Salute und die gebrüllten Bestätigungen, sondern gab seinem Pferd die Sporen und jagte zu Chalcondiels Kompanie weiter. Hinter ihm donnerten fünfundsiebzig Pferde über den glitschigen schwarzen Fels.
»Folgt ihnen!« befahl er. »Reitet abwechselnd im Schritt und im Trab, bis ihr die Felder erreicht habt. Sucht einen Platz, wo die Pferde grasen können. Nehmt ihnen Zaumzeug und Sättel ab und laßt sie sich wälzen. Dann sitzt wieder auf und verhaltet euch so, als würdet ihr einen Feind verfolgen. Laßt die Männer in Ojakota glauben, ihr wäret hinter ihren Kameraden her!«

Martos gab Donnerkopf die Sporen. Die Luft pfiff unter seinem dahinjagenden Schwert; ein roter Regen spritzte von der Stahlklinge. Über das metallische Klirren brüllten Stimmen: Befehle, Kriegsrufe, Todesschreie. Paidros' Stimme befand sich darunter, doch Martos konnte ihn nicht sehen.
Seynyorische Reiter näherten sich mit Getöse durch das sich ständig verändernde Mosaik der Schlacht. Riesige weiße Stuten stießen zusammen, Schwerter zischten und klirrten auf Metallrüstungen oder trommelten auf Leder. Ein sterbender Grenzländer taumelte von seinem Pferd. Ein seynyorischer Fußsoldat zerschmetterte Martos' Schild; sein Schwert flog mit seiner Hand. Eine wilde Ekstase ließ seinen Arm erschauern, während er die schwere Klinge herumwirbelte.
Im Taumel der Schlacht nickte eine scharlachrote Blume über einem juwelenbesetzten Stamm. Martos blinzelte und sah dann, daß es ein kopfloser Leichnam war, der immer noch aufrecht im Sattel saß, während das Blut wie eine Fontäne aus dem abgerissenen Halsansatz sprudelte. Die Erscheinung schwankte und geriet außer Sicht. Martos beugte sich vorwärts und entleerte seinen schmerzenden Magen über Donnerkopfs Schulter und Vorderbeine.

Istvan beobachtete die allmählich kleiner werdenden Reiter, die nach Ojakota jagten. Die langbeinigen seynyorischen

Pferde lagen schon bald um Längen vor den Grenzlandponys. Überall klapperten lederumwickelte Hufe auf Stein, während sich sechs Kompanien zu einer zwei Meilen langen Reihe formierten, um Martos' Männer von Ojakota abzuschneiden. Plötzlich sah er, wie ein riesiges Pferd auf dem glitschigen Stein ausrutschte, sein Reiter zu Boden fiel und über den Fels schleuderte. Die dahinterstehenden knochigen Stuten konnten gerade noch rechtzeitig ausweichen. Das gefallene Pferd rollte herum, sprang wieder auf und rannte ohne Reiter davon. Grenzlandponys wichen aus – außer dreien. Eines folgte dem sich aufbäumenden Pferd. Zwei andere Männer, die nebeneinander ritten, beugten sich aus ihren Sätteln, so daß ihre Hände fast den Boden berührten. Als sie an dem am Boden liegenden Mann vorübergaloppierten, packte jeder von ihnen einen seiner Ellbogen und richtete sich dann wieder im Sattel auf. Der Seynyorer hing zwischen den Pferden. Ein Heiler hatte Istvan einmal erzählt, daß verletzte Männer oft durch diese rauhe Behandlung starben. Kurz darauf hing der Seynyorer hinter seinen Rettern, während diese auf das reiterlose Pferd zujagten. Die Truppe hatte kaum an Tempo verloren.

Martos kämpfte inmitten von schreienden Männern und hämmerndem Metall gegen die Übelkeit an. Aber der kopflose Mann war verschwunden. Flüche ausstoßend, riß er den Schild hoch. Er zitterte an seinem Arm, und rote Tropfen spritzten über den Rand.
Schließlich entdeckte Martos Paidros, der Männer gegen einen Angriff der Seynyorer führte. Die Kadariner erhoben sich in ihren Steigbügeln, und ihre Schwertarme schlugen wie im Winde wehende Zweige. Die gleichmütigen Pferde unter ihnen standen wie Felsen im Strom, während leichtere Stuten zurückwichen. Martos' Schwert heulte wie ein wirbelnder, roter Wind, als er Donnerkopf antrieb und durch den dröhnenden Lärm an Paidros' Seite ritt.

Kuppelartig erhobene Schilde dröhnten, wenn die scharfen Schwerter auf sie niedersausten. Am Boden schrien Verwundete, während sie sich von den blutigen Hufen wegzurollen versuchten. Triefende Klingen verspritzten einen blutigen Regen; Stahlschilde waren mit Beulen überzogen. Martos' schwingende Klinge tanzte und schwebte über seinem Kopf und zog an seinem schmerzenden Arm. Der Tod klopfte an seinen Schild. Er hörte Paidros' Stimme hinter sich, doch er wagte nicht, sich umzudrehen.

»Wenn irgend jemand von uns hier lebendig herauskommen will, dann müssen wir *jetzt* gehen! Es gibt nur eine einzige Chance!«

Martos kämpfte mit seiner Zunge. Seine Arme schmerzten, während Schwert und Schild schwebten und krachten. *Paidros sollte das Kommando haben,* dachte er. *Ich bin nicht gut im Befehlen!* Überall um ihn her erscholl Geklirr wie von gepeinigten Glocken.

»Gib... den... Befehl!« Martos gelang es zu kreischen. Ringelpanzer knirschten unter seiner Klinge. Ein blutender Seynyorer wirbelte zurück.

»Schließt – auf!« brüllte Paidros. Donnerkopf wendete und über die Kante des Schildes sah Martos plötzlich Panik in den Augen des Seynyorers, der aufschaute und bemerkte, daß er an einem ungeschützten Arm vorbeiritt.

»Im Trab, vorwärts – *Marsch!*« rief Paidros.

Stämmige kadarinische Pferde drängten die schmächtigeren Tiere zur Seite. Stahl trommelte auf die Schilde; die seynyorischen Sättel leerten sich. Als die Pferde ihr Tempo aufnahmen, fielen die gepanzerten Männer zurück und verstreuten sich; und während ihre Feinde an ihnen vorbeijagten, schlugen sie auf deren ungeschützte rechte Seite ein.

Jodos' Körper saß ziemlich ruhig auf Chondos' Thron. Doch das alte Schloß stand nicht nur am Fluß auf festem Grund und Stein, sondern auch im Geist der Menschen. Und durch dieses Schloß wandelte Jodos...

Der alte Lord Zengio wünschte, er hätte seinen Posten niemals abgetreten und seinen undankbaren Sohn niemals seinen eigenen Posten als Konstabler übernehmen lassen. Jetzt saß er hier gefangen, am Hof, während Istvan der Bogenschütze im Krieg Ruhm stahl, den er nicht benötigte.
Doch das schlimmste war, daß sich sein eigener Sohn gegen ihn gestellt hatte! Sein geliebter Sohn, den er zu seinem Nachfolger hatte machen wollen, dieser Sohn machte nun absichtlich alles falsch. Er wollte einfach nicht auf ihn hören! Und alle alten Feinde Zengios versammelten sich, Verrat breitete sich am ganzen Hofe aus, und sein eigener Sohn zog sich selbst und ihn dazu ins Verderben und brachte Schande über sie beide!
Warum haßte der Junge ihn nur so? Er hätte diesem undankbaren Balg niemals seinen Posten übergeben sollen. Er hätte ihn noch als Baby erwürgen sollen.

»Zähle niemals die Feinde!« schnauzte Bajio von Kaligaviot. Martos starrte über das entblößte Gestein, und plötzliche Müdigkeit machte sein Herz schwer. Zwei Meilen Bewaffneter funkelten zwischen Ojakota und seiner kleinen Truppe, und die Pferde waren fast am Ende.
»Ich bin nicht von Manjipor losgezogen, um an einem Feind vorbeizuziehen, ohne zu kämpfen!« fuhr Bajio fort. »Sind wir nicht dazu da, um im Angriff zu sterben? Wer unsere Mutter Erde nährt, nährt die gesamte Menschheit!«
Martos hatte nur noch sechshundert Männer übrig. Wenn die Seynyorer ihn seitwärts umgangen hätten, wären die Massadessaner getürmt, und sogar einige Leute aus seiner eigenen Kompanie wären mit ihnen geflohen.
»Ein Mann kann immer sterben«, sagte Lord Hamir unerwartet. »Wir werden die Erde schon noch früh genug füttern, Bajio. Doch wenn unser Tod diese Armee nicht abzuwenden vermag, dann wird unser Lord uns benötigen, und dann ist es unsere Pflicht zu leben.«
»Maldeo kann ohne Hoffnung auf Verstärkung nicht aushar-

ren!« knurrte Bajio. Ich sage Angriff! Wir werden sie niemals wieder so versprengt vor uns haben, so sehr unseren Wünschen entgegenkommend! Es sind schon Schlachten unter wesentlich widrigeren Umständen als diesen gewonnen worden!«

Hauptsächlich wegen der Grenzländer wollte Martos einen Weg um diese glitzernde Linie herum finden, dann nach Ojakota kommen und die Männer ausruhen lassen. Die Grenzländer waren mit Verwundeten und Toten beladen, und dennoch war Bajio noch immer darauf aus, zu kämpfen.

»Wenn wir Ojakota gegen sie halten«, erklärte ihm Paidros noch einmal, »werden sie gezwungen sein, sich zurückzuziehen.«

Jodos kroch durch die Korridore der Geister seiner Höflinge, durchstöberte die versteckten Räume und die tiefen Keller ihrer geheimen Ängste ...

Lord Zengios Vetter, Rojero, fingerte nach dem Griff seines Dolches und brütete über die ihm widerfahrenen Kränkungen. Er hatte dem alten König treu gedient – so lange und so hart wie nur irgend jemand –, doch stets wurden andere ihm vorgezogen. Früher hatte er einmal den König dafür verantwortlich gemacht, doch jetzt wußte er es besser; jetzt wußte er, daß es Zengio und Shacchio und ihre schmeichlerischen Freunde waren.

Er wußte, daß sie ihn haßten. Zengio hatte ihn doch immer schon gehaßt. Aber sie würden leiden, wenn die Zeit käme! Und Lord Arricos Tochter auch – der würde er es schon zeigen! Zu gut für ihn wollte sie sein? All das war Teil ihres Komplotts, um ihm seinen Stand bei Hof zu rauben. Aber dafür würde sie leiden müssen! Wenn die Zeit erst einmal gekommen wäre, würde sie vor ihm kriechen und ihn um Gnade bitten!

Über dem ihnen angetanen Unrecht brütend taten die Menschen einander täglich Unrecht an, während Jodos ihre Geister verdrehte und sie durch Hohn und mürrische, hinterhäl-

tige Blicke beeinflußte. Die Männer, deren Blick durch Verdächtigungen und Furcht getrübt war, sahen in den schrägen Blicken der anderen den Beweis dafür, daß der Schrecken in ihrem Inneren real war.
Jodos fürchtete sich nun immer weniger vor der Entdeckung seines Tuns, da die Menschen um ihn herum sich immer tiefer in ihre eigenen Angelegenheiten verstrickten. Sie hatten überhaupt keine Zeit, ihn zu beobachten: Sie beobachteten sich gegenseitig, während geheimer Haß unter der Oberfläche ihres Geistes brannte, die Angst wuchs, und sie strichen mit ihren Händen gedankenlos über die Griffe ihrer Dolche.

»Denke daran«, sagte Istvan, »sie zu töten, ist nicht das Entscheidende. Wichtiger ist, sie in kleine Gruppen aufzusplittern und sie zu versprengen.«
»*Ich* bin der Meinung, sie zu töten, wäre schon wichtig«, grollte D'Olafos. »Sie haben schließlich genug von uns getötet!«
Darauf wußte Istvan keine Antwort. Er starrte über das entblößte Gestein auf die kleine Gruppe von Martos' Reitern. Schwere Wolken verdeckten die Zwillingssonnen, Düsternis lag über der trostlosen Steinwüste.
Nun hatte er schon zweimal seiner Schlachtlinie befohlen, aufzusteigen und sich vorwärtszubewegen, da die Reiter sie zu umgehen versucht hatten. Jetzt schien es so, als würden sie ihren Pferden Ruhe gönnen. Wenn sie die Tiere lange genug ausruhen ließen, wäre er nicht mehr in der Lage, es mit ihnen aufzunehmen; aber das würde dann auch keine Rolle mehr spielen, und er würde sie freiwillig passieren lassen. Doch mußte er sichergehen, daß die Männer, die nach Ojakota aufgebrochen waren, einen ausreichenden Vorsprung hatten. Stirnrunzelnd beobachtete er, wie sie aufsaßen, sich formierten und sich in drei langen Reihen aufstellten, die schwere kadarinische Kavallerie in der ersten Reihe. Er schüttelte den Kopf. Er hatte gehofft, weitere Kämpfe vermeiden zu können. Hatten seine Reiter genügend Vorsprung? Nur ein wenig

später, und er hätte sich vor ihnen zurückziehen können, doch jetzt schien es ohnehin zu spät dazu zu sein. Er forschte in seinem Kopf nach einer Möglichkeit, diese Schlacht zu beenden, oder besser gesagt, diesen ganzen Krieg zu beenden.

Die drei Reihen rückten vor, wie Wellen, die über ein steinernes Meer rollten. Pfeile fielen, obgleich der Feind sich noch weit außer Bogenschußweite befand. Wieder die Weitschießer! Doch die Pfeile schienen größtenteils auf dem Stein zu zerschellen, ohne Schaden anzurichten. Die N'lantier kämpften normalerweise zu Fuß; wahrscheinlich fiel es ihnen schwer, von Pferderücken aus zu zielen.

Istvan stieg auf sein Pferd und ritt an der Schlachtlinie entlang, dorthin, wo Rupiros D'Ascolis Kompanie wartete, weiter vorn als der Rest, und nach innen einschwenkte. Wenn der Kampf begänne, würden D'Ascolis Männer sich vor der Linie her bewegen, um die Kadariner aus der Flanke anzugreifen. Auf dem linken Flügel fiel Robardins Kompanie die gleiche Aufgabe zu.

Istvan beobachtete, wie die feindlichen Angriffswellen jetzt im Trab heranrollten. Es schien, als ob sie abdrehten, um weiter links auf die Schlachtreihe zu treffen, als er angenommen hatte.

»Aufgesessen!« rief er. Die Männer schwangen sich in ihre Sättel. Istvans Schwert schwang frei am Ende eines locker entspannten Armes.

Bald würden sie angreifen. Er schwang seine Klinge in die Luft und signalisierte so Vormarsch. Stoffumwickelte Hufe tappten auf den Stein. Er befahl einen leichten Galopp. In der Ferne hörte er Gebrüll und den Klang einer Trompete; dann schwang er sein Schwert wieder in die Luft.

Kadariner und Grenzländer wendeten und galoppierten los. Plötzlich waren die drei Reihen zu drei Kolonnen geworden, die auf das Ende der Schlachtreihe zujagten, und dies mit einer Geschwindigkeit, der seine hungernden Pferde nicht standhalten konnten.

Doch eine winzige Gruppe von Grenzländern rannte ihm direkt entgegen und griff die wartenden Schwerter an.

Martos lachte und drehte sich im Sattel, während er seinen Bogen hob. Der Trick war gelungen! Er warf einen raschen Blick über die Schulter auf die Kolonne hinter sich.
Erdfarbene Ponys jagten über den Stein auf die wartende Linie der Feinde zu. Er verließ mit Donnerkopf die Linie und starrte dorthin. War die Stimme von Paidros nicht weit genug durchgedrungen? Bajio von Kasthapor ritt an der Spitze der Männer von Kaligaviot. Eine der Sonnen brach durch die zerrissene Wolkendecke und glitzerte auf den Rüstungen und den erhobenen Schwertern.
Martos rang nach Worten: »Nach links – schwenkt!« Obgleich es ihm gelang, seiner Zunge das Kommando abzutrotzen, war seine Stimme nicht besonders laut: Kaum fünfzig seiner eigenen Leute hörten ihn und schwenkten aus der Linie aus, um ihm zu folgen. Doch Hamir und die Männer aus Inagar bewegten sich schon.

Istvan starrte auf die Grenzländer und auf die sich zurückziehenden Kolonnen, die sich rasch entfernten. Sein Schwert war niedergefahren, und er ritt schon zusammen mit D'Ascolis Männern auf deren Flanke zu.
Sie sahen die Gefahr kommen, in der sie schwebten; ein Teil ihrer Nachhut eilte heran, um sich D'Ascolis Männern zu stellen, während der Rest immer noch auf die Schlachtreihe zujagte. Istvans Herz tat einen Sprung, als er den Mut dieser Männer sah, und dann schmerzte es. Weniger als ein Dutzend Männer griffen dreihundert seiner Leute an.
Sonnenlicht blitzte vom Schwert eines Grenzländers, als dieser sich in seinen Steigbügeln erhob und nach Istvans Gesicht schlug. Istvans Schild fuhr hoch und in der gleichen Bewegung schoß seine Hasturklinge über den kleinen Lederschild. Er erinnerte sich an seine eigenen Worte: *Es kommt nicht darauf an, sie zu töten ...*
Er zog den Arm zurück und spürte, wie seine Schwertspitze durch etwas Weiches glitt. Über die Kante seines herabfallenden Schilds sah er, wie der Grenzländer seinen Schild zum

Gesicht erhob und ihn dann wieder fallen ließ. Istvans Herz schmerzte, als er den gespaltenen Augapfel und den herabhängenden Lappen blutiger Haut sah, der den anderen versteckte. Aufschreiend schlug der Erblindete wie wild um sich. Istvan trieb ihm das Schwert aus der Hand, wendete das Pferd des Gegners, indem er die Schulter seiner eigenen Stute gegen die des anderen Pferdes trieb und preßte dann die flache Seite seiner Klinge in die Flanke des Ponys. Dieses galoppierte aus der Schlacht davon, und der Blinde klammerte sich an seinem Rücken fest.

Vor Martos blinzelten überraschte Männer, die eilends ihre Waffen ergriffen, doch er schenkte ihnen keine Beachtung und hielt das Kinn an seine linke Schulter gepreßt, während er gleichzeitig die Männer aus Kaligaviot beobachtete und die beiden Kompanien, die sich ihnen angeschlossen hatten – eine aus der Linie und eine, die vorgeritten war, um sich mit ihnen zu treffen. Hinter dem Block von Männern, die aus der Linie geritten waren, konnte er durch eine riesige Lücke bloßen Stein sehen, wo nur eine kleine verstreute Gruppe von Männern verweilte.

»Im spitzen Winkel links – Angriff!« brüllte er, entfernte sich von den sich hastig bewaffnenden Männern und ritt zum Ende der Schlachtlinie, wo schon gekämpft wurde. Mit seinen fünfzig Männern tauchte er in die Lücke, während Hamirs Leute hinter ihm ohne jeden Befehl und ohne auch nur einen solchen zu benötigen, weiter ausschwenkten, um in das Ende der seynyorischen Linie zu preschen, die gegen Bajios Leute kämpfte.

Istvans Schild dröhnte an seinem Arm. Er konnte die Blöße in der Deckung seines Gegners erkennen. Es wäre einfach, ihn zu töten. Doch wer sonst könnte ihm Gnade erweisen, wenn er selbst dies nicht tat?

Die Klinge des Feindes glich einer silbernen Linie. Er hieb auf das Handgelenk darunter, wohlwissend, daß, wenn er es verfehlte, sein Schwertarm seinen eigenen Schild behindern

würde. Er spürte, wie Stahl zersprang, als seine Schwertspitze auf Knochen traf. Das Schwert, das aus der Hand seines Trägers glitt, prallte klirrend von Istvans Helm ab und fiel auf den Stein.
Schwerter trommelten auf Schilde und klirrten auf Rüstungen. Seynyorer und Grenzländer rannten wild durcheinander. Doch es schienen mehr Grenzländer zu sein, als er ursprünglich geglaubt hatte.
»Wo sind *die* denn hergekommen?« rief D'Ascoli aus. »Wie sind sie – *Paß auf!*«
Istvan drehte sich um und erhob seine Klinge krachend gegen das Schwert eines Grenzländers. Aber auf dieser Seite waren doch zuvor überhaupt keine Grenzländer gewesen! Das Schwert des Gegners kreiste wie ein Falke und schwebte dann wieder, doch die Hasturklinge fegte es zur Seite. Istvan wirbelte seine Schultern herum, als das blitzende Schwert auf den feindlichen Schild auftraf. Plötzlich schoß ein Blutstrom aus der Lederrüstung hervor.
Schwerter schlugen auf donnernde Schilde nieder. Hagere seynyorische Pferde jagten mit verwaisten Sätteln vorüber. Istvans wirbelndes Schwert trug seine Hand über einen feindlichen Schild. Inmitten all dieses Wahnsinns war es schwer, nicht zu töten. Ein Grenzländer stürzte auf den Mann zu, den Istvan erschlagen hatte, und legte den Körper des anderen über seinen eigenen Sattel. Dann jagte sein Pony wie eine Schwalbe davon.

Martos' Schwert prallte auf Kettenpanzerringe. Reiterlose Pferde verstreuten sich in alle Winde. Vor ihm erstreckte sich der blanke Fels bis nach Ojakota. Er ritt aus dem Kampfgetümmel und brachte seine Männer so in Stellung, als ob er wieder zurück durch die Linie angreifen wollte. Wie er erwartet hatte, wendeten sich die Seynyorer, um sich ihm entgegenzustellen. Er deutete mit seinem Schwert zum Himmel und wartete.
Die Grenzländer jagten durch die Bresche, die er geschlagen

hatte und trieben in Kettenpanzer gekleidete Reiter. Als sie den freiliegenden Fels vor sich sahen, trieben sie ihre Pferde zum Galopp an. Einige von ihnen hieben immer noch auf Seynyorer ein, die in ihren Reihen gefangen waren. Und von irgendwoher am entfernten anderen Ende der seynyorischen Linie hörte Martos das hohe, schrille Kreischen von Chandras Muschelhorn, und er wußte, daß der Rest seiner Männer kämpfte. Mit seinen fünfzig Reitern jagte er im Rücken der feindlichen Schlachtlinie entlang und überließ es den Grenzländern, aus eigener Kraft zu entkommen; er verfluchte Lord Bajios Torheit, die seine Armee zerteilt und zerstückelt hatte.

Er ritt auf den Schlachtenlärm zu und auf das Brüllen von Suktios Muschelhorn, und sah einen Tumult von wütendem Stahl. Er setzte seine fünfzig Männer mit einem einzigen Schrei in Bewegung. Dieser Schrei bewirkte, daß sich andere Männer zu ihm umwandten, und schon befand er sich mitten unter ihnen, wobei sein riesiges Schwert nach rechts und links schlug. Die Seynyorer preschten aus dem Weg, entsetzt darüber, daß der Tod nun von beiden Seiten auf sie zukam.

Ein Hochruf erscholl. Suktio starrte ihn mit wutroten Augen an. Paidros brüllte irgendwo in der Nähe. Martos schwang seine Klinge über dem Kopf und drehte sich nach rechts um, und seine Männer drehten sich mit ihm, zurück in die Unordnung aufgebrochener seynyorischer Linien.

Aufgeschreckte Männer und Pferde zerstreuten sich. Hinter ihm krähte das Muschelhorn triumphierend, während der Rest von Jagats Männern durch die Bresche jagte und jeden zu Boden schlug, der mit ihnen zu kämpfen versuchte.

Istvan holte tief Atem und stieß die Luft anschließend sofort wieder aus. *Ich lebe,* dachte er. *Es ist vorüber, und ich lebe noch!*

Lederbedeckte Hufe trabten überall um ihn her. Martos' Kadariner galoppierten davon, dunkelgepanzerte Grenzländer wirbelten umher. Reiter waren überall auf dem nackten Fels verstreut. Er beherrschte das Schlachtfeld! Lauter als die Hufe war das Stöhnen der Verwundeten.

»Sollten wir sie verfolgen, Sir?« fragte der junge DiRonar an seiner Seite. »Ihr sagtet...«

»Nein, Junge«, antwortete Istvan und schaute über die Steinwüste. Die kadarinischen Rüstungen schimmerten im Sonnenlicht, bis die Wolken die eine sichtbare Sonne auch noch verdeckten und die Rüstungen zu traurigem Grau verödeten. Pferdehufe klapperten auf und nieder. »Laßt sie ziehen.«

Donnerkopf hinkte; er bevorzugte sein rechtes Vorderbein. Martos stieg ab und prüfte die Hufe unter der Lederverkleidung, doch konnte er keinen Schaden daran entdecken.

»Alle Pferde werden lahmen, wenn wir noch viel länger auf diesem Gesteinsboden bleiben«, knurrte Paidros. »Sitzt – *ab*!« Er schwang sich aus dem Sattel.

Vor ihm tauchten die Felder aus dem Dunst auf, und die Grenzländer waren an ihrem Rande versammelt. Sie breiteten ihre Toten auf dem Stein aus, zusammen mit zerbrochenen Pfeilen, Bündeln von Gräsern, Sätteln – einfach alles, was brannte.

Hamir von Inagar erhob sich, als sie sich näherten. Zu seinen Füßen bewegte sich eine Gestalt und stöhnte. Hamir kniete erneut nieder. Martos übergab Donnerkopfs Zügel Paidros und schritt an die Stelle, wo Hamir den Verwundeten pflegte.

Bajio öffnete mit schmerzverzerrtem Ausdruck die Augen.

»Du! Ausländer!« Bajios Stimme war nur noch ein abgerissenes Flüstern. Die blutverkrustete Rüstung war an seinem Körper zerfetzt worden. »Hamir sagte... du seist es gewesen, der... meine Leute gerettet hat...« Seine Brust hob sich. Der Atem rasselte schnell in seiner Kehle. Die Augenlider fielen über die Augen.

»Wir sollten einen Heiler suchen«, sagte Martos und kämpfte dabei mit seiner Zunge. Bajios Augen öffneten sich.

»Heiler!« keuchte er. »Tote brauchen keine Heiler!« Blut

sprudelte zwischen seinen Lippen hervor, und das Keuchen wurde zu einem Husten.

»Nein«, sagte er, als das Husten aufgehört hatte, »die Rotroben sollten ihre Arzneien sparen. Die Braut des Kriegers wartet auf mich; ihr Fleisch ist warm vor Verlangen. Ihre Brüste schwellen vor Milch für ihre Kinder; Milch, die aus Gras und Korn und Apfelbäumen besteht. Die Erde aus ...« Ein Husten erfaßte seine Stimme; er lehnte sich zurück, schüttelte sich auf Hamirs Knien.

»Ausländer!« japste er einen Augenblick später. »Du hast ihre Linie durchbrochen für meine Männer und für mich! Gute Arbeit! Aber du bist immer noch einer von diesen ...« Seine Stimme sank zu einem leisen Murmeln ab. Martos beugte sich zu seinem Ohr herab.

»... von außen, du wischst deine Füße mit uns ab, aber wir stehen immer noch! Gib nicht einen Fuß auf von ... Die Erde muß den Samen des Menschen trinken, und der Mensch soll ...« Seine Augen öffneten sich weit und starrten in Martos' Augen.

»Die Barriere des Blutes!« keuchte Bajio. »Wir brauchen keine Söldner, um ... um ...«

Ein Rasseln kratzte durch seine Kehle; die schwarzen Augen erstarrten.

Istvan sah, wie der Rauch am Rande der Felder eine dichte Decke bildete. Gestalten huschten davon, als sich die Seynyorer näherten.

Stunden waren vergangen. Die dunkle Mauer des Schattens verdeckte die Sonnen. Harter Stein schlug durch Stiefelsohlen und lederumwickelte Hufe. Trauriger Bestattungsrauch lag über ersterbenden Feuern. Es war nicht genug Brennmaterial dagewesen. Istvan wandte seine Augen von den halbverbrannten Leichen ab und schickte nach Rinmull. Der würde sich um diese Sache hier kümmern.

Hier am Rande des Schattens waren immer noch viele Felder in Vorbereitung; es waren Karrees abgeteilt worden, die all-

mählich mit Dung und Abfällen aufgefüllt wurden. Er sah Fischköpfe, Melonenschalen, Hühnerbeine und Federn. Er erschauerte. *Die Erde muß gefüttert werden.*
Er dachte an Seynyor, wo die Toten begraben wurden. Auf einigen dieser Parzellen war der Boden schon sorgfältig gemischt, bloße Erde, die auf den Pflug wartete.
Weiter entfernt sah er Felder mit kurzgeschorenem Klee, der schon abgegrast worden war. Er befahl, die Pferde freizulassen, damit sie das Wenige abgrasen könnten, was noch da war. Es war immerhin besser als gar nichts. Und wenn seine Männer Ojakota nicht erreicht hatten, so war dies sogar das Beste, was sie bekommen konnten.

Martos war weit zurückgefallen. Er führte Donnerkopf am Zügel. Irgend jemand brüllte seinen Namen. Da eilte er vor und sah mehrere Männer, die einen Gefangenen umringten – einen Seynyorer!
»Ich habe dir ja gesagt, daß wir machen sollten, daß wir weiterkommen!« Die Stimme von Paidros klang schrill. »Vor uns sind einige Seynyorer auf dem Weg nach Ojakota!« Er wandte sich einem der anderen zu und bellte: »Nimm ein frisches Pferd, beeile dich!«
Augenblicke später ritt Martos auf einer hageren seynyorischen Stute gemeinsam mit Paidros an der Spitze seiner Männer und jagte auf Ojakota zu, das allmählich aus dem Dunst auftauchte.
»Dort sind sie!« Paidros deutete vor sich. Im Zwielicht bewegte sich eine Gruppe von dunklen Gestalten zwischen ihrem Zug und den massiven Umrissen der Festung.
»Nur eine Kompanie!« sagte Paidros. »Wir haben jetzt selbst kaum noch mehr. Aber sie werden vor den Mauern gefangen sein, und wenn wir sie auch nur eine Meile weiter treiben können, werden Jagats Männer uns helfen.«
Abwechselnd galoppierend und trabend erreichten sie die entfernten Reiter, während die kahle Mauer der Festung näher rückte und deutlich sichtbar wurde.

»Die Tore sind offen!« brüllte Paidros. »Sie werden es erobern! Galopp! Angriff!«
Die Hufe donnerten, und sie erreichten die Seynyorer. Der Feind, der sie bemerkte, geriet einen Augenblick lang in Unordnung, bewegte sich dann von der Straße fort und bildete eine Reihe – aber nicht zwischen Martos' Männern und der Festung.
»Reitet an ihnen vorbei!« brüllte Paidros. »Bildet Kolonnen und stellt euch zwischen sie und das Tor!« Sie entfernten sich seitlich und bildeten im Vorbeireiten eine Kolonne. Martos erwartete eine Flankenbewegung des Feindes, doch die Seynyorer beobachteten sie nur. Ein kalter Schauer lief über Martos' Rücken.
»Wer führt dort oben das Kommando?« brüllte Paidros.
Das riesige Maul des Burgtores öffnete sich vor ihnen, und Martos bemerkte, daß sich auf dem Stein hinter dem Torweg Männer bewegten.
»Ich, Arjun DiFlacca!« lachte eine Stimme von oben, und ein junger Mann in Grenzlandrüstung lehnte sich über dem Tor vor.
»Habt Ihr nicht...« Paidros' Stimme erstarrte.
»*DiFlacca?*«
»DiFlacca!« krähte der Junge stolz. Ein Mann in Stahlrüstung wie ihre eigene erschien neben ihm auf der Mauer. »Und außerdem sind auf dieser Burg noch DiCedaspis, DiArnacs und, wenn ich mich recht erinnere, sogar einige DiVegas! Und hinter Euch befindet sich, wenn ich mich nicht täusche, Chalcondiel!«
Verdutzt schaute Martos über seine Schulter. Hinter ihm war die seynyorische Schlachtreihe auf die Straße ausgeschwenkt.
»Ich habe es gesagt...« Paidros schüttelte seinen Kopf, und sein Gesicht war vor Wut verzerrt. »In Ordnung! Und was jetzt?«
»Abmarsch!« sagte Martos. »Nach Manjipor. Und zu Jagat.«
»Weiter bleibt nun wirklich nichts mehr zu tun!« knurrte Paidros. »Laßt uns losreiten!«

8

Chondos erwachte in Dunkelheit und Gestank; Schmerz zerrte an seiner Schulter. Irgend etwas schüttelte ihn. Stimmen knurrten. Augen trieben in der Dunkelheit wie sichelförmige Monde. Volles orangenes Licht kräuselte sich an einer schleimig-glitschigen schwarzen Mauer entlang.

»Auf!« brüllte eine schrille Stimme, und etwas stieß gegen seine Rippen. Er versuchte aufzustehen, aber seine Arme waren wie betäubt. Stimmen kreischten über ihm; Schläge prasselten auf seinen Körper nieder; Hände zerrten an ihm und zogen ihn auf die Füße.

Rotes Licht blendete seine Augen. Er blinzelte. Schwarze Kobolde schwangen Fackeln. Kobolde mit Fischbäuchen krochen knurrend in der Nähe umher, und ein Kobold mit schmutzigweißem Fell stand vor ihm und bleckte seine langen gelben Fangzähne.

Seine Knochen fühlten sich taub an. Er taumelte auf die Füße und versuchte, seine Arme zu finden, damit er an den Stellen zerren könnte, die ihn festhielten, aber es war, als seien die Arme verschwunden und hätten dort, wo sie gewesen waren, nur schmerzende Schultern hinterlassen.

»Packt ihn und macht, daß ihr wegkommt!« knurrte ein schwarzer Kobold. »Einer der Großen jagt den Weg hinunter!«

Kleine Kobolde mit braunen Fellen quiekten und rannten aus dem Raum.

»Aber wohin sollen wir gehen?« kreischte der mit dem weißen Fell. »In der Haupthöhle jagt ein Troll! Er wird sich nicht um die Anordnungen des Meisters scheren! Trolle sind zu dumm, um sich zu fürchten! Und dieser hier ist dazu auch noch hungrig. Schon seit einer Woche ist es niemandem gelungen, lebend dort hindurchzukommen!«

»Wir werden ihn umgehen. Wir können den alten Weg nehmen, den Guakupa.«

»Du wirst dort niemals einen Menschen lebend hindurchbekommen!« spottete ein anderer. »Nur die oberen Tunnel sind groß genug, und da nisten jetzt Ghule. Wo ist dein Bluttrinker? Ich dachte, er wollte uns schützen!«
»Rufe deinen Bluttrinker!« schrien nun einige Stimmen. »Schnell!«
»Es gefiel ihm gar nicht, daß ich ihn gerufen habe«, knurrte der Kobold mit der tiefen Stimme. »Er sagte, er würde zurückkehren. Wir werden warten.«
»Warten, wenn über uns einer der Großen jagt?« kreischte der Anführer mit dem weißen Fell. »Wenn irgend etwas den Gefangenen auffrißt, wird der Meister uns zur Verantwortung ziehen! Und all das nur, weil du Angst hast, deinen Bluttrinker herbeizurufen und er darum nicht hier ist, wenn wir ihn brauchen!«
»Ich bin hier, Kravyad.«
Die Stimme erschütterte die Höhle. Die Kobolde duckten sich; Chondos fühlte, wie seine Knie weich wurden, und er kämpfte darum, auf den Füßen stehen zu bleiben.
Eine winzige Gestalt flatterte aus dem Dunkeln heran. Vidraj tauchte in das Licht der Fackeln, sprang vom Boden hoch, um sich dann über allen übrigen drohend zu erheben.
»Ich bin hier, und – ich habe Durst.« Elfenbeinerne Spitzen warfen das Fackellicht zurück. »Selbst wenn ich Zeit hätte zu jagen, auf dieser Seite der Berge gibt es nichts als euch Wesen mit eurem fauligen Blut. Nichts außer – dem da!«
Plötzlich stand er dicht neben Chondos, und seine roten Augen glühten in bedrohlicher Nähe auf. Chondos stolperte gegen die Mauer zurück, und der Zauberschutz erhob sich in seinem blockierten Geist.
»Nur ein einziges Gefäß mit reinem Blut diesseits von Rashnagar, und uns ist es verboten, die Grenze zu überqueren! Und dieses eine muß vor den Meister und Emicos geschleppt werden, und dazu auch noch unberührt, obgleich der kleinste Schluck ihn schon zum Gehorsam bringen würde. Was ist das nur für eine Torheit? Was macht es denn überhaupt für

einen Unterschied? Ich habe einmal ein paar Jahre trocken bis auf Haut und Knochen verbracht, staubtrocken, als bloßes Bündel von Stöcken und Leder! Das ist schon lange her. Muß ich noch einmal so trocken werden, um ihnen zu gefallen? Nein! Muß ich nur von faulem Blut wie dem eurigen leben? Nein! Ich bin durstig! Ich bin ausgedörrt und hungrig! Wer ist schon Emicos oder gar der Meister, daß er mir das hier verbieten will?« Eine weiße Zunge wie ein bleicher Wurm leckte die fahlen Lippen. Eine lange, graziöse Hand packte Chondos' Schulter, ein Griff wie ein Schraubstock, und die weißen Fangzähne glänzten.

»Faß ihn nicht an.« Eine Stimme wie eine Trompete ertönte, golden, wunderbar. Vidraj zischte wie eine Katze.

Ein riesiger Mann erschien wie aus dem Nichts.

»Emicos!« Vidraj spuckte. Er stieß Chondos von sich und wirbelte herum, um sich dem anderen entgegenzustellen. »Willst du es wagen, *meine* Macht herauszufordern?«

»Das werde ich«, entgegnete Emicos.

»Du Narr! Ich hatte meine Macht schon, lange bevor deine sterblichen Eltern geboren wurden! Bevor die Vorfahren des Königs, dem du dientest, zwischen Oda und Pavana ihr kleines Räubernest erbauten. Ich habe schon damals in Anbetung vor Uoght gekniet und Tausende von Nachkommen der Takkarer in seinen Dienst gestellt, indem ich den überreichen Strom ihres Blutes austrocknete!«

»Und was warst du davor?« fragte Emicos. »Ein einfacher Krieger, der nicht fähig genug war, sich nicht beißen zu lassen – und auch nicht tapfer genug, um mit seinen Kumpanen zu sterben, als du sahst, welches Schicksal dich erwartete! Der alte Pertap starb zuerst, nicht wahr? Um den jungen Kriegern zu zeigen, wie man dies machte. Er nahm –«

»*Ruhe!*« brüllte Vidraj. »Du warst damals doch gar nicht hier. Du kennst doch nichts als die Lügen, die die Menschen hundert Jahre später gesungen haben!«

»Du warst ein einfacher Krieger«, fuhr Emicos fort, »aber ich war ein Adept von Carcosa und Elthar, ausgebildet im Dienste der Mächte, deren Namen du nicht mehr nennen kannst. Aber *ich* kann das noch.«

»Du Lügner!« entgegnete Vidraj. »Das würdest du niemals wagen.«

»Nein!« lachte Emicos. »Selbst wenn das so wäre, gibt es noch andere Namen, die ich nennen könnte. *Du* hast nur deine angeborene Macht. Soll ich den geheimen Namen Uoghts aussprechen? Oder soll ich den Lord der Acht rufen, der im Zentrum der Leere siedet und brennt. Soll ich die Ghulwachen von Uoghts Turm rufen und sie bitten, dich in deinem Sarg zu binden und dich dort für tausend Jahre durstend zu fesseln? Oder soll ich ihnen befehlen, dich in die Dunkle Welt zu werfen, wo die niederen Dyolen die zerschmetterten Gebeine deines Körpers in Millionen Jahre langer Tortur zernagen? Zweifle nicht, Vidraj, diese Dinge kann ich tun.«

»Auch ich habe die Namen und die Gesänge erlernt«, antwortete Vidraj. »Glaubst du, daß du in der kurzen Zeit deines sterblichen Lebens mehr gelernt haben könntest als ich? Du kannst die Lichtmagie nicht mehr ausüben; und selbst wenn du die Namen der Acht anrufen würdest, könnten sie nicht die Barriere der Blauroben passieren. Wenn du die Dyolen oder die Zubweth herbeirufen kannst, so tue das, und laß sie uns über die Grenze führen. Dann gibt es Essen genug für alle. Du hast keine Macht über mich!«

Emicos gab keine Antwort mehr mit Worten, sondern pfiff statt dessen eine seltsame Melodie, die sich von Zeit zu Zeit aus dem Bereich menschlicher Hörfähigkeit herausbewegte und zu einem schrillen Schmerz im Ohr wurde. Vidraj erstarrte und plötzlich entfuhr ein Ton Emicos' Kehle, ein Ton, der in der Luft und im Gestein gleichermaßen zu vibrieren schien und Chondos' Knochen erzittern ließ.

Das Fackellicht zitterte, und etwas Graues und Ghulartiges tauchte auf. Chondos blinzelte und schaute schnell zur Seite. Er hatte jenes hundeähnliche Gesicht schon vorher gesehen und die Seelenfallen seiner Augen, und auch die Landschaft

dahinter, die wie durch eine Tür gesehen erschien, ein brodelnder Morast über einem scheußlichen schwarzen Turm.
»Würdest du vor Uoght treten, Vidraj, und die Sache mit ihm besprechen? Sein Botschafter wird dich zu ihm führen, wenn ich es ihm befehle.«
Plötzlich schien die Luft von Ghulgesichtern angefüllt zu sein, und Vidraj hielt seine Arme schützend vor die Augen. Emicos lachte und sprach ein einziges Wort. Die Gesichter in der Luft verschwanden.
»Bringe den Sterblichen nach Rashnagar, Vidraj. Bringe ihn unberührt dorthin, ungekostet, makellos. Wirst du gehorchen?«
»Ich gehorche«, sagte Vidraj langsam, und seine Stimme zitterte.
»Ich bin mir sicher, daß du es tun wirst«, sagte Emicos. »Wenn nicht, wirst du leiden.«

»Arjun DiFlacca steht ein großer Anteil des Verdienstes zu«, sagte der junge Leutnant. »Die Lage sah schlecht aus. Einer der N'lantier stand mit seinem Bogen auf der Mauer, und ein anderer rannte zu den Treppen dort drüben« – er gestikulierte – »und kam auch halbwegs hinauf. Sie hatten uns zwischen sich, und ich war mir sicher, daß sie uns der Reihe nach niedermähen würden.
Die Grenzländer waren vor uns hereingekommen – das war vielleicht komisch! Es war wie ein Rennen, und anfangs lagen wir alle vorn, aber am Ende –« Er schüttelte den Kopf. »Diese kleinen Ponys sind zäh! Aber DiFlacca ritt direkt auf die Treppe zu, als die ersten Pfeile fielen. Ich war mir sicher, daß er so gut wie tot war. Ich dachte, nun wären wir alle dran. Ich sah, wie er einen der Pfeile mit seinem Schwert in der Luft traf. Ich glaube, die Spitze streifte ihn noch. Er hat einen ziemlich langen Kratzer am Oberschenkel abbekommen. Aber er drang bis auf Schwertkampfweite vor und zerhackte den Bogen. Sein Schwert drang zwar nicht ganz durch ihn hindurch, aber er schlug genau in dem Augenblick zu, als der

Schütze ihn spannte, und so zerbrach er. Dann warf er sich die Treppe hinunter und brüllte uns zu, wir sollten auf den Burschen auf der Mauer zielen.« Er lachte. »Wir hatten bis zu diesem Augenblick noch nicht die geringste Zeit zum Nachdenken gehabt, wirklich. Aber wir zogen unsere Bögen hervor, woraufhin der N'lantier seinen Kopf einzog, und DiFlacca ging wieder die Treppe hinauf, rannte um die Mauer und durchschnitt die Bogensehne des Burschen. Sobald wir einmal drinnen waren, nahmen wir natürlich den Rest der Garnison fest. Sie hatten nicht einmal ihre Waffen gezogen. Wir schlugen sie einfach nieder und entwaffneten sie. Der N'lantier warf die Männer nieder, die hineinsprangen. DeCedaspi hat eine ausgerenkte Schulter, und einer der Grenzländer hat ein gebrochenes Handgelenk – es war, als ob man sich auf einen Bären gestürzt hätte.«

»Und nachdem DiFlacca ihre Bogen durchschnitten hatte, gaben sie auf?« fragte Istvan.

»Nun, mit dem auf der Treppe mußte er kämpfen. Ich war zu sehr damit beschäftigt, auf den anderen zu schießen, um mitverfolgen zu können, was geschah, aber irgendwie schaffte er es, ihn zu verwunden – er durchschnitt die Sehne in einem Bein, und das Schwert des Mannes blieb in seinem Schild stecken, und auch den einen Arm seines Gegners durchschnitt er fast vollständig. Dann ergab sich der andere. Nachdem er erst einmal seinen Bogen verloren hatte, war er nicht mehr sonderlich gefährlich – kein Schild, keine Rüstung, und gegenüber einer solchen Überzahl, und natürlich ist das kein Kampf, bei dem er sich wirklich engagiert.«

»Richtig«, nickte Istvan. *Ist es denn bei uns anders?*

Seine Männer teilten rationiertes Heu und Getreide für eine weitere Gruppe von Pferden aus. Die Pferde mußten sehr vorsichtig gefüttert werden, um sicherzugehen, daß sie nicht anschwollen.

Wenn der Geruch des Getreides sie erreichte, bäumten sich die erschöpften Pferde plötzlich auf und versuchten, ihren Herren zu entkommen, um dann in die Vorräte einzudringen.

Hätte man sie gewähren lassen, so hätten sie gefressen, bis sie geplatzt wären, ja bis sie daran gestorben wären.
Hexenlicht und Fackellicht verstärkten das Glühen eines Dutzend winziger Monde noch, die durch einen langen Spalt in den Wolken schienen. Aber der Spalt wurde kleiner, und viele der Monde zogen vorüber und verschwanden. Schon bald war das Loch in der Wolkendecke wieder verschlossen, und Istvan gefiel das Aussehen dieser Wolken überhaupt nicht. Wenn noch mehr Regen fiele, dann würde die gesamte Armee, Männer wie Pferde, zu krank sein zum Kämpfen. Schon jetzt waren einige Männer von störrischen Pferden getreten worden – als ob die verbliebenen Heiler nicht ohnehin schon genug zu tun hätten.
Rinmull von Ojaini trat vor und verbeugte sich. »Viel Öl, Sir. Ich habe schon angeordnet, daß genügend zurückgeschafft wird, um die Verbrennung der Überreste der toten Feinde abzuschließen. Was ist mit unseren eigenen Leuten? Wünscht Ihr immer noch, am Rand des Felsens ein neues Feld zu beginnen?«
Istvan zog eine Grimasse. »Nein. Errichte irgendwo in der Nähe der Burg Totenfeuer. Wenn die Belagerung vorüber ist, werden wir mit Maldeo eine Vereinbarung treffen, wohin ihre Asche gebracht werden soll.« Er schüttelte den Kopf. »Es ist eine ziemliche Menge. Wenn wir jedem von ihnen ein Stück Feld geben, haben wir eine beachtliche Menge Land dazugewonnen. Vielleicht können wir den Fels sogar ganz bedekken.« Plötzlich dachte er an den Zug der Armee, an den Dung von Menschen und Pferden, den die Kantaraner – nachdem sie sorgsam jeden Pferdeapfel auf dem gesamten Gebiet des giftigen Staubs gesammelt hatten – auf dem Fels zurückgelassen hatten; an die Blutlachen, dort wo die Schlachten gekämpft worden waren; Blut, das nun zu Staub vertrocknete. Sie hatten schon eine Menge getan, um den entblößten Stein wieder zum Leben erwachen zu lassen.
»Mit Eurer Erlaubnis, Lord«, sagte Rinmull. »Ich würde es vorziehen, die Asche meiner eigenen Leute zurück zu den Bäumen mitzunehmen.«

Istvan nickte. »Natürlich.«
Der Riß in der Wolkendecke wurde kleiner. Der Himmel war nun wieder fast vollständig bedeckt. Neue Monde waren zu sehen; andere verschwanden hinter dem verschleierten weißen Dach. Einige wenige Hexensteine brannten an den Mauern, und irgend jemand hatte einen Lichtball gefunden, der so groß war wie der Kopf eines Menschen; er stand auf einem Dreifuß und glühte in diamantenem Feuer. Er beleuchtete den Bereich neben der Stalltür und warf die schwarzen Schatten von Pferden und Menschen mit Heugabeln auf den Steinboden. Eine Kompanie nach der anderen wurde gefüttert, bis die etwa sechstausend Pferde versorgt waren.
Und Jagats Armee erwartete sie . . .

Jagat wirkte müde, dachte Martos bei sich, müde und alt. Das fahle Mondlicht warf Glanz auf sein schneeweißes Haar. Seine Augen wirkten traurig, und sein Gesicht erschien nun noch stärker zerfurcht, als Martos es in Erinnerung hatte.
»Ich –« Martos spürte, wie sich seine Kehle zusammenzog und seine Zunge wieder erstarb. Was hätte er auch sagen sollen? Er hatte versagt. »Ich habe alles getan, was –« Er zwang sich, tief einzuatmen. »Ihre Armee war zu groß, um sie aufzuhalten.« Warum entschuldigte er sich nur? »Ich bitte um Verzeihung, mein – mein Lord.«
Jagat schaute ihn traurig an, und dann bewegte die Andeutung eines Lächelns seine traurigen Lippen.
»Beschuldige dich nicht selbst, Junge«, sagte er sanft. »Ich weiß, daß du getan hast, was du tun konntest, gemessen daran, daß dir nur so wenige Männer zur Verfügung standen. Und sie sind auf jeden Fall dadurch aufgehalten worden. Ich habe mehr Zeit gehabt, die Mauern anzugreifen, und ich hatte die Möglichkeit, sie –« Er zuckte mit den Achseln. »Hast du viele Männer verloren?«
»Mehr als ich sollte«, sagte Martos. »Ich weiß wirklich noch nicht, wie viele verwundet wurden und wie viele –« Er schüttelte den Kopf. »Aber durch meine – meine Dummheit haben

sie Ojakota genommen. Sie werden...« Seine Stimme erstarb jämmerlich.
Jagat starrte zu Boden. »So viele tot!« Er schüttelte seinen Kopf, und dann starrten seine traurigen Augen, die im Mondlicht glitzerten, in die von Martos. »Ich bin soeben aus Suknia zurückgekehrt. Ich habe die Schlacht verloren, und – ich hätte nach Kumari schicken lassen sollen, aber es war keine Zeit dazu. Aber mein Junge ist jetzt auf dem Land.«
Martos starrte ihn verständnislos an.
»Es gibt da ein kleines Feld. Dort wird einst ein Baum stehen – eines Tages wird er wunderschön und grün sein. Ich hatte immer gedacht, es würde mein eigener Platz werden, aber jetzt ist es der meines Jungen. Unten, in der Nähe des Flusses, nicht weit vom Tor. Der Klee ist schon gepflanzt...«
Martos blinzelte ihn an, und dann trat die Vision einer kleinen Truhe, die er einmal gesehen hatte, in seinen Geist: Pirthios Asche.
»Alle Nahrung stammt von den Brüsten der Braut des Kriegers«, sagte Jagat sanft, und fuhr dann fort: »Nun haben sie also Ojakota. Es sind sechstausend Mann, hat man mir berichtet.«
»Sechstausend Seynyorer«, antwortete Martos, »aber außerdem gibt es bei ihnen noch Leute aus der Kantara und – wie einige behaupten – auch aus Kalascor. Vielleicht noch zweitausend mehr, insgesamt wohl etwa achttausend. Ich bin mir aber nicht sicher.« Er schloß seine Augen. »Ich bin mir scheinbar keiner Sache besonders sicher, nicht wahr? Ich weiß nicht, wie viele Männer ich verloren habe. Nicht einmal, wieviel es von meiner eigenen Kompanie waren!« Er schauderte und erkannte, daß seine Stimme irgendwie merkwürdig klang, daß eine Spur von Hysterie sie schrill und weibisch machte.
»Es ist kaum außergewöhnlich, im Kampf gegen die Seynyorer Männer zu verlieren«, sagte Jagat. »Schließlich sind sie Berufskrieger. Ich habe sie schon oft genug kämpfen sehen.« Er pausierte und schüttelte den Kopf. »Ich sah sie um das

Land kämpfen, um den Schatten zurückzuhalten. Was machen wir hier nur, Martos? Was tue ich nur? Ein großer Teil des Landes um uns ist durch die Asche seynyorischer Toter geheiligt. Mein Junge starb. Er ist jetzt auf dem Land. Er hätte sterben können – er hätte schon früher sterben können; er hätte während jedes Streifzugs der Dunklen Wesen sterben können. Die Erde muß gefüttert werden. Ich sage das den Männern, und ich werde es ihren Witwen sagen müssen! Ich hatte vorgehabt, es auch dir zu sagen, du mögest dich nicht zu sehr grämen; dir zu sagen, du ... Und dennoch, worum geht es in diesem Krieg überhaupt? Mein Junge ist auf dem Land, er ist in das Bett der Braut des Kriegers gegangen, und hier sitze ich nun und belagere die alte Stadt meiner Väter, füttere die Erde, schicke ihr immer mehr Männer, sende die Männer in ihr Bett, die vom Berge Hasturs gekommen sind, um unsere Prüfungen mit uns zu teilen, in einem Krieg, den ich eigentlich nur verhindern wollte.«

Jagats alte Augen verschwanden hinter seinen Händen, und sein weißes Haupt beugte sich im Mondlicht. Martos wandte sich ab, unfähig, den Schmerz des alten Mannes mitanzusehen.

»Aber Chondos kann nicht regieren«, sagte Jagat nach einer kurzen Pause. »Ich hätte einst mein Leben dafür hergegeben, seinen Thron zu schützen! Ich habe seinen Vater tief verehrt. Das Königreich leidet immer noch unter der Torheit des Königs. Wir brauchen einen anderen König. Und doch ...« Er schüttelte den Kopf.

Martos versuchte, sich an Worte des Trostes zu erinnern, an irgendein Gegengift gegen die Verzweiflung des alten Mannes. Doch alles, was ihm in den Sinn kam, war ein uralter kadarinischer Witz über eine Witwe. Und darin würde ein Grenzländer nicht die geringste Komik entdecken können.

Er drehte sich um, als er merkte, daß sich von hinten jemand näherte. Er konnte schwach Lord Hamirs Gesicht erkennen. Eine Wolkenmasse trieb von Norden heran und füllte den offenen Himmel, der an einen sich windenden Fluß erinnerte, in dem der Mond schwamm.

Weitere Gestalten erschienen hinter Hamir – phantastische Schatten in Grenzländerkleidung; ihre Beine bildeten stumpfe Dreiecke, ihre Arme Flügel, ihre Köpfe kleine Hügel, die mit Lederhelmen bedeckt waren. Suktio erkannte er am flackernden Schimmer des uralten Kettenhemdes, das sein ganzer Stolz war.
Hamir fiel nach Grenzlandart auf die Knie und verbeugte sich dann schnell wieder aus der Hüfte, wobei eine Hand ehrerbietig den Boden berührte.
»Lord Prinz, ich muß Euch den Tod des Lords von Kaligaviot mitteilen«, sagte er in formellem Ton. »Er starb heldenhaft in einer Schlacht gegen die Seynyorer.« Martos hörte, wie Jagats Atem durch seine Kehle zischte. »Er ist nun Teil des Landes.«
»Ist seine Erbe schon benachrichtigt worden?« fragte Jagat.
»Die Männer aus Kaligaviot sind mit der Nachricht losgeschickt worden«, ertönte die ruhige Stimme von Ymros hinter Hamir. »Aber ihr neuer Lord ist noch ein Knabe.«
»Ja, ich erinnere mich daran«, sagte Jagat. »Ich denke, ich werde jemanden einsetzen müssen, der während der Zeit seiner Minderjährigkeit die Regentschaft übernimmt und seine Vasallen kommandiert. Laßt uns sehen – die Mutter des Jungen war mit jemand anderem verheiratet, nicht wahr?«
»Ja«, sagte Hamir. »Bajio machte ihren Ehemann zum Kammerherren, als der Junge geboren wurde, aber ich glaube, er ist nun tot.«
»Er wurde während des großen Überfalls vor etwa einem Jahr getötet, wenn ich mich recht erinnere«, sagte Suktio. »Damals schaffte es der Vampir, seine ganze Familie hinwegzuraffen –«
»Und der Mann in Orissia wurde durch seine Hunde getötet?« fragte Jagat. »Ja, den meine ich. Nun, dann können wir die Mutter zum Vormund ernennen. Und wer ist nach deiner Meinung am besten geeignet als Anführer im Kampf? Hamir, du kanntest ihn besser als ich.«
»Ramros von Pukota ist ein Mann, auf den Bajio stets große Stücke hielt«, sagte Hamir langsam. »Entweder er oder Mahdev, würde ich sagen, Mahdev von –«

»Mit der seynyorischen Armee in acht Meilen Entfernung«, fuhr Ymros dazwischen, »könnte es gut sein, daß der eine oder der andere sehr bald schon nicht mehr verfügbar ist. Sie schienen ziemlich gut zusammenzuarbeiten, als ich sie das letzte Mal sah. Aber Ramros ist verwundet, und Mahdev dürfte wohl derjenige sein, der das Kommando übernimmt, wenn wir sie aussenden, um die Seynyorer aufzuhalten. Aber ich denke, sie haben eine Ruhepause verdient, und eine frischere Truppe sollte ausgeschickt werden, um die Straße von Ojakota zu halten.«
Jagat schmunzelte. »Schon wieder beim Geschäft. Gut so! Denkst du, daß wir irgendeinen von ihnen heute abend sehen, oder werden sie bis morgen warten?«
»Morgen«, antwortete Hamir. »Sie sind den ganzen Tag über marschiert, und den größten Teil des Weges haben sie ihre Pferde geführt.«
»Und sie müssen ihre Pferde füttern«, sagte Suktio und gähnte dann. »Martos verbrannte ihren Getreidevorrat. Wenn sie es nicht geschafft hätten, nach Ojakota einzudringen, wären ihre Pferde jetzt in ziemlich schlechter Verfassung. Sie waren fast drei Tage ohne Futter.«
»Sie werden noch immer nicht in besonders guter Verfassung sein«, sagte Ymros. »Wenn ich Lord Istvan wäre, würde ich in Ojakota erst einmal zwei oder drei Tage bleiben, bevor ich anzugreifen versuchen würde; zuerst würde ich die Pferde ausruhen lassen und dafür sorgen, daß sie anständig gefüttert würden. Wie denkt Ihr darüber, Lord Martos?«
Martos' Geist schien eigentümlich leer. »Ich denke«, sagte er langsam, »daß DiVega am meisten daran gelegen sein wird, die Stadt durch die effektivste Methode zu entlasten. Wie groß ist die Gefahr für die Stadt zur Zeit? Wenn die Stadt nicht mehr lange aushalten kann, könnte es sein, daß er heute Nacht unsere Vorposten angreifen wird, einfach als Ablenkungsmanöver. Wenn die Stadt sich nicht in Gefahr befindet – nun, seine Männer sind erschöpft und seine Pferde brauchen Futter. Sie werden vom Marschieren auf Stein wunde Füße

haben, und sie haben in den letzten Tagen eine ganze Menge Kämpfe aushalten müssen. Er wird Ojakota zu seinem größten Vorteil nutzen wollen.«

»Nun, er kann die Festung wohl kaum einfach mit sich nehmen«, wandte Hamir ein. »Und er wird auch nicht seine ganze Armee in der Festung unterbringen können. Sie war niemals dazu gedacht, eine Garnison von mehr als drei- oder vierhundert Männern aufzunehmen. Der größte Teil seiner Armee wird draußen bleiben. Wir könnten versuchen, sie von der Festung abzuschneiden. Wir können sie zwar nicht einnehmen, aber wenn wir eine Truppe darum herum aufstellen würden, so daß er das Getreide für seine Pferde nicht herausbringen kann –«

»Das würde den größten Teil unserer Truppen von der Stadt abziehen«, wandte Ymros ein.

»Zahlenmäßig läuft es so ziemlich darauf heraus«, sagte Jagat. »Wir können nicht gleichzeitig die Belagerung von Ojakota und die der Stadt aufrechterhalten. Und wenn wir versuchen würden, seine Armee wegzutreiben, müßten wir zumindest« – er runzelte die Stirn und zog eine Grimasse – »zumindest die Hälfte unserer Streitmacht hierlassen, um einen Ausfall aus der Stadt zu verhindern.«

»Wie steht es mit unseren Vorräten?« fragte Martos.

Die Grenzländer blickten einander bestürzt an.

»Er hat uns natürlich von Inagar abgeschnitten«, sagte Hamir nach einem kurzen Augenblick.

»Und daher kommt der größte Teil unserer Nahrungsmittel«, sagte Jagat.

»Wenn er erst einmal seine Pferde gefüttert hat, kann er jede Straße einfach schon dadurch blockieren, daß er seine Patrouillen ausschickt«, führte Ymros aus.

»Wie gut können *wir* denn eine Belagerung aushalten?« fragte Martos.

»Besser als vor drei Tagen«, sagte Jagat. »Vorgestern kamen mehrere Wagenladungen aus Inagar und Massadessa an. Doch...«

»Wir haben auch vorher schon gehungert und gekämpft«, sagte Suktio.

»Wenn er einen Angriff führen und gleichzeitig einen Ausfall arrangieren würde«, sagte Jagat bedächtig, »wären wir in der Minderzahl.«

»Wir müssen ihn daran hindern, selbst den Zeitpunkt für seinen Angriff wählen zu können«, sagte Martos. »Wir müssen ihn so bekämpfen, daß es *uns* gut paßt, nicht ihm – dafür sorgen, daß er anderweitig zu sehr beschäftigt ist, als daß er einen Ausfall planen könnte.«

Jagat starrte nachdenklich in die Nacht.

»Leichter gesagt als getan«, sagte Ymros. »Wenn wir eine größere Truppe von der Stadt abziehen, um ihn anzugreifen, kann er mit Hilfe der Seher in der Stadt einen Ausfall befehlen – und bei der Menge von Kavallerie, die er hat, kann er sogar einen Ausfall begünstigen, indem er einige wenige Kompanien ausschickt und sie um die angreifende Truppe zirkulieren läßt.«

»Gebt mir frische Männer«, sagte Martos, »und ich werde noch heute Nacht angreifen. Selbst wenn er einen Ausfall befehlen sollte, würde es immer noch geraume Zeit dauern, bis er die Männer aus den Betten hätte.«

Jagat schaute zu ihm hin und lachte plötzlich. »Martos, du siehst aus, als würdest du auf deinen Augenlidern gehen, wenn du durch das Zelt gehst! Wenn du im Schlaf kämpfen kannst, warum glaubst du dann, der Feind könnte es nicht?«

Hamir und Ymros kicherten, und Ymros sagte: »Erinnere dich an den Burschen, der aus tiefem Schlaf auffuhr und einen – was hat er noch getötet? Einen Troll, war es nicht so, Suktio? Er tötete einen Troll oder einen Ghul, schlief dann wieder ein und konnte sich beim Aufwachen nicht im geringsten an irgend etwas erinnern. Wie war doch sein Name, Suktio? Ich habe ihn vergessen. Suktio?«

»Was?« murmelte Suktio schläfrig. »Ich komme gleich mit dir!«

Martos versuchte, das Lachen zu unterdrücken, das seine

Kehle heraufkroch, doch es war zu spät; es hatte schon sein Kinn erfaßt und sich seinen Weg durch den offenen Mund gebahnt. Dann lachten plötzlich alle hemmungslos – alle außer Suktio, der erstaunt um sich schaute und sich seine schlafschweren halbmondförmigen Augen rieb.

Plötzlich erhob sich Lord Jagat riesig in der Dunkelheit. »Schlaf ist gut nach hartem Kampf«, sagte er. »Ich habe mich den größten Teil des Tages ausgeruht, seit ich zum Lager zurückkehrte, und ich habe meine Männer seit Mittag ruhen lassen, damit sie frisch sein würden, wenn die Seynyorer kämen. Schlaft, und zwar ihr alle! Das ist ein Befehl! Ich werde derweilen zum Lager der Seynyorer reiten. Wir werden sehen, ob sie die Söhne der Takkarer von dieser Stadt vertreiben können, in die Hastur unsere Väter am Anbeginn der Zeit gesetzt hat! Ihr habt euren Teil getan. Jetzt ist es an uns, weiterzumachen. Eure Pflicht ist es, euch auszuruhen. Schlaft gut!«

Er schritt in der dichter werdenden Dunkelheit davon.

Der große dunkle Mann, den Vidraj Emicos genannt hatte, war gegangen. Kobolde kauerten um sie herum; Vidraj stand mit gerunzelter Stirn da und war wütend. Chondos fühlte ein schwaches Prickeln an der Stelle, wo seine Arme hätten sein müssen, und einen Augenblick später einen Schmerz von der wiedereinsetzenden Blutzirkulation, die durch sie hindurchschoß: Sein Geist war benommen von einem brennenden Schmerz. Wütende rote Augen schauten ihn glühend an.

»Du und dein kleiner erbärmlicher Geistzauber!« knurrte Vidraj kurze Zeit später. »Und der Meister möchte dich unberührt! Eines Tages werden sie dafür leiden. Aber jetzt –«

Plötzlich wirbelte und schnappte er, ein Fleck in der Nacht, und einer der weißen Kobolde schrie in seinem Griff, trat und quiekte, während Vidraj lachte. Seine Fänge sanken ein. Einen Augenblick zappelte das Ding noch stärker und wedelte mit seinen beiden knochigen Armen – dann wurde es still. Die Schreie wurden zu einem Stöhnen. Der Vampir warf den

Körper mit einem Schauder des Abscheus weg und spuckte ein wenig dunkles Blut aus. Der Körper krachte auf den Boden und hüpfte wieder hoch, und ein splitterndes Geräusch ertönte.

»So ein Schweinezeug muß ich trinken!« Er starrte auf Chondos' Kehle, und dann nieder auf den am Boden liegenden zerschmetterten Körper. »Nun, jetzt ist wieder einer von eurer verdammten Art unsterblich – es sei denn, natürlich, ihr seid hungrig und möchtet dieses Fleisch essen, bevor es erwacht.«

Er lachte, während die Kobolde herumkrochen und anfingen, mit ihren Messern Stücke aus dem Leichnam herauszuschneiden. Chondos wandte die Augen ab.

»Genug!« hörte er Vidraj kurz darauf knurren. »Es ist keine Zeit dafür, daß ihr euch noch mehr vollstopft. Und in dieser Höhle leben auch noch andere, die sich freuen werden, seine Knochen zu bekommen. Ich gehe jetzt mit dem Gefangenen. Wenn ihr mitkommen wollt, so kommt!«

Er gab Chondos einen Stoß, der ihn über den Korridor stolpern ließ. Er fiel fast zu Boden, aber die knochige Hand hielt seinen Arm in einem schmerzvollen Griff.

»Geh!« sagte Vidraj.

Chondos ging, während Arme, Schultern und sein Nacken schmerzten. Wenn er sich zu gehen geweigert hätte, hätte der Vampir nur seine Beine wieder hochgehoben. Sein Geist versuchte, irgendeine Fluchtmöglichkeit zu finden, zumindest die des Todes, jedoch vergebens.

Der Meister wollte ihn unberührt. *Warum nur?*

Hinter ihm ertönte ein aufgeregtes Huschen, und die schwarzen und weißen Kobolde drängten sich um ihn. Fackeln ließen an den Mauern verzerrte Schatten erkennen.

Der Korridor endete in einem riesigen Bogen, der sich in die schwarze Leere hinein öffnete. Die Luft war ruhig. Ob sie draußen waren, fragte sich Chondos, oder war dies die Höhle, die die Kobolde erwähnt hatten, die Höhle des Trolls?

Die Kobolde quiekten und schreckten vor der Öffnung zurück,

aber Vidraj lachte roh und befahl ihnen, weiterzugehen. Ihre Fackeln beleuchteten nur Teile des Bodens. Chondos dachte, daß es einen Anhaltspunkt für eine große Mauer in der Dunkelheit geben müsse, doch er war sich nicht ganz sicher. Nach einer Weile hörte er ein leises, hohl klingendes Tropfen. Das Trappeln der Koboldfüße klang auch irgendwie seltsam. Dies mußte eine Höhle sein.

Er brauchte nicht lange bei seinem Zweifel zu bleiben. Etwas rumpelte in der Ferne, ein Brüllen, das durch Echos verstärkt wurde, Echos, die sich immer weiter fortsetzten, ein Rollen wie ein Donner. Die quiekenden Kobolde bedeckten ihre Ohren mit den Händen; einige fielen zu Boden und zitterten. Herabgefallene Fackeln zischten. Vidraj lachte.

Die Echos erstarben nicht. Die Kreatur brüllte erneut, und wieder antworteten die Mauern. Vidrajs grausiges Gelächter, das im Echo des Donners fast unterging, klang durch den ganzen Raum.

Etwas bewegte sich außerhalb des Fackellichts. Winzige rötliche Augen starrten sie an. Ein weiteres donnerndes Brüllen vermischte sich mit den Echos des vorangegangenen, und ein riesiger Schatten erschien um die Augen und bewegte sich mit einem schabenden Schlurfen langsam auf sie zu.

Allmählich wurde das Wesen in der Dunkelheit erkennbar: grotesk, menschenähnlich, gigantisch. Kleine Schweinsaugen glühten im Licht der Fackeln. Das Gebrüll wurde ständig vom verborgenen Dach und von den Wänden zurückgeworfen. Vidraj lächelte.

Im schwachen Licht war jetzt seine grüne, schuppige Haut deutlich zu erkennen. Große Hände öffneten und schlossen sich zu einer riesigen Faust. Vidraj trat dem Wesen entgegen. Dieses türmte sich über ihm auf und streckte seine riesige Hand nach ihm aus. Mit einer blitzartigen Bewegung entging der Vampir der greifenden Pfote. Plötzlich wurde das Geräusch eines Stoßes hörbar, und die Kreatur brüllte lauter denn je. Vidraj lachte dem Giganten unverschämt ins Gesicht. Eine massive Faust donnerte auf die Schulter des Vampirs.

Chondos hörte das Geräusch der brechenden Knochen sogar durch das Echo des Donners hindurch. Plötzlich kräuselte sich dort, wo Vidraj zuvor gestanden hatte, ein Nebel. Er floß um den Troll herum.

Die Kreatur starrte auf den leeren Stein, stand da und schwankte vor und zurück, während sie stupide vor sich hinstarrte. Eine Nebelsäule erhob sich hinter seiner Schulter. Die kleinen Schweinsaugen blieben nun auf Chondos und die Kobolde fixiert, und mit einem Brüllen griff er an.

Plötzlich fiel er ausgestreckt auf sein Gesicht, und Chondos sah, daß Vidraj über ihm stand. Unbeholfen versuchte das Monster, wieder auf die Füße zu kommen und verbarg dabei den Vampir hinter seiner massigen Gestalt. Das Ding stöhnte, und steinerne Fangzähne glitzerten in seinem Maul wie Stalaktiten. Es schleppte sich vorwärts.

Eine plötzliche Woge von Nebel, und Vidraj stand vor ihm. Der Troll hielt an und starrte.

»Zurück mit dir!« sagte Vidraj. Er erhob seine Hand, und der Troll wich zurück, doch dann starrte er hinter den Vampir auf Chondos und die anderen. Ein Arm wie ein riesiger Balken erhob sich, um auf sie zu zeigen, und aus seinem Munde ertönte ein tiefes, geknurrtes Wort:

»Fleisch!«

»Nicht für dich!« sagte Vidraj, wobei seine Stimme wie eine Trompete durch das riesige Gewölbe hallte. »Geh zurück, G'thon, oder es werden schlimmere Dinge geschehen.«

»Fleisch«, knurrte der Troll. »Ich werde töten!«

Eine Faust, die so groß war wie der Kopf eines Menschen, krachte durch den Nebel, und die riesige Gestalt fiel durch den Schlag vornüber. Vidraj materialisierte sich, und diesmal sah Chondos, wie der Arm des Vampirs zum Schlag ausholte. Der gigantische Kopf erzitterte unter dem Schlag; die Echos wiederholten die Schlaggeräusche endlos. Noch ein Geräusch ertönte, und Vidraj stand neben Chondos.

»Zurück!« wiederholte er. Der Troll bewegte sich mit starrem Blick vor und zurück. Er zögerte einen Augenblick lang, schaute über seine Schulter und sprang dann brüllend vorwärts.

Etwas wie ein schwarzer Strahl schoß aus Vidrajs Hand hervor. Der Troll wich krachend zurück und trat um sich.

»Du dummes Vieh!« brüllte Vidraj. »Geh zurück, oder ich werde dich vernichten! G'thon! Geh!«

Donner hallte aus dem Maul der Kreatur, während es auf seine Füße kam und mit unglaublicher Geschwindigkeit losstürzte.

Vidraj sang ein Wort. Chondos spürte Vibrationen, die in seinen Knochen schmerzten und kribbelten. Sein leerer Magen drehte sich. Erneut schoß etwas aus Vidrajs Hand hervor, und der Troll hielt inne, als ob er gegen eine unsichtbare Mauer gelaufen wäre.

Ein hohes, schrilles Klagen tönte durch die Höhle. Der Troll blickte furchtsam um sich. Plötzlich wandte er sich um und floh. Die Kobolde zu Chondos' Füßen quiekten.

Außerhalb des Fackellichts hielt der Troll inne. Plötzliche Schwärze überfiel ihn. Ein letztes Brüllen donnerte um sie, und dann zerfiel der Troll wie eine Lehmfigur, die zu Boden fällt. Die Schwärze am Rande des Fackellichts winselte.

Vidraj vollzog mit der Fackel eine Bewegung in der Luft und sprach währenddessen ein Wort. Chondos spürte, wie seine Knochen schauerten und kribbelten. Die Schwärze verging. Etwas wie Feuer schien in der Luft zu hängen. Hohes Dämonengeflüster erhob sich und verebbte, und langsam zog sich die Dunkelheit wieder vor dem Licht zurück. Doch das Winseln hörte nicht auf, durchdringend und stechend in den Ohren.

Vidraj lachte. »Sehr gut!« sagte er, und vornübergebeugt packte er einen der nahestehenden Kobolde am Knöchel und warf ihn in die Luft. Als hätte er kein Gewicht, schwang er ihn am Ende seines Armes und schleuderte ihn auf die Dunkelheit zu, die das Fackellicht begrenzte.

Die weiße Gestalt wirbelte durch die Luft und war plötzlich in durchsichtige Schwärze eingehüllt. Fleisch löste sich vom

Knochen. Knochen fielen zu Boden und zerbröckelten zu grauem Staub.

Das Winseln erhob sich schrill und erstarb dann. Das Fackellicht war nun wieder klar.

Istvan hatte angeordnet, ihn beim geringsten Anzeichen von feindlicher Präsenz aufzuwecken, und hatte sich dann hingelegt, um so viel Schlaf wie möglich nachzuholen.

Wenige Stunden später wurde er mit der Nachricht aufgeweckt, daß sich eine große Streitmacht von der Stadt her näherte. Er rieb sich wütend die Augen und stand auf, um dann zum Seher zu gehen und zu warten . . .

Mehr als tausend Grenzländer, meist zu Fuß, näherten sich von der Stadt her. Einer der Kundschafter meinte, Jagat selbst als ihren Anführer gesehen zu haben, aber wegen der Dunkelheit war er sich nicht ganz sicher.

Istvan hatte die Kompanien aufgeweckt, die noch nicht im Kampf gewesen waren – Troel DiBretan, Cassandor DiBathori, Erwan DiBolyar, Fernan DiRonar, Aurel Ciavedes und Valanos Chalcondiel –, und ihnen befohlen, Positionen näher an der Stadt aufzunehmen, an strategischen Punkten, von denen sie sich schnell fortbewegen könnten. Er weckte sie auf – auch ihnen war befohlen worden, früh zu Bett zu gehen – und befahl ihnen, vorsichtig loszumarschieren.

Es kam die Nachricht von einem Scharmützel mit einer großen Anzahl Grenzländer: DiBathori, weit außen auf der Linken, hatte sich mit dem äußersten Ende des rechten feindlichen Flügels konfrontiert gesehen. Es war ihm gelungen, seine Truppenbewegungen durch einen Obstgarten zu verbergen, und er war auf sie losgegangen, bevor der Rest der Schlachtlinie noch wußte, was überhaupt vor sich ging.

Istvan schickte schnell Erwan DiBolyar nach vorn und hielt die anderen zurück. DiBolyar berichtete, daß seine Männer den Feind in Verwirrung gefunden und die feindliche Truppe zerschlagen hätten. Fast zur gleichen Zeit berichtete DiBathori, daß er durch die feindlichen Linien gebrochen sei und

sich nun irgendwo in der Nähe der feindlichen Nachhut befände.
Istvan überlegte. Er haßte es, bequem in Ojakota zu sitzen, während andere starben, und ebenso, blind Befehle geben zu müssen, die falsch sein konnten. Aber er hatte keine Wahl; er war einfach zu müde, um hinauszureiten und die Befehle persönlich zu erteilen. Diese Männer waren alle fähige Kommandeure; er mußte darauf vertrauen, daß ihr eigenes Urteil alle Fehler, die er machte, ausgleichen würde.
Er beauftragte DiBretan und Ciavedes, gemeinsam dem Zentrum zuzustreben, und DiBathori befahl er, sich am Ende des Zuges herumzutreiben, bis er einen gegnerischen Angriff bemerkte, und dann auf der Stelle anzugreifen.
Neue Schätzungen über die Zahl der Feinde erreichten ihn. Istvan blickte finster drein. Es schienen mindestens drei- oder viertausend zu sein. Er wartete grimmig auf weitere Berichte. Da traf eine Nachricht vom Verlauf der Schlacht im Zentrum ein: die drei Kompanien sahen sich zahlenmäßig unterlegen und mußten sich zurückziehen. Ciavedes hatte es tatsächlich geschafft, durch die Linie zu brechen und sich mit DiBathori am Ende der Armee zu vereinigen, aber DiBretan war gezwungen gewesen, in Richtung Ojakota zurückzuweichen. Verschiedene Männer waren sicher, Lord Jagat gesehen zu haben. Von DiBolyar hatte er schon eine ganze Weile nichts mehr gehört. Sein Seher war entweder tot oder bewußtlos. Istvan fluchte und schickte Chalcondiel und DiRonar aus, um DiBretan zu unterstützen.
Da kam die Nachricht, DiBolyars Männer seien in der Dunkelheit in DiBathoris Armee hineingestolpert und hätten einander fast bekämpft. Jetzt befanden sich vier Kompanien am Ende des feindlichen Zuges. Schließlich kam die Nachricht von einem heftigen Kampf: DiBretans Truppe wäre fast überwältigt worden, wären nicht Chalcondiel und DiRonar gerade noch rechtzeitig erschienen. Fernan DiRonar war sicher, Lord Jagat erkannt zu haben, der auf einem kleinen Grenzlandpony herumjagte und seine Männer anfeuerte.

Istvan gab den Befehl, weitere Kompanien aufzuwecken, aber kurz darauf kam die Nachricht, die Grenzländer zögen sich zurück. Istvan wollte gerade den vier Kompanien am Ende des Zuges den Befehl geben, den übrigen zur Hilfe zu kommen. Beim nächsten Bericht wurde klar, daß ein solcher Befehl nicht nötig gewesen wäre. Die vier Kompanien waren, als sie den Waffenlärm gehört hatten, weiter vorgedrungen; da sie jedoch in der Dunkelheit ein wenig vom Weg abgekommen waren, waren sie auf Lord Jagats linken Flügel gestoßen, der von DiBathori schon im Vorbeiziehen gehörig traktiert worden war. Also trieben sie den gesamten Flügel in völliger Verwirrung vor sich her auf Jagats Haupttruppe zu.

Auf die Mauern und das Dach von Ojakota fiel nun der Regen, und Istvan schüttelte den Kopf und trat zu einer der winzigen Öffnungen. Er konnte den Regen riechen, und wenn er seine Hand durch den Schlitz steckte, spritzte Wasser von seinen Fingern; wieder einer von jenen schweren, alles durchnässenden Winterregen. Istvan seufzte. Die meisten seiner Leute litten schon jetzt unter den Auswirkungen der tagelangen Regenfälle, die sie auf ihrem Marsch erlebt hatten.

Der rechte Flügel der Grenzländer schwenkte auf Chalcondiels Flanke ein, aber dieser bemerkte den Vorgang rechtzeitig und ließ seine Männer kehrt machen und angreifen. Nach einem großen Gemetzel war Jagats Flügel völlig von der Hauptstreitmacht abgetrennt, und Chalcondiel stand nun ebenfalls hinter Jagats Truppen.

Die vier Kompanien, die schon vorher dort waren, waren zurückgefallen, nachdem sie Jagats linke Flanke zerschlagen hatten, um Berührung mit der überlegenen Zahl von Jagats Hauptstreitmacht zu vermeiden. Jagat und seine Männer schienen ihnen zu folgen – aber ob dies eine Verfolgung oder ein Rückzug war, konnte man nicht erkennen.

Jagats abgetrennter rechter Flügel stolperte irgendwo zwischen zwei von DiFlaccas Kompanien, die zufällig auf ihrem Weg kampierten. Sie waren auf Istvans Befehl hin zusätzlich aufgeweckt worden und stürzten sich nun auf sie und verfolgten sie in Richtung Süden, noch weiter weg von Jagats Truppen.

Istvan rief Leonic Servaras Kompanie, um DiBretan und DiRonar zu verstärken und ließ sie die Verfolgung von Jagats Männern aufnehmen.

Der Wind flüsterte über die Mauern, und Istvan, der selbst vor Kälte zitterte, bedauerte den armen Jagat, der in einem solchen Wetter dort draußen sein mußte. Aber wenn Jagat gefangengenommen oder erschlagen wurde, würde das diesen dummen Krieg zu Ende bringen – oder zumindest die Aussicht darauf wesentlich näherbringen. Er schüttelte traurig den Kopf.

Er befahl den DiFlaccas, die Verfolgung des rechten Flügels aufzugeben, und ließ sie sich auf die Hauptstreitmacht zubewegen.

Regentropfen hämmerten auf die Mauern der Burg. Dort draußen im Regen kämpften und starben Männer – und Verwundete lagen hilflos im Feld.

»Sind die Rotroben draußen?« rief Istvan.

»Ja, Lord«, antwortete der Seher ruhig. Istvan schloß die Augen und stellte sich die Dunkelheit und den Regen vor, wie er niederhämmerte.

Chondos stolperte durch das Schwarz der riesigen Höhle und durch die weiter dahinterliegenden Tunnel. Auf dem Steinboden lagen Gebeine verstreut. Die Fackeln der Kobolde ließen in der Dunkelheit alte Schädel erkennen, deren Augenhöhlen schon lange kein Licht mehr gesehen hatten. Einige waren rund und menschlichen Ursprungs, andere zugespitzt und mißgestaltet. Hier lagen die Knochen von Menschen und Ghulen verstreut, von Kobolden und anderen Kreaturen, die er nicht identifizieren konnte.

Die Kobolde traten die Knochen zur Seite. Schreckliche Formen wurden in der Dunkelheit sichtbar. Ghule starrten sie mit flammenden Augen an, die polierten, flachen Steinen glichen, und mit schlaffen Lippen, die lange Fangzähne freiga-

ben; Nüstern zuckten an den Spitzen langer Mäuler. Vidraj sprach ein Wort, und sie flohen.
Nach einer Weile bogen sie in einen Seitentunnel ein, in dem es von kleineren Kobolden mit braunen Fellen wimmelte, die die Eindringlinge anknurrten, bis sie den Vampir sahen. Dann verbeugten sie sich und flohen an die Seiten des Tunnels, um den Zug passieren zu lassen. Manchmal mußte Chondos kriechen, während schwarzer, schleimiger Fels seinen Kopf streifte. Vidraj verwandelte sich in einen Nebel, der vor ihnen herflog.

Stunden vergingen. Istvan, der immer noch müde war, gähnte, während er dem Seher zuhörte. Auf dem Tisch, an dem er saß, hatte er verschiedene Objekte ausgebreitet: einen Dolch, zwei Pokale, eine Handvoll seltsamer Münzen und ein kleines Glas mit einer Flasche. All dies bewegte er umher, um sich den Abstand der verschiedenen Armeen zueinander zu vergegenwärtigen, die er kommandierte, und um ihre ungefähre Position im Kopf zu behalten. Es erschien ihm zwar unglaublich, aber Jagats Männer waren tatsächlich auf dem Rückzug. Er hatte die fünf Kompanien, die Jagats Weg nach Manjipor bedrohten, auf seine Fersen gehetzt, was bedeutete, daß Servara, DiBretan, die DiFlaccas und DiRonar ans Ende des Zuges verlegt werden mußten. Zusätzlich mußte aber auch noch weitere Verstärkung nachgeschickt werden.
Doch Jagat hatte sich nach kurzem Zögern zur Seite gewandt und marschierte nun so, als ob er die Seynyorer zu meiden versuchte, obgleich er allen einlaufenden Berichten zufolge zahlenmäßig überlegen sein mußte.
Istvan war äußerst verwirrt. Jagats Verluste waren zwar groß gewesen, aber doch nicht schlimmer als seine eigenen. Es hatte keine Panik unter Jagats Männern gegeben, und außerdem waren dies Grenzländer, die daran gewöhnt waren, in der Nacht gegen alle Schrecken des Schattens zu kämpfen.
Grenzländer sind so dumm, daß sie immer in die falsche Richtung rennen ...

Nun, jetzt rannten sie in die richtige Richtung. Hatte Jagat versucht, einem Plan zu folgen, dessen Realisation von einer kampflosen Annäherung abhängig gewesen wäre? Oder hatte der Regen irgendeine lebenswichtige Planung über den Haufen geworfen.

Istvan hatte Prinz Phillipos und die Fußsoldaten aufgeweckt und sie in Marsch gesetzt. Er plante, sie als Hauptangriffstruppe gegen Jagat einzusetzen, um so die Kavallerie zu unterstützen, die den Feind schon zermürbte. Aber während sie marschierten, marschierten Jagats Männer auch. Es gab kaum Hoffnung, ihn zu erreichen, bevor er zum Rest seiner Armee gestoßen war, die ihre Lager um die Stadtmauern herum errichtet hatte.

Er trat wieder an die Schießscharte und starrte hinaus in die regnerische Schwärze. Es war nichts zu sehen: kein Zeichen dafür, daß irgendwo im Umkreis von hundert Meilen eine Schlacht geschlagen wurde. Er befahl den fünf Kompanien, dort zu biwakieren, wo sie gerade waren, und Jagats Männer argwöhnisch zu beobachten. Den übrigen Kompanien befahl er, sich ihnen anzuschließen; Prinz Phillipos hingegen gab er den Auftrag, über die Position der ersten fünf hinweg weiterzumarschieren und sein Lager vor der seynyorischen Linie zu errichten.

Es herrschte schwärzeste Dunkelheit. Von seiner Schießscharte konnte er kein Licht von Manjipor sehen, nicht einmal von den fernen Türmen entlang der Grenze. Kaum zu glauben, daß dort draußen in jener Ruhe irgendwo Männer miteinander kämpften.

Warum waren die Dunklen Wesen nur so ruhig? Worauf warteten sie noch? In einer normalen Nacht hätte ein solcher Regen Dutzende der niederen Nachtwesen über die Grenze gebracht. In einer regnerischen Nacht wimmelte es in der Nähe von Manjipor gewöhnlich ebenso von Geistern wie in einem gutbestückten Teich von Fischen. Doch der Seher schwor, die Nacht sei frei von Nachtwesen.

Jagats Männer marschierten zurück zu ihren eigenen Linien;

Heiler suchten in Dunkelheit und Regen nach den Verwundeten. Istvan fühlte, wie der Schlaf durch seinen Körper rieselte, so wie das Wasser durch die Rinnsteine. Er gab Anordnung, ihn über jede Bewegung des Feindes zu informieren und legte sich wieder in sein Bett.

Die Tunnel begannen anzusteigen und sich aufwärts zu winden. Einmal blockierte etwas Riesiges den Korridor vor ihnen: Vidraj trieb es weg, aber es bewegte sich sehr langsam. Schließlich führte Vidraj sie aus diesem Tunnel heraus durch eine große Zahl von Seitengängen. Schleimige Wesen krochen über den Boden, und einmal mußte Chondos durch einen Pfuhl von Maden waten.

Es war eine riesige Unterwelt, durch die er stolperte, umdrängt von den Kreaturen der Nacht. Die hageren, knochenbleichen Gestalten der Vampire erhoben sich aus der Finsternis, sprachen zu Vidraj, starrten hungrig auf Chondos und verschwanden wieder. Kobolde huschten von ihrem Pfad, Ghule knurrten und flohen, wenn Vidraj sich ihnen zuwandte.

Chondos stolperte weiter, während der Boden unter seinen Füßen allmählich anstieg. Ob sie wohl jemals wieder ins Freie kommen würden, oder hatten sie etwa vor, die ganze Reise unterirdisch zu machen?

Er atmete Fäulnis und Schrecken; die Luft in den Gruben war angefüllt mit einem Geruch von uraltem Aas und Abfall und von den noch schlimmeren Ausdünstungen der Kreaturen, die hier lebten. Sie jagten einander in der Dunkelheit. Und Chondos erkannte, daß ohne Vidraj weder er noch die Kobolde diese Tunnel lebend durchquert hätten. Denn die Kreaturen, die in diesen Tiefen umhergeisterten, hungerten und fraßen einander auf.

Die Korridore hallten von Schreien und Geheul wieder. Ein Ghul ging auf Vidrajs Befehl aus ihrem Weg und zog einen halbaufgerissenen Koboldkörper mit sich fort. Später rannte ein anderer Ghul wie verrückt davon, und aus einer großen

Wunde in seinem Bein schoß Blut hervor. Ein Haufen Kobolde mit maulwurfgrauem Fell folgte ihm auf den Fersen und schwang Messer und Schwerter, mit denen sie den Ghul im Lauf entzweischlugen; anschließend rissen sie ihn in Stücke und verschlangen diese, nachdem sie um dieselben miteinander gekämpft hatten. Sie alle waren dürr und halb verhungert. Dies waren die Horden, die gewöhnlich bei Nacht über die Grenze krochen, um die Stallungen und Pferche der Grenzländer zu überfallen. Aber so viele von ihnen auf einmal, und so hungrig!

Martos wachte auf und fand Paidros neben sich im schwachen Licht der Dämmerung. Auf dem Dach des Zeltes hörte er das monotone Plätschern des Regens.

»Auf«, sagte Paidros. »Jagat möchte dich sprechen.«

Martos kroch verschlafen aus seinen Decken und blinzelte wie betäubt. Sein Kopf und jeder seiner Muskeln schmerzte; seine Knochen waren schwer wie Blei. Der Geschmack seiner Zähne machte ihn krank.

Er stapfte hinaus in den kalten Wind und das eisige Wasser. Die verschwommenen Gestalten mußten Männer, Pferde und Zelte sein, und irgendwo war wohl auch die Stadtmauer.

Doch Paidros schien irgendwie zu wissen, wohin er ging; deshalb ließ sich Martos durch den Regennebel ziehen, und schließlich hörte er, wie Jagats Stimme das Plätschern des Wassers übertönte.

». . . sah Seynyorer, die durch den Regen marschierten.« Die Stimme war erschöpft vor Verzweiflung. »Dann wußte ich, daß wir jede Hoffnung begraben konnten, sie durch eine Schlacht von der Stadt fernzuhalten. Ich sah das Schicksal des Grenzlandes, und die Dunklen Wesen krochen von den Bergen des Schattenreichs herab. Wer würde übrigbleiben, um das Land zu verteidigen? Trolle und Kobolde würden sich an unseren Leichen gütlich tun – an den Körpern der Männer beider Seiten! Selbst wenn wir die Seynyorer töten würden . . .«

»Meint Ihr also, wir sollten die Stadt einfach aufgeben?« Hamirs Stimme klang empört. »Die Felder mit der Asche unserer Vorfahren aufgeben? Nein! Wir wollen zeigen, daß wir sterben können, wie unsere Väter starben, und unsere Knochen der Braut des Kriegers überlassen.«

»Du Narr!« knurrte Jagat. »Bei diesem Krieg geht es nicht um das Land!«

Martos wischte einen Wasserschleier aus den Augen und sah verschwommen in die weinende Dunkelheit vor sich. Jagats Arm wies durch Regen und Dunkelheit nach Süden. »*Dort* ist euer Feind! *Dort* ist euer Krieg! Ja, Istvan DiVega reitet auf der Straße nach Manjipor mit einer Armee in seinem Rücken, aber eine Armee für Menschen! Männer, die uns geholfen haben, den Schatten zurückzutreiben!«

»Ausländer!« knurrte Hamir. »Söldner und . . .«

»Die Asche ihrer Kameraden füllt unsere Felder und heilt unser Land«, fuhr Jagat dazwischen und schnitt ihm das Wort ab. »Jeder Narr kann für das Land sterben! Jetzt ist die Zeit gekommen, für das Land zu leben! Wenn nur noch ein paar Hundert von uns übrig sind, wenn die Grenze das nächste Mal in Flammen steht, wer soll dann noch für das Land sterben? Alle werden sterben, Frauen, Kinder, einfach *alle*, und das Land wird auch nicht gerettet werden! Dämonen werden eure heiligen Felder verschlingen. Trolle und Kobolde werden durch die Hallen von Manjipor streifen, und Ghule werden an unseren angesengten Knochen nagen!« Er schaute auf und sah Martos im Regen stehen. »Martos, du hast in der äußeren Welt gekämpft. Glaubst du, du kannst diese Idioten irgendwie zur Vernunft bringen?«

Martos blinzelte überrascht. Einen Augenblick lang arbeitete sein schläfriges Gehirn wie wild, während sein Schädel immer noch taub vom Schlafmangel war.

»DiVegas Truppen standen bereit und trieben mich zurück«, fuhr Jagat fort. »Am Morgen werden sie hier aufkreuzen und uns an der Stadtmauer festnageln. Ich denke,

wir sollten uns zurückziehen. Wir können diesen Krieg ebensogut von Inagar aus fortsetzen.«
Inagar! Martos gähnte und versuchte zu denken. Er schaute auf die Karte in seinem Kopf und erinnerte sich an die Jahre seiner Taktik- und Strategieausbildung.
»Warum, ja!« sagte er überrascht. »Von Inagar aus können wir die Straße nach Ojaini kontrollieren. Tatsächlich können wir von Inagar aus die Belagerung ebensogut oder gar besser fortsetzen. DiVegas Heer brachte keine neuen Vorräte mit sich, sondern nur weitere hungrige Mäuler.« Schlaflosigkeit und Trübsal waren aus seinem Geist verschwunden, als er über die Straße nach Ojaini schaute. »Von Inagar aus können wir einen kleinen Teil unserer Männer einsetzen, um die Versorgungskolonnen am Passieren zu hindern, und die übrigen, um DiVegas Männer zu zermürben, sobald sie die Stadt verlassen wollen!« Er wandte sich den Grenzländern zu, die ihn beobachteten, und in seiner Stimme schwang freudige Erregung mit. »Wir geben die Belagerung praktisch gar nicht auf. Wir verlegen nur« – er lachte plötzlich – »wir verlegen nur unser Lager!«
Jagat lachte, aber die anderen starrten ihn an und brummten mißbilligend. Jagat trat vor und sprach mit gesenkter und ruhiger Stimme. »Es ist genug geredet worden«, sagte er. »Laßt uns keine Zeit mehr verlieren. Laßt es uns Kaljit dem Banditenprinzen gleichtun und so unfaßbar sein wie der Morgennebel. Laßt uns verschwinden, bevor der Morgen kommt. Los jetzt!«

Immer wieder stieß Chondos mit dem Kopf gegen die Tunneldecke. Die Kobolde lachten, wenn er Schmerzensseufzer ausstieß. Er mußte den Kopf immer weiter einziehen, die Knie immer tiefer beugen, bis sie schließlich unter ihm zusammenklappten und er auf den Steinboden fiel. Die Peitsche sauste auf seinen Rücken und auf die gefesselten Arme, aber er fühlte nichts.
»Ihr Narren!« ertönte Vidrajs goldene Stimme. »Von hier ab muß er kriechen! Bindet ihm die Arme los!«

Dann ertönte Geschwätz und Gelächter. Ein plötzlicher Schmerz erfaßte seine Schultern. Er kämpfte den Schrei nieder, der ihm in die Kehle kam, da er sich schwach bewußt war, daß nichts seinen Peinigern mehr gefallen würde. Einen Augenblick später erkannte er, daß der Schmerz ein Teil von ihm selbst war: Er hatte nun wieder Arme, und diese schmerzten. Seine Augen öffneten sich. Rotes Licht blitzte auf und erlosch wieder. Er fühlte jeden einzelnen Knochen. Sein Blut prikkelte. Die Peitsche sauste über seine Schulter.

»Laßt ihn in Ruhe!« sagte der Vampir. »Ruhe dich aus. Wir werden einen weiten Weg zurücklegen, bevor wir wieder haltmachen.«

Chondos konnte den riesigen Vampir nicht sehen. Es war kein Raum für ihn in diesem winzigen Tunnel. Er versuchte einen Finger zu bewegen. Er fühlte Schmerz, aber er konnte keinerlei Bewegung erkennen.

Der Tunnel vor ihm war mit Nebel gefüllt.

9

Das Dämmerlicht drang gefiltert durch den Nieselregen. Istvan schwang sich in den Sattel. Um ihn herum taten Tausende von Männern das gleiche. Der Lärm einer Armee, die sich bewaffnete, aufsaß, losmarschierte, übertönte den Regen. Füße und Hufe donnerten auf der heiligen Scholle der Felder. Hinter ihm betraten Männer die Festung. Nicht alle Pferde waren gefüttert worden, und diejenigen, die als letzte an die Reihe kamen, würden Ojakota verteidigen, während die gutgefütterten Tiere vorpreschen würden.

Reiter und Fußsoldaten bewegten sich über wiederbebautes Land. Im Nieselregen wirkten die dunklen Silhouetten der Stadt wie eine Nebelwand. Istvans Armee schwärmte über das gesamte fruchtbare Land der Umgebung aus. Zuerst ritten

Trupps leichter Kavallerie – Seynyorer vermischt mit Grenzländern auf Pferden, die viel Futter und Ruhe bekommen hatten – im Zickzack über die Ebene, um die schwachen Stellen der Schlachtordnung ausfindig zu machen. Dann folgte eine lange Reihe kalascorischer Pikenmänner, zwischen denen hier und da Reiter postiert waren. Nach ihnen flankierten die beiden Kompanien carrodischer Axtträger in geordneten Reihen D'Aglars abgesessene Kompanie. Hinter ihnen schritt die wandernde Mauer der schweren Bronzeschilde vorwärts, die mit Hellebarden und Piken gespickt war. An jedem Ende hielt sich eine Truppe Berittener auf, bereit, auf Befehl auszuschwärmen.

Rosafarbenes Licht schien durch das Netz der Regenfäden und hellte sich allmählich zu Gold auf. Istvan bewegte sein Pferd in stetem Trott durch die Massen der Marschierenden, die auf die Front zuritten.

Der Regen wurde schwächer. Die Zweige der Bäume tropften, als er durch kleine Obstgärten ritt. *Äpfel,* dachte er, und wollte einen davon kosten. Er hatte Befehle gegeben, daß keine Beute gemacht werden sollte, obgleich er eigentlich selbst nicht glaubte, daß das viel nutzen würde. Es hätte ihn selbst in seiner Jugend wohl kaum abgehalten. Es würden Äpfel fehlen, und diverse Soldaten würden Magenschmerzen davon bekommen. Er hoffte, daß zumindest keiner von den Idioten, die hier Äpfel gestohlen hätten, sie in seiner Gegenwart essen und ihn damit zwingen würde, ein Exempel zu statuieren ...

Die Zwillingssonnen glühten verschleiert durch den Nebel des Regens; später hüllte sie dann ein dickerer Wolkenschleier in einen silbernen Mantel ein. Als er durch den schwächer werdenden Regen nach vorne schaute, konnte er Tausende von Männern sehen, die sich auf die Stadt zubewegten. Er konnte sogar die riesigen Gebiete des bloßen Felses und des grauen Staubes ausmachen, die diesen fruchtbaren Boden umgaben. Aber wo war nur der Feind? Der Regen wurde wieder dichter und trübte den Blick in die Ferne, und Istvan verfluchte sich selbst dafür, daß er sich die Landschaft angeschaut hatte, anstatt nach der feindlichen Armee zu suchen.

Irgendwo jenseits des Regens krähten ein paar Hähne. Vor ihm wurde die alte Stadt allmählich größer; Stein um Stein trat aus der grauen Umgebung hervor und nahm Gestalt an. Der Regen veränderte alle Farben zu weichen Pastelltönen. Seine Augen suchten die Zwischenräume zwischen den Regentropfen. Erdbraun, Pflanzengrün, das Land vor ihm erschien durch die niederfallenden Wassermassen leer. Unbehagen quälte ihn. Wo warteten sie nur? Was führten sie im Schilde? Wann würden Lord Jagats Männer durch den Regen stürmen und angreifen?

Der große Berg, auf dem die Stadt stand, war undeutlich zu erkennen. Steinmauern schauten grimmig durch den Wasserschleier. Kundschafter berichteten über kleine Truppen, die davonritten und im Regen verschwanden. Aber es war kein Anzeichen dafür zu erkennen, daß eine Streitmacht gegen sie zusammengezogen wurde.

Waren Jagats Männer auf der anderen Seite der Stadt? Oder waren sie um ihn herummarschiert, bereit, ihn im Rücken anzugreifen? Die leeren Felder verspotteten ihn.

Es war fast eine Erleichterung für ihn, als Kundschafter über Reiter berichteten, die aus Richtung der Stadt kamen. Istvan schüttelte sich und spürte, wie sich angesichts der bevorstehenden Aktion eine gewisse Spannung in seinem Magen löste. Er befahl seinen Leuten vorzurücken. Die ganze Armee machte sich bereit, wie ein riesiger Orkan über die herannahende Kolonne wegzufegen.

Ein Seher preschte heran. »Lord DiVega. D'Oleve kommt mit einem Trupp Männer aus der Stadt. Der Feind ist verschwunden! Das sind Truppen aus der Stadt, die da auf uns zureiten.«

Istvan gebot seiner Armee Einhalt und schickte eine kleine Truppe aus, die der Kolonne wachsam entgegenreiten sollte. Eine halbe Stunde später ritt sein Vetter Attilon DiVega mit zwei der Kundschafter und einem jungen Grenzländer heran, der als Jaimul vorgestellt wurde, einem Verwandten und Vasallen von Maldeo, dem Statthalter von Manjipor.

»Sie haben einfach ihr Lager abgebrochen und sind verschwunden, mehr wissen wir auch nicht«, sagte Attilon. »Die Wachen auf der Mauer bemerkten eine gewisse Betriebsamkeit während der Nacht und nahmen an, daß die Feinde sich auf deine Ankunft vorbereiten würden, aber als wir heute morgen hinausschauten, war nicht mehr das geringste Zeichen für ihre Anwesenheit zu finden.« Er deutete auf die riesige Fläche von zertrampeltem, matschigem Boden um sie herum. Hier und dort waren Gegenstände zu sehen, die als Strandgut einer Armee zu erkennen waren: verdorbene Schuhe, ein Stück einer zerrissenen Decke, ein zerbrochener Kochtopf. »Dies war ein Teil ihres Lagers. Aber sie gaben« – er zuckte die Achseln – »die Belagerung auf und marschierten davon! Es gibt überhaupt keinen Sinn. Lord Maldeo hatte heute morgen einen Ausfall geplant, und dann schauten wir nach draußen... nichts! Einer der Kundschafter berichtete von Reitern, die nach Norden ritten, aber...«

»Es scheint seltsam«, sagte Jaimul, »daß Lord Jagat einfach den Krieg aufgeben sollte.«

»Ich bezweifle, ob wir darauf hoffen können«, entgegnete Istvan. »Wenn er aufgeben würde, wäre er bestimmt hiergeblieben, um Frieden zu schließen.«

»Aber, warum dann?«

Istvan lachte. »Er könnte erkannt haben, daß wir innerhalb der Stadt eine weniger große Plage sind als außerhalb!« Er sagte dies mit einem etwas kläglichen Lächeln. »Unsere Vorräte wurden verbrannt, denkt daran, deshalb werden wir uns mit den euren begnügen müssen und mit dem, was in Ojakota ist, bis ein Konvoi von Ojaini hier ankommt. Und das könnte schwierig werden. Auf dem Yukota wird es Hochwasser geben bei all dem Regen.«

»Ja«, sagte Rinmull. »Das ist gewöhnlich zu dieser Jahreszeit der Fall. Sie werden die Sachen übersetzen, gut, aber das bedeutet mit Sicherheit eine ziemliche Verlängerung des Weges.«

Istvan nickte. »Das ist tatsächlich wesentlich sinnvoller als hierzubleiben, nicht wahr? Indem er eine Schlacht vermeidet, vermeidet er eine Schwächung seiner Armee, und so kann er die Belagerung zu jeder beliebigen Zeit wieder aufnehmen, ohne durch den Versuch, uns aus der Stadt zu vertreiben, eine Menge Männer zu verlieren. Ziemlich klug ...« *für einen Grenzländer*, dachte er und fragte sich, ob Martos dies wohl vorgeschlagen hatte.

Vorsichtig bewegte sich die Armee auf die Stadt zu. Immer noch tauchten Gerüchte auf, daß irgendwo noch eine feindliche Truppe im Verborgenen herumgeisterte und von einem Lord Jagat angeführt würde, der allmählich zu legendärer Größe heranwuchs.

Der Regen ließ nach. Die Männer konnten die riesigen Weiten von Staub und Felsen sehen, die sich um die winzige grüne Insel erstreckten. Einst hatte der große Wald all dieses Land bedeckt, und Vögel hatten in den Bäumen gesungen. Istvan erinnerte sich an alte Gemälde, die Manjipor umgeben von saftigen Feldern und riesigen Wäldern zeigten, die sich gegen die sonnenüberstrahlten Berge mit ihren Schneegipfeln im Süden abhoben.

Fremde Soldaten marschierten über die Gebeine der Toten, wo einst die Armee des takkarischen Imperiums ihre älteste Stadt bewacht hatte: die Wiege des ganzen Geschlechts, wie die Sage berichtete.

Die Straße führte nun aufwärts. Istvans Pferde begannen, den Berg hinaufzuklettern, der aus dem Schutt von tausend Jahren bestand. Das Torlabyrinth öffnete sein dunkles Maul. In den Schatten dahinter lauerten die Erinnerungen an uralten Ruhm, obgleich dies einer der neuesten Teile der Stadt war. Die Steinmauern hallten vom Echo der Pferdehufe wider. Die Straßen glichen Tunneln. Die Pflastersteine waren durch zahllose Generationen von Füßen abgenutzt.

Istvan war in allen alten takkarischen Städten gewesen, die

noch nicht unter dem Schatten lagen, und als sie vor langer Zeit nach dem verlorenen Prinzen gesucht hatten, war er mit Raquel sogar in einige der unter dem Schatten liegenden Städte vorgedrungen. Er kannte die Besonderheiten der takkarischen Architektur. Aber Manjipor war anders als die übrigen, und Istvan hatte immer das Gefühl gehabt, daß er hier nicht nur mit einem anderen Zeitalter in Berührung kam, sondern mit einer anderen Welt. Denn die Legende besagte, daß dies die Stadt gewesen sei, die die Takkarer zuerst erbaut hätten, als Hastur sie aus ihrer eigenen Welt geholt und hier abgesetzt hatte.
Die Ecken der Häuser waren durch den jahrhundertelangen Regen und Wind abgeschliffen worden; der Stein war bleich und farblos und von der Zeit gerundet. Unter seinen Füßen, so wußte er, befanden sich die Überreste von noch älteren Häusern. Die Spitzen vergrabener Türme erhoben sich aus dem Boden, während ihre unteren Stockwerke schon seit langem im allmählich angesammelten Schutt der Zeiten untergegangen waren.
Das Klappern der Pferdehufe seiner Kavallerie hinter ihm wurde immer lauter und dröhnte durch das sanfte Murmeln des Regens hindurch.
In Mäntel gehüllte carrodische Axtmänner standen am Tor Wache. Einer von ihnen, der größer als der Rest war, und dessen riesige Schultern aus seinem Umhang hervorschauten, lachte und grüßte, als Istvan vorbeiritt: Eisenfaust Arac. Dahinter waren die Straßen fast leer. Selbst wenn man die drei- oder viertausend Seynyorer dazurechnete, war Manjipor immer noch nicht belebt. In der gesamten Provinz gab es nicht genügend Menschen, die sie ganz hätten füllen können.
Verriegelte Türen, bloße Mauern und zerbrochene Fenster waren regennaß. Kleine Gruppen von Grenzländern bewegten sich hier und dort in den Straßen. Istvan sah nur eine einzige Frau, obgleich er wußte, daß die meisten Frauen der Provinz in der Stadt wohnten. Aber während sie in die innere Stadt ritten, auf der breiten, leeren Straße entlang, die durch den

alten Palast verlief, der Rajmaul genannt wurde, spürte er, daß Augen auf ihm ruhten. Einmal, als er rasch aufschaute, sah er ein Gesicht, das durch die Löcher in einem eigenartig geschnittenen Steinschirm lugte, mit wunderbaren Mandelaugen, die fiebrig hell glänzten, während sie die vorbeimarschierenden Soldaten betrachteten.
Er errötete plötzlich, als er an die dummen Witze denken mußte, die man sich in den Küstenstädten über die Grenzlandfrauen erzählte. Hinter den Schirmen und den verschlossenen Fensterläden beobachteten die Frauen von Manjipor hungrig die Männer seiner Armee. Frauen mit leeren Schößen und leeren Wiegen und einer leeren Stadt, in der sie wohnten, eine Insel in diesem Staubmeer.

Chondos kroch.
Die Kobolde hatten ihre Fackeln gelöscht; deshalb kroch er in der Dunkelheit durch den engen Steintunnel. Sein Rücken kratzte gegen rauhen Stein, der an den Wundrändern und Schnitten riß, die die Peitsche hinterlassen hatte. Wenn er zögerte oder langsamer wurde, stach etwas Scharfes in sein Fleisch, um ihn weiterzutreiben. Seine Hände stießen trokkene Knochen beiseite, während er vorwärtskroch. Seine Nase war erfüllt mit dem Geruch des Todes.
Der Vampir war verschwunden. Entweder wartete er irgendwo in der Dunkelheit vor ihm, oder er war wieder in sein altes Grab zurückgekehrt. Chondos wußte es nicht. Aber er hatte gelernt, die Aura der Macht des Vampirs zu erkennen, jenen speziellen Druck gegen den Zauberspruch, der seinen Geist behütete, und jetzt war der nicht mehr zu spüren.
Seine Ohren hatten sich an das trockene Rutschen und Klopfen der Knochen gewöhnt, die er beiseite schob. Zuerst hatte ihn ein schrecklicher Schauer in seinem Inneren durchdrungen, sobald er einen davon berührte, aber jetzt hatte er schon so viele davon berührt, daß er gegen diesen Schrecken immun geworden war.
Einige davon, da war er sich sicher, waren menschliche Kno-

chen, andere waren Knochen von bösartigen kleinen Kreaturen wie diejenigen, die ihn weitertrieben. Aber jetzt war er weniger damit beschäftigt, wem diese Knochen einmal gehört hatten, als damit, zu erkunden, wer oder was sie in diesen Tunnel geworfen hatte, und ob dieses Wesen noch irgendwo dort vor ihm existierte.

Manchmal kroch er mit geschlossenen Augen, manchmal öffnete er sie, und die meiste Zeit über dachte er gar nicht darüber nach, denn es machte ohnehin keinen Unterschied. Er atmete den Gestank der Korruption in tiefen Atemzügen ein, die in seiner Kehle schmerzten. Schweiß machte seine Haut glitschig.

Nachdem er eine Weile mit geschlossenen Augen dahingekrochen war und sie dann wieder öffnete, merkte er, daß es doch einen Unterschied machte. Er blinzelte schnell und hörte auf zu kriechen, bis die Spitze eines Speeres ihn weiterzwang. Er konnte helle Streifen auf dem Boden der Höhle sehen und weißliche Klumpen, die seine Hände als Schädel identifizierten. Schwaches Licht drang in die Schwärze vor ihm: das Ende des Tunnels.

Er kroch schneller. Die Grabesluft kratzte in seinen Lungen.

»Lord König«, sagte Shacchios mit müder Stimme, »es gibt interessante Neuigkeiten.«

Jodos konnte einen großen Teil des Geistes dieses alten Mannes spüren und außerdem auch die Verwirrungen jenes anderen Sehers, des Sehers von Manjipor.

»Manjipor ist entlastet worden«, sagte der Seher. Jodos hatte den Gedanken aus Shacchios Geist sogleich aufgefangen, als er in diesen eindrang, und er mußte sich bemühen, die dämonische Schadenfreude unter Kontrolle zu halten, die sogleich auf seinem Gesicht erschienen war. »Lord Istvan möchte berichten, daß Lord Jagats Truppen die Stadt verlassen haben. Wenn Eure Majestät Geistberührung erlauben wollen ...«

»Nein!« sagte Jodos hastig. »Das ist nicht notwendig. Sagt, was er euch berichtet.«

Shacchio blickte überrascht auf, und ebenso ging es dem Seher in Manjipor.
»Also gut.« Die müden Augen schlossen sich, und Jodos konnte eine kurze Bewegung in dem anderen Seher wahrnehmen, der sich sorgte, Lord Shacchio könnte zu alt sein, um die Anstrengung von Istvans Botschaft auszuhalten.
»Lord Istvan sagt, daß gestern, nach kurzem Kampf, Lord Jagats Armee sich von Manjipor zurückgezogen habe. Er hat den Verdacht, daß sie sich entweder bis Inagar zurückziehen oder sich auf die verschiedenen Grenzlandburgen entlang der Straße nach Ojaini verteilen wird. Auf diese Weise sind sie auch weiterhin in Gefahr, und Lord Istvans Position ist delikat, da sie ihn immer noch von Ojaini abschneiden können. Er hofft jedoch, daß Lord Jagats Rückzug die Bereitschaft anzeigt, weiteres Blutvergießen zu vermeiden, und hofft, er wird bald in der Lage sein, Lord Jagat dazu bewegen zu können, Friedensbedingungen auszuhandeln...«
»Ohne weiteres Blutvergießen!« brüllte Jodos. »Will Lord Istvan etwa seine Feinde verhätscheln? Sage ihm, daß es seine Pflicht sei, unsere Feinde auf die Knie zu zwingen! Es ist seine Pflicht, Lord Jagat gefangenzunehmen, die Festungen zu zermalmen, die seine Versorgung bedrohen, seine Widerstandskraft zu brechen und...« Er fing sich gerade noch, als er sich daran erinnerte, daß die meisten wirklich sinnvollen Arten, Feinde zu unterwerfen, durch die von den Blauroben aufgestellten Kriegsgesetze verboten waren.
»Lord Istvan bittet, Eure Majestät daran zu erinnern, daß Lord Jagat einmal zu den loyalsten Eurer Vasallen zählte, und –«
»Er war einmal der treueste, aber jetzt ist er nicht mehr treu! Er hat eine Armee gegen mich geführt und gegen die Macht der Krone! Wie kann das Königreich sicher sein, bevor nicht diese Armee gedemütigt und gebrochen worden ist, so daß sie nicht noch einmal gegen uns losschlagen kann? Sagt Lord Istvan, er solle sich an die Arbeit machen! Manjipor ist in seinen Händen. Jetzt muß er die Provinz unter seine Kon-

trolle bringen und alle noch verbleibenden Widerstandsnester ausheben. Wenn Lord Jagat der Schlacht ausweicht, so muß er eben dessen Armee suchen und ihr die Schlacht aufzwingen. So lautet mein Befehl.«

Istvan schüttelte den Kopf, als der Seher diese Worte wiederholte. Hatte der König denn völlig vergessen, daß das Königreich praktisch hilflos den Dunklen Wesen ausgeliefert sein würde, wenn die Grenzländer besiegt wären? Aber es hatte keinen Sinn zu argumentieren. Und natürlich sollte dieser Krieg auch schnell beendet werden.
»Nun gut«, sagte er. »Ich werde Männer aussenden, die die Kontrolle über jene Festungen übernehmen sollen, welche die Straße nach Ojaini schützen, und wenn ich meinen Nachschub gesichert habe, werden wir nach Inagar marschieren. Aber ich bitte Eure Majestät, daran zu denken, daß Gnade das Kennzeichen guter Könige ist.«

Gnade! Jodos konnte sich das Lachen kaum noch verkneifen. Gnade!
»Ihr seid guten Mutes, Sire«, sagte Lord Shacchio.
»Ja«, sagte Jodos lächelnd. »Ja, die Kunde ist in der Tat sehr gut. Sieg! Ja, wirklich!« Sieg, in der Tat. Schon bald würde die Grenze ohne Verteidigung daliegen, ihre Burgen wären dann leer, ihre Verteidiger erschlagen oder verwundet, und dann würden sich die Sklaven der Lords aus der jenseitigen Welt gütlich tun. Bald...
Bald, denn jeder Tag, der verging, vergrößerte das Risiko. Dank gebührte Uoght, der die Blauroben im Norden beschäftigt hielt.

Der Herzog von Ipazema ritt an der Spitze seiner Armee, und in seinem Inneren brannte er vor Ungeduld. Wo war Hansio? Seine Armee war bereit. Er mußte sie bald einsetzen, bevor seine Feinde dies bemerkten.
Der Seher des Herzogs richtete sich im Sattel auf und wandte

sich seinem Herrn zu. »Eine Botschaft aus Thantakkar, mein Lord! Eine Armee, die von Süden her kommt, ist auf der anderen Seite des Oda gesehen worden! Sie erbitten Hilfe bei den Truppen der Provinz. Soldaten laufen, um die Tore zu schließen.«
Thantakkar! Endlich! Der Herzog richtete sich im Sattel auf und teilte Befehle aus. Die Zeit war gekommen!
Sein Seher unterbrach ihn. »Eine Botschaft von Prinz Hansio, Lord. Er sagt: ›Thantakkar ist mein‹.«
»Was?« Der Herzog schnaubte überrascht. »So schnell? Der Mann ist verrückt! Es ist doch gar nicht genügend Zeit dazu gewesen!«

Hansio war nicht verrückt, wie Ipazema in den nächsten Tagen feststellen mußte. Monate früher schon hatten Hansios Leute als Kaufleute oder Reisende verkleidet angefangen, in die Festungsstadt einzudringen, wobei sie ihre Rüstungen und Waffen sorgfältig versteckt hielten. In der vergangenen Nacht hatten sie sich in ausgewählten Wirtshäusern versammelt und ihre Grenzländerrüstung angelegt. Am Morgen waren sie zu den Toren marschiert, während die Truppen draußen vor den Toren die gesamte Aufmerksamkeit der Verteidiger in Anspruch nahmen.
Kalascor befand sich in Panik. Hansios Armee, so wurde berichtet, bewegte sich entlang den Ufern des Oda auf dessen Zusammenfluß mit dem Pavana zu. Die Garnisonen der nördlichen Provinz leerten sich, und ihre Truppen bewegten sich hastig nach Süden, um der bedrohten Garnison von Iskoda zu Hilfe zu kommen, die allein zwischen den Heerscharen von Mahapor und der Stadt Tarencia lag.
Der Herzog von Ipazema lachte laut, als die Aufforderung kam, seine Armee zu sammeln und zur Verteidigung von Kalascor loszumarschieren.

Zwei Tage später stand Istvan mit Phillipos an den Toren von Manjipor. Der Regen trommelte auf die Dächer der Stadt und

hüllte den offenen Torbogen in einen tropfenden Wasserfall ein.
»Seit drei Tagen fällt nur dann und wann ein ganz leichter Nieselregen«, sagte Istvan, »und nun das hier, ausgerechnet in dem Augenblick, in dem du abmarschbereit bist!«
Phillipos' tausend Kalascorier waren in Marschordnung aufgestellt, und Istvan hatte ihnen einige seynyorische Kompanien zugesellt, die sie bis Ojaini eskortieren sollten. Einige dieser Männer würden dort kehrtmachen und als Teil eines Versorgungskonvois zurückkehren; andere sollten den Prinz begleiten und ihm helfen, die Revolte niederzuschlagen.
Prinz Phillipos starrte verzweifelt in den Regen und murmelte leise vor sich hin, dann schaute er auf den Helm nieder, den er in seiner Armbeuge hielt. Er war geputzt und gereinigt worden, um jegliche Spur von der Reise zu entfernen, bis er schließlich wieder geglänzt hatte. Strahlende neue Federn nickten fesch auf der Spitze.
Irgendwo weiter hinten in der Reihe der Männer nieste jemand. Istvan runzelte die Stirn.
»Ich bin mir immer noch nicht ganz sicher, ob es klug ist, schon so bald zurückzureiten«, sagte er, und dachte dabei an den langen Marsch, den die beiden Männer gerade erst hinter sich hatten. »Es wäre sicher nicht falsch, wenn Ihr Euch ein paar Tage Zeit nähmet, um Eure Truppen ruhen zu lassen. Ipazema und Hansio –«
»Werden sich derweil um die Beute streiten?« unterbrach ihn Phillipos. »Vielleicht, aber Ipazema wird dabei nicht so gut wegkommen, daß es sich lohnen würde, zuzuschauen. Es ist *mein* Erbe und *mein* Land, und ich werde es nicht zulassen, daß die beiden es unter sich aufteilen, darum würfeln, darum kämpfen oder was auch immer! Ich muß zurück. Ich bin schließlich der Prinz. Meine Leute verlassen sich auf mich!«
»Es könnte sein, daß Ihr dort mit einer völlig erschöpften Armee ankommt, um dann herausfinden zu müssen, daß Eure Minister – und Eure verehrte Gattin – die beiden schon verprügelt haben«, sagte Istvan.

»Oder aber ich komme heim, und ich finde die beiden in meinem Schlafzimmer, wo sie gerade dabei sind, die Bettlaken unter sich aufzuteilen und sich darüber zu streiten, wer von ihnen meinen Spiegel bekommt«, sagte Phillipos betont liebenswürdig. »Ich weiß, was kann ich schon mit tausend Mann ausrichten?«

»Dreitausend«, sagte Istvan.

»Nun, ich kann Ipazema sehr nervös machen, wenn schon nichts weiter. Ich habe schon seit langem ein Auge auf diesen kleinen miesen Leisetreter geworfen. Wenn ich mich nicht aus der Provinz entfernt hätte, hätte er nie zu revoltieren gewagt. Und was Hansio betrifft, nun, niemand kann voraussagen, was Hansio tun wird. Ich vermute, daß er zur Zeit meiner Ankunft die Hauptstadt belagern wird. Das ist wahrscheinlich der Grund, weshalb seine Truppen sich vom Oda zurückgezogen haben.«

»Das hört sich aber nicht sonderlich sinnvoll an«, entgegnete Istvan und schüttelte den Kopf. »Nachdem er Iskoda eingenommen hatte, war der Weg zur Hauptstadt frei, aber er hat diese Chance nicht genutzt. Und jetzt weiß niemand, wo er sich befindet – oder zumindest wo der größte Teil seiner Armee steckt.«

»Das werden wir sicherlich schon bald wissen«, sagte der Prinz. Er wirkte ungehalten.

Istvan stieß mit einem gereizten Seufzer den Atem aus seinen Lungen. »Zumindest solltet Ihr Eure Männer hier ausruhen lassen; ich gebe Euch statt dessen vier seynyorische Kompanien«, sagte er schließlich. »Ich könnte dazu die Männer auswählen, die hier in Manjipor waren. Sie sind wesentlich frischer, und sie waren im Trockenen. Die Hälfte Eurer Männer wird unter Schüttelfrost leiden, wenn Ihr mit ihnen wieder zu Hause angekommen seid, und sie werden dann zum Kämpfen zu krank sein! Es ist schon allein ein Wunder, daß Ihr so viele von ihnen marschbereit machen konntet! Und Ihr könnt die Kavallerie haben!«

Der Prinz lächelte und schüttelte den Kopf. »Nein, obgleich

ich Euch dafür wahrhaft danken möchte. Aber Ihr habt nicht die Geschichten gehört, die durch die Kasernen meiner Leute gehen, und Ihr habt nicht gesehen, wie sie zum Schattenreich hinüberschauen. Sie sind keine Grenzländer, Hauptmann Di-Vega, und ebensowenig Seynyorer. Sie sind hier völlig verstört. Wenn ich sie zurückließe, würden sie denken, ich hätte sie verlassen. Sie sind ziemlich tapfer gegenüber menschlichen Feinden, aber wenn die Grenze wieder aufleuchten würde, ich glaube, die Hälfte von ihnen würde vor lauter Furcht verrückt werden. Sie hassen das Versengte Land, und selbst diese Stadt beunruhigt sie. Es ist einfach das Alter der Stadt.« Er zuckte mit den Schultern. »Wahrscheinlich würden sie am Ende auch noch mit den Grenzländern kämpfen, und Ihr habt ja wahrlich schon genug Ärger mit den Kantaranern und den Manjipéanern, wenn sie einander anknurren. Kalascor war einmal eine Provinz des alten Imperiums, und zwar eine rebellische, und diese Burschen sind mit Geschichten von der großen Rebellion aufgewachsen, und von diesen Geschichten her erscheint es ihnen auch normal, daß auf beiden Seiten des Oda seit mehreren tausend Jahren gekämpft wird. Sie sind größtenteils einfache Menschen, und sie haben noch nicht begriffen, daß die Takkarer heute nicht mehr ›der Feind‹ sind... Nein, wenn ich sie hier zurückließe, gäbe es Schwierigkeiten.«
Das weiße Pferd des Prinzen wurde herangeführt, und es schimmerte in der Dunkelheit des Tores. Seine Hufe klapperten auf dem Stein, und dieses Geräusch vermischte sich mit dem hohlen, trommelnden Echo des Regens und mit dem Husten der Männer.
Phillipos stieg auf sein Pferd, schaute hinab und salutierte. »Möge ein gutes Geschick Euch begleiten, DiVega.«
»Ich wünsche Euch einen guten Heimweg, Prinz Phillipos!«
Phillipos lächelte schief. »Ein *nasser* Heimweg höchstwahrscheinlich«, schnaubte er und schaute mißbilligend auf die Federn, die auf seinem Helm auf und ab wippten. Er gab seinem Trompeter ein Zeichen, zog sich die Kapuze über den Helm

und lenkte sein Pferd im Schritt zu dem Wasserfall hin, der wie ein Vorhang vom Tor herabstürzte.
Die Echos der Trompeten brüllten in schmerzenden Ohren, und die lange Reihe der Kalascorier marschierte in den Regen hinaus. Hinter ihnen hallten lange Reihen seynyorischer Reiter durch den Tunnel.

Kaum vierzig Meilen weiter im Nordosten hämmerte der gleiche Regen auf das Leinwanddach von Martos' Zelt.
Weit entfernt marschierte Jagats Armee über triefendes gelbes Gras nach Inagar. Ein Teil des Heeres konnte die Stadt möglicherweise schon erreicht haben. Aber Martos bewegte sich langsam, ließ seine Männer rasten, wartete auf Nachzügler und pflegte die große Herde der kränkelnden und übermüdeten Pferde.
Erst in der vergangenen Nacht war Valiros mit seinen wenigen Männern angekommen, die auf den häßlichen, leicht erregbaren Springern saßen. Er berichtete über ein kurzes Scharmützel mit der seynyorischen Nachhut, als er sich Manjipor genähert hatte, da er dachte, Jagats Armee dort vorzufinden. Viele andere kleine Trupps kamen, und schließlich auch noch ein großer: Der gesamte rechte Flügel von Jagats Armee war während Jagats Angriffsversuch auf das seynyorische Lager abgetrennt worden.
Aber Martos' eigene Kompanie hatte ein ganzes Drittel eingebüßt, ein Drittel von den jungen Männern, die so hochgemut mit ihm zusammen von der großen kadarinischen Stadt Erthi losgeritten waren, um in den Kriegen des Südens Kampf und Ruhm zu suchen. Einige von ihnen, das wußte er, befanden sich unter den Verwundeten in Inagar, aber andere waren nun Asche auf den Feldern der Toten.
Die Erde ist die Braut des Kriegers ...
Martos war erfreut über das Murmeln des Regens auf dem Zelt. Der Regen war draußen, und er lag warm und trocken im Inneren. Es gab sonst kaum etwas, worüber er sich hätte freuen können. Trotzdem lachten er, Paidros und Valiros,

ließen die Erinnerungen an jeden alten Witz wiederaufleben, der jemals in Kadar erzählt worden war, und legten so eine Maske der Fröhlichkeit über den Schmerz, den sie alle drei miteinander teilten. Ein paar hochgestellte Grenzländer schlossen sich ihnen an, verblüfft über viele der Witze.
Draußen grasten die Pferde das spärliche, regendurchnäßte gelbe Gras ab und schufen so Raum für die frischen Sprossen, die schon bald wie ein grüner Schimmer auf der weiten Ebene sprießen würden. Die Regenzeit wirkte ihr alljährliches Wunder. Seine Männer kauerten sich in ihren Zelten außer den Pferdewachen und denjenigen, die Wache hielten, gegen einen möglicherweise nahenden Feind.
Ein Grenzländer kam aus dem Süden geritten, und nachdem er ein paar Worte mit dem Wachtposten gewechselt hatte, raste er triefend durch den Regen zu dem Zelt, wo Martos und die anderen ihre Sorgen in alten Witzen ertränkten. Er entschuldigte sich, als er durch die Zeltöffnung eintrat, und verbeugte sich daraufhin. Wasser tropfte auf den Boden.
Paidros war mitten in der Geschichte von der Anstandsdame des gezierten Mädchens aus Thernhelm, aber er hörte auf, und sein Ausdruck wirkte dabei so komisch, daß Martos und verschiedene seiner Leute lachten, was den Grenzländern noch rätselhafter erschien.
»Verzeiht, Lords!« japste der Mann, der soeben aus dem Regen eingetreten war. Er fiel in der Zeltöffnung auf die Knie und verbeugte sich erneut. Wasser sickerte aus seinen weitgeschnittenen Hosen, und als er den Kopf vorbeugte, ergoß sich ein Rinnsal aus der Krempe seines Lederhelms. »Ich bin Akrit, ein Vasall der Lady Rukmini von Shirkote. Meine Herrin hat mich geschickt, um euch zu berichten, daß eine Armee von Seynyorern auf ihre Burg zumarschiert. Sie umzingelten sie, als ich wegritt, Lords!«
Alle richteten sich bei dieser Nachricht auf. Paidros, der die Geschichte über die Anstandsdame und ihre übermäßig affektierte Schutzbefohlene völlig vergessen hatte, polterte los: »Wieviel Männer?«

»Mindestens zweihundert, Lord«, sagte Akrit, »und vielleicht sogar noch mehr.«
»DiVega verliert wahrlich keine Zeit«, sagte Martos.
»Das kann er sich auch nicht leisten!« rief Paidros aus. »Wenn er die Straße nicht sichert, hat er samt seinen Männern bald nichts mehr zu essen, und das weiß er!«
»Aber Shirkote liegt nicht an der Straße«, warf Valiros ein.
»Nein, aber es liegt nahe genug, um eine gute Basis für Angriffe abzugeben, und es hat die Straße von Inagar unter Kontrolle«, sagte Paidros. »Er weiß, daß er in Schwierigkeiten geraten würde, wenn wir die Burg hielten. Er wird wahrscheinlich jede Festung in der Nähe zu besetzen versuchen, und diese ist der Stadt am nächsten.« Er wandte sich wieder Akrit zu. »Wie viele Männer hat Eure Herrin?«
»Fünfundzwanzig, Lord«, sagte der Grenzländer, »aber bis auf fünf von ihnen hat sie alle mit Lord Jagat nach Inagar geschickt. Jetzt sind nur noch vier Männer im Schloß selbst, und dazu meine Herrin und ihre Dienstmägde und unsere Kinder.«
»Die seynyorischen Kompanien zählen dreihundert Mann«, sann Paidros nach. »Wir hätten mehr, wenn Ihr mit uns reiten würdet, Lords?« Er verbeugte sich zu den Grenzländern hin. Die Grenzländer verbeugten sich ebenfalls.
In weniger als einer Stunde ritten sie durch den Regen und starrten durch die Nebelschleier des stahlfarbenen Wassers.
»Die Burg ist nicht mehr weit, Lord«, sagte Akrit durch das Heulen des Sturms. »Hört! Ihr könnt den Feind hören.«
Martos lauschte, während eisige Regentropfen über sein Gesicht liefen, seinen Bart durchnäßten und gegen die Kapuze schlugen, die seinen Helm bedeckte. Er konnte durch den heftigen Regen nichts sehen, aber er hörte in der Ferne gedämpfte Geräusche von Männern und Pferden. Zumindest, so überlegte Martos, konnten ihn die Seynyorer auch nicht sehen.
Plötzlich nahm das Hämmern der Regentropfen ab, und vor ihnen öffnete sich Meile um Meile nackten Flachlandes. Dann

hörte er Gebrüll: Die feindlichen Wachen hatten sie erspäht. Seynyorische Trompeten schmetterten einen metallisch klingenden Alarm.

Martos griff an. Er brüllte mit gezogenem Schwert und gab seinem Kriegspferd die Sporen. Wie eine Welle folgten seine Männer. Es blieb keine Zeit für Information oder strategische Erwägungen, sondern nur für einen Angriff aus der Kolonne, so wie sie gerade war. Im seynyorischen Lager waren Geräusche vom Aufsitzen und von der Bewaffnung zu hören. Fußsoldaten stürmten vor und schwangen ihre Waffen.

Martos' Schwert lag wie eine Sense in seiner Hand; es fegte tief unten an der Flanke seines Pferdes entlang. Es surrte in der Luft, und einem Manne wurde der Kopf von den Schultern gerissen. Dann war er an den abgesessenen Männern vorüber und jagte auf die immer noch verwirrten Soldaten zu, die sich auf ihre Pferde geschwungen hatten und nun eine Schlachtreihe zu bilden versuchten. Bevor sie sich noch formieren konnten, war Martos schon unter ihnen. Er donnerte auf ein stehendes Pferd und warf es zu Boden. Sein Schwert schlug auf eine gepanzerte Schulter nieder. Der Panzer hielt stand, aber der Mann, zu dem er gehörte, flog über den Schweif seines Pferdes hinweg.

Erschreckte Pferde gerieten in Panik. Martos sah, wie eines davongaloppierte und seinen Reiter hinter sich herschleifte. Ein anderes Pferd ging Martos bockend und ausschlagend aus dem Weg. Am äußersten Rande seines Blickfeldes sah Martos, wie Valiros' häßliche Stuten in der Luft schwebten und über den Feind aufstiegen. Akrits Schwert war ein Rad aus Blut.

Überall um ihn her vermischten sich menschliche Stimmen mit einem wütenden Knurren. Verwirrte Soldaten und Pferde hasteten ihm aus dem Weg. Ein Schwert hieb nach ihm, jedoch aus so großer Entfernung, daß es nur eine fliegende Ecke seines Umhangs traf und die dicke Wolle es für eine Sekunde umhüllte, bevor sie hinunterfiel.

Die Seynyorer flohen! Die meisten Reiter waren schon fort.

Die Männer zu Fuß jagten ihren verschwindenden Kameraden und den in Panik geflohenen Pferden hinterher, liefen zusammen und starrten fassungslos über die Schultern zurück, da sie wußten, daß sie früher oder später anhalten müßten.
Irgendwo da draußen mußte der Kommandant sein, der versuchen würde, seine Männer zu sammeln und sie wieder zu einer geschlossenen Formation zu vereinigen. Und wenn ihm dies gelänge, wäre Martos' eigene Truppe immer noch in Unordnung.
Martos hielt sein Pferd an, deutete mit dem Schwert zum Himmel und versuchte, seine Zunge irgendwie dazu zu bringen, das Wort »Halt!« hervorzustoßen. Er stammelte das Wort, aber wer sollte ihn schon bei diesem Geschrei hören? Männer galoppierten vorüber. Eine Trompete schmetterte hinter ihm. Romulos oder Styllis hatte seine Geste gesehen und verstanden.
Einige der Grenzländer kämpften weiter, entweder weil sie auf die Verfolgung erpicht waren, oder vielleicht auch deshalb, weil sie die Trompetensignale nicht kannten. Aber seine eigenen Leute zügelten ihre Pferde und die meisten der Grenzländer, die dies sahen, taten es ihnen nach.
Eine weitere Trompete erscholl hinter ihm, aber das waren weder Romulos noch Styllis. Martos wendete eilends sein Pferd. Durch den silbrigen Regen sah er eine stahlfarbene Kolonne, die sich im Trab näherte und in Gefechtsformation überging, wie es schien, indem sie sich rasch nach rechts und links ausbreitete.
»Noch eine Kompanie!« knurrte Paidros, als ob er fluchen würde.
Martos hatte gerade die Vorteile der verschiedenen möglichen Formationen gegeneinander abgewogen, aber jetzt gehorchte ihm seine eigene Stimme nicht mehr.
»Linie!« brüllte er. »Formiert euch um mich!« Er gab seinem Pferd die Sporen und raste zurück durch seine eigenen Reihen, wobei er zwischen weggeworfenen Waffen und Umhängen dahertrabte und auch an einem Kopf vorüberkam, der ihn

mit totensteifen Lippen anstarrte. Als er sich auf gleicher Höhe befand, wendeten die Männer seiner erstklassigen Truppe ihre Pferde mit parademäßiger Präzision, bis schließlich hundert Männer Steigbügel an Steigbügel ritten, während ihre Verbündeten aus dem Grenzland sich hinter ihnen versammelten. Der Regen wurde erneut schwächer, und er konnte die Seynyorer klar vor sich sehen, wie sie sich zu einer Schlachtlinie formierten.

Sie bildeten drei Reihen, seine eigenen Männer hingegen nur eine. Er schaute über die Schulter und sah den wild durcheinanderreitenden Haufen der Grenzländer, die sich umwandten, um ihnen zu folgen. Überall entlang der Linie auf ihrer Seite wiesen dunkelgraue Schwerter zu den Wolken. Aber die Seynyorer waren noch immer damit beschäftigt, sich zu formieren.

»Angriff!« brüllte er und stieß sein Schwert nach unten, um auf den immer noch mit dem Manöver beschäftigten Feind zu deuten. Romulos' Trompete sang, und die von Styllis gab das Kommando wie ein Echo zurück.

Auffliegender Schlamm spritzte von den Hufen der Pferde; jeder Hufschlag erschütterte die Knochen. Eiskalte Winde peitschten in die Gesichter der Männer.

Die Seynyorer brüllten und spornten ihre eigenen Pferde an. Die Schlachtreihen prallten aufeinander. Milchige Lichter kräuselten sich auf den kohlegrauen Schwertern. Schilde wurden erhoben, um ihnen zu begegnen, und das Donnern von Stahl auf Eisen betäubte die Ohren. Pferde fielen und schleuderten ihre Reiter in den Schlamm. Graue Schwerter verfärbten sich karminrot.

Martos' Schild erzitterte unter einem Hieb, der seinen Arm quetschte. Sein Schwert erhob sich, donnerte nieder und hämmerte, bis sein Arm schmerzte, während er seine Stute in die Reihen vor sich trieb. Überall um ihn brüllten Männer, und das Klirren des Stahls schmerzte in seinen Ohren. Doch über alles andere hinweg hörte er die Kriegsrufe der Grenzländer.

Und dann plötzlich schien es, als ob all die ausschlagenden und stürzenden Pferde, die noch Reiter auf ihren Rücken hatten, in die gleiche Richtung rennen würden, und die durcheinanderlaufende Menge teilte sich. Er blinzelte, schaute sich panisch um und sah kleine Gruppen von Seynyorern, die ihre Pferde wendeten und aus dem Tumult zu entkommen versuchten. Reiterlose seynyorische Pferde rasten vorüber. Grenzländer schwärmten von links und rechts heran; ihre Schwerter trieften. Ein dunkelgraues Pferd erhob sich aus dem Schlamm. Ein Seynyorer sprang auf seinen Rücken und schaute hastig um sich. Martos sah den Schrecken auf seinem Gesicht. Ein Grenzländer ritt heran, und der Seynyorer wirbelte sein Pferd herum und galoppierte zu seinen Kameraden davon, die vom Schlachtfeld strömten.

Martos' Stute schlug aus und wich einem anderen Pferd aus, das sich im Schlamm wand und wegen eines zerschmetterten Vorderbeines jämmerlich stöhnte. Sein Reiter lag unter ihm, still und bewegungslos: tot, so hoffte Martos, da sich das brüllende Pferd herumrollte und hin und her warf.

Der Angriff hatte die enggestaffelten seynyorischen Pferde reihenweise umgeworfen. Die Grenzländer, die wenige Augenblicke nach dem ersten Zusammenstoß auftauchten, waren zur Flanke und zum Ende einer feindlichen Truppe geritten, die schon allein durch den Schock, den Martos' Angriff ausgelöst hatte, zur Hälfte abgesessen und versprengt war.

Demoralisiert und im Ungewissen über die Größe der feindlichen Streitmacht, waren diejenigen Seynyorer, die noch auf ihren Pferden saßen, schnell zurückgewichen. Jedoch wurde dieser Rückzug schon bald zu einer wilden Flucht, da die Grenzländer, die auf ausgeruhten Pferden saßen und selbst auch frisch waren, sie angriffen.

Grenzländer, Kadariner und Seynyorer jagten meilenweit in einer wilden Verfolgungsjagd dahin, bis Martos seine eigenen Männer zurückrief und zu den Toren von Shirkote zurückritt.

Chondos wußte nicht, wie lange er nun schon durch den endlosen Irrgarten der mit Knochen gefüllten Gänge gekrochen war, wobei die Kobolde spotteten, während sie ihn weitertrieben, und die fürchterliche Gegenwart von Vidraj drohend sein Leben überschattete. Nach einer Weile des Alptraumdeliriums bezweifelte er langsam, ob er je irgendein Leben außerhalb dieser Tunnel gekannt habe, in denen die Dunklen Wesen einander jagten und fraßen. Sonnenlicht und die einfachen menschlichen Freuden und Freiheit von Schmerz, all dies schien Träumen entsprungen zu sein. Er erinnerte sich an den Palast seines Vaters, wie man sich an eine alte Geschichte erinnern mochte. Aber schließlich trieben sie ihn einen schräg ansteigenden Tunnel hinauf und gelangten dann an eine Erdböschung. Kalte Luft schlug Chondos ins Gesicht, und er kroch durch eine Öffnung in die Dunkelheit unter dem bewölkten Nachthimmel hinaus.

Dunkle Gestalten erhoben sich um ihn. Er erkannte die dächerlosen Häuser und die zerfallenden Türme. Er war wieder im alten Rashnagar, wo seine Vorfahren einmal als Könige regiert hatten, und wo ihn jetzt der Meister erwartete.

Der kalte Wind, der durch die tote Stadt raste, drang durch seine zerrissene Kleidung. Sein Kopf schwirrte vor Erschöpfung, und er sank auf die Knie. Wann hatte er nur zum letztenmal gegessen? Und was? Er konnte sich nicht daran erinnern . . .

»Steh auf!«

Chondos hob den Kopf und sah in jene unheilkündenden Rubine, die Vidrajs Augen waren.

»Steh auf!« befahl die eiskalte Stimme erneut. »Steh auf, Sklave!«

Er spürte den furchtbaren Druck wieder, und wieder murmelte er den Zauberspruch, der seinen Geist schützte. Diese Anstrengung ließ seinen Kopf noch mehr schmerzen. Der Vampir zischte. Eine Hand, die sich anfühlte wie ein Stahlgebiß, hob ihn hoch, als wäre er völlig gewichtslos, und stellte ihn auf die Füße.

Chondos stand schwankend da. Die knochige Hand schien sein Fleisch zu zermalmen.

»Geh, Sklave!« sagte die schreckliche Stimme. Ein Stoß ließ Chondos vorwärtsstolpern. Er merkte, daß ihn aus den Ruinen Augen beobachteten. Vidraj schritt neben ihm, und die Kobolde, weiße und schwarze, kamen geduckt hinterher.
Fahle Steingebäude, die zerbrochenen Schädeln glichen, erhoben sich längs der Straße. Bepelzte, mißgestaltete Silhouetten jagten vor ihren Fackeln davon. Einmal kam etwas vom Himmel geflattert, aber Vidraj brüllte ein Wort, und es schwenkte mit einem heiseren Krächzen ab.
Ein riesiges Gebäude erschien vor ihnen, eine grimmige, zerfallende Behausung mit leeren, düsteren Fensterhöhlen. Die Steinmauern waren immer noch stabil, obgleich Wind und Regen seit tausend Jahren an ihnen arbeiteten. Ein weißlicher Nebel kroch durch die Straße auf sie zu. Er verschwand, als sie näher kamen, so wie das bei Nebel gewöhnlich der Fall ist.
Emicos trat ins Fackellicht. »Du hast deine Sache gut gemacht, Vidraj«, sagte er. Seine Augen schimmerten rötlich, und sie starrten an Chondos und dem Vampir vorbei und beleuchteten die Kobolde, die sich hinter den beiden herschlichen: »Und auch mit euch sind wir sehr zufrieden. Kommt nun, um euch eure Belohnung abzuholen.«
Lag Spott in jener sanften, äußerst müden Stimme? Chondos war sich nicht sicher.
Sie folgten Emicos die kalte Straße entlang in die Dunkelheit eines gähnenden Torbogens. Kobolde standen hier Wache: Es waren aber Kobolde einer anderen Art. Chondos sah, daß diese hier Nasen besaßen – fingerlange Nasen – und Fangzähne wie Eber. Ihre Haut wirkte im Fackellicht rötlichbraun, heller als die vieler Grenzländer. Einige trugen eine grobe Lederrüstung mit einem alten Kettenhemd. Sie hielten Hellebarden und Speere in den Händen. Ihre riesigen Augen glühten die Neuankömmlinge grünlich an. Und unter ihren Helmen schaute schmutzigweißes Haar hervor.
Treppen aus gesprenkeltem Marmor und eine riesige Halle; Lichter und Schatten bewegten sich darin. Teile des Daches waren eingestürzt; Holzstücke und Ziegel lagen auf dem Stein

verstreut. Am anderen Ende des Raumes umgab ein Fackelring einen steinernen Thron. Darauf hockte eine schwarze Gestalt.

Vor Chondos' Fängern marschierte eine Gruppe von Männern auf den Thron zu. Sie trugen alte Rüstungen, und in ihren Händen hielten sie lange Lanzen. Chondos war überrascht zu sehen, daß sie in guter Ordnung marschierten. Sie hielten vor dem Thron an und donnerten ihre Speere auf den Steinboden.

»Wir sind die Erwählten«, brüllte ihr Anführer. »Wir gehorchen Eurem Ruf, Lord! Befehlt uns!«

Die Gestalt in der schwarzen Robe bewegte sich. Währenddessen dachte Chondos, er sähe ein langes, bleiches, stockähnliches Bein unter dem Saum der Robe hervorschauen, und einen Fuß, der ihn an Vogelklauen erinnerte, aber dann verdeckte der schwarze Stoff dies so schnell wieder, daß Chondos sich nicht sicher war, was er tatsächlich gesehen hatte.

»Ihr habt den Rest eures Stammes auch mitgebracht?« zischte die tiefe Stimme. »Und eure Ernte?«

»Wie Ihr befohlen habt, Lord. Unsere Frauen und Kinder sind hier, und die paar Sklaven, die noch übrig sind. Sie sind an dem Ort eingesperrt, den Euer Diener uns gezeigt hat.«

»Das habt ihr gut gemacht«, antwortete der Meister mit einem verstohlenen Flüstern. »Es sind viele zu füttern. Schließt euch nun meiner Wache an.« Ein schwarzer Ärmel gestikulierte, und die Bewaffneten begaben sich zu einer angegebenen Stelle. Viele Männer waren hier versammelt, ebenso wie bewaffnete Kobolde verschiedener Rassen.

Nachdem die Bewaffneten sich entfernt hatten, führte Emicos Chondos und Vidraj nach vorn. Plötzlich sprang Vidraj wie in einem Anfall auf und packte einen der Männer. Ein einziger lauter Schrei ertönte, und schon hatte Vidraj den Mann über sein Knie gelegt und seine Fangzähne in die Kehle des anderen hineingegraben.

Bewaffnete schrien und liefen verstört durcheinander. Einer

von ihnen, der etwas tapferer war als der Rest, wandte sich um und hob seinen Speer. Ohne das Gesicht vom Nacken seines Opfers zu entfernen, winkte Vidraj dem Speerträger mit der Hand zu. Der Mann schrie, ließ seine Waffe fallen und fiel zu Boden, während er seinen Kopf mit beiden Händen hielt.

»Vidraj!« zischte die Stimme des Meisters. »Ziemt sich denn so etwas vor dem Kaiserthron?«

Vidraj blickte auf, warf den Mann zu Boden und lachte. Sein Opfer lag einen Augenblick lang ruhig da, kroch dann aber über Vidrajs Füße, setzte sich auf und starrte ihm ins Gesicht.

»Du magst auf dem Thron sitzen, Teratos, aber prüfe meine Geduld nicht zu sehr! Ich habe gehungert, um diesen Sterblichen zu dir zu bringen; ich löschte meinen Durst mit fauligem Blut und ließ den Gefangenen unberührt, auf deinen Befehl hin, aber ich konnte keinerlei Grund dafür erkennen, denn schon ein winziges Schlückchen, ein knapper Becher Blut hätte ihn gezwungen, zu gehorchen.«

»Und hätte ihm für alle sichtbar deinen Stempel aufgedrückt!« sagte der Meister. »Du Narr! Wenn alles andere mißlingt, werde ich diese Methode anwenden, um ihn zu binden; aber für unsere Pläne wäre es das beste, ihn mit keinerlei erkennbarem Makel auf seinem Körper loszuschikken.«

»Kannst du dir denn nicht vorstellen, daß ich sein Blut ebenso sehr zu trinken wünsche wie du?« sagte Emicos. »Auch ich könnte ihn an meinen Willen binden. Doch wenn wir ihn zu gegebener Zeit als Mensch und unberührt in die Hellen Länder senden, kann er viel für uns tun. Wenn du ihn beißt, wird er seine Immunität gegenüber den Mächten der Namenlosen verlieren. Und diese Immunität benötigen wir.«

»Nun gut«, sagte Vidraj. »Ich will dir deinen Gefangenen nicht mißgönnen, und du brauchst mir diesen Trunk nicht zu verwehren.« Er deutete auf den Mann, der zu seinen Füßen kniete. Der Speerträger schaute bewundernd auf und streckte den Arm aus, um das Knie des Vampirs zu liebkosen.

»Ich hätte dir schon noch Blut gegeben«, sagte der Meister. »Du hättest dich nicht an einem Mann meiner Wachen zu vergreifen brauchen.«
Vidraj bückte sich, packte den Mann beim Genick und schleuderte ihn direkt vor den Thron.
»Habe ich ihm etwas zuleide getan? Zurück auf deinen Posten!« befahl er, und der Wächter kroch dorthin, wo er seinen Speer verloren hatte, stand dann auf und nahm seinen Platz unter den anderen ein. Aber seine Augen waren immer noch in einem verträumten Starren auf Vidraj fixiert. »Selbst wenn ich ihn ausgesaugt hätte, als Belohnung dafür, daß ich dir deinen Gefangenen zurückgebracht habe, hätte ich dir nichts abgenommen! Er würde dir dann nur um so besser dienen!«
Der Meister kicherte. »Hast du denn jeden Respekt vor dem Thron des Herrschers verloren?«
Vidraj richtete sich auf. »Hätte ich noch immer den Respekt vor den alten Königen, den ich im Leben hatte, so würde ich deinen fauligen Körper von diesem Thron herunterreißen und dir deine vertrockneten Knochen brechen. Du hast nichts von jenem alten Blut, du Halbmensch...«
»Tretet vor, König Chondos!« Die Stimme des Meisters übertönte die Tirade des Vampirs. »Du möchtest einen vom alten Blut sehen, Vidraj? Hier steht der Erbe der alten Könige, der Nachkomme der Herrscher! Tritt vor!«
Chondos blinzelte und stolperte einen Schritt auf den Thron zu. Sein Geist war vernebelt. Schmerz und Erschöpfung machten jeden Gedanken schwer. Der alte Thron? Wozu sollte der jetzt noch gut sein? Er hatte von ihm als Kind geträumt, aber das waren keine Träume wie dieser gewesen. Er hörte ein Geschnatter aus den Reihen der Kobolde, die hinter ihm standen.
»Ach ja«, sagte Vidraj. »Über unserem Streit hätte ich das fast vergessen! Jene möchten die Belohnung in Empfang nehmen, die du denen versprochen hast, die diesen Menschen hier fangen. Sie riefen mich aus meinem Schlaf, um ihnen zu helfen, ihren Gefangenen zu bewachen!«

»Sie werden ihre Belohnung erhalten«, sagte der Meister. Der Vermummte wandte sich den Wachen zu. »Du da, Anführer der Auserwählten. Führe diesen Abschaum dahin, wo ihr eure Frauen und Kinder eingesperrt habt. Laß sie sich satt essen, und wenn sie zurückkehren, können sie drei Frauen zu ihren Stämmen mitnehmen, aber nicht mehr!«
»Wie Ihr befehlt, Lord«, sagte der Anführer mit einer tiefen Verbeugung.
»Und jetzt, König Chondos«, sagte der Meister, »möchtet Ihr den Thron Eurer Vorfahren besteigen? Ihr solltet mittlerweile erkannt haben, daß Ihr nicht entfliehen könnt. Seid Ihr jetzt bereit, zu tun, was man Euch sagt?« Was auch immer unter den schwarzen Roben sein mochte, hob und bewegte sich, als der Meister erneut lachte. »Ah, wir sollten den alten Sanga und Isuri herbeirufen! Es ist wirklich schon lange her, seit sie beide einen rechtmäßigen Herrscher von edler Abstammung auf *diesem* Thron haben sitzen sehen!«
Chondos starrte ihn benommen an. Der Thron seiner Vorfahren, der Thron des Herrschers von Rashnagar! Doch alles, was er wollte, war Essen und Wasser und ein wenig Schlaf.
»Komm, König Chondos!« ertönte die Stimme des Meisters. Die schwarze Gestalt erhob sich vom Thron und deutete auf den nun freien Sitz. »Möchtet Ihr nicht auf dem Thron Eurer Vorfahren sitzen? Setzt Euch und herrscht über das gesamte Imperium! Ich werde Isuri herbeirufen, der den letzten Herrscher hier noch hat sitzen sehen, und ich werde Euch das Zeichen Eurer Souveränität auf Eure Augenbraue zeichnen, und unsere Legionen werden marschieren, um Eurem Königreich den Frieden zu bringen.«
Der *Thron*, dachte Chondos. In seinem Hinterkopf flüsterte etwas, er bräuchte ihnen nur zu zeigen, daß er bereit sei, das zu tun, was sie wollten: auf dem Thron zu sitzen. Dann würden sie ihm schon Essen und Ruhe und Wasser geben. Er bräuchte ihnen nur nachzugeben und zu tun, was sie wollten.
Auf dem Thron sitzen. Sie machten sich natürlich nur über

ihn lustig, aber der Thron stand ihm schließlich rechtmäßig zu. Er hatte seinen Vorfahren gehört, den alten Königen.
Die alten Könige... Er richtete sich auf. Sein Geist wurde klarer.
»Ja, ich werde den Thron besteigen«, sagte er. »Ich *werde* auf dem Thron sitzen. Ich werde dort nach Euch sitzen, und diese Dinger dort, die Euch dienen, werden tot sein, wenn die Zwillingssonnen wieder auf dieses Königreich scheinen und jede stinkende Kreatur aus dieser Stadt verjagt worden ist! Dann werde ich den Thron besteigen!«
Der schwarze Stoff bewegte sich auf ihn zu. »Wirst du das wirklich?« zischte der Meister. »Ich glaube nicht! Wachen! Fesselt ihn!«

Bei Anbruch der Dämmerung ritt Martos von Shirkote los, nachdem er die Nacht geschützt vor dem Regen verbracht hatte, gewärmt und bewacht durch den Kastellan. Er ritt von Shirkote nach Nordosten auf Inagar zu.
Inagar... und Kumari. Ihr Gesicht tauchte in seinen Gedanken auf. Er übte schon die Worte, die er zu ihr sprechen wollte. Ihre Augen befanden sich vor ihm, als ein Kundschafter heranritt, um zu berichten, daß ein Trupp sich in einigem Abstand auf der Straße bewegte.
Martos schüttelte sich aus seiner Träumerei und schaute den Kundschafter finster an.
»Männer? Was für Männer?«
»Seynyorer, Lord, zumindest würde ich das aus ihren Pferden und ihrer Bewaffnung schließen. Sie reiten nach Osten, entlang der Straße nach Nilakota. Ich konnte natürlich aus der Entfernung nicht allzuviel erkennen, aber...«
Aber wer sonst konnte auf der Straße nach Ojaini reiten, dachte Martos, und Wut kam in ihm auf. Er war auf dem Weg zurück nach Inagar. Er hatte erst gestern gekämpft, seine Männer waren müde, die Pferde waren müde...
»Wie viele?« fragte er.
»Eine Kompanie, Lord. Ungefähr dreihundert Mann.«

Martos runzelte die Stirn. Warum sollte er die Seynyorer nicht einfach weiterziehen lassen? Es war Zeit, daß jemand anderes kämpfte. Er war nur eine Tagesreise von Inagar entfernt. Wenn er jetzt weiterreiten würde und die Seynyorer ihrem Schicksal überließ, könnte er vor Anbruch der Nacht dort sein, sicher aber am nächsten Morgen. Er könnte schon morgen Kumari sehen – falls sie ihn sehen wollte. Falls . . .
Wut zerrte in seinem Inneren und wurde zu blanker Verzweiflung. Wie konnte er Pläne schmieden, bevor er mit Kumari geredet hatte? Warum mußte nur dieser dumme Krieg dazwischenkommen? Was kümmerte es ihn, was die Seynyorer taten? Und die ganze Zeit über prüfte der kalte Stratege in seinem Geist die Situation und erinnerte ihn daran, daß der Krieg verloren wäre und all seine Männer umsonst gestorben wären, wenn die Seynyorer die Kontrolle über die Straße erlangten und damit einen Weg für ihren Nachschub offenhielten. Ein bedrohlicher Donner erscholl aus einer entfernten Wolkenbank.
Wie könnte er Kumari gegenübertreten, wenn er Jagat im Stich ließ? Jagat und all die Männer, die *auf seinen eigenen Rat hin* nach Inagar gegangen waren.
Gestern hatte er zwei seynyorische Kompanien vertrieben. Fast hundert Grenzländer waren in Shirtoke zurückgeblieben. Aber es waren immer noch genug bei ihm . . .
Mit einem Fluch auf den Lippen gab er auf, und nachdem er Paidros gerufen hatte, nahm er sich ein frisches Pferd aus der Herde und machte sich bereit, mit dem Kundschafter loszureiten, um einen Blick auf die Männer auf der Straße zu werfen und dann über seinen Angriffsplan zu entscheiden.

Chondos baumelte von der Decke herab; Seile rieben seine Handgelenke wund; seine Schultern wurden auseinandergezogen. Eine Kohlenpfanne glühte in hellem Goldrot heiß zwischen seinen Füßen. Sein Bewußtsein durchzogen an- und abschwellende rote Wellen des Schmerzes. Einmal erwachte er aus dem Delirium und hörte sich selbst schreien.

Das bewirkte jedoch nichts weiter, als daß es seine Kehle wund und seine Feinde glücklich machte. Deshalb zwang er sich, wieder aufzuhören. Also schloß er die Lippen und biß darauf. Das Blut seiner Lippen tropfte auf die Kohlen und verdampfte zusammen mit seinem Schweiß, um dann seine nackten Oberschenkel zu verbrühen. Er strangulierte sich fast, bevor seine Kehle zu zucken aufhörte. Er konnte hören, wie sein Atem so gewaltig wie der eines Pferdes ein- und ausströmte.

Der alte Audienzsaal verströmte den Ruhm früherer Generationen. Manchmal glaubte er in seinem Delirium phantastisch gekleidete Höflinge zu sehen oder gar den majestätischen Klang der alten takkarischen Hofmusik zu hören.

Seine Fußristen schmerzten vom Stehen auf Zehenspitzen, wodurch er versuchte, seine Füße von der Kohlenpfanne fernzuhalten, bis er schließlich loslassen mußte und schlaff in den Seilen hing, direkt über den glühenden Kohlen. Die Ketten um seine Knöchel hielten seine Füße nur sehr knapp vom rotglühenden Metall fern. Er berührte es zwar nicht, aber die Füße waren doch so nahe, daß er nach kurzer Zeit gezwungen sein würde, die Zehen wieder senken zu müssen und die Füße dann von der sengenden Hitze zu entfernen.

Durch einen Schleier von Schmerz beobachtete er längst verstorbene Hofbeamte in kostbaren seidenen Roben von purpurner, roter und goldener Farbe und ebenso kostbar gekleidete Botschafter aus allen Ländern der Welt, die sich vor dem König der Könige, dem Herrscher von Takkaria, verneigten. Dann brachte der Schmerz in der Schulter die leere Ruinenhalle zurück, und er schaute wieder an sich hinab und sah das orangene Glühen zwischen seinen Füßen.

Immer wieder bewegte irgend jemand in der Dunkelheit hinter ihm einen der Stifte oder Nadeln oder was es auch sonst sein mochte, das in seinen Rücken stach, und in unerwarteten Augenblicken fegte eine Peitsche aus Stoff oder ein Stück Holz in die glühenden Kohlen unter ihm; dann schossen die Flammen hoch und versengten seine Beine. Manchmal wurde

Wasser über sein Gesicht gespritzt, und er konnte die Feuchtigkeit von den Lippen lecken. Er wußte nicht mehr, wie lange es nun schon her war, daß er das letzte Mal gegessen hatte. Er trieb zwischen Traum und Wachsein hin und her. Schien Mondlicht durch das Dach? Oder war es das fahle Tageslicht des Schattens? Hier, wo einst Männer durch sonnenbeschienene Straßen geritten waren oder sich in grünen Gärten erfrischt hatten, jagten einander jetzt hungernde Ghule und Kobolde durch windige Straßen zwischen zerfallenden Gebäuden unter einem trüben, sonnenlosen Himmel und brüllten, während sie einander auffraßen.

Lichter und Musik und alte Zeremonien füllten die schattigen Winkel seines Gehirns. Aber immer noch konnte er die Schreie hören. Er preßte die Lippen zusammen und biß auf sie, aber die Schreie hörten nicht auf. Nach einer Weile erkannte er, daß es nicht seine eigene Stimme war. Er zwang sich, seine vom Schmerz getrübten Augen zu öffnen und wünschte sich sogleich, er hätte es nicht getan. So wurde er Zeuge einer widerlichen Folterszene. Er schloß die Augen gewaltsam wieder und versuchte, an seinen Ketten zu zerren. Er konnte seine Ohren nicht verschließen, aber nach einer Weile besorgte dies der Schmerz für ihn.

Kaltes Wasser spritzte ihm ins Gesicht. Er leckte seine nassen Lippen. Sogleich verspürte er einen stechenden Schmerz zwischen seinen Schenkeln.

Etwas war in seinem Geist. Rohes rotes Fleisch, das von zuckenden Knochen abgerissen wurde. Blut, rot und satt.

Da war etwas in seinem Geist. Er versuchte sich an die Symbole zu erinnern, die Miron Hastur ihm gegeben hatte, aber sie waren irgendwo im Abgrund des Schmerzes verlorengegangen.

Gongs und tiefe, schmetternde Hörner. Kostbar gekleidete Höflinge verbeugten sich vor dem Thron. Der Stolz, die uralte Macht. Die Angst, die Alptraumgestalten überfluteten die Stadt. Brennende Türme zerfielen, Männer, Frauen und Kinder flohen, und Fänge in seiner Kehle.

Da war etwas in seinem Geist. Er suchte nach den Symbolen, die es vertreiben konnten, aber nur bruchstückhafte und farblose Fragmente waren zurückgeblieben.
War er im Begriff, verrückt zu werden? Der klagende Ruf einer Flöte durchdrang die riesige leere Halle. In seinem Kopf konnte er die tiefen, dröhnenden Hörner hören, die Trommeln und Gongs, die die Flöte durch die langsamen, feierlichen Kadenzen des alten Liedes begleiteten. Aber die Flöte klang in seinen Ohren.
Ein totenbleiches Gesicht tauchte vor ihm auf. Er blinzelte. War das Vidraj? Emicos? Er blinzelte erneut. Die Gestalt vor ihm war in eine lange, fließende Robe gekleidet, aus glänzender, goldgefärbter Seide, so wie die Roben, die er nur auf den Bildern aus jenen alten Tagen gesehen hatte, eine Robe von der Art, wie sie die Minister des königlichen Hofes in den Tagen getragen hatten, als die Zwillingssonnen noch auf Rashnagar schienen. Die Flöte spielte weiter.
Dann sah er den Flötisten. Er war in einen kostbaren Kettenpanzer und einen purpurnen Umhang gekleidet. Und nahe bei ihm sah er eine weitere Gestalt, eine Gestalt in schwarzer Robe, die er schon einmal gesehen hatte.
»Hängt ihn ab«, sagte die zischende Stimme. »Jetzt wird er gehorchen.«
Die Flöte verstummte, und der Spieler drehte sich um. Ein ausgemergeltes Gesicht mit roten Augen und weißem Schnurrbart starrte ihn an. Er erinnerte sich daran, wann die Dunklen Wesen zum erstenmal nach Rajinagara gekommen waren.
Die Fänge in seiner Kehle und der Anfang des Gehorsams.

10

Während Chondos in der dunklen alten Halle litt, führte Martos seine erschöpften Männer nach Südosten in den grauen Staub.

Martos ritt ohne Kapuze und saß kerzengerade im Sattel. Obgleich kein Regen fiel, rollte und krachte ein Donnerschlag über den Himmel. Blitze glühten weiß durch die fernen schwarzen Wolken, die wie Berge am nördlichen Horizont hingen. *Nein! Nicht schon wieder!* dachte er.

Lücken in der Wolkendecke gaben den Blick auf blauen Himmel frei, und das Licht der Zwillingssonnen fiel in breiten goldenen Streifen durch die Finsternis, obgleich er mit seinen Männern unter einer Wolkendecke her ritt, die ihren Rüstungen den Glanz nahm.

Tiefer und tiefer ritten sie in einer langgestreckten Kurve nach Süden in den Staub hinein, so daß sie schließlich neben der Straße ans Ende der seynyorischen Truppe gelangen würden. Vor ihm waren seine eigenen Kundschafter geschäftig auf der Jagd nach feindlichen Kundschaftern. Ihr Erfolg würde ausschlaggebend dafür sein, wie sehr seine Feinde vorgewarnt wären. Somit hing das Ergebnis der bevorstehenden Schlacht von einem Dutzend kleiner erbitterter Duelle irgendwo im vergifteten Ödland ab. Die beiden feindlichen Truppen würden sich zahlenmäßig wohl ziemlich ebenbürtig sein. Martos wußte, daß er sich diesmal nicht mehr auf solche Zufallsfaktoren verlassen konnte, wie sie ihm der Regen am Vortag zweimal beschert hatte.

Er hätte bei jenem zweiten Angriff leicht die Hälfte seiner Leute verlieren können, ja sogar noch mehr. Zum Glück war keiner seiner Männer ernsthaft verletzt worden, als die Pferde sie abwarfen – was nur einem extrem günstigen Geschick und der kleinen Anzahl seiner Leute zuzuschreiben war. Seine Männer, die in einer einzigen Reihe angegriffen hatten, waren nicht zuhauf umgeworfen worden wie die Gegner.

Der Plan, den er zusammen mit Paidros Stunden zuvor ausgearbeitet hatte, war ihm brillant vorgekommen. Während er jedoch ritt, kamen ihm wegen diverser Einzelheiten Bedenken.

Kaum sichtbar zu ihrer Linken und außer Sichtweite der Straße ritt eine kleine Gruppe von Grenzländern. Ein Kundschafter, der sich zwischen beiden Truppen bewegte, hatte lediglich die Aufgabe, Nachrichten über den bevorstehenden Angriff zu überbringen. Eine weitere kleine Truppe ritt hinter seiner Linie: diese würde nach rechts ausschwenken, wenn der Kampf begänne, um die feindliche Flanke zu bekämpfen.

Die langbeinige seynyorische Stute zwischen seinen Schenkeln trabte ruhig über den vergifteten Staub, und die Meilen vergingen wie im Fluge. Der Nacken des Tieres wölbte sich stolz. Dies war ein völlig anderes Tier als die kraftvollen kadarinischen Pferde, an die er gewöhnt war. Zuerst hatte Martos seinen kleinen Hufen und den langen feingliedrigen Beinen mißtraut; aber während des Ritts sagte ihm sein Reiterinstinkt, daß er eine gute Wahl getroffen habe. Es war ein Pferd, das ohne jegliche Furcht geboren worden war, zum Kampf trainiert und an Lärm und Blut gewöhnt. Bald würde er wissen, ob dies tatsächlich zutraf.

Lichtfunken glühten unter dem Schein der Sonne auf. Er strengte seine Augen an und beobachtete, wie sie größer wurden und näher kamen . . .

Dann sah er den Feind auf der Straße marschieren: seynyorische Soldaten, die ihre Pferde führten. Hinter ihnen erhob sich der Schatten leer und schwarz. Grauer Staub dämpfte das Geräusch der Hufe, während die weit ausschreitenden Kavalleriepferde sich der nur langsam dahinziehenden Kolonne näherten. Schon bald würden sie in Bogenschußweite sein. Aber es wäre besser, die Bögen nicht zu benutzen, wenn sie es schaffen würden, nahe genug heranzukommen, um einen massiven Angriff mit Schwertern führen zu können – falls ihnen dies gelänge, ohne gesehen zu werden.

Seine Kundschafter kamen winkend aus dem Staub herange-

ritten und schlossen sich seiner Truppe wieder an. Die feindliche Truppe vor ihnen hatte angehalten. Die Männer bestiegen ihre Pferde. Waren die Kadariner gesichtet worden? Selbst wenn dies nicht der Fall war, mußten sicherlich einige der Männer sie nun in kürzester Zeit sehen. Bestimmt würde irgend jemand zufällig zurückblicken und die lange Reihe heranreiten sehen.
Martos bewegte eine Hand auf den Bogen an seinem Stiefel zu. Ein schneller Pfeilhagel würde die meisten der Männer, die sie sehen konnten, niedermähen, und der größte Teil der Kolonne wäre dann immer noch über die Angriffsrichtung im Unklaren. Das Sonnenlicht nahm ab, weil sich eine Lücke in der Wolkendecke schloß. Die Seynyorer saßen nun in den Sätteln ihrer Pferde, und die Kolonne ritt weiter. Beschlagene Hufe hämmerten auf die alte Steinstraße.
Martos ließ seinen Bogen im Behälter und zog sein Schwert. Licht rieselte weiß wie geronnene Milch an der dunklen Klinge entlang. Die Muskeln des Handgelenks und des Unterarms drückten fest gegen die Waffe. Links und rechts entlang der Linie wurde Stahl geräuschlos aus ledernen Scheiden gezogen, der dann zum Himmel wies. Er machte sein Pferd für den Angriff bereit.
Rollender Donner ertönte vom Himmel. Dann hörte er Trompeten – die Hörner der Feinde. Vorreiter, die sich beim Grollen des Donners umgewandt hatten, sahen, wie Martos' Männer sich ihnen rasch näherten.
Romulos und Styllis stießen in ihre Hörner. Die Pferde streckten ihre langen Beine. Schwerter bewegten sich durch die Luft. Hufschläge verschwammen zu einem schnellen Galopp.
Irgend jemand mußte wohl in der seynyorischen Kolonne widersprüchliche Befehle gegeben haben: Die Männer bewegten sich durcheinander. Die einen wandten ihre Pferde dem Feind zu, während andere nach vorne preschten und auszuschwärmen und sich neu zu formieren versuchten. Ein Befehl wurde gebrüllt. Die Männer, die sich umgewandt hatten, um

sich den Grenzländern entgegenzustellen, wendeten erneut und sprengten davon, um sich mit ihren Kameraden zu vereinigen. Aber Martos und seine Männer waren ihnen schon dicht auf den Fersen.

Die in der Nähe stehenden Reiter wurden immer größer, und Martos konnte die riesigen Muskeln der Pferde arbeiten sehen. Das Gesicht eines Reiters drehte sich, um über seinen bereitgehaltenen Schild nach hinten zu schauen. Martos konnte nicht das geringste Anzeichen von Furcht darin entdecken; es glich dem Gesicht eines Löwen.

Martos' Herz stockte, und sein Mund war trocken. Er atmete zu rasch. Er zwang sich zu einem tiefen Atemzug, den Atem dann anzuhalten und sich, wie Birthran es ihn gelehrt hatte, auf die kristalline Spirale zu konzentrieren. Er kam dem Manne näher, aber dieser würde ihn auf seiner rechten Seite haben. Im günstigsten Falle wären ihm nur seine Schulter und sein Ellbogen ausgesetzt.

Plötzlich hielt der Seynyorer sein Pferd an und hieb nach Martos' Ellbogen, während dieser sich noch in Reichweite befand.

Martos peitschte mit seinem Arm abwärts, und das Gewicht seines Schwertes schmetterte die Klinge des Gegners über den Schild. Der Seynyorer gab seinem Pferd die Sporen, und plötzlich nahm Martos ungestüm Deckung; er war nicht in der Lage, zuzuschlagen. Die leichtere Klinge schlug auf ihn nieder, und der Schild des Seynyorers schwebte vor ihm. Martos wußte, daß sein Arm schneller ermüden würde.

Einer plötzlichen Eingebung folgend hielt Martos sein Pferd ruckartig an, genau in dem Augenblick, als die beiden Klingen einander trafen. Während die anderen vorüberrasten, schwang Martos sein schweres Schwert mit einem leisen Surren um sich, direkt über dem Rücken des Pferdes und unter dem Schild hindurch. Der Schild senkte sich, allerdings nicht schnell genug. Splitter flogen aus der Hinterpausche des Sattels. Der Seynyorer, der durch den Schlag vorwärtsgestoßen wurde, beugte sich über den Nacken des Pferdes, obgleich der

Sattel wohl die Wucht des Schlages abgefangen hatte. Aber jetzt befand er sich wieder vor Martos. Und Martos' Männer holten auf. Er war ihnen in der Erregung der Jagd davongeritten.
Er zwang sein Pferd vorwärts und ritt jetzt in der Schlachtlinie. Die durcheinanderreitenden Seynyorer verteilten sich noch immer und versuchten, sich zum Kampf zu formieren. Auf der rechten Seite ertönte das wilde Gebrüll der Grenzländer. Männer in Lederrüstungen trieben in die Flanke der noch immer nicht vollständigen Linie hinein.
Seynyorische Reiter ritten auf Martos' Linie zu und schwärmten im Näherkommen aus: Männer von der Spitze der Kolonne, die sich nach rechts und links verteilten. Andere waren immer noch in eine andere Richtung gewandt. Martos' Schlachtlinie erreichte sie. Pferde sprengten aus Martos' Weg. Er sah, wie sein vorheriger Gegner sich im Sattel umwandte und sich auf seinen Schild zu stützen versuchte, aber sein Pferd wendete nicht und galoppierte rasch davon.
Andere Pferde ergriff ebenfalls die Panik, aber einige, die besser geführt wurden, ließen sich schließlich herumwerfen. Eines, das sich schon halbwegs umgewandt hatte, fiel zu Boden, als Martos' Stute ihm in die Quere kam; der Reiter flog von seinem Rücken und verschwand unter den trampelnden Pferden. Martos' Stute machte einen großen Satz und tanzte dann ein paar Schritte zurück. Der unglaubliche Lärm hatte sie verschreckt.
Zu seiner Linken sah Martos, wie ein Pferd herumgeworfen wurde und auf ihn zukam. Ein herabfallendes Schwert kratzte über seinen erhobenen Schild, doch sein eigenes Schwert wirbelte schon über seinem Kopf. Er spürte, wie seine Klinge gegen Metall schlug, und als sein Schild herabsank, sah er, wie sich sein Gegner mit einer tiefen Beule im Helm im Sattel drehte.
Etwas Helles bewegte sich am Rande seines Blickfeldes. Er warf den Kopf ruckartig herum, während das Schwert auf seinen ungeschützten Arm herabstieß. Er konnte seine eigene

Klinge gerade noch rechtzeitig hochreißen. Stahl knallte auf seine Schneide und schlug direkt über seiner Hand eine Kerbe in den Eisengriff.

Zumindest hatte er so den Schild des anderen abgefangen. Er konnte die braune Lederverstärkung auf der abgewandten Seite des gepanzerten Körpers des Mannes sehen, dessen Arm sich nun zu einem zweiten Schlag erhob. Martos' Spitze jagte auf die Achselhöhle des Gegners zu, aber die feindliche Klinge fiel darauf, trieb sie hinunter und sauste auf Martos' Gesicht zu. Stahl klirrte. Martos' Pferd tanzte unter ihm. Sein Schwert erfaßte das gegnerische, trug es über seine Schulter und zischte anschließend zurück zum Schlag.

Auf seinem Kopf dröhnte der Helm wie eine Glocke, und er hatte das Gefühl zu fallen. Sein Schild quetschte die Schulter, sein Schwert jagte wirkungslos über Metall. Er hielt sich mit den Knien am Sattel fest und versuchte gleichzeitig, die Zügel daran zu hindern, ihm durch die Finger zu rutschen. Sein Kopf fühlte sich geschwollen an, seinc Ohren schmerzten vom hämmernden Lärm der Schlacht. Aber Luft schoß in seine Lungen. Er mußte wohl noch leben. Er lebte und wurde von zwei Männern gleichzeitig angegriffen.

Das Schwert zu seiner Rechten zischte direkt auf seinen Helm zu. Irgendwie gelang es ihm, das plötzlich bleischwere Schwert zu heben und einen raschen Blick über die Schulter zu werfen, während die Klinge klirrte und in seiner Hand zitterte.

Scharfer Stahl raste auf seine Augen zu. Er hob ihm den Schild entgegen und hieb im gleichen Augenblick nach rechts. Die Klinge dort stach nach seinem Nacken, und als er sie zur Seite schlug, kam ihm ein Gedanke, und er wandte sich um und wirbelte die Klinge über seinen Schild hinweg in die Höhe.

Er spürte, daß eine Schildkante die Klinge hochhob und fuhr dann schnell herum. Der von der Klinge gestreifte Arm schoß vor, um den Stahl abzuschmettern, der sich gefährlich seinem Arm näherte. Er lehnte sich weit nach rechts und hörte, wie hinter ihm ein Schwert durch die Luft zischte. Er riß den Schwertarm hoch, und seine Klinge drang durch die Kettenringe an der Kehle des Gegners. Blut schoß hervor und sprudelte auf den grauen Stahl.

Dann wandte er sich um, machte die Klinge wieder schlagbereit und sah den Schild seines Feindes ausweichen. Er schlug zu, als die Waffe des Gegners herabkam, aber der Seynyorer war zu erfahren, um auf diesen alten Trick hereinzufallen. Sein Schild zuckte hoch und klirrte, als Martos' Schwert abprallte.

Ein gewaltiger Donner rollte über den Himmel und übertönte den metallischen Lärm der Schlacht. Blitze blendeten die Augen der Männer und ließen sie Funken sehen. Martos' Pferd bockte und tänzelte. Verschwommene Gestalten bewegten sich um ihn herum.

Dann setzte das Brausen und das Getöse des Regens ein, und das Wasser prasselte auf die stählernen Helme nieder. Im so entstehenden Tumult bockten die Pferde und schlugen aus. Einige von ihnen galoppierten ohne Reiter davon. Plötzlich ertönte ein Schrei. Hinter den Seynyorern sah er kleine huschende Gestalten in einer dunklen Masse und hörte die Schlachtrufe der Grenzländer.

Die seynyorischen Reihen schwankten und lösten sich im Chaos auf. Pferde wurden von Panik ergriffen und stoben in alle Richtungen. Martos gelang es nur mit Mühe, seine seynyorische Stute im Zaum zu halten, und er wünschte sich, statt dessen auf Donnerkopf oder Kriegsflamme zu sitzen. Nichts störte die großen kadarinischen Kriegspferde, und sie waren im Gewitter ebenso ruhig wie im Sonnenschein.

Er hörte Lederschilde klappern und Stahlschilde dröhnen, während ringsum Reiter flohen. Wo waren seine eigenen Männer? Erneut rollte der Donner am Himmel, und die Wolken wurden von Blitzen erhellt, aber nicht direkt in der Nähe und nicht besonders gleißend. Regentropfen spritzten vom Rand seiner Sturmhaube, und kalte Tropfen drangen in seine Augen.

Männer in Kettenhemden und Männer in Brustpanzern waren allesamt zu einer brodelnden Masse vermischt und schlugen mit Schwertern zu. Ein winziger Reiter in dunkler, grotesker Rüstung brach durch den Tumult rasender Pferde. Sein blutiges Schwert wirkte wie ein wirbelndes Lasso, und sein Schild, mit dem er die Angriffe der größeren Reiter abwehrte, glich einer Trommel.

Martos zwang seine Stute vorwärts. Überall flüchteten Pferde – viele mitsamt ihren Reitern. Scharfe Schwerter droschen auf ihn ein, krachten auf den Rand seines Schildes und glitzerten im Licht der Blitze, während er weiterritt. Er hieb durch den Regen hindurch um sich, und sein Pferd bäumte sich auf, wenn die gewaltigen Donnerschläge krachten, begleitet vom Hämmern und Kreischen des Metalls.

Jetzt waren die Grenzländer überall, und ihre kleinen Ponys erschienen ihm kleiner als je zuvor. Er schaute sich nach weiteren auf einen Kampf erpichten Seynyorern um, aber die wenigen, die er entdeckte, waren anderweitig beschäftigt. Er sah einen kurzen Augenblick lang Paidros, während sein Schwert einen Mann mit einem Kettenpanzer in einer karminroten Wolke aus dem Sattel hob. Er sah, wie ein Seynyorer aus einer Gruppe von Grenzländern ausbrach, dessen Schwert wie eine rote Windmühle schwirrte und der mit seinem Pferd unehrenhaft Reißaus nahm.

Undeutlich erkannte Martos, daß sie die seynyorische Truppe in zwei Hälften zerteilt hatten.

Eine Trompete gab das Signal zum Sammeln – es war nur eine einzige Trompete. Der Donner übertönte sie.

Sie hatten gewonnen. Es bestand kein Zweifel mehr daran, daß die Seynyorer aus Manjipor marschieren würden, um alle Burgen anzugreifen, die die Straße bewachten, aber er würde es anderen überlassen, sie anzugreifen. Er war müde. Vielleicht zwei Tagesmärsche im Norden lag Inagar jetzt.

Inagar... und Kumari.

Der Donner hallte in den Straßen von Manjipor wider, und der Regen prasselte endlos auf den uralten Stein. Blitze warfen einen bleichen Glanz durch das Fenster, an dem Istvan stand, und ließen an der gegenüberliegenden Mauer eine Reihe von in Stein gehauenen Tänzerinnen erkennen, deren Brüste durch die tausendjährige Einwirkung von Wind und Wasser sanft gerundet und brustwarzenlos waren. Auf ihren mund- und nasenlosen Gesichtern waren nur die Andeutungen von Augen zu erkennen.

»Ich habe noch nie gesehen, daß sich eine Kavallerietruppe so schnell wieder formiert hat«, sagte Turul DiVega hinter ihm. »Sie waren alle aus der Schlachtordnung und mit DiArnacs Männern vermischt – mit dem, was von DiArnacs Männern noch übrig war –, und dann formierten sie sich, bildeten eine Linie und griffen uns an, während wir uns immer noch formierten. Ich glaube nicht, daß die Männer am Ende der Kolonne überhaupt erkannten, daß ein Kampf begonnen hatte.«

»Was war mit den Grenzländern?« fragte Istvan und wandte sich vom Fenster ab. Der Regen plätscherte hinter ihm und liebkoste die steinernen Frauen an den Wänden.

»Ich weiß nicht, wo sie herkamen. Wir konnten im Regen nicht viel sehen. Einige waren bei Martos und zerschlugen DiArnacs Kompanie, aber ich glaube, es müssen noch mehr gewesen sein. Sie waren einfach überall und schlugen auf beiden Flanken gleichzeitig zu, gleich nachdem die Kadariner uns wie Kegel umgeworfen hatten. Es schien, als ob es Tausende seien.«

Im Kamin brannte ein warmes Feuer, und der Regen war draußen. Warum schmerzten dann Istvans Knochen nur? Er ging zum Feuer und schüttelte den Kopf. Dieser Raum war warm, aber er war auch eine Falle. Wenn Jagats Männer die Straße kontrollierten . . .

Boyaro DiArnac räusperte sich. Sein Kopf war in Bandagen eingehüllt, und ein Arm lag in der Schlinge.

»Ich fürchte, du hast Unrecht, Turul. Es waren eine Menge

Grenzländer bei Martos – zwei- oder dreihundert schätze ich –, und sie alle folgten den Kadarinern. Ich habe keine andere Truppe gesehen. Zugegeben, ich könnte mich natürlich auch irren.«

»Kommandant DiVega!« Istvan erkannte Garan D'Oleve, den Seher. »Die Kompanie von Rupiro Esnola berichtet soeben über einen Angriff, Sir. Wieder sind es die Kadariner.«

Den Anwesenden war die Überraschung anzusehen. Istvan horchte durch das Knacken des Feuers und das Rauschen des Regens. Er öffnete den Mund, um weitere Information zu erfragen, schloß ihn dann aber wieder, weil der Donner über ihm rollte.

»Nun«, sagte er, nachdem sich das Rollen des Donners gelegt hatte. »Er weiß sicherlich den Regen zu nutzen, nicht wahr? Laß uns die ganze Geschichte hören, D'Oleve.«

»Er griff sie überraschend von hinten an, Sir. Es blieb ihnen keine Zeit, sich zu formieren. Esnola versuchte seine Männer so schnell wie möglich in Bewegung zu bringen, aber sie waren schon am Ende der Kolonne, und als die Spitze zurückwich, um eine Linie zu bilden, ging eine Gruppe von Grenzländern auf die linke Flanke los. Sein Zentrum war in Verwirrung und brach auseinander, und dann kam eine weitere Gruppe von Grenzländern die Straße herunter und griff sie von hinten an – das bedeutet von Osten. Sie durchbrachen die Linie und dann kam der Sturm auf, und so viele Pferde ergriff die Panik, daß es zu einer wilden Flucht kam.«

»Ich würde zu gerne einmal in der trockenen Jahreszeit kämpfen«, sagte Istvan bedächtig und schüttelte dann den Kopf. »Aber darauf können wir nicht warten. Was ist mit den Männern, die bei Phillipos sind? Gab es irgendwelche Angriffe auf sie?«

»Nein, Sir. Esnolas Seher sagte, er glaube, die Truppe, die ihn angegriffen habe, sei nicht größer als eine Kompanie gewesen, was bedeuten würde, daß es zahlenmäßig ein etwa gleichwertiger Gegner war, aber die Kadariner hatten das Überraschungsmoment.«

»Nun, der Junge versteht sein Geschäft«, brummte Istvan. Er schloß die Augen und hörte auf den Regen, der auf die Dächer von Manjipor trommelte, während sein Geist mit der winzigen Truppe rang, die seine Armee lahmlegte. »Wir müssen die Truppen von Ojaini abziehen, um dem Konvoi eine vollständige Eskorte zu geben. Wenn wir eine ganze...« Er pausierte, um nachzudenken, und seine Augenbrauen zogen sich zusammen. Martos griff die Männer von Phillipos' Truppe nicht an – oder besser gesagt, er hatte das bisher zumindest noch nicht getan –, er schien es vorzuziehen, einzelne Kompanien anzugreifen. Er hatte nur drei- oder vierhundert Männer.

Aber ein Konvoi wäre sicherlich wichtig genug, um ihn anzugreifen. Und Martos hatte nicht gezögert, neuntausend Männer anzugreifen, bevor... Und der Konvoi hätte unter den gleichen Nachteilen zu leiden wie Istvans Armee zuvor... Wenn er zu den Wagen vordränge und sie anzünden würde...

Er schüttelte den Kopf. »Ich werde mich selbst um ihn kümmern müssen«, sagte er und dachte mit plötzlichem Unbehagen an Birthrans Gesicht.

Zwei Tage später ritt Martos' müde Truppe in Inagar ein. Styllis war tot, er war gleich zu Anfang von einer seynyorischen Klinge niedergeschlagen worden. Auch Emios war auf seinen Sattel geschnürt vom Schlachtfeld getragen worden, und es war noch nicht sicher, ob Donuon überleben würde. Und fast ein Dutzend anderer war verletzt. Die Verluste der Grenzländer waren noch größer, aber das war immer so.

Martos' Helm war hinter dem linken Ohr verbeult, und in der Mitte dieser Beschädigung befand sich ein tiefer Schnitt.

Als er zum letztenmal diese Straße entlanggekommen war, war sie trocken und staubig gewesen und die Felder und Grasflächen braun und vertrocknet. Jetzt war die Straße ein einziger knietiefer Schlamm, und in der Ferne begannen Andeutungen von Grün die Ebene neu einzufärben.

In den letzten schwachen Strahlen der untergehenden Sonnen glänzte die alte Königsstadt in der Ferne wie irgendeine vergessene alte Ruine; dennoch vibrierte sie vor Leben, und vielleicht zum erstenmal seit Jahrhunderten schien die alte Stadt nun mit Menschen gefüllt zu sein. Fast jeder Krieger der Provinz war hier – mehr als zwei Drittel der Bevölkerung von Manjipé.
Die riesige Herde der müden und unterernährten Pferde war zurückgelassen worden, damit sie unter der Obhut einiger Männer grasen sollte. Sie waren jetzt nahe genug an der Stadt, daß Hamirs Kundschafter und Vorreiter sie gegen jede Bewegung von Manjipor her schützen würden.
Martos marschierte mit seinen Männern durch das große südliche Tor – das Tor der Herrscher wurde es genannt – und führte das seynyorische Pferd, das er erst seit diesem Morgen ritt, am Zügel. Nur durch häufigen Pferdewechsel hatten sie die Stadt so schnell erreichen können. Von den Steinpfeilern des Tores starrten verwitterte Steinelefanten herab, und auf ihren Rücken saßen Krieger, die Lanzen und Schwerter schwangen. Um sie und unter ihnen waren in den ewigen Stein Tausende winziger Figuren gehauen, die tanzten, kauften, verkauften, kämpften und sich liebten. Hier und dort waren in den verschiedensten Schriften Namen eingeritzt worden. Die großen Bronzetüren stammten aus einer späteren Zeit, und die in sie eingearbeiteten Zeichnungen waren anders – ein Muster sich endlos wiederholender Blumen.
Die kleingewachsenen, dunklen Bewohner umschwärmten ihn, als er in die Stadt ritt: Krieger in Lederrüstungen, hier und dort kleine Gruppen von Frauen, denen die bewaffneten Männer mit einer fast abergläubischen Ehrerbietung Platz machten, hagere Frauen in Roben, die einst leuchtend gefärbt gewesen waren. Frauen in neuen, billigen Kleidern aus den Städten des Nordens, die als verschwenderischer Luxus angesehen wurden und mit Geld gekauft worden waren, das eigentlich auf das Land hätte verwendet werden sollen, dunkelhäutige Frauen mit erdbraunen Augen. Er suchte unter ihnen nach Kumaris Gesicht.
Innerhalb der Mauern gab es Frauen, die in Stein gehauen waren

und deren Brüste von steinernen Perlen umrahmt waren, ohne die verwitterten Reste der steinernen Brustwarzen zu verbergen.
Nein, sie konnte nicht in der Menge am Tor sein; sie mußte in Hamirs Palast sein, dem alten Sommerpalast des Königs, dem alten Exilpalast aus den Jahren des Zerfalls der Dynastie.
Würde sie dort warten? Würde sie an ihn denken? Würde sie sich freuen, seine Kompanie in die Stadt marschieren zu sehen? Oder würde sie womöglich gerade mit einem neuen Liebhaber zusammen sein? Er blinzelte verwirrt. So sollte er nicht denken!
Die Menge löste sich langsam auf und ließ ihn durch. Männer fragten ihn über den Krieg aus, fragten, was die Seynyorer täten. Einige seiner Leute antworteten ihnen. Dunkle, hungrige Frauen beobachteten die neuangekommenen Soldaten mit weit geöffneten, erdbraunen Augen.
Die Menge verlief sich. Er befahl seinen Männern aufzusitzen und trabte mit ihnen über die Straße zum Palast. Die Stadt verschwand in Nebel. Dann stieg er vor dem großen, langgestreckten Gebäude wieder vom Pferd und mußte sich beherrschen, nicht wie ein Kind die Treppe hinaufzustürmen. Würde sie ihn erwarten? Würde sie lächeln, wenn sie ihn sähe? Würde sie ihn überhaupt auch nur grüßen?
Schrecken erfaßte sein Herz. Angenommen, sie würde nicht mit ihm sprechen? Schon bei dem bloßen Gedanken erfaßte Verzweiflung sein Herz wie eiskaltes Wasser. Sie konnte einfach nicht so grausam sein! Er würde es nicht ertragen können. Er würde verrückt werden, er würde seinen Dolch hervorziehen und sich noch auf der Treppe erstechen, oder er würde nach Süden in den Schatten reiten und sich den Dunklen Wesen stellen.
»Schau dort!« raunte Paidros den Männern hinter sich zu. »Dort hinten ist Lord Jagat!«
Martos schaute auf und sah sie.
Eine große Gruppe Männer wartete auf den Stufen, und Jagat und Hamir befanden sich darunter. Kumari stand an Jagats

Seite und schaute über seine Schulter. Er konnte nur ihr Gesicht, die dunklen Augen und eine Andeutung von hellem Tuch sehen.
Er wollte brüllen und die Treppe hinaufrennen. Doch diesmal war es eine gute Sache, daß seine Zunge sich nicht bewegen wollte. Er zwang sich, die Stufen einzeln hinaufzusteigen und verlangsamte auch noch zweimal absichtlich das Tempo seiner Schritte, als er unterbewußt mehrere Stufen auf einmal nehmen wollte.
Er beobachtete ihr Gesicht und suchte nach einem Anzeichen dafür, daß sie ihn gesehen hatte. Sein Herz zog sich zusammen. Schaute sie ihn an? Oder starrte sie ihn an? Hamir bewegte sich, und Martos konnte jetzt nur noch ihre Augen und den oberen Teil ihrer nachtschwarzen Haare sehen.
Erst als einer seiner Männer, der die Stufen hinter ihm hinaufstieg, ihn anstieß, merkte er, daß er nun völlig still stand und jene Augen anstarrte, während das Herz in seiner Brust einen ungestümen Wirbel schlug.
O gesegnete Mutter Erde! dachte er. *Laß sie mich lieben!*
Hamir bewegte sich erneut, und Martos konnte ihr Gesicht sehen, die vollen roten Lippen mit den Zähnen, die plötzlich aufblitzten, als sie lachte. Er kämpfte gegen die Ungeduld in seinen Füßen und versuchte erneut, die Treppe langsam zu ersteigen.
Jagat schritt ihm entgegen, um ihn zu begrüßen, und reichte ihm beide Hände. »Willkommen«, sagte Jagat. »Ich hörte, du hast einen Kampf geführt, während wir hier saßen, und daß du die Festungen entlang der Straße vor den Seynyorern errettet hast. Gut gemacht, Martos!«
Er mußte nun seine Augen bewegen und in Jagats stolze, falkenscharfe Kriegeraugen schauen, obgleich er eigentlich lieber in Kumaris Gesicht geschaut hätte. Und er mußte auch irgendeine Antwort geben, irgendeine formelle Rede, aber seine Zunge war tot und sein Geist leer. Jagat hatte ihn gelobt, was sollte er dazu sagen? Konnte er irgend etwas sagen, ohne wie ein Idiot zu stammeln? Er war Kumaris

Onkel, fast ihr Vater, und sein Kind befand sich in Kumaris Schoß und...

Sein Geist wurde klarer. Er erinnerte sich an das, was Jagat gesagt hatte – war es erst vor zehn Tagen gewesen? –, als er losgeritten war, um die Seynyorer zu zermürben. Jagat wollte, daß sie heirateten.

Worte drangen in seinen Geist. Er zwang seinen Mund, sich zu öffnen, und seine Zunge, sich zu bewegen. »Ich... ich bin froh... es freut mich, daß ich Euch zu Diensten sein konnte, Lord. Die Straße... die Kontrolle über die Straße müßte uns den Sieg verschaffen, und... und...«

Jagats Hände drückten die seinen nun fester, wie um ihm Sicherheit zu geben. »Und ich sollte andere Truppen dorthin bringen!« Jagat räusperte sich, seine Stimme wirkte jetzt stärker und fester als Martos sie jemals seit Pirthios Tod gehört hatte. Plötzlich hatte er das Gefühl, daß jene weisen dunklen Augen direkt durch seinen Geist geschaut und all die Ängste und die ganze Verwirrung erkannt hatten, die in seinem Geist herumschwirrten.

»Du bist müde, Martos«, sagte Jagat ruhig. »Du hast mit deinen Männern heute einen weiten Marsch gehabt. Du brauchst Ruhe. Kumari! Bring Martos zu seiner Kammer. Die Rajtakun-Kammer ist gut; sie liegt günstig in der Nähe der Ratskammer. Lord Hamir, würdet Ihr Euch um die Unterbringung von Martos' Männern kümmern?«

»Ja, Lord«, antwortete Hamir kurz angebunden.

Und jetzt trat Lord Jagat zur Seite und zog mit seinem festen Griff Martos mit sich, und Kumari stand vor ihm.

Ihre riesigen braunen Augen begegneten den seinen, und er mußte gegen den Drang ankämpfen, sie in die Arme zu nehmen. Überall waren Leute. Er hörte Suktios Stimme, und eine Hand ergriff die seine und drückte sie, und da stand Suktio, dessen Zähne blitzten, während er irgendeinen Glückwunsch aussprach. Martos stammelte irgendeine Entgegnung, ohne zu wissen, was der andere und er selbst gesagt hatten. Dann war Suktio wieder gegangen, und Kumaris Augen waren da, und ihr schwarzes, duftendes Haar, ihr schlanker Körper, der in blaue und purpurne Seide eingehüllt war, und er wollte sie küssen und liebkosen und ihren Puls unter seinen Lippen fühlen, und um ihn herum standen all diese Menschen!

Die vollen roten Lippen öffneten sich zu einem plötzlichen Gelächter. Weiße Zähne blitzten in dem nußgoldenen Gesicht, dann legte sie die Arme um seinen Hals, und ihr Mund berührte den seinen.

Er streichelte über ihre sanften Kurven, jene Sanftheit, die er so lange vermißt hatte. Dann ließ sie ihn los und trat zurück, und er war sich dessen bewußt, daß sie angestarrt wurden, als sie ihn durch den Torbogen zog, wo gemalte Figuren in alten Hofroben sich verbeugten und auf weißen Porzellanfließen posierten.

Er war wie betäubt, als er durch die langen, nur schwach beleuchteten Korridore schritt: verblichene Wandbehänge und abgenutzte Möbel, die aus den längst vergangenen Tagen des Wohlstandes herübergerettet worden waren. Vergessene Könige starrten aus Wandgemälden herab.

Sie sprach nicht, bis sie eine Wendeltreppe hinaufgestiegen war und die Menge hinter sich gelassen hatte. Er hörte gedämpfte Schritte. Als er sich umschaute, sah er Mirrha und zwei andere Frauen, aber sie blieben zurück, wie um außer Hörweite zu bleiben.

»Ich habe dich vermißt«, sagte Kumari.

Er hielt den Atem an, wandte sich ihr zu und schaute zu ihr hinab. Er blinzelte aus dem Augenwinkel zu Mirrha hinüber, die vor den beiden anderen Frauen den Arm ausstreckte, und sah, wie sie außer Hörweite an der Treppe anhielten. Seine Zunge fühlte sich geschwollen an.

»Ich... ich... ich...« Er kämpfte gegen das Stottern an. »Ich... habe dich auch vermißt.« Er schluckte und fuhr mit der Zunge über die Lippen. »Wie geht es – geht's dir gut?«

Sie lächelte zu ihm hinauf und berührte die Vorderseite ihres Mantels.

»Uns beiden geht es gut«, antwortete sie. »Ich esse seit neuestem gerne Reis, Martos. Ich habe immer schon wissen wollen, wie er schmeckt. Er roch immer so gut, als ich noch ein kleines Mädchen war und den schwangeren Frauen geholfen habe. Ich hätte fast einmal ein Korn genommen, aber dann kam Padmini – die ältere Frau, die uns beaufsichtigte – in die Küche, und ich durfte es nicht. Ich fühlte mich damals *so* schuldig.«

Er hatte bemerkt, daß ihr Gesicht voller geworden war und jene typische Magerkeit zu verlieren begann, die allen Grenzlandfrauen anhaftete, wenn sie nicht gerade schwanger waren, und er wußte, daß auch der schlanke Körper unter dem Seidengewand fülliger geworden sein mußte.

Plötzlich erinnerte er sich an sie, wie sie ihn geneckt hatte: *Aber ich zähle immer die Rippen meiner Liebhaber! Wie soll ich unter all dem fühlen, ob du überhaupt welche hast!*

Ihr Lächeln wich, und ihr Gesicht sah beunruhigt aus. »Aber denke ja nicht, daß ich meine Ansicht geändert hätte, Martos. Ich gehe nirgendwo anders hin. Ich war bereit, dies zu tun. Es gab einmal eine Zeit, da wäre ich mit dir weggegangen, aber... ich kann es nicht. Ich will es nicht. Du hast mich gebeten, mit dir zu kommen, aber ich kann es nicht. Deshalb möchte ich dich jetzt bitten, bei mir zu bleiben.«

Er starrte sie an. Eine plötzliche Ruhe erfaßte seinen Geist. Er hörte die Stimmen von Mirrha und den anderen Kammerfrauen wie Tauben, die in der Ferne gurrten. Er erinnerte sich an die Mauer des Schattenreichs, leer und schwarz, und an alle Schrecken des Lebens der Grenzländer, von denen er je gehört hatte.

Sie würde bleiben, würde sich jenen Schrecken stellen, was immer er auch tun mochte. Sie würde das Baby hier zur Welt bringen, wo das Schattenreich und seine Schöpfer nur fünfzig Meilen weiter südlich waren. Daran konnte er nicht das Geringste ändern.

Es war eine einfache Wahl, die er hatte. Er konnte gehen oder bleiben.

Gehen würde bedeuten, sie zurückzulassen und sie das Kind allein aufziehen zu lassen. Dann konnte er alles hier vergessen; dann mußte er so tun, als wäre es das Kind eines anderen, und er hätte nicht das Geringste mit ihm zu tun. Er würde dann niemals wissen, ob es noch lebte oder schon gestorben war, und er würde versuchen müssen, es aus seinen Gedanken zu verbannen.

Oder, wenn er bliebe, mußte er Land an der Grenze annehmen – denn Jagat würde großzügig sein, das wußte er. Der Vater des Erben, des Erben von Damenco zumindest; vielleicht, wenn alles gut ginge, sogar der Erbe des Königreiches. Aber dies wäre das Ende jenes Lebens, das er für sich selbst geplant hatte. Ein Ende der Träume, Birthrans Fußstapfen zu folgen und eine eigene Schule zu gründen, nachdem er seine Wanderjahre hinter sich gebracht und Ruhm erworben hätte, der seinen Namen noch für viele Generationen zu einem Trompetenstoß auf den Lippen der Poeten machen würde, so daß er im Alter zuschauen konnte, wie Knaben zu Helden heranwuchsen.

Er dachte traurig an die alte Halle in Erthi, wo Birthran so viele Jahre lang gelehrt hatte, und das Gesicht des alten Mannes stieg in seinem Geiste auf. Er fragte sich, ob er Birthran wohl jemals wiedersehen würde.

Bleiben oder Gehen: Hier mit Kumari leben – oder irgendwo anders ohne sie.

Er hatte drei Wochen lang versucht, ohne sie zu leben. Er erinnerte sich plötzlich an die nervenaufreibenden Augenblicke vor dem Angriff gegen die seynyorische Vorhut und an jenen Stein, der ihm wie ihr Gesicht erschienen war und ihn mit ihren Augen anzustarren schien.

Eine einfache Wahl: Gehen oder Bleiben. Die Wahl war keine Wahl. Sie war bereits getroffen.

»Ich werde... ich werde... b...« Er schüttelte den Kopf, wütend über das Stottern, das ihm immer wieder zur Unzeit die Sprache verschlug. »Ich... ich bin drei Wochen ohne dich gewesen. Das ist genug. Ich glaubte, verrückt zu werden! Ich konnte nicht. Ich dachte, du würdest mir niemals vergeben –« Dann zog er sie zu sich und drückte sie eng an sich.

Sie seufzte, als er sie losließ, und brachte mit einem Grinsen seine Hand zu ihrem Busen. »Bitte, bevor du das noch einmal tust«, sagte sie atemlos, »könntest du nicht diese... diese...« Ihre kleine Faust pochte gegen seinen Brustpanzer, und dieser klang wie eine gedämpfte Glocke, »diese Bratpfanne entfernen? Aua! Sei vorsichtig mit meinen Brüsten, Liebster, unser Baby wird sie noch brauchen!«

»Entschuldige!« antwortete er.

Sie lachte, ergriff seine Hand und zog sie vor. »Aber ich vergesse die Anordnungen, die mir mein Onkel gab!« fuhr sie fort. »Er befahl mir, dir deine Kammer zu zeigen!«

Ein alter Korridor öffnete sich vor ihnen, und sie durchquerten ihn wie Kinder, Hand in Hand, sie rannten fast und lachten. Martos konnte weit hinter ihnen das ferne Gurren der Kammerfrauen hören.

»Diese Kammer war einmal mit Silber ausgeschlagen«, sagte sie und öffnete eine Tür. »Das ist natürlich schon vor Jahrhunderten wieder entfernt und zugunsten des Landes verkauft worden. Warte hier einen Augenblick.« Sie entfernte sich, trat durch eine andere Türöffnung, die ein paar Schritte weiter in der Halle lag, und kam mit einer brennenden Kerze zurück. »Euer Gemach, Lord«, sagte sie mit gespieltem Ernst und leuchtete ihm den Weg hinein. Er ging zögernd hinter ihr her, während sie fortfuhr: »Es ist angenehm nah bei Lord Jagats Kammer und der seines Rates und –« sie blinzelte – »auch angenehm nahe bei gewissen anderen Räumen.«

Das Kerzenlicht zeigte die rohen unbemalten Wände, wo einst Silberpaneele gewesen waren. Das Holz dazwischen war sogar noch roher, und er sah, daß es zerkratzt worden war. Reste von Silberplatten zeigten warum. Sie schloß die Tür hinter ihm und hörte den Bolzen einrasten.

»Könntest du jetzt bitte dieses Ding da ablegen?« sagte sie. »Ich möchte dich küssen, ohne mir Prellungen einzuhandeln. Du kannst auch gleich alles andere ablegen, wenn du schon

einmal dabei bist.« Seide raschelte, und die Robe glitt von ihren Schultern.
Ihre feuchten Lippen nestelten an den Schnallen herum, die Brustpanzer und Rückenpanzer zusammenhielten. Ein Geräusch wie ein Gurren drang schwach durch die Tür.
»Was . . . was ist mit deinen . . . deinen Frauen?« fragte er sie.
Sie lachte. »Sie werden in meiner Kammer auf mich warten. Nebenan. Praktisch, nicht wahr?« Die Seide raschelte nun vollständig auf den Boden, und Martos verschlug es erneut die Sprache. Aber was sie einander zu sagen hatten, wurde nun gesagt, nicht in Worten, aber in der sanften Sprache von Körper zu Körper.

Drei Tage lang waren Istvan und seine Männer über die öden Wüsten um Manjipor gejagt. Einzelne Kompanien ritten als Köder, und ihre Seher waren bereit, beim ersten Anzeichen eines Angriffs die Nachricht zu übermitteln. Sieben Kompanien hatten sich über das riesige Gebiet verteilt, und alle waren bereit, an einem einzigen Punkt zusammenzukommen, wenn der Befehl dazu gegeben würde. Wenn das Wild sich erst einmal gezeigt hatte, würde die Jagd nicht lange dauern.
Istvan marschierte mit zweitausend Fußsoldaten – DiAglars pferdlose Kompanie, die sechshundert Carrodier und eintausend von Maldeos Männern aus Manjipor – auf der Straße auf den langsam dahinkriechenden Konvoi von Ojaini zu. Die meiste Zeit befand er sich unter den Männern, während sich die Soldaten um die Ehre stritten, sein Pferd führen zu dürfen. Aber er wurde schneller müde als die jüngeren Männer, und obgleich er die Kräfte seines Pferdes so lange wie möglich schonen wollte, mußte er früher oder später doch aufsitzen und an der Spitze der Kolonne reiten, zusammen mit Arac Eisenfaust, den er zu seinem stellvertretenden Kommandanten gemacht hatte und der leichtfüßig neben ihm schritt und unentwegt Witze riß.
Stürme kamen und gingen. Einen Tag regnete es beständig und stark. Am vierten Tag regnete es kaum, und zwischen

den wenigen schwachen Schauern war es feucht und heiß. Die Kleider klebten am Körper, und die Haut war von Schweiß durchnäßt. Selbst die Wolken, die über die Zwillingssonnen trieben, trugen nicht dazu bei, die Hitze zu verringern.
Sie rasteten kurz vor Mittag, als die Hitze zu einem Höhepunkt kam. Die bleichhäutigen Seynyorer, die rötlichen Carrodier und die erdbraunen Grenzländer, sie alle saßen oder lagen auf dem Stein der Straße und versuchten den Staub zu vermeiden, der sich zu beiden Seiten derselben erstreckte. Mit kampfbereiten Waffen aßen sie und redeten und rieben ihre schmerzenden Füße, jederzeit bereit, beim kleinsten Anzeichen einer feindlichen Truppe aufzuspringen.
Istvan saß bei Eisenfaust. Sie aßen gemeinsam von einem Stück Käse und tranken aus einer Lederflasche Wein, während sie sich unterhielten.
»Drei Tage sind es jetzt«, sagte Istvan, »und nicht die geringste Spur von Martos.«
»Wahrscheinlich ist er mit dem Rest von Jagats Männern sicher in Inagar«, antwortete Eisenfaust. »Nun«, sagte er bedächtig, »ich kann nicht gerade behaupten, daß es mir sonderlich gefällt, auf diese Weise hinter ihm herzujagen. Er ist ein guter Bursche, dieser Martos.« Er nahm einen großen Zug aus der Weinflasche und gab sie Istvan zurück. »Schade, daß er auf der anderen Seite steht. Ich habe ihn immer gemocht.«
»In Ojaini hat man mir erzählt, du hättest ihn getötet«, sagte Istvan.
»Das dachte ich auch«, antwortete Eisenfaust und schnitt mit seinem Dolch ein Stück Käse ab. »War nicht gerade glücklich darüber. Ich war froh, als ich hörte, daß es nicht stimmte, obwohl ich auch annehme, es hätte jedem von uns eine Menge Ärger erspart, wenn ich es getan hätte.« Er füllte seinen Mund mit Käse, auf dem er bedächtig kaute.
»Das muß ja ein anständiger Kampf gewesen sein«, sagte Istvan.
Eisenfaust schaute verlegen drein. »Oh, es war nur... meine

Kraft, weißt du, diese dummen übergroßen Muskeln, die ich geerbt habe. Ich schlug sein Schwert nieder. Das hätte ich mit dir ebenso leicht machen können.« Er schüttelte den Kopf.
»Ich hätte niemals versucht, eine Axt mit einem Schwert abzuwehren«, sagte Istvan mit bedächtigem Lächeln. »Selbst dann, wenn jemand anders sie schwingt, sind diese Dinger schwer aufzuhalten.«
Eisenfaust schnaubte und schüttelte wieder den Kopf. Istvan verspürte Sympathie für ihn. In seiner Kindheit, so wußte er, war Eisenfaust von seinen Spielkameraden ausgestoßen worden, weil er einmal unabsichtlich beim Ringen einen Kameraden getötet hatte. Die Stärke der Carrodianer war für ihn sein ganzes Leben lang wie ein Fluch gewesen.
Denn Eisenfaust war wie Istvan selbst ein Mensch, auf dem Blutschuld schwer lastete: Das war vielleicht der Fluch des Helden. Ebenso wie Istvan selbst wurde Eisenfaust ständig von der Vorstellung verfolgt, daß alle Krieger Krüppel oder Kinder seien. Vielleicht war es für ihn sogar noch schlimmer, denn er war mit jener schrecklichen, vernichtenden Kraft geboren worden, während Istvan sich stets mit dem Gedanken trösten konnte, daß jeder Mensch, der bereit war, lange und hart genug zu arbeiten, selbst Fertigkeit im Kampf erwerben konnte.
Aber woher, so fragte sich Istvan, mochte dieser Wille und die Entschlossenheit zu arbeiten kommen? War er nicht damit geboren worden, ebenso wie Eisenfaust mit mächtigen, halbn'lantischen Muskeln geboren worden war? War ein fauler Mensch weniger bedauernswert als ein Krüppel? Sollte man einen Menschen wegen der Vorzüge preisen, mit denen er geboren wurde? Waren Mut, Lernbereitschaft oder Entschlossenheit rühmenswerter als die Augenfarbe eines Menschen? Waren nicht alle Fehler und Vorzüge Qualitäten, mit denen ein Mensch geboren wurde, ganz so, wie er mit besonderer Stärke oder einem scharfen Intellekt oder mit einer geschickten Hand geboren wurde, ganz gleich, ob diese Eigenschaften von den Eltern ererbt wurden oder, wie die Weisen sagten,

Qualitäten der Seele waren, oder ob sie sich über Jahrhunderte des Sterbens und der Wiedergeburt entwickelt hatten? Wie konnte der Mensch seine Vergangenheit beherrschen oder die Mächte kontrollieren, die über Geburt und Tod geboten?

Der Klang seines Namens holte Istvan aus seinen Gedanken. Er schaute auf und sah einen Seher, der über glitschigen Stein heraneilte.

»Lord, einer von DiFlaccas Kundschaftern hat die Nachricht von einer großen Truppe überbracht, die sich von Norden heranbewegt – von Inagar, Lord.«

»Wie viele sind es?« fragte Istvan. »Und wie weit sind sie schon gekommen? Werden sie ihn bald erreichen?«

»Es sind mindestens zwei- oder dreitausend, Lord – Berittene und Fußsoldaten zusammengerechnet, aber der Kundschafter konnte die Anzahl nur sehr grob schätzen. Es sieht allerdings nicht so aus, als ob sie DiFlaccas Kompanie überhaupt schon bemerkt hätten. Sie werden an ihm vorüberreiten, etwa vier oder fünf Meilen vor ihm her, und es schien so, als würden sie sich ein wenig nach Osten bewegen. DiFlacca glaubt nicht, daß ihre Kundschafter ihn schon entdeckt haben.«

»Sie bewegen sich nach Osten?« Istvan sprang auf. »Findet heraus, wo der Konvoi steht!« Er wendete sein Pferd und brüllte dem jungen Mann, der es hielt, zu: »Hardyarl! Hole die Landkarte aus meiner Satteltasche! Nicht aus der, die auf der linken Seite! Das ist sie! Und dann lauf los und suche Lord Rajan!«

»Denkst du, sie sind hinter dem Konvoi her?« fragte Eisenfaust.

»Natürlich. Ich habe mich schon gewundert, wieso er überhaupt so weit gekommen ist!« Er nahm dem jungen Mann die Karte aus der Hand, dankte ihm und rollte sie aus, während Svain Hardyarl über das glitschige, heiße Gestein lief, um Lord Rajan herbeizuholen.

Istvan hatte in seiner Ungeduld den Drang, hin und her zu

laufen, aber er hockte sich nieder und breitete die Karte vor sich auf der Straße aus. Schon bald würden sie ohnehin müde genug sein, dachte er bei sich.
»Habt Ihr schon etwas über die augenblickliche Position des Konvois in Erfahrung bringen können?« fragte er und suchte in seinem Gehirn nach dem Namen des Sehers.
»Die Seher beim Konvoi sind sich nicht ganz sicher, Lord. Sie versuchen es herauszufinden.«
Dazu war nichts weiter zu sagen, und so wandte Istvan seine Aufmerksamkeit wieder der Karte zu und versuchte sich zu orientieren. Wenn Lord Rajan käme, würde er seine und DiFlaccas Position genauer bestimmen können.
Rajan kam einen Augenblick später an und bahnte sich rasch einen Weg durch die lagernden Männer. Er war einer von Maldeos Vasallen aus Manjipor, und er kannte das Land wie keiner der Kantaraner, die für die Armee auf dem Weg nach Ojaini kundschafteten, es kennen konnte.
Der Seher – D'Arcor war sein Name, wie Istvan sich schließlich erinnerte – schloß die Augen und konnte durch die Augen eines der Seher, die im Konvoi ritten, einen Orientierungspunkt beschreiben: einen kleinen Steinhaufen und die tote Borke eines Baumes. Dies ermöglichte es Lord Rajan, den genauen Standort auf der Karte zu bestimmen.
Istvan runzelte die Stirn. »Wie weit ist das? Fünfzehn, zwanzig Meilen?« Er spitzte die Lippen und schüttelte den Kopf, während er die Entfernung überschlug. Verärgert stieß er die Luft aus. »Es wird uns einen ganzen Tag kosten, dorthin zu kommen, und der Feind wird sie in drei oder vier Stunden erreicht haben, allerhöchstens in fünf!«
»Es ist nicht so schlimm, wie es aussieht«, ertönte Eisenfausts tiefe Stimme. Er beugte sich über Istvans Schulter. »Fußsoldaten können ein schnelleres Tempo anschlagen, als ihr Sattelhocker denkt. Und gleichzeitig bewegt sich der Konvoi ja auch auf uns zu. Sag ihnen, sie sollten sich sputen, uns entgegenzukommen. Und was ist mit DiFlacca?« Er deutete mit dem Finger auf die Karte. »Er kann direkt hinter ihnen herrei-

ten! Er braucht nur ein paar Meilen zurückzubleiben, bevor sie den Konvoi erreichen.«
Das ergab einen Sinn. Und es gab noch zwei weitere berittene Kompanien, die in der Lage sein würden, DiFlacca einzuholen. Der alte Palos DiFlacca war mit seinem Seher und seinem Kundschafter hinausgeritten, und wenige Augenblicke später beschrieb D'Arcor wieder mit geschlossenen Augen Istvan und seinen Adjutanten die Schwärme von winzigen Punkten, die sich über den grauen Staub bewegten, und versuchte sie zu zählen.
Viertausend, vielleicht sogar mehr. Weniger als die Hälfte von ihnen war beritten. Die Männer zu Fuß konnte man nur schlecht erkennen, ohne näher heranzureiten.
Zwei Kompanien waren auf dem Weg, sich DiFlacca anzuschließen, die anderen befahl Istvan zur Straße. Zusammen mit den Kompanien, die den Konvoi begleiteten, hätten sie eine eindeutige zahlenmäßige Überlegenheit – vorausgesetzt, sie konnten den Konvoi rechtzeitig erreichen.
Und dafür war Eisenfaust verantwortlich. Istvan befahl ihm, das Tempo zu bestimmen, und während der nächsten Stunden marschierte er mit den Männern. Er marschierte, bis sein Herz pochte, der Schweiß von seinen durchnäßten Kleidern herabtropfte und der Atem in seinen Lungen kratzte. Plötzlich spürte er, wie sich starke Hände auf ihn legten.
Bevor er sich noch wehren konnte, wurde er in die Luft gehoben und in den Sattel seines Pferdes gesetzt. Mit seinen blinzelnden Augen, die vor Schweiß brannten, sah er, wie Eisenfaust ihn festhielt.
»Ich bin . . .« Aber sein Hals war so ausgetrocknet, daß er gar nicht weiter erklärte, es ginge ihm ausgezeichnet. Es dauerte geraume Zeit, bis sein Kopf wieder klarer wurde. Das Schaukeln auf dem Pferd machte das Reiten fast ebenso schmerzhaft wie das Gehen gewesen war. Das laute Trommeln von Stiefeln auf Stein erzeugte ein konstantes Donnern, das nun außer dem Pochen in seinen Ohren dröhnte.
Unter den gleißenden Sonnen, über den austrocknenden Stein

marschierten die Grenzländer und die Gebirgsbewohner, und ihre schweren Stiefel krachten auf die Straße. Während sich die Zwillingssonnen über ihnen sanft nach Westen bewegten, eilten die Soldaten, deren Beine vom ständigen Auftreten vibrierten, auf dem harten Stein im Eilmarsch gen Osten, wo der Abend sie erwartete.

Istvan holperte neben ihnen auf dem Rücken seines Pferdes dahin. Als das Pochen in seinem Ohr erstarb und die Luft, die er einatmete, nicht mehr in seiner Kehle brannte, fühlte er sich beschämt; einmal, weil er nicht das Tempo mithalten konnte, zum anderen, weil er in seiner Selbstüberschätzung geglaubt hatte, er könne es. Seine Füße schmerzten. Es war dumm gewesen, in seinem Alter zu versuchen, mit Eisenfausts Marschtempo mitzuhalten. Er mußte einen klaren Kopf für den Kampf behalten!

D'Arcor berichtete ihm schon bald die wenigen Neuigkeiten, die es gab. DiFlacca folgte der feindlichen Truppe und blieb in angemessenem Abstand zu ihr. Er blieb zwar gerade außer Sichtweite, rückte aber allmählich dem Ende des feindlichen Zuges immer näher. Bald würden alle bereit sein, sich zu einer Linie zu formieren und Galopp einzuschlagen, um einen Überraschungsangriff zu starten.

Der Konvoi von Ojaini beschleunigte sein Marschtempo, aber die langsam rollenden Wagen konnten nur eine gewisse Geschwindigkeit erreichen. Die Kavallerie, die sie sicherte, bereitete sich auf den Kampf vor und ritt in einer schützenden Kolonne zur rechten Seite des Konvois. Kundschafter suchten angestrengt das Land im Norden nach Anzeichen für feindliche Präsenz ab.

Istvans Truppen eilten weiter mit ihren schweren Stiefeln über den uralten Stein. Istvan machte sich Sorgen, als er beobachtete, daß die Sonnen sich allmählich westwärts bewegten. Konnte er diese Jagd gewinnen und den bedrohten Konvoi vor Jagats Leuten erreichen?

Plötzlich ertönten Schreie aus den Reihen der Grenzländer. Das Krachen der Stiefel wurde leiser und war plötzlich ganz

verstummt. Istvan hielt sein Pferd an und versuchte zu verstehen, was die Männer brüllten.
»Schaut! Dort!« Lord Rajan deutete zum Himmel. Es lag eine gewisse Furcht in seiner Stimme. »Ich habe nie einen von ihnen so nahe an der Grenze gesehen, jedenfalls nicht außerhalb der Kantara.«
Istvan starrte in das Blau und Weiß des Himmels, dann erkannte er einen winzigen schwarzen Flecken, der hochstieg und kreiste, und plötzlich wußte er, was das Gebrüll besagte.
»Ein Vogel!« sagte irgend jemand.
»Schaut! Da ist noch einer!«
»Noch *zwei*!«
Istvan bewegte sich unruhig und räusperte sich. Er hörte Esrith Gunnars tiefe Stimme. Aber Eisenfaust stand auch da und starrte, während er die Augen mit seinen breiten Handflächen beschattete.
»Nach der Art, wie er fliegt, würde ich sagen, es ist ein Geier – irgendein Aasfresser jedenfalls! Meinst du nicht auch, Istvan?«
Istvan knurrte. Dann kam ihm in den Sinn, daß Grenzländer Vögel anzustarren pflegten, Eisenfaust aber aus einem Land kam, wo Vögel etwas Alltägliches waren.
»Geier oder Krähe, was macht das für einen Unterschied?« fragte Esrith Gunnars Stimme. »Ich möchte denken, du hast ständig Geier in dieser Wüste gesehen!«
Istvan richtete sich auf. »Nein«, sagte er aufgeschreckt. »Es ist nicht genug zu fressen für sie da. Nichts lebt hier, also stirbt auch nichts hier. Nicht so tief im Staub. Wenn hier irgendein kleines Aas ist, fressen es die Dunklen Wesen. Vögel halten sich im allgemeinen von der Grenze fern.« Er pausierte und dachte nach.
»Es ist ein Omen!« sagte jemand. »Die Vögel kommen zurück! Bald wird das Land fruchtbar und frei sein!«
»Ein Geier!« sagte Lord Rajan.
»Habt Ihr je zuvor einen hier gesehen?« fragte ihn Istvan ruhig.

»Oh ja«, antwortete Rajan, »aber noch nie südlich von . . .« Er hielt plötzlich inne und schaute sie scharf an. »Inagar!«
Istvan richtete sich im Sattel auf. »Natürlich!« rief er aus. »Sie folgen Jagats Armee. Sie wissen, wenn irgendwo Bewaffnete sich versammeln, gibt es etwas für sie zu fressen.«
»Die Vögel wissen das immer«, sagte Eisenfaust und nickte. »Schaut dort! Es ist ein ganzer Schwarm! Ich möchte wetten, daß dort der Feind ist!« Er wandte sich ab und brüllte Befehle.
D'Arcor, der Seher, kam zu Istvans Pferd gelaufen.
»Eine Botschaft vom Konvoi, Lord. Der Feind ist in Sichtweite.«
Istvan räusperte sich, starrte die Straße entlang und versuchte, die Umrisse des Konvois zu erkennen. Blitzte da vor ihm Metall? Er war sich nicht ganz sicher.
»Wo ist DiFlacca?« fragte er. Der Seher schloß für einen Moment die Augen.
»Er nähert sich dem Ende des feindlichen Zuges, Sir. Sie befinden sich jetzt in Sicht. Er kann den Konvoi sehen! Sir, er hat . . .« Er pausierte. »Kapitän DiFlacca sagt, wenn Ihr es ihm nicht ausdrücklich verbieten würdet, würde er direkt in die feindlichen Reihen reiten.«
»Sagt ihm, er soll losschlagen«, sagte Istvan.
Jetzt blieb keine Zeit für spitzfindige Überlegungen. Befehle wurden gebrüllt, und in kürzester Zeit marschierte die Armee wieder.
Istvan strengte seine Augen an, das Grau zu durchdringen. Schwache Punkte zeigten sich im öden grauen Staub. Während er sie beobachtete, erkannte er, daß sie immer noch Meilen entfernt sein mußten. Das Sonnenlicht spiegelte sich in glitzernden winzigen Punkten.
Eisenfausts tiefe Stimme brüllte einen Befehl. Alle Carrodier durchfuhr ein Ruck, so daß die schweren Kettenpanzer schepperten. Istvan zwang sein Pferd, sich ihrem Tempo anzupassen. Langsam, ganz langsam wuchsen die fernen Punkte. Und jetzt konnte er auch noch eine zweite Gruppe von Punkten erkennen, und in der Luft darüber schwebte ein dunkler Vo-

gelschwarm. Ein neuer Befehl, und der Eilmarsch verlangsamte sich zum normalen Marschtempo.
Eisenfaust brüllte Istvans Namen. »Nimm die Kavallerie und reite los!« sagte er. »Reite, so schnell du kannst! Wir werden euch schon einholen!« Istvan erkannte, daß er recht hatte. Für ein Pferd war dieses Tempo nicht gut. Aber die Fußsoldaten würden sie wieder einholen, denn sie konnten diese zermürbenden Tempowechsel aushalten, wie kein Pferd es konnte.
Istvan preschte zur Straße und winkte den Reitern, die sich an deren Seite aufgestellt hatten. Als ihre Anführer herangeritten waren, ritt er im Trab los. Die Fußsoldaten fielen zurück. Nicht für lange, das wußte er.
Die Gestalten auf der Straße hatten fast schon die Form von Menschen und Wagen angenommen, und der andere Haufen beweglicher Punkte wuchs unter der riesigen Vogelwolke.
Er befahl, den Trab zum Schritt zu verlangsamen und hielt sein Pferd an, um die allmählich anwachsenden Menschenmassen vor sich zu beobachten. Er war sicher, daß es zur Schlacht kommen würde, bevor er dort ankam. Jagats Armee näherte sich ziemlich schnell. Er würde seinen Schritt allmählich bis zum Angriff steigern und sie in der Flanke angreifen. Wo war nur DiFlacca? Aber natürlich wäre er selbst dann nicht zu erkennen, wenn er sich in Sichtweite befände. Es würde so aussehen, als sei er ein Teil des feindlichen Heeres.
Istvan hörte, wie hinter ihm ein Pferd herangaloppierte. Er wandte sich um und erwartete einen der Kompaniehauptleute. Statt dessen sah er einen Seher, Garan D'Oleve, der neben der Kolonne ritt.
»Kommandant DiVega!« rief D'Oleve. »Eine Botschaft aus Ojaini!«
»Aus Ojaini?« Istvan starrte ihn an. »Laßt sie warten! Gibt es Neues von DiFlacca?«
»Kommandant! Ojaini wird belagert!«
»*Was?*« Istvan wirbelte auf seinem Pferd herum.
»Belagert? Von wem denn?«

»Krieger aus Mahavara, Lord. Sie denken, daß – wartet!« Er schloß die Augen und sagte dann: »Ja, Prinz Hansio *ist* dort. Einer der Seher erkannte ihn von den Zinnen, wie er unter seinem persönlichen Banner ritt. Er hat mindestens zehntausend Mann bei sich.«

Ein Dutzend Fragen drängten sich auf Istvans Lippen, aber er verkniff sie sich und wandte seine Augen wieder der Schlacht zu. Wenn Ojaini belagert wurde, konnte das für lange Zeit der letzte Konvoi sein.

11

Die unbehauenen Steinpfeiler von Roger D'Aqillas altem Räuberschloß erhoben sich auf dem Fels von Tarencia, über der Handelsstadt, abseits von Geschäftigkeit und Gerüchten. Die Soldaten, die die leeren Korridore des Gemäuers bewachten, wunderten sich schon nicht mehr über die schweigenden, mürrischen Hofbeamten, die sie so selten sahen, denn ihr Geist war mit den kleinen Seitenhieben beschäftigt, die sie von ihren Vorgesetzten zu bekommen glaubten, und mit der Rache, die sie eines Tages an ihnen nehmen wollten – eines Tages in naher Zukunft.

Die Diener, die nervös und aufdringlich waren, während ihre Meister immer schwieriger wurden, brüteten über den Ungerechtigkeiten, denen sie sich selbst ausgesetzt fühlten – Haßanwandlungen, die sie immer weiter auf irgendeinen halberträumten Tag des Gemetzels und der Abrechnung zutrieben. Nur der alte Lord Shacchio, der einzige Seher, der innerhalb der Mauern geblieben war, schien die Veränderung zu bemerken, die den gesamten Hof erfaßt hatte. Aber jedesmal, wenn er anfing, sich darüber zu wundern, brachte ihn ein plötzlicher Stich im Hinterkopf von den geheimnisvollen Vorgängen ab und wieder zurück zu seinem Alter und seiner Krankheit.

Und Jodos, der wie eine Spinne inmitten des Netzes saß, lächelte dann. Er hatte seine Sache gut gemacht, denn innerhalb des Schlosses kam im Geiste keines Bewohners auch nur der kleinste Gedanke auf, den er nicht beeinflußt hätte. Sein eigener Geist glich einem komplizierten Gespinst, das das Schloß erfüllte, und die Geister aller anderen waren darin eingesponnen. Doch war dieses Netz so schlau gearbeitet, daß weder Lord Shacchio noch irgendein anderer Seher es je bemerkt hätte.

Er lachte, während er den alten Mann durch Traumkorridore humpeln sah, um ihm die Neuigkeit zu überbringen. Aber er wurde wieder nüchtern, als er in Shacchios Geist eindrang: Hansio von Mahapor hatte den Atvanadi überschritten und belagerte Ojaini!

Das war besser, als er je zu hoffen gewagt hatte, wäre es nur ein wenig später eingetroffen, nämlich nachdem DiVega Inagar eingenommen und die Armee Lord Jagats zerschlagen hätte. Aber jetzt übertrafen die vereinigten Armeen der beiden Grenzländernationen die seynyorische Streitmacht bei weitem. Wenn DiVega verlor...

Er war sich dessen bewußt, daß Prinz Phillipos ein wenig südlich der Stadt an der Spitze seiner Männer marschierte. Ob er Phillipos zurückschicken sollte, um DiVega zu helfen? Oder sollte er ihn Kalascor erreichen lassen und ihn dann mit Feuer und Schwert durch Mahavara schicken, um die Provinz zu zerschlagen, während Hansios Armee abwesend war?

Dabei gab es eine Menge Aspekte, die zu berücksichtigen waren: Der Haß der Kalascorier war alt, erbittert und leicht zu erregen, und das konnte sie rasch zu Taten treiben, die wegen der verwünschten Gesetze der Blauroben für die Seynyorer undenkbar waren. Ja, das wäre wohl das beste. Wenn die Gesetze der Blauroben nicht gewesen wären, hätten diese Menschen ihm schon eine Menge Arbeit abgenommen.

Wenn DiVega verlor, würden immer noch eine Menge seiner Männer sterben, und die Armee des Grenzlandes wäre geschwächt. Und dann würden Hansio und Jagat zweifellos ihre

Streitmacht nach Norden bewegen und die Grenze schutzlos hinter sich lassen. Jodos lächelte.
Ja, sie würden zu ihm kommen, und er, er würde zum richtigen Zeitpunkt den Meister herbeirufen. Bevor sie dann zurücksein konnten, würde ihre Heimat hinter ihnen vernichtet sein. Also sollte Istvan nur ausharren. Phillipos würde den Weg durch Mahavara öffnen.
Er mußte sich aber dennoch eilen. In den Bergen des Schattens würde mittlerweile einer den anderen aufessen. Er konnte nicht mehr allzulange warten. Aber Phillipos konnte erst in einigen Stunden hier sein – wahrscheinlich würde er ein Lager errichten und die Stadt erst am nächsten Morgen betreten.
Im Augenblick jedoch war Zeit. Er konnte zu Bett gehen und sich von seiner Sklavin befächern lassen, und er konnte neue Methoden erproben, sie zu peinigen. Er brauchte nicht mehr diese unappetitliche Sache zu machen, die sie von ihm verlangte, denn obgleich sie selbst es noch gar nicht gemerkt hatte, wuchs doch klein und saftig die Kreatur heran, die er in sie gepflanzt hatte. Er leckte sich die Lippen. Aber dazu war die Zeit noch nicht reif. Für den Augenblick mußte er sich mit kleineren Foltern zufriedengeben. Er würde in ihren Geist schauen, um etwas Einfaches zu finden, das sie fürchtete, und dann würde er sie dem aussetzen.
Er lachte grausam. Sie fürchtete sich vor so dummen Sachen, verglichen mit dem, was er später mit ihr anstellen würde, wenn diese Stadt und all ihre Lebewesen sein wären!

Istvan DiVega trieb sein Pferd zum Galopp an und hielt die Hasturklinge vor sich. Das Notfeuer glühte im Zwielicht. Weicher Staub verschluckte das Geräusch der Hufe. Die Schlacht breitete sich vor ihm aus.
Die Kompanien, die den Konvoi verteidigten, hatten sich nördlich der Straße zu einem stählernen Halbkreis formiert. Grenzländer schwärmten wie eine vom Sturm getriebene Welle aus, und Aasgeier zogen Kreise über ihnen.

Dann plötzlich donnerte der alte Palos DiFlacca mit neunhundert brüllenden Männern in die Nachhut der Grenzländerarmee und jagte sie kopfüber und unvorbereitet in den wartenden Halbkreis der Seynyorer.
Grenzlandponys rannten ineinander und fielen reihenweise; Fußsoldaten donnerten auf ungeordnete Haufen von Männern; und jetzt bewegte sich der Halbmond vorwärts. Riesige seynyorische Stuten trieben auf das Gedränge zu: Schwerter wirbelten in die dichtgedrängte Masse und zerschlugen Lederrüstungen.
Am äußersten Rand seines Blickfeldes sah Istvan, daß die riesige Grenzländermasse sich in völliger Verwirrung befand, und dann jagte er, gefolgt von über tausend Pferden, zu ihrer Rechten in die Schlacht. Männer schauten überrascht auf, denn sie waren ihm nun auf der schildlosen Seite ausgeliefert, und ihre Brust und ihr Schwertarm waren seinem Angriff ausgesetzt.
Er trieb sein Pferd an. Sein Arm war gerade wie ein Speerschaft, und die scharfe Klinge in seiner Hand jagte nach Arm- und Schultermuskeln. Er wollte seine Gegner nur verwunden, nicht töten. Wenn diese Männer tot wären, wer würde dann die Grenze verteidigen, wenn die Dunklen Wesen von den Bergen angriffen?
Verwundete, ohne Schwerter und zerstreut, ohne jede Möglichkeit zu fliehen: Jede andere Armee, die auf diese Weise gleichzeitig in der Flanke und von hinten angegriffen würde, hätte spätestens jetzt die Flucht ergriffen. Aber die Grenzländer waren störrisch. Kleine Gruppen sammelten sich und leisteten Widerstand.
Was sie denken mochten, wofür sie kämpften, war Istvan völlig unklar; jedenfalls nicht wegen des Konvois, das stand fest. *Grenzländer sind so dumm, daß sie immer in die falsche Richtung laufen.*
Abgesehen davon war die Schlacht vorüber. Istvan traf Palos DiFlacca in der dichten Menge im Zentrum, heftig mit einem blutigen Schwert um sich schlagend. Kurz darauf ritten sie

gemeinsam und mit einigen eilends zu diesem Zweck gesammelten Männern in die Reihen der feindlichen Linken und zerschmetterten die Grenzländer vor ihnen.

Ein Muschelhorn ertönte, und die Grenzland-Streitmacht begann sich zurückzuziehen. Istvan zog seine Augenbraue hoch und gab Befehle, die den Grenzländern einen wohlgeordneten Rückzug ermöglichen sollten. Er ließ das Gemetzel hinter sich und ritt auf das Lager zu.

Eisenfaust war mit den Fußsoldaten herangeeilt, und eine lange Reihe von Axtmännern begann, kleine Gruppen von Grenzländern aus den seynyorischen Reihen zu kämmen. Die schweren Äxte zersplitterten Lederschilde und Knochen. Grenzländer stolperten mit gebrochenen Armen zurück. Istvan, der das Ganze beobachtete, spürte sein Herz beben. Fast alle Männer von Manjipé – denn an der Grenze lebte kein Mann, der kein Krieger war – hatten sich für Jagats Sache versammelt, alle, außer den wenigen, die Maldeo folgten.

Wenn noch mehr von Jagats Männern getötet würden, wären kaum mehr als eine Handvoll Männer, Frauen und Kinder übrig, um sich den Dunklen Wesen zu stellen, wenn die Grenze wieder brannte. Und das würde mit höchster Wahrscheinlichkeit bedeuten, daß die neue Grenze nördlich von Inagar läge – möglicherweise viel weiter nördlich, vielleicht sogar am Meer; denn wer würde es wagen, sich den Dunklen Wesen entgegenzustellen, wenn die Grenzländer einmal nicht mehr wären? Die Bauern und Kaufleute des Nordens würden in ihrem Schrecken fliehen. Nur die Hasturs selbst und die Söldner würden zurückbleiben. Und sie wären nicht genug.

Er beobachtete grimmig und sah dann, daß Eisenfaust sich ebenfalls der Gefahr bewußt war und dementsprechende Befehle gegeben hatte. Jedes Auge, das die grausame Perfektion der carrodischen Gebirgsbewohner in der Schlacht kannte, konnte sehen, daß sie sich zurückhielten und nur zuschlugen, wenn sie unbedingt mußten. Und selbst in diesem Falle versuchten sie ihre Gegner eher zu verwunden als zu töten.

Sie jagten auch nicht den Männern hinterher, die sich vor

ihnen mit zerschmetterten Schilden entfernten, sondern rückten nur vorsichtig weiter, während sie ihre schweren Äxte drohend über die Köpfe erhoben. Er sah, wie ein Mann, der auf die Linie zugejagt war, um sie anzugreifen, besinnungslos zu Boden fiel, getroffen vom Schlag mit der flachen Seite einer Axt. Ein Kamerad, der sich niederbeugte, um den Bewußtlosen wegzuschaffen, duckte sich unverletzt unter dem Streich jener Axt und zog sich dann beladen mit dem schlaffen Körper wieder zurück, und sein Schwert blitzte herausfordernd in seiner Hand, während er vor den stetig vorrückenden Axtmännern zurückwich.

Die meisten Grenzländer waren nun mit Toten und Verwundeten beladen, die sie niemals zurücklassen würden. Sie zogen sich mit der Waffe in der Hand zurück, entlang der klar erkennbaren Rückzugslinie, die zu schaffen Istvan befohlen hatte.

Jenseits der seynyorischen Reihen sah Istvan den grauen Staub mit zerstreuten Männern übersät. Aber sie sammelten und ordneten sich, und Istvan saugte kalte Luft durch die Zähne ein und fragte sich, ob er nicht hätte befehlen sollen, sie zu verfolgen. Wenn sie erneut angriffen . . . Grenzländer laufen immer in die falsche Richtung.

Wie konnte er diesem Königreich den Frieden bringen, ohne ausgerechnet das Volk zu vernichten, das zu seiner Erhaltung lebenswichtig war? Insbesondere jetzt, wo Hansio von Mahavara ihm den Nachschub abschnitt.

Jagats Armee, in der sich fast jeder Mann befand, der kämpfen konnte, war etwas kleiner als seine eigene. Wie viele Männer würde Hansio haben? Wahrscheinlich mehr: Mahavara war die größere und reichere Provinz, und ein großer Teil dieses Landes war noch nicht versengt, und es lag weit genug vom Schatten entfernt, so daß Frauen und Stuten und Vieh ihren Nachwuchs in Sicherheit zur Welt bringen konnten.

Auf den riesigen Ebenen, die sich nördlich des Oda erstreckten, hielten die Mahavarer riesige Vieh- und Pferdeherden. Eigenartigerweise aßen sie niemals Fleisch, sondern lebten von Milch und Käse. Und mit dem Kuhdung nährten sie ihre Feuer.

Mindestens zehntausend Mann hatte der Seher gesagt.

Würde Hansio direkt zur Hauptstadt reiten? Oder würde er vielleicht zuerst versuchen, die Seynyorer aus seiner Flanke zu schaffen? Man nannte ihn den Fuchs – und dies trotz tausend ehrenvollen Namen, die die Poeten ihm gegeben hatten. Er hatte im gesamten Königreich Verrat und Zwietracht gesät, schon lange, bevor die meisten von denen, die jetzt bei ihm waren, auch nur geboren waren.

Ojaini war fast frei von Verteidigern gewesen...

»DiVega!« brüllte eine Stimme aus der Nähe, und als Istvan sich umdrehte, sah er, wie Rupiros D'Ascoli sein Pferd zu ihm heranjagte.

»DiVega, schläfst du? Oder bist du betrunken oder verrückt?« Er hielt sein Pferd scharf an, so scharf, daß es ausschlug. »Siehst du nicht, daß sie sich dort drüben zu einem weiteren Angriff sammeln?« Er fuchtelte mit der Hand in Richtung auf die brodelnde Menge der Grenzländer. »Wach auf, Mann! Wir müssen sie auf irgendeine Weise versprengen! Entweder müssen wir unsererseits einen neuen Angriff führen, oder wir müssen ihnen eine Ladung Pfeile entgegenschicken! Du hast uns befohlen, sie nicht zu verfolgen, aber genau das gibt ihnen die Zeit, sich neu zu formieren! Wenn wir ihnen noch ein wenig mehr Zeit lassen, werden sie uns wieder angreifen! Sitz doch nicht einfach untätig herum!«

Istvan schaute auf das Getümmel von Menschen und Pferden. Er konnte schwach Stimmen aus ihren Reihen hören, aber auch in seinen eigenen Reihen redeten und brüllten Männer. Ein Kern von Reitern bildete sich, der sich seiner Linie zuwandte, und dahinter sammelten sich die Fußsoldaten.

»Wenn wir ihnen ein paar Salven entgegensenden, werden sie sich zerstreuen«, sagte D'Ascoli. »Sie sind mit ihren Toten und Verwundeten beladen, und sie wissen, daß sie jetzt den Konvoi nicht mehr angreifen können! Jede andere Armee

wäre schon längst abgezogen! Und sie selbst haben nicht viel, was sie Pfeilen entgegensetzen könnten.«
Istvan runzelte beim Anblick des sich sammelnden Feindes die Stirn. »Ich denke, du hast recht«, sagte er. »Ein paar Salven Pfeile... Nein!« Er richtete sich im Sattel auf. »Nein! Pfeile würden sie mit Sicherheit in den Angriff treiben!« Er hielt inne und betrachtete stirnrunzelnd die beiden Armeen, die einander gegenüberstanden. »Laßt eure Männer die Bögen ziehen und Pfeile auf die Sehnen legen, aber schießt nicht, bevor tatsächlich ein Angriff erfolgt. Und wenn sie angreifen, dann befehlt den Männern...« Er verstummte erneut und biß die Zähne zusammen, als wollte er den Befehl zurückhalten. »Befehlt ihnen, auf ihre Pferde zu schießen.«
»Auf die *Pferde*?« D'Ascoli starrte ihn an. »Bei Hasturs Flammen! Die Hälfte davon sind unsere eigenen Pferde!«
»Es ist besser, ein paar Pferde als ganz Tarencia zu verlieren, wenn die Dunklen das nächste Mal angreifen.«
Er beobachtete die Armeen, während D'Ascoli mit den Befehlen davonritt. Es kam ihm so vor, als herrsche eine gewisse Uneinigkeit zwischen den Grenzländern. Ein paar Hitzköpfe verlangten zweifellos nach einem weiteren Angriff, aber andere schienen dagegen zu sein.
Aber anzunehmen, Grenzländer würden sich zurückziehen, nur weil ein paar Pfeile vor ihnen zu Boden gingen – nein, das war närrisch. Vielleicht wurde jedoch die *Bedrohung* durch Pfeile, Pfeile, die deutlich sichtbar auf den Sehnen lagen, sie die Nerven verlieren lassen. Aber es konnte auch genau umgekehrt verlaufen.
»Es ist immer töricht, dem Feind Mangel an Mut zu unterstellen«, hatte Birthran ihm einmal gesagt. Furcht war bestenfalls eine riskante Waffe: Sie konnte den Feind dazu bringen, um so härter zu kämpfen und ihn zu Aktionen verleiten, die er andernfalls nicht unternommen hätte.
Dort drüben herrschte offensichtlich Uneinigkeit, und eine Salve Pfeile hätte die Waagschalen wahrscheinlich gerade zugunsten eines neuen Angriffs ausschlagen lassen. Die Kunst

lag darin, sie in die andere Richtung ausschlagen zu lassen. Er dachte eine Weile darüber nach und jagte dann auf den Konvoi zu.

»Bringt diese Wagen in Bewegung!«

Schon bald befand sich der Konvoi und die gesamte Armee auf dem Marsch, und die Grenzländer zögerten immer noch. Blöcke seynyorischer Kompanien veränderten ihre Positionen wie wandernde Vögel im Frühling, so daß ständig eine Barriere zwischen den sich langsam fortbewegenden Wagen und den Grenzländern war.

»Ziehen wir uns einfach aus der Schlacht zurück?« rief Sandor DiArnac aus. »Sie werden noch denken, wir hätten Angst vor ihnen!«

Istvan lachte. »Ausgezeichnet! Dann haben sie das Gefühl, doch eine Art Sieg errungen zu haben, und ziehen heim und prahlen damit, ohne zu glauben, noch eine weitere Schlacht schlagen zu müssen!« Die jüngeren Männer starrten ihn ungläubig an, aber er hörte Eisenfaust und den alten Palos DiFlacca hinter sich kichern.

Einige Stunden später zogen die Grenzländer tatsächlich nach Norden ab, nachdem sie sich an die rechte Flanke der Armee herangemacht hatten, parallel zur Straße, während Istvan und die älteren Veteranen einige der jüngeren Kommandeure beruhigten.

Immer wieder hörte er das gleiche Argument: Man solle wenden und die Grenzländer davontreiben, und zwar mit einem Angriff oder mit einem Pfeilhagel. Nach einer Weile hatte Istvan das Gefühl, seine Antwort darauf ähnele einer Rezitation, der er selbst nicht einmal mehr zuzuhören brauche.

Er schickte Kundschafter nach Osten, die das westliche Ufer des Yukota beobachten sollten, um jede Bewegung Prinz Hansios mitzuverfolgen.

Zehntausend Mann oder mehr, hatte der Seher gesagt. Mit Maldeos Streitmacht in Manjipor und den Männern, die er aus Ojaini gerufen hatte, um den Nachschubkonvoi zu schützen, war seine eigene Armee fast auch auf diese Zahl angewachsen. Aber wenn er Manjipor verließ, um Ojaini zu befreien, würde Jagat sich zweifellos rühren, um entweder Manjipor zu erobern oder um Istvans Nachhut anzugreifen, während er gegen Hansio vorrückte.

Hansio war wahrscheinlich der Gefährlichere von beiden, aber von Inagar aus war Jagat während des Marsches zum Yukota eine ständige Bedrohung. Und nachdem er Hansio besiegt hätte – falls er ihn überhaupt besiegen konnte –, würde er das Fürstentum zurückerobern müssen. Und wenn sie sich gegen ihn verbündeten, würden sie seiner Streitmacht fast im Verhältnis zwei zu eins überlegen sein.

Nun gut, er hatte gegen größere Übermachten gekämpft als diese. Aber nicht gegen Grenzländer. Und auch nicht gegen Hansio.

Wie hatte der Fuchs es schaffen können, seine Armee so schnell nach Ojaini zu bringen, ohne jegliches Anzeichen für sein Kommen? Wie hatte er den Atvanadi mit einer so riesigen Streitmacht unangefochten überqueren können?

Als die Grenzländer schließlich aufgaben und sich in Richtung Inagar zurückzogen, konnten ihm seine Seher die Antwort auf diese Frage geben. Ajeysio von Katankin hatte die Tore seiner uneinnehmbaren Festung für Hansio geöffnet und ihm so die Kontrolle über die beste Furt durch den Fluß gegeben. Monatelang hatte Ajeysio ein Mädchen auf dem anderen Ufer des Atvanadi umworben – ein Mädchen, das entfernt mit dem alten Prinzen verwandt war und eng mit seinem Seneschall. Istvan erinnerte sich an die Leidenschaft des jungen Mannes in Rinmulls Rat. Hatte er schon damals beschlossen, seine Burg in die Hände des Fuchses zu geben? Oder war es DiFlaccas Ausbruch gewesen, der ihn zu diesem Entschluß getrieben hatte? Doch das spielte jetzt keine Rolle mehr. Entscheidend war, was Hansio tun würde.

Zeitweise schien es Chondos, als wandle er in der lebendigen Stadt Rashnagar, in den Tagen ihres Ruhmes, in denen ihre

Straßen angefüllt waren mit den kultivierten, glücklichen Menschen seines Hofes, gekleidet in kostbare Roben von vielfarbiger Seide, beschäftigt mit höfischer Unterhaltung und Ritualen, die bis in die früheste Geschichte zurückreichten. Er trank feinen Tee und seltsame Weine aus exquisiten Bechern von feinstem, papierdünnem Porzellan. Oder er wandelte durch Gärten, in denen brillantfarbene Karpfen in Teichen schwammen, versteckt unter grünem Bambusdickicht und Büschen mit regenbogenfarbenen Blüten. Oder er beobachtete Tänzer, deren Tanzschritte so alt waren wie die Geschichte selbst und deren Körper unter ihren Schmetterlingsgewändern lebende Flammen der Leidenschaft waren.
Dann plötzlich wanderte er durch die Straßen einer zerfallenden Ruinenstadt, wo dächerlose Häuser auf einen bleiernen, sonnenlosen Himmel schielten und bestialische, mißgestaltete Kreaturen umherstreiften. Er hätte nicht sagen können, welche von beiden Visionen Wirklichkeit war. Zweimal sah er wie im Traum die Stadt fallen.
In den Schmetterlingsgärten herrschte Zwielicht, und bunte Papierlaternen brannten wie glühende Monde. Weit über ihm schienen die echten Monde – außer im Westen, wo glühende Türme gegen die unheilvolle Schwärze aufflammten.
Ein plötzlicher Schein dumpfen, roten Lichts, das Licht der geschmolzenen Türme brach, und dunkle, schattenhafte Gestalten, die massigen Nebelformen glichen, wurden größer und größer. Schwarze Schwingen überschatteten die Sterne. Die Menschen in der Stadt jammerten in ihrem Schrecken. Andere Schreie antworteten ihnen, aber das waren keine Laute aus menschlichen Kehlen.
Männer und Frauen in flatternden Roben rannten von Panik ergriffen durch die Straßen. Schwarze und aus dem Nichts hervorbrechende Schatten fielen auf die Massen; wo sie erschienen, blieb nur grauer Staub zurück. In Flammen gekleidete Gestalten kämpften mit den Schatten. Notfeuer erhellte die Stadt. Verkrüppelte, mißgestaltete Horden griffen aus der Dunkelheit an, und an ihrer Spitze war ein schwarzgekleidetes

Wesen, das hämisch lachte. Bleiche menschliche Schatten erhoben sich aus dem Nebel.
Zweimal sah er diese Vision, und jedesmal war sie anders, aber jedesmal endete sie mit einem knochenbleichen Gesicht und dem plötzlichen Einsinken von scharfen Zähnen in seine Kehle.
Er erinnerte sich daran, mit dem Schwert in der Hand und in großer Verwirrung davongelaufen zu sein. Er hatte kleine, haarige Gestalten niedergestreckt, die ihn umschwärmt hatten, bis die riesige bleiche Gestalt an ihrer Spitze seinen Schwertarm mit eisernem Griff packte.
Und diesmal erwachte er aus dem Alptraum und fand sich mit dem alten Sanga redend wieder, jenem bleichgesichtigen Krieger, der seinen Helm nach altem Stil mit Stoff umfaßt hatte. Er spielte mit ihm Schach in den Gärten, die zeitweise zu einem leeren Hofraum wurden.
Dann wieder, als er beim alten Isuri saß, dem Hofgelehrten, erinnerte er sich an das Chaos in den Gemächern der königlichen Familie. Er erinnerte sich daran, wie er mit König und Hofstaat aus der Stadt und an dichtbewaldeten Hängen entlang geflohen war.
Unter den Soldaten, die ihn bewachten, erhob sich Unruhe. Verkrüppelte Gestalten jagten zwischen nachtverschleierten Bäumen umher, und der königliche Elefant schrie, und dann standen nur noch seine riesigen Knochen da, und das Fleisch war abgenagt, und die großen Knochen fielen krachend in den Staub. Frauen stießen schrille, Männer tiefere Schreie aus, und dann war da noch das verhaltene Gegacker unheimlicher Gestalten. Menschen rannten zwischen dunklen, knorrigen Baumstämmen umher. Nadeln, Blätter und dünne Zweige peitschten ihm ins Gesicht, während er rannte, und dann kam jenes frostweiße Gesicht aus der Dunkelheit.
Er erwachte und wanderte mit Isuri durch grüne Gärten, in denen sanfte Frauen in Schmetterlingsgewändern lächelten und sich verbeugten, als er vorüberging.
Es war verwirrend. Er aß und trank, aber er hätte nicht sagen

können, ob das, was er aß, blutiges Fleisch gewesen war oder delikat geröstetes Wildbret in köstlicher Sauce. Er hätte auch feinsten Wein nicht von fauligem Wasser unterscheiden können – oder Blut, das er plötzlich aus einem juwelenbesetzten Becher trank, den er dann, als er dies merkte, erschrocken von sich schleuderte, während Isuri und Sanga und die Gestalt in der dunklen Robe lachten.
Er kannte jene Gestalt in der Robe. Er schüttelte den Kopf, um zu Sinnen zu kommen. Er war Chondos, der Erbe des Thrones von Rashnagar, aber wer war jene mißgebildete Gestalt, die sich unter jenem schwarzen Stoff verbarg und ihn auslachte? Er ballte die Hände zu Fäusten. Einen Augenblick lang erinnerte er sich daran, was unter der schwarzen Robe war, das madenweiche Fleisch, das er erblickt hatte, als Rashnagar fiel und ein sterbender Soldat das Gewand weggerissen hatte.
Dann schüttelte er benommen den Kopf. Wieso konnte er sich an all das erinnern? Er war damals ja noch nicht einmal geboren gewesen! Was war mit ihm geschehen? Was war das alles um ihn herum? Er schloß seine Augen und spürte den Schmerz in den Knöcheln und den Beinen, jenes sanfte heilende Brennen, und er erinnerte sich an eine glühende Kohlenpfanne zwischen seinen angeketteten Knöcheln.
Er öffnete die Augen und sah die staubige, zerfallene Halle. Aber nur einen Augenblick zuvor war sie prachtvoll und glänzend und angefüllt mit den prächtig gekleideten Edlen seines Hofes gewesen.
Sein Hof? Neugierige Verwirrung ergriff ihn. Er war zum Herrschen geboren, ja, er war dem nicht ausgewichen. Aber es mußte doch noch einen anderen Thron geben, ein anderes Schloß, einen anderen Hof? Er erinnerte sich daran, daß er sich vor einem Thron verbeugt und die sonoren Worte eines alten Rituals intoniert hatte.
Vor tausend Jahren.
Er schüttelte den Kopf. All das war falsch.
»Sein Geist ist immer noch stark, Emicos!« hörte er eine

zischende Stimme, deren Echo irgendwo zwischen den Steinen verklang. »Vielleicht sollten wir noch mehr tun.«
»Es wäre unklug, ihn zu verstümmeln, das habe ich dir bereits gesagt«, antwortete eine andere Stimme. »Er wird sich deinem Willen fügen, wenn er die rechte Führung erhält.«
»Aber er wird alleine sein!« sagte die erste Stimme wieder. »Wir können bei dem Plan, den wir haben, Isuri nicht mit ihm schicken! Wenn sein Geist sich freimachen sollte...«
»Das würde keine Rolle spielen«, sagte die zweite Stimme. »Die Auserwählten werden ihn nicht entfliehen lassen. Die Tore werden immer noch offen sein für ihn. Aber er wird an Rebellion nicht einmal mehr denken, wenn ihm erst die Erinnerungen genommen sind.«
Die Stimmen hallten hohl von den uralten Mauern des leeren Saales zurück, und das war eigenartig, denn er befand sich in ferner Vergangenheit, im Licht und der Musik alter Zeiten, und die bunten, gewobenen Wandteppiche, die Höflinge in ihren prachtvollen Roben, die gepolsterten Möbel, all dies wurde transparent, unwirklich, und kalte Steinmauern erschienen in bleichgrauen Lichtstrahlen, die durch das offene Dach fielen.
»Warum willst du nicht, daß ich ihn beiße?« fragte eine sanfte Stimme. Es war die Stimme des alten Isuri – oder war es seine eigene Stimme?
»Wenn du ihn beißt, wird er keinen Heiler oder Seher mehr täuschen«, sagte Emicos. »Der Zwang würde dann zu offensichtlich, zu leicht zu erkennen sein. Ich lernte vor langer Zeit, diese Zeichen zu deuten, und jeder Seher und Heiler wird gelehrt, auf sie zu achten.«
Die unwirklichen Möbel, Wandbehänge und Menschen verschwanden schließlich. Ein kalter Wind blies durch das zerfallene Dach herein und ließ Chondos schaudern. Er kämpfte darum, die Benommenheit aus seinem Geist zu vertreiben. Der verwitterte Stein, das fahle Tageslicht kamen und gingen, je nachdem, ob die tote Stadt um ihn starb oder zum Leben erwachte.

Der alte Isuri stand dicht hinter ihm, direkt gegenüber von der schwarzberobten Gestalt und einer anderen mit weißem Gesicht – Emicos. Emicos hatte sich gegen Vidraj behauptet. Und dann war da noch irgend etwas ...
Im äußersten Blickwinkel zog sich die leere Pracht der Halle allmählich zurück. Alles war grauer Stein, wenn man genau hinschaute, aber als seine Augen sich bewegten, tauchten am Rande seines Gesichtsfeldes Farbblitze auf, als ob der Raum hinter ihm angefüllt wäre von buntfarbenen Dingen, die verschwänden, wenn er sie anschaute.
»Wie lange, glaubst du, kannst du uns noch weiter hungern lassen?« sagte Isuri. »Es ist nun schon Wochen her, seit du irgend jemandem von uns erlaubtest, die Berge zu verlassen, um uns satt zu essen. Wie lange willst du uns hier noch festhalten? Bald wird auch der Letzte der Erwählten und des Volks vom Reinen Blut verzehrt sein! Den Letzten der Wahren Menschen haben wir längst aufgefressen! Jenseits der Grenze gibt es Beute in Hülle und Fülle, und doch läßt du uns eher einander auffressen, als uns in den äußeren Ländern jagen zu lassen. Ich mußte ein Dutzend Ghule töten, die sich an meinem Fleisch vergreifen wollten. Und wozu soll *der* hier noch gut sein, wenn es die vom Reinen Blut nicht mehr gibt, die ihm folgen sollen? Bald werden alle unsere menschlichen Sklaven nicht mehr existieren!«
»Für diesen Zweck werden noch genügend da sein, und es wird neue geben«, sagte der Meister. »Sie sind leicht zu ersetzen. Dieser Plan entstand, als Emicos den verschwundenen Prinzen zu uns brachte, vor fast zwanzig Jahren. Wir müssen sie zur Sorglosigkeit verleiten und sie die Furcht vor uns vergessen lassen. Während wir warten, werden sie sorglos werden, das behauptet Emicos zumindest.«
»Emicos!« knurrte Isuri, und Chondos fühlte kalte Wut in sich hochsteigen. »Warum sollte man auf jemandes Rat hören, der noch vor nur zehn Jahren sterblich war, und dessen Blut damals noch genauso süß und frisch war wie das von dem da.« Und Chondos kostete die salzige Süße jenes Blutes in seinem Mund.

»Laß dich nicht durch mein Alter täuschen«, sagte Emicos. »Du hast mein Blut vor zehn Jahren gekostet, ja, du und Sanga und Vidraj und auch noch andere. Ich nährte euch aus meinen Venen, während ich aus einer Lebensform in eine andere überwechselte. Aber ich war niemals euer Opfer. Beurteilt mich nicht nach den lebenden Toten, über die ihr herrscht. Mein Geist wurde niemals starr durch den Tod. Ich kann immer noch wählen, ob ich Fleisch essen will oder andere Nahrung, und ich besitze Kräfte, die ihr nicht habt.«

»Und er ist viel nützlicher als du, Isuri«, krächzte die Stimme des Meisters.

Chondos blinzelte und schüttelte den Kopf, als Schatten der Vergangenheit seine Sicht erneut verdunkelten. Durchsichtige Frauen in kostbaren Seidenkleidern lächelten ihm zu; sie tummelten sich auf den bunten, geisterhaften Teppichen, unter denen ihre Knochen lagen.

Eines ihrer Gesichter schaute ihn an, und plötzlich erinnerte er sich ängstlich an sie. Auch sie war vor den scheußlichen Gestalten unter den Bäumen geflüchtet und hatte dann die Grenze auf der Suche nach Nahrung überquert. Aber sie war stolz geworden, zu stolz, und den Meister hatte sie verhöhnt. Während sie schlief, waren Ghule zu ihrer Ruhestatt geführt worden, und vor langer Zeit schon wurden ihre abgenagten Knochen über den Berghang verstreut.

Das war Wahnsinn! Wie konnte er sich nur an solche Dinge erinnern? Er schüttelte den Kopf bei dem Versuch, ihn zu klären. Was machten sie nur mit ihm?

Er hörte Emicos und den Meister lachen. Seine Fäuste ballten sich in ohnmächtiger Wut. Die durchsichtigen Frauen und die Teppiche und Wandbehänge verschwanden. Das schwache Licht verschwand allmählich ganz aus der Ruinenhalle.

Bleicher Nebel ergoß sich aus einer Ritze in der Tür. Chondos starrte darauf, während er herausfloß und sich zu einer Säule zusammenzog, deren Oberfläche uneben war, als ob sie mit winzigen Eisblumen überzogen wäre. Das Eis verhärtete sich zu Metall.

Die Dunkelheit kam wie eine violette Augenbinde, die ihm die ganze Sicht nahm. Ein kratzender Ton, und ein Funken erglühte schmerzvoll und starb wieder. Ein erneutes Kratzen und ein Knistern, und dann wuchs die winzige Flamme und sprenkelte orangefarbene Funken über den Stahl von Sangas Rüstung.
»Nun, Sanga?« zischte der Meister. »Was willst du hier? Hier gibt es niemand mit Blut für dich! Oder ist es die Einsamkeit, die dich heute abend aus deinem Grab heraustreibt? Bald werde ich dich rufen, und dann wirst du auf der anderen Seite jagen, aber jetzt bleibst du besser still liegen.«
»Ich bin wütend!« sagte Sanga. »Du hast mich heraufgerufen, damit ich für dich mit dem Geist dieses Menschen spiele, aber jetzt, nachdem der Zauber gebrochen ist, sagst du mir, ich soll mich niederlegen und verstauben, bis du geruhst, uns wieder über die Grenze zu schicken! Wozu diese Verzögerung? Wann werden wir die Barrieren wieder durchbrechen und unseren Durst stillen? Während diese Narren dort draußen sich streiten, sollten wir angreifen!«
»Du Narr!« sagte der Meister. »Haben wir das denn noch nie vorher versucht? Du solltest dich an andere Gelegenheiten erinnern, als wir zuschlugen, während unsere Feinde noch kämpften. Sie würden sich gegen uns verbünden. Der Krieg selbst wird nicht für uns gewinnen! Aber wenn sie einander geschwächt haben und ihre Aufmerksamkeit sich von uns abgewandt hat und König Chondos die vom Volk des Reinen Blutes über die Grenze führt, dann kannst du ihrer Armee folgen und in den Burgen schmausen, die er für uns öffnet. Spare dir deinen Durst für diesen Zeitpunkt auf! Es wird genügend Blut für alle da sein!«
»Chondos!« zischte der Meister. »Komm jetzt! Steig auf deinen Thron!«
Gongs dröhnten in Chondos' Kopf. Bunte Farben erglühten vor seinen Augen. Prächtige Teppiche bedeckten den Boden. Zu beiden Seiten knieten Höflinge in fließenden Roben und beugten ihre Köpfe bis zum Boden, um den König der Könige

dem alten Ritual gemäß zu begrüßen. Goldener Glanz glühte um den Thron, und er merkte, wie er auf denselben zustolperte. Die alte Hofmusik, die Gongs und Flöten, die flirrenden Streicher und die tiefen, durchdringenden Hörner, sie alle erklangen in schweren, prachtvollen Kadenzen, die in seinem Kopf dröhnten.

Am Fuß der Stufen des leeren Thrones zögerte er. Irgend etwas stimmte hier nicht oder war zumindest anders. Muschelhörner ertönten im Chor und begrüßten den Erben der alten Könige. Eine schwarzberobte Gestalt materialisierte auf den Stufen des Thrones aus dem Nebel.

»Wer kommt, um den alten Sitz der takkarischen Könige zu beanspruchen?«

Jenes verwirrende Gefühl der Bekanntheit, das auf irgendeine Weise *falsch* wirkte, wurde stärker denn je. Da war etwas, woran er sich erinnern mußte.

Tiefe Hörner dröhnten. Sein Geist rang um Worte und suchte gleichzeitig vergebens nach etwas, woran er sich nicht erinnern konnte. In einem anderen Leben hatte er vor einem solchen Thron gestanden, und eine andere Gestalt hatte ihn gefragt...

Er konnte sich nicht daran erinnern.

»Chondos«, hörte er wie aus weiter Ferne seine eigene Stimme sagen. »Chondos, der Erbe der arthavanischen Könige.« Die Stimme klang schrill und schwach in seinen eigenen Ohren, und doch hallte sie von den Steinmauern wider, wie die Musik es nicht tat.

»Tritt vor«, flüsterte jene rauhe, unmenschliche Stimme klar über der geisterhaften Musik. Er setzte den Fuß auf die Stufen. Aber irgend etwas war falsch. Irgend etwas...

Gongs und Hörner und winzige Glöckchen und Instrumente, die er nicht kannte, erklangen tief und seltsam, und dann mischte sich Sangas Flöte darunter, und sie unterschied sich auf eigenartige Weise von den übrigen und hallte vom Stein zurück. Er konnte den prächtigen Teppich, den er unter seinen Füßen sah, nicht spüren.

Blendendes Fackellicht und helle Kerzen strahlten auf die prachtvollen Gewebe von Teppichen, Roben und Wandbehängen. Königlicher Stolz schwoll in ihm beim stetigen, kunstvollen Takt der alten Musik. Er setzte die Füße auf die zweite Stufe. Die Welt schwankte.

Aber etwas stimmte bei all dem nicht. Etwas wie kalte Zangen hatte sich um seinen Geist gelegt. Hätte die Gestalt beim Thron nicht eigentlich in eine blaue Robe gekleidet sein müssen anstatt in eine schwarze?

Hörner schmetterten einen Salut. Flöten trillerten über ihnen, und die Flöte des alten Sanga erhob sich klar über den Rest und hallte von den Mauern wider. Er konnte das Atmen der schwarzgekleideten Gestalt spüren.

»Irgend etwas stimmt hier nicht«, sagte er und stolperte eine weitere Stufe zum Thron hinauf.

Die Halle war wie ein Geist um ihn, voll von alten Erinnerungen und uralten, sich verbeugenden Höflingen, deren Knochen schon vor langer Zeit vermodert waren, aber hinter den hellen Lichtern und den prachtvoll gekleideten Menschen lagen Schlächtereien und blutige Gelage und zynische, hämische Bosheit.

Da war etwas, woran er sich erinnern mußte. Waren die Roben schwarz gewesen oder blau? Die blaue Robe. Irgend etwas war unter der blauen Robe verborgen! Die schwarze Robe jagte ihn jetzt über verrückt gewundene Treppenstufen auf und ab, durch verfallene Gebäude in einer Ruinenstadt. Aber nein. Er befand sich ja auf den Stufen, er schwankte auf den Stufen, und sein Thron stand vor ihm.

Tiefe Gongs dröhnten. Hörner ertönten. Zum Geläut der Glocken schritt er auf die Estrade, wandte seinen Rücken dem mächtigen Thron seiner Vorfahren zu und schaute über die buntgekleidete Menge vor sich. Tausende von Gesichtern schauten erwartungsvoll zu ihm auf. Hörner schmetterten einen Salut.

»Setzt Euch, Kaiser von Takkaria, König der Könige, Herrscher von Rajinagara!«

Er setzte sich nieder. Der Thron war kalt und hart. Die Gesichter unter ihm verschwanden, jedermann sah zu Boden, während die Höflinge sich auf den Boden warfen. Alles, was er nun sehen konnte, waren Tausende von prachtvoll gekleideten Rücken. Die Musik schwoll an und schmetterte triumphierend, und die Gesichter erhoben sich wieder vom Boden. Tausende von Gesichtern, Untertanen des Königs der Könige. Aber sie waren alle so weiß, so weiß . . .
Die schwarzberobte Gestalt lachte. Für einen Augenblick starrte eine Armee von Skeletten ihn an, mit Augen, die nur aus leeren Höhlen bestanden. Dann verschwanden sie, und die Höflinge waren wieder da mit allem Glanz ihrer Roben, aber es lag etwas Spöttisches und Unreines in ihren Augen. Da war etwas, woran er sich erinnern mußte. Etwas, das ein Mann in einer blauen Robe ihm gegeben hatte.
Der Glanz verschwand, und auch die Kerzen und Fackeln waren verschwunden. Kobolde starrten mit riesigen runden Augen, und Ghule knieten in einem Steinhaufen. Die roten Augen der Vampire glichen hungrigen Flammen. Dann verschwanden auch sie in einem Horngeschmetter, und in der violetten Dunkelheit, die sich um ihn ausbreitete, schwelgte er im Geschmack des Blutes der Höflinge. Die Menschen der Stadt schrien, als sich die schreckliche Menge in die Straße ergoß und die zerbrochenen und geschmolzenen Türme hinter sich ließ, die Uoght zerstört hatte, und die langen Jahre des Wartens und des Hasses waren nun endlich erfüllt.
Die Horde ergoß sich in die Stadt. Buntgekleidete Menschen kreischten und flohen. Und er, das Kind von Uoght, das verachtete halbmenschliche Kind stand jetzt über ihnen, den Nachkommen der Kinder, die sich einst über ihn lustig gemacht hatten, als sie geglaubt hatten, er sei nur ein Krüppel, in den Tagen, als er noch menschlich *ausgesehen* hatte. Jetzt war die Zeit der Rache gekommen! Rache, und feuchtes, rotes Fleisch, und der köstliche Schrecken und Schmerz der sich windenden, hautlosen Dinger, die einmal Männer und Frauen gewesen waren . . .

Chondos schrie auf seinem Thron über den unerträglichen Schmerz, als würde er selbst zerteilt.
Der Meister lachte: »Denke daran, König Chondos!« Chondos blinzelte, sah die zerfallene Halle um sich, fühlte seine gebrochenen Fingernägel, die immer noch die Armlehnen des Thrones in Schmerz umklammerten – und doch war sein Körper unverletzt. »Selbst wenn ich dich noch brauche, kann ich dir diesen Schmerz zufügen! Nur Gehorsam kann dich davor retten.«
Schrecken erfaßte Chondos, und er rannte und rannte durch Korridore im Geist des Meisters. Aber wo er auch hinrannte, die schwarze Gestalt war schon vor ihm dort, und unmenschliches Gelächter begegnete ihm an jeder Wegbiegung.
Wieder fand er sich auf dem Thron in der alten Halle. Isuris Finger schmierte etwas Nasses auf seine Stirn.
»Es gibt keine Fluchtmöglichkeit«, sagte der Meister. Die alte Musik spielte weiter.

»Natürlich nicht, Martos«, sagte Kumari. »Wenn du gegangen wärest und ich beschlossen hätte, ihn zu heiraten, wäre Suktio ein guter Vater für das Kind gewesen. Er bewundert dich sehr.«
Martos' Zunge war so nutzlos wie gewöhnlich. Statt zu sprechen, fuhr er mit einem Finger an der weichen Haut ihrer Seite entlang und holperte über die Rippen.
Jemand pochte an die Tür. Martos versuchte zu fluchen, als sie sich aufsetzte, aber seine Zunge vermochte nicht einmal das.
»Lord Martos!« rief eine Männerstimme durch die verschlossene Tür. »Lord Jagat wünscht, daß Ihr zur Ratskammer kommt. Es ist sehr wichtig! Beeilt Euch!«
»Ich... ich komme gleich«, stotterte Martos und brüllte es dann. Er mußte zweimal brüllen, bevor das Pochen aufhörte und eilige Schritte von der Tür weghasteten.
Wütend schaute er sich nach seinen Kleidern um. Ein entblößter Arm fuhr um seine Brust. Er fühlte, wie sich weiche

Brüste gegen seinen Rücken preßten. Er wandte den Kopf. Ihre Münder trafen sich, und dann gab Kumari ihm einen leichten Stoß und rollte davon, um ihr Gewand vom Boden aufzuheben.
»Ich werde auf dich warten«, sagte sie. »Komm zurück, wenn ... wenn Onkel dich läßt. Aber ... aber wenn du nicht kommst, muß ich gehen ...« Ihre Augen trafen die seinen. »Wenn du nicht zurückkommst – wenn die Erde dich nimmt –, mache dir keine Sorgen um das Baby. Ich werde für ihn sorgen – oder für sie.«
Sie lächelte. »Und denke daran, daß ich dich liebe!«
Sie zog ihr Gewand über den Kopf und verbarg die Tränen dahinter.

Zwanzig Meilen südöstlich fraßen Istvans Pferde nasses, braunes Gras im Licht von einem halben Dutzend Monden.
»Wir haben keine Wahl«, sagte Istvan. »Ein Marsch von fünf Meilen am Morgen, dann sind wir in einer Position, von der wir jeden Versuch vereiteln können, den Konvoi zu verfolgen oder sich Hansio anzuschließen. Wir brauchen nur dazusitzen, bis –«
»Man kann mit siebentausend Männern nicht neuntausend einkreisen!« wandte eine Stimme ein.
»Besser als siebentausend gegen zwanzigtausend!« antwortete Istvan. »Aber dazu braucht es erst gar nicht zu kommen. Wenn Maldeo und seine Männer erst einmal zu uns gestoßen sind ...«
»Manjipor einfach verlassen? Lord Maldeo wird das gar nicht gefallen!«
»Ich nehme nicht an, daß er das tun wird«, sagte Istvan, »aber vielleicht sollte *er selbst* sich mit mir darüber unterhalten, wenn es euch recht ist! In drei oder vier Tagen könnte er südwestlich der Stadt stehen, dann können wir sie von entgegengesetzten Seiten umfassen.«
»*Wenn* Hansio nach Tarencia marschiert«, warf Rupiros D'Ascoli ein, »statt einfach unsere eigene Nachhut anzugreifen!«

»Das ist eine Gefahr, das weiß ich«, sagte Istvan. »Aber von hier aus haben wir zumindest eine gewisse Chance, seine Armee von der von Jagat abzuhalten. Wenn wir ihn aufhalten und seinen Zug zermürben können, bis Lord Maldeo eintrifft, sind wir ihm zahlenmäßig ebenbürtig.«
»Ihm oder Jagat«, sagte D'Ascoli. »Nicht beiden! Wenn sie uns zwischen sich fangen und –«
»Wenn du einen besseren Plan hast, dann laß ihn hören!«
»Wir können uns nach Manjipor zurückziehen. Wenn Hansio den Fluß überquert«, sagte D'Ascoli, »wird er den gleichen Marsch hinter sich bringen müssen, den wir auch zurücklegten. Wir besetzen Ojakota, und –«
»Dazu haben wir nicht genug Vorräte«, sagte Istvan. »Wenn wir noch einen weiteren Konvoi durchgeschleust hätten, wären wir vielleicht in der Lage, es zu halten. Aber auch dann wären wir dort gefangen. Wenn wir meinem Plan folgen, haben wir wenigstens Raum zum Manövrieren und zumindest eine Chance, Jagat und Hansio davon abzuhalten, ihre Streitkräfte zu vereinigen.«

»Wir hätten sie erneut angreifen sollen!« brüllte Bimsio. »Wir hätten es getan, aber Ihr saßt da und hieltet uns zurück! Sie hatten nicht den Mut, uns zu folgen! Wir hätten den Konvoi durchbrechen können, wenn wir angegriffen hätten!«
Martos starrte vor sich hin. Hatten sie ihn aus Kumaris Bett gerissen, damit er sich *das* anhören sollte?
»Idiot!« brüllte Suktio. »Konntest du denn nicht sehen, daß sie uns alle getötet hätten?«
»Das wäre besser gewesen!« brüllte Bimsio, und seine Stimme brüllte gegen die von Hamir und Suktio an, die einander und sogar die Stimme Jagats übertönten, als dieser sich einmischte.
Hamirs Zauberer, Arvesu, erhob sich und fuchtelte mit den Armen; seine gebrüllte Bitte um Ruhe ging im allgemeinen Stimmengewirr unter. Der verwirrende Strom der Worte floß weiter und vermischte Äußerungen von gehöhntem Dank,

von Scham und takkarischem Stolz, während Jagats wütendes Gesicht hellrot anlief.
Martos spürte, wie sich das Haar auf seinem Rücken sträubte. Die Stimmen erstarben, und alle Augen richteten sich auf den Zauberer Arvesu. In die schmerzvolle Leere in ihren Ohren drang die sanfte, ruhige Stimme des Zauberers ein: »Ruhe. Ich habe eine Botschaft von Prinz Hansio.«
Jagats Faust ruhte auf dem Tisch, auf den sie geschlagen hatte, Luft entwich zischend aus seinen Lungen.
»Dies sagt Hansio, der Prinz von Mahavara«, fuhr Arvesus leise Stimme fort – und dann veränderte sie sich plötzlich, wurde rauh und machtvoll und erfüllte den Raum: »Meine Armee ist bereit, den Yukota in der Morgendämmerung zu überqueren, um nach Manjipor zu marschieren und die Ausländer aus der ältesten Heimat unserer Rasse zu vertreiben. Wenn wir unsere Schwerter in seynyorischem Blut gewaschen haben, werden wir uns euch anschließen und nach Norden marschieren, zur Festung der Aqillas und DiVegas, um unsere Ehre vom fremdländischen Joch zu befreien und den Tod unserer Söhne zu rächen, das Ende zweier Linien des Herrscherhauses. In Sympathie und Freundschaft reiche ich Lord Jagat meine Hand. Wir müssen uns beraten, um die wenigen Überreste des alten Blutes zu retten und unsere Toten zu rächen – denn sicherlich sind wir es, die gestorben sind! Der Mörder unserer Söhne soll keinen Frieden finden! Die Erde ist durstig! Sie wird Blut bekommen!«
»Verrückt!« murmelte Jagat mit einem Schauer in sich hinein. »Völlig verrückt!« Dann richtete er sich auf. »Sagt Prinz Hansio, unsere Kavallerie wird losmarschieren und ihn am Morgen treffen, und zwar unter dem Kommando meines vertrauten Gehilfen, Martos von Onantuga. Sage es genau so – *meines vertrauten Gehilfen!* Und sage ihm auch, daß ich mit dem Rest der Armee innerhalb von drei Tagen folgen werde.«

»D'Oleve!« rief Istvan. Der Seher schritt zwischen murmelnden Stimmen durch die Dunkelheit. Istvan hörte, wie eine davon, Aurel Ciavedes' tiefer Baß, seine eigenen Gedanken aussprach: »Warum lassen die Hasturs dies zu?«

»Gibt es Neuigkeiten aus dem Norden, D'Oleve?« Er hatte ihn eigentlich unter vier Augen fragen wollen, aber nachdem er Ciavedes gehört hatte, zog er es vor, laut zu sprechen. Das Gemurmel verstummte augenblicklich. Die Augen des Sehers schlossen sich.

»Schlecht«, antwortete D'Oleve nach einer Weile. »Uoght geht um und mit ihm Wesen, die aus der Dunklen Welt beschworen wurden. Dyolen, denke ich. Sie wandern wie lebende Berge, und das sogar bei Tageslicht, und die Hasturs ziehen sich vor ihnen zurück. Sie haben am nördlichsten Punkt des Schattenreiches einige Türme zerbrochen und es schon so weit ausgedehnt, daß ein Teil von Kathor bedeckt ist. In der Nacht versammeln sie ihre Horden, um das Land zu überfluten. Die Krieger von Kathor sterben auf der Stelle. Neben ihnen kämpfen unsere Verwandten – und sie sterben mit ihnen.

Im Süden, in Handor und Orovia, werden die Dunklen Wesen zurückgetrieben. Der große König von Handor hat sein ganzes Volk versammelt: Die Hasturs kämpfen an ihrer Seite.«

Istvans Hand bedeckte die Augen. Es bestand keine Hoffnung, daß die Hasturs als Richter oder Vermittler fungierten, um diesen Krieg zu beenden. Nicht, solange die großen Dyolen durch die Welt schritten.

12

Die Zwillingssonnen erhoben sich in den mit Schäfchenwolken überzogenen Himmel und brannten auf die gelbbraune Ebene. Istvans noch verschlafene Männer brachen das Lager

ab. Istvan schritt gähnend durch den Schlamm. Um ihn war das Klirren von Waffen und Töpfen zu hören.
Bald schon trabten die Pferde auf die Stadt zu. Der Schlamm gluckste unter ihren Hufen. Istvan döste im Sattel, und zu seiner Rechten stiegen die Sonnen höher und höher und leuchteten cremefarben durch seine geschlossenen Augenlider. Im schnellen Galopp eilte ein Kundschafter heran. Istvan war sofort hellwach.
»Lord, vor uns sind Männer... eine Armee... seht Ihr? Dort!«
Istvan schirmte seine Augen mit den Händen ab und schaute über die Ebene. Im Norden und Osten war das Land braun und so flach wie ein Fußboden. Er sah eine Menge winziger dunkler Flecken. Unter ihnen glänzten Rüstungen im Licht; es war nicht der juwelenartige Glanz der Kettenpanzerhemden, sondern das Glänzen glatter Stahlplatten. Kadarinische Panzerplatten zweifellos. Martos mit seinen Männern!
Mit gesenkter Stimme gab er Befehle und wandte dabei keinen Herzschlag lang die Augen von den Tupfern in der Ferne, die immer näher rückten. Plötzlich blieben die durch die Landschaft kriechenden Punkte stehen und glichen nun geordneten Baumreihen, die aus dieser Entfernung winzig wirkten.
»Sie haben uns gesehen!« stieß er hervor. »Los!«
Schon preschten die vorderen Kompanien los. Galoppierende Pferde strömten links und rechts vorbei, deren stolze Mähnen sich schüttelten, während ihre Hufe den Schlamm aufwühlten. Er hielt die Hauptstreitmacht in einem leichten Galopp zurück und beobachtete die fünf Kompanien, die vorauspreschten und auf die winzigen Punkte zustürmten, die gleichzeitig Menschen und Pferde waren. Hinter sich ließen sie die nasse Erde zurück.
Allmählich wuchsen die kleinen Punkte. So viele waren es! Martos hatte doch vorher nie so viele Männer gehabt! Istvan stand in seinen Steigbügeln, um die Zahl abzuschätzen, und befahl dann, nachdem er in den quietschenden Sattel zurück-

gesunken war, weiteren vier Kompanien, in schnellem Galopp vorzureiten.

Er biß sich auf die Lippen, da es ihm verhaßt war, hierbleiben zu müssen, während er andere in die Gefahr schickte. Aber das war jetzt seine Pflicht, so sehr es ihm auch zuwider sein mochte. Er war an den Oberbefehl gefesselt. So ging es jemandem, der zu berühmt geworden war, nachdem diese stinkenden Poeten sich seines Namens bemächtigt und ihn mit Ruhm beschmiert hatten. Die Seynyorer erwarteten es, von berühmten Männern angeführt zu werden.

Er sah Kaninchen, die vor den daherstürmenden Pferden in ihre Höhlen flohen. Irgend jemand sollte versuchen, einige davon zu fangen, damit die kärgliche Verpflegung ein wenig aufgebessert würde – ein Dutzend Fallen oder so . . .

Plötzlich fragte er sich, wie es wohl war, ein Kaninchen zu sein, das von Mensch und Tier gejagt wurde. Es war wie das Leben eines Soldaten, meditierte er. Man wußte nie, ob ein Kamerad zurückkehrte oder ob er von einem Falken oder einem Fuchs gefressen werden würde. Und das war nicht nur im Leben eines Soldaten so, dachte er und verspürte plötzlich einen Stich. Ebenso war es auch im Leben eines alten Mannes. Alle Freunde und Geliebten starben um einen herum, und man wußte niemals, ob man jemanden zum letztenmal sah. Wo es doch ohnehin schon genug Tod in der Welt gab, warum sollten da die Menschen noch das Ihre durch Kriege dazu beitragen?

Er befahl anzuhalten, um die Pferde verschnaufen zu lassen, und beobachtete die zweitausend, die in Gefahr und Tod hinausritten. Unter den Punkten in der Ferne entstand eine Unordnung. Er hörte eine Stimme hinter sich, wandte sich um und sah D'Oleve.

»D'Ascoli und seine Männer sind nahe genug, daß man sie klar sehen kann, Sir. Er berichtet, daß die Hälfte der Sättel leer ist. Sie haben ungefähr zweitausend Pferde, aber nur eintausend Männer.«

Istvan runzelte verblüfft die Stirn und wandte sich den winzigen, sich bewegenden Punkten zu, um sie zu beobachten.

»Es sind volle zweitausend!« sagte Martos.
»Und sie kommen rasch näher«, sagte Paidros. »Ihre Pferde werden sicher bald müde werden.«
Jeder der Männer stand zwischen zwei Pferden, hielt sie an den Zügeln und beobachtete, wie der Feind näher und näher rückte. Die Minuten, die verstrichen, bis die winzigen Punkte zu Pferden mit Reitern in glitzernden Kettenpanzerhemden auf dem Rücken wurden. Als sie bis auf eine Meile herangekommen waren, wandte sich Martos Paidros zu und nickte.
»Jetzt sind sie nahe genug.«
»Frische Pferde!« rief Paidros aus. »Sitzt – *auf*!«
Leder ächzte laut wie Baumkronen im Wind. Die gleichmütigen kadarinischen Schlachtrosse standen totenstill, aber die meisten der kleinen Grenzlandponys und sogar einige der stolzen seynyorischen Stuten tänzelten und drängelten, als die Krieger sich in ihre Sättel schwangen. Martos beugte sich hinab und klopfte Donnerkopf beschwichtigend auf die Flanke.
Plötzlich brach längs der Linie eine Unruhe aus, und Martos sah, daß die Springer äußerst erregt waren und nun irritiert ausschlugen und sich aufbäumten. Er beugte sich vor, um Kriegsflamme den Hals zu klopfen, die zur Zeit reiterlos war, richtete sich dann aber wieder auf und beobachtete kalt das Meer von Reitern, das auf sie zurollte.
Sie ritten nun im leichten Galopp, zwei lange Linien, die sich über die Ebene erstreckten, wobei sich die Sonne in zahllosen winzigen Panzerringen spiegelte. Eine Hochstimmung ergriff ihn, während er dieses Schauspiel beobachtete, und er füllte seine Lungen mit Luft.
Sie befanden sich fast in Bogenschußweite, als er ausrief: »Rechts – schwenkt! Im Galopp – Marsch!« Eine Trompete gab den Befehl weiter.
Die Kadariner schwenkten um wie ein Mann, die Grenzländer etwas ungeordneter. Plötzlich jagte die gesamte Streitmacht nach Südwesten davon, durch die Linie der seynyorischen Reiter hindurch und weiter.

Beifallsrufe erhoben sich unter den Beobachtern, als sie sahen, daß die Feinde flohen. Doch Istvan schnaubte.
»Sie bewegen sich nach Süden«, sagte er. »Sie reiten nicht zurück nach Inagar! Sie sind hinter dem Konvoi her!« Er wandte sich D'Oleve zu. »Hat DiCedaspi mit seinen Männern schon die Wagen erreicht?«
D'Oleve schloß kurz seine Augen. »Nein, Sir«, antwortete er.
Istvan fluchte und schaute düster hinter den verschwindenden Reitern her. »D'Ascoli wird sie niemals erreichen. Sie werden einen guten Vorsprung herausschinden und die Pferde wechseln können.« Er pausierte stirnrunzelnd und fügte dann hinzu: »Wenn er sie erreichte, dann erst, nachdem die Pferde ermüdet waren. Und richte D'Ascoli und den anderen aus, sie sollten ihr Ziel vergessen und ihren Standort behaupten!«
Er dachte fieberhaft nach. Der Feind befand sich jetzt außer Reichweite und gewann mit jeder Minute noch an Abstand dazu. Aber wenn er keine Verfolger hinter sich sähe, würde er womöglich eine etwas langsamere Gangart einschlagen.
»Ich möchte, daß Ihr mit mir reitet, D'Oleve«, sagte er. »Deshalb übernehme ich Eure Kompanie – die von Sandor DiArnac, in Ordnung?« Der andere antwortete mit einem Nicken. »Ich übergebe D'Ascoli, Rupiros D'Ascoli das Kommando. Und Eisenfaust wird sein Adjutant für die Fußsoldaten. DiArnacs Kompanie und noch drei weitere: Palos DiFlacca, Ciavedes und ... wartet einmal ... Almos DiCassio.« Sein Gesicht wurde noch finsterer, während er jede dieser Kompanien vor seinem inneren Auge passieren ließ. D'Oleve starrte ihn an und wartete.
»Sage Emilio Vega, Milan Robardin, Attilon DiVega und Nomenos DiGasclon, sie sollen ihre Männer absitzen lassen. Sie sollen sich D'Aglar und den Fußsoldaten unter Eisenfaust anschließen. Wir werden gut für ihre Pferde sorgen.«

Nachdem sie die Verfolger hinter sich gelassen hatten, ritten Martos und seine Männer zügig weiter, bis sie sich außer Sichtweite befanden, und drehten dann in gemäßigter Gang-

art in einem großen Kreis ab, der südlich von den Seynyorern enden sollte. Lange bevor die Pferde ermüdeten, machten sie halt und nahmen den Tieren zum Grasen die Sättel ab.
Martos war außer sich vor Freude. »Das ist mindestens die Hälfte ihrer Armee dort draußen!« sagte er zu Paidros. »Wir werden Hansio direkt auf sie zuleiten können und sie dann zwischen Hammer und Amboß zerdrücken!«
»Nun«, sagte Paidros bedächtig, »ich hoffe, du hast recht. Wir haben noch viele Meilen vor uns, und solche Pläne gelingen nicht immer so reibungslos, wenn man sie in die Tat umzusetzen versucht. Und wenn DiVega das Metall zwischen Hammer und Amboß ist, könnte es sein, daß sich das Schlagen ziemlich schwierig gestaltet!«
Sie ritten immer weiter, und weite Staubebenen erstreckten sich zu ihrer Rechten, obgleich sie selbst immer noch über verbranntes Gras ritten. Später würden sie in den Staub überwechseln müssen, um die alte Straße zu erreichen, aber das wollten sie bis zum letzten Augenblick aufschieben, um so die Vorräte für den vor ihnen liegenden langen Feldzug zu schonen.

Weit im Norden hatte Phillipos Tarencia bei Nacht betreten, und während seine Männer sich zur Überschreitung des Oda bereitmachten, suchte er den Palast auf, um mit dem König zu reden. Mit absichtlicher Bösartigkeit ließ Jodos ihn warten; der Mann war innerhalb seines feingesponnenen Netzes am Hof ein Eindringling.
Jodos spürte Phillipos' wachsendes Unwohlsein, während er gereizt in einem Vorzimmer saß und mit jedem erreichbaren Menschen zu sprechen versuchte.
»Aber was meint Ihr denn mit *sie*, Lord Zengio?« fragte er.
»Die Verräter!« knurrte Zengio. »Überall sind Verräter! Alles, das gesamte Königreich bricht auseinander, wie Fleisch, das sich von den Knochen löst. Es ist nichts Gutes mehr übrig. Alles ist verfault! Es gibt niemanden, dem man vertrauen könnte. Nicht einmal dem eigenen Sohn! Du solltest niemals

zulassen, daß dein Samen dir entflieht, junger Mann! Du kannst niemals wissen, wann er sich gegen dich selbst wendet!«

Phillipos lachte gezwungen. »Nun macht aber einen Punkt, Lord Zengio! Das könnt Ihr doch nicht ernst gemeint haben!« Wieder lachte er, diesmal jedoch etwas zu laut.

»Ihr seid noch zu unerfahren«, murmelte Zengio. »Euch hat noch keine Frau den Samen gestohlen, um ihn zu einem Feind zu machen, zu einem Hohn. Rührt niemals eine Frau an. Die Menschen, denen Ihr vertraut, werden diejenigen sein, die Euch verletzen!« Seine Worte endeten in einem unzusammenhängenden Gemurmel, während Phillipos ihn anstarrte. Der Mann war alt und verbittert, aber...

Jodos zog an einem Faden in Zengios Geist, und der alte Mann entfernte sich.

»Nach Süden marschieren?« sagte der Hauptmann der Wache ein wenig später. »Wenn Kalascor revoltiert?« Er blinzelte Phillipos mißtrauisch an. »Versucht Ihr etwa, mich von meinen Pflichten abzubringen? Seid Ihr einer der Spione des Kommandanten?«

Phillipos starrte ihn an. Nach einem kurzen Augenblick senkte der andere den Blick.

»Verzeiht! Verzeiht mir, Prinz! Ich weiß, daß *Ihr* über solche Dinge erhaben seid! Aber es gibt viele, die nichts mehr wünschen, als mich von meinem Posten zu entfernen und einen Favoriten von...« Er hielt inne und verstummte.

Prinz Phillipos hatte diese Art von Klagen schon zuvor gehört. Er nickte mitfühlend und murmelte etwas in der Hoffnung, er könne dem langen, widerlichen, jammernden und selbstmitleidigen Gespräch entgehen, das an dieser Stelle regelmäßig folgte.

»Aber ich verstehe nicht, warum ein Marsch nach Süden Euren Pflichten widersprechen sollte. Übrigens, was meint Ihr eigentlich mit Euren Pflichten?«

Der Soldat schaute ihn scharf an und bedeckte mißtrauisch die Augen. »Unsere Pflicht ist es natürlich, den König zu bewachen. Wir müssen unsere Stellung halten und die Stadt schützen. Wenn wir nach Süden marschieren, so steht die Stadt Ipazema offen. Wenn wir nach Norden gehen, wird Hansio sie einnehmen. Und Ihr wißt sehr wohl, Lord, daß auch die Stadt selbst voller Verräter ist!« Seine Stimme wurde schrill und hysterisch. »Ihr werdet den ganzen Ruhm und die Beute bekommen, und wir sitzen hier und tun die Arbeit, indem wir das Herz des Königreichs zusammenhalten, während Ihr mit den Seynyorern in den Eingeweiden der Verräter herumstochert! Aber wir alle werden von Euch um unsere Posten betrogen und ausgetrickst – aber wenn wir unsere Posten verlassen würden, um unseren Anteil am Blut zu bekommen, dann würde die Stadt fallen und das ganze dumme Spiel wäre zu Ende! Aber der Kommandant wird keine Freude an mir haben, dieser dreckige Blutsauger. Er wird schon sehen, daß ich da nicht mitmache! Er möchte, daß ich vor ihm krieche und seine Kotze auflecke, aber eines Tages wird er zu weit gehen, das sage ich Euch, er wird zu weit gehen, und dann wird er sehen, dieser Mistkerl, dann wird er mich kennenlernen, dieser...«

Phillipos starrte ihn bestürzt an. War er wirklich wach? Die Stimme des Soldaten fuhr fort, einen Strom unzusammenhängender Obszönitäten und Drohungen auszustoßen, während seine Augen weit aufgerissen waren und wild umherschauten und sein Gesicht dem einer Alptraumgestalt glich. Jodos grinste grausam.

Der alte Shacchio trat ein und sprach mit Zengios Sohn. Das wütende Gesabbel des Wächters erstarb.

»Keine Frage«, sagte Lord Shacchio, »die Armee existiert. Sie sammelt sich zum Marsch. Aber auf welcher Seite steht sie? Das ist die Frage.«

»Orissia war schon immer in Verrat verwickelt«, sagte der Jüngere. »Sogar schon zur Zeit der Takkarer. Sollten wir deshalb gerade jetzt erwarten, daß sie uns mit Blumen beschenken? Der Haß wächst in den Getreidefeldern über den Gebeinen der Männer, die Olansos besiegte.«

»Bittere Früchte können wachsen, wenn man eine solche Saat aussät«, sagte der Seher.
»Nur bei denjenigen, die man am Leben läßt«, knurrte der junge Mann.
»Genug davon, Lord!«
»Weizenbauer!« höhnte der andere, und sein Gesicht glich dem eines hungrigen Spürhundes. »Wir werden die Weizenbauern niedermähen, wir werden sie zuhauf niedersensen!«
Phillipos' Unwohlsein nahm zu, als ob irgendwelche hungrigen, bösen Tiere ungesehen den Raum betreten hätten. Seine Ohren dröhnten, und sein Herz schlug viel zu schnell.
Shacchio wandte ihm die arglosen Augen eines Kindes zu. »Ah, da seid Ihr ja, Prinz Phillipos! Der König möchte Euch nun sehen.«
Und Phillipos erhob sich und fühlte sich, als würde er in einen dunklen, von Haien wimmelnden Abgrund eintauchen.

Riesige schwarze Sturmwolken, die in der Luft segelnden Bergen glichen, tauchten auf. Martos von Onantuga sah, wie sie durch das Blau flogen und sich über die Ebene erhoben. Starke Winde jagten sie über den Horizont. Plötzlich prasselte dichter Regen wie ein Wasserfall über das vor ihm liegende Land – wie ein wandernder Wasserfall.
Blitze blendeten die Augen. Der Donner trommelte und schwoll zu einem schmerzhaften, ohrenbetäubenden Dröhnen an, und dann war der durch die Luft jagende Berg über ihnen, und das Wasser hieb wie Schwertstreiche auf ihre Helme nieder. Die Pferde drängten sich aneinander, während die Männer schwere Umhänge hervorholten und sie hastig über ihre Rüstungen warfen, um sie vor Rost und Kälte zu schützen. Ein Wolkendach ließ den Himmel schrumpfen.
Dann hatte die Sturmbö sie passiert, und der hämmernde Regen war ebenso plötzlich wieder verschwunden, wie er gekommen war. Blitze zerklüfteten die ungeheuren Weiten des Himmels. Martos schaute sich um und sah die dahintreibenden Wolkengipfel, die wie beschwipst unter dem riesigen

blauen Gewölbe der Welt davontorkelten und auf einen Zusammenprall mit dem Schatten im Westen zueilten, während das hohle Röhren des Donners aus den endlosen Weiten sein Echo zurückzuwerfen schien.

Sie hielten nun an und trockneten ihre Pferde und Rüstungen und beobachteten, wie die aufgetürmten Nebelberge sich entfernten und riesige Landflächen in Regen und Schatten hüllten. Jetzt brannten die Zwillingssonnen hell und heiß auf das nasse Gras nieder. Neue grüne Sprossen bahnten sich ihren Weg zwischen den alten braunen Stengeln.

Der Schlamm hinter ihnen dampfte, als sie wieder aufsaßen und weiterritten. Durch die kurze Verzögerung war den Pferden etwas Ruhe vergönnt gewesen, und die wenige Zeit, die sie verloren hatten, würden sie schon bald wieder aufgeholt haben. Aber der Schlamm, der jetzt wie eine heiße Suppe dampfte, verlangsamte ihr Fortkommen erheblich.

»Wir können unter diesen Umständen nicht genügend Tempo vorlegen«, sagte Paidros. »Himmel und Erde! In der Wolke war ja eine Menge Wasser! So schlimm war der Schlamm vorher noch nie!«

»Erinnerst du dich, wie trocken es war?« fragte Martos. »Fast so, als wäre dies mit Gras bedeckter Fels! Und schau nur, Paidros, da sprießt neues Gras!«

»Grünes Gras«, antwortete Paidros. »Das ist wirklich einmal etwas anderes! Das soll ein Winter sein? Kommt mir eher wie Frühling vor!«

»Zumindest brauchen wir uns keine Sorgen zu machen, daß sich eines der Pferde in einem Spalt ein Bein bricht«, sagte Martos.

»Nein«, antwortete Paidros, »aber ein Bein könnte man sich brechen, wenn man in diesem ...« Er hielt inne und richtete sich auf. »Da ist einer von den Kundschaftern. Sieh nur, Martos! Er schwingt sein Schwert.«

Sie wendeten ihre großen Stuten dem kleinen Pony zu, das sich nur mit Mühe durch den Schlamm fortbewegte. Der Reiter schwang sein Schwert, um eine Art Gruß anzudeuten,

und steckte es dann wieder weg. Er brüllte atemlos und mußte sich mehrmals wiederholen, bis sie ihn schließlich verstanden.
»Seynyorer, Lord!« sagte er. »Eine große Truppe, die sich uns von Norden her nähert!«

Jodos beobachtete Phillipos' Geist. Das Licht war fahl. Jodos liebte diese Beleuchtung. Für *ihn* war es so hell genug. Im Grunde sogar wesentlich heller, als er es brauchte. Aber Phillipos, der aus dem hell erleuchteten Ratszimmer kam, erschien dies wie Dunkelheit, so als ob er durch die Nacht gegangen wäre. Er stieß in der Dunkelheit gegen einen niedrigen Hocker oder einen Tisch und stand blinzelnd da, während Jodos in sich hineingrinste.
»Seid willkommen, Prinz Phillipos«, sagte er mit dem für ihn charakteristischen näselnden Ton. »Wenn man aus den Schlachten im Süden in den Krieg im Norden reist, hat man nicht viel Zeit zu rasten! Ihr werdet müde sein.«
»Ja«, antwortete Phillipos und spürte, wie ihn die Erschöpfung durchrieselte und müde Muskeln und steife Gelenke hinterließ. Seine Augenlider wollten sich schließen, und in seinen Kiefergelenken spürte er, wie ein Gähnen sich seinen Weg bahnte. Er sehnte sich danach, sich ein wenig zurückzulehnen und seine Glieder zu entspannen – und zu verschwinden! Aber es gab Arbeit zu tun.
»Ja, ich bin müde, aber...« Das besitzergreifende Gähnen zwang seine Kiefer auseinander. »Verzeiht, Euer Hoheit! Aber wenn Hansio in Ojaini ist, so ist jetzt die Zeit...« wieder mußte er gähnen... »die Zeit zum entschlossenen Handeln gekommen. Aber ich sehe die wichtigsten Leute im Dienste Eurer Majestät jammern, Rufmord begehen, sich verschwören, als wäre dies alles der Traum eines Verrückten...«
Er hielt inne und suchte nach besorgten Worten.
Jodos schaute durch Phillipos' transparenten Geist und sagte mit einem Lächeln: »Glaubt Ihr, daß am Hof etwas nicht in Ordnung ist?«

Er beobachtete, wie sich das vage Unwohlsein in Phillipos' Geist verstärkte.
»Irgend etwas stimmt hier nicht!« sagte Phillipos. »An Eurem Hof ist irgendein Wahnsinn ausgebrochen!« Plötzlich flakkerte im Hintergrund seines Geistes ein Verdacht auf. »Habt *Ihr* das denn noch nicht bemerkt? Die Unentschlossenheit, das Mißtrauen, die Rachsucht –« Phillipos' Geist schlug um sich wie ein Kaninchen in der Falle, als er versuchte, dem plötzlichen Verdacht zu entkommen, der ihn befallen hatte.
Jodos lachte laut.
Phillipos blickte verwirrt auf.
Die Augen des Königs glänzten in ihrem eigenen Licht. Phillipos' Augen wurden von ihnen gefangen und festgehalten. Plötzlich schien es in der Dunkelheit um ihn her von verschwommenen und bedrohlichen Gestalten zu wimmeln. Es ertönten Geräusche, als ob Knochen rasselten.
»Wie hätte ich das bemerken sollen?« sagte die Stimme hinter den glühenden Augen. »Glaubt Ihr, Ihr seid wach?«
Eine riesige Spinne, die in Rotgold glühte, tauchte über der Kante einer Truhe auf und kauerte dort mit funkelndem Blick.
»Wie ungehörig, am Hofe des Königs zu schlafen, während der König wartet!«
Im Raum befanden sich Wölfe, und ihre großen grünen Augen glühten in der Dunkelheit. Und jetzt tauchten auch noch schlimmere Wesen in den Ecken des riesigen dunklen Raumes auf und lungerten dort herum. Denn das kleine Zimmer war jetzt verschwunden, und er wanderte durch endlose Korridore und Höhlen, in denen Ghule und Kobolde an blutigen Knochen nagten.
Jodos wickelte den Geist des Prinzen immer enger in Phantasien ein. Wieder sprach er: »Du schläfst jetzt. Sage mir, bist du wach oder schläfst du?«
»Ich schlafe«, antwortete der Prinz mit dumpfer, toter Stimme.
»Alles, was du gesehen hast, ist ein Traum. Du hast nur

geträumt, daß du mit den Offizieren des Hofes gesprochen hast. Du wirst dich an alles, was sie gesagt haben, nur als Traum erinnern können.«

»Es war nur ein Traum.«

»Haßt Zengio seinen Sohn?«

»Ich habe das geträumt, aber es war nur ein Traum.«

Jodos grinste grausam. »Wenn du aufwachst, wirst du dich nur an die bruchstückhaften Fragmente eines Traumes erinnern. Aber du wirst in den Krieg ziehen, um deine Feinde zu vernichten; du wirst ihnen gegenüber keine Gnade walten lassen. Wenn du nach Mahavara einmarschierst, wirst du deine Armeen weit nach Süden bis zur Grenze treiben. Du wirst Felder verbrennen und Festungsmauern schleifen. Du wirst ...«

Er hielt inne, da er sich plötzlich unsicher war. Wenn Phillipos seine Armee zu lange im Süden hielte, konnte das auch alles verderben.

»Aber das muß in einem einzigen schnellen Streich geschehen, und anschließend mußt du dich wieder nach Norden bewegen. Du sollst soviel Schaden anrichten, wie du nur kannst. Aber dein Hauptziel wird sein, Hansios nördliche Marken zu verwüsten, seine Felder und Ernten zu vernichten und seine Armee hinter dir nach Norden zu ziehen.«

Er studierte den gefesselten Geist, den er so sicher im Griff hatte. Was sollte er ihm noch befehlen? Er schickte durch Phillipos' gefesselte Augen grausige Visionen von Babys, die sich in Feuern krümmten, von Männern und Frauen, die unter allmählichen Foltern starben, von einer Armee, die über die Schreie ihrer Opfer hinwegmarschierte.

Der gefangene Geist krümmte sich unter dem Stachel der Vision. Jodos beobachtete kalt, wie er sich wand, und zerstreute dann die schmerzhaften Bilder wieder. Wie hatten die Blauroben dies nur gemacht, und warum? Die Gesetze waren in einen sanften Kern eingebettet, so sanft, daß er vor dem köstlichen Festmahl des Leidens, das er anbot, zurückwich. Jener Teil seines eigenen Geistes, der jetzt Chondos' Geist war, war von der gleichen Schwäche korrumpiert.

Konnte er noch mehr befehlen? Wenn er Tage zur Verfügung hätte, so würde dies die Struktur der Gedanken und Gefühle zerbrechen, die Phillipos an die absurde Menschheit gebunden hielten, und die Grausamkeit und den Hunger nach Todesschreien freisetzen, von denen er wußte, daß sie irgendwo in seinem Inneren verborgen sein mußten. Aber es war keine Zeit. Ein Befehl, die Hilflosen zu vernichten, würde dieses Opfer nur darin bestärken, gegen ihn anzukämpfen. Und die Soldaten würden den Verdacht bekommen, irgend etwas müsse falsch sein und nur in einem Augenblick leidenschaftlichen Blutrausches gehorchen.

Und auch die Blauroben könnten es bemerken.

In seinem Geist flüsterte die Häresie, daß diese Sanftheit der Menschen vielleicht gar keine Schwäche, sondern eine Stärke war, daß diese Ketten der Menschlichkeit und Sympathie die Sonnenleute zusammenbanden und sie voreinander schützten.

»Auf!« befahl er verächtlich. »Folge mir!«

Stolpernd wie ein Kopfloser folgte Phillipos ihm aus dem Raum und fiel auf seinen Befehl in den Sitz im Vorzimmer, auf dem er bei seiner Ankunft gewartet hatte. Diejenigen, die zuvor in diesem Raum gewesen waren, waren verschwunden, bis auf einen einzigen livrierten Diener.

Phillipos wanderte durch das Labyrinth seines Geistes, während dunkle Gestalten um ihn herschlurften. Eine halbaufgefressene Gestalt rannte auf blutigen Knochen vorüber. Grenzländer-Armeen ritten durch seine Städte. Er sah brennende Häuser und Frauen und Kinder, die schrien und sich in den Flammen krümmten. Dies war Hansios Werk, das wußte er. Hansio sollte dafür bezahlen. Er sollte bezahlen . . . Aber nein, nicht jener andere Gedanke, nicht noch mehr Zerstörung. Seine eigenen Soldaten sollten keine hilflosen Grenzländer ermorden.

Er stöhnte und kämpfte. Eine Hand griff nach seiner Schulter. Ein riesiger Ghul hatte seine Schulter gepackt und versuchte seinen Arm abzureißen, um ihn zu verschlingen. Er schlug nach ihm, und der andere verwandelte sich in einen kleinen alten Mann in königlicher Livree, der ihn schockiert anschaute. Phillipos saß in einem Stuhl im Vorzimmer und blinzelte.

»Ihr müßt geträumt haben, Lord«, sagte der Diener. »Es müssen schlimme Träume gewesen sein. Ihr lagt da und stöhntet im Schlaf.«

Phillipos rieb sich die Augen. Er hatte *tatsächlich* geschlafen. Vereinzelte Traumfragmente kamen ihm wieder in den Sinn, und er schauderte.

»Der König möchte Euch jetzt sehen, Lord.«

»Waaas?«

»Der König ist bereit, Euch jetzt zu empfangen«, sagte Jodos noch einmal durch die Lippen des Dieners, die sich zu einem feinen Lächeln bewegten, als Jodos durch die Augen des Dieners beobachtete, wie Phillipos schlaftrunken vom Sitz aufstand.

Phillipos rieb sich die tauben Augenlider. Er war wohl doch müder gewesen, als er geglaubt hatte. Wie hätte er sonst so wegdösen können? Es war ein anstrengender Marsch gewesen – das war Hansios Schuld! Haß flackerte in ihm auf.

Jodos grinste.

Hansios Schuld, wie so vieles andere! *Wenn ich ihn erst einmal zu packen bekomme...* dachte Phillipos. Er sah sich wie in seinen Träumen durch das Land von Mahavara reiten, und überall um ihn her brannten Felder und Festungen und die Körper von Menschen... Er merkte, wie er schauderte, und kämpfte gegen den wilden Haß in seinem Inneren an.

An der Tür zur Kammer des Königs hielt er schockiert inne, und sein Geist nahm nun wieder die ihm vertrauten Gestalten und Formen an. *Aber ich habe dies geträumt!* Sicherlich, das war der Stuhl, über den er gestolpert war...

Doch dieser Raum war nicht dunkel; schwere Stoffe waren von den vergitterten Fenstern weggezogen worden, deren Glasscheiben in Blau und Rot leuchteten. Sie stellten Gestalten aus alten Legenden dar; Fendol und der Schwarze Drache, riet er. Der König war an einem Tisch in der Ecke beschäftigt, aber er erhob sich, als Phillipos eintrat, und schritt quer durch den Raum, um ihn lachend zu begrüßen.

»Habt Ihr gut geschlafen? Der alte Gido erzählte mir, er habe Euch schlafend angetroffen, wie einen alten Mann bei einer jungen Dame, und ich trug ihm auf, Euch schlafen zu lassen, aber dann sagte er, Ihr würdet stöhnen und murmeln. Ihr habt in Euren Träumen wohl Eure Schlachten noch einmal geschlagen, nehme ich an? Ihr habt ja auch einen ziemlich anstrengenden Marsch hinter Euch.«

Phillipos lächelte, weil er so herzlich begrüßt wurde. Der Empfang war in der Tat besser, als er es vom kleinen boshaften Bruder seiner Frau gewohnt war.

»Ja, es war wirklich ein harter Marsch, und für meine Männer war er noch viel schlimmer als für mich selbst«, sagte er. »Ich werde ungefähr fünfzig von ihnen hier zurücklassen müssen. Ihre Schuhe haben die Reise nicht ausgehalten, sie können nicht gehen.«

»Aha!« sagte der König, »Ihr sähet es wohl gerne, wenn ich Euch fünfzig meiner eigenen Männer geben würde, um sie zu ersetzen? Das ließe sich machen, denke ich. Was wollt Ihr sonst noch von mir?« Beim letzten Satz war jenes unangenehme Lächeln, an das sich Phillipos so gut erinnern konnte, wieder auf dem Gesicht des anderen aufgetaucht, und seine Stimme hatte einen widerlichen Ton angenommen. Ja, das war Chondos' Art, dachte Phillipos. Wenn dieses dumme Balg endlich einmal dazulernen würde!

»Eigentlich bräuchte ich mehr als fünfzig«, sagte Phillipos. »Mit ein paar hundert Männern mehr hätte ich sicherlich eine größere Chance, Ipazema aus dem Wege zu räumen, bevor sich Hansio nach Norden bewegen kann.«

»Nun«, sagte der König langsam, »das klingt einleuchtend. Aber Ihr müßt verstehen, daß wir uns hier eifrigst auf eine Belagerung vorbereiten. Zwischen Hansio im Süden und Ipazema im Norden haben wir uns ohnehin schon wie eine Traube zwischen den Zähnen eines Raubtiers gefühlt, und

nun kommt heute morgen auch noch die Nachricht, daß sich in Orissia eine Armee sammelt!«
Orissia? Eine Stimme sprach in Phillipos' Gedächtnis: *Orissia war immer schon auf Verrat aus, sogar unter den Takkarern.* Aber hatte er das nicht geträumt?
Die Armee existiert. Das war Lord Shacchios Stimme. *Es steht völlig außer Frage, daß die Armee existiert.*
Orissia war immer schon auf Verrat aus ... Wir werden diese Weizenbauern niedermähen.
Aber er hatte das *geträumt.*
Jodos sah die Verwirrung in Phillipos' Schädel, die zappelnden Windungen des verwirrten Geistes, die Seele, die zwischen zwei Spiegeln gefangen war, und er sagte schnell: »Und doch, Schwager, trotz alledem wäre es zweifellos nicht klug, Männer mit Euch loszuschicken, um Euch auf dem Marsch nach Kalascor zu stärken. Ich muß mir überlegen, wie viele Männer ich benötige, um die Stadt zu halten; dann kann ich sagen, wie viele meiner Männer ich entbehren kann. Wenn Hansio aus dem Norden kommt, während Ihr in Kalascor in Kämpfe verwickelt seid, wäre es traurig, wenn die Stadt zu leer wäre, um ihm einen angemessenen Empfang zu bereiten!«
Phillipos lachte, und Jodos versuchte rasch, die noch verbliebene Spannung aus seinem Geist zu entfernen, während er schnell und gewandt über Fragen der Taktik sprach.

»Was machen sie nur *so* weit östlich?« wunderte sich Istvan laut. »Ich dachte, sie hätten mittlerweile Meilen weiter westlich sein müssen, und Stunden voraus!«
Brütend schaute er über das dunkle Tafelland hinaus, das sich südlich des schlummernden Schattens erstreckte. Eine Stunde vorher war die ganze Welt zu einem dünnen Streifen prasselnden Regens zusammengedrückt worden, der von durcheinandergerüttelten, hin- und herschwankenden Wolken überdacht wurde, und dessen Boden der dunkelbraune Schlamm unter ihren Füßen war.
Jetzt strahlten die Zwillingssonnen aus einem unglaublich

blauen Himmel auf ihre gepanzerten Schultern nieder und warfen lange Schatten zur Rechten, die auf die Gruppen der winzigen Punkte wiesen, welche den Standort der feindlichen Pferde und Reiter kennzeichneten.

Spiegelhelle Punkte vermischten sich mit dunkleren Tupfern, die sich in Richtung Süden entfernten, wo sich der Himmel jenseits des düsteren grauen Staubs schwarz färbte.

»Dort ziehen sie!« sagte DiCassio. »Sie bewegen sich in Richtung Süden. Sollen wir versuchen, sie einzuholen, Sir?« Er hatte sich zusammen mit Ciavedes und DiFlacca bei der ersten Warnung durch die Kundschafter, daß Männer vor ihnen seien, Istvan angeschlossen. Istvan ignorierte ihn.

»DiFlacca!« sagte Istvan. »Jage ihnen mit deinen Männern nach. Beeilt euch, so gut ihr es in dem Schlamm könnt, und versucht, die Lücke ein wenig zu schließen. Haltet euch bereit, zu uns zurückzukehren, wenn sie euch angreifen wollen. Haltet an, bevor eure Pferde zu müde werden.«

»Sollen wir sie zu Tode rennen lassen?« sagte DiFlacca. »Gut so.« Er machte sich zu seiner Kompanie auf. Istvan wandte sich den übrigen zu.

»Wir Restlichen müssen in einem langsamen und stetigen Tempo weiterziehen«, sagte er. »Der Trick besteht darin, unsere Pferde zu schonen und seine zu ermüden. Beim nächsten Halt müßt ihr die Pferde wechseln.«

DiFlaccas Männer ritten los, und Schlamm spritzte auf. Istvan beobachtete die sich entfernenden Truppen und hoffte für sie, daß keiner von ihnen in diese Suppe hinabfallen würde. Sie legten während der ersten Meilen ein gemäßigtes Tempo vor und legten dann allmählich zu.

Sein Geist nagte immer noch an dem Puzzle herum, warum wohl Martos' Männer nach Osten ritten anstatt nach Westen.

Schlamm spritzte an Martos' Beinen hoch, und ein Teil davon rann bis in seine Stiefelspitzen. »Wir werden sie direkt in Hansios Armee hineinführen«, sagte er. »Sind sie immer noch hinter uns?«

In den Steigbügeln stehend und mit hochgerecktem Hals schaute er über das bewegte Meer seiner eigenen Männer und versuchte einen kurzen Blick auf die Feinde zu werfen, doch der Glanz der Helme hinter ihm narrte seine Augen.
Martos führte Kriegsflamme aus der Linie und erhob die Hand schützend über seine Augen. Viele Meilen hinter ihm funkelten Metallrüstungen. Noch weiter zurück, auf der jetzt wieder grünenden, aber doch noch vorwiegend braunen Ebene, sah er einen zweiten Schimmer, der winzigen, sich bewegenden Sternen glich.

Den ganzen Tag über jagten sie über die Ebene, wobei sie oft die Pferde wechselten. Das alte braune Gras und die frischen grünen Sprossen wurden dabei gleichermaßen in den Schlamm getrampelt.
Allmählich rückten die Seynyorer näher. Martos' Pferde wurden schneller müde, da Istvans langsamere Hauptstreitmacht eine Reserve von ausgeruhten Männern und Pferden zurückhielt, jedoch mit einer kleinen Truppe Martos immer dicht auf den Fersen blieb.
Schon jetzt erhob sich die Grenze vor ihnen wie eine schwarze Klippe, und zu seinen Füßen erstreckte sich der breite Streifen des Graus mit sich windenden Linien von Licht, als ob Blitze auf dem Boden zuckten. Auf der Oberfläche des Staubes bildeten sich Wasserpfützen, und der Wind schickte gleißende, sich kräuselnde Schlangen aus Sonnenlicht darüber.

Istvan sah, daß vor ihm winzige Gestalten in den Staub abschwenkten. Männer und Pferde bewegten sich durch fesseltiefes Wasser in den schlammigen Giftstaub. Bei jedem Schritt staubte es unter den Füßen. Seit dem Beginn des Regens hatte Istvan dies befürchtet. Er drängte seine Männer rasch weiter, während der Feind sich mühsam vorarbeitete, und schon bald war auch seine eigene Armee am Rande des wasserbedeckten Staubes.
Seine Männer stiegen ab und stampften taumelnd durch das

faulige, niedrige Wasser. Vor sich sah er die Kadariner das gleiche tun. Plötzlich hörte er Platschen und schaute sich um. Er sah D'Oleve, der sein Pferd zu einem gefährlichen Trab zwang, wobei die Hufe des Pferdes ganze Schlammfontänen hochwirbelten.
»Ein Bericht von Vrijan«, sagte der Seher, nachdem er sein Pferd umsichtig zum Stillstand gebracht hatte. »Einer der Kundschafter, die Ihr ausgesandt hattet, um den Yukota zu beobachten, kam soeben an. Er sagt, daß eine Armee von mehreren tausend Männern dabei ist, den Fluß zu überqueren.«
»Prinz Hansio«, sagte Istvan grimmig.
»Wer sonst?« antwortete D'Oleve.
Istvan starrte auf die Männer in der Ferne, die auf die alte Steinstraße zuritten. Jetzt wußte er zumindest, warum sie sich so weit östlich bewegten. Und wenn sie die Straße erst einmal erreicht hätten, wären sie verschwunden, lange bevor er seine Männer über den schlammigen Giftstaub gebracht hätte.
Er schaute wieder zu D'Oleve hinüber und fragte sich, wie dieser es wohl geschafft hatte, zu Pferd über dieses Gebiet zu kommen. Plötzlich erinnerte er sich, daß D'Oleve Seher für Sandor DiArnacs Kompanie gewesen war. DiArnac hatte bei Ekakin gedient, inmitten des Staubes, und dies jetzt schon seit drei Jahren. Seine Männer hatten sicherlich eine Menge Erfahrung, wie man mit dem Staub umgehen mußte. Und wenn sie alle das Gebiet im Trab bewältigen könnten . . .

»Martos! Schau!« Valiros deutete mit dem Finger auf einen Punkt. »Schau dir das an!«
Martos folgte dem Finger des anderen. Weit weg zur Linken trabten Pferde über die von Wasserpfützen übersäten Flächen. Wellen peitschten um ihre Füße, und Gepanzerte tänzelten auf ihren Rücken. Während er dies beobachtete, fiel ein Pferd zu Boden, und sein Reiter wurde abgeworfen. Dabei schoß an der Stelle, wo er hingefallen war, eine Wasserfontäne in die

Höhe. Kaum eine Sekunde später rückte der Reiter schon wieder den Sattel zum Aufsitzen zurecht.
»Sie wollen zur Straße!« rief Paidros aus.
»Das werden sie niemals schaffen!« sagte Rojero.
»Ein paar von ihnen schon«, antwortete Paidros. »Das ist eine ganze Kompanie, dreihundert Männer.«
Wieder ging ein Pferd in die Knie. Auf der ganzen schlammigen Ebene wimmelte es nur so von Reitern. Pferde ohne Reiter quälten sich durch den Staub; einzelne Männer bemühten sich, ihren berittenen Kameraden zu Fuß zu folgen.
Die Zwillingssonnen sanken im Westen, bevor Martos' Männer einen Hang von spiegelglatter Asche erklommen hatten und auf der soliden Steinstraße angekommen waren. Aber zu der Zeit war der Weg nach Osten schon blockiert.

»Sitzt – *ab*!« brüllte Istvan. »Macht die Bögen bereit!« Er spürte die Spannung des Bogens in seiner Hand, während er die Sehne festhielt. Obgleich er sich nie mehr darin geübt hatte, schien er seine Kunstfertigkeit in der Handhabung dieser verhaßten Waffe nicht verloren zu haben. Bei Rath Tintalain war seine Kunst von einem legendären Bogenschützen der Elfen gepriesen worden, noch nach zwei Jahren, in denen er keinen Bogen angerührt hatte. »Pfeile – aufgelegt!« Er hob den Bogen und prüfte die Sehne. Sie klang so klar wie eine tiefe Harfensaite. Er zog einen schwarzgefiederten Pfeil hervor und kniff die Augen zum Schutz vor dem Glanz der untergehenden Sonnen zusammen.
Eine Meile weiter unterhalb auf der langen Steinstraße bemühten sich verzweifelte Grenzländer und Kadariner darum, ihre Pferde aus dem Staub zu ziehen. In größerer Nähe ritten zwei Kadariner in spiegelblanken Rüstungen auf Istvans Linie zu.
»Schau! Dort!« rief DiArnac neben ihm aus. »Das ist Martos von Onantuga! Der Große dort!«
»Bist du dir sicher?« sagte Istvan und betrachtete die Gestalten, die große und die kleinere, während diese von ihren

Pferden absaßen und sich zu Fuß in Reichweite der Bögen begaben.
»Ja«, sagte Arnac, »natürlich ist er das!«
Istvan nickte. Birthrans Gesicht kam ihm plötzlich in den Sinn, und Birthrans Stimme ebenfalls, wie er über seinen Studenten geprahlt hatte, jenen Jungen, der fast sein Sohn sein konnte. Istvan legte den schwarzgefiederten Pfeil auf und erhob den Bogen, um den zischenden Tod zu Birthrans Stolz hinüberzusenden.

». . . höchstens zwei Dutzend von der ganzen Kompanie«, sagte Paidros gerade. »Und der Rest von ihnen watet immer noch. Was können sie von dort aus schon Schlimmes anrichten?«
Martos schaute von der Doppelreihe von Gepanzerten, die die Straße blockierten, zu der Masse von Männern und Pferden hinüber, die sich immer noch in der Schlammwüste abrackerten. Anschließend schaute er rasch zu seinen eigenen Leuten hinüber. Dabei blinzelte er wie eine geblendete Eule.
»Wir brauchen nicht viele, um –«
Ein Zoll unterhalb seiner Kehle krachte etwas und zerbarst auf seinem stählernen Brustpanzer. Er stolperte einen Schritt zurück und bückte sich. Etwas zischte an seinem Kopf vorbei, während er den schwarzgefiederten Splitter vom Boden aufhob.
»Was können sie von dort draußen schon ausrichten?« äffte er Paidros nach. »Sie können unsere Verbündeten aus dem Grenzland mit Pfeilen spicken, kleiner Mann! Oder unsere Pferde! Sie können auch unsere Beine an die Sättel nageln! Oder Löcher in unsere Stiefel bohren!« Wieder zischte ein Pfeil vorüber.
»Dann sollten wir besser sehen, daß wir außer Reichweite kommen!« sagte Paidros. »Unser Heiler hat ohnehin schon genug zu tun!«
Martos lachte, richtete sich dann aber auf und deutete auf einen bestimmten Punkt.

»Der magere Mann dort!«
»Dieser vertrocknete alte Knabe?« sagte Paidros. »Was ist mit dem?«
»Ist das nicht... Istvan DiVega?«
»Istvan der Bogenschütze!«

Istvan senkte seinen Bogen und beobachtete mit einer gewissen Erleichterung, daß die Kadariner sich entfernten. Hinter ihnen zogen lederbekleidete Männer Pferde auf die Straße. Der Tod und schlimme Wunden warteten: spitze Pfeile und scharfe Schwerter, und keine Erde war da, um das Blut zu trinken, sondern nur giftiger Dämonenkot, auf dem niemals etwas wachsen würde.
Birthrans bester Schüler, den er fast schon getötet hätte, und die Männer, die dieses Land verteidigen mußten, wenn die Dunklen Wesen kämen, und die Besten von Seynyor, sie alle kämpften auf diesem Steinstreifen – und wozu das alles?

»Warum sollten wir uns vor ihnen zurückziehen?« sagte Suktio gereizt. »Sie haben nicht einen einzigen Mann mehr als wir! Wenn wir sie so lange aufhalten könnten, bis Prinz Hansio kommt...«
»Der Marsch vom Fluß bis hier dauert zwei bis drei Tage«, knurrte Paidros. »Hansios Armee kann frühestens in einem Tag hier sein. Und dies ist kein Ort zum Kämpfen!«
Martos legte seinen Helm ab und strich sich mit den Fingern durchs schweißnasse Haar. »Dieser Staub reicht ja schließlich nicht den ganzen Weg bis nach Manjipor!« rief er aus. »Es gibt dazwischen auch Flecken von Erde, soweit ich weiß. Wo ist der nächste?«
»Hinter den Seynyorern befindet sich guter, solider Fels!« sagte Bimsio hämisch.
»Fünf Meilen weiter westlich«, sagte Ymros mit ruhiger Stimme. »Dort gibt es Gras und auch sauberes Wasser. Der Vajrakota ist in der Nähe, und die Dämonen vermeiden ihn aus Furcht vor den Hasturs.«

»Ist dort Raum genug zum Manövrieren?« fragte Paidros. Ymros nickte.
»Himmel und Erde!« fluchte Martos. »Laßt uns dorthin aufbrechen! Wir müssen das Schlachtfeld selbst wählen, in Hasturs Namen, damit wir zumindest genug Platz haben, um eine Schlachtreihe zu bilden!«

»Die Kundschafter sagen, daß Hansios Vorhut sich mit großer Geschwindigkeit nähert und nicht mehr viel weiter als einen Tagesmarsch östlich sein kann«, berichtete D'Oleve.
»Wie groß ist die Vorhut?« fragte Istvan.
»Mindestens zweitausend Mann, meinen die Kundschafter«, sagte der Seher. »Sie reiten zu beiden Seiten der Straße in einer Doppelreihe. Muschelhörner blasen vor ihnen wie bei einer Prozession, und ein Herold reitet an der Spitze jeder Kolonne, um die Ankunft des Prinzen von Mahavara zu verkünden.«
»Bewegen sie sich denn nicht auf Inagar zu?«
»Es sieht so aus, als würden sie direkt nach Manjipor marschieren.«
Istvan hörte zu, während der Seher fortfuhr. Eine ungeheure Herde von Pferden folgte der Vorhut und lieferte ihr frische Reittiere; nach altem mahavarischen Brauch ging fast die gesamte Armee zu Fuß, um die Pferde für die Schlacht zu schonen.
Auf den Ruf eines Soldaten hin wandte sich Istvan nach Westen, um die Grenzländer und die Kadariner zu beobachten, die sich im Zwielicht bewegten. Hansio auf der einen Seite, Martos auf der anderen. Und er mußte seine Männer aus dem Staub führen, bevor er gegen irgend jemand kämpfen konnte. Solange man auf der Straße im Haufen stehen mußte wie Ameisen, die auf einem Stock saßen, konnte man nicht kämpfen.
»Ist DiCedaspi schon auf den Konvoi gestoßen?«
»Ja«, antwortete D'Oleve. »Und Lord Rinmull auch.«
»Rinmull! Was –« Aber noch bevor der Seher antworten

konnte, wußte er: Rinmull war natürlich auf dem Weg nach Ojaini, um die Stadt zu entlasten. Er wollte seine Armee von vierzehnhundert Männern gegen Hansios Armee von zehntausend Männern ins Feld führen, oder waren es sogar bloß zwölfhundert?

Grenzländer gehen immer in die falsche Richtung.

Nun, dann hatte er wohl doch genug Truppen, um gegen Hansio zu kämpfen. Istvan gab Befehle aus, daß Rinmull und der Konvoi umkehren und auf den Leuchtturm von Vajrakota zumarschieren sollten. Lord Maldeo war von Manjipor aus losmarschiert, wie Istvan es befohlen hatte, und hatte nun auf seinem Marsch in nordöstlicher Richtung auf Inagar zu im Abstand einer Tagesreise sein Lager aufgeschlagen. Istvan sandte ihm durch den Seher Befehle, ihn am Vajrakota zu treffen.

Das war ziemlich einfach, aber er machte sich immer noch Sorgen über die sechstausend Mann, die sich außerhalb von Inagar befanden. Ohne sie fehlte ihm das nötige Schwergewicht, um das Heer aus Mahavara zu verjagen. Aber durfte er Lord Jagat auch nur die geringste Gelegenheit lassen, seine eigene Streitmacht mit der von Prinz Hansio zu verbinden?

Er grübelte über diese Frage nach, während er sich darauf vorbereitete, seine Armee aus dem Staub zu befreien. Die Kompanien, die sich immer noch am Rande des unsicheren Sumpfes bewegten, befahl er wieder auf festen Boden. Übrig blieben nun immer noch diejenigen, die sich näher an der Straße befanden, und lange bevor der letzte von ihnen auf dem Stein angelangt war, traf eine Nachricht von Eisenfaust Arac aus Inagar ein: Die meisten der Seynyorer, die die Heiler nach den Kämpfen am Arankila mit nach Inagar genommen hatten, waren nun geheilt. Lord Jagat befahl ihnen, die Stadt zu verlassen und schickte sie mit einer Warnung zu Istvan, wenn dieser seine Armee nicht von Inagar wegbefehligen würde, so würden Jagats Männer über ihre Leichen marschieren.

Martos' Armee versperrte die Straße in der Dunkelheit. Als sie am Ende des Staubes angelangt waren, wurden die Pferde vom Geruch des frischen Grases wild. Sogar Donnerkopf zerrte an seinen Zügeln und rempelte andere Pferde auf dem schmalen Weg an. Die Pferde drängten auf das Gras und versuchten anzuhalten und zu grasen. Sie blockierten auf diese Weise den Weg, bis schließlich Befehle gegeben wurden, daß jeder, dessen Pferd festen Grund erreicht hätte, den Kopf des Tieres nach Süden wenden sollte, dorthin, wo der Turm von Vajrakota in der Nacht glühte. Weißer Nebel erhob sich vom Wasser über dem Staub. Schon bald ritten die Männer in dichten Nebelschwaden.

Die Straße glich einer Brücke, die durch einen seichten See führte. Martos sah sich dies an. Er hatte vorgehabt, hier Männer zurückzulassen, um das Gebiet zu halten und so die Seynyorer auf jenem Steinstreifen gefangen zu halten oder sie zu zwingen, sich im Staub abzuquälen.

Er bewegte einen schwerfälligen Arm und versuchte sich vorzustellen, wie er damit kämpfen würde. Seine Augenlider waren starr, und winzige Kälteschauer krochen durch das Mark seiner Knochen. Die Arme hingen wie Klötze herunter. Und all seine Männer waren von dem harten Ritt dieses Tages ebenso erschöpft wie er selbst. Morgen würde es noch genug Kämpfe geben, dachte er. Der Feind war jetzt zahlenmäßig nicht mehr überlegen. Schlaf war nun wichtiger als die eigene Position und strategische Erwägungen. Er befahl seinen Männern, nach Süden zu reiten, wo Nebel um den Turm glühte.

Stunden später ritt Istvan vorsichtig um sich blickend durch den Nebel auf das Gras. Er war überrascht, keine Nachhut vorzufinden, die ihm den Weg verstellte. Sechs Männer ritten in Umhänge gehüllt hinter ihm her, und ihnen folgte die lange Reihe von DiArnacs Kompanie. Der Rest seiner Männer bewegte sich an der Nordkante des Staubes entlang. Er hatte erwartet, sie um die Truppe herumführen zu müssen, die Martos zu seinem Empfang aufgeboten hatte.

Dichter Nebel breitete sich direkt vor ihnen aus und nahm ihnen die Sicht mit Ausnahme von den Stellen, wo das Licht vom Vajrakota-Turm den Nebel durchdrang. Die Tautropfen auf dem Gras glänzten im Licht des Turmes. Istvan konnte sehen, daß das Gelände zertrampelt war. Er schickte rasch einen Mann zurück, um der Kompanie zu befehlen, sich weiterzubewegen. Er wollte sich nach Norden wenden, am Rande des Staubs entlang, und so lange reiten, bis er auf den Rest der Truppe traf. Dann wollte er ein Lager aufschlagen.

Während sie warteten, wieherte irgendwo in der Nähe ein Pferd, und Schlamm gurgelte unter einem stampfenden Huf.

»Schaut, Sir!« rief einer der Männer aus. Istvan wandte sich im Sattel um und sah ein großes, langbeiniges Pferd, das aus dem Nebel zu ihnen hinüberschaute.

»Eines von Kardom D'Aglars Pferden, möchte ich wetten«, sagte der Soldat. »Wir sollten es fangen und mit uns nehmen. Diese Pferdediebe! Sie grcifen uns mit unseren eigenen Pferden an!«

Hufe trappelten auf der Straße hinter ihnen, und die Kompanie tauchte allmählich aus dem Nebel auf. Das Pferd im Nebel wieherte und donnerte über die Straße heran, um sich ihnen anzuschließen.

Und hoch in den kalten Bergen jagte Chondos durch den Schutt seines Geistes und suchte nach etwas, das er verloren hatte, etwas, das in einer blauen Robe verborgen war.

Er saß auf seinem Thron. König der Könige, Kaiser von Takkaria...

Phantome einer früheren Zeit schwirrten um ihn durch die Geisterstadt und wurden von den hungernden, bestialischen Dienern der Dunklen Lords besiegt, die einander in den zerfallenden Ruinen jagten.

Irgend etwas in seinem Gehirn kämpfte immer noch und suchte nach einem in eine blaue Robe gehüllten Schatz, der ihm vorenthalten worden war. Doch der in seine schwarze Robe Gehüllte verspottete ihn. Chondos kämpfte gegen die

Angst an, die ihn jedesmal überfiel, wenn er die gekrümmte Gestalt in Schwarz ansah. Die geduckte Gestalt bewegte sich unter der Robe und lachte.
»Fürchte mich, du dummer König!« zischte die tiefe, gedämpfte Stimme. »Alle fürchten mich! In deinem ganzen sterblichen Leben kannst du nicht stark genug werden, um mich zu fressen! Du mußt viel länger leben, um solche Macht zu erlangen! Nur Angst wird dich am Leben halten – Angst und Gehorsam.«
Chondos erhob sich von seinem Thron und spürte kalte, harte Steinplatten unter seinen Füßen, obgleich seine Augen ihm einen dicken, buntfarbigen Teppich zeigten. Sein Kopf schwirrte von Erinnerungen an das alte Rajinagara, so wie es vor seinem Fall ausgesehen hatte, aber alles war mit Visionen von einem nackten Steinschloß vermischt, das über einer blühenden Stadt zwischen zwei Flüssen lag.
Die Gestalt in der schwarzen Robe lachte. Chondos' Fäuste ballten sich, denn seine Wut verdrängte die Angst. Schmerz kam vom Meister, der seine Augen herausriß, seine Haut abzog und an seinem bloßen Fleisch zerrte. Er krümmte sich keuchend. Der Schmerz verschwand.
Chondos duckte sich.
Hatte er je etwas anderes als Angst gekannt? Gab es jenseits von Rajinagara noch eine andere Welt, eine Welt in hellem Sonnenlicht?
Ja, flüsterte eine Stimme in seinem Geist. Es gab eine sonnenerleuchtete Welt, und die war die seine! Er mußte sie zurückerobern.
Der Meister würde ihm eine Armee geben, um sie zurückzuerobern. Um sie für die Alten zurückzuerobern, die Großen, die zurückkehren mußten, um die Welt zurückzufordern, die sie in der Dunkelheit zerfressen hatten, bevor der Flammende aus einer tieferen Schicht des Universums erschienen war, um sie schmerzvoll in die entweichende Dunkelheit zurückzutreiben.
Er legte die Hand vor die Augen und drückte mit Daumen und

Zeigefinger gegen seine Schläfen. Irgend etwas stimmte hier nicht. Wie konnte eine solche Vision in seinen Geist gelangen? Er schüttelte plötzlich den Kopf und ließ die Hand über sein Gesicht gleiten, wobei er sein wildes Haar bürstete, das von Lippen und Wangen wuchs. Hier gab es natürlich keine Möglichkeit, sich zu rasieren.

Rasierklingen – das war etwas aus der halberinnerten Welt des Sonnenlichts, jener verlorenen, verborgenen Welt, die ... Die der Meister ihm zurückgeben konnte.

Die Länder des Sonnenlichts breiteten sich vor ihm aus, die Länder, die dem alten Thron unterworfen waren. Er sah sich auf dem Rücken eines Pferdes reiten und sein erhobenes Schwert schwingen, und seine Armee aus Männern vom Volk des Reinen Blutes folgte ihm zu den Festungen, an denen Ringe unsichtbaren Feuers den Dunklen zu nahe kamen; Festungen, die ihre Tore öffnen würden, wenn der König es befahl, öffnen für ihren König und das Reine Blut des alten Takkaria.

Wieder würde das Land vom König der Könige regiert werden, wieder würde der alte Thron seinen Einfluß geltend machen ...

Der alte Thron. Er drehte sich um und sah ihn wieder, umgeben von Wächtern der Erwählten und vom Volk des Reinen Blutes. Alte Hofmusik klang durch seinen Geist, und erneut sah er Botschafter von den entferntesten Höfen der Welt, die sich vor ihm verbeugten, während er sich auf dem Thron niederließ, er, der König der Könige und Herrscher von Takkaria.

Aber in seinem Geist suchte immer noch irgend etwas nach einer verschwundenen blauen Robe.

13

Trompeten schmetterten den Hahnenschrei.

Martos hatte noch nie einen so kalten Morgen an der Grenze erlebt. Weiße Federwölkchen wirbelten von den Mündern hustender Männer hoch. Dicker marmorierter Nebel, der an geronnene Milch erinnerte, hing immer noch über dem Staub; und hauchdünne Schleier verdeckten die nördlichen Ebenen.

Kriegsflamme war müde. Martos pfiff Donnerkopf heran und begann, ihn abzureiben. Viele Pferde grasten auf dem taunassen Gras; einige schleppten die Holzpflöcke mit sich, an die sie gebunden worden waren. Der Boden war einfach zu naß, um sie zu halten. Männer jagten im Nebel Pferde durch das Lager.

Erdnüsse und Käse waren das einzig Eßbare – zumindest gab es keinen rohen Fisch. Martos kaute Erdnüsse und sattelte währenddessen Donnerkopf. Als er den Sattelriemen befestigte, ließ ein Schrei seinen Kopf hochfahren. Er sah, wie sich winzige berittene Gestalten umwandten und im opalfarbenen Nebel verschwanden.

Seynyorische Kundschafter! dachte er und beeilte sich fertigzuwerden. Anschließend erhob er den Arm und schauderte, als er eine kalte Rüstung streifte.

»Schau!« stieß Valiros atemlos hervor.

Hinter den geisterhaften Nebelschleiern, die im Norden verschwanden, glitzerten Sonnenjuwelen auf fernen Kettenringen. Puppenartige Gestalten trieben winzige Pferde an.

»Mist!« sagte Paidros. »Sie sind zu nahe! Wir werden unsere eigenen Männer niemals rechtzeitig kampfbereit haben. Ein kleiner Stoßtrupp kann genug Verwirrung anrichten, um uns zu zwingen, zu Fuß zu kämpfen!«

Martos schaute rasch um sich und sah, daß die meisten seiner Soldaten immer noch dabei waren, ihre Pferde einzufangen und zu satteln. Er blickte nach Norden über die grasbedeckten

Ebenen und sah das verschwommene Glitzern der feindlichen Streitmacht. Noch waren sie nicht alle bewaffnet und aufgesessen!

Da traf er eine Entscheidung. Als er um sich schaute, sah er, daß erst einige Dutzend Pferde gesattelt und für die Schlacht bereit waren.

»Paidros, du übernimmst das Kommando!« sagte er. »Sorge dafür, daß diese Armee aufsitzt und sich zum Kampf bereit macht! Ziehe dich zurück, wenn es sein muß. Stelle sicher, daß wir genügend Platz zum Manövrieren haben!« Er erhob Schild und Köcher, hängte sie an den Sattel und schwang sich dann auf Donnerkopfs Rücken.

»Was hast du vor?« fragte Paidros.

»Ich – ich werde ihnen etwas zum Nachdenken geben.« Martos richtete sich im Sattel auf und füllte seine Lungen. »Männer!« brüllte er. »Jeder von euch, der *jetzt* bereit ist zu reiten – zu mir! Der Rest von euch, sitzt auf und zu den Waffen! Paidros und Valiros übernehmen das Kommando!«

Aus allen Ecken kamen Pferde herangestürmt. Es waren mehr, als er gedacht hatte, meist Grenzländer. Nur vier waren von seiner Kompanie: Quintis und Luego – beide waren von den Wunden genesen, die sie sich bei Arankila zugezogen hatten – und außerdem Rojero und Donhanno. Ymros kam herangeritten, groß und ruhig, und Suktio befestigte hastig seinen Sattelgurt und sprang auf den Rücken seines Pferdes. Als sie alle versammelt waren, zählte Martos zwanzig Männer.

»Folgt –« Er hielt inne und kämpfte mit dem Stottern. »Hat jeder von euch einen Bogen?« Zwei der Grenzländer ritten rasch davon und kamen mit langen Bögen zurück.

Er führte die Truppe im schnellen Galopp über das Gras. In den feindlichen Reihen hörten sie gebrüllte Kommandos und sahen Hände, die auf sie deuteten. Reiter entfernten sich von der Haupttruppe und jagten auf sie zu.

Martos erhob seinen Bogen und legte einen Pfeil auf die Sehne. Er leckte sich über seine Lippen und versuchte, seine Zunge zu zwingen, das Kommando auszusprechen.

»Pfeile aufgelegt!« schrie Quintis neben ihm.
Die feindlichen Reiter wurden größer, und im Sonnenlicht schimmerten ihre Kettenpanzerringe. Martos schaute an seinem Pfeilschaft entlang. Während er versuchte, seine Zunge wieder unter Kontrolle zu bekommen, hörte er auf das Trappeln der Hufe.
»Löst!« brüllte er und ließ die Sehne aus seinen Fingern gleiten. Von den summenden Bogensehnen erhob sich eine Wolke von Pfeilen. »Links – schwenkt!« brüllte er. »Galopp!«
Er sah, wie sich die Seynyorer in ihren Sätteln umdrehten, als er abdrehte, aber dann ließ er sie mit seinen Männern hinter sich und jagte zur rechten Flanke des Feindes hinüber, wo die abgesessenen Männer immer noch damit beschäftigt waren, ihre Pferde zu satteln. Seine Finger fanden einen neuen Pfeil.
»Pfeile – angelegt!« brüllte er mit schriller Stimme. »Löst!«
Seine Finger suchten schon den nächsten Pfeil, bevor die Sehne zur Ruhe gekommen war. »Angelegt!« Männer und Pferde verstreuten sich. »Löst!« Er sah ein verwundetes Pferd, das wild und bockig aufschlug. Er sah auch einen verwundeten Mann, der auf Händen und Knien kroch. »Angelegt!« Seine Stimme bebte. »Rechts – schwenkt!«
Männer rannten um sie herum und schwangen ihre Schwerter, aber sie galoppierten so schnell, daß eine wirksame Verteidigung unmöglich war. Jetzt kamen auch Berittene auf sie zu. Martos drehte sich im Sattel um und schickte ihnen zur Begrüßung weitere Pfeile entgegen.
Er sah einen Pfeil von Rojeros Helm abblitzen und einen anderen auf Quintis' Rückenplatte zerschmettern. Einer der Grenzländer brüllte vor Schmerz, als ein angespitzter Pfeil über seiner Schulter durch das Leder stach.
Einer von Martos' Pfeilen fand die Kehle eines Seynyorers. Ein anderer verfehlte sein Ziel und erwischte ein Pferd am Widerrist. Martos sah, wie es sprang und sich wild aufbäumte, während aus dem vorderen Teil seiner Schulter Federn wehten. Sein Magen drehte sich protestierend um. Das hatte er nicht gewollt.

»Schließt auf«, murmelte er, holte dann tief Atem, zwang seinen Geist zur Ruhe und brüllte: »In Linie! Bögen ab!«
Die Verfolger kamen immer näher. Er zog sein Schwert und schwang es, in der Hoffnung, sich dadurch weitere Worte zu ersparen. Dann riß er auch seinen Schild aus dessen Halterung am Sattel.
Die Grenzländer waren zu eng zusammengedrängt. Er kämpfte mit seiner Zunge und rang um Worte.
»Verteilt euch!« brüllte er. »Auf Pferdelänge!«
Aber es blieb keine Zeit mehr dazu. Sie waren weit genug von den seynyorischen Linien weggeritten, aber die dreißig oder vierzig Männer, die sie verfolgten, waren ihnen dicht auf den Fersen.
»Nach links zurück – schwenkt!« Seine Stimme klang in seinen eigenen Ohren schrill und weibisch.
Die fünf Kadariner wendeten wie ein Mann. Hinter ihnen hörte er Brüllen und Stampfen, als die Grenzländer ihre Pferde ungeschickt herumrissen. Ein Seynyorer tauchte plötzlich vor ihm auf und erhob seinen Bogen in dem nutzlosen Versuch, Martos' Schwert aufzuhalten. Der Bogen zersplitterte. Martos spürte, wie der feine Stahl in seiner Hand sich an einer Rüstung bog. Der Seynyorer wirbelte zurück, aber die Pferde waren vorbeigejagt, und dahinter warfen andere Seynyorer ihre Bögen weg und zogen die Schwerter.
Überall erscholl der Lärm der Schlacht, Klirren und Krachen und Schmerzensschreie. Er hörte Schwerter auf Schilder krachen und auf Rüstungen donnern. Reiterlose Pferde jagten vorüber. Seine Hand flog beflügelt durch sein Schwert durch die Luft. Kettenringe klirrten unter seiner Klinge. Knochen krachten und Blut floß. Grenzländer rissen ihre Pferde hoch, um die großen Feinde erwischen zu können. Rote Schwerter und Schreie überall.
Rojero schrie auf und drehte sich im Sattel, und sein Gesicht war hinter einem Schleier von Blut versteckt. Martos' Herz pochte wild, und seine hämmernden Fersen trieben Donnerkopf auf den Seynyorer mit dem blutigen Schwert zu.

Der von Zwergenhand geschmiedete Stahl zitterte gegen einen sich erhebenden Schild. Blitzendes Metall schwirrte. Sein eigener Schild erhob sich und fing die Wucht des gegnerischen Schlages ab, der donnernd seinen Arm erzittern ließ. Feiner Stahl drehte sich in seinem Handgelenk und glitt durch die Luft. Der Schock zitterte durch den Stahl, durch seine Handfläche und bis in den Arm. Das kratzende Geräusch von reißendem Metall vermischte sich mit dem Krachen splitternder Knochen.

Männer in Kettenpanzern rannten davon, verfolgt von Männern in Lederrüstungen. Suktio hob das riesige Muschelhorn an seine Lippen und blies ein langes, schrilles Signal.

Istvans Augen wandten sich nach Norden über die Ebene und folgten dem davonrasenden Trupp von Reitern, die seine Linien in Verwirrung zurückgelassen hatten. Das verwundete Pferd brüllte wieder, und seine eigene Stute bäumte sich auf und bockte. Er brachte sie unnachgiebig wieder zur Ruhe.

In ihren scharlachroten Roben hoben sich zwei Heiler scharf vom neugewachsenen grünen Gras ab, während sie Pfeile entfernten und Wunden reinigten: D'Oleve und ein anderer Seher halfen ihnen. Istvan hatte vorgehabt, in der Nähe des Konvois zu kämpfen, wo es viele Heiler gab.

»Sie bewegen sich wieder, DiVega!« rief Aurel Ciavedes.

Istvan wandte seinen Kopf nach Süden, wo kadarinische Rüstungen sich in der langen Reihe der Grenzländer auf die tiefschwarze Mauer der Dunkelheit zubewegten. Sie trabten nach Westen. Istvan glitt grübelnd von seiner Stute, klopfte ihr den Hals und murmelte ihr beruhigende Worte zu. In der Nähe hatte ein anderes Pferd seinen Reiter abgeworfen. Istvan spürte, wie die Stute unter seinen Händen zitterte.

Martos und seine Männer hinter der Armee, und jene lange Reihe dort vor ihnen – auf eine gewisse Weise war das brillant. Er konnte es jedenfalls nicht wagen, seine eigene Linie weiterzubewegen. Aber warum griff die Armee im Süden nicht an? Worauf mochten sie nur warten?

Männer ritten auf die Heiler zu. Blut sickerte aus Rissen in den netzartigen Kettenringen.

Martos blinzelte überrascht, als er Rojero, der sein Gesicht mit einem Ärmel abtupfte, immer noch an seinem Sattel kleben sah. Er ritt eilends an die Seite des Verletzten und sah, daß der Rand der Sturmhaube zerdrückt war und daß sich ein tiefer Riß durch den Stahl zog. Blut ergoß sich aus einer roten Linie, die den Kopf überzog.

»Rojero!« Martos krächzte mit rauher und heiserer Stimme. »Wie schlimm –?« Seine Zunge erstarrte wieder.

»Ein Kratzer, denke ich, aber –« Die Stimme des Mannes zitterte. »Ich kann nicht sehen. Mir fließt ständig Blut in die Augen!«

Martos blickte schnell zurück auf die glitzernde feindliche Linie. Dahinter bewegte sich noch eine weitere Linie. Paidros hatte seine Männer aufsitzen lassen.

Schon jagten mehr Seynyorer seine traurig zusammengeschrumpfte kleine Truppe. Vier tote Grenzländer waren an ihre Sättel gefesselt, und mindestens ein Dutzend weitere waren verwundet. Quintis blutete aus einem langen Riß in seinem Arm; Luegos Helm war eingekerbt, und aus einem seiner Ärmel triefte Blut.

Doch er wußte auch, daß die Seynyorer noch mehr Männer verloren hatten.

»Ich muß mich selbst um ihn kümmern«, sagte Istvan.

»Um wen?« fragte Ciavedes.

»Um Martos. Birthrans besten Schüler.« Istvan seufzte.

»Man sagt, in Manjipor habe er Nurin Kimerosa getötet«, grübelte Ciavedes. »Nun, wenn du ihn nicht besiegen kannst, kann es niemand.«

Istvan lächelte spöttisch. Dieser ewige Ruf, der ihm anhing, dieser absurde, übertriebene Ruf! Er riß sich zusammen. Martos konnte sehr wohl eine größere Chance haben als jeder Gegner, dem er zuvor begegnet war. Er erinnerte sich an den

alten Spruch: *Wenn Helden einander treffen – kein Sieg.* War dies ein Zitat von Eldir? Er konnte sich an so etwas nie erinnern.
»Himmel und Erde!« fluchte Ciavedes. »Schau! Sie reiten auf die Pferde zu! Wenn sie sie in Panik versetzen...«
Istvan richtete sich auf. Das war es also, worauf sie warteten!
»D'Oleve!« brüllte er. Der Seher schaute von einem Verwundeten auf, den er versorgte, und erhob sich dann.

Martos jagte auf die riesige Herde freilaufender Pferde zu. Die kadarinischen Angreifer hielten das Tempo, die Hufe donnerten in einem etwas undeutlichen Rhythmus über den nassen Boden, aber die kurzbeinigen Grenzlandponys blieben zurück. Weiter hinten folgte ihm plötzlich ein halbes Hundert Jäger, aber er hatte immer noch genügend Abstand. Bald würde er mitten in die Herde tauchen, diese in Panik versetzen und durch die feindlichen Linien treiben. Aber selbst wenn die Verfolger ihn schon vorher einholen würden, wäre er immer noch nahe genug, um den Kampf mitten in die Herde unberittener Pferde hineinzuziehen, und somit auch auf diese Weise die Tiere in Panik versetzen.
Eine Federwolke verdeckte die beiden Sonnen. Die silbernen Strahlen der Rüstungen erstarben zu einem trüben Grau.
»Schau!« brüllte Quintis. Hinter der nervösen Herde tauchten Gepanzerte auf, einhundert – zweihundert – eine ganze Kompanie!
Martos leckte sich die Lippen und murmelte zuerst den Befehl, den er geben mußte, und dann füllte er seine Lungen: »Links – schwenkt!« Fünf Kadariner drehten wie ein Mann ab; die Grenzländer hatten Mühe, ihnen zu folgen. Die seynyorischen Verfolger kamen durcheinander, hielten an und nahmen in der neuen Richtung die Verfolgung wieder auf. Doch in der Zeit, die sie dabei verloren hatten, hatten Martos' Männer schon einen beachtlichen Vorsprung gewonnen. Sie entfernten sich rasch in einem großen Bogen, der sie bis ans Ende der seynyorischen Linie bringen würde und damit auf

den Weg zum Zusammentreffen mit Jagats restlichen Männern.
Mitten unter den eisengrauen Rüstungen blitzte ein Schwert wie ein Stern auf. Einundzwanzig Reiter jagten aus den seynorischen Reihen. Ihr Anführer war ein Mann mit einem Schwert, das blitzte, als spiegele es sich im hellsten Sonnenlicht.

Zwanzig Männer ritten hinter Istvan her. Von seinem Schwert flammte Notfeuer. Langbeinige Pferde stampften das frischgewachsene Gras in den Schlamm. Die Hufschläge schienen in ihren Ohren zu klingen. *Wenn Helden aufeinander treffen – kein Sieg!*
Istvan sah Grenzländer auf am Zügel geführten Pferden, deren Rüstungen mit Blut durchtränkt waren; andere lagen quer über ihren Sätteln, und ihre Hände berührten am Ende ihrer steifen, baumelnden Arme fast den Boden. Graue kadarinische Brustpanzer wurden sichtbar.
Links sah er in der Ferne, dort wo der Himmel schwarz wurde, die feindliche Armee wie einen riesigen Strom dahinfließen. Martos' Männer wurden größer und rückten näher, und zwischen den Hufen der Pferde baumelten die Hände von Toten. Ein Schrei ließ ihn über seine rechte Schulter blicken. Fast einhundert Reiter brachen im Galopp aus der feindlichen Linie aus und jagten auf ihn zu. Sie würden seine Männer mit einem Regen von Schwertern überschwemmen.
Er lenkte sein Pferd in großem Bogen herum, brüllte seinen Männern Befehle zu und jagte davon. Spott erhob sich hinter ihm und brachte wütende Flüche an sein Ohr. Aber dumme Scham würde ihn nicht dazu verleiten, unnötig Leben zu vergeuden. Hufschläge donnerten, sie stammten von den feindlichen Pferden hinter ihm.

Unter den Augen von Hastur und dem Dunklen trafen sich am Rande des Schattens zwei Armeen. Die Hälfte des Himmels war schwarz, die andere Hälfte war mit blauen Streifen zwischen weißen Wolken bedeckt. Sonnenstrahlen brachen golden durch die Finsternis. Pferde tänzelten und schäumten, während ihre Reiter Schild und Bogen bereitmachten und ihre Schwerter aus den Scheiden holten.

Auf dem Turm von Vajrakota wachte ein Unsterblicher. Er konnte sich an den Fall von Rajinagara erinnern, und davor an das Takkarische Reich in den Tagen seines Ruhms. Eine Ebene seines Geistes nahm jeden Mann und jedes Pferd wahr, wußte mit einem Blick den Namen und die Geschichte jedes Beteiligten und stöhnte über die Wunden und die Müdigkeit. Aber auf einer anderen Ebene waren Männer und Pferde und Gras für ihn das gleiche: alles war nur ein Fluß im endlosen Feld funkelnder Partikel.

Winzige Flammen tanzten. Aus dem Regen der Feuerflocken, der von den Sonnen ausging, tauchten Muster auf, die sich bewegten, schwirrende Lichtteilchen. Erde und Wasser waren in langen spiralförmigen Ketten miteinander verbunden. Luft floß und verwandelte sich und schmiedete das Feuer zum Wasser der Adern. Aber all dies spielte sich auf der Sonnenseite der Grenze ab. Die andere Seite war es, die es zu beobachten galt, wo düstere Gestalten sich über giftigen Staub bewegten, fast gänzlich versteckt im Nebel dunkler Magie.

Mit nahezu erschöpften Kräften war Narmasil Hastur von der Schlacht gegen die Dyolen, die Uoght aus der Dunklen Welt geholt hatte, nach Süden geflogen. Kandol Hastur-Lord hatte ihm befohlen, sich auszuruhen, aber jetzt war für niemanden seines Stammes Zeit zum Ausruhen, es sei denn in Form der Halbrast bei der Wache in einem jener Türme, die gerade nicht angegriffen wurden.

Durch die Geister seiner Verwandten im Norden beobachtete er die Kämpfe. Uoght türmte sich zu einer mächtigen Säule auf und beschattete sich durch dunkle Magie. Neben und vor ihm krochen die großen Dyolen in riesigen schwarzen Sphären, Löcher, die in die Dunkle Welt führten. In dieser Welt konnten sie nicht ungeschützt existieren, sondern mußten sich in das andere Universum einhüllen. Wo sie auftauchten,

verschwand die Erde, und tiefe Kerben wurden in das feste Grundgestein geschnitten. Die in Flammen gehüllten Kinder Hasturs wichen vor ihnen zurück, obgleich die Oberfläche der Welt mit Notfeuer bedeckt war.
Der Schatten stieß in vergangenen Zeiten zerbrochene Türme aus, und Dämonen versammelten sich in der Finsternis und warteten auf den Anbruch der Dunkelheit. Die Armeen der Sterblichen, die sich auf der Ebene von Vajrakota versammelt hatten, schienen nicht besonders wichtig zu sein. Narmasil Hastur wartete ungeduldig darauf, zu seinen Verwandten im Norden zurückkehren zu können.

Istvan konnte nur drei Kadariner sehen; der Rest war von einer Reihe von Grenzländern verdeckt. Er studierte die Kadariner sorgfältig. Sogar aus dieser Entfernung konnte er die drahtigen, gespenstischen Umrisse der springenden Pferde erkennen. Dann lächelte er.
So hatten die Kadariner schon gekämpft, als er noch ein Junge war, und damals waren die Springer neu und selten gewesen. Die den Rest der Streitmacht verdeckende Linie der Bogenschützen würde sich teilen, und schwere Kavallerie würde aus der Mitte hervorbrechen und versuchen, seine Schlachtlinie zu durchbrechen und dann zurückkehren und an einen anderen Ort zurückreiten.
Aber ich habe eine Überraschung für Martos, dachte er. DiCassios Kompanie war nach einer noch älteren Methode trainiert.
Im Süden konnte er unter dem schwarzen Himmel des Schattens graue Einöden sehen und in den verschwommenen Bergen vage Andeutungen, die ihm wie kauernde Ungeheuer erschienen. Etwas näher, am Rande des Schattens, waren die Reste von zerstörten Mauern zu erkennen, Rückstände eines längst zerfallenen Gebäudes.
Er befahl vorzurücken. Durch sein Rückgrat fühlte er das Trommeln der langsam trabenden Armee, die nun sein Schwert war. Überall auf dem frischen Grün sammelten sich

die Ponys der Grenzländer und trabten auf ihn zu. Er beobachtete sie und spürte die Anspannung, mit der sie den Augenblick ihres Angriffes vorwegnahmen. Seine Hand glitt nach unten, um den Bogen aus dem Behälter zu nehmen.
Die Feinde jubelten, und Pferde sprangen im Galopp vorwärts. Istvans Fingerspitzen strichen über die weichen Federn in seinem Pfeilköcher.

Martos' Ohren dröhnten, als er mit dem Rest seiner Männer jubelte. Seine Beine hielten den Sattel umklammert. Donnerkopf schwankte unter ihm.
Über Valiros' Schulter sah er Seynyorer auf sich zureiten. Er atmete tief ein, füllte seinen Geist mit kristallklarer Ruhe und machte sich so für den Kampf bereit. Das Donnern der Hufschläge bebte durch seinen Rücken. Pfeile schwirrten durch die Luft. Die Grenzländer spannten ihre Bögen, um diesen Angriff zu beantworten. Er warf seinen Schwertarm himmelwärts, so daß der eiserne Griff seines Schwertes die Muskeln zwischen Daumen und Zeigefinger zusammenpreßte.
Paidros brüllte ein Kommando.

Sehne und Pfeil lösten sich von Istvans Fingern. Seine freie Hand griff nach den Federn im Köcher und zog einen weiteren Schaft hervor. Der Bogen spannte sich in seiner Hand. In der Ferne sah er das winzige Gesicht eines Mannes vor seiner Kimme und ließ den Pfeil los. Doch die Linie der Angreifer näherte sich rasch. Jetzt waren Bögen nicht mehr von Nutzen. Trompeten wiederholten seine Befehle, während er den Bogen wieder in seinen Behälter steckte und den Schild auf die Schulter hob. Sein Schwert erhob sich zum Himmel.
Die heranjagende Reihe von Pferden teilte sich, und die Grenzländer schwenkten nach rechts und links ab, und ihre Bögen schossen immer noch wahre Kaskaden von Pfeilen ab. In der nun geteilten Linie erschienen titanische Pferde, auf denen graue Gestalten mit gezückten Schwertern saßen.
Istvan mußte fast lachen, als er das Signal gab. Die Trompete

hinter ihm schmetterte. An beiden Enden der Linie ritten Männer im Galopp aus und stürzten sich unter die Grenzländer. Und in der Mitte richtete sich ein Wald von Lanzen auf die angreifenden Kadariner, und die Pferde in der Nähe verfielen in einen Galopp.

Während die Stute von Valiros sich zum Sprung bereitmachte, sah Martos über seiner Schildkante den Wald der Speerspitzen vor sich. Aber heutzutage benutzte man doch keine Lanzen mehr! Das hatte es seit Großvaters Zeiten nicht mehr gegeben.

Er erhob sein Schild, um die Spitze abzuwehren, die auf ihn zutrieb. Donner rollte. Schmerz überwältigte ihn.

Graue Wolken bewegten sich zwischen seinen gebeugten Knien und den wogenden Stiefeln. Seine Ohren schmerzten, und sein Kopf war taub. Hufe donnerten vorüber; etwas Helles bewegte sich auf seine Beine zu. Sein Schild war zu schwer, um ihn zu bewegen, aber er krümmte seine Knie, und das lange glitzernde Ding verfehlte ihn und zischte mit einem Ton wie von einer Flöte vorbei.

Er setzte sich wie betäubt auf. Sein Kopf dröhnte von hämmernden Glocken. Riesige Pelzgebirge bewegten sich über ihn hinweg. Männer kämpften mit perlgrauen Schwertern auf den Rücken ihrer Pferde. Seine Hand war leer. Er blinzelte und sah sein langes Schwert im Gras liegen. Der Schild drückte seinen Arm nieder; er war zu schwer, um ihn hochzuheben.

Die dunklen Brustmuskeln eines Pferdes jagten pochend auf ihn zu. Hufe donnerten. Dahinter sah er, wie ein Schwert zum Hieb zurückgezogen wurde. Es zielte auf ihn. Sein von der Last des Schilds beschwerter Arm fuhr hoch und klang wie eine Glocke, als er zurückgeworfen wurde, und das Pferd jagte vorüber.

Martos rollte herum und kroch auf sein Schwert zu. Sein Kopf dröhnte. Überall waren Hufe. Pferde schlugen aus. Zwischen den Hufen eines Pferdes sah er auf dem blutgetränkten

Gras einen Helm liegen. Er schaute genauer hin. Tote Augen starrten ihn unter dem Stahl her an. Das Gesicht kam ihm bekannt vor.
Seine Hände schlossen sich um den Schwertknauf. Hufe stampften in der Nähe, zu nahe. Er rollte sich weg und versuchte, seine ganze Kraft zu sammeln, um sich wieder auf die Füße zu stellen. Acht Hufe stampften immer wieder um ihn herum. Krachende Schläge zogen seine Augen hinauf zu den beiden Reitern. Sie umkreisten sich, und ihre Schwerter schlugen immer wieder zu. Als er es geschafft hatte, sich wegzurollen, prallte er gegen den leblosen Körper eines Seynyorers.
Hier unten befand er sich in einer anderen Welt, die man nur sah, wenn man zwischen den sich bewegenden Pfeilern der Pferdebeine hindurchschaute. Verwundete krümmten sich und schrien. Hufe entfernten sich tänzelnd.
Ein Mann fiel in einem blutigen Regenbogen vom Himmel; er landete krachend auf dem Gras, das in den Schlamm getreten war. Ein Heiler eilte herbei und kniete zwischen den Hufen in der sich rasch ausbreitenden roten Pfütze nieder. Dann schüttelte er seinen Kopf und rannte davon, um bald darauf bei jemand anderem niederzuknien.
Wieder kamen Hufe in bedrohliche Nähe, und Martos, der sich wieder zur Seite rollte, benutzte den Schild, um sich auf die Knie zu erheben. Metallener Lärm dröhnte in seinem Kopf. Jeder Muskel schmerzte; er konnte kaum atmen. Schweiß hatte die dünne lederne Handfläche seines Handschuhs durchtränkt, weshalb es ihn große Mühe kostete, den glitschigen Griff seines unhandlichen Schwertes festzuhalten. Durch das Getöse in seinen Ohren hörte er das Brüllen, Stöhnen und Schreien von Männern. Er schüttelte den Kopf; die Welt wackelte.
Ein Pferd schlug aus, und er wich den Hufen des Tieres aus. Die Glocken in seinem Kopf verwandelten sich nun in den hämmernden Lärm des Krieges. In dem sich ständig bewegenden Wald von Pferdebeinen stöhnten und schrien Verwun-

dete. Er erblickte ein paar Männer, die zwischen den Hufen umherkrochen; andere lagen still in Pfützen hellroten Blutes. Er erhob sich ungeschickt. Sein Schwert schleifte auf dem Boden, als er versuchte, auf seinen tauben, blutleeren Beinen zu gehen; seine Schultern verkrampften sich, als er die schwere Klinge hochzuheben versuchte.
Istvans glühendes Schwert drang durch das Leder eines Schildes und sank in den Arm hinunter. Die Klinge des Grenzländers stockte in der Luft, fiel dann herab und prallte wirkungslos von einem seynyorischen Panzer ab. Istvan befreite sein Schwert, und sein Pferd trug ihn weiter.

Überall töteten Männer einander mit wirbelnden Schwertstreichen. Pfeile schwirrten vom Rande des Schlachtfeldes in die Menge; die Bogenschützen versuchten immer noch, ihre Feinde irrezuführen. Doch hier, inmitten des Kampfgetümmels, hatten die meisten der Grenzländer ihre Bögen weggeworfen, um sich mit ihren kleinen Schilden und ihren Schwertern zu verteidigen.
Grenzländer, Kadariner, Seynyorer, sie alle hatten sich zu einer brüllenden, wilden Masse vermischt. Istvans geübte Augen schauten durch die allgemeine Verwirrung, um das Geheimnis des Schlachtverlaufs zu enthüllen.
Ein Kadariner jagte durch das Getöse heran und schlug mit dem Schwert um sich. Es war mit Blut bedeckt. Istvans Geist wandte sich dem Stahl in seiner Hand zu, als das große Pferd auf ihn zuritt und das rote Schwert auf seinen rasch erhobenen Schild niedersauste.
Der Stahl schwebte in seiner Hand, stürzte herab und schlug zu; Blut schoß aus dem zusammenbrechenden Körper hervor. Das reiterlose Pferd rannte weiter. Istvans Geist kehrte zu seiner mystischen Betrachtung des Krieges zurück. Durch all den Lärm und das Getöse suchte er nach der grundlegenden Struktur des Geschehens.
Die Grenzländer kämpften in wilder Verzweiflung, doch unter ihnen bestand nur wenig Verbindung. Sie hatten sich in

kleine Gruppen aufgesplittert, die verschiedene unterbesetzte Festungen verteidigten.
Der Ansturm der Kadariner war an der Speermauer zerbrochen. Obgleich ihr Kommandant sie, so gut es ging, zusammenhielt, waren sie doch zu wenige, um den Verlauf der Schlacht noch entscheidend beeinflussen zu können, es sei denn durch irgendeinen Geniestreich.
Doch selbst im Tumult des Nahkampfes hielten die Seynyorer ihre Disziplin aufrecht. Gegen seine Armee von tausend Männern kämpften viele winzige Armeen. Allmählich trieben seine Truppen diese kleinen Gruppen von den Flanken zum Zentrum hin zusammen.

Martos hörte Hufgedonner und sah Stahl herabsausen. Er riß seinen bleischweren Schild hoch und schwang sein mächtiges Schwert.
Ein feindliches Gesicht lehnte sich zur Seite eines Pferdes herab. Am Ende eines herablangenden gepanzerten Armes glitzerte weißes Licht auf wachsgrauem Stahl, auf dem rubinrote Flecken zu sehen waren.
Das Gewicht von Martos' Schwert wurde geringer, als es vom Wind durch die Luft getragen wurde. Der Griff zitterte gegen seine Handfläche, als Kettenringe zerbarsten. Knochen zersplitterten. Die seynyorische Klinge prallte vom Schild ab und fiel zu seinen Füßen nieder. Der Reiter drehte sich im Sattel, und aus den beschädigten Kettengliedern am Ellbogen seines herabfallenden Armes sprudelte karminroter Schaum. Martos blinzelte und taumelte mit eiskalten Füßen ein paar Schritte weiter.
Immer noch schlugen um ihn die wilden Klingen zu und donnerten auf Rüstungen und Schilde nieder. Pferde tanzten und bewegten sich durch die Menge der fluchenden Männer. Dazwischen lagen Tote und Krüppel auf dem Boden. Außerdem rannten auch noch reiterlose Pferde durch das Getümmel. Wenn er eines davon einfangen könnte . . .
»Martos!« brüllte irgend jemand.

Der Klang seines Namens ließ ihn aufhorchen. Drei Männer zu Fuß in grasverschmutzter, kadarinischer Rüstung näherten sich ihm – einer von ihnen rannte, die anderen beiden kamen etwas langsamer näher. Er erkannte den laufenden Mann als Erivar. Irgend etwas im Hintergrund seines Geistes arbeitete, und er merkte, daß er versuchte, sich daran zu erinnern, wessen Gesicht es gewesen war, das ihn aus jenem Helm unter den Hufen angeschaut hatte.

Der Ruf hatte die Augen einiger Berittener auf die Gruppe zu Fuß gelenkt, und plötzlich raste ein Pferd auf sie zu, und ein rotes Schwert schwang gefährlich tief. Erivar stolperte aus dem Weg und erhob seinen Schild. Das nasse Schwert kratzte kaum über die stählerne Oberfläche, aber der durch die Gewalt des Tierkörpers verstärkte Schlag genügte, um ihn taumeln zu lassen.

Eiskalte Wut klärte Martos' Geist, und er warf sich dem schlagenden Schwert in den Weg. Seine eigene Klinge schwirrte ständig um seinen Kopf und wirbelte nun hoch genug, um die gepanzerte Schulter zu erreichen.

Der Seynyorer zog seine Klinge hinauf und wehrte ab, und die feine, von Zwergenhand geschmiedete Klinge prallte auf die leichtere seynyorische Waffe. Das glasartige Klirren von zerschmetterndem Stahl ertönte, und der Seynyorer starrte plötzlich auf den fußlangen Schwertstumpf in seiner Hand. Bevor er sich erholen und sich bewegen konnte, trieb Martos seine Schwertspitze in die Seite des Gegners. Ein Kettenglied zerbarst an der Stelle des Aufpralls, aber die umliegenden fingen die Klinge ab und hielten sie fest: weniger als ein Zoll der breiten Klinge drang in den Körper des Gegners. Der Mann riß sein Fleisch von der Klinge, wendete sein Pferd und raste davon.

Erivar jagte an Martos' Seite, als ein anderer Reiter auf beide zupreschte. Aber dann türmte sich plötzlich ein berittener Kadariner vor ihm auf, so daß er sich gezwungen sah, zu wenden und sich zu verteidigen. Martos und Erivar rannten gemeinsam zu den anderen beiden. Romulos stürzte den

zweiten Mann, und beide bluteten. Pferde rasten an ihnen vorüber und Schwerter schlugen im Vorbeireiten auf sie ein, aber meist ließen die berittenen Kadariner den Seynyorern wenig Zeit, ihre vom Pferd gefallenen Kameraden niederzureiten.
Der Stolpernde war Rojero. Die Wunde über seinen Augen blutete wieder, trotz des verkrusteten Stoffes, den er unter seinem Helm trug. Er hatte einige neue Wunden dazubekommen und seinen Knöchel verletzt, als er vom Pferd gefallen war.
Jetzt kam Quintis zwischen blutbespritzten Hufen heran, und sie schützten einander, Schulter an Schulter gedrängt, mit ihren Schilden. Reiter schauten zu ihnen hinab. Schwerter erhoben sich auf allen Seiten über ihnen. Umringt von Gefahr marschierten sie zusammen mit kampfbereiten Waffen durch Tod und Chaos.

Istvan steckte sein blitzendes Schwert weg und beobachtete seine Armee bei der Arbeit. Der Widerhall des hämmernden Stahls peinigte seine ohnehin schon schmerzenden Ohren.
Die Erde muß gefüttert werden, dachte er. Die Gewalttätigkeit des Menschen reicherte den Boden mit Blut an und düngte so das hungrige Gras. Unter den traurig grauen Wolken blitzte kein Schwert mehr auf, nachdem er sein eigenes weggesteckt hatte. Perlgrau und düster schlugen Schwerter, die mit rostrotem Blut befleckt waren, auf stumpfe Rüstungen. Der Blutgeruch war allgegenwärtig.
Er schaute zum Schatten hinüber, jenseits des flammenden Turmes. Er sollte besser zum Turm reiten und mit den Hasturs sprechen. Er mußte diesem tobenden Irrsinn Einhalt gebieten, in dem gute Männer sinnlos abgeschlachtet wurden.
Istvan drehte sein Pferd ab, als ein Grenzländer ihn angriff, und umging einen Haufen kämpfender Reiter. Verwundete brüllten am Boden. Tote lagen in purpurfarbenen Blutlachen.
Wie ein Adler, der sich inmitten eines Sturms mit leichten Bewegungen seiner Flügelspitzen von wilden Winden fern-

hält, ritt Istvan durch die Schlacht und vermied nur durch seine Reitkunst jeglichen Kampf, so daß seine Handfläche sich abkühlen konnte, während er die Schlacht studierte und seine Männer ermutigte. Er war auf der Gewinnerseite. Aber spielte das eigentlich wirklich noch eine Rolle?
Die Pferde wurden vom Geruch des Blutes wild. Seine Stute drückte die Zügel schmerzhaft in das Fleisch seiner Handteller. Er spähte zum trostlosen Himmel hinauf, überrascht, daß es nicht regnete. Der Himmel sollte die Toten und die Verkrüppelten beweinen und die Witwen des Grenzlandes.
Plötzlich preschte ein Kadariner durch die Menge heran. Er war auf einem der häßlichen Springer wie aus dem Nichts aufgetaucht. Pfeile hagelten vom Bogen des Reiters. Etwas hämmerte gegen Istvans Schenkel, genau über dem Knie. Kettenringe klirrten. Einem plötzlichen Stich folgte ein intensives Gefühl der Wärme, und als er hinschaute, sah er, daß die scharfe Spitze in Blut versteckt war, das sich an ihrem Ende zu einer Perle geformt hatte, wie eine winzige Kirsche.
Der Pfeilkopf mußte von einem der Kettenringe abgeprallt und quer eingeschlagen sein. Wie tief er sich gebohrt hatte oder ob er nur die Haut durchschnitten hatte, würde er erst wissen, nachdem er seine Halsberge entfernt hätte, und dazu war jetzt keine Zeit.
Und die wenigen erreichbaren Heiler waren mit wesentlich ernsteren Verletzungen beschäftigt.

Martos und seine Männer bahnten sich mit gezielten Schlägen nach rechts und links einen Weg durch den Tumult. Pferde jagten um sie her. Sie hielten ihre Schilde hoch in die Luft. Schwerter langten von oben zu ihnen hinab, doch ebenso groß wie die Gefahr vom Stahl der Menschen war die, die ihnen von den Hufen der Pferde drohte. Wenn die Pferde sich von den Männern zu Fuß behindert fühlten, bäumten sie sich auf und schlugen aus, während diese an den pelzbesetzten Mauern ihrer Flanken vorbeistapften. Dann entdeckten die Kadariner unter den Berittenen ihre Kameraden ohne Pferde und eilten ihnen zur Hilfe. Die Pferde waren wie Berge um sie herum, tanzende, schnaubende Hügel, von deren Rücken lange Zungen aus scharfem Stahl zu ihnen hinabstachen. Ihre Schilde dröhnten.

Martos streckte sich und hieb nach einem Reiter, dessen Stute sich zur Seite wandte, um außer Reichweite zu kommen. Die schwere Klinge zog Martos vorwärts und brachte ihn aus dem Gleichgewicht, und wieder kam der Stahl von oben auf ihn herabgesaust. Martos versuchte, das Gleichgewicht wiederzufinden. Sein Schildarm klappte über seinem Kopf zusammen, und der Schild schepperte unter dem Aufprall des gegnerischen Streiches. Seine eigene Klinge war fast bis auf den Boden herabgesunken, so daß er nicht zuschlagen konnte. Statt dessen hieb er aufwärts, zerbrach Kettenringe unter dem Arm des Gegners und förderte Blut zutage. Aber die Klinge war so breit, daß sie nicht weit genug eindringen konnte. Er hörte die Flüche des Mannes durch den übrigen Lärm hindurch und grinste wild, als er erneut mit seiner Klinge ausholte.

Wieder fiel das seynyorische Schwert vom Himmel herab, aber diesmal war Martos darauf vorbereitet. Er drehte sich vorwärts und erhob seinen Schild gegen die fallende Klinge, während sein Arm, der sich im Schultergelenk drehte, mit der geballten Kraft des ganzen Körpers zuschlug und die Klinge durch die Kettenringe zwischen Schulter und Nacken trieb.

Helles Arterienblut schoß auf, und der Körper stürzte aus dem Sattel. Noch bevor er ganz seine Steigbügel verlassen hatte, sprang Martos schon an den Kopf des Pferdes und ergriff seine Zügel.

»Rojero!« brüllte er. »Hier! Sitz auf! Ein leerer Sattel! Rauf mit dir!«

Rojero humpelte halb auf Quintis gestützt heran. Er versuchte zu protestieren, Martos solle selbst auf das Pferd steigen. Martos stieß mit seiner angespannten Zunge unartikulierte Laute aus und mußte dann noch den Kopf des Pferdes niederhalten, da das Tier auszuschlagen versuchte. Der Ge-

ruch des Blutes machte diese seynyorischen Tiere nervös wie Damwild. Sogar die kadarinischen Kriegspferde waren unruhiger als gewöhnlich.
Hufschläge jagten auf sie zu. Martos brüllte Rojero zu, er solle sich beeilen. Plötzlich brach ein Gewitter von klirrendem Metall los. Rojero bemühte sich, in den Sattel zu steigen, und als er endlich die Zügel in die Hand genommen hatte, machte sich Martos zwischen Schild und Schwert balancierend hastig davon.
»Martos!« brüllte eine Stimme über ihm. »Du lebst! Ich sah Donnerkopf reiterlos und hatte befürchtet, du hättest ins Gras gebissen! Paidros ist schon ganz verrückt, weil er nach dir – Paß auf! Hinter dir!«
Martos wirbelte herum. Ein Seynyorer griff ihn mit gesenktem Schwert an. Martos duckte sich, versperrte mit seiner Klinge der gleitenden Sichel den Weg und hob ihr seine Schildkante entgegen. Der Griff drehte sich ruckartig in seiner Hand, als das lange Schwert erbebte. Stahl klirrte. Sein Handgelenk schnellte hoch. Er stolperte zurück. Der Feind war an ihm vorbeigeritten. Hufe trappelten schnell, und der Kadariner zu Pferd, der mit ihm gesprochen hatte – er hatte sein Gesicht immer noch nicht gesehen und auch seine Stimme nicht erkannt –, schoß vorüber. Und dann hämmerten die beiden Reiter von den schwankenden, tanzenden Plattformen der Rücken ihrer Pferde aufeinander ein.
Wer kämpfte da für ihn?
Zu wem gehörte der Kopf, den er auf dem Boden gesehen hatte?
Warum kämpfte er überhaupt hier?
Der Ruhm des Krieges hatte sich vom Krachen der Schwerter gelöst. Seine Feinde waren Männer, mit denen er ebensogut hätte trinken können. Birthrans alter Freund Istvan DiVega befehligte sie; Eisenfaust Arac und sein Sohn waren auf ihrer Seite.
Lange Streifen von rotgesprenkeltem Stahl wirbelten zwischen den kreisenden Pferden und stießen auf sie herab wie

kleine graugescheckte Regenbögen. Langhaarige Schwänze wedelten heftig.
Quintis und die übrigen waren herbeigeeilt und sammelten sich um Martos. Rojero, der sich auf seinem riesigen Pferd über sie erhob, bewegte sich auf die Kämpfenden zu, aber jetzt kamen auch noch weitere Seynyorer heran, deren Schwerter ebenfalls mit Blut getränkt waren.
Die großen Pferde nahmen ihm die Sicht. Sein Schild dröhnte an seinem Arm. Sein Schwert wirbelte um den Drehpunkt seiner Schulter und dröhnte wie eine Glocke des Krieges. Auf dem Boden krümmten sich durchbohrte Körper und verletzte Glieder, und irgendwo unter der Kante seines Helmes waren jene starren Augen, die er schon zuvor gesehen hatte.
Ketten zerteilten sich unter der Klinge seines Schwertes. Ein Pferd brach aus, und von seinem Rücken purzelte ein Körper. Er sprang hin, um die Zügel zu packen, wich scharrenden Vorderfüßen aus, stolperte zurück, als ein Huf durch den resonierenden Stahl seines Schildes hindurch seinen Arm streifte. Dann hatte Quintis die Zügel ergriffen, und Martos brüllte ihm zu, er solle aufsitzen, und zwar schnell.
Zwischen massigen Pferdegestalten tauchte etwas Weißes auf und erhob sich in die Luft. Martos erfaßte eine kühle Brise der Hoffnung. In der Nähe stehende Pferde versperrten ihm erneut die Sicht. Weiße Pferde gab es zwar ziemlich häufig, aber dennoch . . .

Wieder wirbelte ein Schwert auf ihn zu. Er deckte sich und schlug zu, aber der Reiter ritt an ihm vorüber auf Rojero zu. Stahlschilde dröhnten.
Er wagte erneut einen raschen Blick. Zwischen den Pferden bildete sich eine Gasse, und wieder sah er jene hohe weiße Pferdegestalt, deren Mähne und Schwanz im Wind flogen. Schwere Hufe wirbelten durch die Luft, und der Schimmel kam auf eine Weise wieder zu Boden, wie es nur die großen kadarinischen Kriegspferde vermochten.
»Donnerkopf!« brüllte er und versuchte zu pfeifen. Sein

Mund war trocken, und für einen Augenblick kämpfte er darum, genug Spucke zu sammeln, während er auf die Gasse der Pferde zulief.

Ein Seynyorer sah ihn und eilte mit schlagbereitem Schwert auf ihn zu. Valiros kam mit Windläufer durch das Gewühl auf ihn zu. Seine Hand bewegte sich ständig zwischen Sehne und Köcher hin und her, und die Pfeile jagten von seinem Bogen. Das Schwert flog aus der Hand des Seynyorers und grub sich in die Erde. Die leere Hand klammerte sich vergebens an die Federn, die aus ihrer Halsberge ragten. Das Pferd raste vorüber, der Verwundete hing im Sattel und verbarg sein Gesicht in der Mähne des Tieres.

Martos pfiff.

Die Vorderbeine des weißen Pferdes berührten den Boden, und dann kam es mit wehender Mähne und fliegendem Schweif heran und bahnte sich zwischen den kreisenden Pferden und den wirbelnden Schwertern seinen Weg. Freude brandete in Martos auf, als er das schneeweiße Pferd sah, das stolz den Kopf hochwarf und mit schnellen Hufen im Galopp heraneilte. Mit einem Wiehern, das einem Trompetenstoß ähnelte, jagte Donnerkopf zu Martos und stand bereit zum Aufsitzen, warf seinen Kopf hin und her und schüttelte seine cremefarbene Mähne. Martos schob sich in den Sattel, und als sein zweiter Fuß den Steigbügel gefunden hatte, richtete er sich auf und spürte, wie seine Kräfte zurückkamen.

Istvans kristallklarer Blick schweifte suchend durch das Gemenge. Blut sickerte an dem roten Schaft entlang, der aus seinem Bein herausragte, sammelte sich dann an der Spitze und tropfte auf die durstige Erde hinab.

Die Erde muß die Samen der Menschen essen und der Mensch muß ihre Milch trinken.

Er versuchte nun, den Schaft des Pfeils abzubrechen und ihn herauszuziehen. Da dies jedoch, wie er bald merkte, dazu führen konnte, daß er zuviel Blut verlöre, gab er es wieder auf. Der Pfeil verstopfte die Wunde, und deshalb wollte er es

lieber einem Heiler überlassen, ihn später fachgerecht zu entfernen. Der Schmerz war erträglich. Er hatte schon wesentlich schlimmere Schmerzen ertragen müssen.
Eisige Schwerter tanzten über den dicht gedrängten Pferden und trommelten auf Schilde und Rüstungen. Rhythmische Schläge hämmerten in seinen Ohren. Sie schienen wie die Meeresbrandung an- und abzuschwellen. Aber dies war, wie er wußte, auf das Rauschen des Blutes in den Ohren zurückzuführen; dies war die Auswirkung der Wunde auf das Herz.
Pferde jagten vorüber, bäumten sich auf und ritten durcheinander. Einige von ihnen rasten reiterlos davon. Aber diejenigen, auf deren Rücken Reiter saßen, drehten sich immer wieder und jagten aneinander vorbei, und rote Schwerter erhoben sich und fielen wieder. Überall peitschten und rasten sie wild durcheinander, doch seine Hasturklinge blieb in ihrer Scheide. Diese Armee war sein Schwert, und er konnte es sich jetzt nicht leisten, sich in die Isolation eines individuellen Kampfes verwickeln zu lassen. Wenn Schwerter ihn bedrohten, lenkte er sein Pferd von ihnen weg.
»Sammle deine Männer!« brüllte er DiArnac zu. »Schließe die Lücke dort drüben!«
Dann schüttelte sich der Sattel unter ihm, und der Pfeil zog in seiner Wunde. Er ritt zu einer anderen Stelle.
»Schickt DiArnac fünfzig Männer nach links zu Hilfe!« befahl er. »Schnell!« Und schon war er wieder verschwunden.
Ein blutverkrustetes Schwert suchte ihn, aber er riß seinen Schild hoch und trieb sein Pferd davon. Er beschrieb einen Bogen um das Gemenge, um etwaigen Verfolgern zu entgehen.
Allmählich verlagerte er auf diese Weise das Schwergewicht des Kampfes vom Zentrum zu den Flügeln. Die Grenzländer wurden zurückgetrieben und bedrängten nun die Kadariner. Schon bald würden sie einander behindern.
Mit den hundert Kadarinern im Zentrum – und jetzt mußten es eigentlich sogar noch weniger sein, da war er sich ziemlich sicher – konnte man leicht fertigwerden, trotz ihrer herrlichen

Rüstungen und ihrer schweren Pferde. Oder sie konnten davonlaufen, was er ihnen auch durchaus ermöglichen wollte.

Das Blut auf dem Pfeil trocknete zu Ziegelrot, aber jedesmal wenn er das Pferd schnell bewegen mußte, färbte der Stoß es wieder hellrot. Er spürte ein Brennen in seinem Bein, das durch den fiebrigen Andrang des Blutes ausgelöst wurde, und den Schmerz konnte er jetzt beim Reiten auch kaum noch ignorieren.

Schmerz tut nicht weh, erinnerte er sich. *Nur Angst tut weh.* Er lächelte über sich selbst. *Ich muß ja völlig verängstigt sein!* dachte er bitter.

Von überall her dröhnte das Krachen von Schwertern und das blutrünstige Gebrüll von Männern in seinen Ohren. Männer starben. Männer töteten. Verwundete Männer schleppten sich über den Boden oder torkelten zu Fuß wieder in den Kampf zurück. Andere lagen zwischen den Toten, und das einzige, was sie von diesen unterschied, waren ihre noch blutenden Wunden oder ihr stoßendes Atmen.

Zwischen den sich drängenden, blutbespritzten Pferden erblickte Istvan einen roten Blitz, dort, wo einer der Heiler sich durch die Schlacht schlängelte und Waffen und Hufen auswich, um die Verwundeten zu erreichen. *Das ist wahrer Mut,* dachte er.

Im Zentrum der Schlacht, wo die Kadariner sich unentwirrbar mit seinen eigenen Männern vermischten, suchte Istvan nach Almos DiCassio.

»Der Hauptmann?« sagte schließlich ein Mann. »Er ist tot, Sir! Dort drüben liegt er!« Seine Augen hatten sich durch den Schock geweitet. Er war jung.

»Und wer hat jetzt das Kommando übernommen?«

Der junge Mann leckte sich verwirrt über die Lippen. »Ich – dort ist Leutnant DiBahador, Sir. Der kann es Euch sagen.«

DiCassios Leichnam lag zu Füßen von DiBahadors Pferd. DiBahador selbst tauschte Schläge mit einem kleinen Kadariner auf einem großen Pferd aus. Istvan brüllte und zog sein Schwert. Der Kadariner zog sich zurück.

»Ramanos war der nächste in der Reihe, Kommandant, aber ich habe ihn seit Beginn der Schlacht nicht mehr gesehen, Sir. Nach allem, was ich weiß, bin *ich* nach ihm an der Reihe, das Kommando zu übernehmen!« Er schüttelte seinen Kopf und schaute auf den Boden, bevor er sagte: »Kommandant! Ihr seid ja verwundet!«

Dann bin ich es eben! dachte Istvan. »Es ist nur ein Kratzer«, war alles, was er laut sagte. »Ich möchte fünfzig von deinen Männern, fünfundzwanzig auf jedem Flügel, und ich möchte, daß du deine Männer ungefähr hundert Fuß zurückziehst.«

»Zurück?« DiBahador blickte ihn erstaunt an und schaute auf die Pferdeberge und die Verwirrung und den Wahnsinn. »Wie soll das gehen? Sie sind ja alle durcheinandergemischt. Ich weiß nicht einmal, wohin der Trompeter verschwunden ist oder ob er überhaupt noch am Leben ist!« In der Stimme des Mannes lag ein schwacher Anklang von Hysterie. Istvan schaute ihn scharf an.

»Sammle die Männer, die sich in der Nähe befinden«, sagte Istvan, und er sprach dabei langsam und sehr deutlich und ließ seine Stimme so direkt und beruhigend klingen, wie er nur konnte. Dabei fixierte er den Blick des anderen. »Reite in Gruppen zu den Männern, die sich noch im Kampf befinden. Ich kann mit dir kommen, wenn du willst.« Istvan nahm an, daß sein merkwürdiges Verhalten die Auswirkung des Schocks war. Dieser Mann hätte alles, was er ihm soeben gesagt hatte, eigentlich auch selbst wissen müssen. Sonst hätte er niemals seinen militärischen Rang erreichen können. »Los jetzt!«

Er lenkte sein Pferd auf einen kleinen Pulk von Männern zu, wo drei Seynyorer gegen vier Kadariner kämpften.

»Sammeln! Sammeln!« brüllte Istvan und schwenkte sein Schwert. »Folgt mir!«

Umgeben von Toten, inmitten der Schlacht, dort, wo die blanken Schwerter Knochen freilegten, erhob sich die lange Klinge von Martos wie eine Schwinge im Wind.

Er atmete das Leben, das in seine Lungen floß, und ertränkte die Angst in der Ruhe der Kontrolle. Sein sich ausruhender Geist beobachtete den Schwertarm, der das Denken übernommen hatte. Die Finger wirbelten den Griff herum, um die lange Stahlzunge rundzuschwingen, hinunter auf klingelnde Kettenringe oder auf die Gongs der erhobenen Schilde. Donnerkopf tänzelte unter ihm, und Hufschläge erschütterten den Sattel. Das lebendige Tier, auf dessen Rücken er saß, gab ihm Sicherheit. Es erhob ihn über das gallertartige Blut auf dem Boden, das Stöhnen der Verstümmelten und die herumliegenden toten Glieder.

Einige seiner Kameraden kämpften dort immer noch, und ihretwegen leerte er Sättel, indem sein gekrümmter Arm glanzlosen grauen Stahl in schnell ausschlagenden Schleifen und fliegenden Wirbeln emporjagte, bis er vom ständigen Drehen seines Pferdes schwindelig und sein Arm bis zum Ellbogen von dickem, klumpendem Blut durchtränkt war.

Jetzt war Erivar aufgesessen, und dann Romulos, und beide saßen in Sätteln, die er für sie leergefegt hatte, aber dann hatte er noch andere Männer gefunden, die zu Fuß zwischen den Hufen kämpften. Ein Pferd bäumte sich auf. Martos' Schwert flog himmelwärts, aber dann erkannte er über seinem Schild den sanften grauen Spiegel eines kadarinischen Panzers.

»Martos!« rief die Stimme von Paidros. »Oton sagte mir, daß du lebst!« Er zog sein Pferd hoch. »Ich habe dich überall gesucht! Himmel und Erde! Als ich Donnerkopf losstürzen sah –«

»Ein Speer warf mich aus dem Sattel«, sagte Martos. »Wie hast du es geschafft, oben zu bleiben?«

»Ich habe mich drunter geduckt«, sagte Paidros. »Und dann bin ich auf Schwertkampfnähe gegangen. Ein Mann mit einem Schwert kann einen Lanzenstecher immer schlagen, wenn er nur nahe genug an ihn herankommt; das hat mir mein Großvater schon beigebracht. Aber hör zu! Wir müssen uns sammeln und machen, daß wir hier fortkommen!«

»Wie – wie schlecht steht es denn?« fragte Martos.
»Ziemlich schlecht. Sie drücken die Flanken ein. Die Grenzländer haben nicht das richtige Gewicht für diese Art von Arbeit. Wenn wir nicht –«
Genau in diesem Augenblick drang ein Seynyorer auf sie ein, und sein Schwert donnerte auf Martos' Schild. Nach einigen anstrengenden Augenblicken fühlte Martos, wie seine eigene Klinge zwischen Nacken und Schulter durch den Panzer des Gegners drang.
»Fangt das Pferd!« brüllte er und schaute sich nach Paidros um, der in einiger Entfernung kämpfte.
Dort standen weitere Seynyorer, und sie schienen sich gesammelt zu haben. Seine eigenen Männer waren zerstreut, außer der kleinen Gruppe, die bei ihm war – die Männer, die ihn vom Boden aufgelesen hatten. Ein Stück weiter peitschten Pferde und Schwerter wild hin und her, wie Bäume in einem Sturm.
Ein Schwert blitzte unter den Seynyorern auf. Er blinzelte. In der sonnenlosen Dunkelheit war das meiste Metall stumpf und ölig grau. Dann sah er, daß die Klinge eigenes Licht ausstrahlte und von Notfeuer glühte. Es war ein Elfenschwert oder eine Hasturklinge. *Istvan DiVega!* Martos preßte seine Fersen in Donnerkopfs Flanken und raste mit erhobenem Schwert auf die glitzernde Stahlflamme zu.
Eine riesige seynyorische Stute warf sich ihm in den Weg. Ein glasiger Strahl, der rot gesprenkelt war, schoß auf ihn zu. Sein Schild bebte und dröhnte. Die Muskeln über seinem Ellbogen spannten sich und jagten auf das von Zwergenhand geschmiedete Schwert hinab.
Es prallte dröhnend vom Schild des Gegners ab, und dann sah er die feindliche Klinge erneut wirbeln und sich dabei wie Wasser kräuseln. Er erhob seinen Schild vor seine Augen, und dieser donnerte unter dem Aufprall des Schlages. Sein Schwert flog erneut über den Schild empor und schlug blind auf die blitzenden Augen, die er einen kurzen Augenblick lang gesehen hatte. Er spürte, wie sich die Schneide aufwärts

drehte, während sie von Metall abprallte. Da wußte er, daß der gegnerische Schild sie abgefangen hatte. Als das Leder, das ihm die Sicht verdeckte, sich von seinen Augen senkte, sah er, daß die Klinge des Gegners schon wieder kreiste. Seine Ohren füllten sich mit dem klirrenden eisernen Gelächter der Schlacht.
Die Prellung auf seinem Schildarm schmerzte vom Aufprall. Metall donnerte auf seinen Arm. Sein wirbelndes Schwert krachte auf einen Kettenpanzer, und er spürte, daß ein in der Luft schwebender Arm beiseite geschlagen wurde. Dann waren die Augen wieder frei, und er sah den blutigen Riß im Ärmel des Kettenhemdes – aber die Hand hielt immer noch das Schwert: sie zog es soeben wieder hinter die Schulter zurück, um zu einem neuen Schlag auszuholen.
Seine wunden Muskeln ließen ihn jedoch diesmal seinen eigenen Hieb zuerst lancieren. Der lange Stahl erhob sich zirpend über die zurückgezogene Schulter in die Luft. Eine Körperdrehung, und die Schulter war verdeckt. Die feindliche Klinge flog los. Martos drehte sein Handgelenk. Sein Schwert sauste herab, riß die Klinge des Gegners hoch und trieb sie zur Seite, und mit einem plötzlichen Ruck seiner Schulter stach er nach den Augen in dem entblößten Gesicht.
Der Seynyorer zog seinen Kopf zurück, taumelte im Sattel nach vorn und versuchte, unter der Schwertspitze wegzutauchen. Stürzender Stahl sank in seine Schulter ein und zerschmetterte einen Kettenring. Martos spürte, wie die Schwertspitze Knochen streifte, und holte zu einem neuen Hieb aus. Hellrote Fäden folgten seinem Schwert.
Der Seynyorer riß sein Pferd herum, und die fallende Klinge schoß vorbei, anstatt seinen Arm zu verletzen. Sie zerriß Kettenringe und schlitzte Stoff und Haut auf.
Ein Kommandoruf und ein Trompetenstoß, und alle Seynyorer jagten davon. Martos starrte hinter ihnen her. Sein Schwert erhob sich über seine Schulter, und er versuchte, Donnerkopf mit den Fersen zur Verfolgung zu zwingen.
Paidros brüllte: »Sammelt euch! Schnell jetzt, schnell, bevor sie sich neu formieren können!«

Romulos riß seine Trompete an die Lippen. Der Donner der Schlacht nahm ab, und über ihn erhob sich das strahlende, goldene Schmettern des Sammelrufs. Pferde und Männer zu Fuß kamen herangestürmt. Martos versuchte rasch, sie zu zählen und spürte, wie sich ein Stein auf sein Herz legte. Es mußten doch mehr sein! So viele seiner Männer konnte er doch unmöglich verloren haben!
Von den hundert Mann, die mit ihm von Inagar losgeritten waren, waren weniger als fünfundachtzig übrig. Das Gesicht unter dem Helm, das unter die Hufe der Pferde gerollt war, war Thiondos' Gesicht gewesen.
Valiros sprang auf Windläufer aus dem Gewirr. Er hatte sein Rapier gezogen, was ein sicheres Zeichen dafür war, daß er fast keine Pfeile mehr übrig hatte. Er zog den nervösen Springer hoch – der jetzt von der Schlacht wie rasend war – und zwang seinem schmerzverzerrten Gesicht ein Grinsen ab.
»Kann mir irgend jemand ein paar Pfeile leihen. Meine sind aufgebraucht – nun, der Feind hat sie sozusagen.« Er versuchte zu lachen, aber der krächzende Ton, den seine Stimme dabei annahm, hatte mehr Ähnlichkeit mit einem Schluchzen.
»Was ist mit dem Rest der Springer los?« fragte Paidros.
»Abgestürzt. Verschwunden. Tot oder verkrüppelt.« Valiros fluchte. »Ich glaube, Graureh brach sich ein Vorderbein, ich bin mir nicht sicher, ich weiß nicht –« Er verkniff sich weitere Worte, als ein hysterisches Wimmern seine Stimme erfaßte. Das häßliche Pferd begann wieder, sich aufzubäumen, wobei seine Ohren flach an den hin und her schleudernden Kopf gepreßt waren.
»Alle in Linie! Schnell! Sie werden bald wieder angreifen!« sagte Paidros. »Schaut! Sie kommen zurück!«
Martos schaute sich um. Hundert Fuß entfernt hatten sich die Seynyorer – eine ganze Kompanie, also jetzt mehr als das Dreifache ihrer eigenen Zahl – in drei Reihen aufgestellt und wendeten nun ihre Pferde. Sie würden seine kleine Truppe in Grund und Boden trampeln.
Er schaute auf das drohende Dickicht von Schwertern zu

beiden Seiten und sah die Hinterteile der Grenzlandponys allmählich rückwärts näherkommen. Dahinter sah er, wie sich hagere Pferde auftürmten, auf deren Rücken Männer in Kettenpanzern ritten, die ihre Schwerter wild über sich schwangen. Auf beiden Seiten wurden die Grenzländer zurückgeworfen und zu einem einzigen engen Korridor zusammengedrängt.

Paidros war immer noch damit beschäftigt, Befehle zu geben und die Männer zum Angriff bereitzumachen. Aber das war nicht gut! Martos kämpfte mit seiner Zunge.

»Nein!« krächzte er.

Paidros schaute zu ihm hin.

»Nimm die Hälfte der Männer!« sagte Martos und kämpfte mit seiner Zunge. »Geh zu dieser Seite dort, zu den Grenzländern, und hole sie da heraus. Treibe sie zusammen, kämpfe notfalls gegen sie, aber hole sie auf jeden Fall hier heraus und ziehe dich dann zurück. Los jetzt!«

Paidros öffnete seinen Mund, als wolle er etwas sagen, lief dann rot an und schloß den Mund wieder. Plötzlich ertönte ein Schrei, als Windläufer lossprang, Valiros fast aus dem Sattel riß und dann plötzlich seinen mageren Kopf senkte und ein in der Nähe stehendes Pferd biß. Die Männer zu Fuß machten sich aus dem Staub. Pferde bockten und schlugen aus, und für einen Augenblick war totales Chaos ausgebrochen.

Martos ritt zu einem der pferdlosen Männer, beugte sich zu ihm herunter und zog den Mann hinter sich auf den Sattel. Er deutete anderen durch Zeichen an, das gleiche zu tun. Dann wendete er mit einem Nicken zu Romulos hin sein Pferd.

Das wilde Schmettern der Trompete kündigte den Rückzug an.

Istvan, der mit seinen fünfzig Männern am Rande des Schlachtfeldes ritt, hörte durch das Dröhnen des Stahls hindurch das kristallklare Trompetensignal und erhob sich in seinen Steigbügeln. Er spähte durch das Durcheinander der

schwingenden Schwerter und ignorierte den Schmerz in seinem Bein.
Wenn die Grenzländer doch nur weglaufen würden! Jeder andere Soldat hätte das mittlerweile getan.
Die Kadariner bewegten sich fort, das konnte er sehen. Riesige Klumpen von Rüstung, die durch das Gewirr des Kampfes ritten. Sie zogen sich zurück, ja, aber sie zogen sich durch den Tumult hindurch zurück und sammelten im Vorbeiritt ihre Verbündeten aus dem Grenzland.
Sie jagten auf kleine Haufen von Kämpfenden zu, wo Klingen, die schwarz von vertrocknetem Blut waren, hin und her schleuderten und dröhnend auf Schilde donnerten. Die Seynyorer drehten ab, und die Grenzländer, die sie zu verfolgen versuchten, wurden von den kadarinischen Reitern abgeschnitten, so daß ihre Ponys mit den Männern weggetrieben wurden und deren Reiter wohl oder übel mitreiten mußten.
Istvan lächelte und wurde dann augenblicklich ernüchtert. Er mußte eine Verfolgung organisieren und sicherstellen, daß die Gegner sich nicht zu einem neuen Angriff sammeln konnten. Der Gedanke trieb seinem Pferd die Sporen in die Flanken und ließ es im Galopp über die Pfützen trocknenden Blutes jagen.

Martos brauste auf seiner feurigen Stute durch das Gemetzel und trieb die Grenzländer auf ihren zottigen Ponys davon. Wenn einer von ihnen versuchte weiterzukämpfen, blockte Donnerkopf seinen Angriff mit seiner Schulter ab und drängte das Pony zur Seite. Der Mann, der hinter ihm geritten war, stieg auf ein reiterloses Pferd um.
Aber die Seynyorer sammelten sich an der Flanke, und deshalb fiel Martos zurück an den Schluß seiner Männer, die an ihm vorüberstampften. Er rief Valiros etwas zu. Das springende Pferd sprang aus der Reihe und stieß Donnerkopf an. Valiros kämpfte mit den Zügeln. Das Biest schlug aus und tänzelte. Aus dem Köcher an seinem Steigbügel riß Martos eine Handvoll Pfeile. Seine blutigen Hände waren glitschig; deshalb konnte er die dünnen Schäfte kaum greifen.

»Nimm sie!« brüllte er.
»Windläufer! Hoaah!«
Beide hörten das Klirren von Stahl. Männer in Kettenhemden eilten auf schlaksigen, langbeinigen Stuten auf sie zu. Ihre dunklen Schwerter tropften, während sie mit seiner Nachhut kämpften.
Donnerkopf drehte sich unter ihm. Windläufer sprang davon. Martos hielt den Schild gegen seine Brust gepreßt und erhob sein Schwert hoch in die Luft. Hart bedrängt kämpften seine Männer gegen die wilden Reiter am Schluß des Zuges. Sie mußten ihre Schwerter zur Abwehr einsetzen. Ihre Schilde waren nutzlose Gewichte, da sich die Reiter von rechts näherten und auf ihre Klingen einschlugen.
Martos preschte zwischen die Feinde. Sein Schwert stieg auf und schlug zu. Ein reiterloses Pferd jagte vorbei, dessen Flanken mit Blut befleckt waren.
Pfeile zischten herab und stachen durch Kettenringe, spitze Pfeile, die vom Himmel fielen. Martos' Schwert kratzte durch Stahl. Seynyorer zogen ihre Pferde hoch, als sie ihre Kameraden fallen sahen.
Zwischen dem Ende von Martos' Zug und den ausschwärmenden Seynyorern entstand eine Lücke. Martos stürmte mit tropfender Klinge in diese Lücke hinein. Zwei oder drei seiner Männer wandten sich um und sammelten sich hinter ihm – aber er sah, daß das nicht genügen würde.
Vor ihm befand sich ein Ozean von Kettenpanzern, eine endlose Prärie von wogenden Klingen, und sie bewegten sich schon auf ihn zu. Am Rande seines Blickfeldes sah er Windläufer hoch in der Luft und Männer, die nach den Schaftfedern griffen, welche aus ihrer Brust oder Schulter herausragten. Er befreite seinen Arm von den Haltegurten seines Schildes und ließ die runde Stahlplatte von einem Band herabhängen, das über seiner Schulter hing.
Pferde strömten von allen Seiten auf ihn zu. Lange Reihen von rotgesprenkelten Stahlklingen strebten ihm entgegen. Seine linke Hand schloß sich um den Knauf seines Schwertes.

Er sah, wie der Mann zu seiner Rechten sich plötzlich im Sattel drehte. Über seinem Schild ragten Federn heraus. Der Mann zu seiner Linken hieb nach ihm.
Er erhob sich in seinen Steigbügeln, und beide Hände schwebten mit dem Stahl in der Luft. Schneiden prallten aufeinander, während er die feindliche Klinge hinauf und wieder herunterschlug. Und dann wirbelten seine beiden Hände und rissen sein Schwert über den sich erhebenden Schild herab. Verblüffte Augen verschwanden in einer Woge von Blut.
Martos' Knie wirbelten Donnerkopf herum, und seine Fersen trieben ihn zu dem nun reiterlosen Pferd, das er übernehmen wollte. Das Tier rannte zwischen ihnen her, so daß seine Flanken für wenige wertvolle Sekunden geschützt waren, während seine linke Hand an der Schnalle des Gurtes zog, die seinen Schild hielt. Er riß fest an dem Leder und zog daran, bis der Schild hoch zwischen seinen Schultern saß und gegen den zerbeulten Rand seines Gesichtsschutzes schlug. Er befestigte den kleinen runden Schild wieder, aber dann war das reiterlose Pferd auch schon vorbeigestürzt, und ein anderes, auf dem ein Reiter saß, griff ihn an.
Valiros raste vorbei. Die anderen beiden, die bei ihm gewesen waren, wandten sich um, als sie ihn herbeieilen sahen. Valiros schoß fabelhaft, aber bald würden seine Pfeile wieder verbraucht sein.
Ein Schwert kam in Martos' Richtung. Er wich ihm aus und drückte sein Kinn gegen den metallenen Kragen seines Brustpanzers. Er griff unter seine Barthaare, um sein verschwitztes Kinn zu kratzen. Auf seinem Rücken schaukelte und klapperte der Schild.
Als er einen Stoß spürte, fuhr Martos hoch, drehte sich mit seinen Schenkeln und spürte wie niemals zuvor die Befestigung seines Brustpanzers. Er schwang die Klinge herum, um nach dem Gesicht des Seynyorers zu schlagen, wobei seine Spitze dem sich zurückziehenden Schwert folgte. Die Kante des Schildes schlug gegen die flache, sich hebende Klinge, so daß diese nur über die Schale des Helms streifte. Doch es war

für ihn ein Kinderspiel, die Klinge des Gegners mit Hilfe seiner eigenen hoch in die Luft abzulenken. Seine linke Hand ließ den Griff los, und seine Rechte wirbelte seine Klinge in einem riesigen Bogen herab, der sie um die Kante des erhobenen Schildes herumführte, um dann auf den Stahl dahinter aufzuprallen.

Der Seynyorer drehte sich im Sattel. Wahrscheinlich war er nur betäubt, vermutete Martos, aber das genügte. Wichtig war jetzt nur, hier wegzukommen.

Chandras Muschelhorn schrillte weiter vorn.

Dann jagten sie davon. Paidros' Männer eilten heran, um sich ihnen anzuschließen, und die Seynyorer galoppierten hinterher. Meilen verschwanden unter ihren Hufen.

14

Während die Zwillingssonnen am westlichen Himmel ihre Bahnen zogen, schwenkten Martos und seine Männer nach Norden ab, auf Inagar zu. Vor sich sahen sie in der Ferne die winzige Gruppe von Rinmulls Männern.

Istvan freute sich, sie fortziehen zu sehen. Er zog seine Männer ab und ließ sie neben dem Schlachtfeld hinter ihnen kampieren. Die Wunde in seinem Bein verursachte ihm jetzt einen schlimmen, stechenden Schmerz. Rostrotes Blut verkrustete die Ringe seiner Halsberge. Der Ritt zurück war schmerzhaft, aber er biß die Zähne zusammen und ritt. *Schmerz schmerzt nicht,* erinnerte er sich selbst unnachgiebig immer wieder, *nur Furcht.*

Weiße Nebel kamen auf über den stehenden Pfützen, die den Staub bedeckten. Die Zwillingssonnen fielen jenem riesigen schwarzen Fleck entgegen, der den Westen verunstaltete.

Istvan hielt sein Pferd an und gab auch den anderen das Zeichen zum Anhalten. Er bat um Ruhe und lauschte ange-

strengt. Zaumzeug klingelte und Pferde stampften. Er runzelte die Stirn und fragte sich, ob er tatsächlich irgend etwas gehört hatte. Dann war es aus dem Nebel im Osten plötzlich wieder da; ein schrilles, fernes Wimmern. Er warf einen raschen Blick zum Süden und auf die nachtschwarze Mauer, aber an der Oberfläche des Schattens war immer noch nichts Ungewöhnliches zu entdecken. Die Türme brannten blau und schwach. Demnach konnte es also kein Dämon sein.
Dann war es wieder da, wie der ferne Schrei eines seltsamen Vogels oder das Trällern einer Flöte. Er richtete sich im Sattel auf, denn plötzlich wußte er, daß es die Muschelhörner der Vorhut von Prinz Hansio von Mahapors Armee sein mußten.
Der Geruch von Blut wurde jetzt sogar noch intensiver. Ein einsamer Mond blickte durch die Wolken, als sie neben einem Feld anhielten, das mit stöhnenden Männern mit zerfetzten Gliedern übersät war und mit den steifen Körpern der Gefallenen.
Ein Heiler mit roter Robe lief auf sie zu und hielt neben Istvan an. »Kommandant DiVega, sind dort Zelte? Wir brauchen Schutz vor diesem Nebel – zumindest Decken!«
»Ich werde dafür sorgen, daß Ihr so viele Decken bekommt, wie Ihr braucht«, sagte Istvan, »aber wir haben leider kein Gepäck! Lord Rinmulls Armee ist auf dem Weg hierher, und vielleicht ist er besser ausgerüstet. Ihr solltet D'Oleve oder einen der anderen Seher Kontakt mit seiner Armee aufnehmen lassen –«
»Das habe ich schon getan, Lord«, antwortete der Heiler. »Lord Rinmull und seine Männer müßten in gut einer Stunde hier sein. Zwar sind mehrere unserer Brüder bei ihm, aber er hat keine Zelte in seinem Gepäck.«
»Nun, wir alle werden heute Nacht im Freien übernachten müssen, aber ich werde sehen, was ich für Euch tun kann. Man kann vielleicht die Pferdedecken auf Bögen und zerbrochenen Speerschäften befestigen.«
»Ja, das sollte . . . aber Lord! Ihr seid ja verwundet! Laßt mich sehen!«

»Ein Kratzer nur«, sagte Istvan mit einer beschwichtigenden Handbewegung. »Ich kann mich selbst darum kümmern, und es gibt sicher andere, die Eurer Hilfe dringender bedürfen.«
Er hatte schon das gefiederte Ende des Pfeils gepackt und zog nun, nachdem er den alten DiFlacca gebeten hatte, ihm zu helfen, den Pfeil aus der Wunde. *Schmerz schmerzt nicht,* sagte er zu sich selbst, denn nun brüllte der Schmerz wie ein brennendes Monstrum aus dem tiefsten Inneren seines Wesens auf. Er bezwang ihn. Es war nur ein Gefühl wie jedes andere. Schmerz und Freude waren gleich. Nur Angst oder Verlangen machten sie verschieden.
Eine helle Fontäne von Blut folgte dem Schaft und bedeckte die braune Kruste auf den Kettenringen wieder mit frischem hellem Rot. Er öffnete den Rand seiner Halsberge, und DiFlacca schnitt den steifen, mit altem Blut getränkten Stoff ab. Es war so, wie er es sich schon gedacht hatte. Der Pfeil hatte nur ein wenig Haut durchbohrt und den größten Teil der darunterliegenden Muskeln verfehlt, obgleich die Haut ziemlich böse aufgeschlitzt war. DiFlacca reinigte die Wunde mit Wein und verband sie anschließend. Das Bein würde ein paar Tage lang steif sein, und wegen des Blutverlustes würde er etwas schwach sein, aber er hätte auch schlimmer verletzt sein können.
Er beauftragte einige Männer, die Ausrüstung für die Heiler herbeizuholen, und schlang seinen Umhang eng um sich, denn nun trieben die kalten Nebel über das glitzernde Gras und den zertrampelten Schlamm. Er war wohl für einen Moment schwach geworden und eingenickt. Der laute Ruf eines Postens ließ ihn hochfahren und nach seinem Schwert greifen. Aber es war nur eine große Gruppe von Heilern, und hinter ihnen marschierten Rinmulls Männer aus der Nacht heran.
Er mußte mit Rinmull reden. Er versuchte sich aufzurichten, taumelte aber. Das Grasfeld drehte sich um ihn. *Lächerlich,* dachte er. *Diese dumme Wunde war doch gar nicht so schlimm!* Er lehnte sich zurück. Gleich würde er aufstehen und mit Rinmull reden.

Als er es endlich schaffte, sich wieder aufzurichten, sah er, daß alle Grenzländer Decken ausgebreitet und sich zum Schlafen niedergelegt hatten. Er schüttelte wütend seinen Kopf und griff nach dem Köcher am Sattel neben sich. Sein Bogen würde als Krückstock gute Dienste leisten. Er schnaubte. *Die bestmögliche Art, ihn zu gebrauchen!*

Er blinzelte, als Licht aufblitzte, und blieb wie angewurzelt stehen. War da ein Flackern über dem Schatten gewesen, dort, zwischen den Türmen? Ein Grunzlaut entfuhr ihm. Seine Beine nahmen es ihm übel, daß er aufstand. Er ergriff den Bogen und stützte sich darauf, bis der Schmerz nachließ, und dann nahm er sein flammendes Schwert aus der Scheide.

War das Notfeuer auf seiner Klinge heller als gewöhnlich? Er war sich nicht sicher. Weit von der Grenze entfernt konnte das Leuchten seiner Klinge ihm als Warnung dienen, aber hier, wo so viel dunkle Magie in nächster Nähe war, brannte die Klinge ständig.

Die Heiler waren noch immer mit den Toten auf dem Schlachtfeld beschäftigt. Fackellicht glühte auf ihren roten Roben. Irgendwo an der Seite sah Istvan Rinmulls Männer bei dem Versuch, Totenfeuer zu errichten. Sie suchten nach Brennmaterial, zerbrochenen Speeren und Pfeilschäften... Andere trugen Verwundete zu einem behelfsmäßig errichteten Schutzdach aus Decken. Aber die meisten Verwundeten wurden dort behandelt, wo sie lagen.

Ein paar Monde zogen zwischen den aufgerissenen Wolken hervor und verschwanden dann wieder. Zurück ließen sie einen einzigen Stern in einem Stück saphirfarbenen Himmels, das zusammenschrumpfte, als die Wolken sich bewegten. Istvan hinkte über das Feld, und seine Augen suchten den Nebel ab. Was war das dort für eine Bewegung? Irgend jemand weinte wie ein Kind in der Nacht. Aber das war auf einem Schlachtfeld eigentlich nichts Ungewöhnliches. Er holte tief Atem und zwang sich, sich zu entspannen. Wahrscheinlich war es gar nichts.

Etwas Großes und Dunkles bewegte sich ohne Licht am Rande

des Feldes. Istvan humpelte darauf zu. Der Griff seines Schwertes brannte feuchtkalt auf seiner Handfläche, und die Wunde zog in seinem Bein.

Das merkwürdige Ding wurde nun größer, war aber immer noch nicht zu erkennen, und hinter ihm tauchten andere nebelhafte Gestalten auf. Irgendwo im Nebel schrie ein Mann, und Istvan steigerte sein Tempo, trotz der Schmerzen in seinem Bein und obgleich er sich fast sicher war, daß der Mann wegen irgendeiner Wunde schrie, die er sich im Kampf zugezogen hatte.

Die Gestalten kamen näher. Istvans Magen rebellierte und sein Haar sträubte sich. Ein tiefes Brummen und Knurren drang aus dem Nebel. Einer der Heiler stieß ein unartikuliertes Brüllen aus.

Da richtete sich ein Troll vor ihm auf, der zweimal so groß wie ein Mensch war. Dieser packte einen der Toten und hob ihn zu seinem Gesicht hoch. Hinter ihm tauchten andere dunkle Kreaturen aus dem Nebel auf – Kobolde, Ghule, menschenähnliche Gestalten.

Istvan warf den Bogen in die Luft und rannte. Der Schmerz, der sein Bein bei jedem Schritt gepeinigt hatte, war vergessen. Heiler rannten umher und schwangen ihre Fackeln. Ein Verwundeter stieß rauhe, abgerissene Schreie aus. Zwischen den Menschen und den Nachtgängern wirbelte plötzlich Nebel zu einer Säule auf. Funken wie rote Augen glühten an ihrer Spitze. Istvans Bein knickte unter ihm weg, und er fiel lang auf den Boden.

Die Nebelsäule fiel in sich zusammen und wurde dunkel. Eine menschliche Gestalt stand jetzt an der Stelle. Rote Augen glühten in einem langen, fahlen Gesicht. Istvan erhob sein Schwert gegen die Bedrohung dieser Augen, aber der Vampir war nicht an ihm interessiert. Er schritt auf die sich tummelnden Nachtwesen zu.

Der Troll brüllte auf und warf einen schon halb gefressenen Toten zur Seite. Knurren und tiefes Stöhnen ertönte von den umherschleichenden Gestalten hinter ihm. Der Troll schleppte sich vorwärts und türmte sich wütend brüllend über den anderen auf. Die winzige Gestalt erhob eine Hand und sprach ein einziges Wort. Das Brüllen veränderte seinen Klang, und der Troll zog sich zurück, als ob er sich verbrannt hätte.

Die elegante, dünne Gestalt blickte rasch über ihre Schultern zurück. Wieder sah Istvan das lange Gesicht und die Hakennase. Ein Schauder durchfuhr ihn: Das war ein typisch seynyorisches Gesicht!

Der Troll schlurfte in die Menge der kleineren Wesen. Tiefes Jammern und Stöhnen ertönte aus der Menge. Mit herabhängenden Schultern und heißhungrigen, zum Boden gerichteten Augen wandte sich die mißgestaltete, merkwürdige Horde um und schlich in den Nebel zurück, während der Vampir wohlweislich hinter ihnen herging und sie mit einer unsichtbaren Peitsche vor sich hertrieb.

Istvans Finger schmerzten am mittlerweile heißgewordenen Schwertknauf in seiner Faust, so fest hatte er ihn umklammert. Er stand wieder auf. Heiler mit Fackeln und Grenzländer mit gezogenen Waffen standen in einer Reihe hinter ihm und starrten in den Nebel, wo der Zug der Alptraumgestalten verschwunden war.

Und wenige Stunden später wurde in den hohen Bergen die Traumwelt, in der Chondos lebte, durch die Wut des Meisters zerstört.

Fragmente von zerbrochenen Träumen flatterten im kalten Wind davon, jenem plötzlichen eisigen Wind, der durch die Ritzen in den Schloßmauern pfiff. Schmetterlinghafte Mädchen lächelten und verschwanden. Ein bunter, farbenfroher Vogel krächzte sein einziges Wort, schlug mit seinen Flügeln und verschwand in der sternenlosen Nacht. Blumen und alte Pinien fielen in dunkle Abgründe, die mit Dämonenschwingen angefüllt waren. Feines Porzellan und bearbeitete Jade wurde vom eisigen Wind der Stimme des Meisters weggerissen.

»Bestrafe sie!« knurrte die Stimme. »Zerschmettere sie unter einer Million Mäulern. Laß winzige Bissen von ihrem Fleisch den Hunger unseres Gastes stillen. Diese Narren! Nun, da zwei Armeen kurz davorstehen, sich gegenseitig in Fetzen zu zerreißen, ist das Wichtigste vor allem anderen, daß wir uns ruhig verhalten und auf die Nachricht warten. Bald werden die Armeen ihre Toten zurücklassen und sich nach Norden aufmachen, und das ganze Land wird dann leer und offen vor uns liegen.«

Allein in seinem Geist wankte Chondos. Er fühlte, wie etwas Dünnes und Zartes in seinem Innern zerbrach. Sein Geist gehörte ihm jetzt zwar wieder, aber sein Gedächtnis war immer noch umwölkt. Dort in seinem Geist, irgendwo in seinem Geist war die zerschlissene blaue Robe.

Er stand an den Stufen, und die Blaurobe war dort, und eine Stimme erhob sich und sagte: *»Wer kommt da, um mit der Krone der Könige von Tarencia gekrönt zu werden?«*

Er schauderte, als der Wind kalt blies. Alte Knochen und neue Knochen bedeckten den mit Fliesen bepflasterten Boden. Frisches Blut sickerte in den Staub der Ritzen. Seine Erinnerung kämpfte sich durch den Nebel. Er stürzte in Hoffnungslosigkeit.

»Haben die Blauroben geschaut?« fragte der Meister.

»Sie schlugen nach mir, als ich zwischen den Türmen floh, aber nur mit einem einzigen Pfeil. Es ist nur noch wenig Macht in den Türmen.«

»Das ist der Grund, weshalb wir warten müssen, bis wir schnell und heimlich zuschlagen können!« antwortete der Meister. »Es darf keinen Widerstand geben – gepriesen sei Uoght! Es wird keinen Widerstand geben – nicht den geringsten! *Wenn* wir auf das Signal warten! Deshalb haben wir alles so sorgfältig geplant. Wenn die Armee dort mit ihren flammenden Schwertern lange genug gegen uns aushalten könnte, so daß die Blauroben ihre Türme wieder füllen könnten, so könnten sie uns abschneiden und zurücktreiben.« Die gebückte, verhüllte Gestalt wand sich und schüttelte ihren

schwarzen Ärmel. »Verfüttert sie an die Bewohner dort unten!«
Unbestimmte Gestalten bewegten sich in der Dunkelheit. Chondos blinzelte. Die Illusion, die seine Augenhöhlen gefüllt hatte, war durch Fackeln und Kerzen hervorgerufen worden. Jetzt war die Halle dunkel. Dämmrige Flecken von vagem Halblicht, das vom sternenlosen Himmel stammte, sikkerten durch das zerbrochene Dach und durchsetzten die Dunkelheit mit Grau. Nur die Knochen zu seinen Füßen waren hell. Er mußte irgendeine Möglichkeit zum Kämpfen finden, aber jegliche Willenskraft schien ihn verlassen zu haben. Es war hoffnungslos, es gab einfach keine Fluchtmöglichkeit.
Sogar in der Dunkelheit konnte er spüren, wie das Kapuzenwesen ihm das Gesicht zuwandte. Er schauderte bei der Erkenntnis, daß das unsichtbare Auge unter jenem Stoff ihn durch diesen Stoff und Dunkelheit hindurch sah. Eine blitzschnelle spinnenartige Berührung bürstete leicht über die Oberfläche seines Geistes, und Panik ließ seine Gedanken in einer Stille des absoluten Schreckens gefrieren.
Ein widerhallendes, tiefes glucksendes Lachen brach aus der verhüllten Gestalt vor ihm, und die heisere Stimme flüsterte in der Finsternis: »Bald ist es soweit, kleiner König. Schon bald wird dein Bruder uns rufen, und du wirst endlich losziehen, um deine Armee gegen deine ungehorsamen Diener zu führen. Aber ich muß mich jetzt um die Bestrafung *meiner* Diener kümmern.«
Die schwarze Gestalt wandte sich ab und war verschwunden.

Schwach und weit entfernt im Morgennebel hörte Istvan die Muschelhörner von Mahapor schrill in der Dämmerung. Ein intensiver Geruch von geröstetem Fleisch machte ihn hungrig. Als er sah, daß der Geruch von den rauchenden Scheiterhaufen stammte, in denen Rinmulls Männer die Toten verbrannten, fing er an zu würgen. Sein verwundeter Schenkel brannte, als er aufzustehen versuchte. Seine Gelenke krachten, doch er zwang sich auf seine tauben Füße.

Die Nebel glühten milchig im Osten, färbten sich aber dort, wo sie im Norden den Schatten verbargen, schiefergrau. Düsterer Rauch rollte von den Totenfeuern. In seiner Erinnerung verschmolz rotäugiger Nebel zu einer menschlichen Gestalt. Ein Troll warf einen Körper von sich, aus dem Knochen herausragten. Eine Prozession von Scheusalen taumelte in die Nacht.

Sie warteten, sie hielten ihre hungrigen Horden zurück und schauten zu, während er die Grenzländer vernichtete! Sie ließen ihre Koboldarmeen hungern, damit die Welt der Menschen sie vergessen sollte! Hatten sie etwa gar auf irgendeine Weise diesen Krieg angezettelt? Ihm war allerdings nicht klar, wie das hätte geschehen können – denn jedermann hatte schließlich einen Krieg erwartet, als der alte König starb.

Er, Istvan, mußte ihn beenden, bevor die Kraft der Grenzländer so sehr geschwächt war, daß sie ihr Land nicht mehr verteidigen konnten. Er mußte Frieden schließen, Jagat und Hansio überzeugen, daß nur die Nachtwesen von diesem Krieg profitieren konnten.

Das Blut kehrte in seine Füße zurück. Das Brennen in seinem Schenkel war äußerst lästig. Die meisten Übungstänze erforderten eine Menge Fußarbeit. Vielleicht sollte er ja einen neuen kreieren: den »Humpeltanz«.

Bei diesem Gedanken legten sich die Finger um den Schwertknauf, und die Flamme seiner Klinge schoß hervor.

Ein schwacher Regen begann vom silbernen Himmel zu tropfen und kühlte Martos' Männer, die sich langsam nach Norden zurückzogen.

Valiros war den Tränen nahe. »Er lahmt!« sagte er. »Schau dir das an! Daran ist dieser verdammte Regen schuld. Er weicht die Hufe auf und . . .« Seine Stimme wurde schwächer, und sein Kopf schüttelte sich. Er setzte Windläufers zerschundene Hufe wieder auf den Boden und strich dem Pferd über seine Flanken. Martos stand stumm und mit einem Würgen in der Kehle da.

»Wenn wir ihn in eine der Burgen bringen könnten, in einen trockenen Stall«, sagte Paidros mitfühlend, »könnten wir ihm vielleicht einen Schuh machen, und –«
»Nein.« Valiros schüttelte seinen Kopf. »Er ist schon viel zu weit gegangen – oder zumindest wäre er es, bevor wir irgendwohin kommen könnten. Und um die meisten Burgen hier in der Nähe gibt es nur nackten Fels. Es wäre nur...« Er biß sich auf seine Lippe und schüttelte den Kopf.
»Soll ich es tun?« fragte Paidros sanft, aber Valiros schüttelte nur wieder seinen Kopf und wischte sich den Regen aus dem Gesicht.
Martos, dessen Kehle zu voll war, als daß er hätte sprechen können, war froh, daß Paidros soviel Mitgefühl zeigte. Er war auch ein wenig erstaunt darüber. Paidros frühere Kommentare über die Springer waren immer ziemlich bissig gewesen. Martos versuchte unentwegt, sich vorzustellen, wie er selbst sich wohl fühlen würde, wenn es hier um Kriegsflamme oder Donnerkopf ginge. Zumindest hatte er noch immer seine beiden Pferde. Die meisten der Zweitpferde waren beim Rückzug zurückgelassen worden, Kriegsflamme jedoch war ihnen nachgerannt.
Der Wind peitschte den Regen in sein Gesicht. Valiros streichelte Windläufers Nacken und summte sanft. Das schwache Licht fiel auf den Stahl in seiner Hand.
Martos wandte sich ab, da er unfähig war zuzuschauen. Er schritt zurück zu seinen eigenen Pferden, wütend über sich selbst. Hier war er nun, völlig außer sich wegen eines Pferdes, während einige der Grenzländer langsam und unter fürchterlichen Schmerzen starben, weil er es nicht geschafft hatte, sie davon abzuhalten, ihren uralten Bräuchen zu folgen. Ihr einziger Heiler war auf dem Schlachtfeld zurückgeblieben. Die Verwundeten, die abtransportiert worden waren, erhielten nur die unfachmännische Hilfe ihrer Kameraden.
Der Regen wurde kurzzeitig stärker, nahm dann wieder ab und hörte schließlich ganz auf. Weit über dem nördlichen Horizont ballten sich Gewitterwolken zusammen, die durch

Streifen von Licht miteinander verflochten waren. Sie würden nun für eine Weile Pferdefleisch essen, und die Grenzländer würden sich neue Rüstungen machen.
Etwa eine Stunde später, als Martos und seine Männer sich müde ihren Weg durch die Regenschauer nach Inagar bahnten, brachte ein Kundschafter die Nachricht von einer großen Gruppe von Männern sowohl zu Fuß als auch zu Pferd, die von Inagar her heranmarschiert kamen.

Gegen den schwarzen Himmel vor sich konnte Istvan sehen, wie die glühenden Türme größer und größer wurden, je mehr er sich der Grenze des Schattens näherte. Seine Wunde juckte und brannte. Der Himmel jagte über ihn hinweg. Und überall um ihn her trugen Grenzländer die Körper der Toten.
Rinmull und Arjun DiFlacca waren bei ihm, und D'Oleve ritt an seiner Seite. Es war schon fast eine Stunde her, seit Lord Rinmull mit der Nachricht zu ihm gekommen war, daß nicht genug Holz vorhanden sei, um die Männer zu verbrennen, die in dieser Schlacht getötet worden waren.
»Das hat es auch vorher schon gegeben, Lord«, hatte Rinmull gesagt, als er Istvans Gesicht sah. Er deutete auf Vajrakota. »Wir werden sie im Erdgeschoß des Turmes auf dem Boden ausbreiten. Dort sind sie vor den Nachtwesen sicher. Schon in der Vergangenheit ist es unter ähnlichen Umständen so gemacht worden. Einige sind zurückgekehrt und haben die Körper ihrer Blutsverwandten unbeschädigt und bereit für die Verbrennung vorgefunden. Einige haben statt dessen Urnen vorgefunden, in denen die Asche bereit stand, um auf die Felder verteilt zu werden. Jene Felder hält man für doppelt gesegnet.«
Es gab ein altes Lied darüber, das Rinmull langsam und traurig sang, während sie auf die Grenze zu ritten. Seltsam, dachte Istvan, wie seine Männer sich an die Begräbnissitten des Grenzlandes angepaßt hatten. Obgleich sie es in ihrer Heimat vorzogen, ihre Toten zu begraben, war dies an der Grenze natürlich nicht möglich. Sie überließen die Ausfüh-

rung der Riten den Grenzländern; sie vertrauten ihnen die Toten ebenso an, wie sie ihre Verwundeten den Rotroben anvertrauten. Wenn ein Grenzländer den Tod nicht verstand, wer sonst sollte ihn dann verstehen?
Istvan und D'Oleve überragten auf ihren hageren, Vogelscheuchen ähnlichen Pferden die feierliche Prozession winziger, erdfarbener Ponys. Einer seiner Männer befand sich unter den Toten, die dort getragen wurden – Almos DiCassio und außerdem auch einige entfernte Vettern, DiVegas und DiArnacs und so weiter. Aber das war nicht der Grund, weshalb er gekommen war, und auch nicht derjenige, weshalb er D'Oleve mitgebracht hatte.
Weiter hinten krochen fahle Wolken über den bewegten Himmel. Vor ihnen schimmerte die leuchtende Säule von brennendem Stein blau durch einen Nebel von Regen.
Ein großes Tor öffnete sich, als sie sich dem Hasturturm näherten. Dahinter wurde ein Lichtschimmer sichtbar. Die Grenzländer stiegen von ihren Ponys und trugen die Toten, die sie zwischen sich hielten, in das Innere. Istvans Herz schmerzte, als er die Männer betrachtete, an deren Lachen er sich noch gut erinnern konnte und die nun steif und wachsartig wirkten und in das überirdische Licht verschwanden.
D'Oleves Augen waren versunken und blind. Istvan öffnete seinen Mund zum Sprechen, doch D'Oleves Stimme kam ihm zuvor. »Sein Geist ist mit uns. Er sieht. Er weiß.« D'Oleve beantwortete seine unausgesprochene Frage. »Aber das Herz seines Geistes ist im Norden. Wenn du Tod und Verwüstung in Kathor sehen könntest, DiVega, würdest auch du nicht viel über die Schlacht hier nachdenken. Dort bewegt sich Uoght am Tage; die Dyolen kriechen vor ihm, und die Dunkle Welt umhüllt sie wie ein Gewand. Wo sie hinkommen, bleibt nur bloßer Fels zurück, zernagt und zerfressen. Das Notfeuer der Hasturs vermag ihre Schalen nicht zu durchdringen. DiVega, es ist wahrlich jetzt keine gute Zeit für die Sterblichen, um untereinander Kriege zu führen.«
»Wie kann ich Frieden stiften?« fragte Istvan, und er war sich

dabei nicht sicher, ob er nun zu D'Oleve sprach oder zu Hastur persönlich. »Frage ihn das!«

Regentropfen prasselten nieder.

»Wenn ihr euch unterwerft, wird der Krieg dann nicht enden? Aber die Sterblichen sehen die Dinge nie so einfach. Dann schließt einen Waffenstillstand und führt Friedensverhandlungen. Fordert eure Feinde auf, mit euch gemeinsam das Land zu verteidigen, und bietet ihnen an, ihre Klagen vor die Hasturs zu bringen, wenn die Grenze wieder ruhig geworden ist. Oder sprecht über eure Klagen in den Verhandlungen, legt dabei die Waffen zur Seite, damit die aufgestaute Wut nicht unter weiterem Blutvergießen hervorbricht.«

Plötzlich wankte und blinzelte D'Oleve und schaute wild um sich, als ob er sich nicht ganz sicher sei, wo er sich befände. »Er – er ist fort!« sagte er, und seine Stimme klang nun anders und merklich schwächer. »Der Ruf kam, während er sprach. Ein anderer Hastur, der verwundet war und müde vom Kampf im Norden, hat die Wache in diesem Turm übernommen. Und Narmasil Hastur steht jetzt auf den Ebenen von Kathor und sprüht Notfeuer auf die Schalen der Dyolen. Soll ich mit –«

»Nein«, antwortete Istvan. »Ich meine – ich *meine* zumindest, ich weiß, was ich jetzt tun muß.«

Als ein kalter Wind um Martos aufkam und ihm kühlen Regen ins Gesicht spritzte, schauderte er und erinnerte sich daran, wie sehr er die Hitze des alles verbrennenden goldenen Sommers verflucht hatte. Regentropfen prasselten auf das Metall seines Helmes.

Hinter ihm stolperten erschöpfte Männer durch den trostlosen Regen. Nicht einmal Suktio hatte etwas dagegen einzuwenden gehabt, als Martos ihnen befohlen hatte, zur Seite abzudrehen, fort von der seynyorischen Armee, die von Inagar heranmarschiert kam. Es war nur noch wenig Kampfeslust in ihnen zurückgeblieben.

Er hatte darüber nachgegrübelt, ob er versuchen sollte, diese

Streitmacht daran zu hindern, sich mit DiVega zusammenzutun – aber seine Kundschafter hatten von sechstausend Männern und mehr gesprochen, die frisch seien und zügig marschierten. Daher war es keine Schande, nach Osten zu marschieren, zu schauen, daß man ihnen aus dem Weg ging, für sie die Straße freizumachen und zu hoffen, daß sie nicht die Verfolgung aufnehmen würden.

Durch die Regenfäden hindurch sah er winzig in der Ferne einen Hirsch mit Geweih, neben dem zwei hornlose Kühe grasten. Das Tier warf seine königlich verzweigte Krone hoch und schaute ihn an. Dann drehten sich alle drei Tiere um und jagten davon. Männer und Pferde waren zu müde, um die Verfolgung aufzunehmen, also würden sie heute abend Pferdefleisch statt Wild essen müssen.

Er dachte an Valiros und biß die Zähne zusammen. Jetzt hatten sie alle Springer verloren, außer einer Handvoll Stuten, die in Massadessa zurückgeblieben waren. Es wäre kaum sinnvoll gewesen, sie zu holen, selbst wenn dazu noch Zeit geblieben wäre! Doch selbst das hätte das Lächeln nicht in Valiros' Augen zurückgebracht.

Dunkel und kräftig kam ein Kundschafter in brauner Rüstung aus dem Süden auf seinem kleinen Pony durch den geisterhaften Regen herangeprescht.

»Prinz Hansios Armee marschiert auf der Straße, Lord! Hört, und Ihr werdet die Muschelhörner hören können, die vor ihr her blasen!«

Martos horchte; durch das unregelmäßige Rauschen des Regens hindurch hörte er ein schwaches Klagen. Er hatte es schon seit einer ganzen Weile gehört, aber es war halb durch den Regen und die Hufschläge überdeckt gewesen. Er hatte angenommen, es sei dem Wind zuzuschreiben.

»Es ist ein großer Feind, Lord! Sie reiten auf guten Pferden, und ihre Rüstungen sind stattlich und bunt.«

Sie wandten sich nach Süden. Sie hatten nun den Wind im Rücken, und er war leicht angewärmt. Der Schrei der Hörner wurde lauter. *Hansio!* dachte Martos. Also lag das Ziel ihres

Marsches in greifbarer Nähe. Aber wie sehr unterschied sich doch dieses Treffen von Jagats Plan. Anstatt mit tausend Männern und zweitausend Pferden daherzukommen, mit stolzen Kriegern, die zur Schlacht bereit waren, würde er eine stolpernde, ihrer Begeisterung beraubte Truppe von verwundeten Soldaten auf überstrapazierten Pferden vorführen.

Tausende von Muschelhörnern schrillten über Meilen hinweg durch den Regen. Chandras Muschelhorn sang die Antwort. Während sie durch den sich ständig wechselnden Rhythmus des Regens weiterritten, stellte Martos sich grübelnd sein Zusammentreffen mit Jagat vor: Kumaris Gesicht war in seinem Geiste enttäuscht, Jagat runzelte die Stirn. Noch ein weiteres Gesicht tauchte auf: das von Thiondos. Es starrte ihn aus jenem Helm an, der unter den Hufen herumrollte.

Fünf undeutliche Gestalten kamen durch den grauen Regen herangeritten. Martos richtete sich auf. Es waren Grenzlandponys, aber die Männer auf ihren Rücken gehörten nicht zu seinen Kundschaftern. Grenzländerrüstungen trugen sie, aber auch die sahen irgendwie anders aus. Allmählich gewöhnte sich sein Geist an die Eigenart dieser Grenzländerrüstungen. Sie waren von anderer Art als die, die Jagats Männer trugen, und das Leder war mit bunten Lackarbeiten verziert.

»Mahavaraner!« sagte Ymros.

Ihre Rüstungen sind prachtvoll und vielfarbig, hatte der Kundschafter gesagt.

Sie ritten heran, und ihr lackiertes Leder war glänzendnaß und tropfte. Sie verbeugten sich in ihren Sätteln.

»Ihr seid die Armee von Lord Jagat?« fragte einer von ihnen höflich. Die Borde, die das Leder und die Metallbänder seines Brustpanzers mit den Schulterstücken zusammenhielten, waren gefärbt und durch merkwürdige golden und rot gestreifte Knotenreihen verknüpft, die ihm ein eigenartiges Aussehen verliehen.

»Ja«, antwortete Martos. »Ich bin Martos von Onantuga.«

Mein vertrauter Adjutant, hatte Jagat gesagt. Seine Ohren brannten.
»Kommt! Wir führen Euch zu unserem Lord und Prinz, Hansio von Mahavara.«
Dann ritten sie wieder durch die feuchtkalten Regentropfen, und seine müden Pferde schleppten sich hinter den Mahavaranern dahin. Ein weiterer Kundschafter kam aus dem Norden herangeprescht, um von einer anderen Armee zu berichten – achttausend Männer zu Fuß – aber die Mahavaraner lachten nur.
»Das ist der Rest eurer eigenen Armee«, sagte einer von ihnen. »Wärst du näher herangeritten, so hättest du das wirbelnde Schwert von Lord Jagat gesehen.«

Muschelhörner schrillten in Istvans Ohren, während er zum Lager zurückritt. Hinter den geschäftigen Rotroben, den Reihen von Lagern, auf denen die Verwundeten lagen und den friedlich grasenden Pferden sah er seine Männer in Formation auf der Böschung, die sich aus dem Staub erhob. Jenseits von ihnen, auf der anderen Seite der untiefen Wasserlache, die die Dämonenasche verbarg, verlief der Steindeich der Straße nach Osten, und in der Ferne wurde er von marschierenden Männern überschwemmt.
Das Rauschen des Regens verstummte allmählich. Weit im Norden sah er, wie schräge Barren transparenten Goldes den Himmel durchdrangen. Er beobachtete, wie Hansios Armee näher und näher kam. Seine eigenen Männer schienen Barrikaden auf der Straße zu errichten – obgleich er sich beim besten Willen nicht vorstellen konnte, welches Baumaterial sie wohl dazu benutzen würden, denn Rinmull hatte die meisten Bagagewagen und die zerbrochenen Speere und Pfeile verbrannt. Die Schwerter von Toten? Leere kadarinische Rüstungen?
Er mußte versuchen, Frieden zu schließen. Aber wenn er keinen Erfolg damit hätte – und mit Hansio Frieden zu schließen, schien ein ehrgeiziges und unangenehmes Unternehmen

zu werden, wenn er so recht darüber nachdachte –, wenn es keinen Erfolg hätte, mußte er vorbereitet sein.
Jenseits der stillen Leere des Wassers sah er die lange Kette von Männer langsam auf der Straße herankommen. Pferde verließen die dichtbesetzte Brücke und tummelten sich eine Weile im Wasser. Er lächelte, während er beobachtete, wie sie sich zurückkämpften.
Die Straße war blockiert. Aber der größte Teil von Hansios Armee befand sich ohnehin immer noch auf der anderen Seite dieses Teils des Staubs. Sie konnten sich einfach nach Norden wenden und sie umgehen.
Sein Geist beschäftigte sich intensiv mit jenem Gedanken, aber dann rief er sich selbst zur Ordnung. Die Strategie konnte warten. Im Augenblick war es seine Aufgabe, Frieden zu schließen, wenn ihm das gelänge. Er rief Rinmulls Herold und D'Oleve herbei.
Die feindlichen Rüstungen glänzten schwach unter dem bewölkten Himmel.

Martos konnte Hansios Vorhut zu seiner Rechten über den Staub reiten sehen, eine endlose Kette von Männern, die die Straße füllten und die im Westen zu verschwinden schienen. Die Muschelhörner wimmerten stolz über die Einöde.
Jagats Männer kamen aus dem Norden herangeeilt. Eine wahre Flut von Soldaten bedeckte das Gras. Langsam strebten die beiden Armeen aufeinander zu. Vielleicht würden sie sich sogar treffen, bevor er Hansio getroffen hätte.
Pferde grasten in großen Herden auf dem Gras vor ihnen. Ein Dutzend Männer, einige zu Pferd, andere zu Fuß, marschierten zwischen den Pferden hindurch und setzten ihren Weg nach Westen fort. Nicht alle Pferde waren Grenzlandponys, wie Martos sah. Viele waren von einer größeren Rasse, großgliedrig und wohlgenährt, mit langen, fliegenden Mähnen. Keines von ihnen war so schwer gebaut wie seine eigenen Kriegspferde, aber sie hatten die Züge von Kriegspferden. Pferde aus Kalascor, vermutete er und erinnerte sich daran,

daß die Provinz Ipazema schon immer für ihre Pferde berühmt war.
Ihr Führer hielt an und sagte zu Martos: »Eure Männer werden hier kampieren, Lord. Ich werde nach Heilern schikken, die Euren Verwundeten helfen werden. Wenn Ihr mir nun folgen wollt, werde ich Euch zu unserem Prinzen bringen.«
Martos übertrug Paidros das Kommando und nahm Suktio und Ymros mit. Er legte seinen Sattel nun Kriegsflamme auf.
»Wir sind hier umzingelt«, flüsterte Paidros Martos stirnrunzelnd zu, als dieser sich zum Abmarsch bereit machte. »Oder wir werden es spätestens zu dem Zeitpunkt sein, wenn wir das Lager aufgebaut haben. Ich mag das nicht. Es sieht ganz so aus, als würde Prinz Hansio seinen Verbündeten nicht allzusehr vertrauen.« Er gestikulierte aufgebracht. Krieger in glänzend nassen Lackrüstungen marschierten immer noch an ihnen vorüber. Und weiter weg in der Richtung, aus der sie gekommen waren, waren Männer bei der Arbeit, ein Lager zu errichten.
»Ich mag es auch nicht«, murmelte Martos, »aber ich denke, wir können nicht allzuviel dagegen machen.« Er blickte nach Norden. Lord Jagats Männer marschierten immer noch. Offenbar hatte Hansio nicht vor, sie nahe beieinander ihre Lager aufschlagen zu lassen, sondern zog es vor, seine Verbündeten zwischen seinen eigenen Männern zu verteilen.
Er machte sich Sorgen darüber, während er hinter den Mahavaranern hertrabte. In seinem Geist zählte er den Wald von Waffen, der plötzlich in der unfruchtbaren Einöde erwachsen war, und er fragte sich, ob dies tatsächlich Mißtrauen war oder bloße Taktik, eine Methode, um Lord Jagat zu einem von vielen Kommandanten in Hansios Gefolgschaft zu machen.
Er sah Jagats Armee anhalten. Ein wenig später sah er Reiter aus der Menge herankommen – eine Gestalt glaubte er wiederzuerkennen. Er brachte sein Pferd zum Stillstand, seine Finger griffen mit Abscheu nach dem schleimig nassen Leder der Zügel, und er bat den Führer zu warten. Schaute der

Mann ihn mit einer leichten Besorgtheit an? Er war sich nicht ganz sicher.
Jagat kam auf einem kleinen Grenzlandpony herangeritten, das zwischen den größeren und helleren kalascorischen Pferden seiner mahavaranischen Eskorte zwergenhaft und unscheinbar wirkte. Er sah traurig und müde aus. Hamir, der neben ihm ritt, wirkte sogar noch kleiner.
Martos galoppierte rasch heran, und Suktio und Ymros eilten, um ihren Lord zu begrüßen. War das Mißfallen, was er auf den Gesichtern der Mahavaraner las? Sie wirkten seiner Meinung nach nicht gerade glücklich. Aber Jagat war glücklich. Er lächelte, als Martos zu ihm ritt, und die Mahavaraner machten ihm Platz – gezwungenermaßen vielleicht, wegen Kriegsflammes Größe und Aussehen.
Jagat nahm Suktios und Ymros' Huldigung ruhig entgegen und wandte sich dann Martos zu. »Nun bist du also doch hier angekommen!« sagte er. »Ich hatte mir schon Sorgen gemacht.«
»Ich habe wieder versagt!« platzte Martos mit gerötetem Gesicht heraus. »DiVega jagte mich – fing mich. Die Hälfte der Pferde ist fort – einige von ihnen sind bei Vaj – Vajertuga oder so ähnlich übergelaufen, und andere sind zusammengebrochen, getötet worden oder an einer Kolik gestorben. Ich habe mehr als zweihundert meiner Männer verloren. Ich mußte das Schlachtfeld verlassen und mich zurückziehen.« Scham lähmte seine Zunge. Er spürte, wie sich das Stammeln allmählich aufbaute, und dann konnte er nicht mehr weitersprechen. Jagat schwieg. Martos spannte sich gegen die erwartete vernichtende Verachtung an, aber der alte Mann seufzte nur und schüttelte traurig seinen Kopf.
»Ich habe zu meiner Zeit selbst eine oder zwei Schlachten verloren, und ich mußte mich dafür dem alten König Olansos gegenüber verantworten«, sagte Jagat. »Und DiVega hat schon bessere Männer geschlagen als uns beide. Wir werden später noch darüber sprechen.«
Überall um sich sah er die Eskorte. Martos erkannte, daß auch

Jagat selbst vom Empfang durch Hansio unangenehm berührt war.
Sie ritten weiter und hielten vor einem Zelt an, das prachtvoll glänzte. Hier und dort deuteten leichte Verfärbungen im Stoff auf sein hohes Alter hin, aber es war von einer Pracht, die Martos sonst im Grenzland nicht erwartet hätte.
Zwei Wachen standen neben einem leeren Schemel. Ein Krieger in prachtvoll lackierter Rüstung verbeugte sich und bat sie, sich zu setzen; der Prinz würde bald zurückkehren. Er klatschte in seine Hände, und Wein wurde kredenzt.
Kaum waren sie aus den Sätteln gestiegen und hatten den Wein entgegengenommen, als hinter ihnen Unruhe aufkam. Ein Muschelhorn sang klar und hoch, und ein Pferd kam schlammspritzend herangeprescht – ein Pferd, das fast so groß und breit wie Donnerkopf war. Eine Gestalt in prachtvoller Rüstung aus rotbraunem Eisen sprang aus dem Sattel und schritt zum Zelt. Der Mann zog einen mit einem Geweih geschmückten Helm von seinem Kopf und gab so den Blick auf das darunterliegende schneeweiße Haar frei. Er setzte sich auf den bewachten Schemel und blickte mit stechenden gelben Augen aus einem Gesicht, das so dunkel war wie poliertes Holz. Überall verbeugten sich Männer tief. Hansio von Mahapor saß auf seinem Thron.
Martos staunte. *Das sollte der Fuchs sein?* Er sah eher wie ein Adler aus mit seinen bernsteinfarbenen Augen, die hell über dem dünnen Schnabel seiner Nase standen. Sein schlaffer weißer Schnauzbart verbarg den Mund.
Irgend jemand nannte ihre Namen, präsentierte sie Prinz Mahapor und bezeichnete sie als Diener von Jagat, dem Prinzen von Manjipé!
Hansio erhob sich sofort von seinem Schemel, um sie zu begrüßen. Er gab ihnen allen die Hand. Sein Griff war fest. Martos kam es so vor, als hielte er einen Stein in seiner Handfläche. Ein Blitz aus jenen gelben Augen nahm ihm die Müdigkeit aus dem Herzen, und er verstand plötzlich, warum die Männer Hansio sogar bis in den Schatten hinein folgten

und warum er durch all die Jahre von Olansos' Herrschaft eine Bedrohung für das Königreich geblieben war.

Aber dann, als Hansio sich wieder auf den Schemel gesetzt hatte, der ihm als tragbarer Thron diente, während der anerkannte Prinz von Manjipé immer noch wie ein Bittsteller vor ihm stand, schauderte irgend etwas in Martos zurück vor dem abgebrühten und zynischen Zurschaustellen von Charme und Macht. Seinen Augen eröffnete sich hier ein schwindelerregender Ausblick auf eine goldene Maske, auf eine einzige unmäßige Tugend: Königlichkeit, die nicht mit Höflichkeit vermischt war, die verdorben war durch den Unrat schrecklichen Eigennutzes.

In seinem Geiste suchte er fieberhaft nach Zitaten von den kadarinischen Philosophen, und sie schwärmten aus wie Fischschwärme, die nach ganzen Wolken von Fliegen schnappten: Eldir – *Es ist die Aufgabe eines Königs oder eines Lords, die Menschen zu seiner Höhe zu erheben,* Atrion – *Talent ist eine Gabe, die man für alle Menschen nutzen muß, auf daß die Welt erneuert werde. Aber der Kaufmann wird es dazu benutzen, um von der Welt zu stehlen...* Und noch viele andere, bis es ihm so vorkam, als würde in seinem Innern eine Vielzahl von Stimmen schreien.

Als Martos Lord Jagat immer noch bescheiden wartend stehen sah, zwang er seine Zunge, sich zu bewegen, zwang seiner Stimme Stärke ab, wandte seine Augen dem Offizier zu, der sie begrüßt hatte.

»Du da!« Seine Stimme klang rauh und grob, und er kämpfte beim Reden gegen das Stottern. »Ein Sitz für den Prinzen von Manjipé!«

»Wie wahr!« Die Erregung über Hansios Gegenwart war nun genügend abgekühlt, so daß Martos jetzt die Schönheit seiner starken, sonoren Stimme und die sorgfältig gewählten Worte wahrnehmen konnte. »Ein Sitz für unseren königlichen Vetter, den Prinzen Jagat!«

Die Blicke des Hofbeamten straften Martos mit Verachtung, doch dann eilte er davon. Nach einem kurzen Augenblick des

Rumorens und der Geschäftigkeit kam ein Soldat mit einem zweiten Schemel herbeigeeilt. Suktio nahm ihn dem Mann sogleich aus der Hand, und Jagat setzte sich mit aller Würde darauf. Suktio warf Martos einen beifälligen Blick zu.

Hansios Augen ruhten immer noch auf Martos, und jetzt sprach die volle, goldene Stimme wieder: »Man hat mir berichtet, es seien frisch verwundete Männer angekommen mit – Martos von Onantuga.« Er gab sich große Mühe bei der Aussprache des fremdartigen Namens, aber dennoch brachte er es mit einer falschen Akzentuierung heraus. Martos mußte sich ein Lächeln verkneifen. »Ihr habt also gekämpft. Berichtet mir darüber.« Er versuchte gar nicht erst, den herrischen Ton seiner Stimme zu verleugnen, selbst wenn er einen Grund dazu gehabt hätte. Martos schluckte. Das Stammeln drohte seine Zunge zu lähmen, und wieder erfaßte ihn Scham – doch gleichzeitig erhob sich ein Stolz in ihm, dagegen anzukämpfen. Lord Jagat hatte ihm bereits vergeben; und Hansio von Mahapor war er keinerlei Rechenschaft schuldig.

»Eine Streitmacht, die von Istvan DiVega selbst geführt wurde, fing mich auf dem Weg zu Eurer Armee ab«, sagte er. »Wir kämpften, und ich wurde zum Rückzug gezwungen.«

Die goldenen Augen hatten ihn unentwegt angeblickt. Er schloß seinen Mund und fühlte, daß seine Zunge wieder kurz davor war, sich zu verselbständigen. Hatte er genug gesagt? Wie umfassend mußte der Bericht sein, der von ihm erwartet wurde?

»Wie viele Männer hat DiVega?« Die Stimme glich nun einem leichten Peitschenknall, und Martos sprang fast in die Luft. Für eine Sekunde war sein Geist von der Scham getrübt, zugeben zu müssen, daß DiVega ihn besiegt hatte, ohne auch nur einen einzigen Mann mehr als er selbst gehabt zu haben. Dann klärte sich sein Kopf und der gesunde Menschenverstand kam ihm zu Hilfe.

»Er müßte jetzt etwa achttausend Männer haben«, sagte er. »Aus dem ganzen Lande haben sich Kämpfer um ihn gesammelt.«

»Während meine Soldaten hierhermarschierten«, sagte Jagat,

»berichteten mir meine Kundschafter von einer von Manjipor kommenden Streitmacht von mindestens dreitausend Mann, wahrscheinlich sogar mehr. Die kommen zu den sechstausend hinzu, die er vor Inagar gelassen hatte und die abmarschierten, um sich ihm anzuschließen, als wir die Stadt verließen. Ich würde meinen, daß seine gesamte Streitmacht irgendwo zwischen zwölftausend und vierzehntausend Mann liegen müßte, und die meisten davon sind Seynyorer.«

Hinter dem verschleiernden Schnauzbart blitzten weiße Zähne auf. Der Fuchs schaute hinter der Adlermaske hervor.

»Dann haben wir ihn!« Dies war fast geflüstert, aber dann veränderte sich die Stimme und klang nun keck: »DiVega hat einen Abgesandten geschickt, zweifellos um Frieden zu erbitten. Er wurde durch meine Vorhut entlang der Straße zu mir geführt. Ich lade Euch ein, Vetter Jagat, dabei zu sein, wenn er die Antwort erhält.« Seine Stimme hatte so geklungen, als würde er dem anderen ein kostbares Geschenk überbringen lassen, doch jetzt änderte sie sich plötzlich und wurde hart vor Erregung. »Wir werden sie zerquetschen!« Die riesige Gestalt erhob sich vom Schemel, und eine knorrige Faust ballte sich in der Luft, als wären DiVega und sein Heer darin. »Wenn meine Hauptarmee zuschlägt, haben wir sie! Und ich werde den Tod unserer beiden Söhne rächen!« Seine Augen suchten die von Lord Jagat und bezwangen sie.

»Ich werde DiVega mit diesen Händen töten, mit diesem Schwert.« Eine Hasturklinge fuhr blitzend aus ihrer Scheide. »Genauso, wie er meinen Sohn getötet hat – und Euren Sohn! Ich werde ihn mit ebensowenig Gnade töten wie ich sie einem Nachtwesen erweisen würde.«

»DiVega?« fragte Jagat. »Was hat der denn zu tun mit –«

»Er war es, der unsere Söhne tötete!« Hansio brüllte, und in seiner Wut hatte sich der Wohlklang seiner Stimme verloren. Sie wurde zu einem schrillen Schrei. »Sein Schwert löschte ihre beiden Leben aus, als sie einen harmlosen Streich spielten! Er tötete sie, um die ekelhaften Kaufleute und Geldverleiher zu schützen, die unser Land besudeln, während sie gleichzeitig seinen Lohn bezahlen!«

»Etwas Derartiges habe ich bisher noch nicht gehört«, sagte Jagat mit verblüfftem Gesicht und mit lauter, besorgter Stimme.

»Meine Männer berichteten es mir, die es wagten, ohne meinen Sohn nach Tarencia zurückzukehren!« Hansio schrie jetzt fast. »Drei Schwertstreiche, und die alte Familienlinie war vernichtet! Drei Schwertstreiche: drei Männer tot, und nur noch zwei Frauen sind übrig, um das Blut der ältesten Adelslinie der Welt weiterzugeben! Aber er rettete das Geld der Kaufleute!

Doch jetzt bin ich an der Reihe! Auch er trägt eine Hasturklinge, sagte man mir; aber das wird ihn nicht retten. Ich habe auch schon früher Schwertkämpfer aus dem Norden erschlagen! Ich habe entlang der ganzen Grenze gekämpft. Er wird mir nicht entkommen!«

Jagat runzelte die Stirn. Seine Augen begegneten denen von Martos, und plötzlich erinnerte sich Martos an Jagats Worte in Inagar – *Er ist verrückt!*

Die riesige Gestalt schritt jetzt auf und ab, und sein gezogenes Schwert brannte in seiner Hand. Martos spürte, wie er selbst zurückwich und sich vor der furchtbaren Energie dieses Mannes duckte.

Hansio hielt im Gehen inne und stand dann stierend da. Mit einem ungeduldigen Zischen seines Atems steckte er sein Schwert zurück in die Scheide, schritt langsam zurück zu seinem Schemel und setzte sich wieder hin.

»Wir werden das Land für immer vom Gestank der DiVegas säubern«, sagte er nach einer kurzen Pause. Seine Stimme klang nun wieder ruhiger. »Keiner von ihnen wird übrigbleiben, um von Tarencia aus zu regieren! Wir werden uns nach Norden wenden, nachdem wir das Blut unserer Söhne gerächt haben, und dann werden wir das verfluchte ausländische Joch abwerfen.«

Jagat schwieg. Als Martos aufblickte, sah er ganz klein in der Ferne eine lange Reihe sich langsam bewegender Wagen. Männer arbeiteten an den Rädern, zogen sie aus dem Schlamm. Hansios riesige Armee rückte wie ein Schwarm von Ameisen aus den Einöden nach Osten vor.

Obgleich der Regen aufgehört hatte, schmerzten Istvans Gelenke so grimmig, daß der Schmerz seiner Wunde dagegen in seinem Geist geringfügig wurde. Aber immer noch war er beschäftigt. Er biß die Zähne zusammen, blickte über das Land und hoffte, daß er nicht noch eine weitere Schlacht auf diesem Gelände würde kämpfen müssen.

Mit Arjun DiFlacca und einem der Seher ritt er an den Rand des Schattens, um einen genaueren Blick auf die Mauern der eingestürzten Ruinen dort zu werfen. Einstmals mußte dies wohl eine Stadt von ansehnlicher Größe gewesen sein. Die aufgehäuften Steine erstreckten sich in geordneten Reihen über die Grenze, die nur die Legende genau bezeichnen konnte. Was einstmals turmhohe Mauern gewesen waren, war jetzt nur noch brusthoch oder hüfthoch. Es gab Stellen, wo Istvan über sie wegsteigen konnte. Von anderen war der obere Teil heruntergefallen, so daß es gefährlich wäre, sie zu begehen. Auf dieser Seite der Grenze bedeckte das Gras alle Steine bis auf die größeren, wirkte aber, je näher es am Schatten wuchs, krank und gelblich. Auf der anderen Seite waren bleiche Grasbüschel zwischen den Steinen verstreut, und dann verschwanden auch diese, so daß die Steine auf nacktem Boden unter dem sonnenlosen Himmel standen.

Istvan humpelte zwischen den Ruinen her und stützte sich dabei auf seinen Bogen. Als er nach Süden in die Düsternis blickte, erschrak er, denn er glaubte dort winzige Gestalten zu erkennen, die sich weit entfernt in der Dunkelheit bewegten. Aber das Dunkel war zu dicht, und er war sich nicht sicher. Zweimal glaubte er, ein weitentferntes Heulen, wie von vielen Stimmen zu hören, aber das konnte ebensogut der Wind gewesen sein.

Er stand hinter einem hüfthohen Teil der Mauer und blickte nach Osten. Die Bruchsteine vor der Mauer würden die feindliche Kavallerie abbremsen, und sogar Fußsoldaten würden dadurch behindert.
Ein Plan nahm in seinem Geist Gestalt an. Wenn er Glück hatte – wenn sie alle Glück hätten, alle, beide Seiten –, so wäre dies vergebliche Mühe. Er richtete seine Augen in die Höhe, um über das Gras zum Dämonenstaub in der Ferne hinüberzuschauen. Irgendwo dort draußen würden D'Oleve und Rinmulls Herold auf Lord Hansio treffen, irgendwann in den nächsten Stunden.
Er fragte den Seher und hörte von ihm, daß D'Oleve noch immer auf dem Weg sei. Er entblößte seine Zähne. Sorgfältig auf jeden Schritt achtend erhob er seinen Bogenstab mit beiden Händen und durchschnitt die Luft über der Mauer mehrere Male damit. Er nickte in sich hinein: keine Frage, Eisenfaust Arac würde diese Position halten können!
Dann runzelte er die Stirn und schüttelte den Kopf. Die Anzahl der Feinde war zu hoch. Er würde sich mit achtzehn- oder neunzehntausend Männern auseinandersetzen müssen, wenn Jagats Armee sich mit der Hansios vereinigen würde. Vielleicht waren es sogar zwanzigtausend.
»Mein Lord!« Es war die Stimme des Sehers. Istvan wendete sich um. »Rupiros D'Ascoli hat das Lager mit sechstausend Männern erreicht. Außerdem gibt es auch Nachricht von Lord Maldeo, die besagt, daß eine große Streitmacht sich von Norden und Westen her nähert, von Orissia. Er schätzt sie auf dreitausend Männer.«
Orissianer! Aber auf welcher Seite mochten sie stehen?

Damenco muß sich schon im Zwielicht befinden, dachte Martos und beobachtete die Zwillingssonnen, die allmählich hinter dem fernen Schatten im Westen verschwanden.
Er hatte plötzlich ungeheures Heimweh nach Suknia und erinnerte sich an das Schlafgemach, in dem er Kumari so oft besucht hatte. Dort war zweifellos auch ihr gemeinsames

Kind empfangen worden. Würde er es jemals sehen? Wütend über sich selbst schüttelte er den Kopf. Was war dies nur für ein Unsinn? Natürlich würde er das, wenn dieser dumme Krieg nur erst einmal vorüber wäre.
»Wir können natürlich nicht über den Staub vorrücken«, sagte Hansio soeben. »Meine Vorhut, die schon auf der Straße ist, wird sie beschäftigen, während die Hauptstreitmacht einen Kreis nach Norden schlägt.«
Feuer waren angezündet worden. Die Mahavaraner hatten einen für ihre Begriffe unermeßlich großen Schatz an Holz aus der Kantara mitgebracht.
Ein Reiter galoppierte heran, und nachdem er sich vom Pferd geworfen hatte, rannte er zu der Stelle, wo Hansio mit Lord Jagat stand, und fiel auf die Knie.
»Die Botschafter kommen, mein Prinz!« Er verbeugte seinen Kopf bis auf den Boden und entfernte sich dann.
Hansio richtete sich auf, und seine Zähne glitzerten weiß. »Nun! Sollen wir sie anhören, Vetter?« Ohne die Antwort abzuwarten, wandte er sich um und gestikulierte, und Männer kamen mit den beiden niedrigen Schemeln herbeigeeilt, die als Throne für Jagat und ihn selbst dienten.
Mit Hamir, Ymros und Suktio stand Martos hinter Jagat, während einige von Hansios Generälen hinter dem anderen Thron stand. Fackeln wurden gebracht, denn das Licht verschwand allmählich vom Himmel. Ein blasser rosa und weißer Schimmer erschien über dem schwarzen Band, das den Horizont im Westen begrenzte. Jenseits des Staubes wirkte Vajrakota wie ein schmaler Lichtstreifen.
Reiter näherten sich. Hoch über den kalascorischen Stuten schwankte ein hageres seynyorisches Kriegspferd, und an seiner Seite das einzige Grenzlandpony. Zwei Männer stiegen aus den Sätteln und schritten zum Thron. Die übrigen ritten davon.
Der eine war groß, falkenähnlich, und sein langes Gesicht wirkte bleich unter dem dunklen, leicht rötlichen Haar. Er trug seynyorische Hofkleidung – den kadarinischen Stil von

vor zehn Jahren, wie Martos mit einem Lächeln bemerkte. Weiße Spitzenmanschetten und die enge Halskrause waren leicht vergilbt und auch nicht perfekt gestärkt, aber das war unter diesen Umständen wohl auch zuviel verlangt.
Sein Gefährte, der in Grenzländertracht gekleidet war, die so gut gepflegt war, daß sie fast wie neu wirkte, trat vor. Sein dunkles Gesicht saß auf dem Schädel eines fetten Mannes, ein rundes Gesicht, dessen breite Wangenknochen aus den mageren Wangen weit hervortraten.
»Ich bin der Herold von Rinmull von Ojaini, und dies –« er wies auf den anderen – »ist der Repräsentant von Istvan DiVega, dem Kommandanten der Söldnerheere, die dem Hof des Chondos, des Königs von Tarencia, dienen.
Unsere Herren haben uns gebeten, Hansio, dem Prinzen von Mahapor, und Jagat, dem Lord von Damenco, folgendes auszurichten: In der vergangenen Nacht überquerten Nachtwesen die Grenze, und dies zum erstenmal seit vielen Wochen, da sie das Blut der Schlacht gerochen hatten. Sie suchten nach dem Fleisch der Toten. Aber sie wurden vertrieben, doch weder durch sterbliche Menschen noch durch die Hasturs, sondern durch einen ihrer eigenen Meister, einen Vampir, der aus dem Schatten kam und sie zwang, das Schlachtfeld zu verlassen.«
Unruhe erfaßte alle, die dies hörten. Jagat saß aufrecht, und sein Gesicht wurde sehr nachdenklich. Doch Hansio saß starr wie ein Stein.
»Denkt über dies nach, Lords von der Grenze! Seit der König starb, hat kein Überfall der Nachtgänger das Land mehr heimgesucht. Euer Vieh und eure Häuser sind seitdem ungestört gewesen. Ist das nicht merkwürdig? Wir wissen, daß fern im Norden die Kinder Hasturs gegen die größten Schrecken der Dunklen Welt kämpfen. Und doch ist es hier ruhig. Und wenn die Diener der Dunklen Lords die Grenze überqueren, werden sie zurückbefohlen! Ist das nicht fürwahr seltsam, ihr Männer des Grenzlandes?« Er pausierte und schaute um sich. Nur Hansio saß kalt und unbewegt da.

»Die Toten – und nicht nur tote Seynyorer, sondern auch Kadariner und Manjipéaner – ruhen nun im Turm von Vajrakota. Narmasil Hastur war der Wächter in jenem Turm, als wir die Toten dorthin brachten. Er bittet uns, Frieden zu schließen, weil er meint, dies sei eine ungünstige Zeit für Sterbliche, einander zu bekämpfen. Laßt uns diesen irrsinnigen Krieg beenden und uns zusammentun, um das Land zu verteidigen, und unsere Klagen vor die Hasturs bringen, wenn die Grenze hier wieder ruhig ist. Oder laßt uns nun ein Gespräch führen, um unsere Klagen zu bereinigen, und unsere Waffen zur Seite legen, während wir planen, die Grenze zu verteidigen und zu bewachen.
Ist es nicht offensichtlich, daß dieser Krieg nur den Dunklen Wesen dient? Sie warten, warten darauf, daß wir einander töten und das Land ungeschützt zurücklassen – für sie. Wenn wir einander umgebracht haben, werden unsere Frauen und Kinder zurückbleiben und den Kreaturen des Schattens ausgeliefert sein. Bedenkt dies wohl, ihr Lords des Grenzlandes! Ihr Nachkommen der takkarischen Könige! Schon fast das gesamte alte Reich ist aufgefressen worden, während die Erben des alten Geblütes sich gegenseitig bekämpfen. Soll denn gar nichts mehr übrig bleiben von jenem alten Land, von jenem alten Geblüt? Das ist genau das, was sich die Lords der Dunklen Wesen wünschen. Laßt uns ihren Plan vereiteln und Frieden schließen.«
Unter den Grenzländern entstand ein schwaches Gemurmel. Jagat räusperte sich, als wolle er sprechen.
Hansio sprang auf die Füße. »Du Narr! Du Hund der DiVegas!« Seine goldene Stimme glich nun einem Trompetenruf, der alle übrigen Stimmen ertränkte, jeden anderen Gedanken. »Herold von Ojaini? Ah, wie schlau von den DiVegas, dich als ihr Mundstück zu benutzen und ihren eigenen Mann schweigend hinter dir stehen zu lassen. Es ist zu spät, das alte Blut zu retten. Istvan DiVega hat es schon vergossen, hat beide Erben in direkter Linie der arthavanischen Könige erschlagen! In der ältesten königlichen Dynastie der Welt gibt es keinen männli-

chen Erben mehr! Die männliche Linie ist ausgestorben. Euer Meister hat dafür gesorgt, damit es keinen anderen Anspruch gäbe außer dem des Emporkömmlings der DiVegas, der in Tarencia auf dem Thron sitzt!«

Hansios schreckliche Gegenwart beherrschte alle übrigen Anwesenden. Hamir griff nach seinem Schwertknauf. Suktio hatte seine Zähne entblößt. Ein Seufzer, der einem Knurren glich, entfuhr den Kehlen der Grenzländer um ihn.

»Rinmulls Herold, aha – aber mit einem seynyorischen Spion an seiner Schulter, einem seynyorischen Seher, der darauf achtet, daß er spricht, was sein seynyorischer Meister ihm aufgetragen hat!

Berichte uns, Seynyorer, vom alten Ruhm der takkarischen Linie, jetzt, nachdem ihr sie beendet habt! Werden eure Töchter jetzt DiVegas heiraten, um ihr Erbe in eure Hände zu bringen?

Wir werden weder vor Chondos DiVega noch vor Istvan DiVega kriechen! Was haben die DiVegas mit dem Erbe der takkarischen Könige zu tun?

Ihr sagt, wir sollten uns vor den Dunklen Wesen hüten. Ihr sagt uns, wir sollten uns fürchten, wenn sie uns *nicht* angreifen, und ihr sagt uns, daß sie unsere Kinder töten werden. Aber unsere Kinder hat ja schon ein DiVega getötet!

Geh zurück zu deinem DiVega-Meister, du Lecker seynyorischer Knochen! Mach, daß du fortkommst, oder ich werde den althergebrachten Umgang mit Botschaftern vergessen und die Welt von einem Verräter am Alten Blut befreien. Du auch, du seynyorischer Spion! Dafür ist morgen auf dem Schlachtfeld Zeit! Kehr um und berichte deinem Meister, daß die Söhne der Takkarer das Land bewachen! Wir haben die Dunklen Wesen seit tausend Jahren bekämpft und brauchen keine Schwertverkäufer aus dem Norden, um uns zu lehren, wie man das macht! Und es ist besser, wenn das Land von den Dunklen gegessen wird, als daß der Mörder meines Sohnes es beherrscht! Ich habe nicht mein Leben damit verbracht, das Land zu verteidigen, damit es mir am Ende ein DiVega abnimmt! Packt euch fort! Unsere Töchter und Kinder werden dieses Land regieren, nicht Fremde, die durch Kaufmannsgold angeheuert wurden, um unsere Söhne zu töten und unsere Frauen zu besudeln!«

Martos wich zurück. Zweimal hatte Jagat zum Sprechen angesetzt, und zweimal war er vor der Barriere von Hansios Stimme zurückgeschreckt. Jetzt hörte Martos, wie er erneut Atem holte, um zu sprechen. Aber dann zögerte er, rieb seine Finger über Augen und Brauen und schüttelte seinen Kopf.

Während Jagat weiterhin schwieg, sagte der Seynyorer mit bleichem Gesicht: »Wir bieten Euch Frieden an und unsere Hilfe bei der Verteidigung des Landes. Es gibt keine Antwort« – seine Stimme fing an zu zittern – »keine Verteidigung gegen diese Verrücktheit, die Ihr da aussprecht. Laßt nicht Euren Haß für die Dunklen Wesen arbeiten! Wollt Ihr nicht –«

»Nein!« knurrte Hansio, und seine Stimme war nun alles andere als schön. »Sage deinem Meister, daß wir ihn morgen auf dem Schlachtfeld zerquetschen werden, und daß ich selbst mit dieser alten Hand sein Blut unserer Lady, der Erde geben und so den Mord meines Sohnes rächen werde! Den Mord an beiden Zweigen des alten Geblüts! Und nun mach, daß du fortkommst, du seynyorischer Kobold! Das Land schreit nach deinem Blut!«

Im Norden, in Tarencia spürte Jodos, wie Shacchio sich unter den feingesponnenen Ranken des Geistes bewegte, die das Schloß erfüllten und sich langsam in der ganzen Stadt ausbreiteten. Er befahl der Frau, die zu seinen Füßen kniete, ihn loszulassen, und nachdem er sie roh von sich gestoßen hatte, brachte er seine Kleider wieder in Ordnung.

Angekündigt von einem halbirren Diener trat Shacchio eilig ein. »Lord König!« begann er. Als er dann die Frau sah: »Verehrte Lady!« Eine rasche Verbeugung folgte. »Ich bitte um Verzeihung. Kommandant DiVega schickt uns wichtige Nachrichten. Prinz Hansios Armee ist in der Nähe, und es ist ihm nicht gelungen, Frieden zu schließen.«

Jodos hatte schon einen Teil der Botschaft gesehen, die im Geist des alten Mannes an der Oberfläche trieb, und dies ließ ihn fast schon die unwillkommene Unterbrechung vergeben, obgleich sein Atem immer noch zitterte. Sie blieb an der gleichen Stelle stehen, wo sie hingefallen war, als er sie von sich gestoßen hatte, obgleich sie sich erhoben hatte, noch bevor Shacchio den Raum betreten hatte. Er stellte sich vor, das Fleisch von Shacchios Knochen zu schneiden. Der alte Narr würde wahrscheinlich viel zu schnell sterben, als daß es interessant werden würde.

»Lord Jagat ist auch dort«, sagte der Seher, »mit seiner ganzen Armee, so daß DiVega zahlenmäßig fast zwei zu eins unterlegen ist. Er sammelt seine Männer, so schnell er kann, und sicher wird es am Morgen zu einer Schlacht kommen.«

Und nach der Schlacht, wer auch immer sie gewinnen mochte, würde die Grenze fast ohne jeden Schutz sein. Jodos schaute auf die Frau auf der anderen Seite des Raumes mit ihren hohlen, betörenden Augen. Bald würde er essen können. Wirklich essen. Nicht sie, noch nicht, nicht, bevor sein Laich reif war; aber andere, wie sie. Und er würde sie zuschauen lassen, damit sie wußte, was auf sie zukam. Er würde ihr befehlen, ihn zu liebkosen, während er aß.

»DiVega bittet Euch, ihm Truppen nach Süden zu senden – nicht um ihm zu helfen, denn die Schlacht wird vorüber sein, lange bevor irgendeine Truppe ihn erreichen kann, aber um anschließend die Grenze zu verteidigen. Denn fast jeder Mann an der Grenze wird in dieser Schlacht auf einer der beiden Seiten stehen. Und viele werden sterben.«

Jodos kämpfte gegen ein triumphierendes Lächeln an, das seine Lippen zu erfassen drohte, und schaute zu Boden, um den Glanz in seinen Augen zu verbergen.

»Er sagt, er fürchte sich fast mehr davor zu gewinnen als zu verlieren«, fuhr der alte Seher fort. »So viele Grenzländer sind in den beiden Armeen von Jagat und Hansio versammelt. Er fürchtet, daß es ihn soviel Kraft kosten könnte zu gewinnen, daß der größte Teil beider Armeen fallen wird. Und außerdem befürchtet er, daß, ganz gleich, wer gewinnt, die Grenze danach völlig schutzlos sein wird.«

Jodos ließ seinen Kopf auf die Brust sinken und erhob seine Hände zum Gesicht. Shacchio dachte, der König sei zutiefst ergriffen von seinem Bericht, aber Jodos versteckte nur das fürchterliche triumphierende Grinsen, das sich einen Weg zu seinen Lippen bahnte.

Ganz gleich, wer gewinnen würde, die Großen würden herrschen. Sie würden einen weiteren Teil der Welt übernehmen, die die Namenlosen ihnen weggeschnappt hatten! Es spielte keine Rolle, wer gewinnen würde! DiVega würde nur um den Preis gewinnen, daß die Grenzländer ausgelöscht würden. Wenn Hansio und Jagat gewannen, würden sie ihre riesige Armee gen Norden führen und die Grenze schutzlos zurücklassen.

Sobald sie die Stadt erreicht hätten, wäre die Zeit gekommen, das Signal zu geben, das den Meister herbeirufen würde! Bevor Hansio seine Armee umwenden könnte, würde das Land verschlungen sein. Die Frauen und Kinder, die in den Grenzburgen zurückgeblieben waren, wären dann köstliche schreiende Fleischfetzen. Mahapor und das alte Manjipor, Inagar und Ojaini, sie alle würden vom Schatten bedeckt werden. Dämonen würden die alten Bäume der Kantara verschlingen. Und wenn die Grenzländer sich heimatlos und hoffnungslos dem Schatten zuwenden würden, würden die kleingeistigen Soldaten aus der Stadt sie von hinten anfallen.

Ja, es ist besser, wenn DiVega verliert, entschied er.

»Jagat und Hansio haben ungefähr zwanzigtausend Männer«, fuhr Shacchio fort. »Außerdem nähert sich eine Armee von dreitausend Männern von Orissia her. Sie haben sich noch nicht eindeutig für eine Seite ausgesprochen, aber wir wissen, daß Agenten aus Portona in Orissia schon vor Monaten Unruhe gestiftet haben. Deshalb sieht die Lage wirklich sehr ernst aus. Er hofft, daß Eure Majestät ihm gnädig sein wird, wenn er verliert, und bittet Euch daran zu denken, daß die Grenzländer der Schild des Königreiches sind.«

Jodos hatte sein Gesicht bis jetzt beherrschen können. Er schaute am Seher vorbei zu der Stelle, wo die Frau auf ihn wartete. Es würde noch viele Monate dauern, bevor sie reif genug zum Essen wäre, aber er könnte vielleicht doch hier und da ein wenig wegnehmen. Schon jetzt hatte er an Stellen, wo man es nicht sehen konnte, sehr, sehr winzige Bissen abgebissen: ihr Haar verbarg ein zerfleischtes Ohrläppchen, und eine weitere Stelle war unter ihren Kleidern verborgen. »Lord Istvan sagt, er sei sich jetzt sicher, daß die Dunklen Wesen ihre Zeit abwarten, und daß sie alles wissen, was im Königreich passiert. Nachtgänger kamen nach der letzten Schlacht auf das Schlachtfeld, doch sie wurden von einem Vampir zurückbeordert. Er sagt, die Dunklen Lords hielten ihre Diener zurück und versuchten, uns dazu zu verleiten, sie zu vergessen, während sie gleichzeitig die Hasturs im Norden beschäftigt hielten.«

DiVega hatte den Plan erraten! Das könnte ernste Folgen haben – aber DiVega würde schon bald tot sein.
Wenn dieser alte Narr nur zu reden aufhören und gehen würde! Jodos war so erregt, daß er fast bereit war zu laichen. Nur noch ein paar Tage! Er müßte schleunigst darüber nachdenken, mit welcher Frau bei Hof er beginnen sollte. Er würde eine ihrer besten Freundinnen auswählen; das würde die Sache interessanter machen. Er würde in ihren Geist schauen müssen, um zu sehen, wessen Tod sie am meisten träfe.
Shacchio betrachtete ihn aufmerksam. »Ihr müßt – ihr *müßt* – morgen Befehle geben, Lord König! Diese Sache ist äußerst ernst. Obgleich« – er lächelte und warf einen raschen Blick auf das Mädchen in der Ecke hinter ihm – »ich sehe, daß ihr jungen Leute andere Dinge im Sinn habt. Aber diese Situation ist äußerst schwerwiegend, und es muß schnell etwas geschehen.« Jodos schaute wütend vor sich und verlor fast die Kontrolle. Wie konnte dieses Ding, diese Kreatur es wagen, solch einen fauligen Gedanken zu haben! Er wurde schließlich nicht von den gleichen krankmachenden animalischen Instinkten

beherrscht wie die Sonnenleute! Wie konnte dieser alte Narr so etwas wagen!
Aber er besann sich rechtzeitig und setzte ein weiches, schafgesichtiges Lächeln auf. Seine Ohren fühlten sich heiß an, was eigenartigerweise genau das zu sein schien, was Shacchio erwartete. Die Erinnerungen seines Bruders kamen ihm zur Hilfe, und er wünschte dem alten Mann förmlich eine gute Nacht, schaffte es sogar, in einem Scherz den Punkt einzuflechten, den er nicht verstand. Wie lieblich war das Blut in ihrem Gesicht, als sie es hörte! Er leckte sich über die Zähne. Zumindest war dieser alte Narr jetzt fort! Er hatte ihr befohlen, ihren Umhang abzuwerfen und so die neuen Wunden an ihrem Körper zu entblößen. Und dann mußte sie niederknien und ihn so lange streicheln, bis er in ihre Hand laichte. Er leckte ihre Handflächen sauber und beseitigte den Geschmack aus seinem Mund, indem er ihre Handfläche mit seinen scharfen Zähnen aufriß und soviel Blut trank, wie er wagte. Er durfte sie nicht zu sehr schwächen; er wollte sie stark für die Qual, die er für sie für die Nacht geplant hatte, und sie würde dann ohnehin noch genug Blut verlieren.
Aber dann, als er darüber nachdachte, fühlte er sich zu schwach und zu angenehm. Es war schon seltsam. Jedesmal nach dem Laichen schien er weniger Energie zu haben statt mehr. Er nahm an, daß dies so war, weil sein Laich keine Zeit hatte zu essen, bevor er ihn wieder in sich aufnahm. Er schaute zärtlich durch ihren Magen auf das, was sich dort entwickelte. Das würde eine andere Sache werden. Es wuchs schon recht ansehnlich.
Wenn die Großen laichten, gewannen sie viel Macht dadurch, denn ihr Laich, die Dyolen und Dämonen und so weiter, war in der Lage, so viele verschiedene Energiequellen zu vernichten, und dann, wenn die Eltern sie wieder in sich aufnahmen, war alle Macht, die sie erlangt hatten, in ihnen angesammelt – wenn die Eltern sie überhaupt einfangen konnten . . . wenn sie nicht gar so mächtig wurden, daß sie statt dessen die Eltern verschlangen.

Das war der Grund, weshalb es Acht Dunkle Lords gab statt einem und so viele niedere Dämonen. Früher oder später würden sie alle vom Überlebenden aufgenommen werden. Aber das konnte noch lange Zeit dauern, wenn das gesamte Universum des Lichts und all die anderen Universen jenseits von ihm absorbiert worden wären. Und dann könnte er vielleicht selbst schon mächtig geworden sein, er könnte gar selbst der Überlebende sein!
Aber zuerst mußte er einmal diese zerbrechliche sterbliche Gestalt überwinden.

Martos geleitete mit Suktio und Ymros zusammen Jagat und Hamir zurück zu ihrem Lager. Hamir und Suktio lachten und scherzten, aber Jagat brütete vor sich hin.
»Mit den Seynyorern haben wir keine Last mehr!« schnaubte Hamir, und ihm entfuhr dabei ein bitteres Lachen. »Nicht einmal Istvan der Bogenschütze kann sie davor retten! Wir werden sie zermalmen!«
Jagat starrte. »Zweifellos«, sagte er mit lebloser Stimme. »Aber sollen wir das wirklich?« Hamir wandte sich um und starrte ihn an.
»Aber mein Lord«, setzte Suktio langsam an. »Prinz Hansio –«
»Ist verrückt«, sagte Jagat und schnitt ihm damit das Wort ab. Er schüttelte seinen Kopf. »Vielleicht sind wir beide verrückt.« Sie starrten ihn an.
»Ich hätte sprechen sollen«, murmelte Jagat, wie zu sich selbst. »Ich *hätte* sprechen sollen. Aber jedesmal – zweimal versuchte ich zu sagen, er solle DiVegas Angebot annehmen und diesen dummen Krieg beenden. Aber jedesmal ließ ich zu, daß Hansios Raserei meine Gedanken ertränkte, und ich sah meinen Jungen tot vor mir. Ich sah ihn tot vor mir und hörte Hansio schreien, daß die DiVegas... Nein! Es ist Wahnsinn! Ich weiß nicht, ob Istvan DiVega meinen Sohn getötet hat oder nicht. Ich glaube nicht, daß er es getan hat. Ich denke – selbst wenn er es getan hätte, hätte er es niemals

zu einem bestimmten Zweck getan. Sicherlich nicht, um Chondos auf dem Thron zu halten! Das ist alles Unsinn! Wahnsinn! Und doch...« Er schien wieder in sich zusammenzusinken, ein alter Mann, verstört und müde.
»Und doch saß ich da und sagte – nichts! Seit mein Sohn tot ist, habe ich immer anderen Männern...« Plötzlich lachte er. »Ich bin verrückt! Ich muß verrückt sein! Und Hansio ist auch verrückt! Zwei Verrückte führen eine Armee in die Vernichtung! Wir alle müssen verrückt sein!«

Istvan spürte den Schlaf wie Klebstoff unter seinen Augenlidern, aber es war immer noch Arbeit zu tun, Pläne mußten geschmiedet, Befehle erteilt werden.
Hansios Anklage quälte ihn. Zuerst war sie ihm völlig sinnlos erschienen, bis er sich daran erinnerte, daß es tatsächlich ein DiVega gewesen war – einer von DiFlaccas Männern, ein Vetter, der nur so entfernt mit ihm verwandt war, daß er ihn niemals auch nur als Verwandten angesehen hätte. Er stammte von einem der entfernten Zweige, aus Heyleu oder Solvasar – doch er hatte tatsächlich den Sohn getötet. Einer von DiFlaccas Männern...
Aber würde Hansio das glauben? Würde er es berücksichtigen?
Wenn ihr euch unterwerft, hatte der Hastur gesagt, *wird dann der Krieg nicht enden?* Istvan grübelte lange Zeit darüber nach. Das Innerste seiner Seele revoltierte bei dem Gedanken. Generationen von DiVegas erhoben sich von den Familienportraits in den Hallen seines Geistes, um es ihm zu verbieten. Und doch, wenn er sich sicher wäre, daß der Krieg damit wirklich enden würde...
Fast alle Grenzländer waren hier. Alle außer ein paar tausend. In Mahavara und Manjipé waren keine Verteidiger mehr, und die Kantara war hauptsächlich von den Kriegern besetzt, die Hansio dort zurückgelassen hatte. Nur Kinder und die sehr Alten würden von den Grenzländern übrigbleiben. Einige der Krieger, die morgen kämpfen würden, waren gerade vierzehn

Jahre alt. Nur die Frauen würden übrigbleiben, und eine ganz neue Generation von Menschen würde aufwachsen müssen . . .
Aber die Dunklen würden ihnen erst gar keine Zeit dazu lassen.
Wenn ihr euch ergebt, wird dann der Krieg nicht enden? Aber würde er das wirklich. Oder würde Prinz Hansio sie einfach nur aus dem Wege schaffen und nach Norden marschieren, um seinen lebenslangen Kampf gegen die DiVegas fortzusetzen?
Sich ergeben! Wenn er nur sicher sein könnte, daß der Krieg damit zu Ende wäre.
»Kommandant DiVega!« sagte der Seher an seinem Ellbogen. »Ladeslos DiSezrotti möchte mit Euch sprechen. Er sagt, es sei sehr dringend, und bittet darum, daß ihr Geistkontakt gestattet.« Istvan blinzelte ihn an.
DiSezrotti! Er war bei Lord Maldeo und marschierte von Manjipor heran. »Also gut.« Er fühlte, wie der Geist des Sehers den seinen berührte und wie die Stimme des Sehers, die von Natur aus leicht und hoch klang, plötzlich DiSezrottis schroffe Töne hervorbrachte:
»DiVega? Hier spricht DiSezrotti. Ich bin auf dem Weg zum orissianischen Lager. Unsere Kundschafter fingen einen ihrer Kundschafter, der durch die Gegend stolperte, und brachten ihn zu uns. Aus dem, was er sagt, geht hervor, daß wir noch dreitausend Männer mehr auf unserer Seite haben.«

15

Die Dämmerung verströmte Gold zwischen den weißen Wolken. Bleiche Nebelfetzen drehten sich im Wind wie fliehende Geister. Metall blitzte im Sonnenlicht. Auf der gesamten Ebene tummelten sich Bewaffnete.

Martos, dessen Kopf noch vom Schlaf benommen war, hatte soeben Kriegsflamme gesattelt und bürstete nun das spröde rote Fell des großen Tieres. Die Ringe des Zaumzeugs klingelten, weil das Pferd seinen Kopf hin und her warf und auf dem aufgehäuften Heu herumstampfte.
Martos blickte auf und sah lange blaue Streifen, die wie Flüsse zwischen den Wolken daherflossen, und er sog die Lungen voll mit dem Geruch der Pferde, des Dungs und des Heus. Muschelhörner schrillten, und irgendwo erhob sich das Dröhnen einer Trommel eindringlich über den allgemeinen Lärm.
»Lord Martos?« sagte eine Stimme in der Nähe. Martos drehte sich immer noch lächelnd um. »Sind Eure Männer bereit? Ich bin Lord Todaro von Kirtanpor.« Ein Grenzländer blickte vom Rücken eines edlen großen Pferdes auf ihn herab. »Prinz Hansio hat Eure Männer meinem Kommando unterstellt.«
Das Lächeln erstarb auf Martos' Gesicht. »Prinz Jagat hat das nicht getan«, entgegnete er scharf und wandte sich dann ab, als ob die Sache damit abgeschlossen wäre.
»Mylord!« hörte er die Stimme des Mannes hinter sich. »Aber mein Prinz sagte – aber natürlich muß Prinz Jagat sich darüber klar werden, daß jetzt, da er sich der Armee des Prinzen angeschlossen hat, seine Männer dem Befehl der Kommandanten des Prinzen unterstellt sind und im Einvernehmen mit ihren Verbündeten handeln müssen.«
Martos drehte sich zu ihm um. Einen Augenblick lang drohte die Wut, seine Zunge zu lähmen. Er schluckte und kämpfte um Beherrschung. »Das habt Ihr mißverstanden«, sagte er kalt. »Jagat, der Prinz von Manjipor, hat die Hilfe seines Verbündeten, des Prinzen von Mahavara, im Kampf gegen die seynyorische Invasion Manjipés akzeptiert.« Er spürte, wie das Stottern wieder in seinen Mund kroch, und schloß ihn. Die starrenden Augen des Mahavaraners glichen Münzen. Martos mußte gegen ein Lachen ankämpfen. Er holte tief Atem und brüllte: »An die Pferde!«
Im ganzen Lager entstand augenblicklich ein geschäftiges

Treiben. Seine eigenen Männer bildeten neben ihren Pferden eine gerade Linie, und überall hasteten die Grenzländer auf ihre Plätze.
»Aufgesessen!« brüllte Martos und stieg selbst in den Sattel. Dann schaute er aus der sicheren Position auf Kriegsflammes Sattel auf Todaro herab.
Plötzlich wirkte das kalascorische Pferd sehr klein. Martos führte Kriegsflamme auf den anderen zu, bis er und der Mahavaraner Knie an Knie standen.
»Ein Wort an Euch im Vertrauen«, sagte er in einem beiläufigen Ton, obgleich sein Herz so stark schlug, als sei er soeben einen Berg hinaufgelaufen. »Denkt immer daran, daß Ihr hier zu Gast seid. Ihr *und* Euer Lord. Ihr würdet Euch sonst lächerlich machen.«
Dann brüllte er seinen Männern zu, sich hinter ihm zu formieren und ritt zu Jagats Lager.

Istvans Lager war vom Betrieb und Lärm der Bewaffnung erfüllt.
»Wie lange noch, sagtest du?« fragte er scharf.
»Wenn sie auf die Orissianer warten, werden sie nicht vor dem späten Nachmittag hier sein«, sagte D'Oleve. »Maldeo und seine Männer könnten hier sein – hmm, in vier oder fünf Stunden würde ich sagen.«
Über den Staub konnten sie das Dröhnen von Trommeln vernehmen und das Heulen der Muschelhörner. Istvan biß die Zähne zusammen, als ob er auf seinen Gedanken kauen würde. Sein Atem pfiff. Als er zu einem Entschluß gekommen war, wandte er sich um und rief nach Eisenfaust.
»Du sagtest, die Orissianer seien ausschließlich Kavallerie?« fragte er und wandte sich dann wieder an D'Oleve.
»Ja, ausschließlich.«
»Sage DiSezrotti, er solle zurückfallen, auf die Orissianer warten und mit ihnen zusammen nachkommen. Der Rest von Maldeos Männern soll so rasch wie möglich hierherkommen.« Er schaute auf, als Eisenfaust auf ihn zugeschritten

kam. Dieser hielt seine riesige Axt über den gigantischen Schultern, und die schweren Ringe seines Kettenpanzers glitzerten im Sonnenlicht.
»Eisenfaust!« sagte Istvan. »Ich muß dir etwas sagen, bevor die anderen kommen, damit ihr Stolz nicht verletzt wird. Ich bin in dieser Schlacht hauptsächlich auf dich angewiesen. Deine Männer werden eine sehr wichtige Aufgabe übernehmen. Ihr werdet die Achse unseres Rades sein. Ich kann mir keinen anderen Mann vorstellen, dem ich bei einer solch wichtigen Aufgabe so bedingungslos vertrauen könnte. Du hast die Ruinen am Rande des Schattens gesehen?« Er wartete kaum das Nicken des hünenhaften Mannes ab. »Du mußt mit deinen Männern schnell dorthin marschieren, und ihr müßt euch hinter diesen Mauern verschanzen und sie halten. Du wirst alle Fußsoldaten zur Verfügung haben. Ihr werdet wie ein Fels in der Brandung stehen. Ihr werdet der Fels sein, auf dem der Rest von uns steht.«
»Willst du Hansio wirklich *so* weit treiben?« Eisenfaust runzelte die Stirn.
»Taktik«, sagte Istvan, »ich werde in einer Minute alles erklären, wenn der Rest kommt – oder willst du es zweimal hören?«
Wenige Augenblicke später waren alle versammelt. Istvan hatte jedem Hauptmann befohlen, seine Leutnants mitzubringen, damit sie alle über den Plan informiert wären. Bei fast dreißig Kompanien und mehreren von Rinmulls Lords hätte die Anzahl der Anwesenden fast ausgereicht, um nach kadarinischen Vorstellungen eine Kompanie zu bilden.
»Es ist klar«, setzte Istvan an, nachdem Ruhe eingekehrt war, »wenn Hansio versuchen würde, seine ganze Armee über den Staub zu bringen, könnten wir sie am Engpaß der Straße abschlachten. Tatsächlich hat er schon den größten Teil seiner Streitmacht nach Norden verlegt, und Lord Jagat ist dort zu ihm gestoßen. Er wird wahrscheinlich mit seiner Vorhut einen Vorstoß über den Damm versuchen, aber das, so meine ich, wird eine Finte sein, um uns abzulenken, während er

seine Hauptstreitmacht um den Rand des Staubes herum auf unsere Linke zuführt.
Wir wissen, daß uns seine Truppen zahlenmäßig überlegen sind, obgleich wir nicht genau wissen, um wieviel. Er hat sechzehntausend bis zwanzigtausend Männer. Doch haben auch wir mehr Männer, als wir dachten. In diesem Augenblick marschieren dreitausend Orissianer hierher, um sich uns anzuschließen.« Er beobachtete, daß die Augen der Anwesenden nun ebenso hell wurden wie ihr Geist und fügte dann leicht hinzu: »Unglücklicherweise ist kaum zu erwarten, daß sie uns vor Beginn der Schlacht erreichen werden.«
»Selbst wenn sie rechtzeitig hier sein könnten«, sagte eine Stimme aus der Menge, »ist es eine Narrenwette, Orissianer gegen Grenzländer kämpfen zu lassen.«
»Auch wir haben Grenzländer auf unserer Seite«, sagte Istvan immer noch im gleichen ruhigen Ton. »Und es gab einmal eine Zeit, da betrachteten sich die Seynyorer als die besten Kämpfer der Welt. Oder haben wir diesen Ruf aufgegeben?«
Das berührte den starken seynyorischen Stolz, und er sah, wie die Anwesenden erstarrten. Er lächelte innerlich.
»Also. Wir müssen eine Truppe zurücklassen, die die Straße am Rande des Staubes hält, um so dem Scheinangriff zu begegnen. Hansios Hauptstreitmacht wird aus dem Norden kommen und versuchen, unsere Flanke abzudrängen. Wir müssen sie in dem Glauben bestärken, daß sie Erfolg haben; also lockt sie an. D'Olafos, deine Männer werden im Norden am Ende unserer Linie stationiert sein. Ich möchte einen Scheinwiderstand und anschließend einen Scheinangriff; eine vorgetäuschte Panik sogar. Sie sollen denken, sie seien dabei zu gewinnen, obgleich dies in Wirklichkeit nicht der Fall ist.«
»Sie festhalten und dann wegrennen?« sagte D'Oleve zweifelnd. »Das ist ein gefährliches Geschäft.«
»Meine Männer können das, wenn deine es nicht schaffen«, schnaubte Palos DiFlacca. »Ich verstehe, was du vor hast, DiVega! Du planst, sie anzulocken, bis sie ihre Flanke nach Nordwesten gewendet haben. Dann, wenn die Orissianer

kommen –« Er trieb eine Faust in die Handfläche der anderen Hand und produzierte mit seinen Lippen ein schnalzendes Geräusch.

Istvan nickte. »Richtig! Wir müssen eine Linie über die Straße aufbauen, die so aussieht, als sei sie unsere Hauptschlachtlinie. Doch die eigentliche Schlachtlinie wird im Süden sein, wo wir mit unserem Rücken zum Schatten gewandt stehen werden.«

Unbehagliches Gemurmel ging von Mann zu Mann. Istvan hatte das erwartet. Er hörte schweigend zu und ließ dem Gemurmel seinen Lauf. Er kannte seine Leute. Als die letzten Stimmen verebbt waren, fuhr Istvan ruhiger fort, als hätte es keine Unterbrechung gegeben.

»Unsere rechte Flanke muß felsenfest stehen, ein Anker, auf dem wir uns formieren und um den herum wir uns bewegen können. Eisenfaust und die Fußsoldaten werden jene Ruine unten an der Grenze halten. Unsere erste Schlachtlinie – die falsche – wird von dort ausgehen wie ein Horn. Dazu ist nicht mehr als eine Handvoll Kompanien erforderlich – gerade genug, damit es auf Hansios Kundschafter den gewünschten Eindruck macht. Acht Kompanien, denke ich, die von unserer zweiten Schlachtlinie in einem Halbkreis ausgehen.« Er schaute über die Gesichter der Anwesenden, und seine Stimme klang nun sehr ernst.

»Aber wir können es uns nicht leisten, einfach bis zu unserer zweiten Schlachtlinie zurückzufallen. Das würde nicht nur das Risiko der vorgezogenen Kompanien erhöhen, sondern bei Hansio außerdem auch den Verdacht aufkommen lassen, daß es sich um eine Falle handelt. Deshalb müssen wir eine zweite Linie haben, auf die sie treffen und die sie wieder ein Stück zurückwirft. Und dann müssen wir uns wieder zurückziehen, aber erst, nachdem sie sich gegen uns versammelt haben. Dabei werden, so fürchte ich, viele fallen – bei der Verteidigung einer Linie, die dann aufgegeben wird.«

Istvan stand einen Augenblick lang schweigend da. Seine

Augen glitten über die Gesichter, die auf ihn schauten, junge Gesichter und alte Gesichter, freudige und traurige.
»Lord Rinmull, Eure Männer werden die Straße halten, dort wo sie auf den Staub trifft. Ich glaube kaum, daß es ihnen gelingen wird, Euch zu vertreiben. Aber haltet Eure Pferde bereit. Wenn ich den Befehl gebe, müssen Eure Männer nach Süden fliehen und eine Position direkt bei den Ruinen beziehen, in der Nähe von Eisenfausts Männern. DiArnac! Deine Männer werden die Rinmulls mit Pfeilen unterstützen. Wenn der Befehl kommt, mußt du dich geradewegs nach Westen auf der Straße zurückziehen und eine Position neben Servara beziehen, um DiFlacca und D'Olafos zu unterstützen, wenn sie kommen. Servara, du wirst auf der Straße stationiert sein. Ich sage dir gleich wo. Ihr, Ciavedes und D'Ascoli, werdet in der zweiten Linie den linken Flügel bilden.
Es wird noch Stunden dauern, bis unsere gesamte Streitmacht zusammen ist. Wenn sie zu schnell angreifen, werden wir versuchen müssen, sie hinzuhalten, um Lord Maldeo und dem Rest unserer Armee Zeit zu geben, anzukommen. Aber wenn wir Glück haben, wird es Hansio einige Zeit kosten, seine Armee in Bewegung zu setzen.
Und dies wird das Horn sein, das nach Norden vorragt: D'Oleve und Palos DiFlacca stehen an seiner Spitze, Ivailo und Endrios DiFlacca direkt südlich von ihnen, zusammen mit DiCalvados.« Er hatte ursprünglich vorgehabt, die drei DiFlaccas zusammenzuhalten – es hätte die Befehlsausgabe vereinfacht – und DiCalvados mit DiOlafos an die Spitze zu stellen. Aber Palos hatte sich durch seinen Ausruf praktisch selbst angeboten. »Dann DiMadyar und DiBolyar direkt nördlich der Straße. Achtet aber darauf, daß die Straße selbst frei bleibt! DiMadyar und DiBolyar sollten sich so ausbreiten, als wären noch zwei Kompanien zwischen ihnen. Das Horn wird breit sein, aber leer! Valanos Chalcondiels Kompanie wird gleich südlich von der Straße stationiert sein.
DiOlafos, DiFlacca, ihr bildet unsere falsche Linke, unsere Finte. Ihr werdet an der nördlichen Ecke stehen, und ihr müßt

sie halten, wenn sie zu schnell kommen! Schlagt sie, verfolgt sie und treibt sie in den engen Raum zwischen unseren Männern und dem Staub! DiCalvados und DiMadyar müssen dafür sorgen, daß Rinmull und DiArnac nicht abgeschnitten werden!

Aber das gilt nur für den Fall, daß sie kommen, bevor wir bereit sind. Andernfalls ist es eure Aufgabe, zu kämpfen und davonzulaufen! Ärgert sie mit euren Pfeilen, bis sie sich ernsthaft gegen euch sammeln. Dann hört auf und zieht euch zurück, und sorgt dafür, daß sie euch folgen, und rennt wie in Panik nach Südwesten, bis ihr Servara erreicht. Wenn Servara angreift, werden sie in Unordnung geraten. Dann dreht euch – und schlagt zu, reitet sie nieder!

Ivailo und Endrios DiFlacca, ihr werdet euch bei der Flucht eurem Vetter anschließen. DiCalvados, du reitest auf einem geraderen Kurs nach Süden, zwischen DiBolyar und DiMadyar. Du und DiMadyar, ihr werdet die Straße überqueren, nachdem DiArnac vorbei ist. Dann schließt ihr euch Chalcondiel an und reitet dann alle drei nach Süden, um die Positionen direkt neben Lord Rinmull einzunehmen.

Und dies sind die Befehle für die zweite Linie«, fuhr Istvan fort. »Erstens die Ruinen, wo Eisenfaust mit seinen Männern steht. Neben ihm steht Lord Rinmull mit seinen Männern; daneben Chalcondiel, DiMadyar und DiCalvados. Als nächster folgt Alon Robardin. Seine Leute werden sich schon dort befinden, so daß die übrigen die Strecke zwischen ihm und den Ruinen ausfüllen können. Der nächste ist Milan Robardin, aber seine Männer werden sich hundert Fuß weiter zurück aufstellen, so daß sie, falls nötig, in die Linie hinein angreifen können. Neben ihm werden für den Angriff in einem Halbkreis zu Servara hin DiGasclon, die beiden DiRonar-Kompanien und DiBretans Kompanie folgen. Hinter diesem wird D'Esnolas Kompanie folgen; und daran anschließend muß auf der Straße Platz sein für DiArnac und Servara. Hinter dieser Linie –« Er brach ab, weil ein Grenzländer herbeigeeilt kam und schnell mit Lord Rinmull flüsterte.

»Hansios Vorhut nähert sich entlang der Straße!« verkündete Rinmull.
»Auf eure Plätze, Gentlemen!« sagte Istvan. »Haltet eure Seher in greifbarer Nähe.«

Martos fand die Straße zu Jagats Lager von einer Reihe von marschierenden Männern blockiert und wartete wütend, bis sie vorübergezogen waren. Dann ritt er ungeduldig weiter. Ein Grenzländer kam herangeritten und verfluchte ihn dafür, daß er die Straße blockiere. Das war ihm aber gleichgültig: so konnte man keine Armee führen, und es wäre besser, wenn Hansio es jetzt gleich lernen würde!
Jagat und seine Männer hatten ihr Lager abgebrochen und waren bereit zum Aufbruch. Martos preschte wütend heran.
»*Was* hat er gesagt?« keuchte Jagat mit weit aufgerissenen Augen. Martos wiederholte so genau wie möglich Lord Todaros Worte, obgleich er in seiner Wut stammelte und oft pausieren mußte. Schließlich hatte er alles herausgebracht.
Jagat schüttelte den Kopf. »Glaubt dieser Narr etwa ernsthaft, er sei schon König? Er *ist* verrückt!« Jagat runzelte die Stirn und biß sich auf die Lippen. »Jetzt weiß ich wirklich nicht mehr, was ich tun soll! Diese Sache – wir können uns jetzt nicht mehr aus der Schlacht zurückziehen, aber wenn sein Urteilsvermögen schon so weit abgebaut ist, daß er nicht einmal mehr die Unsinnigkeit von – *warum* mag er nur so etwas tun? Und was wird er als nächstes tun? Was wird er nur mit *dir* machen?«
Martos wurde sich bewußt, daß er viel zu wütend gewesen war, um darüber nachdenken zu können. Was würde Hansio tun? Die Armee spalten und versuchen, eine unrechtmäßige Autorität zu behaupten? Jagats Männer angreifen? Wahnsinn!
Ein Bote kam herangaloppiert und berichtete: »Prinz Hansio bittet seinen Verbündeten, den Prinzen von Manjipor, seine Armee schnell am Rande des Staubes entlang vorzuziehen und die seynyorische Linke anzugreifen.«

Die Wunde in Istvans Bein schmerzte, während er über das Feld ritt und die Bewegungen der einzelnen Kompanien verfolgte, um sicherzustellen, daß genug Raum zum Manövrieren bliebe, wenn die Zeit dazu gekommen wäre. Eine Stunde verging, dann noch eine weitere.

Er hielt D'Oleve in seiner Nähe, um mit allen Kontakt aufrechtzuerhalten, und auch mit Maldeo, der auf das Schlachtfeld zumarschierte, und mit DiSezrotti, der weiter hinten bei den Orissianern war.

Dort, wo die Straße aus dem Staub herausführte, lieferten sich Lord Rinmulls Männer bereits ein hartes Gefecht mit Hansios Vorhut.

Dann traf die Nachricht ein, daß sich Männer am Rande des Staubes bewegten. Istvan fluchte. Maldeo und seine Gefolgschaft würde frühestens in einer Stunde oder gar später eintreffen. Er schickte ihm durch D'Oleve die Botschaft, er möge sich beeilen, und DiFlacca und D'Olafos benachrichtigte er, sie sollten so langsam machen wie eben möglich.

DiFlaccas Kompanie beschrieb einen Kreis, um sich für einen harten Schlag gegen die feindliche Rechte bereitzumachen. Auf diese Weise könnten sie sie auf dem offenen Gelände angreifen, durch den Ansturm der Pferde in den Staub jagen und dort hilflos zusammentreiben.

DiCalvados berichtete von ein paar einzelnen Männern, die, gejagt wie Tiere, in den Korridor zwischen seiner Kompanie und dem Staub ritten. Männer und Pferde stürzten in das untiefe Wasser, das den Staub überdeckte. Niemand verfolgte sie, während sie unter Spritzfontänen zurückritten.

Istvan starrte nach Norden, während er sich die Berichte anhörte. Er konnte nur winzige, undefinierbare Gestalten erkennen. Auf einigen von ihnen glitzerten winzige Funken; andere waren nur Atome glänzender Farben. Die Überbleibsel der angeschlagenen Truppe sammelten sich; weitere kamen angreifend hinzu, um sich ihnen anzuschließen. Istvan ballte seine Fäuste, ungeduldig, ohnmächtig. D'Oleve sagte, Maldeo sei noch immer weit entfernt.

Erneut manövrierte DiFlaccas Elitetruppe den Feind aus. Sie stellten sich ihm zum Kampf – und während sie dies taten, führte D'Olafos seine Männer zu einem wolfswilden Angriff, der ihre Reihen so einfach zerschmetterte, wie ein Stein Knochen zerschmettern konnte.
DiFlacca trieb sich währenddessen schon wieder auf der Flanke herum und beobachtete und wartete, während er sich dabei immer weiter nach Norden bewegte. Muschelhörner schrien über die Ebene. Ein marschierender Wald von Männern und Pferden rückte neben dem Staub vor.
»Ich kann nicht mehr allzulange so weitermachen, DiVega!« brüllte DiFlacca durch seinen Seher. »Noch ein solcher Trick, dann werden sie uns überwältigen!«
Istvan ballte seine Faust und kaute auf der Lippe, während D'Oleve die Nachricht überbrachte: Maldeos Krieger waren immer noch viele fußwunde Meilen entfernt.
»Dann mußt du dich auf dein eigenes Urteilsvermögen verlassen«, rief er zurück. »Gib mir aber wenigstens eine Vorwarnung von ein paar Minuten, bevor du aufgibst und die Flucht ergreifst.«
»Noch ein letzter Trick!« kam die Antwort. »Dann sei bereit!«
Schnell wie kreisende Schwalben wirbelten DiFlaccas Männer nach Süden und eilten dem Strom der Ledergepanzerten entgegen, der gegen D'Olafos anrollte. Brüllend und begleitet vom Schwingen ihrer breiten Schwerter brachen sie donnernd in das Herz der Angreifer, versetzten die Pferde in Panik, leerten ihre Sättel und stießen die Soldaten in die schlammigen Pfützen.
In Istvans Augen flatterten die Punkte in der Ferne wie ein Schwarm verängstigter Vögel. Verwirrte Krieger überfluteten den Korridor zwischen den Kompanien und dem Staub. Jetzt waren sowohl DiCalvados als auch DiMadyar mit dem Versuch beschäftigt, diesen Schwarm daran zu hindern, Rinmull und DiArnac abzuschneiden.
Zur gleichen Zeit traf die Nachricht von einem plötzlichen

Vorstoß entlang der Straße ein. Istvan erkannte, daß sein gesamter Plan daran noch scheitern konnte und befahl Rinmulls Männern, sich zurückzuziehen. Er preschte mit seinem Pferd nach Norden und rief D'Oleve zu, dicht hinter ihm zu bleiben. Da sah er die braungepanzerten Gestalten, die zu ihren Ponys eilten, während DiArnacs berittene Truppe einen Schwarm von Pfeilen gegen die farbenprächtigen Rüstungen der Grenzländer jagte, die auf die Barriere zustürmten. Über dem wilden Aufruhr der stampfenden Pferde schwirrte Stahl. Männerstimmen redeten aufgeregt durcheinander. Reiterlose Ponys brachen aus dem Gemenge. Die dürftige Barriere, mit der Rinmulls Männer die Straße versperrt hatten, würde bald weggefegt sein, und Hansios Vorhut würde über die aufgehäuften Steine schwappen, Pferde und Männer und hungrige Schwerter, und sie würden das nach Norden weisende Horn an seiner Basis abschneiden.

»DiFlacca!« brüllte Istvan D'Oleve zu. »Ist er bereit?«

Rinmulls Männer, die ihre Toten und Verwundeten vor sich über ihre Sättel gelegt hatten, rissen ihre Ponys herum und galoppierten gen Süden.

»Er ist bereit!« brüllte D'Oleve zurück.

»Dann sag ihm, er soll losgehen! Sag DiArnac, er soll sich bewegen! Sag es auch allen anderen!«

Martos schaute auf einen Aufruhr von Reitern unter einem Gewirr von blitzenden Schwertspitzen. Das Blut strömte in Wellen durch seinen Kopf. Kriegsflamme wieherte und tanzte ein oder zwei Schritte zwischen seinen Schenkeln, wobei ihr langes und breites Maul auf und ab schwang. Martos massige Hände hielten die Zügel fest in der Hand, während er verwirrt auf die ledergepanzerten Feinde schaute. Dann begann mit einem Freudenschrei die Verfolgung.

Chandras Muschelhorn ertönte schrill. Martos hörte, wie Jagat Befehle brüllte. Er stieß seine Fersen in die Rippen seines Pferdes, und der Sattel knirschte und ächzte, als Kriegsflamme vorwärts sprang. Die Trommelfelle dröhnten von den

Hufschlägen. In Martos' Geist erklangen Bruchstücke alter Heldengesänge, und der Tod in Gestalt einer Stahlklinge.
Über dem Kopf des roten Hengstes bewegten sich sternenglitzernde Panzer, und Schilde wandten sich ihm zu. Pfeile zischten vorüber und das Heulen des Windes verlor sich im Lärm der Hufschläge. Da erhob vor ihm eine Mauer von Berittenen Stahldorne. Ein markerschütternder Schrei aus den Muschelhörnern schmerzte ihm in den Ohren. Reiter näherten sich wieder bedrohlich.
Hufschläge und Herzschläge pochten in seinem Körper. Er sah die anmutige Spannung eines schwebenden Schwertarmes, der sich wie eine Schlange zusammengerollt hatte, zum Schlag bereit. Das Schwert verschwamm zu einer Lichtbahn. Martos wehrte es mit seinem Schild ab. Ein Donner von widerhallendem Metall erscholl. Sein eigener Schwertarm schlug zu, während der Schock des Aufpralls noch durch seine Schultern zuckte. Der Schwertknauf bebte in seiner Hand. Die Finger spürten das vertraute Gefühl des Kratzens von Stahl auf Stahl. Er zog das tropfende Schwert zurück. Über seinem Schild hinweg sah er einen Panzer, der rot verfärbt war. Der Feind schwankte und stürzte zur Seite seines Pferdes herab.
Überall am Horizont waren blitzende Silberschwerter zu sehen: der Lärm des Stahls brannte in seinen Ohren.

Istvans Schwert steckte noch immer in der Scheide. Scham nagte an ihm, als er andere bluten und sterben sah. Es erschien ihm natürlicher, zu kämpfen und seinen Männern beispielhaft voranzugehen. Aber er ließ diesen verzweifelten Gedanken fallen. Sie brauchten ihn hier mehr, hinter der Linie, wo er die Schlacht überblicken konnte und nicht nur die Schwerter, die ihn bedrohten.
Vor seinen Augen sausten spiegelblanke Schwerter und solche, die rot verschmiert waren, und fuhren auf die von Kettenpanzern geschützten Rücken der Männer und die peitschenden Schweife der Pferde hinab. Verwundete schrien, Unverletzte brüllten.

Er betrachtete die funkelnden Schwerter auf der unter ihm liegenden Ebene. Am Rande des Staubes jagten Reiter, deren Lederrüstungen rot, blau, purpurn und golden gefärbt waren. Ihnen folgten buntgefärbte Blöcke von Fußsoldaten. Muschelhörner schrillten. Fußsoldaten in dunklen, erdfarbenen Lederrüstungen überfluteten das Gelände.

Ja, dachte Istvan, *der Plan funktioniert!* Unzählige Männer schwärmten in die Reihen der wartenden, im Sonnenlicht glänzenden Panzer.

Zur Linken rieselte Sonnenlicht über die geschwungenen Spiegel der kadarinischen Rüstungen. Noch weiter links sah er Ciavedes' Reiter auf die Flanken einer Masse von Grenzländern zujagen, sie ohne den Schutz ihrer Schilde angreifen und die Überlebenden nach links treiben, wo DiArnac und die drei DiFlaccas sich gesammelt und neu formiert hatten.

Jagats Fußsoldaten in ihren dunklen Rüstungen kamen zu Tausenden herangestürmt und füllten die Lücken zwischen den Reitertruppen, die die fliehenden Kompanien verfolgt hatten. Ein plötzlicher Angriff der Reiter fegte ihnen entgegen und trieb einige stolpernd zurück. Doch Istvans sechstausend Mann in dieser zweiten Linie waren trotz allem zahlenmäßig bei weitem überlegen.

»Lord Maldeo und die Kompanien, die bei ihm sind, haben sich bis auf Sichtweite der Schlacht genähert«, sagte D'Oleve. »Wie lauten Eure Befehle?«

Istvans Adleraugen erhoben sich über das Schlachtfeld. Er sah Reiter ihre Pferde wenden, zurückreiten und sich zu einem neuen Angriff formieren. Nahe bei seinem Zentrum befand sich eine wirre Masse von Pferden, in der sich Kettenhemden und Plattenpanzer mischten. Dort war Martos in einem wilden Handgemenge mit DiGasclons Kompanie aneinandergeraten.

Er befahl Maldeo, sich direkt nach Süden zu bewegen und seine Männer am Rand des Schattens entlang heranzuführen, damit sie sich seiner Reserve anschließen könnten. Einen Augenblick lang war er versucht, sie nach Norden zu schicken

und sie anstatt der säumigen Orissianer hinter Hansios Nachhut in den Kampf zu werfen – aber dazu war es noch zu früh. Hansio hatte noch nicht seine ganze Armee im Feld, und er könnte einen solchen Schlag noch gut abfangen.
Istvan blickte wieder auf das rasende Gewirr von Ketten- und Plattenpanzern im Zentrum des Geschehens und, nachdem er DiGasclon befohlen hatte, sich zurückzuziehen, befahl er Turul und Attilon DiVega vorzurücken.

Die Totenglocken des scharfen Stahls dröhnten in Martos' Ohren. Männer mit abgeschlagenen Gliedern schrien unter den Hufen der Pferde. Schweiß brannte in seinen Augen und verschleierte seinen Blick. Jeder Atemzug schien den gesamten Himmel in seine schmerzenden Lungen zu saugen.
Eine seynyorische Trompete signalisierte den Rückzug. Martos' Schwert schnitt durch leere Luft, als der Mann, mit dem er gerade noch gekämpft hatte, sich plötzlich abwandte. Er stieß seinem Pferd die Fersen in die Flanken und nahm die Verfolgung auf, aber die langbeinige seynyorische Stute jagte mit einer Geschwindigkeit davon, bei der Kriegsflamme nicht mithalten konnte. Valiros schoß an einem gestohlenen mageren Pferd vorüber. Hinter ihm brüllte Paidros den Männern zu, sich zu sammeln und sich neu zu formieren.
Wir haben die seynyorische Linie durchbrochen! frohlockte Martos, als er sah, wie die Rücken der gegnerischen Kettenpanzer rasch kleiner wurden.
Dann sah er, daß im Süden Blöcke von Reitern aufgestellt waren. Über die Hufschläge hinweg zischte ein Pfeil direkt an seinem Gesicht vorbei; ein anderer sank in die ledergeschützte Seite eines Grenzländers.
Bimsio brüllte eine Warnung. Von rechts rollte eine Welle von Reitern mit gezückten Schwertern heran. Martos hob seine Klinge, um einem glitzernden Rad von wirbelndem Licht zu begegnen. Verwirrte Grenzländer, die vom Schutz ihrer Schilde entblößt waren, fielen unter dem Ansturm der Stahlspitzen.

Die Schulter eines Pferdes rammte Kriegsflammes Seite und drehte das große Pferd. Instinktiv erhob Martos seinen Schild. Er dröhnte an seinen Arm. Winzige Ringe von Sonnenglanz unter einem verzerrten Gesicht mit merkwürdig leidenschaftslosem Ausdruck ließen ihn nahezu erblinden.
Plötzlich war die Linie durchbrochen und er merkwürdigerweise immer noch lebendig. Doch dann sah er sich einer zweiten Linie gegenüber. Unter ledergepanzerten blutenden Gestalten erblickte er einen taumelnden Mann mit weißem Gesicht zwischen den Pferden. Ein reiterloses Pferd sprang hoch in die Luft und jagte davon.
Er rammte seine Sporen in Kriegsflammes Seiten und trieb das große Pferd in die Angriffslinie. Seine Hand trug seine lange Klinge wie einen Flügel aus Stahl. Er würde nicht alleine sterben! Sein Schild donnerte, und seine Schwertklinge stieß durch auseinanderbrechendes Metall. Ein heftiger Schmerz breitete sich in seinem Knie aus. Er sah Grenzländer, die weiter hinten durch die Linie brachen und mit ihm auf eine dritte Schlachtlinie zujagten.
Das Sonnenlicht funkelte auf einem wirbelnden Schwert. Kriegsflamme stemmte sich gegen einen Pferdekörper, der gegen Martos' Knie drückte. Schwerter hieben auf ihn ein, und sein Kinn krachte gegen seinen Brustpanzer, als er versuchte, seinen Kopf einzuziehen. Weißes Licht glühte im Innern seines Schädels. Sein Schild zitterte. Seine lange Klinge stach durch Kettenpanzer. Er drehte sich im Sattel, zog es wieder hervor und schaute sich um.
»Lord Martos!« Bimsio ritt auf ihn zu. Stücke aus seiner Lederrüstung waren herausgerissen worden. Zerrissener Stoff hing von seiner nackten Schulter herab. »Seid Ihr schwer verletzt?«
»Weiß nicht.« Martos nahm einen tiefen Atemzug. »Ist mein Helm – blutig?«
»Nein«, sagte Suktio. »Er ist eingedrückt, aber soweit ich sehen kann, ist er nicht durchbohrt.«
Krachendes Metall hämmerte hinter ihm. Immer noch er-

staunt darüber, daß er noch lebte, drehte sich Martos um. Spiegelartige Plattenpanzer blitzten jenseits der kettenbedeckten Rücken und der peitschenden Pferdeschwänze auf, dort, wo Paidros mit der neuformierten Kompanie kämpfte.
Valiros Stimme brüllte hinter ihm. Er lebte also! Martos' Herz tanzte freudig erregt in seiner Brust. Nach wenigen Augenblicken ritt Valiros mit Martos und Bimsio los, um sich wieder der Kompanie anzuschließen. Er wurde traurig, als er erfuhr, daß Erivar beim seynyorischen Angriff verschwunden war.

Schmerz tut nicht weh, rief Istvan sich ins Gedächtnis, denn seine heilende Wunde machte sich bemerkbar. *Nur Angst schmerzt.* Er hörte das laute Krachen von Äxten. Als er nach rechts schaute, sah er Männer, die an einer Mauer entlangritten, wo rosagefärbte Äxte sich erhoben und fielen und reiterlose Pferde zurückgaloppierten. Hansios Vorhut hatte Eisenfausts Männer gefunden.
Sein weitblickendes Auge tastete das Schlachtfeld ab. Im Zentrum hatte Turul DiVegas Kompanie Grenzländer überfallen, die in einer losen Schlachtordnung standen, nur um sich von einem Keil dichtgedrängter Kadariner abzuwenden, der sich plötzlich aus der Verwirrung heraus gebildet hatte.
Attilon DiVega kam seinem Blutsverwandten mit einem Angriff zur Hilfe, aber die Kadariner, die jene Kavalleriekünste zeigten, für die sie so berühmt waren, brachten ihre Pferde in Stellung, um dann einen verblüffenden Angriff auf Attilons Linke zu führen, während ihre sich sammelnden Verbündeten aus Manjipé in das Gewirr von Turuls Reihen schwärmten.
Als Istvan seinen Kopf erhob, sah er Massen von buntgefärbten Lederrüstungen, die auf dem Grasland im Norden ausschwärmten.
»Wie lange wird es noch dauern, bis die Orissianer ankommen?« fragte er D'Oleve wieder.
D'Oleve schloß die Augen. »Ich weiß es nicht«, antwortete der Seher nach einem kurzen Augenblick. »Sie reiten jetzt durch Staub, und es gibt dort keine Wegzeichen.«

Istvan fluchte und beobachtete, wie sich die Mahavaraner auf der Ebene zu Blöcken sammelten. Dann senkte er seinen Blick zu den wirbelnden und funkelnden Schwertern zwischen den aufgewühlten Massen und begann, Befehle auszuteilen.
Er hielt inne, als plötzlich die Muschelhörner wie Adler schrien. Die feindlichen Reihen bewegten sich. Eine Nachricht ging durch ihre Reihen. Istvans Geist erhob sich über die Schreie und das Läuten des Stahls und wurde still. Er beobachtete mit kristallklaren Augen.

Jagats Männer zogen sich zurück. Einige von Istvans Kompanien nahmen die Verfolgung auf, jedoch nur solange, bis ein durch D'Oleve übermittelter Befehl sie wieder in ihre vorherige Position brachte. Die sich zurückziehende Menge teilte sich, und buntgefärbte Reiter aus Mahavara tauchten auf. Jagats Kavallerie schloß sich ihnen an, und im Zentrum glitzerten kadarinische Rüstungen.
Während er beobachtete, leitete Istvan über den Seher einen ständigen Kommandostrom weiter, und seine Kompanien bewegten sich gehorsam, zogen die Linie zurück, glätteten sie und verlängerten sie, dünnten sie in der Mitte aus und schufen so eine winzige Schwachstelle – eine Schwäche, von der er leidenschaftlich hoffte, daß aufmerksame Augen sie bemerken würden.

Martos starrte über das Feld auf Reihen von glitzernden Kettenpanzern und wunderte sich darüber, daß die Linie so dünn und so weit ausgestreckt war. In der Mitte konnte er gar eine Lücke zwischen zwei Kompanien erkennen.
DiVega war ein zu guter Taktiker für so etwas. Er erinnerte sich an die Reiterblöcke, die er während der kurzen Zeit hinter den feindlichen Linien gesehen hatte und nickte vor sich hin. *Eine Falle!* Er blickte zum schwarzen Himmel auf und fragte sich, warum DiVega sich mit dem Rücken zum Schatten hin aufgestellt hatte.
Jagat und Hansio kamen herangaloppiert und studierten die

wartenden Reihen. Hansios volltönende Stimme stieß einen Strom von Befehlen hervor. Martos drängte Kriegsflamme den beiden entgegen. Hansios sonore Stimme verstummte, als er seine kalten gelben Augen Martos zuwendete.

»Was ist los, Martos?« fragte Jagat.

»Das Zentrum –« Martos vermochte nur noch ein Stammeln hervorzustoßen. Er konnte nur stumm mit der Hand darauf deuten.

»Ja, ja!« sagte Hansio gereizt. »Wir haben es gesehen, guter Mann! Wir werden dort durchbrechen, sie zerschlagen, und wenn Ihr möchtet –«

»Es ist eine Falle«, sagte Martos, als er es schließlich doch noch geschafft hatte, sich seiner Zunge zu bemächtigen. »Di-Vegas Reserve wird dort auf uns warten.«

Die gelben Adleraugen starrten ihn an; und dann bat der Prinz, den die Menschen schon lange vor Martos' Geburt den Fuchs genannt hatten, ihn um Hilfe.

Istvan beobachtete die mahavaranischen Linien. Er bemerkte ein plötzliches, weit entferntes An- und Abschwellen von Hufgetrappel. Der heulende Schrei ferner Muschelhörner schmerzte in seinen Ohren. Achttausend Reiter kamen in langen Reihen über das Gras herangebraust.

Sechstausend Seynyorer drängten ihnen entgegen. Pfeile bewölkten den Himmel. Istvan beobachtete den Angriff der stolzen Reiter aus Mahavara, wie sie strahlend und furchtlos über das blutige Feld des Todes jagten ihren berühmten Feinden entgegen. Zwei Linien von Reitern stießen aufeinander. Stählerne Funken erhoben sich und fielen.

Jetzt drängte sein linker Flügel ihre Pferde ab, und Ciavedes' Kompanie krümmte sich um das Ende der feindlichen Linie. Die geplante Lücke öffnete sich in Istvans Zentrum, und Grenzländer schwärmten hinein. Seine Reserve brach durch die Löcher, preschte unter die Grenzländer und trieb die leichteren Reiter durch die Gewalt ihres Angriffs zurück.

Eine Trompete ertönte, und dann bewegten sich zwischen der

angreifenden Reserve und der Linie kadarinische Rüstungen, wie eine Schlange, die sich durch ein Loch windet. Innerhalb seiner Linie wickelte sich die Schlange auf, drehte sich und gestaltete sich plötzlich zu einem Keil aus Stahl, der auf das Ende von Boros DiVegas Kompanie zielte.

Eine Trompete ertönte, und Istvan sah, wie sich sein Zentrum zu einem Gewirr von Kettenpanzern und Stahlrüstungen auflöste, als der Keil der Kadariner von hinten in seine Reserve hineinstieß. Sein Herz raste, aber sein Geist blieb kühl. Die zweite Linie war durchbrochen – also blieb nichts weiter mehr zu tun, als sich zur letzten Linie zurückzuziehen und zu hoffen.

Wo blieben die Orissianer? Wie weit entfernt waren sie wohl noch und wie lange würde es noch dauern? Sein Blick erhob sich über die Schlacht und suchte nach einem metallischen Glitzern am Horizont. Er öffnete seinen Mund, um den Seher erneut zu fragen, unterließ es aber dann. Er hatte D'Oleve die gleiche Frage im Verlauf der letzten Stunde mindestens schon ein Dutzend Mal gestellt. Statt dessen gab er eine Reihe von Befehlen aus, rief den rechten Flügel zurück, drehte die Streitmacht auf der Achse der Ruinen, wo Eisenfausts Männer hart bei der Arbeit waren. Sie leerten die Sättel der Pferde, die auf die alten Steinmauern sprangen.

Doch auf der Linken flohen Männer vor den Kadarinern und zerstreuten sich. Er befahl Maldeos zweitausend Fußsoldaten vorzurücken, um die Lücke im Zentrum auszufüllen, und befahl dem Ende des linken Flügels – Ciavedes, D'Ascoli, Servara –, sich zurückzuziehen und einen Kern zu bilden, um den sich die Fliehenden sammeln könnten. Aber das war nicht genug. Nomenos DiGasclons Männer hatten ihre Pferde ausruhen lassen, seit Istvan sie zu Beginn der Schlacht zurückbeordert hatte. DiGasclons Männer standen in Reih und Glied und zum Angriff bereit.

Istvan preschte an DiGasclons Seite, und sein Schwert flammte plötzlich auf.

Gesichter und Schildränder verschwammen durch den Schweiß in Martos' Augen. Kriegsflamme drehte und wendete sich zwischen seinen Schenkeln und trug ihn holpernd durch den Cymbellärm der Schlacht, trieb blutige Gestalten vor sich her, hämmerte den Tod in sie hinein, bis sich die dichtgedrängte Menge zurückzog.

Die wilden Augen der Pferde rollten. Einige, deren Sättel leer waren und in deren Mähnen sich das Blut ihrer Herren verkrustete, rannten ziellos umher und stifteten zusätzliche Verwirrung.

»Rückzug!« brüllte irgendwo vor ihm eine Stimme. Die Finger von Martos' Schwerthand krallten sich um den Knauf, während die Klinge in aufsteigenden Spiralen durch die Luft segelte. Ein Horn ertönte bitter über dem metallenen Trommeln der Schwerter – eine seynyorische Trompete, nicht die von Romulos. Sein Schwert jagte weiterhin durch die Luft. Schweißverklebte Augen sahen, wie Männer ihre Pferde herumwirbelten und versuchten, wegzukommen. Schwerter schlugen auf sie ein. Andere galoppierten davon. Er merkte, daß Kriegsflamme auch galoppierte, und sie jagten hinter den Fliehenden her. Sonnenlicht glänzte auf den Rüstungen, aber der Himmel über ihnen war schwarz. Zu seiner Linken warf er einen Blick auf eine niedrige Steinmauer und auf rote Waffen, die sich hinter dieser erhoben.

Istvans Wunde pochte, als er sich im Sattel anspannte, so daß seine Schwertspitze einer Lanze glich, deren Schaft die steif ausgestreckten Muskeln seines Armes bildeten.

Plattenpanzer glänzten auf der entfernten Seite einer Flut von Berittenen, die in ihren bemalten Lederrüstungen prächtig und grotesk zugleich wirkten. Stahl glänzte im Sonnenlicht, das auf das bunt gefärbte Leder schien. Istvan brüllte ein Kommando. Sporen stachen in haarige Flanken. Pferde streckten ihre langen Beine und rannten los. Buntgekleidete Grenzländer erhoben ihre Schilde, aber plötzlich waren Männer in Kettenpanzern unter ihnen.

Istvans rosagefärbte Klinge zischte durch die Luft. Er stand in seinen Steigbügeln, schlug nach links und stieß nach rechts, ungeachtet des starken, stechenden Schmerzes in seinem zerkratzten Oberschenkel. Er öffnete seinen Mund und schmetterte aus voller Kehle einen alten Schlachtruf. Und überall um ihn her brüllten Männer in Kettenpanzern, deren Schwerter Regenbögen aus Rot und Silber waren, das Echo: »Carcosa! Carcosa! Hastur und Carcosa!«

Sogar die Grenzländer verloren für einen Augenblick den Mut, und DiGasclons Männer bahnten sich einen Weg zwischen sie, wobei Schwerter wie hungrige Falken auf sie herabschossen. Als die Kadariner das Gebrüll hörten, schauten sie sich um. Plötzliche verwirrte Rufe veranlaßten noch weitere Köpfe, sich zu drehen. Einige versuchten, ihre Pferde umzuwenden. Andere wurden ohne den Schutz ihrer Schilde angegriffen, während sie sich noch umdrehten, und stürzten blutend von den Pferden.

Sein Sattel ächzte, und seine Stute schwankte wie eine Brandung unter ihm. Sein Schwert traf auf einen Schild. Das Jammern der Verwundeten am Boden, das wie ein unheimlicher Wind klang, erfüllte seine Finger mit besinnungsloser Wut. Birthrans Gesicht erschien im Hintergrund seines Geistes, und er fragte sich, welche der eisengepanzerten Gestalten da vor ihm wohl der Schüler seines alten Freundes sein mochte.

»Rückzug!« brüllte irgend jemand. Die schweren Pferde wandten sich ab, ihre Reiter drehten sich in den Sätteln und versuchten verzweifelt, ihre stählernen Schilde zwischen sich und den Tod zu halten.

Heiler liefen zwischen den Pferden umher und suchten nach Verwundeten. Istvan hielt sein Pferd an und brüllte DiGasclons Männern etwas zu. Die Grenzländer zogen sich zurück. Die Kadariner waren schon in vollem Tempo auf der Flucht. Aber jetzt war keine Zeit für eine Verfolgung. Er mußte die Männer sammeln und sie bis zur letzten Linie zurückbringen. Das Feld um sie herum war voller Grenzländer. Es war noch nicht vorbei. Wenn nur DiSezrotti und die Orissianer endlich ankommen würden!

Der krächzende Klang des Muschelhorns ließ Martos auffahren. Irgend jemand in der Nähe brüllte das Kommando zum Anhalten. Er hielt Kriegsflamme an.
Der schwarze Himmel vor ihm beschäftigte seinen Geist. War er jemals zuvor so nahe am Schatten gewesen? Er sah Meile um Meile einer öden, sonnenlosen Ebene vor sich, die sich bis zu grauen Gebirgsausläufern hin erstreckte, ohne auch nur eine Andeutung von den hohen Bergen dahinter erkennen zu lassen. So nahe! DiVega mußte sich wirklich in einer verzweifelten Lage befinden, wenn er sich derart gegen die Grenze zurückdrängen ließ.
Er schüttelte seinen Kopf. Das stimmte nicht. DiVega hatte seine Reserve hier von Anfang an aufgebaut. Er hatte die ganze Zeit über gewußt, daß er bis hierher zurückgetrieben werden würde. Dies war eine Art Falle, und die Grenzländer waren direkt in sie hineingelaufen.
Stirnrunzelnd schaute er um sich. Seine eigenen Männer drängten sich hinter ihm, und überall um sie her waren Jagats Männer, vermischt mit einigen in Regenbogenfarben leuchtenden Mahavaranern. Ein glitzernder Kettenpanzer ließ seine Schwerthand reflexhaft zurückzucken, bevor er Suktio zusammen mit Bimsio und Ymros erkannte. Hinter ihnen sah er Jagat und Hansio, Seite an Seite reitend und in ein Gespräch vertieft, während sie das Schlachtfeld studierten. Er ritt mit Kriegsflamme zu ihnen. Er wußte zwar nicht, was DiVega im Sinn hatte, aber es war klar, daß er irgend etwas vorhatte, worauf sie nicht vorbereitet waren.
»Da ist er ja!« hörte er Bimsio ausrufen. »Dieses Mal werde ich ihn fangen!«
»Sei kein Narr, Bimsio!« Das war die Stimme von Ymros. Sie stritten immer noch, als Martos vorbeiritt, aber er hörte nicht zu.
»Schau«, sagte Hansio gerade, »jetzt riegeln wir dort ab« – er

deutete auf einen Punkt – »zerquetschen ihren Stolz im nächsten Ansturm und werfen uns dann auf ihren Flügel! Schau, wie wir sie da zerdrücken und sie dann aufreiben können, sie mit den Fußsoldaten zermalmen!« Er schaute auf, sah Martos, und augenblicklich erfüllte ein unangenehmer Zug seine gelben Augen. Auch Jagat schaute auf.
Martos zügelte seine Zunge. »Mylord«, setzte er an, »DiVega hat einen Plan, da bin ich mir sicher, etwas –«
»Redet man so einen Prinzen an?« bellte Hansio plötzlich sehr rauh los. »Vorher habt Ihr noch ›Prinz‹ gesagt!«
»Lord Prinz«, verbesserte sich Martos, aber die zuvor sorgfältig zurechtgelegten Worte waren ihm nun schon wieder entfallen. »Da geht etwas – DiVega hat etwas geplant. Ich weiß zwar nicht was, aber – er hat sich absichtlich mit dem Rücken zur Grenze aufgestellt, nicht weil wir ihn dorthin gezwungen hätten. Es muß – er ist ein zu guter Führer, um – als daß man dies leichtnehmen könnte.«
»Ha!« schnaubte Hansio. »Ich dachte, er hätte sich aus Angst mit dem Rücken gegen den Schatten gestellt, in der Hoffnung, daß der bloße Anblick desselben uns abhalten würde! Dort gehört er auch hin. Wenn ich ihn erschlagen habe, werde ich seinen Körper über die Grenze werfen und ihn unseren Feinden überlassen! Genau das verdient er nämlich!«
Jagat starrte ihn an, aber bevor noch irgend jemand etwas hätte entgegnen können, erscholl plötzlich ein lautes Gebrüll und Waffenlärm. Ein rascher Blick über seine Schulter zeigte Martos eine Flut von Grenzländern, die durch die Menge der Seynyorer stürmten und sich so ihren Weg zurück zu ihren eigenen Reihen bahnten.

Der Rückweg war durch die Grenzländer abgeschnitten. Istvan sah die in Kettenpanzer gekleideten Reihen von Männern warten, doch die Grenzländer stellten sich dazwischen. Kleine Grenzlandponys jagten um sie herum, und in kürzester Zeit schossen tropfende Schwerter hoch, und rauh scheppernde Musik erklang von Schilden und Rüstungen.

Der stählerne Tod zielte auf Istvans Gesicht. Seine Schulter spannte sich. Die Stahldecke seines Schildes fuhr hoch, und sein Dröhnen bebte durch alle Knochen seines Armes. Sein Schwert schoß hoch, sang durch die Luft, schlug herab und brach durch Knochen. Sein Pferd trug ihn weiter, zu weit, als daß er hätte erfahren können, ob der Knochen, den sein Stahl berührt hatte, jemals wieder heilen würde oder ob er mit bleichem Gesicht und ausgestreckten Gliedern als blutender Schlamm daliegen würde.
Schwerter und Hufe hämmerten wie Hagel und stampften über das blutige Feld. Abgerissene Schreie erfüllten seine Ohren mit Schrecken. Die kleinen Ponys waren überall. Von ihren Rücken wurde mit hartem Stahl geschlagen und gestochen, während sie daherjagten und Haken schlugen, verwirrend für das Auge ihrer Verfolger.
Eine Gestalt in glatter, dunkler Lederrüstung jagte unter die riesigen Pferde und wedelte in einem tödlichen Tanz mit einer glitschigen roten Klinge über die Ränder der Schilde. Das Pony jagte direkt auf Istvans Pferd zu. Istvan versuchte, mit seinem Pferd auszuweichen, aber der andere war zu schnell. Istvan hob seinen Schild, als blutgetränkter Stahl nach ihm schlug. Er schleuderte das Gewicht seines eigenen Schwertes dagegen, doch ein kleiner Rundschild aus Knochen und Leder drückte seine Klinge zur Seite. Ob er den Mann dahinter irgendwoher kannte? Istvan grübelte.
Ein Grenzländer, größer als die meisten. Außerdem ein weitaus besserer Schwertkämpfer als die meisten von ihnen. Wo hatte er dieses Gesicht nur schon einmal gesehen? Er erinnerte sich an den prasselnden Rhythmus des Regens, die Suche nach der Straße, an den Reiter, der gegen ihn gekämpft hatte. Er erinnerte sich an den Jungen mit dem weißen Gesicht und an seine Höflichkeit. Aber das war nicht dieser Junge. Doch wer sonst –?
Stahl jagte durch die Luft. Der Schild an seinem Arm zitterte unter dem Schlag, und sein glockenheller Klang fuhr ihm durch alle Knochen. Seine Knochen. Er war nur ein Skelett,

das mit Fleisch bedeckt war, und auch überall um ihn herum mähten mit Fleisch verkleidete Skelette einander mit scharfen Stahlschwertern nieder.
Sein Schwert zuckte nach vorn. Über den Schildrand hinweg sah er einen Blitz von bloßem Fleisch, wo ein Stück Leder abgerissen worden war, und die Hasturklinge zischte auf die nackte Haut zu. Der Schild bedeckte sie, und er spürte, wie seine Klinge hochgehoben wurde. Als seine Schwertspitze den Schildrand verließ, zog er seinen Arm zurück, stützte sich auf zum Stoß und fixierte seine Knochen im Ellbogen. Der Schild fegte seine Schwertspitze zur Seite.
Schmerz hämmerte in Istvans Arm. Er spürte, wie der Griff aus den sich lösenden Fingern entglitt und ballte seine Hand verzweifelt, obgleich er sich sicher war, daß der Schlag Knochen und Fleisch verletzt hatte und daß seine Hand davonflog und leer zu Boden fiel. Seine Finger reagierten jedoch, griffen auf heißes, glitschiges Elfenbein und umklammerten den schweren Stahl. Blut schoß in seinen schmerzenden Arm.
Das feindliche Schwert schoß wieder mit einem flachen Streich auf ihn zu. Er erhob seinen Schild, der beim Aufprall wie eine Glocke erdröhnte. Er blickte rechts zu Boden. Die Hand war immer noch da. Kettenringe hingen lose von seinem Handgelenk herunter. Einige Ringe waren abgerissen worden, und dort wo sie gewesen waren, hatte sich rötliche Schmiere gebildet.
Das rote Schwert kam erneut bedrohlich nahe. Und als Istvans Schild sich erhob, verlagerte er seinen Griff am Schwert und zog es zum Hieb zurück. Tod zischte durch die Luft und schlug donnernd auf seinen Schild. Noch im Schock schlug sein schmerzender Arm vor. Er spürte, wie die Klinge auftraf und in Leder einsank. Dann zog er sie panisch zurück. Geröteter Stahl nahm ihm die Sicht, klatschte auf seine Schulter, so daß die Kettenringe klingelten, und glitt dann ab.
Das riesige Pferd bewegte sich unter ihm. Sein Herz trommelte die Luft aus seinen Lungen. Der Tod war nahe gewesen. Als die Schildkante seinen Blick wieder freigab, sah er, wie der

Feind sich hinter seinem Schild krümmte. Sein ganzer Körper war in wilder Bewegung, wie eine Flamme oder ein flatternder Vogel. Seine Schwerthand segelte auf seinen Stahlflügel zu und zog eine rote Bahn durch die Luft. Blut floß von seinem Arm herab wie auch von seiner Klinge.

Die Schräge des gegnerischen Schildes warnte ihn, daß sein Schlag schon erwartet wurde. Dann spürte er, daß der Lederrand seine Klinge hochhob und sie gefahrlos vorüberjagen ließ. Die rote Linie der feindlichen Klinge erhob sich zum erwarteten Gegenschlag, und Istvan spannte Schulter und Ellbogen an. Dann schnellte er seine Schwertspitze dem zuschlagenden Arm in den Weg.

Der Arm schnellte zurück. Schwerter schleiften singend aneinander entlang. Die blutige Spitze stieß nach seinen Augen. Er sah, wie sie sich in zwei Klingen aufspaltete und warf sich wie rasend in seinen Sattel zurück. Stahl kratzte und quietschte über die Oberfläche seines Schildes. Der blutige Dorn stieß über den Rand seines Schildes und verschwand.

Sein Schwert flog erneut im Wind. Als seine Augen sich über den Rand seines Schildes erhoben, sah er die gesenkte Oberfläche des kleinen Lederschildes, und seine Klinge jagte jäh daran vorbei. Ketten klirrten unter seinem Arm.

Ein Stoß traf ihn in die Seite, obgleich er spürte, wie seine Klinge durch Leder schnitt. Irgend etwas rammte seine Rippen, und Luft schoß aus seinen Lungen. Er spürte, wie sich seine Klinge auf Knochen drehte. Seine Seite brannte wie Feuer. Als er hinabschaute, sah er roten Stahl unter seinem Schildrand, und die Spitze wurde aus rubinfarbenen Silberringen hervorgezogen.

Das Gesicht seines Feindes war mit einem roten Schleier überzogen, und sein Helm war halb weggeschlagen; aber der Arm bewegte sich noch immer. Langer roter Stahl stürzte auf seinen Helm. Istvan versuchte, seinen Schild zu heben, aber der war plötzlich schwer, und seine Seite pochte schmerzhaft. Er kämpfte ihn in die Höhe, und Licht blitzte hinter seinen Augen, als eine Glocke gegen seinen Hinterkopf schlug.

Er fiel. Er hatte gerade noch genügend Geistesgegenwart, um seine Füße aus den Steigbügeln zu ziehen, als der Boden auch schon auf sein Gesicht zuraste und er ihn mit seinem Schild abzufangen versuchte.

»Martos!« Jagats Stimme war bei all dem Getöse kaum zu hören. Martos wendete Kriegsflamme und ritt zurück. Jagat saß in sich zusammengesunken und mutlos im Sattel. »Hast du gehört, was dieser – dieser Verrückte gesagt hat? DiVegas Körper – *über die Grenze werfen*? Welcher gesunde Mensch könnte sich etwas so Schreckliches ausdenken? Mit wem habe ich mich da nur verbündet?«

Martos fand keine Antwort. Er starrte über das dröhnende Feld. Der Tod tanzte in einem verrückten Zug von Männern und Pferden. Er sah silberne Fangzähne, die mit Blut überzogen waren, über einer Menge daherjagender Reiter und taubenetzter Kettenpanzer, und all dies vermischt mit glänzendem Leder.

Hansio war losgeritten, um seine Kavallerie zu sammeln. Seine Fußsoldaten stapften in ihren gefärbten Lederrüstungen auf den Feind zu. Jagats Fußsoldaten marschierten mit ihnen. Schwerter wogten wie Gras in starkem Wind.

Verwundete schrien. Martos' Brust schmerzte. Blaue, rotverfärbte Körper lagen verstreut umher. Schwerter stachen und schnitten. Männer starben schreiend. Pferde rutschten durch glitschige rote Pfützen. Und doch war all dieses Blut und dieser Tod nicht so schlimm wie die Vision, daß triumphierende Ghule mit den Knochen von Istvan dem Bogenschützen spielen würden.

»Heh – Prinz Hansio – hat es vielleicht nicht so gemeint – nicht wirklich so gemeint...« Aber noch während Martos sprach, wußte er, daß Hansio jedes seiner Worte ernst gemeint hatte. »Sein Schmerz...« Aber das war sicherlich das Falscheste, was er sagen konnte! Er blickte rasch auf, mit einem Schuldgefühl, und sah überrascht ein trauriges Lächeln auf Jagats Gesicht.

»Der Schmerz über den Tod seines Sohnes hat seinen Geist entwurzelt«, sagte Jagat sanft. »Meinen auch, daran besteht kein Zweifel, sonst wären wir nicht hier. Schau hinter die seynyorische Linie, Martos. Was siehst du da?«

Er schaute. Kettenpanzer schimmerten im Sonnenlicht gegen einen schwarzen Himmel. Martos schauderte. Durch trübe, erstarrte Luft sah er Meilen von Staub und die düsteren Umrisse von Hügeln. Er leckte über seine Lippen und versuchte sich vorzustellen, er müsse dort kämpfen anstatt im Licht der Sonnen. Dort sterben, wo die Dunklen Wesen lebten.

»Aber was sollen wir tun, Martos?« Jagats Stimme brachte ihn zurück in die Welt des Sonnenlichts. »Jetzt ist es zu spät, sich aus der Schlacht zurückzuziehen. Und selbst wenn das möglich wäre, würden wir jede Strafe erhalten, die Hansio sich nur ausdenken könnte, für einen so verdammenswerten Verrat! Und er würde dafür sorgen, daß wir litten.« Er sank in sich zusammen und schüttelte seinen Kopf. »Niemand hat dem Fuchs jemals vertraut, ohne es hinterher zu bereuen. Deshalb konnte er niemals den alten König überwältigen. Alle Welt vertraute Olansos. Doch wer wäre schon ein solcher Narr gewesen, Hansio zu vertrauen?« Jagat starrte über das Schlachtfeld hinweg in die Ferne, dorthin, wo Hansio seine verstreuten Reiter sammelte und sie auf einen neuen Angriff vorbereitete.

»Und zu jener Zeit war er sogar noch gesund«, fuhr Jagat fort. »Niemand weiß, was –«

Eine Stimme brüllte seinen Namen. Suktio und Ymros preschten heran und lenkten ihre kleinen Ponys zwischen den glitschigen Blutlachen hindurch.

»Lord Jagat!« brüllte Ymros erneut, und dann weniger laut, »Istvan der Bogenschütze ist tot!«

Martos' Herz erbebte.

»Tot!« rief Jagat aus, während Martos' Zunge in seinem Mund stolperte. »Bist du dir sicher?«

»Ich sah, wie er fiel«, sagte Suktio. »Bimsio tötete ihn.«

»*Bimsio?*« rief Martos aus.
»Wo ist Bimsio?« fragte Jagat.
»Tot höchstwahrscheinlich«, antwortete Suktio, »oder zumindest fast. Die Heiler behandeln ihn. Der obere Teil seines Kopfes ist – man kann den Knochen sehen. Aber er stach DiVega unter seinen Schild, und als DiVegas Schwert in seinen Schädel eingedrungen war, tat er einen letzten Schlag – einen starken, das kann ich euch sagen! Er hob Istvan den Bogenschützen aus dem Sattel, so kraftlos wie nasses Heu!«
»*Wenn Helden einander treffen, kein Sieg*«, zitierte Martos sanft, wie zu sich selbst.

16

Istvans Herzschlag pochte durch seine schmerzenden Knochen und trommelte in seinem Schädel. *Was*, dachte er, *ich lebe immer noch?*
Männer brüllten. Stahl dröhnte. Schlamm klebte in seinem Bart. Er spürte, wie Hände an seiner Rüstung zerrten und das Kettenhemd von seinem Körper entfernten. *Jetzt werden sogar schon die Toten beraubt!*
Sein Schildarm lag angewinkelt unter ihm, aber seine rechte Hand war leer. Seine Finger tasteten rastlos im blutigen Schlamm umher, bis er den Knauf seines Schwertes fand und ihn ergriff.
Er rollte sich herum, sein Schild schob die Erde weg, und die scharfe Klinge wirbelte Schlamm auf. Ein rotes Gewand tauchte auf. Verkrampfte Finger hielten das Schwert in der Luft.
Mit weit aufgerissenen Augen schaute der Heiler auf die scharfe Klinge, die so nah bei seinem erbleichenden Gesicht war, nahm einen tiefen Atemzug und blies die Luft dann langsam wieder heraus. »Wenn Ihr Euch zurückrollen würdet

und Euch ein wenig erheben, kann ich mir das Loch in Eurer Seite anschauen, Kommandant DiVega.« Es lag eine ganz leichte Andeutung von Zittern in der Stimme des Rotgewandeten.

Istvan fiel auf seine Ellbogen zurück und stieß sich hoch, so daß der Heiler mühsam den Kettenpanzer um seine Schultern öffnen konnte. Das leise Knarren des zerreißenden Panzers verlor sich fast vollständig im Gebrüll und im Lärm der Schlacht. Hufe hämmerten vorüber.

Istvans Seite war von Blut überströmt. Vorsichtige Finger stachen. Dann preßte sich die warme Handfläche des Heilers gegen die Haut, und Istvan spürte, wie der Geist des Roten sein Fleisch untersuchte. Der Boden unter seinen Ellbogen wurde von Hufschlägen erschüttert. Die Sense des Todes schlug rhythmisch gegen tausende von Schwertern und Schilden.

»Nun?« sagte er und wollte das Schlimmste zuerst hören. »Wie schlimm steht es?« Etwas Kaltes ergoß sich über seine Rippen und brannte in der Wunde wie Feuer.

»Der Schlag auf den Kopf wird Euch für eine Weile Schwindelgefühle bereiten, und Ihr habt auch mehr Blut verloren, als für einen Mann Eures Alters gut ist, aber –« Der Heiler lachte über Istvans Staunen. »Das da?« Die Finger des Heilers stocherten in der Wunde herum. »Ein Nadelstich, ein Splitter im Knochen – es traf die Rippe! Ihr müßt Euch direkt hineingelehnt haben, sonst hätte es nicht durch Euer Kettenhemd stechen können! Bleibt nur still liegen, ich werde die Wunde mit Salbe bestreichen.«

Still liegen! Istvan schloß seine Augen. Hufe donnerten vorüber. Er konnte das Dröhnen der Schilde hören. Er öffnete seine Augen und hob den Kopf. Stahl flackerte wie Gewitterblitze. *Still liegen!* Er hätte nur zu gerne still liegen wollen. Er schob seinen schweren Schild über den Schlamm und erhob sich. Er konnte Männer brüllen und schreien und sterben hören. Er roch Schlamm und Blut und den süßen Geruch von zertretenem Gras.

»Bleibt ruhig liegen!« sagte der Heiler wieder. »Ihr habt Blut verloren, Kommandant! Bleibt einfach liegen und –«

Istvan erhob sich und kroch auf seine Füße. In seinem Hinterkopf schoß ein Schmerz hoch. Die Welt neigte sich und tanzte hinter einem goldenen Lichtschleier. Sein Magen drehte sich, und sein Herzschlag dröhnte durch die Sohlen seiner Stiefel.

»Habt Ihr schon vergessen, was ich Euch gesagt habe?« sagte der Heiler. »In Eurem Alter steht es Euch nicht an, den Helden zu spielen.«

»Ich weiß, ich weiß«, sagte Istvan gereizt. Das Gewicht des Kettenhemdes schnitt in seine Schulter. Sein Gürtel lag zu seinen Füßen am Boden, und die Ketten hingen um ihn wie eine leere Hülse. Der Heiler hatte sie natürlich ruiniert.

Er wollte sich hinlegen. Seine Knochen schrien nach Ruhe.

Er steckte die Spitze seines Schwertes unter seinen Gürtel und hob ihn hoch, und Himmel und Erde drehten sich um ihn. Er starrte auf den Degen, der vom Gürtel herab und in den Staub fiel.

»Meine Männer brauchen mich«, hörte er seine eigene Stimme sagen. »Und außerdem gibt es andere, die Eurer Hilfe dringender bedürfen als ich. Der Tod macht alle Menschen schnell träge. Helft mir beim Anlegen meines Gürtels.«

Mit einem Seufzer hob der Heiler Gürtel und Degen auf. Istvan steckte sein Schwert in die Scheide und hob dann seine Arme, während der Heiler ihm den Gürtel anlegte. Er beugte sich noch immer nach vorn. Der Glanz des Stahls schmerzte in seinen Augen.

Er spürte die Hand des Heilers auf der seinen und merkte, wie er von Kraft durchflutet wurde. Hände und Füße zitterten. Die Welt wurde klar, als tauchte sie plötzlich aus dem Nebel auf. Er blinzelte über die stahlhellen Felder. Reiterlose Pferde jagten vorbei. Sein Schild zog an seinem Schultergelenk. Er öffnete seinen Mund, um dem Heiler zu danken, aber der Rote eilte schon davon. Überall lagen Verwundete, und die Heiler liefen geschäftig zwischen ihnen umher.

In der Ferne jagten Pferde mit Reitern auf ihren Rücken, und

über sie hinweg fegte ein Sturm wirbelnder Schwerter. In der Nähe sah er reiterlose Pferde, aber keines von ihnen kam ihm nahe genug, als daß er es hätte fangen können.
Er taumelte auf das Dröhnen des Stahls zu.

Muschelhörner kreischten. Martos sah Hansio gestikulieren, und in seiner Hand glühte Notfeuer. Es hieß, Hansios Urgroßvater hätte jene Klinge erhalten. Sie war Hasturs Belohnung für große Verdienste an der Grenze gewesen.
»Am besten sagen wir Hansio nicht, daß DiVega tot ist«, sagte Lord Jagat. »Ich fürchte, er wird sich – betrogen fühlen«, fuhr er bedächtig fort und zuckte dann mit den Achseln. »Vielleicht habe ich Unrecht. Ich hoffe es sogar! Aber ich weiß nicht, was er...« Er starrte auf den Boden.
Schilde klirrten, und scharfe Schwerter schlugen den wahnsinnigen Takt der Schlacht. Hansios Fußsoldaten waren vorgerückt, um die Seynyorer beschäftigt zu halten, während er die Kavallerie zum Angriff bereitmachte.
Jagat blickte auf. »Wir sollten besser zu unseren Männern zurückkehren, Martos.«
Sie ritten zusammen über das vom vielen Blut schon glitschige Gras, und Ymros und Suktio ritten hinter ihnen her. Jagats Männer jubelten, als er kam. Hansios Adlermaske starrte in ihre Richtung. Martos verließ Jagat, umgeben von seinen Männern, und ritt dorthin, wo die Kompanie wartete, zwei Reihen von stahlgepanzerten Gestalten.
Paidros galoppierte ihm entgegen. »Ich habe mich schon gefragt, wann du wohl endlich zurückkommen würdest!« murrte er. »Hör zu! Dieser Mann« – seine Hand deutete auf Hansio – »hat zwar eine Stimme wie eine Kriegstrompete, aber hast du schon einmal angehört, was er sagt?«
Martos lauschte.
»...selbst wenn wir das Sonnenlicht hinter uns lassen müssen!« Hansios volltönende Stimme rollte über die Armee. »Falsche Freunde, falsche Hilfe! Sie kommen, um unser Land zu stehlen und anschließend unsere Frauen!«

»So geht das schon eine ganze Weile«, brummte Paidros, »immer und immer wieder! Er spuckt Haß!«
»Wir fürchten den Schatten nicht! Wir haben schon zuvor in jenem Dunkel gekämpft. Auch wenn der Himmel verdeckt ist, werden wir nicht verzagen! Wir werden sie über die Grenze jagen, wo sie hingehören, und wir werden ihre Knochen dort lassen! Wir werden all die töten, die versuchen, uns unser Land zu nehmen, so wie wir es seit tausend Jahren zu tun pflegen!«
»Man könnte fast denken, er wollte uns gegen die Nachtwesen ins Feld führen«, sagte Paidros mit verhaltener Stimme, »nicht gegen Männer, die vom Fuß von Hasturs eigenem Berg kommen!«
»Männer der Grenze!« Hansios Stimme schwoll an wie Musik, und sogar Martos kämpfte gegen ihren Zauber an, der sein Herz pochen ließ und kühl an seinem Rückgrat entlangrieselte. »Ihr Erben der Helden! Vernichtet den Feind jetzt! Schlagt ihn nieder! Dort stehen sie mit dem Rücken zur Grenze! Seht den Schatten über ihren Schultern! Folgt der Flamme meines Schwertes zum Sieg!« Er wendete sein Pferd. Die Hasturklinge flammte über seinem Kopf auf und senkte sich dann, um auf die seynyorische Linie zu deuten. »*Angriff!*«
Muschelhörner schrillten. Jubelnde Stimmen übertönten sie. Fersen stießen in die Flanken der Pferde. Hufe trommelten donnernd auf den Boden, und Martos fand sich als Teil einer wogenden Reihe von Reitern wieder, die sich über die seynyorische Streitmacht ergoß wie eine Meereswelle über den Wall einer Sandburg.
Istvan fing ein reiterloses Pony ein und ritt auf dem wilden Tier vorwärts. Die alptraumhaften Schreie der Verwundeten zerrten an seinen Nerven, während die Rotroben sich bemühten, alle noch Lebenden vor den alles niederwalzenden Hufen zu retten.
Weiter hinten stürmte eine Donnerwolke von feindlichen Reitern heran. Vor ihm tanzten Stahlflammen rhythmisch

über seinen Linien, während ein Block Fußsoldaten unerschütterlich gegen die Stürme seiner Kavallerie anrannte. Wenn die Orissianer nicht bald kämen, würde wohl niemand mehr übrig sein, dem sie zur Hilfe kommen könnten.
Er gab dem Pony die Sporen und lehnte sich zu seiner Mähne hinab, während der durch den schnellen Ritt erzeugte Wind ihm ins Gesicht schlug. Muschelhörner schrillten hinter ihm, und einem Stimmengewirr folgte das Donnern der Hufe.
Er dachte an Pertaps Ritt und jagte die kleine Stute weiter. Winzige Gestalten bewegten sich, als die Fußsoldaten sich zurückzogen, und er sah seine eigenen Leute mit ihren glänzenden Rüstungen, die sich darauf vorbereiteten, sich dem angreifenden Feind entgegenzustellen. Ihr Getrampel erschütterte die Erde. Nackte Gestalten tauchten vor ihm auf, Männer mit berghohen Schultern, die ihre Bögen beim Marschieren umgehängt hatten.
N'lantier! Istvan lenkte sein Pony scharf nach links und versuchte, sie von hinten zu umgehen, aber einer von ihnen schaute auf und brüllte. Lange gebogene Klingen, die noch nicht mit Blut verschmiert waren, glitzerten in ihren Scheiden. Einer spang von rechts heran und erhob den sauberen, glänzenden Stahl mit beiden Händen, der dann wie in einem Nebelschleier an Istvans Hüfte schwirrte.
Istvan fand Zeit, die Präzision des Streiches zu bewundern, während er sich im Sattel drehte und ihm seinen Schild entgegenhielt. Seine scharfe Klinge fegte über die entblößte Kehle des Gegners. Eine zweite Klinge schwebte in der Luft, als Istvans Schwertspitze in das Fleisch eines entblößten Armes sank. Er fiel und prallte wirkungslos von seynyorischen Ketten ab.
Dann war Istvan an ihnen vorüber, und ein Frösteln kroch über seine Schulterblätter. Er wartete auf den Aufprall eines Schaftes von einem jener furchtbaren Bögen, während seine Fersen das Pony weitertrieben. Verstreute Fußsoldaten flüchteten vor ihm; der Wasserfall der Hufe trommelte lauter hinter ihm, und über seiner Schulter erblickte er eine Sturz-

welle mit einem stählernen Wellenkamm, die hinter ihm zusammenschlug. Irgend jemand rief seinen Namen, und der Jubel machte ihn taub, als er in seine eigenen Linien ritt, sicher unter seinen Männern.

»Jeder zweite Mann!« brüllte er und schwang sich von seinem Pony. »Absitzen! Abgesessene, an die Bögen! Seher! Wo ist der Seher?«

Er stolperte ein wenig. Seine Füße rutschten durch den Schlamm. Er war immer noch sehr unsicher auf den Beinen. Überall um ihn her schwangen sich die Männer auf ihre Pferde. Er sah, daß der Abstand zwischen den beiden Armeen immer kleiner wurde. Die donnernden Hufe kamen näher und näher.

Martos ritt an der Spitze einer Welle von Pferden. Sein Schwert und sein Geist stiegen über das Dröhnen der Hufe auf.

Seynyorische Reiter kamen ihm entgegen. Pfeile zischten durch die Luft. Er schob sein Schwert wieder in die Scheide und holte den Bogen aus seinem Behälter. Er zog seinen Arm aus den Haltegurten seines Schildes und ließ den Schild lose an den Schulterriemen baumeln, so daß er gegen seinen Schenkel schlug, während er Pfeil um Pfeil auf den sich nähernden Feind abschoß.

Überall entlang der Linie flogen die Pfeile. Rechts und links stürzten Pferde unter Waffengeklirr zu Boden. Wut und Schrecken erfüllte ihn. Die Sehne schwirrte in seiner Hand. Auch die Grenzländer schossen, aber ihre breitköpfigen Pfeile verfingen sich nur in den winzigen Kettenringen und blieben dort stecken, während die seynyorischen dornenspitzen Geschosse durch Leder zu dringen vermochten.

So wenige, dachte er. Das würde das Ende sein. Das würde die Seynyorer niederwalzen.

Die beiden Linien schlossen sich. Er steckte seinen Bogen weg und griff nach dem Schwert, um sich auf den Ansturm vorzubereiten. Aber die Seynyorer wendeten ihre Pferde und jagten

davon. Dabei drehten sie sich im Sattel um und schossen nach hinten. Wildes Freudengeheul erhob sich unter den Grenzländern, aber Martos wußte es besser. Dies war ein klassisches Manöver. DiVega mußte noch Pferde in Reserve haben.
Plötzlich erschienen brüllende Fußsoldaten zwischen den Pferden. Sie stürmten vor, schlossen ihre Reihen und brachten ihre Schilde in Position. Schwerter stachen aus der Schildmauer hervor, und eine Reihe von bedrohlichen Stahlstacheln zielten auf die Augen der Pferde. Die Tiere blieben stehen und scheuten, schlugen aus, bockten und tänzelten.

Das Licht von Istvans Schwert wurde von braunem Schmutz überdeckt. Istvan spreizte seine Beine weit, um fest auf dem Boden zu stehen, stützte seine Schultern fest gegen die Schultern anderer Menschen und erhob seinen Schild gegen einen Ansturm wild heranjagender Berge. Er kämpfte mit dem Wunsch zu laufen und war sich der peitschenden Hufe schrecklich bewußt, die angriffen, um ihn in den Staub zu stampfen.
Er hielt seine Schwertspitze stetig auf die Nase des laufenden Pferdes vor sich gerichtet. Das Pferd blieb stehen, scheute und schlug aus, und von seiner Nase tropfte Blut. Durch seine Schultern spürte Istvan, daß die ganze Linie wankte. Plötzlich bäumten sich auch andere Pferde weiter hinten auf, und das Grenzlandpony tauchte über seinem Schild auf, da es von hinten gestoßen wurde.

Pferde brachen in die Linie der Schilde ein. Martos sah, wie die feindliche Linie zurückwankte. Aber die volle Kraft des Angriffs war gebrochen. Kriegsflamme tänzelte unter ihm. Pfeile flogen über die feindliche Linie und gingen überall nieder.
Von beiden Seiten erscholl schreckliches Krachen und Schreien, als sich die zweite Angriffswelle der Reiter in die erste hineinpflügte. Der Schildwall wankte wieder, als die Pferde auf ihn geschleudert wurden. Ein schneller Blick über

seine Schulter zeigte ihm seine eigene zweite Linie, die einer Reihe lebender Statuen glich.
Er drängte Kriegsflamme mit seinen Fersen vorwärts. Er war sich zwar schwach Paidros' gellender Kommandos bewußt, aber der größte Teil seiner Aufmerksamkeit war auf das ruhig segelnde Schwert konzentriert, das zustieß und über die feindlichen Schilde zischte, auf der Jagd nach dem Fleisch, das dahinter versteckt lag.

Istvan schloß seine Augen, als ein Gewicht seinen Schild auf seine Brust preßte. Als sich seine Augen wieder öffneten, kämpfte er um das Gleichgewicht. Pferde bockten und schlugen aus. Ein blutiges Stahlband segelte ungeschickt auf ihn zu; er wehrte es ab.
Er wich den galoppierenden Pferden aus. Hinter ihm donnerten Hufe, während die berittene Reserve sich auf die Männer stürzte, die die Linie durchbrochen hatten. Sein Schildwall war gebrochen, aber er hatte lange genug standgehalten, um die Kraft des Ansturms abzufangen. Pferde scheuten und schlugen aus, und die Schwerter, die von ihren Rücken herabschwangen, wurden von Männnern gehalten, deren Konzentration geteilt war.
Istvan rannte vorwärts und jagte auf einen Mann mit einem wildgewordenen Pferd und mit blutendem Gesicht zu. Das Schwert des Grenzländers schlug zu und landete donnernd auf seinem Schild. Die kleinen Gestalten, die zwischen den Pferden umhersprangen, waren nicht nur seine eigenen Männer. Hansios Fußtruppe kam mit fliegenden Schwertern herbeigeeilt. Die knochigen Finger des Todes griffen nach ihm.
Die diamantharte Klinge des Hasturschwertes schlitzte Leder auf. Helles kirschfarbenes Rot ergoß sich über vertrocknetes braunes Blut. Der Grenzländer stürzte von seinem Pferd, und Istvans Schild dröhnte, als ein vorüberrennender Mann nach ihm schlug.
Das reiterlose Pferd jagte davon. Grenzländer zu Fuß umringten ihn. Sein Schwert und sein Schild bewegten sich in einem

donnernden Rhythmus. Er hielt hinter sich nach der Linie Ausschau, der er noch kurz zuvor selbst angehört hatte, aber er sah nur noch verstreute Haufen von Männern, die in einem Hagel von rotgefärbten Stahlsplittern kämpften. Er zog sich umsichtig zurück, wobei sein Schild hochsprang und dröhnte, während seine heimtückische Klinge über ihm wirbelte.

Martos lenkte Kriegsflamme fort von den krachenden Schilden und blinzelte sich den Schweiß aus den Augen. Verschwommene Gestalten jagten im gleißenden Sonnenlicht auf ihn zu. Hinter ihm waren ein paar Seynyorer ausgebrochen. Er hörte, wie Offiziere ihnen zubrüllten, sie sollten sich wieder in die Schlachtlinie einreihen.

Helle Rüstungen, die zu beiden Seiten von ihm aufflammten, stürzten ihm entgegen. Er schloß seine müden Augen und überließ es dem Pferd, die gewohnten Manöver selbständig auszuführen.

Er ritt durch den Sturm der Hufschläge, der die zweite Linie angriff, wobei seine Knie zurückzuckten, da sie den Zusammenprall schon halbwegs erwarteten. Aber er hörte das Crescendo zu seinen beiden Seiten vorüberstürmen und wußte, daß er sicher durchgekommen war. Dann fielen seine Augen auf Massen von Grenzländern und auf seine eigene Linie, die sich zu beiden Seiten von ihm erstreckte. Unter einem hellblauen Himmel paßte er sein Tempo an.

»Wenden!« brüllte er und war kindlich erfreut, daß seine Zunge sich ohne Schwierigkeiten bewegt hatte.

Kriegsflamme spannte sich unter ihm an. Erde und Himmel wirbelten durcheinander. Er hörte ein schreckliches Krachen, als seine zweite Linie auf die Seynyorer stieß. Der Schatten glich einem schwarzen Flügel, der über seine Augen geschlagen war, und er schaute in die Dunkelheit. Schwerter hoben sich und fielen. Schilde dröhnten. Männer schrien. Die seynyorische Linie zitterte unter dem Ansturm der Pferde, aber sie hielt stand.

Martos zog den Ärmel über sein Gesicht. Der glasige Glanz

des schwingenden Stahls funkelte in seinen Augen. In dem schmalen Streifen aus Sonnenlicht vor der Grenze mit ihrem schwarzen Himmel und den nächtlichen Bergen dahinter drängten seine Männer die Seynyorer zurück.

Weiter entfernt zu beiden Seiten waren die Grenzländer in den Kampf verwickelt. Hier und dort sah er, daß sie durch den seynyorischen Schildwall gebrochen waren und mit den dahinter stehenden Reitern kämpften. Martos erhob sein Schwert und schwang es. Seine Männer erfaßte Spannung. Er winkte Romulos zu, und die Trompete gab das Signal zum Angriff.

Die seynyorische Linie brach vor ihm zusammen. Fußsoldaten wankten stolpernd zurück, verloren zwischen den Pferden. Martos preschte durch Zerstörung, während sein Schwert durch die Luft jagte. Das Donnern von Stahl schmerzte in seinen Ohren. Hufe stolperten, als sie durch dickflüssiges Blut rutschten. Berittene Seynyorer versuchten, die Lücke zu füllen. Martos spürte, wie sein Schwert durch die Glieder von Kettenringen riß. Rot spritzte auf seine Klinge. Seine Seele pulsierte mit den Hufschlägen. Er führte eine triumphierende Welle von Pferden an, die über den Feind hinwegbrandete.

Istvans Klinge durchschnitt Leder. Sterbende Augen starrten ihn in einem stummen Vorwurf an. Istvan befreite sein Schwert und erhob den Schild. Metall krachte, und die Wucht des Aufpralls ließ seinen Arm erzittern.

Sein Schwert glitt durch die Luft, und wieder spürte er, wie sich seine Klinge in Leder verfing. Ein Grenzländer keuchte und drehte sich wieder, jedoch zu wild, denn sein kleiner Schild glitt zur Seite ab. Für Istvan war es ein Kinderspiel, den Hieb mit seinem Schild abzufangen, während sein Schwert am schwebenden gegnerischen Schild in einem vollen Kreis vorbeiwirbelte und dann durch Leder und Metall und Fleisch drang, bis tief in den Knochen hinein. Die feindliche Klinge donnerte auf seinen Schild, als sie kraftlosen Fingern entglitt.

Istvan schaute aufgebracht um sich. Hier hätte eigentlich eine Linie sein müssen, aber alles, was er sah, war ein großes Chaos. Männer und Pferde vermengten sich zu einem wahnsinnigen Schlachttanz. Dies war der Anfang vom Ende, das wußte er. Er spürte in seinem Inneren schon jenen Ansturm, der sie zerschmettert über die Grenze jagen würde.

Martos spürte das Gewicht des Schwertes, das in seiner Hand flog. Der Schock, der den Stahl durchfuhr, erschütterte Schulter und Handgelenk, als die scharfe Klinge über Knochen kratzte.

»Du hast ihn!« brüllte Valiros über das Dröhnen des Metalls und das Donnern der Schilde hinweg.

Aber was tat er da nur, fragte sich Martos. Warum tötete er Männer aus seinem Teil der Welt, Männer wie er selbst? Männer, gegen die er keinen Groll hegte?

Scharfer Stahl quietschte durch die Luft, und er duckte sich hinter seinem Schild; über der Kante sah er den schwarzen Himmel.

Was tat er da nur, indem er gegen Männer kämpfte, die vom Fuße des Hasturberges gekommen waren, indem er sie tötete und ihre Körper am Fuß des Schattens zurückließ?

Istvan raffte seinen sinkenden Mut zusammen und jagte zwischen tödlichen Schwertern hindurch zu einem Platz, wo eine Gruppe seiner Männer noch immer im Gemenge zusammenstand und Rücken an Rücken kämpfte. Er brüllte ihnen zu, sie sollten sich sammeln.

Ein Sterbender in seynyorischer Rüstung klammerte sich an ihn. Blut quoll aus seiner Kehle. Dann fiel er zu Boden. Schwert und Schild erhoben sich und fielen in einem irren Rhythmus, und das Donnern der Schwerter auf die Schildränder machte taub. Er brüllte unentwegt, jagte vor und zurück durch den peitschenden Stahl, der wie Gras in starkem Wind hin- und herwogte.

Männer sammelten sich auf sein Kommando hin um ihn. *Um*

Istvan den Bogenschützen, dachte er bitter. Das war es, was sie um ihn gesammelt hatte, das Banner seines verhaßten Ruhmes.

Martos stand in seinen Steigbügeln und schaute über die Schlacht. Es gab immer noch ein paar Stellen, wo die Seynyorer ihre Positionen hielten, aber es waren nur noch einige wenige. Überall sah er Grenzländer, die ihre Feinde zurückdrängten und sie dicht zusammendrängten, und der schwarze Himmel rückte ständig näher, während die schwirrende Masse zurückstolperte.

Wieviel leichter würde es ihm fallen, gegen Gesetzlose oder unehrenhafte Männer zu kämpfen, die er nicht bewunderte! Oder gegen die Nachtwesen!

Er erblickte Jagat in der Nähe auf einem ausschlagenden Grenzlandpony. Jagats Klinge verschwamm, bis es schließlich so aussah, als ob sich tatsächlich ein Schwertrad in seiner Hand drehte. Hansios Hasturklinge flammte irgendwo rechts von ihm auf.

Eine Trompete erscholl. Martos war verwirrt wegen ihres fremdartigen Tons. Das war nicht die von Romulos und auch keine der Seynyorer. Ein Muschelhorn der Grenzländer war es auch nicht. Dennoch kam es von hinten.

Istvans neuformierte Linie wankte. Die Männer, denen sie gegenüberstanden, wurden plötzlich gegen sie gepreßt. Istvans Ellbogen schmerzte, als er einen erhobenen Schild rammte. Ein Gewicht preßte seinen Schild dicht an seine Brust und ließ ihn zurückstolpern. Er spürte, wie die ganze Linie mit ihm zusammen zurückwich und wußte, daß dies das Ende war.

Ein Teil des Himmels war dunkel. Sie waren nun fast an der Grenze. Die Herzen der Menschen würden im Schatten ihre Kraft einbüßen. Das bißchen Disziplin, das noch übrig war, würde zusammenbrechen, und die Grenzländer würden sie wie verängstigte Tiere jagen.

Von der anderen Seite der Masse der sich tummelnden Körper

ertönte immer lauteres Gebrüll. Der Feind schien ebenso hilflos zu sein wie seine eigenen Männer. Eine wilde Hoffnung stieg in seinem Herzen auf.
Plötzlich war das Gewicht seines Schildes verschwunden, und er stolperte einen Schritt vorwärts, um nicht auf sein Gesicht zu fallen. Er blinzelte über einen plötzlich offenen Raum und sah auf die Rücken von Feinden. Und hinter ihnen, zwischen ihnen und über ihren Schultern glänzten helle Rüstungen und sonnensilberne Schwerter, die noch nicht mit Blut verschmiert waren.
Die Orissianer waren angekommen.
»*Aufgesessen!*« brüllte Istvan. »Sitzt auf und reitet!«

Martos fand sich im Ansturm einer Welle wieder, und seine beiden Knie waren in einen Schraubstock aus Pferdekörpern eingeklemmt. Kriegsflamme stolperte. Das Pferd wurde nur durch andere Pferde zu beiden Seiten auf den Beinen gehalten.
Er schaute zurück und sah Kämpfe, wo es eigentlich keine hätte geben dürfen. Blitzsaubere Schwerter schwebten golden im Sonnenlicht, stürzten nieder und erhoben sich dann wieder mit einem nassen Stahl in der Farbe des Sonnenuntergangs. Eine feindliche Truppe, die sich im Getümmel der Schlacht unbemerkt hatte nähern können, mußte sie von hinten angegriffen haben.
Seynyorische Trompeten erklangen, mild und süß, und der Ansturm ebbte ab. Martos erkannte, daß die Angriffswelle ihn weit von seinem ursprünglichen Standort weggetragen hatte. Über den Ruinenmauern in der Nähe erhoben sich carrodische Äxte und fielen dann wieder.
Ein Carrodier stach einem Grenzländer mit dem scharfen, zersplitterten Heft einer zerbrochenen Axt durch die Kehle. Eisenfaust Arac sprang plötzlich auf die Mauer, und seine furchtbare Axt flog um ihn. Seynyorer, Carrodier und Grenzländer wogten über die Mauer und mähten die schockierten Männer vor sich nieder.

Die Seynyorer sammelten sich und ordneten sich neu, während Jagats und Hansios Männer sich umwandten, um sich der Bedrohung auf ihren Flanken entgegenzustellen. Er sah, wie die abgesessenen Seynyorer zu ihren Pferden liefen und sich in die Sättel schwangen. Dann sah er Jagat, der durch das Gedränge preschte und sich zwischen Ponys herandrängte, während er Martos' Namen brüllte. Martos jagte auf ihn zu, und Valiros blieb ihm dicht auf den Fersen. Er sah, wie Jagat anhielt, um Suktio etwas zuzubrüllen. Suktio schien zunächst mit ihm zu diskutieren, aber dann sah Martos, daß er nickte und sein Muschelhorn an seine Lippen erhob.

»Martos!« brüllte Jagat, als er ihn heranreiten sah. »Wo ist dein Trompeter? Wir müssen die Männer sammeln und uns zurückziehen!«

Martos, der wie gelähmt war, hielt nach Romulos Ausschau. Seine Zunge war stumm. Valiros brüllte den Namen des Trompeters, und kurz darauf ritten Paidros und Romulos aus der allgemeinen Verwirrung. Ihre Rüstungen waren zerfetzt und blutverschmiert.

»Wir müssen uns sammeln und uns wohlgeordnet zurückziehen«, sagte Jagat, »oder dies wird zu einem Massaker werden! Wir müssen Hansios Rückzug decken –«

Seine Stimme wurde im singenden Klang von Chandras Muschelhorn ertränkt. Das blecherne Krächzen von Romulos' Trompete erhob sich darüber.

Als Istvan erst einmal auf einem Pferderücken war, konnte er den glänzenden Keil von Waffen sehen, der wie ein schwerfälliger stählerner Strom durch die feindlichen Reihen floß. Schwerter wehten wie silbernes Schilf. Männer brüllten und formierten sich zu einer Linie. Es waren viele Pferde zu sehen.

Die Verzweiflung war von ihm abgefallen. Sein Herz schwang sich wieder empor. Bald würde alles vorüber sein. Und er lebte immer noch.

»Was geht hier vor?« donnerte Hansios Stimme. Martos schaute verwirrt auf und sah den Prinzen von Mahapor auf sich zueilen. Sein Schwert flammte in seiner Hand. »Warum zieht ihr euch zurück? Wer gab den Befehl zum Rückzug?«
»Ich war das!« Jagat ritt zu ihm. Hinter der Adlermaske schaute plötzlich wieder der Fuchs hervor und starrte ihn an.
»Wie konntet Ihr es wagen!« zischte Hansio. Jagats Männer griffen nach ihren Schwertern.
»Die Ordnung Eurer Linien ist durchbrochen«, sagte Jagat. »Der rechte Flügel wird vernichtet werden, wenn wir uns nicht zurückziehen, um –«
»In *meiner Armee* zieht sich *niemand* zurück!« zischte Hansio.
»Ihr müßt es tun!« fuhr Jagat ihn an.
»Niemals!« Hansios Stimme schrie fast. »Nicht bevor ich Istvan den Bogenschützen gefunden habe und ihn für den Tod meines Sohnes büßen ließ!«
»Istvan DiVega ist tot!« brüllte Jagat. »Einer meiner Männer tötete ihn und starb –«
»Nein!« kreischte Hansio. Sein Blick wirkte sehr merkwürdig. Die Maske des Adlers zerbröckelte. »Er kann nicht tot sein! Ihr lügt! Das Schicksal kann mich nicht so betrügen! Ihr lügt!«
Die Hasturklinge flammte hell auf, und Martos spürte, wie sein Herz stockte. Er lenkte sein Pferd an Jagats Seite, da er erwartete, Hansio würde ihn niederstechen. Statt dessen jagte Hansio auf seinem Pferd davon und preschte in die seynyorischen Linien. Seine Stimme übertönte alles andere.
»DiVega!« hörten sie ihn brüllen. Das schrille Schreien ruinierte seine volltönende Stimme. »Komm raus, DiVega! Hör auf, dich hinter deinen Leuten zu verstecken und sie für deine bedauerliche Sünde sterben zu lassen! Komm raus, DiVega! Wo versteckst du dich? Wenn du ein Mann bist, dann komm raus und kämpfe!«

Istvan erhob sein Schwert zum Angriff, senkte es aber wieder, als er eine schrille Stimme seinen Namen brüllen hörte.
»Schau!« sagte einer der Männer in seiner Nähe. »Es ist der Alte Fuchs persönlich!«
Istvan sah eine andere Hasturklinge hoch über dem Raum zwischen den beiden Armeen aufflammen. Er hörte erneut seinen Namen.
»DiVega!« Die Stimme klang hoch und dünn, fast quäkend. »Komm und kämpfe, DiVega!«
Die Worte drangen nur langsam zu Istvan durch. Sein Schwert sauste herab, bevor sie in sein Bewußtsein vorgedrungen waren. Trompeten schmetterten, und Hufgedonner übertönte die kreischenden Stimmen, während ein Dutzend Kompanien sich in die Schlacht stürzten und den Orissianern zu Hilfe kamen.
Aber Istvan riß sein Pferd hoch und jagte auf die flammende Klinge und die wildwütende Stimme zu.
»DiVega!« Immer noch konnte er sie undeutlich durch das Donnern der Schlacht hören, eine hohle, geisterhafte Stimme. »DiVega! Wenn du noch lebst, dann komm und kämpfe! Versteck dich nicht hinter anderen Männern! Komm und kämpfe!«
Er sah das Feuer des Schwertes über der Schlacht schweben. Er füllte seine Lungen zum Brüllen, aber er merkte plötzlich, daß er zu kurzatmig war. Er erinnerte sich an all das Blut, das er verloren hatte und an die Wunden, die er sich an jenem Tag zugezogen hatte. Sogleich schmerzten die Wunden auch wieder. Er fühlte sich alt und müde, seine Knochen taten ihm weh. *Nur Angst schmerzt,* dachte er und wischte Blut von seinem Schwert am Sattelstoff und an den Flanken seines Pferdes ab. Er erhob sich in den Steigbügeln. Der Schmerz der Pfeilwunde durchzog sein Bein. Dann erhob er seine eigene Klinge. Wieder füllte er seine Lungen.
»Hansio!« brüllte er. »Prinz Hansio! DiVega ist hier!«
Er jagte auf die glühende Klinge des anderen zu.

Martos saß in seiner Stahlrüstung auf seinem Pferd. Seine schweißdurchtränkte Kleidung juckte unter der Rüstung, wo er sich nicht kratzen konnte. Kriegsflamme stampfte und zitterte unter ihm und warf ihren Kopf hin und her.
Verwundete stöhnten unter dem Gewicht des nahenden Todes. Heiler in roten Roben eilten zwischen ihnen hin und her, während Jagats Männer über steife Körper stolperten und die Toten und Verwundeten wegtrugen, die sie niemals zurücklassen würden. Weit rechts donnerten wilde Stahlfunken auf Schilde.
Martos' Herz hämmerte ebenso wie die Schwerter. Irgend etwas war im Gange. Unter den Seynyorern kam es zu Bewegung und Gebrüll, aber sie griffen nicht an. Sie starrten alle über ihre Schilde.
Auch Jagat starrte. »Ymros!« rief er. »Suktio!« Ymros und Suktio kamen von der Stelle herangeritten, wo sie eine Kolonne von Männern geordnet hatten. »Ich dachte, ihr hättet gesagt, DiVega sei tot?«
Jagat deutete auf eine Stelle, wo sich zwei flammende Schwerter über das Gewühl der Pferde erhoben.

Istvan sah, wie Reiter Hansio aus dem Weg eilten. Die Hasturklinge warf Licht auf das dunkle, verzerrte Gesicht, den geöffneten Mund inmitten des weißen Bartes und die zusammengekniffenen Augen.
»DiVega!« Der Schrei wurde plötzlich zu einem tiefen Brüllen.
Das soll der Fuchs sein? dachte Istvan. *Er sieht eher aus wie ein Adler!*
Istvans Schwert schoß himmelwärts. Er preßte seinen Schild dicht an seine Schulter. Der Rumpf seines Pferdes trommelte unter seinen Fersen. Erde spritzte unter den galoppierenden Hufen auf. Über seinem Schildrand sah er Hansios glühende Klinge, die wie ein Komet einen Schweif hinterließ. Eine Brandung von Hufschlägen schmerzte in seinen Ohren. Er hob seinen Schild und spürte einen stechenden Schmerz in der

Seite, während sich seine Augen einen Weg für das Schwert bahnten.
Sein Schild dröhnte. Er spürte, wie seine Klinge zur Seite gedrückt wurde, während er sich im Sattel drehte. Er sah Stahl hochjagen und niederfallen, und sein Schild zitterte erneut an seinem Arm. Dann war Hansio vorüber.
Istvans Pferd schlug aus, als er es wendete. Seine Schwerthand schmerzte, geprellt bis auf den Knochen. Seine Ohren fühlten eine gewisse Leere. Der Lärm des Stahls war fast völlig verstummt. Um ihn her wurde das Kämpfen eingestellt. Die Männer auf beiden Seiten zogen sich zurück, um den Zweikampf zu beobachten.
Die beiden Pferde preschten wieder aufeinander zu, und über den Pferden und den Kämpfenden flogen zwei flammende Schwerter. Ein Teil seines Geistes versuchte, eine Möglichkeit zu finden, diesem verrückten Mann klarzumachen, daß er seinen Sohn nicht erschlagen habe. Dann zischte die kometenhafte Klinge zwischen seinen eigenen Augen und den verrückten gelben Augen des anderen, die über den dunkelrotbraunen Rand des Lederschildes blickten.
Istvans wundes Handgelenk zog seine eigene Klinge hoch über die des anderen. Er hob seinen Schild, um seine Augen zu bedecken und spürte, wie der Schild erbebte. Ein heftiger Schock durchfuhr seine Knochen. Seine Schulter versteifte sich, als sich seine Klinge drehte und hochsprang. Hufschläge donnerten vorüber, und sein Schild fiel von seinen Augen herab. Licht leuchtete hinter seinem Rücken auf.
»Stirb!« schrie Hansio.
Istvan schwankte unter Hansios Hieb, zog seinen Schild ein und riß am Zügel. Hansios Schwertarm schwebte über ihm. Er sah das ungeschützte Handgelenk, war jedoch nicht in der richtigen Position zum Gegenschlag. Hansios Pferd wurde langsamer und drehte sich. Sein eigenes Tier tänzelte umher. Er sah Hansios Augen über dem Schild. Die Augen wirkten jetzt anders. Der irre Blick war verschwunden. Jetzt war eher Schläue zu erkennen.

Der Fuchs schaute ihn an.

Martos galoppierte hinter Jagat her. Reiter wichen vor ihnen aus. An anderen Stellen dröhnten und krachten immer noch wolkenrote Schwerter, aber die beiden ritten in den ruhigen Mittelpunkt, wo beide Seiten sich zurückgezogen hatten, um zuzuschauen.
Ein Korridor öffnete sich zwischen den feindlichen Armeen, und schon waren sie angekommen. Zwei alte Männer auf tänzelnden Pferden standen vor ihnen, aus deren Schwertern Feuerzungen entwichen. Martos erkannte die Meisterschaft beim Einsatz der Schilde.
Jagat hielt sein Pferd an, und Martos führte sein Tier an Jagats Seite. Alle Umstehenden brüllten, doch ihre Schwerter schwiegen.
DiVegas Kettenpanzer glitzerte. Der rostbraun gekleidete Hansio jagte mit wirbelndem Schwert heran. Auf dem geschmeidigen Silbernetz glitzerten Sterne, als DiVegas Schild sich erhob und sein Schwert sich um seine Achse drehte, so daß ein Feuerrad entstand. Beide Schwerter schlugen gleichzeitig zu; das Donnern der Schilde dröhnte über das Schlachtfeld.

Istvan starrte in Hansios Augen. Es war, als würde er jetzt gegen einen anderen Mann kämpfen. Er hatte sich stets gefragt, warum Hansio, der Held der Heldenlieder des Grenzlandes, so anders erschien als jener Politiker, den *er* gekannt hatte. Jetzt hatte er diesen Wechsel vom einen zum anderen mit eigenen Augen gesehen.
Jetzt kreiste der Fuchs, und nicht nur seine Augen hatten sich verwandelt. Istvans geschulter Blick sah sogar Unterschiede in der Muskulatur, in der Spannung der Finger, die den Schwertknauf festhielten, in der Haltung des Handgelenks, im Drehpunkt der Klinge. Er sah auch Anzeichen einer schier unglaublichen Kunstfertigkeit. Hansio war jedem seiner Schläge mit zwei eigenen begegnet. War es der Wahnsinn,

der ihm zu dieser zusätzlichen Geschwindigkeit verhalf, oder war dies natürlich?
Das war ein kaltblütiger, schlauer Mörder, dessen Pferd jetzt um ihn herumtanzte. Istvan beobachtete ihn wachsam. Das Pferd jagte plötzlich vor in seine Reichweite, und Hansios scharfes Schwert fuhr hoch, seine Klinge leuchtete und verhieß Verwundung und Tod.
Istvans Schwertarm schlug wieder zu, während sein Schild hochfuhr. Er spürte erneut den Riß in seinen Rippen. Schwerter krachten auf Schilde. Er wendete sein Pferd, während Hansio vorüberjagte. Sein Schild sank herab. Die Zwillingssonnen flackerten in seinen Augen.

Martos sah DiVega zurückweichen. Er sah das Sonnenlicht in seinem Gesicht. Als er Hansios Schwert fegen sah, brüllte er wie verrückt. Seine Stimme ging im Brüllen von tausenden von Männern unter. Und er wußte, daß das Brüllen DiVega sowohl taub wie auch blind machte.
Er sah, wie Istvan sich in seinem Sattel zurücklehnte und seinen Kopf mit dem Schwert schützte, während Hansios Klinge von dem Schild abprallte, den DiVega gegen seine Hüfte gestemmt hielt. Das seynyorische Pferd jagte davon.

Istvan spürte, wie sein Schild ruckte, als er seine Sporen in die Seiten seines Pferdes trieb. Dann war er außer Reichweite und wendete sein Pferd, um aus dem Gegenlicht zu kommen. Immer noch brannten Punkte in seinen Augen.
Hansio hatte sich das gut ausgedacht, ein Trick in einem Trick, als er Istvans Augen in der einen wichtigen Sekunde in das Sonnenlicht zwang, die dieser benötigte, um das Ziel für seinen nächsten Schlag zu sehen. Ein anderer hätte zweifellos seine Augen wieder mit dem Schild beschattet oder wäre erstarrt. Aber Istvan hatte gewußt, daß es in dieser Situation nur zwei mögliche Hiebe gab – und einen Stoß, und er hatte sich wegen dieses Stoßes Sorgen gemacht –, sowie der Hieb unter dem Schild, was das Wahrscheinlichere gewesen war.

»Nun, DiVega!« höhnte Hansios Stimme hinter ihm. »Das ist was anderes, als halbgare Knaben zu töten, nicht wahr?«
Blutschuld durchflutete ihn. Die Heiterkeit des Zweikampfes war plötzlich wie weggeblasen. Er hatte Hansios Sohn nicht getötet, nein, aber die Söhne vieler anderer Männer waren unter seiner Hand gestorben. Eine Sekunde lang erschien es ihm, als ob die Väter aller Männer, die er je getötet hatte, durch seinen Geist stürmten und Rache forderten.
Hinter sich, auf seiner ungeschützten Rechten, hörte er Hufe. Er vernahm erschreckte, warnende Rufe, drehte sich im Sattel um und zog seine Klinge hoch. Die andere Hasturklinge loderte in seinen Augen. Seine Ohren schmerzten vom Lärm des Stahls. Der Schwertknauf wurde ihm fast aus seiner Hand gerissen.
Er stemmte seine Fersen in die Flanken des Pferdes, und der nächste Hieb sauste wirkungslos durch die Luft. Aber das gegnerische Pferd holte ihn schnell ein. Er ritt einen Bogen, versuchte das Pferd zu drehen und seine Schildseite dem Feind zuzuwenden.
»Lauf, DiVega!« gackerte Hansio. »Lauf!« Er folgte ihm in einem engen Kreis. Sein Pferd war zu schnell; Istvan konnte nicht genug Abstand zum Wenden gewinnen.
Das Schwert hieb erneut zu, und Istvan parierte mit einem Kreischen von kratzendem Stahl, indem er die Spitze auf das Gesicht stieß. Sie schlug Hansios Schild zur Seite, und Istvan sah dunkles Eisen, auf dem silberne Kratzer zu sehen waren, dort, wo das Leder durch seinen vorherigen Hieb entfernt worden war. Andere Grenzländer mochten Schilde aus Leder und Knochen haben, doch Hansio von Mahapor war schließlich kein Narr.
Er konnte ihm nicht mehr lange entkommen. Hansio grinste. Seine Zähne glitzerten weiß. *Der einzige Teil seines Kopfes, den er zeigt*, dachte Istvan.

DiVegas Stahl wurde zu einem flammenden Schleier. Aber Martos' geübtes Auge sah, daß sein Arm müde wurde. DiVe-

gas Abwehr mochte gut durchdacht sein, doch bei einem solchen Ansturm mußte sie irgendwann zusammenbrechen. Und DiVega konnte nicht zurückschlagen. Hansio, der sicher hinter seinem Schild versteckt war, hätte Istvan im gleichen Augenblick niedergestochen, in dem sein Schwert die Verteidigungsposition verlassen hätte.
Die Seynyorer stöhnten. Gejohle aus den Reihen der Grenzländer machte sich über Istvans pochende Fersen lustig. Jagat war immer noch stumm wie der Tod.
Martos sah Istvans Pferd plötzlich anhalten, als zwei Klingen in der Luft aufeinandertrafen. Er sah, wie Istvan den Kopf seines Pferdes herumriß und im gleichen Augenblick sein Schwert zischend in die entgegengesetzte Richtung bewegte, direkt auf Hansios Augen zu.
Hansios Hieb schlug wirkungslos in die Luft, während er vorüberritt, und seine Augen waren durch den rasch erhobenen Schild geblendet. Sein Pferd blieb stehen und drehte sich, aber jetzt stand DiVega ihm Schild gegen Schild gegenüber.
Immer noch biß sich Martos auf die Lippe. DiVegas Arm war müde, das konnte er sehen, doch Hansio war immer noch nicht ermüdet und zeigte keinerlei Anzeichen von Verletzung. In der Handhabung des Schildes schienen beide ziemlich gleichwertig zu sein. Martos wußte, daß es völlig ungewiß war, wie der Kampf enden würde.
Ist DiVega mein Feind? Ist Hansio mein Freund?

Istvan war erschöpft. Der aufsteigende Triumph, der den Schmerz seiner Wunden überdeckt hatte, war verflogen. Er spürte, wie sein Atem beim Ein- und Ausatmen in seinen Lungen pfiff und fühlte das Stechen der Wunden, die er sich während der Schlacht zugezogen hatte. Aber seine Gelenke – Schultern, Knie, Handgelenke – schmerzten noch mehr. Das Alter machte sich deutlich bemerkbar. Hansio war natürlich auch alt. Aber immerhin war er nicht verwundet.
Daran muß ich etwas ändern, dachte Istvan und gab seinem Pferd die Sporen.

Hansio jagte ihm entgegen, und seine schlauen Augen schauten über dem zerkratzten Leder seines Schildes hervor. »Stirb, DiVega«, brüllte er. »Aber denke nicht, du würdest dieses Land mit meinem Sohn teilen! Über die Grenze mit dir! Dich werde ich den Ghulen überlassen!«
Plötzlich wendete er sein Pferd scharf nach links und stellte sich Istvan direkt in den Weg. Istvans Pferd stockte und bäumte sich auf. Er drehte sich im Sattel und jagte dem Gegner nach.
Wieder blendete ihn plötzliches Sonnenlicht. Er hörte das Zischen von Hansios Schwert. »Stirb!« schrie Hansio.

Martos erstarrte. Hansios Pferd war plötzlich zur Seite getänzelt, und die beiden Männer standen sich mit ihren ungeschützten Seiten gegenüber.
»Der alte Trick!« sagte Jagat. »Es heißt, er habe Dutzende von Männern damit getötet!«

Istvan hieb mit einem Zischen zu, als seine Augen nicht mehr von der Sonne geblendet wurden. In jener Sekunde des Blindseins prallte der Stahl auf, und der Schwertgriff in seiner Hand vibrierte, während die Klingen dröhnten. Sein Pferd schwankte unter ihm.
Dann fanden seine zusammengekniffenen, mit Funken erfüllten Augen den Schatten von Hansios Rüstung. Am Rande seines Blickfeldes schwirrte ein Lichtstrahl durch die Luft und jagte auf seinen Nacken zu.
Istvan ließ sein Handgelenk los, löste seine Finger und beugte den Ellbogen. Nur Daumen und Zeigefinger hielten die Klinge, als diese sich dem gegnerischen Hieb entgegenstellte. Seine Hand ballte sich und umklammerte den Griff, als die Klingen aufeinanderprallten. Dann schnellte sein Arm vor und katapultierte die Klinge über Hansios Helm und jagte sie dann hinab. Die andere Klinge sprang ihr entgegen. Die beiden Schwerter kreuzten einander über Hansios Helm. Dann drehte sich der Stahl und flog auf Istvans Kehle zu.

Istvan zog seinen Schwertgriff hinab. Seine Hand erbebte, als Hansios Klinge auf seine eigene niederhämmerte. Er schlug seine Klinge hoch und unter Hansios Kinn, tief in den grinsenden Schädel hinein. Die Augen des Fuchses wurden weiß.

Ein Seufzer ging durch beide Armeen. Martos saß mit starrem Blick da, und Jubel floß durch seine Adern, bis Jagats Stimme ihn zurückrief.
»Martos! Suktio! Zurück zu euren Männern!« Jagats Pferd bäumte sich auf, als er es wendete.
Ein Freudenschrei erscholl aus den Kehlen der Seynyorer und wurde vom Wehklagen und Knurren der Gegner beantwortet. Der harte Ton donnernden Stahls hämmerte zwischen den Stimmen hindurch.
Jagat trieb sein Pferd zu einem fliegenden Galopp an. Sie ritten an Männern vorüber, die weinten und schrien. Mit dem Fall des Fuchses war ein Held des Grenzlandes gestorben.

17

Istvan schüttelte seinen Kopf, um wieder klar zu werden. Brüllende Reiter in Kettenpanzern preschten mit ihren Stuten an ihm vorüber und jagten kleine Männer in Lederrüstungen.
»Kommandant!« rief jemand. »Kommandant DiVega! Seid Ihr ernsthaft verletzt?«
Benommene Augen suchten auf nur undeutlich erkennbaren Gesichtern nach vertrauten Zügen.
»Vetter DiVega!« sagte der andere. Das war Firencios Stimme. »*Heiler!* Bringt den Rotgerobten hier herüber!«
»Wo seid Ihr verwundet, Kommandant?« sagte der erstere, und jetzt konnten Istvans Augen den Grenzlandjungen erkennen, Vetter Lucarrhos Sohn – wie war doch sein Name? Arjun?

»Ich bin –« er hielt inne und sog Luft in seine Lungen, »nicht verletzt. Nur – sehr –« seine Augenbrauen zogen sich zusammen. Was war nur mit ihm los? – »müde ...«
»Der Heiler wird in einer Minute hier sein«, sagte Firencio.
Istvan gähnte. Das Pferd bewegte sich unter ihm. Der schwere Schild zog an seiner schmerzenden Schulter. Nachdem er das Blut von seiner Klinge abgewischt hatte, steckte er sie in die Scheide, und Firencio hielt seinen Schild, während er sein Handgelenk aus den Halterungen wand.
Dann kam der rotgekleidete Heiler herbei und hielt eine Flasche an seine Lippen. Etwas Scharfes und leicht Süßliches biß in seine Zunge.
»Blutverlust und harte Arbeit«, sagte der Heiler.
Istvan fühlte, wie seine Hände und Füße zitterten und pochten. Die Welt wurde wieder klarer. Männer jagten einander über die Ebene. Verwundete schluchzten. Gefallene lagen in ihrem trocknenden Blut wie wollene Puppen. Geisterhafte Muschelhörner brüllten in der Ferne. Er richtete sich auf. Im Hintergrund seines Geistes weinten Grenzländer.
»Ruft die Verfolger zurück!« befahl er. Die anderen schauten ihn an. »Wie – sind sie alle davongelaufen, nachdem Hansio gestorben war?«
»Hansios Männer ja«, antwortete Firencio. »Jagats Männer bewegten sich auch dann noch in fester Formation. Es scheint, als versuche er zu sammeln, was von Hansios Truppen noch übrig ist. Ich hatte soeben die Kompanien zusammengerufen, damit wir eine größere Truppe gegen ihn losschicken können. Er könnte versuchen –«
»Nein!« Istvan schüttelte seinen Kopf. Das Blut pochte wie eine langsam geschlagene, tiefe Trommel in seinen Ohren. »Diese Schlacht ist vorüber. Wer von den Feinden noch laufen kann, den laßt laufen.« Er starrte um sich. Die Zwillingssonnen hatten sich hinter dem schwarzen Vorhang im Westen versteckt. Der Himmel darüber war immer noch blau.
Jenseits der blutdurchtränkten Ebene schwangen winzige Männer glanzlose Schwerter aus grauem Stahl. In größerer

Nähe halfen Rinmulls Männer den Rotroben bei der Versorgung der vielen Opfer der Schlacht und trennten die Verletzten von den Gefallenen.
Trompeten riefen über das Stöhnen und die Schmerzensschreie hinweg zum Sammeln. Istvan erinnerte sich plötzlich an Hansios Worte: »*Dich werde ich den Ghulen überlassen!*« Schaudernd blickte er über seine Schulter auf den Flecken, der sich am Horizont zeigte, und kämpfte gegen sein Schlafbedürfnis an.
Seine Knochen schmerzten, und doch hatte er das Gefühl, er könne jederzeit im Sattel einschlafen. Aber er mußte Befehle geben. Das Lager mußte errichtet werden, und zwischen den Verwundeten und der Grenze mußte eine starke Wache aufgestellt werden.

Chondos war von Waffengeklirr aufgeschreckt worden. Sein Kopf war dumpf und schmerzte, als sei er eine Woche lang betrunken gewesen. Er erhob sich gewaltsam vom kalten Stein und nieste, als um ihn Staub aufflog.
Er befand sich in der alptraumhaften Halle. Durch das zerfallene Dach sah er, daß der Himmel grau und schwarz gestreift war. Wirre Erinnerungen ließen ihm kalte Schauer über seinen Rücken laufen.
Im schwachen Fackellicht kleideten sich hungrige Männer in primitive Lederrüstungen nach Grenzlandart. Einige unter ihnen trugen alte rostige Kettenpanzer. Es waren Männer von den Erwählten oder vom Volk des Reinen Blutes.
Dann trat die verschleierte dunkle Gestalt des Meisters wie eine Kröte im Schutze der Nacht heran. Chondos schreckte zurück, und Furcht, die schlimmer war als jede Furcht vor dem Tod oder vor Schmerzen, überfiel ihn.
Vage, unmögliche Erinnerungen krochen in sein Gehirn. Weiße Gesichter, zerfallende Städte, Fangzähne in seiner Kehle, buntgekleidete Männer und Frauen im sonnenhellen Rashnagar.
Er sah Männer Rüstungsteile wegwerfen, die zu sehr beschä-

digt waren. Löcher in den Rüstungen waren mit rötlichbraunem Schmutz gefüllt. Alte rostige Schwerter wurden geschwungen. Rohes Gelächter hallte vom Stein zurück. Chondos starrte durch das dämmerige Licht und wurde verfolgt von der Erinnerung an diese gleiche Halle in goldenem Licht.

Er schüttelte seinen Kopf. Das war nicht recht! Das war nicht die Halle seines Vaters, und sein Vater hatte auch niemals auf diesem Thron gesessen.

Aber er hatte das getan –

Männer traten ein und schleiften irgend etwas über den Boden. Ein Geruch drang durch den Staub in seiner Nase. Es war der Geruch des Todes.

Sie zogen dem Ding, das sie hereingebracht hatten, die Lederrüstung aus. Chondos würgte, als sie zu essen begannen. Er hielt seine Augen fest geschlossen und kauerte sich weiter hinten im Dunkeln zusammen.

»Martos?« Suktios Stimme drang aus der Dunkelheit hinter ihm an sein Ohr. »Lord Jagat möchte dich in seinem Zelt sehen. Und zwar jetzt sofort. Ich soll dich ablösen.« Als Martos sich umwandte, erblickten seine Augen die verzerrten und erschöpften Züge, die unter dem Helm halb versteckt waren. Der Mond warf milchige Streifen über das nachtdunkle lackierte Leder.

»Danke, Suktio.« Er wandte sich ab, und während sein Geist nach Worten suchte, stolperte er durch das unstete Mondlicht. Dicker, schmieriger Rauch verdunkelte die soeben erst entzündeten Bestattungsfeuer. Irgendwo intonierte eine Stimme nach Grenzlandsitte die Litanei für die Toten.

»*. . . den Samen des Menschen, und der Mensch soll ihre Milch trinken . . .*«

Hansios Männer streiften immer noch hier und dort umher, verfolgte, erschöpfte Männer, denen der Schock im Gesicht geschrieben stand. Hansios Tod hatte eine tiefe Wirkung hinterlassen. Um ihren Führer war im Laufe der Jahre eine

Aura der Unbesiegbarkeit entstanden, und jetzt fühlten sie sich verloren, und ihr Selbstvertrauen war erschüttert.

Jagats Zelt glühte, und Schatten bewegten sich auf dem Zeltstoff. Das Licht im Inneren schmerzte in Martos' Augen, als er eintrat. Er blinzelte und sah Hamir von Inagars Gesicht und ebenso die Gesichter von Ymros, Denkrean Kru und Lord Todaro sowie die von anderen, die er nicht kannte. Jagat schaute mit müden, gequälten Augen um sich.

»... jetzt nach Hause gehen, ohne unseren Lord und seinen Sohn gerächt zu haben?« sagte irgend jemand. »Lord Jagat, eine solche Tat – was werden unsere Frauen zu uns sagen?«

»Wenn die Dunklen Wesen sie vor euch erreichen, werden sie nichts sagen«, antwortete Jagat. Er richtete sich auf. »Ich will nichts mehr davon hören. Findet Euch damit ab, meine Lords, schluckt Euren Stolz hinunter, macht Eure Herzen enger und versucht damit zu leben. Wir haben verloren, und es ist besser, daß wir jetzt gegen die Seynyorer verlieren, als später gegen die Dunklen Wesen zu verlieren. Ihr müßt Euch um Eure Männer kümmern und Euch ausruhen. Ihr habt die Erlaubnis zu gehen.«

»Aber das kann nicht –«

»*Ruhe!*« Jagats Stimme ließ sie erstarren. Martos sah Jagat hier so kommandieren, wie er es an jenem längst vergangenen Tag in Suknia getan hatte. Und wieder einmal senkten sich die Augen aller Anwesenden vor ihm.

»Ihr habt die Erlaubnis zu gehen«, wiederholte er, und die Anwesenden schlurften aus dem Raum. Hamir, der verwundet war, lehnte sich an die massige Schulter des N'lantiers.

Als sie endlich allein waren, nahm Jagat einen tiefen, zitternden Atemzug, und Martos sah, wie die Majestät, mit der er eben noch den Befehl gegeben hatte, schon wieder zerbrökkelte. Der da sprach, war ein müder alter Mann.

»Martos, dieser mörderische Krieg muß ein Ende nehmen.« Seine Stimme klang traurig. »Er muß *jetzt* enden, so lange noch genug von uns übrig sind, um das Land zu verteidigen, wenn die Dunklen Wesen kommen. Und sie werden kommen!« Er gestikulierte. »Sie warten dort, warten im Schatten, während wir einander töten!« Er lehnte sich zurück und schien sich in sich selbst zurückzuziehen. Einen kurzen Augenblick lang saß er schweigend und in Gedanken versunken da.

»Du mußt mein Botschafter sein, Martos, damit wir mit DiVega Frieden schließen können. Ich werde meinen Herold mit dir losschicken, um der Form willen, aber ich zähle auf dich, daß wir gerechte Friedensbedingungen für uns aushandeln können. Du und DiVega, ihr seid beide Außenseiter, unbelastet von unseren Fehden und unserem dummen Haß.«

Martos stand schweigend da, seine Zunge wie betäubt, sein Geist tastend und geblendet. Als Jagat die Verwirrung in seinem Gesicht wahrnahm, lächelte er.

»Ich kann es getrost euch beiden anvertrauen, die Grundlagen für einen gerechten Frieden zwischen Chondos und mir zu legen. Da ist natürlich noch eine ganze Menge mehr im Spiel. Die Lords von Mahavara müssen zufriedengestellt werden – nun, du hast sie ja soeben gehört! Aber sie sind nun führerlos. Scheinbar spielte Hansio auch bei seinen eigenen Leuten den Fuchs, und etwa ein Dutzend seiner Kommandeure glauben, es sei Hansios Wille, daß *sie* das Kommando über die Armee übernehmen sollten. Sie würden gegeneinander kämpfen, wenn man sie sich selbst überließe, nehme ich an. Im Augenblick kann ich sie noch zurückhalten, aber wir brauchen einen Waffenstillstand – und zwar schnell.«

»Was – was...?« stammelte Martos und leckte sich über seine Lippen. »Welche Bedingungen soll ich anbieten?«

Jagat schnaubte ein Lachen durch seine Nase und schüttelte den Kopf. »Bedingungen? Wir hören auf, einander umzubringen. Das ist das Wichtigste. Dann eine allgemeine Amnestie für die Männer, die gekämpft haben. Für Hansios Männer einen freien Rückzug nach Mahavara. Und wir müssen anfangen, an der Grenze zu patrouillieren. Es ist so verdächtig still dort. Irgend etwas steht bevor.« Er schüttelte erneut traurig seinen Kopf. »Das ist alles, was mir jetzt einfällt. Aber wir nehmen alle Bedingungen an, die du aushandelst. Genau ausarbeiten können wir sie später. Was wir im Augenblick vor allem brauchen, ist ein Waffenstillstand. Ich muß mit DiVega sprechen, bevor wir einen wirklichen und dauerhaften Frieden aushandeln können. Ich werde ihn treffen, wann immer er es wünscht. Wir werden wahrscheinlich ein Treffen mit dem König selbst vereinbaren müssen, bevor die Dinge wirklich abgeschlossen werden können. Geh nun, Martos – bevor etwas anderes passieren kann.«

Istvan schien es beim Erwachen, als habe er gerade erst seine Augen geschlossen. Man berichtete ihm, Botschafter von Lord Jagat würden auf ihn warten. In der Dunkelheit verkündete das Stöhnen der Verwundeten Istvans Sieg. Er schauderte, als er die Schmerzensschreie hörte.

Gedämpfte Stimmen drangen an sein Ohr. Rüstungen knirschten, und Istvans noch schlaftrunkene Augen fanden eine Gestalt mit einem goldfarbenen Bart, die in ein rötliches Glühen von Kerzenlicht gehüllt war, das auf den Stahl fiel.

Er blinzelte. Eine kleinere Gestalt in abgetragener Grenzländerkleidung, die einst prachtvoll und elegant gewesen war, trat vor den Kadariner mit seiner glänzenden Rüstung.

»Ich bin Lord Jagats Herold«, verkündete eine volltönende Stimme. »Ich bringe den erwählten Abgesandten meines Lords, Martos von Kadar, der die Kavallerie meines Lords befehligt.«

Endlich! dachte Istvan. »Gut, dich zu treffen, Martos! Birthran hat gut über dich gesprochen und mich gebeten, dir Grüße auszurichten, wenn ich dich jemals treffen sollte.« Der Jüngere errötete. Sein Bart verfärbte sich zu einem Honigbraun, als er sich aus dem Kerzenlicht herausbewegte. Und als er sprach, wirkte seine Stimme zögernd und scheu.

»Das ist – gut zu hören.«

»Heh, du da!« rief Istvan. »Bring uns Wein!« Er wandte sich wieder höflich seinem Besucher zu. »Sei willkommen, um deines Herren willen und um deiner selbst willen!« Sie traten in das Zelt ein und setzten sich. »Es freut mich, daß Lord Jagat dich ausgewählt hat, um mir diese Botschaft zu überbringen, Martos. So wie Birthran über dich geprahlt hat, hatte ich Lust bekommen, dich persönlich kennenzulernen.« Er sah, daß der Herold ob solcher Formlosigkeiten die Stirn kraus zog. Martos hingegen schien verlegen. »Doch – nun zum Geschäft. Was schlägt Lord Jagat vor?«

»Frieden«, antwortete Martos. »Zumindest einen Waffenstillstand. Er sagt – Lord Jagat sagt – dieser unnütze Krieg – *muß* enden!«

Irgendwo schrie ein Sterbender über das allgemeine Stöhnen der übrigen Verwundeten. Istvan schauderte. *Dieser unnütze Krieg ...*

»Ja!« rief er aus. »Ja, in der Tat!«

»Ich – ich soll Euch Bedingungen anbieten! Befehlt einen – einen Waffenstillstand und – und willigt in ein Treffen zwischen Lord Jagat und Euch ein!« Martos starrte auf den Boden. *Er ist so etwas nicht gewöhnt,* dachte Istvan.

»Nun, ein Waffenstillstand dürfte nicht allzu schwer zu erreichen sein.« Istvan lächelte ermutigend, in der Hoffnung, auf diese Weise dem Jüngeren seine Sache leichter zu machen. »Das einzige, was wir tun müssen, ist ... Moment! Was wird aus Prinz Hansios Männern? Spricht Jagat auch für sie, oder muß ich weiterhin gegen sie kämpfen?«

»Lord Jagat – glaubt, er könne sie unter Kontrolle halten –« Martos hatte die Stirn in Falten gezogen, und dann grinste er plötzlich wie über einen verborgenen Scherz. »Tatsächlich bin ich mir *sicher,* daß er sie kontrollieren kann – zumindest für den gegenwärtigen Augenblick! Aber – er warnte mich, daß – wenn der Waffenstillstand sich – hinauszögern würde, könnte er vielleicht nicht mehr – sie könnten vielleicht nicht mehr –«

»Hansios Generäle respektieren das königliche Blut meines Lords«, fuhr die tiefe, volle Stimme des Herolds dazwischen. »Sie wissen, daß sie auf seinem Land stehen. Sie werden gehorchen.«

»Ah!« sagte Istvan, aber er war sich nicht so sicher. Die

führerlosen Mahavaraner mochten Lord Jagats Willen im Augenblick respektieren, aber würden sie das auch dann noch, wenn der Schock über Hansios Tod verflogen wäre? »Das macht mir Sorgen. Ihr müßt meine Situation verstehen. Ojaini befindet sich immer noch im Belagerungszustand, und entlang des Oda ist immer noch Krieg.«

»Ich weiß nicht, ob – ob Lord Jagat – die Belagerung von Ojaini beenden kann – oder will«, antwortete Martos.

»Nun, dann mache ich das wohl am besten nicht zu einer Vorbedingung.« Istvan lächelte, aber in seinem Geiste stellte er sich vor, wie seine Armee nach Ojaini marschierte, während die Reste von Hansios Truppen seine Nachhut angriffen.

»Welche Bedingungen *stellt* Ihr denn, Lord?« fragte der Herold.

»Bedenkt«, sagte Istvan langsam, »daß ich hier nicht völlig mein eigener Herr bin. Ich kann – und werde – mit Lord Jagat sprechen, aber –« Chondos Gesicht stieg vor seinem inneren Auge auf, und gleichzeitig die Wut in seinen großen dunklen Augen. »Ich werde alles tun, was ich kann, um einen gerechten Frieden zu bewirken, aber ich bin nun einmal nicht der König.« Wut erfaßte ihn. Diese ganze Verwirrung war durch Chondos' scharfe Zunge entstanden. *Wenn er mein Sohn gewesen wäre,* dachte er, *hätte er es schon gelernt, seine Zunge zu zügeln!*

Und dann stand Istvan plötzlich das Gesicht seines eigenen toten Sohnes vor Augen, wie ein Stich in der äußersten Ecke seines Blickfeldes. Hatte er denn als Vater seine Sache so gut gemacht, daß er sich über Olansos beklagen konnte? Der Tod umringte ihn. Sterbende schrien in den Zelten der Heiler, und das Gesicht seines Sohnes, Rafayels Gesicht, das verlorene Gesicht . . . Er wischte den Gedanken weg und zwang seinen Geist, sich den Lebenden zuzuwenden und den Bedürfnissen der Gegenwart.

»Ich nehme an, Lord Jagat gibt den Titel des Prinzen von Manjipor auf und damit verbunden jeglichen Anspruch auf den Thron?«

Martos schaute schnell zum Herold hin, und dieser nickte. »Ja.«

»Das ist natürlich die Grundbedingung«, sagte Istvan. »Wenn dies erst einmal geklärt ist, besteht Hoffnung. Dann kann ich als Gegenleistung Jagats Männern volle Amnestie versprechen – eine weitere Grundvoraussetzung, die der König kaum ablehnen kann.«

»Und – auch Amnestie für Prinz Hansios Männer?« fragte Martos.

»Hansios Männer? Wenn sie aufhören zu kämpfen, ja. Und –«

»Freie Durchreise nach Mahapor«, sagte Martos.

Istvan lachte. »Dann werde ich die Beendigung der Belagerung von Ojaini zu einer Bedingung machen müssen. Ohne dies kann ich niemandem die freie Durchreise versprechen! Tut mir leid. Was möchte Lord Jagat sonst noch?«

»Er sagte – Lord Jagat sagte – wir müßten patrouillieren – einen regulären Patrouillendienst einrichten, um die Grenze zu beobachten.«

»Eine Patrouille?« Istvan blickte überrascht auf. »Ja, das wäre gut, aber haben wir dafür genügend Seher? Selbst wenn beide Armeen –« Er sah Unverständnis in Martos' Gesicht. »Es ist ein großes Stück Grenze zu beobachten. Ich glaube nicht, daß noch irgend jemand weiß, wieviel es ist. Man kann die Grenze nicht erfassen, weil sie sich bei jedem Angriff verändert, und es ist schon Generationen her, seit es jemand versuchte. Und Jagats Eroberung von Damenco muß noch mindestens zweihundert Meilen hinzugefügt haben! Und um all dies zu erfassen, müssen Eure Patrouillen ziemlich klein sein und sich über ein weites Gebiet verstreuen. Und wenn nicht jede dieser Gruppen einen Seher bei sich hat, können die Dunklen Wesen sie jeweils einzeln abschneiden und vernichten.« Stirnrunzelnd schüttelte er seinen Kopf und stellte sich die Meilen grauer Einöde vor, über denen die schwarze Grenze sich auftürmte. Kleine Gruppen von Männern, verstreut und ungeschützt und jedem Angriff ausgeliefert. Er wandte sich dem

Herold zu. »Aber *Ihr* solltet wissen, Herold, ob es genug Seher gibt oder nicht?«

»Genug, um die ganze Grenze abzudecken?« fragte der Herold zurück. »Möglicherweise nicht. Und dennoch ist eine solche Patrouille erforderlich.«

Istvan runzelte die Stirn.

»Nun«, sagte er schließlich und dachte laut nach, »eine der logischsten Forderungen, die ich stellen kann, ist, daß Lord Jagat seine Armee auflöst. Nun, wenn sie sich auflöst und an der Grenze auf und abreitet, habe ich nichts dagegen einzuwenden. Ich kann meine Seher aussenden, um sie zu beobachten.« Er lachte und schüttelte dann seinen Kopf. »Aber Lord Jagat muß verstehen, daß ich meine eigene Armee nicht auflösen kann, bis der Krieg im Norden vorüber ist.«

»Aber«, wandte Martos zögernd ein, »wenn Lord Jagat seine Armee auflöst – seine eigenen Männer – dann – wer hält dann die Männer in Schach, die mit Hansio kamen?«

»Nun«, sagte Istvan, »wie lautet doch der alte Spruch? Es gibt immer einen Weg zum Frieden – wie war das noch?«

»*Es gibt immer einen Weg zum Frieden*«, zitierte Martos mit sanfter Stimme, »*solange es Vertrauen zwischen ehrenhaften Menschen gibt.* Das ist einer von Eldirs Aussprüchen.« Das Zaudern war aus seiner Stimme gewichen. »Atrion sagte: *Solange du das Vertrauen sogar in deine Feinde behältst, werden die Menschen furchtlos mit dir umgehen.*«

»*Aber ein Mensch, der als Eidesbrecher bekannt ist*«, fuhr Istvan fort und vervollständigte das Zitat, als es ihm wieder ins Gedächtnis kam, »*läßt seinen Feinden keine andere Wahl als Krieg, und er wird keinen Frieden mit der Welt schließen wollen.*« Er lächelte Martos zu und schaute in funkelnde blaue Augen. »Wann kann ich hoffen, Lord Jagat treffen zu dürfen?«

»Er sagte, er wolle sich mit Euch treffen, wo immer und wann immer Ihr es wünscht.«

»Morgen?« sagte Istvan. »Morgen mittag? Ich kann Lord Rinmull und Lord Maldeo mitbringen – sie sollten zugegen sein –, und ich kann zu Eurem Lager kommen.«

»Zum Lager?« sagte Martos. »Wäre es nicht besser, sich auf etwas – neutralerem Boden zu treffen?«

Glaubt Jagat wohl wirklich, ich hätte seinen Sohn getötet? fragte sich Istvan. Dann traf ihn ein scharfer Stich des Kummers, und das Gesicht seines eigenen toten Sohnes legte sich wie Eis auf sein Herz.

»Du hast dich in mein Lager getraut«, sagte Istvan. »Sollte ich weniger Vertrauen haben? Und wenn ich mich nicht der Ehre von Lord Jagat anvertrauen kann, dann ist niemand auf der ganzen Welt mehr vertrauenswürdig – und du selbst wärest ein Narr, hierher zu kommen!«

»Was?« Martos starrte ihn an. »Aber – natürlich vertraue ich Euch. Wir gehören doch zur gleichen Schule! Das macht uns fast zu Blutsverwandten, wie – Brüder oder – oder wie Vater und Sohn.«

Vater und Sohn . . . Istvan starrte vor sich hin.

Martos konnte Birthrans Stimme in seinem Gedächtnis hören: *Männer der gleichen Schule sind Brüder . . .* und Birthran war wie ein zweiter Vater zu ihm gewesen. Was war dann DiVega für ihn? Ein Onkel? Lächelnd schaute er auf. DiVegas Augen waren weit und intensiv.

Sein Geist sah dann die Gesichter von Hansios Männern.

»Doch sogar Jagats Ehre könnte es nicht gelingen, Euch vor dem wilden Haß einiger Mahavaraner zu schützen«, sagte er. Vielleicht könntet Ihr Euch statt dessen beim Hasturturm treffen – Vajrakota, ich denke, so nennen sie ihn – Hansios Männer werden es nicht wagen, den Frieden an solch einem Ort zu brechen.«

»Lord Hansios Männer respektieren den Waffenstillstand«, warf der Herold ein, »wenn er vor den Hasturs geschworen wird.«

»Ja!« Istvan richtete sich auf. »Daran habe ich noch nicht gedacht. Ich danke Euch. Und das bringt noch einen weiteren Gedanken mit sich. Lord Rinmull sagte mir, daß wir unsere Toten zu dem Turm bringen müssen, bis mehr Holz aus der

Kantara kommt. Und eure Toten müssen auch auf das Holz für ihre Totenfeuer warten. Laßt daher Jagat und mich gemeinsam unsere Toten nach Vajrakota bringen und unseren Zwist dort beenden, wo wir unsere Toten zur Ruhe legen.«

Chondos kauerte sich gegen den kalten Stein, spürte Muskeln an seinem Rückgrat zerren und fühlte, wie sein Geist durch die Berührung des Meisters faulig wurde, während die Furcht in der Dunkelheit näher kam. Im schwachen Kerzenschein sah er, wie schwarzer Stoff sich kräuselte, unter dem sich Fleisch bewegte. Der Geruch von verrottendem Fleisch ließ ihn würgen. Die bucklige, geschwollene Gestalt lachte.

»Kein Appetit? Der wird kommen, kleiner König, der wird kommen. Aber in einem Tag ungefähr werden wir frisches Fleisch für Euch haben. Seht Ihr dort? Eure Soldaten warten auf Euch.« Aufgedunsene, wurmartige Finger erschienen am Ende eines gestikulierenden Ärmels und deuteten auf die Männer, die im Fackellicht beieinanderstanden, in Grenzländerkleidung und Waffen, die sie den umherliegenden zerschmetterten Knochen abgenommen hatten. »Bald werden sie Euch in das Licht folgen, und dort wird Essen für alle sein! Sogar die ausgehungerten Ghule werden essen, die hungrigen Ghule.« Wieder erscholl ein Lachen. Dann spürte Chondos, wie sich die Welle der Fäulnis zurückzog, und sein befleckter Geist war wieder frei. Er verschränkte zitternd seine Arme und suchte im Hintergrund seines Geistes nach etwas, das er verloren hatte. Etwas Blaues, und in der Nähe eines Throns, der nicht der Thron in dieser Halle war.

Über sich spürte Miron Hastur Meilen von leeren Korridoren, unbevölkerten Höhlen und Kammern in der großen Hasturstadt Eidelbonn. Und Tausende von Meilen weiter nördlich konnte er den drachenköpfigen Uoght spüren, eine gleitende Säule der Dunkelheit, der nicht einmal die aufgehenden Sonnen widerstehen konnten, als dieser gegen die ermatteten Verwandten Mirons an der Grenze vorrückte.

Nur drei andere regten sich in der leeren Stadt: sein Verwandter Aldamir, der wie er selbst aus den Kämpfen hierher zur Halbruhe befohlen worden war, und Elnar, den Kandol Hastur-Lord zur Pflege der Feuer in der Inneren Erde zurückgelassen hatte. Der Dritte war eine Wolke von wirbelnden Funken, weise, mächtig und wunderbar: Tintinaré, ein uraltes Energiewesen, das Narsil der Jüngere zu einer Zeit geschaffen hatte, als selbst Kandol Hastur-Lord noch nicht geboren war. Jahrhundertelang schlief Tintinaré unter Eidelbonn, bis Elnar das Wesen aufweckte, damit es die unterbesetzten Türme bewache.
Westlich der Stadt war der Schatten leer, und ihre trainierten Geister waren verwirrt über seinen geheimnisvollen Schleier. In Creolandis im Norden und im nördlichen Araja war die Grenze ruhig und glasig. Doch noch weiter nördlich siedete sie von tödlichen Energien.
Aldamir breitete Zukunftsvisionen wie einen Fächer in seinem Geist aus. Das war seine spezielle Begabung. Auf jeder der Spuren konnte er die drei Nachtwesen über eine ungeschützte Grenze nach Tarencia einfallen sehen. Auf jedem der Pfade wuchs der Schatten.
Alle Unsterblichen sannen über den sich ausbreitenden Baum der Pfade nach. Auf einigen der Pfade war eine Warnung zu finden, auf den meisten jedoch nicht. Aber sie konnten die Natur dieser Warnung nicht erkennen. Eine wichtige Tatsache fehlte: Der Angriff konnte zu jeder Zeit erfolgen.
Die um sie kräuselnde Raumzeit erfaßte plötzlich die Aufmerksamkeit der drei Hasturs. Vier kleine Gestalten erschienen im glühenden Oval eines der uralten Tore. Aldamir blinkte seinen Körper in die Kammer, in der sie standen.
Was tut ihr Kinder hier? dachten die drei verbundenen Geister im Unisono.
Wir wollen helfen! dachte Aldamir, der zehnjährige Bruder von Elenius und Earagon. Er war der größte der vier. Seine klaren grauen Augen waren keck von Trotz.
Ihr laßt die sterblichen Zauberer helfen, und sie schweben in

Gefährliche Abenteuer in einer fantastischen Welt, wilde Verfolgungsjagden durch unwegsame Gegenden, Kämpfe mit Kobolden, Trollen und den Wesen der Nacht, ja selbst Auseinandersetzungen zwischen ganzen Königreichen können auch Sie erleben – mit dem fantastischen Fantasierollenspiel »Das Schwarze Auge«, das Sie nach Aventurien, der Welt der Abenteuer, entführt.

Bitte umblättern ☞

weit größerer Gefahr als wir! Das war Peridol, blond und blauäugig, und sein Gesicht war fein wie das eines Elfen. Alcarin, Alkides und Roderigo waren allesamt rothaarig und grobknochig und hatten braune oder graue Augen.
Ruhe bedeckte die Oberfläche des Geistes der Erwachsenen. In ihren verborgensten Tiefen sannen unsichtbare Ströme und versuchten zu erklären. Diese wenigen Kinder waren die Hoffnung und die Zukunft des Hasturgeschlechtes. Andere, die kaum doppelt so alt waren wie diese, teilten schon die Gefahren der Grenze – und viele von ihnen waren bereits gestorben.
Die vier winzigen Gestalten standen zusammengedrängt am Rande der erhobenen Plattform. Der Kreis von durchsichtig-milchigem Kristall erleuchtete den Raum mit einem schwachen Glühen. Die Luft darüber kräuselte sich, und eine junge Frau erschien, deren kupferfarbenes Haar wehte. Die älteren Hasturs spürten – obgleich dic Kinder dies nicht konnten – die Erleichterung und die Angst unter der Wut, die sie ausstrahlte. Elnar verdoppelte in seiner hohen Kammer seine Wachsamkeit.
Melissa Hastur strebte zu ihren Kindern, Wellen eines umarmenden Geistes. *Kehrt zurück nach Carcosa,* floß ihr flüssiger Gedanke durch sie alle. Trotzige Funken von seiten der Kinder wehrten sie ab. Furcht schwirrte im Ozean des Erwachsenengeistes. So wenige – diese Kinder umgeben, im Schoß, von liebenden Geistern, durch Tausende von Jahren der Erinnerung des Wissens und der Macht. Kinder, die Magie sprachen und studierten, noch bevor ihre Beine ihr Gewicht zu tragen vermochten.
Sie waren schon so mächtig, daß jeder Versuch, sie gewaltsam nach Carcosa zurückzubringen, Kräfte erfordern würde, die augenblicklich niemand entbehren konnte.
Wir könnten einen Turm bewachen! dachte Alkides keck. Die Geister seiner Begleiter stimmten ihm zu.
Der Todesschrei eines uralten Unsterblichen ließ die Geister der vier Erwachsenen zusammenzucken, doch die Kinder hör-

ten dies nicht, und die Oberfläche der Erwachsenengeister blieb ungetrübt.

Im Geist der Kinder befand sich die Vision eines Turmes, den sie besetzen konnten. Die Erwachsenen griffen dieses Bild aus ihren Geistern auf, spiegelten es und zeigten dann Wellen der Dunkelheit, die aus dem Schatten lechzten. Die unreifen Geister kämpften mit Panik und versuchten, die Konzentration aufzubieten, die zur Flucht erforderlich war.

Wieder wurde die Oberfläche des Erwachsenengeistes zum leeren Kristall perfekter Ruhe. Und doch sahen diese Geister ein leichtes Brennen in der Schlacht, die tausend Meilen weiter nördlich stattfand, wo dunkle Magie einen Turm stürzte. Diejenigen, die sich darin befanden, blinkten sich heraus – alle außer einem –, und als sie dann wieder im Sonnenlicht erschienen, schossen Flammen aus ihren Händen hervor. Immer noch standen die Kinder störrisch da. Angst kroch am Netz der verwobenen Geister hoch.

Miron sah unausweichliche Wahrheit aus den verwobenen Geistern der Kinder hervorsprießen. Sie *wurden* gebraucht! Schon jetzt standen im Süden, wo die Grenze die Wüste berührte, Türme leer, deren Wächter nach Norden flatterten, um ihren Verwandten zu helfen. Tintinaré war unglaublich dünn ausgebreitet, um zehn Türme füllen zu können, die von ihren Wächtern verlassen worden waren.

Jetzt brodelte Herstes Hastur im Vajrakota-Turm, bereit, in den Kampf zu springen, der einen halben Kontinent entfernt ausgebrochen war. Auf der grauen Ebene unterhalb von Vajrakota holperten gepanzerte Reiter auf den Rücken trabender Pferde.

In Aldamirs Geist gabelten und verbreiteten sich verzweigte Linien der Zukunft, während seine Verwandten beobachteten. Erneut wunderte sich Miron über die Gefahr, die sich zeigte. Der Schatten wurde stärker, verschluckte das Land und verpestete die See. Er versuchte den Gabelpunkt klarer zu sehen und sah Armeen unter stürzenden Schwertern in einem Krieg, den er nicht beachtet hatte.

Schwerter flackerten. Ein Mann fiel, und königliches Rot floß aus seinen Venen. Waren das Istvan DiVegas Augen, die in der Totenstarre gefroren waren? Wer war es, der da mit seinem langen erhobenen Schwert stand? War es König Chondos, dem er gegenüberstand?

Die Vision verschwamm, kräuselte sich und verflog in einem schwirrenden Schleier.

Herstes rief vom Vajrakota-Turm. Miron bewegte seinen Körper dorthin, während Herstes verschwand und seine Flamme mit denen der übrigen im Norden vereinigte. Miron stand allein in dem glühenden Turm und beobachtete.

Er sah die trübe Leere des Schattens. Weit jenseits der Wüste des versengten Landes konnte er vage Gestalten spüren, die sich bewegten und wehklagten, verschleiert und nur undeutlich erkennbar. Aber andere Geister sagten ihm, daß sie schon seit Tagen dort gewesen waren. Gleichzeitig beobachtete er die Zukunftsvisionen, die sich in Aldamirs Geist verzweigten, in jenem weit entfernten Raum, in dem er und Melissa den Kindern gegenüberstanden.

Warum versucht ihr, uns in Carcosa eingesperrt zu halten? fragte Roderigo gerade. *Ihr laßt die sterblichen Zauberer helfen, und sie sind schwächer als wir!*

Sie werden ohnehin sterben, antwortete Elnar. *Ihr braucht es nicht.*

Sie durchsuchten Aldamirs Geist und hielten Ausschau nach einer Möglichkeit, die Kinder in Sicherheit zu halten.

Zwei Gruppen von Reitern ritten durch den Regen. In Mirons Geist war Raum, um die Toten zu zählen, die an den Sätteln ihrer Pferde festgebunden waren, und die Toten unten im Turm, auch Raum, um die Rüstungen und die Wunden der Lebenden zu studieren und die Zeichen der Vergangenheit zu lesen, die in ihre Gesichter eingraviert waren, und die Spannungen ihrer Muskeln, an denen er die Geschichte des Krieges ablesen konnte, sogar während er mit den anderen über die Kinder konferierte.

Konnten die Kinder in der Stadt bleiben und Elnar von der

Pflicht befreien, einen Turm besetzen zu müssen, indem sie als lebendige Verbindungsglieder des Geistes dienten?

Wenn der Schatten nur nicht so dunkel wäre, dachte Miron Hastur zu den anderen gewandt, *dann würden wir besser gewarnt. Die Regenzeit ist zu einer guten Zeit für sie gekommen. Sie webt Wolken in den Zauber, der ihre Bewegungen begleitet.*

– Ein starker Ostwind und ein weiterer aus der Wüste des Südens würden den Himmel von Wolken entblößen, und das Sonnenlicht würde den Zauber des Schattens schwächen.

– Und er würde notwendigen Regen von Boden und Ernte fernhalten und außerdem gesunde Vibrationen aus der Luft entfernen und ungesunde Strahlung hinterlassen, die die Sterblichen Qual und Verzweiflung erleiden lassen würde.

– Sachte, daß wir nicht einen Wind aufbringen, der die Länder der Menschen verwüstet...

Die Geister flossen zusammen. Weit im Osten breiteten Winde, die der Sonne entgegenwirbelten, über den Küsten des Meeres einen klaren Himmel aus. Unermeßliche Geister schwärmten aus und ergriffen Teile der Luft. Feinfühlig wie das Flattern eines Schmetterlingsflügels wurden vorbeigleitende Luftatome abgeleitet, und jenes ganze, massive Rad des Windes rollte bedächtig ins Land.

Aber werden die Dunklen Wesen es nicht als einen Angriff ansehen, wenn wir den Schleier vom Schatten wegnehmen? Werden sie dann nicht angreifen?

– Wir wollen hoffen, daß sie dies tun! Ist es nicht besser, daß sie angreifen, während wir zuschauen, als daß sie uns in einem unbeobachteten Augenblick überfallen?

Hufe näherten sich Vajrakota und platschten durch das nasse Gras. Ein feiner Regen fiel.

Ein Teil von Miron Hasturs Geist schaute auf die Reiter nieder und studierte die aurischen Regenbogenfeuer, die um sie wirbelten. Die beiden Gruppen waren sich einander bewußt und hatten ihre Geschwindigkeit verändert, so daß sie beide gemeinsam eintreffen würden.

Das sollten die beiden Seiten sein? Verwundert wandte er einen größeren Teil seines Geistes von den Winden ab. Jagat und Hansio verbündet gegen den König von Tarencia? Manjipor geteilt, und Istvan kämpfte gegen Lord Jagat?
Vielleicht erklärte das die Gefahr, die Aldamir gesehen hatte. Viele Grenzländer waren gestorben und hatten so die Verteidigung des Königreiches geschwächt. Aber sicher war noch mehr darüber zu sagen als dies.
Weit im Norden starb ein Hastur. Der Todesschock durchschoß seine Verwandtschaft. Der Wind blies den feinen Regen wie einen Nebel vor sich her. Wasser sammelte sich zu einem glänzenden Mantel auf der lackierten Lederrüstung und perlte wie Juwelen von den Stahlringen der Rüstung ab. Miron sah seinen eigenen herzerweichenden Kummer um seine toten Verwandten in dem traurigen Ernst gespiegelt, der in der Aura der Träger jener toten Sterblichen lag. Aber vermischt mit der nüchternen Farbe des Kummers sah er grell das erstickte Rot des Hasses leuchten.
Hufe gluckten durch das aufgeweichte Gras, als beide Parteien vor dem Turm ihre Pferde anhielten. Eine Tür öffnete sich bei der Berührung durch Mirons Geist. Miron hörte Gemurmel. Einige Männer strichen über ihre Schwertschäfte, während blutige Bilder des Hasses und der Rache ihre Gedanken verunreinigten.
Istvan DiVega glitt vom Rücken seines Pferdes. Etwas langsamer glitt auch Jagat vom Pferd, und die beiden alten Männer gingen durch die schimmernde Trauer, um sich zwischen den Reihen ihrer Männer zu treffen.
»Lord Istvan.« Jagat verbeugte sich nach Grenzlandsitte aus der Hüfte.
Istvans Knie beugten sich in einer höfischen carcosischen Verbeugung. »Lord Jagat.«
Miron beobachtete schwirrende Farben, als beide versuchten, ihre Gedanken in Worte zu fassen. Ihre Blicke berührten einander, und dann trat DiVega vor, und er und Jagat verhakten ihre Ellbogen zur formellen Umarmung.

»Wir sollten uns zunächst um die Toten kümmern«, sagte Jagat langsam, »und dann Gerechtigkeit für die Lebenden suchen.«

Schulter an Schulter schritten sie zum großen Torbogen des Tors von Vajrakota. Andere Männer folgten ihnen und trugen steife Körper, die von Schwertern aufgeschlitzt worden waren, oder abgehackte Gliedmaßen, Köpfe mit starren Augen – Männer aller drei Provinzen des Grenzlandes und Männer aus Nationen, die weit vom Schatten entfernt lagen. Der Raum war schon mit Toten gefüllt, den Relikten der letzten Schlacht. Vom Grund des Turmes hallten Füße wider.

Mirons Geist schüttelte sich unter der Leidenschaft des Kampfes, als weit oben im Norden eine Flamme aufglühte. Dämonen zerbarsten brennend, als seine Verwandten ihre Strahlen kreuzten, und das grimmige Licht durchbohrte ätherische Schalen und zerschmetterte böse Atome. Elation kräuselte sich durch seine kristallene Ruhe, aber dann beruhigte er sich wieder und wandte seinen Geist wieder den Sterblichen unter sich zu, den Lebenden und den Toten. Istvan und Jagat standen da und schauten zu, während Männer, die steif wie Holz waren, auf den Boden gelegt wurden. Miron konnte beobachten, wie ihre gemeinsame Trauer sie mit kleinen Schritten aufeinander zugehen ließ, bis sie schließlich Seite an Seite standen. Langsam griff ihre Stimmung auch auf ihre Männer über. Das lebhafte Rot des Hasses verschwand allmählich aus den Augen der Seynyorer wie auch der Grenzländer, während sie sich in die Tiefen seines Geistes hineinbewegten.

»Das sind alle«, hallte eine Stimme von den steinernen Mauern wider.

»Unsere Toten ruhen gemeinsam und ohne Zwist«, sagte Jagat. »Hier ist Frieden. Jetzt . . .« Er beendete den Satz nicht. Der Gedanke hing in der Luft, spürbar für Mirons Geist.

»Laßt uns jetzt den Krieg bei den Toten zurücklassen«, sagte Istvan.

Jagat nickte. Seine Stimme hallte unheimlich vom Stein wider: »Ich freue mich, hier vor den Hasturs Frieden schwören zu dürfen. Ich spreche auch für die Männer aus Mahavara. Wenn –« Er nahm einen tiefen Atemzug und richtete sich auf. »*Wenn* wir sicher sein können, daß die Männer, die sich mir angeschlossen haben, dafür nicht leiden werden. Ich werde sie nicht der Macht eines grausamen und launischen Königs ausliefern. Amnestie, auch für Hansios Männer, muß versprochen werden. Niemandem darf das Land genommen werden, niemand darf verbannt werden und niemand darf seinen Stand verlieren. Andernfalls werden wir weiterkämpfen.«

»Das ehrt Euch«, sagte Istvan. Er zögerte, und Miron sah die Worte, die auf seinen Lippen warteten, und den Zweifel, der sie zurückhielt.

»Was mich anbetrifft, so ist es mir gleich, was passiert«, fügte Jagat hinzu, »aber ich kann nicht jene verraten, deren Treue zu mir oder zu Hansio sie zu dieser – Rebellion verleitet hat.«

»Ich selbst stehe in dieser Sache mit Euch vor dem König«, sagte Lord Maldeo. »Aber ich fürchte, daß ohne das Wort des Königs selbst kein derartiges Versprechen gegeben werden kann. Es ist Sache des Königs, darüber zu entscheiden.«

Istvans Atem entwich zischend aus seinen Lungen, und Miron konnte wütende Funken im ruhigen Blau von Istvans Geist sprühen sehen.

»Seht Ihr?« sagte er. Das Blau wurde dunkler. »Ich würde gerne zustimmen – aber ich bin nicht der König. Wir können einen Waffenstillstand schließen, aber bevor irgendein endgültiger Friede geschlossen werden kann, müssen wir uns allesamt mit dem König an einen Tisch setzen.«

Miron sah zorniges Rot in Jagats Geist so hell glühen, daß er sich um das Herz des alten Mannes sorgte und rasch in ihn hineinreichte, damit die Wildheit seiner Leidenschaft nicht sein Herz bräche und ihn ebenfalls tot unter den Körpern auf dem kalten Steinboden zurückließe.

Purpurnes Blut sammelte sich in Jagats Gesicht. Miron öffnete die zusammengeballte Brust und zog Luft durch die

Lungen ins Blut. Das alte Herz beruhigte sich wieder, und sein Schlag wurde fester. Die Attacke war fast augenblicklich vorüber. Jagats Herz schlug noch. Miron ließ ihn los.
»Ich werde – ich werde meinen – König treffen«, stieß Jagat zwischen zusammengebissenen Zähnen hervor. Jeder Muskel in seinem Körper schrie seinen Protest in Mirons Sinne. Seine Faust griff nach dem Schwertknauf, als sei dieser eine Kehle. Knochen mahlten vergeblich auf Knochen. »Lord Hamir muß auch kommen, und die Lords von Massadessa und Mahavara, die an meiner Seite gekämpft haben – auch sie müssen mitkommen! Und Maldeo, und Ihr, Lord Rinmull, um der Gerechtigkeit willen müßt Ihr dabei sein. Doch –«
Fragen drängten sich in Mirons Geist, Fragen, die durch die Flamme von Jagats Zorn entfacht worden waren. Was mochte Jagat so scharf gegen Olansos' Sohn eingenommen haben?
Dann erschütterte weit oben im Norden jenseits des von Land umsäumten Meeres ein furchtbarer Ausbruch von Magie den Äther.
»Viel Blut ist zwischen uns«, sagte Jagat in den Gewölben von Mirons Geist. »Ihr sagtet –« Seine Hand zuckte vom Schwertgriff zurück, als sei sie verbrannt worden. »Ihr spracht mit Martos über einen Plan –«
Und weit im Norden erhob sich Uoght wie Rauch an einem ruhigen Tag und glitt wie eine Schlange auf die Grenze zu. Hinter ihm kroch etwas in die Welt und zwang eine Träne in die Ebene der Existenz, etwas Monströses, Uraltes, Gestaltloses. Eine der großen Dyolen, riet Miron, obgleich er es nicht klar erkennen konnte, weil ein Stückchen der jenseitigen Welt das Ding gänzlich umhüllte, mit Ausnahme seines fürchterlichen Hungers.
Fliehende Dämonen schlugen wild gegen Barrieren von Flammen. Uoght schwebte über die Grenze in das Sonnenlicht von Kadar, und vor ihm verglühten Feuer und erstarben, ertränkt in dunkler Macht. Wilde Dämonen wandten sich gegen die winzigen, in Flammen gehüllten Gestalten des Hasturgeschlechts.

Das Ding aus der Dunklen Welt folgte ihnen. Wo es vorüberkam, war danach sogar der Staub hinterher verschwunden, und seine Spur war in das Untergrundgestein gekratzt. Die Erde zitterte. Bäume zerfielen zu Staub. Der verzerrte Raum fraß das Sonnenlicht. Knisternde Macht glühte auf, um ihm zu begegnen. Ein Kokon aus regenbogenfarbenem Notfeuer siedete und bahnte sich seinen Weg. Wellen von Kraft ließen die Hasturs schwanken.

Und dennoch konnte Miron auf dem Grunde seines Geistes, der den Turm erfüllte, die winzigen Stimmen der Sterblichen hören:

»Dann werden wir uns am Agnasta-Turm treffen, und wir werden alle Waffen hinter uns lassen«, sagte Istvan soeben. »Wir werden nur unsere Degen tragen, und wir werden auch diese beiseite legen, wenn wir eintreten. Nicht einmal Dolche –«

»Wollt Ihr unserem Wort nicht trauen?« knurrte ein Mann aus Mahapor.

»Wir alle sollten den Worten der anderen vertrauen«, sagte Istvan höflich, »aber wie soll der Mensch sich selbst vertrauen angesichts eines herzzerbrechenden Kummers, wenn heiße Worte hin- und herfliegen und der Haß sich schlau durch den Geist schlängelt? Die Schwerter scheinen sich in einer solchen Situation wie von selbst aus ihren Hüllen zu bewegen. Sollen ungewollte Tote zu dem Strom, der uns jetzt teilt, noch mehr Blut hinzufügen? Wir brauchen keine Schwerter, um Frieden zu schließen. Die einzigen Waffen, die wir brauchen werden, sind unser Verstand und unsere Zunge!«

»Bei König Chondos sind das scharfe Waffen!« sagte Jagat mit einem bitteren Lächeln. »Das sollte ein Witz sein«, fügte er hinzu, als auf den Gesichtern einiger Mahavaraner Mißtrauen auftauchte. »Dennoch muß ich gestehen, daß ich mich besser fühlen würde, wenn ich einen Gürtel oder einen Stock zu Eurem königlichen Meister mitnehmen könnte!«

»Wenn er jünger wäre . . .«, sagte Istvan. Er zuckte mit den Schultern und schaute in Jagats Augen, und Miron konnte

den Gedanken sehen, der wie ein Lachen zwischen ihnen hing: »*Wenn er jünger wäre, würde ich es selbst tun!*«
Miron spürte Kraft in sich aufsteigen. Seine Stärke wuchs. Er fühlte, wie Elnar verzweifelt unter den uralten Waffen in den versiegelten Krypten unterhalb von Eidelbonn suchte. Weit im Norden wurden die Hasturs rücksichtslos von den Mächten der Dunklen Welt zurückgeworfen. Miron erhob sich, um in den Norden zu springen und seinen Verwandten zu Hilfe zu kommen, aber er beobachtete immer noch den Schatten hinter sich und die Männer im Turm unter sich.
»Es wäre das Beste, wenn wir keine Zeit damit verlören, uns zu diesem Rat zu versammeln«, sagte Rinmull von Ojaini bedächtig. »Es ist immer noch ein Ritt von vielen Tagen von der Stadt des Königs bis zum Agnasta-Turm. Ich kenne einen Ort, der auch seinen Dienst als neutraler Boden tut und näher liegt. Er würde mindestens einen Tagesritt ersparen.«
Istvan und Jagat wandten sich ihm mit fragendem Blick zu.
»Es gibt ein kleines Fort auf dieser Seite des Jukota, nördlich des Stroms«, erklärte er. »Es war leer, deshalb verlegte ich eine Garnison meiner Vasallen dorthin, und einige andere schlossen sich ihnen an, nachdem – hmm – die Belagerung begann. Ihr müßt den Ort kennen; er wird genannt, hmm...«
»Kajpor?« warf Jagat ein.
»Kajpor!«
»Das habe ich mir gedacht«, sagte Jagat nickend. »Ich kenne den Ort.« Er wandte sich Istvan zu. »Das ist eine gute Wahl. Die Burg wird als neutraler Boden gute Dienste tun. Sie liegt auf unserer Seite des Flusses, aber gleichzeitig auch nahe genug an der Kantara, so daß sie leicht – zu befreien wäre, wenn dieser Fall eintreten sollte – wenn irgend jemand ernsthaft Verrat befürchtet – was ich sicher nicht tue. Kajpor wäre ziemlich sicher. Nur ein Narr würde hier einen Angriff versuchen, und ihn würde der gerechte Preis für solch eine Narrheit erwarten.«
Im Juwel von Mirons Geist sprachen die Stimmen der Sterbli-

chen weiter, während er den Kampf der Flammen Tausende von Meilen weiter nördlich studierte. Verborgen in Spiralen von Macht tauchte der Wurm aus der Dunklen Welt neben Uoght auf. Miron schwang sich empor, um die vielen Meilen zu überspringen.

»Söhne der Hasturs, hört uns nun!« Die Stimme hallte von den Steinen auf dem Grunde seines Geistes wider. Er bewegte seinen Körper hinab, um in Fleisch und Blut vor Istvan und Jagat zu stehen. Ein Mann in kadarinischer Rüstung stolperte zurück, als habe er noch nie zuvor einen Hastur gesehen.

»Ich, Jagat aus dem arthavanischen Geschlecht, Lord von Damenco, schwöre hier im Angesicht der Hasturs, daß ich die Belagerung von Ojaini beenden will und auch jegliche andere Feindseligkeit, und daß ich meinen Vasallen und all meinen Verbündeten den Waffenstillstand auferlegen werde, der vom heutigen Tag an mindestens acht Tage eingehalten werden soll oder so lange, bis ich mich mit dem König von Tarencia in Kajpor oder an welchem anderen Ort auch immer treffen kann, der statt dessen dafür ausersehen wird, um die abschließenden Friedensverhandlungen zu führen, oder bis ich sicher weiß, daß ein solches Treffen nicht zustandekommen wird.«

Während Jagat sprach, schaute Miron tief in den Geist hinter den Worten und las die Wahrheit in ihm – wobei er auch das bittere Andenken an Pirthios Tod spürte und den Schmerz, der durch die furchtbare Botschaft des Königs verursacht worden war.

Fragen über Fragen – aber jenseits von Jagats durchsichtigem Geist konnte Miron die kalten Augen des drachenköpfigen Uoght sehen und die Verzweiflung seiner fernen Verwandten spüren.

»Weiterhin schwöre ich, daß ich, vorausgesetzt, König Chondos schenkt mir Glauben und behandelt meine Verbündeten gerecht, hiermit alle Ansprüche auf seinen Thron und sein Königreich oder auf irgendeinen Teil seines Königreiches aufgebe, den nicht sein Vater, König Olansos, den ich in rühmenswerter Erinnerung behalten habe, mir anvertraut hat, die mir gesetzlich zustehende Domäne Damenco; und daß ich es ihm nach dem Beschluß eines fairen und ehrenvollen Rates schuldig bin, ihn als gesetzlichen König und höchsten Lord anzuerkennen, und daß ich ihm schwöre, sein Land und sein Volk mit meiner ganzen Kraft und Macht zu schützen. So schwöre ich vor den Kindern Hasturs und überantworte mich ihrem Urteil.«

Istvans Stimme erscholl vom glühenden Stein: »Und ebenso schwöre ich, Istvan DiVega von Carcosa, Kommandant aller Söldnertruppen von Chondos, dem König von Tarencia, vor den Hasturs, daß ich diesen Waffenstillstand einhalten werde und ihn den Männern unter meinem Kommando befehlen werde, weiterhin, daß ich Lord Jagat meine volle Unterstützung geben werde bei der Verteidigung dieses Landes gegen unsere gemeinsamen Feinde im Schattenreich. Ich verbürge mich Lord Jagat, daß ich all meinen Einfluß auf den König geltend machen werde, um für ihn einen gerechten und ehrenvollen Frieden auszuhandeln.«

Hinter den Worten, hinter den Gedanken entdeckte Miron Hastur ein undeutliches Gedächtnisbild von König Chondos, wie dieser seltsame Dinge sagte und sich durch die Traumkorridore der Erinnerung bewegte.

Aber durch die Erinnerung und den Geist hindurch konnte er weit jenseits dieses Turmes, wo die Sterblichen sprachen, den monströsen, schattenumhüllten Wurm erkennen, der das Land verwüstete, wo seine Verwandten kämpften. Es war jetzt keine Zeit, um über Chondos nachzudenken. Es war schon fast dunkel, und die Nachtwesen lauerten.

Er fühlte, wie Elnar durch wortlosen Raum sprang und in seinen Armen ein uraltes Netz von Juwelenfeuer hielt. Auch fühlte er, wie verwundete Verwandte nach Eidelbonn flogen.

»Ich werde mein Schwert mit dem Lord Jagats vereinigen gegen diejenigen, die versuchen, diesen Waffenstillstand zu brechen«, schwor Istvan. »So schwöre ich, hier vor den Hasturs.«

»Beide haben geschworen«, sagte Miron mit seiner Zunge,

während sein Geist mit den verwundeten Verwandten in Eidelbonn kommunizierte. »Und beide haben die Wahrheit gesprochen.« Sein verwundeter Vetter Kisil erschien in der Hauptkammer an der Spitze des Turmes und wandte seine Wachsamkeit der Mauer der Finsternis zu.
»Vertraut einander«, sagte Miron laut und informierte seinen Verwandten Kisil über alles Wissenswerte, bevor seine Zunge damit fertig war, die umständlichen menschlichen Worte auszusprechen. Als er aufgehört hatte zu sprechen, verschwand er aus dem Turm.
Er war knisternde Macht, wogender Äther. Dann materialisierte er sich flackernd neben Elnar und den anderen in Kadar.

Verwirrt starrte Martos in die Luft, wo der rothaarige Mann gerade noch gestanden hatte. Er war sich sicher, daß alle Seynyorer und Grenzländer ihn insgeheim auslachten. Keiner von ihnen hatte das geringste Anzeichen von Überraschung erkennen lassen, als die Gestalt in der blauen Robe erschienen war. Sie waren offensichtlich an das geheimnisvolle Kommen und Gehen der Hasturs gewöhnt.
»So«, hörte er Jagat sagen, »der Eid ist geschworen, und wir befinden uns im Frieden.«
»Nun«, antwortete Istvans Stimme, »bis wir uns in Kajpor treffen zumindest – so hoffe ich. Mir steht immer noch bevor, den König in Kenntnis zu setzen.«
»Ihr –« Jagats Augenbrauen glichen gespannten Bögen. »Habt Ihr ihn noch gar nicht benachrichtigt?« Martos sah, daß Istvan den Kopf schüttelte.
»Ich dachte, es sei besser, ihn mit einem Frieden zu konfrontieren, der schon beschlossen ist.«
»Das ist also der Grund! Ich sehe, Ihr lernt dazu!« Er brach mit einem Hustenanfall ab und blickte rasch um sich. Dann beugte er sich vor und sprach mit leiser Stimme zu Istvan, so daß Martos seine Worte nicht verstehen konnte.
Martos fühlte sich plötzlich müde. Die Augen der Toten, die

im Glühen des Turmes glitzerten, schienen ihn anzustarren. *Und sogar hier,* dachte er, *ist der Tod ein Geruch.*
Die konservierenden Zauber der Hasturs würden dafür sorgen, daß dieser Geruch nicht stärker werden würde. Aber bei so vielen zerstückelten Leichen in einem Raum war schon der Geruch von frisch Verstorbenen ziemlich stark. Er wünschte, es wären Felder von Blumen draußen anstatt einer öden Ebene. Wenn sie die toten Körper mit Blüten bedecken würden, wären sowohl ihre Augen als auch der Geruch verborgen.
DiVega zuckte die Achseln. »Ich habe alles getan, was ich tun konnte«, sagte er. »Alles übrige liegt nun in seiner Hand. Aber wenn er mir nicht befiehlt, das Königreich zu verlassen, werde ich bei den Friedensverhandlungen zugegen sein, wie ich Euch versprochen habe. Doch ich fürchte, daß –« er lächelte grimmig – »mein Versprechen meinem Vetter gegenüber etwas voreilig war! Ich glaube nicht, daß – daß – dieser Junge jemals sicher auf seinem Thron sitzen wird!«
Auch die Nerven anderer Anwesender litten, wie Martos sehen konnte. Sie drängten sich in kleinen Gruppen zusammen – Manjipéaner, Kantaraner, Mahavaraner und Seynyorer, jeweils getrennt unter sich – und zitterten im kalten Feuer der Mauern. Zumindest starrten sie einander nicht mehr so an wie zu Anfang. Doch hier, wo sie zwischen den Haufen ihrer bemitleidenswert verstümmelten Toten standen, während ihre Anführer miteinander sprachen und ihre toten Freunde sie anstarrten . . .
»Nun, das Patrouillieren an der Grenze wird die Männer auf andere Gedanken bringen«, sagte Jagat. »Wir müssen –«
»Könntet ihr nicht draußen miteinander reden?« unterbrach ihn Martos sanft. Jagat schaute ihn überrascht an. »Die Männer können dies wohl nicht mehr sehr lange ertragen.«
DiVega warf rasch einen Blick auf die Lebenden und Toten und nickte. »Er hat recht. Wir lassen sie besser hinausgehen.«
Ein Wort von DiVega und ein Wort von Lord Jagat, und die ehemaligen Feinde gingen einträchtig Seite an Seite aus dem

Turm. Die wütenden Blicke waren verschwunden. Das Beispiel ihrer Führer zeigte ihnen, daß der Krieg ihr gemeinsamer Feind war und Schmerz ihr gemeinsames Band.
Martos atmete tief, während er nach draußen schritt. Immer noch gingen ihm die Namen seiner Toten durch den Kopf. Männer, die Kadar verlassen hatten – *Teil des Landes,* wie die Grenzländer zu sagen pflegten.
Graue Himmel weinten über Vajrakota, während die stöhnenden Männer durch den riesigen Torbogen schritten. Martos schaute in die Schleier des Regens, die sich auf die öde Ebene ergossen. Irgendwo jenseits von ihr wartete Kumari auf ihn. Jetzt war der Krieg vorüber...
»Eine furchtbar lange Strecke ist abzudecken», hörte er Di-Vega sagen. »Zwei- oder dreihundert Meilen allein in Manjipé, wenn ich mich richtig erinnere – oder ist es noch mehr?«
»Wir haben genügend Männer.«
Martos zitterte und starrte über seine Schulter auf das drohende Dunkel hinter sich. *Vorüber? Wohl kaum.*
»Wir haben die Männer«, sagte DiVega, »aber wir haben nicht die Seher.«
»Dann müssen wir es ohne sie tun«, sagte Jagat mit einem Achselzucken.
Martos starrte nach Norden über das kahle, regenüberflutete Land. Er sackte in seiner Rüstung zusammen und dachte an Kumari und an das Kind. Und irgendwo jenseits dieses Regens lag seine Heimat, die Heimat, die er wahrscheinlich niemals wiedersehen würde, genausowenig wie die Männer, die hinter ihm im glühenden Turm lagen, sie jemals wiedersehen würden. Statt dessen würden er und Kumari eine neue Heimat haben, hier an der Grenze.
Die Erde ist die Braut des Kriegers, dachte er.
»Aber ohne einen Seher ist eine Patrouille isoliert und schwebt ständig in der Gefahr, abgeschnitten und ausgelöscht zu werden!« DiVegas Stimme war rauh vor Überanstrengung. »Ihr schickt die Männer in den sicheren Tod!«
»Wann haben wir hier an der Grenze jemals etwas anderes

getan?« antwortete Jagat ruhig. »Der Tod ist die Braut des Kriegers.«

Eine Stunde später beobachtete Istvan Jagat und seine Männer, wie sie bei abnehmendem Tageslicht im Regen verschwanden, und er dachte: *Jetzt geht es darum, was der König tun wird.*

Kalter Regen schlug ihm ins Gesicht und trommelte auf seinen dicken Wollumhang. Seine Knochen schmerzten. Sein Pferd zitterte unter ihm und zuckte vor den kalten Tropfen zurück. Er klopfte ihm abwesend auf die Schulter. Wenn die Pferde wenigstens aus dem Regen kommen könnten ...

Aber warum mache ich mir bloß ständig Sorgen über den König? Was, so fragte er sich, *konnte* der König beim gegenwärtigen Stand der Dinge nur sagen oder tun? Istvan hatte die Umrisse eines gerechten Friedens festgelegt, und zwar vor den Hasturs. Selbst wenn Chondos diesen Vorbereitungen widersprechen würde, war er immer noch der Autorität der Hasturs unterstellt, wie alle Könige, als einer ihrer Vasallen. Wenn Jagat oder irgendeiner seiner Verbündeten sich schlecht behandelt fühlte, blieb ihm immer noch die Anrufung der Hasturs.

Ganz gleich, wie unverständig der Junge sein würde, er war in jedem Fall den Gesetzen der Hasturs unterstellt.

Ich mache mir zu viele Sorgen, entschied er und machte sich auf den Weg ins Lager zurück. Zu seiner Rechten erhob sich drohend die Grenze.

Wieder einmal verweigerte der König Geistkontakt. Istvan war leicht verstimmt. Er zog es vor, die Illusion aufrechterhalten zu können, daß er tatsächlich zu der anderen Person spräche. Doch wenn man bedachte, wie beleidigend Chondos sein konnte, wenn man persönlich mit ihm sprach, war diese Lösung vielleicht sogar die Bessere.

Jodos war zunächst erfreut, als er bemerkte, daß der alte Shacchio sich durch das Netz des Palastes auf ihn zubewegte.

Er konnte Neuigkeiten in den Körperspannungen des alten Mannes spüren, und diese Neuigkeiten mußten in jedem Fall gut sein.

Er schaute auf das Mädchen, das zu seinen Füßen kniete und fuhr mit der Zunge an seinen Schneidezähnen entlang. Ihr Blut war so süß. Vielleicht konnte er jetzt diese trivialen Peinigungen beenden und jene Dinge tun, nach denen es ihn verlangte.

Wenn genügend Grenzländer in der Schlacht vernichtet worden waren, konnte er heute nacht die Heere des Schattens über die Grenze kommen lassen, und bis morgen würden sie dann vielleicht schon nach Norden bis zur Stadt vorgestoßen sein, und er könnte hier endlich wahrhaft herrschen. Dann würde sie schreien, dachte er.

Aber dann – dann wäre sie ja auch nicht mehr da. Der Gedanke daran ließ eine merkwürdige Leere durch ihn hindurchrieseln. Ganz gleich, wie vorsichtig er auch vorgehen würde, früher oder später würde sie sterben, und zwar lange, bevor er sich am letzten Rest vom Fleisch ihrer Knochen gelabt hätte.

Verstört, doch ohne zu wissen warum, ließ er sie durch den Raum kriechen, während er den alten Seher sorgsam durch das Netz des Geistes zu sich hinleitete.

»Große Neuigkeiten, Lord König!« rief Shacchio. Jodos hörte verzückt auf den jubelnden Ton des Sehers. »Istvan DiVega berichtet über einen großen Sieg, dem ein Waffenstillstand folgte!«

Ein Waffenstillstand? Jodos spürte, wie das Lächeln auf seinem Gesicht gefror.

»Wenn Ihr Geistkontakt erlauben würdet –«

»Nein!« sagte Jodos, gewann aber gleich wieder die Kontrolle über sich. Er spürte plötzlich eine Gefahr, die sich wie ein Abgrund vor ihm auftat: seine gesamte Arbeit in Scherben, seine Pläne zunichte gemacht. »Fahre fort.«

»Prinz Hansio ist tot, und Lord Jagat hat um die Beendigung dieses Krieges ersucht. Der Waffenstillstand ist vor den Hasturs geschworen worden.« Jodos wich bei der bloßen Nennung dieses Namens zurück. »Sie werden Lord Istvan helfen, die Grenze zu beobachten, und alle Lords des Grenzlandes haben einem Treffen mit Euch zugestimmt, in Kajpor, am Ufer des Yukota.«

Dies würde ihm monatelange Torturen beim Meister eintragen, und am Ende würden winzige Fleischbrocken von seinem Körper gerissen und den Ghulen und Kobolden in den tiefen Tunneln vorgeworfen werden.

»Ihr müßt sofort nach Süden reisen«, sagte Shacchio, »um die Grundlagen für einen gerechten und dauerhaften Frieden in Eurem Königreich zu schaffen.«

Die Erinnerungen seines Bruders verschlossen seinen Mund, bevor er sich hätte vergessen und ob dieser unerwarteten Entwicklungen zu brüllen anfangen können. Wut konnte ihn in dieser Situation vernichten. Ein weiser Zensor in seinem Geist lenkte die Flut der hervorbrechenden Worte ab.

»Was gibt es da zu diskutieren?« sagte er und entnahm den bitteren Ton Chondos' Erinnerung. »Diejenigen, die rebelliert haben, müssen für ihre Rebellion leiden. Für ihren Verrat! Oder hat mein Lord Istvan mich meinen Feinden ausgeliefert?«

»Lord Istvan sagt, wenn Ihr Euch in dieser Angelegenheit falsch behandelt fühltet«, fuhr Shacchio fort, »so solltet Ihr Euch an die Hasturs wenden. Aber der Waffenstillstand ist am Vajrakota-Turm geschworen worden. Es ist ein gerechter Friede und er ist nicht unehrenhaft für Euch, sagt Lord Istvan, sondern bringt nur Gutes. Und es ist zudem auch nur ein zeitweiliger Waffenstillstand. Es bleibt Eurer Majestät überlassen, den abschließenden Vertrag auszuhandeln.«

»Wenn Lord Istvan die Rebellion im Süden zerschlagen hat«, sagte Jodos, »sollte er eilends mit seiner Armee Prinz Phillipos zu Hilfe kommen, der im Norden immer noch gegen die Rebellen kämpft.«

»Lord DiVega erbittet Eure Nachsicht, Lord König, aber er sagt, bevor Ihr nicht in den Süden gekommen wäret und der abschließende Vertrag unterzeichnet sei und auch die geeigneten Maßnahmen zur Verteidigung gegen den Schatten getroffen worden seien, sei es unmöglich, einen größeren Teil der Armee von der Grenze abzuziehen. Er sagt, deshalb müßtet Ihr umgehend in den Süden reisen, und er wolle Euch in Ojaini treffen, um Euch zu jener Burg zu geleiten.«

In Jodos' Geist kämpfte Angst gegen Wut an. Er öffnete seinen Mund, um sein Kommen zu verweigern und um Istvan zu befehlen, nach Norden zu reiten, schloß ihn dann aber wieder. Er fühlte sich gegenüber den Sitten der Sonnenmenschen ohnmächtig und auch gegenüber jenen verfluchten Gesetzen, an welche die Blauroben ihre sterblichen Könige banden.

»Kajpor ist auf der manjipéanischen Seite des Yukota. Ihre Lage macht diese Burg tatsächlich zu neutralem Boden – obwohl, wenn ihr es vorzieht, könnten wir uns statt dessen auch am Agnasta-Turm treffen.«

Jodos mußte einen Schauer verbergen. »Kajpor ist ebensogut«, antwortete er.

»Ihr müßt ohne Kriegsrüstung dorthin reiten. Das ist eine der Bedingungen des Waffenstillstands. Nur Degen dürfen in Kajpor getragen werden, und auch sie müssen abgelegt werden, wenn wir die Ratskammer betreten.«

»Wie bitte?« Jodos richtete sich auf. Hoffnung, die einem Trank frischen Blutes glich, überkam ihn. »Würdet Ihr das bitte noch einmal wiederholen?«

»Eine der Bedingungen ist, daß in Kajpor keine Kriegsrüstung getragen wird; sagt Lord Istvan.« Shacchio pausierte. »Die Männer werden nur ihre Degen tragen, und sogar die werden sie außerhalb der Ratskammer ablegen müssen, bevor die Sitzung des Rates beginnt. Andernfalls, so fürchtet Lord Istvan, könnten ein paar Heißsporne die Beherrschung verlieren und wieder von neuem mit dem Krieg beginnen.«

Sie würden also allesamt unbewaffnet sein, dachte Jodos. Alle natürlichen Anführer der Grenzländer. Wenn in der Nähe der Ratskammer ein Raum wäre, dachte er, ein Raum mit einem Schloß . . .

»Wer genau nimmt an der Beratung teil?« fragte er schnell. Vielleicht könnte er sich ja doch noch retten.
»Lord Jagat und Lord Istvan natürlich. Lord Rinmull und Lord Maldeo. Lord Hamir von Inagar und der Regent von Kaligaviot. Ich glaube, es ist noch jemand von Manjipé dabei, aber ich kann mich nicht mehr genau daran erinnern; es könnten auch noch zwei weitere sein. Und ich glaube, außerdem sind auch noch zwei Lords aus Massadessa dabei. Und mindestens fünf aus Mahavara – Hansio ließ nicht einen einzigen Regenten zurück, der für seine Tochter regieren könnte. *Das* ist eine der Fragen, die Ihr klären müßt.«
»Wie viele werden es insgesamt sein?«
»Vierzehn – fünfzehn, glaube ich, wenn man Eure Majestät dazurechnet. Mehr sind es sicher nicht. Ja, Jagats Männer und die Mahavaraner werden uns zahlenmäßig überlegen sein, aber ich glaube nicht, daß Ihr wegen eines etwaigen Verrats besorgt zu sein braucht.« Shacchio sprach jetzt mit DiVegas Stimme, wie Jodos bemerkte.
»Ich fürchte keinen Rebellenüberfall!« sagte er, und seines Bruders Geist lieferte ihm dazu den beißenden Stolz. »Aber warum müssen wir uns mit so vielen treffen?«
»Jagat war der Meinung, daß seine Verbündeten von Mahavara dabeisein müßten, und die großen Lords von Manjipé ebenfalls. Mahavara ist jetzt führerlos, bis Hansios Tochter verheiratet oder bis ein Regent erwählt worden ist. Sie würden einander bekämpfen, wenn Jagat nicht wäre, denke ich.«
»Ein nettes verzanktes Pack!« spottete Jodos, und entnahm die Worte dem Geist seines Bruders. »Warum nicht Jagats gesamte Armee, und vielleicht noch ein paar von seinen Pferden dazu? Es könnte sein, daß wir ihre Weisheit benötigen!« Er schickte der Spinne einen scharfen Gedankenbefehl. Shacchio zuckte zusammen. Er konnte den Gedanken nicht erkennen; er war nur ein stechender Schmerz in seinem Kopf.
»Aber Ihr seid müde, Lord Shacchio«, sagte Jodos mit falscher Besorgtheit. »Hat mein Vetter noch mehr zu sagen, oder kann ich Euch jetzt gestatten, Euch auszuruhen?«

»Lord Istvan bittet Euch, Euch zu beeilen, Lord König. Das ist alles.«

»Ich werde mir die Sache überlegen«, sagte er überheblich.

»Es ist ein Ritt von mehreren Tagen nach Ojaini«, sagte der alte Seher klagend. »Und Lord Istvan sagt, diese Konferenz sei ausschlaggebend für die weitere Sicherheit des Königreiches.«

In Jodos' Gehirn knurrte der Geist seines Bruders in verwundetem Stolz. Chondos hätte dies ärgerlich zurückgewiesen und dem Seynyorer für diesen kaum verkleideten Befehl einen Verweis erteilt. Aber jetzt war nicht die Zeit für solche Temperamentsausbrüche. Er mußte diese Chance rasch ergreifen, um sich selbst vor dem Zorn des Meisters zu retten.

»Sagt Lord Istvan, daß ich morgen abreisen werde.«

Alle wichtigen Edlen der Grenze, unbewaffnet und in seiner Macht! Er würde Hotar und seine Leute in einem Raum verstecken, der nahe bei der Ratskammer gelegen war, und nachdem die Waffen abgelegt worden wären und die Ratssitzung begonnen hätte...

Doch Hotars Männer würden nicht ausreichen. Sogar unbewaffnet wären die Grenzländer gefährlich, und sie bräuchten sich nur ihren Weg zur Tür zu erkämpfen und sie zu öffnen. Es würden sicherlich Möbelstücke im Raum sein, und mit einem Tisch konnte man einen Schwerthieb abwehren.

Er mußte den Meister bitten, ihm weitere Männer zu schikken.

»Ich wünsche Euch eine gute Nacht, Eure Majestät.« Shacchio erhob sich und ging hinaus. Jodos antwortete ihm abwesend und war in seinem Geist längst mit anderen Dingen beschäftigt.

Wie viele Männer würde er brauchen? Es wäre wohl kaum möglich, viele Männer in die Ratskammer einzuschmuggeln oder sie verborgenzuhalten. Aber DiVega hatte gesagt, bei dem Treffen würden sechzehn Männer zugegen sein, wenn man ihn selbst und den König dazurechnete.

Ein Mann auf jeden der Grenzländer also. Und die Spinne. Wenn DiVega sein flammendes Schwert ablegen würde, wäre er ungeschützt. Oder vielleicht sollte er die Spinne auf Jagat setzen. Selbst Istvan der Bogenschütze würde wenig ausrichten können, wenn er sich gegen vierzehn bewaffnete Männer verteidigen müßte.

Nicht einmal einen Dolch. Er lächelte grausam. Das Mädchen kam wieder aus dem angrenzenden Zimmer hervorgekrochen, aber jetzt hatte er keine Zeit für sie. Er spürte die Spinne, die am Tor wartete. Er schritt durch das Netz seines Palastes. Männer wendeten ihre Augen ab, als er nähertrat, denn es war nicht notwendig, daß man ihn sah.

Er warf sich seinen Umhang um, als er in die Nachtluft hinaustrat. Die Spinne wartete außerhalb des glimmenden Feuers der zerbrochenen Abwehr des Schlosses. Er hätte sie gerne gequält, indem er ihr befohlen hätte, einzutreten, aber jetzt war keinerlei Zeit für derartige Vergnügungen. Er schritt auf sie zu. Bald würde sie einen neuen Körper benötigen. Dieser hier fing schon an zu stinken.

»Ich muß mit dem Meister in Rajinagara sprechen.«

Ein feiner Faden, zu schwach für den Geist eines Menschen, spann sich über die vielen Meilen, über brennende Barrieren und beobachtende Blauroben hinweg. Der Meister bewegte sich durch den langen Korridor, ganz nackte Bosheit und Hunger. Seine Worte quollen aus den toten Lippen hervor.

»Ist es nun endlich soweit?«

»Fast«, sagte Jodos schnell, und plötzlich spürte er trotz der kühlen Nacht kalten Schweiß. »Bald. Nur noch wenige Tage.«

»Tage?« Eine sanfte, tödliche Stimme wurde ungeschickt durch die toten Stimmbänder gezwungen, und sogar durch den Geist der Spinne und die vielen dazwischenliegenden Meilen hindurch konnte Jodos die Wut des genarrten Hungers spüren. »Tage? Es *sind* schon Tage vergangen!«

»Bald!« bettelte er. »Bald! Die Feinde schließen Frieden. Aber das ist eine Chance, zuzuschlagen! Sie werden sich unbewaffnet treffen, um die Friedensverhandlungen zu führen, und nicht weit von der Grenze. Ich kann ihre Anführer töten,

wenn du mir noch eine Handvoll Männer schickst. Alle Anführer kann ich töten und die Feinde wieder in den Krieg werfen. Dann ist die Zeit gekommen! Zeit zuzuschlagen! Zehn Tage vielleicht noch. Auf keinen Fall länger!«
»Zehn Tage«, wiederholte die kalte Stimme. »Du wirst deine zehn Tage bekommen. Aber in der elften Nacht schlagen wir zu! Und wenn du versagt hast, wirst du länger als zehn Tage dafür leiden.«
»Ich werde nicht versagen, Meister! Aber Ihr müßt mir die Männer schicken!« Panik ließ sein Herz erbeben. »Schicke nur sechs Männer – Männer, die für eine Weile als Grenzländer durchgehen können. Alle Lords der Grenze – Jagat und Rinmull und Maldeo und auch Istvan der Bogenschütze –, alle werden sie in Kajpor sein, und alle werden unbewaffnet sein.«
Er fuhr fort, seinen Plan zu erklären, wobei seine Stimme vor Schrecken schrill wurde. Der Meister hörte zu.
»Sechs vom Volk des Reinen Blutes werden außerhalb von Ojaini warten«, sagte das ferne Flüstern schließlich. »Dies ist deine letzte Chance. Wage es nicht, zu versagen.«
Bevor Jodos antworten konnte, war die Verbindung abgerissen, und nur der Tote Mann stand noch vor ihm, und die Spinne kroch in seinem Haar.

Chondos erwachte und hörte Füße durch die Dunkelheit schlurfen. Stimmen hallten wie wortlose Schreie von den zerbröckelnden Mauern wider. Schwache rote Pulse störten seine starrenden Augen. Er blinzelte. Die Schritte wurden lauter. Fragmente von Worten waren zu hören. Eine Fackel leuchtete auf. Das Aufflackern von orangenem Licht ließ winzige Gestalten in der Dunkelheit erkennen. Andere Fackeln folgten. Steingewölbe und Steinblöcke schossen golden aus dem Schwarz hervor und verschwanden wieder.
Er setzte sich zitternd auf und rieb sich die Augen. Die winzigen Gestalten schienen in die Leere zu entschwinden, bis schließlich die Perspektive wiederhergestellt war und er erkannte, daß Männer durch die dunkle Halle auf ihn zukamen.

Sie trugen merkwürdige Waffen nach Grenzländerart. Fackellicht rieselte auf lackiertes Leder. Er starrte dumpf darauf und versuchte nachzudenken. Sie hielten in der Mitte der Halle an. Eine bizarre Gestalt trat in den Lichtschein. Einen Augenblick lang dachte er, dies sei einfach nur ein weiterer Schatten. Dann aber sah er den flatternden schwarzen Stoff.

Ein tiefes Zischen hallte hohl und verzerrt von den Mauern wider. Plötzlich war die Dunkelheit um ihn her nicht mehr angenehm, und kalte Schauer rannen über sein Rückgrat. Er stellte sich unsicher auf seine Füße und stolperte dem Fackellicht entgegen.

Die widerhallenden Worte wurden klarer. *Warte,* hörte er und *außerhalb von Ojaini, der Stadt der Sonnenmenschen ...* Er konnte das Echo seiner eigenen schlurfenden Füße hören, während er sich bewegte. Er trat gegen irgend etwas, das klapperte und sich wie ein Stein anhörte.

Gehorche, zischte die tiefe unmenschliche Stimme, und *töte!* Als Chondos näherkam, konnte er mehr Worte erkennen. *Versteckt euch dort, wo er es euch befiehlt, und schlagt zu, wenn er es euch befiehlt,* hörte er. Dann veränderten die Echos wieder ihren Klang. Er konnte gerade noch Unsterblicher verstehen, und dann *Diejenigen, die versagen, werden gegessen werden.*

Bewaffnete Männer verließen ihre Kameraden, und er sah, wie ihre einzige Fackel sich in die uralte Dunkelheit entfernte. Er hielt außer Reichweite des Fackellichtes an. Der Meister, der einer scheußlichen schwarzen Puppe aus schwarzem Stoff glich, sprach mit den Bewaffneten.

»... bewahrt die verbleibenden Pferde auf.« Der schwarze Stoff eines seiner beiden langen Ärmel flatterte. »In zehn Tagen müßt ihr bereit sein, den anderen über die Grenze zu folgen. Er wird euch die Burgen öffnen, und ihre Frauen werden auch gehören zum Essen.«

Das Königtum gärte in Chondos wie in einem verletzten Löwen, und Wut trieb seine Füße an. Dies war sein Volk, das dieses verfluchte Bündel Lumpen da seinen Anhängern versprach! Er trat ins Licht, und seine Fäuste ballten sich vergeblich, bevor er sich daran erinnerte, wie hilflos er war.

Die bewaffneten Männer marschierten davon, außer einem, der die Fackel hielt. Ihr rötliches Licht schien auf Lack und ließ die bronzene Farbe des Schwertgriffes, der von seiner Hüfte herabhing, golden erscheinen. Als Chondos anhielt, wandte die zerlumpte schwarzgerobte Gestalt ihm ihr Gesicht zu.

»Geduld, kleiner König! Es wird nun nicht mehr lange dauern.« Das unmenschlich rauhe Zischen war von Hohn gezeichnet. »Zehn Tage nur, aber es wird nicht lange dauern. Es wird mit den Friedensverhandlungen enden!«

Und ein Kichern wie das Knirschen von Glas kratzte über Chondos' Nerven, so daß er seine Augen schließen mußte.

»Ja, kleiner König, der Waffenstillstand wird enden! In der Burg zu Kajpor werden alle Lords der Grenze ihre Schwerter ablegen, um sich mit deinem Bruder, dem König, zu treffen. Sie denken, du wärest es. Mußt du nicht selbst lachen, kleiner König, wenn du daran denkst? Sie werden ihre Schwerter ablegen, doch andere Schwerter werden da sein!« Erneut hallte das schrille Lachen von den Mauern wider.

»Jetzt reiten Männer vom Volk des Reinen Blutes zur Kantara, um sich deinem Bruder anzuschließen und dann als Teil seines Trosses nach Kajpor einzureiten. Er wird sie in der Ratskammer verstecken, und wenn er sie rufen wird, werden sie töten. Was für eine Verrücktheit, was für eine Torheit! Wenn Jagat und Rinmull und Hansio tot sind und Istvan der Bogenschütze dazu, wer wird dann noch übrig sein, dem die Männer gehorchen könnten? Nur du, kleiner König – aber dann werden *zwei* von deiner Sorte da sein!«

Das Königtum knurrte in Chondos' Kopf. *Dies ist mein Volk, und was ich hier soeben gehört habe, bedeutet, daß mein Königreich zerstört werden soll.*

»Bald wirst du wirklich König sein, und all jene, die sich deiner Herrschaft widersetzen werden, werden Sklaven oder Essen sein.«

Mein Volk! dachte er. Er erinnerte sich an jene Verspottung der Krönung auf dem Thron in jener Halle der alten Könige. *König von Rashnagar!*

Dann erinnerte er sich schwach an einen anderen Thron und eine andere Krönung. Eine blaugekleidete Gestalt auf den Stufen zum Thron, und der Geist des Hasturs um seinen eigenen. Schimmernde Symbole erfüllten seinen Geist und ergossen sich aus seinem Mund, als sein Königtum mit einem Brüllen erwachte.

Er spürte, wie Barrieren um seinen Geist errichtet wurden. Fackellicht fiel auf fallenden Stahl. Der Faden, der ihn betäubt hatte, zerriß. Sein Geist gehörte wieder ihm. Sein Arm streckte sich aus. Finger griffen glatte Bronze und zogen daran, als der Mann zurückstolperte. Er drehte sich und spürte plötzlich das Gewicht des Stahls in seiner Hand, als er die Klinge befreite.

Etwas kratzte vergeblich an den Mauern seines Geistes. Die Luft erzitterte unter der Klinge. Zerlumpte Kleidung zerriß, und Stahl sank in knochenloses Fleisch. Ein schrilles Kreischen hallte von den Mauern wider. Er wandte sich um, zog sein Schwert hervor, und der Bewaffnete warf seine Fackel nieder und rannte in die Dunkelheit.

Chondos ergriff die gefallene Fackel und hörte, wie sich im Dunkeln irgend etwas schrecklich wand und knisterte. Er erhob das Licht, und in der schwachen Beleuchtung sah er, wie die Schwarze Robe sich davonschlängelte. Gelblicher Schleim rann aus einem Riß in ihrem Gewand.

Er sprang vor und preßte die Fackel gegen den Stoff. Fäden glühten, Rauch stieg auf, aber der Stoff fing kein Feuer. Er spürte, wie etwas gegen seinen Geistschutz schlug. Etwas Kaltes und Feuchtes streifte seinen Knöchel, und er sprang mit einem erstickten Fluch zurück, wobei er seine Worte hinunterschluckte, um den schwarzen Stoff erneut aufzuschlitzen. Etwas Weißes und Schneckenartiges kroch nun aus dem Stoff. Chondos Magen krampfte sich zusammen, und er erhob sein Schwert von neuem.

Er hörte das Hasten von Füßen hinter sich und wirbelte herum. Trauben von Augen, die vom Fackellicht angeleuchtet wurden, eilten auf ihn zu. Kleine Koboldgestalten schwangen rostigen Stahl.

Er sprang ihnen entgegen, und sein schwingendes Schwert jagte durch die Luft. Die Flamme der Fackel versengte seine Knöchel. Seine Klinge schnitt durch Knochen, und die winzigen Gestalten zerstreuten sich quiekend. Er rannte durch sie hindurch auf die kalte Luft des Torbogens zu. Hinter den Kobolden standen Männer und blockierten die Tür. Aber auch sie ergriff die Panik, und sie wichen zurück, als er auf sie zurannte. Dann verstellte ihm nur noch eine einzige Gestalt den Weg.

Rote Augen funkelten in seine eigenen, und sein Geistschild erzitterte wie unter einem Hieb. Elfenbeinfarbene Nadeln glühten in einem aufgerissenen Maul. Schon flog das Schwert in seiner Hand los, und in plötzlichem Erstaunen sah er, wie das bleiche Gesicht sich zu einer Seite neigte, sich umdrehte und von den schwankenden Schultern herabfiel.

Der kopflose Körper fiel. Trockene Knochen zerfielen unter verrottendem Stoff. Dann sprang Chondos über den Sack uralter Knochen und Treppenstufen hinunter, die in die Dunkelheit führten, ohne jede Vorstellung, wohin er gehen oder was er nun tun sollte.

Erschreckte Pferde wieherten und stampften auf dem Stein am Fuß der Treppen. Sie bäumten sich auf und stampften, und ihre Augen rollten im Licht der Fackel. Wind heulte in den Straßen und riß an der Flamme der Fackel. Er stand schwer atmend da, hörte über sich Gebrüll und Fußgetrappel, das sich dem oberen Treppenabsatz näherte. Er stieß das Schwert in seinen Gürtel und wünschte sich, er hätte es irgendwie geschafft, auch die Scheide zu packen. Er rannte zum nächststehenden Pferd.

Es war ein hageres, erschrecktes, zum Skelett abgemagertes Tier, das mit Narben übersät und ausgehungert war. Es stampfte, tänzelte weg und spannte das Zaumzeug. Chondos hörte, wie seine eigene Stimme sanfte Worte murmelte. Überspanntes Leder schnitt in seine Handfläche, als er die Zügel ergriff. Er wich Zähnen und Hufen aus, lockerte die Zügel und kroch auf den Rücken des Tieres. Es bockte, aber irgendwie konnte er sich doch mit einer Hand darauf festhalten, während er mit der anderen Hand die Fackel über sich schwang.

Füße donnerten die Treppenstufen herunter. Chondos packte den Sattel fest mit seinen Knien und zog sein Schwert. Das Pferd beruhigte sich. Er durchschnitt die Stricke, die die übrigen Pferde festhielten, und diese galoppierten davon. Er folgte ihnen und ließ sein Pferd rennen, wohin es wollte.

Er lachte – und plötzlich sang er dröhnend über den Lärm der Hufschläge die Ballade von »Pertaps Ritt«:

Die Nachtwesen sammelten sich um ihn,
Er kämpfte mit Schwert und Fackelbrand.
Die Alptraumgestalten heulten und schrien,
Doch er trieb sie zurück in das Schattenland.

Mit der Fackel in der einen Hand und dem Schwert in der anderen überließ Chondos es den erschreckten Pferden, sich ihren Weg durch die verworrenen Straßen von Rashnagar zu bahnen.

18

Die angenehme Dunkelheit war fast verschwunden.

»Ist alles aufgeladen und reisebereit?« fragte Jodos.

»Ja, Sire.« Der Diener, den er gewählt hatte, nickte. Jodos berührte die übrigen Diener, diejenigen, die er nicht mitnehmen wollte, mit seinem Geist, und sie entfernten sich.

»Schaut mich an!« sagte Jodos.

»Sire?« Der Diener schaute ihn mit großen Augen verständnislos an und stand dann mit hängendem Kiefer und vor sich herstarrend da, während der Tote Mann hinter ihn trat und eine Hand auf die Rückseite seines Nackens legte.
Die Spinne lief am Arm des Dieners herab. Als sie von der toten Hand auf den lebendigen Nacken hinüberlief, schwankte der Leichnam, torkelte gegen die Schulter des Opfers, stieß ihn im Fall an und zuckte mit den Augen. Der Diener drehte sich um. Da biß die Spinne zu. Ein Schrei erstarb in der Kehle des Dieners zu einem Röcheln. Jodos fing den Körper auf, als er in seine Arme stürzte. Der verlassene Leichnam schlug auf den Steinboden des Hofes auf.
»Schaff dieses Aas hier weg!" knurrte er Hotar an, wütend über die Ungeschicklichkeit der Spinne. Der Körper des Dieners kämpfte in seinen Armen, und er war versucht, ihn fallen zu lassen, aber die Gefahr war zu groß, daß die Spinne zerdrückt würde. Und sie war viel zu nützlich, als daß er das hätte riskieren können.
Es gab noch eine andere Art von Spinnen die, wie er wußte, lebende Menschen kontrollieren konnten, und er wünschte sich nun, Emicos hätte ihm statt dieser hier eine von jener anderen Art gegeben. Die Körper loszuwerden, die diese hier im Laufe der Zeit verbrauchte, wurde allmählich zum Problem. Dieser Körper würde reichen müssen, bis die Grenze aufgebrochen wäre. Drei von Hotars Männern in ihrer königlichen Livree trugen die Leiche zur Mauer. Er hoffte, daß es ihnen gelänge, sie in den Fluß zu werfen. Wenn sie auf dem schmalen unebenen Felssims am Fuße der Mauer landen würde, könnten sich die Stadtleute möglicherweise wundern. Er hatte die Neugier der Höflinge zwar unter Kontrolle, doch könnte er kaum die ganze Stadt auf diese Weise beherrschen. Die letzte Leiche war kein Problem gewesen. Hotar und seine Männer hatten sich gefreut, endlich ein gutes Essen zu bekommen. Doch diese Lösung wäre auf ihrer Reise gen Süden kaum praktikabel.
Er wünschte sich, er könnte das Mädchen mit sich nehmen. Er

würde schnell zurückeilen müssen, um sicherzustellen, daß niemand anders sie entdecken würde, bevor er wieder bei ihr wäre. In diesem Gedanken lag etwas Beunruhigendes. Warum sollte das für ihn von irgendwelcher Bedeutung sein? Es gab schließlich genügend andere. Sie alle waren Fleisch. Was machte es schon aus, ob sie es war oder eine andere Frau oder gar ein Mann? Der Geist seines Bruders kicherte eine Begründung.

Er schauderte über den obszönen Schrecken dieses Gedankens. Schließlich war er doch nicht menschlich...

Natürlich bist du menschlich, flüsterten die geisterhaften Erinnerungen. *Dein Fleisch ist menschlich, geboren von Mann und Frau durch eben das Ritual, das deine Meister dich zu verachten gelehrt haben. Du wurdest nicht im Dunklen Land gelaicht. Du flohst nicht vor deinen hungrigen Eltern durch das Tor, das für dich geöffnet wurde, damit du in der hellen Welt dienen solltest.*

Er verdrängte die innere Stimme wie rasend. Solche Dinge wünschte er nicht zu hören.

Chondos klammerte sich fest an den Rücken seines verrückten Tieres, als sich eine wahre Flut von Pferden den Berg herab ergoß, die sich nun aus den verwinkelten Schluchten der Stadt befreit hatten und mit blutigen Hufen auf der alten Steinstraße daherdonnerten. Winzige verzerrte Gestalten waren unter die mahlenden Hufe geraten, als sie mit rostigem Stahl nach den Beinen der Pferde geschlagen hatten.

Die heiße Fackel brannte in Chondos' Hand. Ihr winziger Lichtkreis ließ nur die wogenden Rücken der Pferde erkennen. Er hielt die Fackel weiter fest, nahm sie aus der einen angesengten Hand in die andere, immer wieder, und die Fackel wurde immer kürzer, und der kalte Wind, der ihnen von den Höhen her folgte, drückte die Flammen nieder, so daß sie das Haar auf den Handrücken versengten. Etwas, das wie ein Bündel Stöcke aussah, war auf dem Rücken eines der holpernden Sättel festgebunden, aber er konnte es nicht erreichen.

Bis jetzt hatten nur Feinde von fester Konsistenz sie angegriffen, aber er beobachtete nervös die Umgebung und erwartete jeden Augenblick, eines der Pferde zu einem rasenden grauen Skelett zerbröckeln zu sehen. Der Geruch würde die Pferde warnen, aber Dämonen waren so schnell ...

Schließlich bedeckten graue Streifen den schwarzen Himmel und zeigten an, daß irgendwo jenseits des Schattens ein Hahnenschrei die aufsteigenden Zwillingssonnen begrüßte. Dann fiel ihm ein, daß der Meister es ja gar nicht nötig hatte, hier eine Armee von Dämonen zu verstecken, so wie er es mit den niederen Kreaturen tat. Die Dämonen waren zweifellos im Norden beschäftigt. Erst wenn der Angriff auf die Grenze unmittelbar bevorstand, würden sie über die Berge nach Süden segeln.

Ein trauriges Stöhnen hallte von den Felsen wider und begrüßte die graue Dämmerung. Die Nachtwesen hasteten jetzt in ihre Höhlen. Als der Tag allmählich grauer wurde, beruhigten sich die Pferde und verfielen in eine langsamere Gangart. Chondos gelang es, sein müdes Tier näher an das Pferd mit dem vielversprechenden Bündel hinter dem Sattel heranzumanövrieren.

Die Pferde hielten an. Sein eigenes Pferd stand mit hängendem Kopf da. Er glitt dankbar vom Sattel. Die Pferde tänzelten nervös und schnaubten ängstlich. Sie beobachteten ihn mit angelegten Ohren.

Er stieß den Stumpf der Fackel in weichen Staub und blies über seine versengten Handrücken. Das Pferd mit den Fackeln – er war sicher, daß es Fackeln sein mußten – hatte ein wenig entfernt angehalten und beäugte ihn nervös, wobei seine Ohren flach am Kopf anlagen. Seine Rippen standen aus der Haut, und Chondos konnte die Spuren sowohl von Peitschenhieben als auch von Klauen erkennen. Das arme Tier war sehr schlecht behandelt worden, aber während des langen Ritts hatte es sich an seinen Geruch gewöhnt. Er sprach sanft mit ihm und blieb nach jedem seiner vorsichtigen Schritte stehen. Er summte ihm mit leiser Stimme zu und beobachtete jede

Bewegung seiner Ohren. Er war jeden Augenblick auf ein Ausbrechen des Tieres gefaßt.
Es zitterte, als er es schließlich leicht berührte, und er mußte ihm behutsam folgen, als es davontänzelte, aber schließlich konnte er es sanft streicheln, und nach langer Zeit erhoben sich auch die Ohren aus der Mähne, und das Pferd stand so ruhig da, daß er sich mit den Satteltaschen befassen konnte. Nachdem er einen Augenblick lang darin herumgekramt hatte, entfuhr ihm ein lauter Seufzer der Erleichterung, der das Pferd erneut wegtänzeln ließ, als er die primitive Zunderbüchse und den Feuerschläger hervorzog, den er dort vermutet und erhofft hatte.
Jetzt brauchte er sich zumindest nicht mehr die Hand zu verbrennen aus Furcht, ohne Feuer durch die unheimlichen Hügel zu reiten. Er war sich sicher gewesen, daß die Männer vom Volk des Reinen Blutes nicht ohne eine Feuerquelle reisen würden!
In den Satteltaschen war auch Essen – Fleisch, das er sogleich mit einem leichten Schauder wegwarf, da er nur zu gut wußte, was das Volk des Reinen Blutes aß – und ein paar Kuchen aus verbranntem Mehl, die er trotz ihres üblen Geschmacks gierig verschlang.
Die Pferde wurden nun zutraulicher. Sie umkreisten ihn vorsichtig mit leisem Wiehern. In der Nähe hatten einige von ihnen einen Pilzbusch entdeckt, aber den hatten sie längst verzehrt. Jedes der Pferde trug einen Wassersack, der an seinem Sattel befestigt war, aber das würde nicht lange reichen. Es war schon ein erbärmlich wirkender Haufen, knochig, erschöpft und mit Wunden und Narben übersät. Wenn auch nur ein paar von ihnen gesund wären, könnte er ein gutes Tempo erzielen, indem er sich von einem Pferderücken auf den anderen schwänge – vielleicht könnte er sogar den ganzen Tag über und auch die Nacht hindurch reiten, wenn es sich als notwendig erweisen würde. Mit ein wenig Glück könnte er fünfzig Meilen am Tag schaffen oder sogar mehr. Aber er mußte dafür mindestens drei Tiere haben.

Doch was sollte er tun, wenn die Nacht anbräche? Er blickte von der Straße weg, wo wildverstreut aufgehäufte Felsbrokken jenen kleinen Fluß verbargen, dem er den Berg hinab gefolgt war. Er selbst könnte dorthin gelangen, aber die Pferde konnte er dann unmöglich mitnehmen.
Die zerstörten Türme glühten hell in seinem Gedächtnis, aber wenn er nicht auf irgendeine Weise auch die Pferde dorthin bringen könnte, wären sie nicht von Nutzen. Weiter unten am Berg wäre er vielleicht in der Lage, den Hang hinab und in das Tal hineinzureiten, wo die alten Ruinen Zuflucht boten. Aber zuerst mußte er die Ebene überqueren, wo gigantische Kreaturen am Himmel jagten.
Er schaute nervös in die graue Leere über sich. Er mußte bald losreiten. Er versuchte, sich zu erinnern, wie lange es beim erstenmal gedauert hatte, bis er den Berghang hinabgeklettert war, aber die Erinnerungen an jene Reise waren alle durcheinandergebracht wie die eines Alptraums. Und auf der Straße, auf dem Rücken eines Pferdes, würde es natürlich wesentlich schneller gehen.
Er schaute immer wieder zum Himmel hinauf. Er tätschelte das jetzt gefügige Pferd und nahm eine der Fackeln von seinem Rücken. Er blickte sie etwas benommen an und schaute dann zu dem kurzen Fackelstumpf hinab, der aufrecht im Staub steckte und immer noch brannte.
Ich sollte ihn besser löschen, dachte er. Er trat darauf zu und stand zögernd da. Mit einem Ruck streckte er die neue Fackel aus und ließ die Flamme um das Ende spielen, bis sie Feuer fing.
Er warf die andere Fackel um und streute Staub darüber, um die Flamme zu ersticken. Dann verfluchte er sich selbst. Er sollte diese neue Fackel besser auch löschen, um sie für die Nacht aufzusparen. Er hatte vorgehabt, im Sattel zu schlafen, aber er konnte doch nicht gleichzeitig schlafen und die Fackel halten! Müdigkeit überfiel ihn. Unter der Herrschaft des Vampirs hatte er tagsüber geschlafen, so wie dieser es gewohnt war. Gegen Kobolde, Ghule und Menschen war ein

Schwert besser als eine Fackel. Und es war kaum wahrscheinlich, daß er tagsüber einen Dämonen oder Vampir treffen würde.
Er schaute die Straße hinauf bis zu den schwach sichtbaren Umrissen der emporragenden Mauern von Rashnagar auf den Höhen über ihm. *Ich werde zurückkommen,* dachte er. *Wie Pertap:*

Und komme ich zu Hasturs Turm,
Künd ich meine Mär, doch ich bleibe nicht.
Zurück reit ich danach im Sturm,
Selbst wenn alle Dunklen ich gegen mich richt.

»Was?« Eisenfaust starrte Istvan an. »Vernünftige Vorsichtsmaßnahmen? Gegen Jagat? Mann, wenn ich Jagat nicht mehr vertraue, dann werde ich mich unter meinem eigenen Bett verstecken und nichts mehr essen außer dem, was ich selbst erlegt und eigenhändig gekocht habe! Jagat nicht trauen! Du mußt so verrückt sein wie ein betrunkenes Schwein!«
»Ich vertraue ihm«, sagte Istvan traurig. »Ich vertraue ihm wirklich! Aber dies ist meine Pflicht! Was für ein Kommandant wäre ich, wenn ich durch meine private Meinung meine Männer in Gefahr brächte?«
»Alle Kommandanten riskieren ihre Männer wegen ihrer privaten Meinungen!« schnaubte Eisenfaust. »Was glaubst du denn eigentlich, was Kommandieren *sonst* ist?« Er hielt inne, und plötzlich brach ein tiefes Gelächter wie ein Wasserfall aus ihm hervor. »Aber du brauchst doch nicht gleich wie ein junger Hund dreinzublicken, der auf Schläge wartet! Du solltest einmal dein Gesicht sehen! Du siehst aus, als hättest du einem kadarinischen Mädchen den Hof gemacht und dich dann plötzlich mit ihrer Anstandsdame im Bett wiedergefunden!« Istvan grinste. Die Zwillingssonnen brachen durch einen Haufen wirbelnder Wolken. Es hatte vor kurzem geregnet, und die Luft roch noch naß. Aber hoch oben trieb ein starker Wind die Wolken zurück zum Meer von Ardren.

»Vielleicht hast du tatsächlich recht«, sagte Eisenfaust, nachdem sie sich einen Augenblick lang schweigend angegrinst hatten. »Jagat ist vertrauenswürdig, aber er ist schließlich nur *ein* Mann. Ich nehme nicht an, daß die Generäle des Fuchses dir schon vergeben haben, und nach dem, was Lord Maldeo sagt, sind nicht alle Vasallen Jagats vertrauenswürdig. Jeder von ihnen könnte bewirken, daß wir uns bald allesamt wieder an die Kehle gehen.«
Istvan nickte. »Bis ich diesen Friedensvertrag schwarz auf weiß vor mir sehe, unterzeichnet und besiegelt, und ihn tatsächlich in meinen Händen halte, muß ich die strategische Kontrolle aufrechterhalten. Wenn erst einmal alles geklärt ist...« Er beendete diesen Satz nicht, sondern starrte nach Süden, wo die dunkle Mauer wie eine gefrorene Welle hing.
»Wenn einmal alles geklärt ist«, fuhr Eisenfaust an seiner Stelle fort, »kommst du zu mir nach Ojakota, und wir trinken zusammen einen guten Wein statt dieses ewigen Zuckerwassers, das die Grenzländer uns zu bieten haben.«
»Wenn dann noch welcher übrig ist«, sagte Istvan mit einem Grinsen.
»Oh, ich glaube, ich kann jetzt alles, was ich will, dorthin bringen«, sagte Eisenfaust. »Jetzt, wo Maldeo und seine Männer losgeritten sind, um sich Jagats Patrouille anzuschließen!«
»Ja«, sagte Istvan stirnrunzelnd. »Ich habe alle Seher mitgeschickt, die ich entbehren konnte. Ich hoffe, es sind genug.« Er starrte auf den Schatten.
»Irgend etwas macht dir Sorgen.« Eisenfaust schaute ihn unter seinen buschigen Augenbrauen scharf an. »Und es ist mehr als nur die Sache mit Jagat. Was ist nicht in Ordnung?«
»Jagats Patrouille«, zischte Istvan durch seine Zähne. »Ich sollte mehr tun, als ihm nur ein wenig helfen. Sie brauchen jeden Seher, der verfügbar ist, aber um das zu gewährleisten, wären mehr als die Hälfte meiner eigenen Seher erforderlich.«
»Das ist es also!« Die buschigen Augenbrauen zogen sich zusammen. »Haben sie denn selbst nicht genügend Seher?«

»Vielleicht.« Istvan zuckte die Achseln. »Ich weiß es nicht. Maldeo erzählte mir, Jagat habe fast ein Dutzend, wenn man die Zauberer und die Herolde und so weiter dazurechne. Aber um Damenco liegen zweihundert Meilen Grenze oder mehr. Ich glaube nicht, daß es möglich ist, eine solche Entfernung mit weniger als fünfundzwanzig Sehern zu bewältigen – fünfzig, wenn sie zwischendurch auch noch ein wenig schlafen sollen! Und Jagat möchte in den anderen beiden Provinzen auch noch patrouillieren! Also brauchen sie etwa hundert!«
»Deine dreißig machen dann also auch keinen Unterschied«, sagte Eisenfaust.
»Möglicherweise schon«, antwortete Istvan, »zusammen mit den kantaranischen Sehern und denen aus Mahavara.« Er kämmte wütend mit den Fingern durch seinen Bart. »Ich werde Lord Maldeo eine Nachricht senden, daß ich eine Nachtpatrouille stelle für das Land zwischen Agnasta und Vajrakota. Das ist zwar nicht viel, aber es ist das einzige, was ich bis zu den Friedensverhandlungen tun kann.«
»Nun, wenn du bei Nacht patrouillieren könntest«, pflichtete Eisenfaust ihm bei, »wäre die schlimmste Zeit immerhin abgedeckt. Es ist ziemlich unwahrscheinlich, daß die Dunklen Wesen bei Tageslicht angreifen.«
»Das haben sie aber schon getan«, sagte Istvan. »Und wenn sie auf eine von Jagats Patrouillen ohne Seher stoßen, so wird diese ebenso sicher getötet wie jene Männer, die ich im letzten Kampf tötete!«
Eisenfausts Augen strahlten Mitgefühl aus. »Du machst dir zu viele Gedanken um die Männer, die du tötest«, sagte er sanft. »Du hättest besser so etwas wie ein Gelehrter werden sollen, kein Soldat.«
»Wenn ich in einer Schlacht absichtlich Männer töte, so ist das eine Sache«, sagte Istvan. »Töte ich hingegen zufällig Männer, durch meine eigene Dummheit, so ist das etwas ganz anderes.«

Chondos hielt immer noch die Fackel, als er den Berg hinunterritt. Zweimal erwischte er sich gerade noch rechtzeitig beim Einnicken, bevor die Fackel zu Boden fallen konnte. *Dummkopf,* dachte er.

Er ritt auf dem Pferd, das die Fackeln getragen hatte, und die drei stärksten Tiere waren hinter ihm an einem langen Seil angebunden, das er aus dem Zaumzeug der restlichen geflochten hatte.

Die übrigen Pferde drängten sich hinter ihm. Er hatte ihre Sättel entfernt – sie waren alle von den Sätteln wund –, und er verteilte ihre Last. Er hatte jeden der Wassersäcke in die Kehle des Pferdes entleert, das ihn getragen hatte, und die meisten der Mehlkuchen hatte er auf einen Haufen geworfen, damit die Pferde sie essen konnten – dabei hatte er nur darauf geachtet, daß die drei, die er reiten wollte, zuerst aßen und auf jeden Fall genug bekamen.

Die spärlichen Pilze am Straßenrand und alles Wasser, das sie finden konnten, mußten fürs Erste als Nahrung ausreichen. Später würde er sich vielleicht von der Straße wegbewegen und dem Lauf des Wassers folgen können. In der Nacht konnte er dann wieder in den zerbrochenen Türmen Schutz suchen. Aber zuerst mußten sie den Ort passieren, wo der Berg eingeebnet worden war und wo etwas unvorstellbar Riesiges in den Wolken gelauert hatte.

Nachdem er etwa eine Stunde lang geritten war, beschleunigten die Pferde ihre Gangart. Bald schon tranken sie aus einem kleinen Bach, der unter einer winzigen Brücke aus zerfallendem Gestein hindurchfloß, und die feinen Schnitzereien, die sie einstmals geziert hatten, waren durch den zerstörerischen Einfluß der Zeit unkenntlich geworden. Als er weiterritt, blieben einige der Pferde zurück – die schwächsten, diejenigen, die am nächsten daran waren, zusammenzubrechen.

Die Straße fiel nun ab, und steile, zerklüftete Klippen verdrängten die Pilzgewächse, die auf den nur leicht ansteigenden Hängen gewachsen waren. Vor sich konnte Chondos nur leeres Grau erkennen.

Er hörte nervöses Schnauben unter den Pferden und wechselte die Fackel und die Zügel in seine linke Hand, während seine Rechte über den kühlen Bronzegriff seines Schwertes strich. Nach einer Weile zog er es vorsichtig aus seinem Gürtel und wünschte sich erneut, er hätte die Zeit gehabt, auch die Scheide mitzunehmen. Er fluchte still vor sich hin.
Ohne Vorwarnung verschwanden die Steinwälle plötzlich zu beiden Seiten, und er schaute in das Grau hinaus, in die leeren Abgründe zu beiden Seiten, während die gerade Straße sich vor ihm abwärts schlängelte. Hinter sich sah er rechts und links eine glatte Mauer.
Er gestattete sich einen einzigen Blick in die Tiefen zu seinen Seiten, auf jenen unnatürlich ebenen Steinboden, der unter der nebligen Luft verborgen lag, und dann erhoben sich seine Augen, um die Wolken abzusuchen. Dann sah er es, wie es zur Linken fischartig und massiv über einem nur schwach sichtbaren Berghang hing. Hängende Massen von Tentakeln durchsuchten Spalten und Schluchten und zogen zappelnde Dinge hoch, die er kaum erkennen konnte. Sie verschwanden im Magen des Wesens, und ein schwaches Echo ferner Schreie durchdrang das laute Pochen seines Herzens. Sein Pferd schaute und tänzelte nervös. Aber das Ding war weit entfernt und schien träge durch die Luft zu treiben.
Die fischartige Gestalt erhob sich, ihre riesigen Flossen wedelten sanft, und Bündel von Ranken baumelten schlaff herab – außer einer, die sich langsam mit einer sich windenden, wild um sich schlagenden Last erhob. Er trieb seine Fersen in die Flanken des Pferdes, drängte es hinaus auf den schmalen Stein und zog die übrigen drei Pferde hinter sich her.
Die Straße führte in einem steilen Bogen nach unten. Sein Gedächtnis zeigte sie ihm so, wie sie von unten ausgesehen hatte: als steinernes Dreieck. Zögernde Hufe klapperten hinter ihm, als der Rest der Herde langsam aus dem Einschnitt hervorkam. Die Straße war in Wirklichkeit ziemlich breit, nur die leere Einöde zu beiden Seiten ließ sie schmal

erscheinen. Das Herz in seiner Brust bebte. Das Ding über dem Berg schwamm durch die leere Luft und verschwand schließlich.
Die Luft über ihm kräuselte sich. Und da schwamm der Vorderteil der Kreatur über ihm aus der Unendlichkeit der oberen Luftschichten, als ob die dazwischenliegenden vielen Meilen nicht existieren würden. Sich windende Tentakel fielen vom Himmel. Er hörte über sich ein Pferd kläglich wiehern. Eine lange Ranke streckte sich nach ihm aus, und sein Schwert zischte durch die Luft – es prallte zurück, als wäre es auf Eisen aufgeprallt. Die Ranke legte sich um ihn. Er hob ihr die Fackel entgegen, und ein Gebrüll erschütterte den Himmel. Flammen schossen auf. Die dünne Ranke glühte, während das Feuer weiter an ihr emporkletterte. Ein brüllendes Pferd fiel von einem peitschenden Tentakel.
Sein eigenes Pferd schüttelte sich unter ihm. Alle vier Tiere galoppierten zum Rande des Abgrundes, wo das Pferd, das herabgefallen war, wie ein zerquetschtes Insekt lag, das sich rot vom glatten Stein abhob. Ein plötzlicher rötlicher Lichtstrahl blendete die Augen. Donner machte ihn taub, und ein heißer Wind ergoß sich über sein Gesicht. Er wurde gegen die Mähne des Pferdes gedrückt und mußte einen abscheulichen Gestank aus seinen Lungen husten. Feuer fiel wie Schnee auf ihn herab. Er blickte auf die undeutliche Linie des Straßenrandes und auf den polierten Stein dahinter, und sein Herz fing an zu fallen, zu fallen . . .
Aber dann sah er, daß der polierte Stein flacher wurde, und grauen Staub mit einzelnen Flecken von bloßer, ehrlicher Erde vorüberstürmen, und daß die Straße jetzt auch weniger steil war. Es dauerte noch einige Zeit, bevor er die erschreckten Pferde anhalten konnte. Erst als sie vor Müdigkeit zu stolpern anfingen, war er in der Lage, sie zum Anhalten zu bringen.
Er kroch vom Sattel und führte sie dann mit zitternden Beinen am Zügel. Er hörte vor sich Wasser gurgeln, und plötzlich wurde hartes Leder durch seine Hand gezogen, und er lag mit

seinem Gesicht auf grobem Stein. Er zwang sich aufzustehen und stolperte hinter den Pferden her. Sie tranken aus einem kleinen Fluß, der über die Reste einer zerstörten Brücke plätscherte und schäumte. Er zwang sich vorwärts, um die schwitzenden Tiere davon abzuhalten, zuviel zu trinken. Tote Pferde würden ihm nicht aus dem Schatten helfen.

Unten am Fluß traf sein Auge auf ein schwaches blaues Licht. Er schüttelte den Kopf und schaute noch einmal hin. Schwachblaues Licht im vagen dämmerigen Grau. Erschöpfung machte seine Augenlider schwer und legte sich auf seine Schultern. Er erinnerte sich an den Troll, der den Hang hinabgestürzt war, und an den zerstörten Turm, der in der Nacht geglüht hatte. Natürlich! Und der Tag konnte nicht mehr viel länger dauern.

Es war ein ziemlicher Kampf, die Pferde vom Wasser wegzulenken, und er mußte sie führen, während er über Felsbrokken stolperte und verzweifelt hoffte, daß er sie ans andere Ufer bringen könnte.

Der Fluß stürzte einen kleinen Wasserfall hinab, aber es gab einen Abhang, über den er die Tiere hinabführen konnte, und dann öffnete sich das vertraute Tal vor ihm. Die zerbrochenen Mauern des Turmes glühten stromaufwärts vor ihm, und er führte die Pferde darauf zu und marterte sein Gehirn, um eine Möglichkeit zu finden, wie er sie in das Innere des Turmes befördern könnte. Wenn er keine solche Möglichkeit fände, würde er morgen wahrscheinlich zu Fuß weiterreisen müssen.

Die Köpfe der Pferde hoben sich, und sie wieherten, als sie das grüne Gras witterten, das an der zerstörten Turmwand wuchs. Er führte sie um den saphirblauen Ring herum und hielt nach einer Stelle Ausschau, wo die Mauer niedrig genug wäre, so daß sie hinüberspringen könnten. Geschwärzte Blöcke und Gesteinssplitter lagen verstreut. Wo die Dunkle Macht gefallen war, waren die Steine brennend umhergeflogen, Meteore, die in kalter Magie getränkt waren, bis der kalte Tod ihr Brennen abgetötet hatte. Stufen von strahlen-

dem Stein an der Mauer ließen ihn einen Weg für die Pferde finden, und schon bald grasten sie zufrieden.
Er prüfte die Klinge des alten rostigen Schwertes. Schwarze Streifen überzogen den Himmel. Er hörte eine Bewegung in der Schlucht, die sie verlassen hatten. Als er aufblickte, sah er Pferde aus der Spalte stürzen, und wenige Augenblicke später sammelten sich einige von ihnen um die zerstörten Mauern und grasten auf dem noch spärlicheren gelben Gras, das hier und dort zwischen den Gesteinsbrocken außerhalb des Turmes wuchs. Es freute ihn zu sehen, daß einige der Tiere entkommen waren.
Das Grau verschwand vom Dach des Schattens. Zerbrochene Gesteinsstücke glänzten auf dem Boden wie Sterne. Er fand ein einigermaßen glattes Stück und versuchte, es als Schleifstein zu benutzen. Er fragte sich, ob wohl etwas von der Magic des Steines an der Klinge haften bleiben würde.
Pferde spritzten im Wasser, schnaubten und bliesen durch die Nüstern, während sie tranken. Plötzlich ertönte ein schrilles Quieken und Stampfen. Er wich den Hufen eines Pferdes aus, als die vier Tiere ängstlich um den Ring rannten. Er sprang auf die Mauer und starrte zum Fluß hinüber.
Irgend etwas hatte eines der Pferde gepackt. Der Rest jagte davon. Im schwachen Licht der Mauer, auf der er stand, sah er das Tier kämpfen, während es ins tiefe Wasser gezogen wurde. Eine undeutliche Gestalt wand sich wie eine gigantische Schlange. Dann ertönte ein unheimlich lautes Kauen und Schnappen und ein lautes Klatschen, dem eine ebenso plötzliche Stille folgte. Die Pferde innerhalb des Turmes jagten wie verrückt immer wieder an den Mauern entlang.
Weit draußen, inmitten von unsichtbarem, gurgelndem Wasser warf irgend etwas wie ein riesiges Auge das Licht des Turmes zurück. Als er es anstarrte, fühlte er einen Druck gegen seinen Geist, und Mirons Zauber begann wie von selbst zu singen. Chondos blinzelte und schaute weg, bis jene mystische Sphäre seinen Geist umgab. Doch als er wieder hinschaute, war das Ding verschwunden.

Viel später in der Nacht wurde er erneut durch das Wiehern erschreckter Pferde aus dem Schlaf geweckt, und als er aufsprang, sah er, wie sie durch das Licht der Steine jagten, und er hörte irgendwo in der Dunkelheit einen Troll brüllen. Die Pferde im Turm wurden wild.
Nach einem kurzen Augenblick schlurfte die gigantische Gestalt unbeholfen in den Lichtschein. Sie hielt inne, und ihre roten Augen schauten durch das Glühen auf Chondos und die Pferde, stolperte aber dann hinter den anderen her.

Istvans scharfer Stahl schwirrte durch die Morgenluft, wie er es seit vierzig Jahren zu tun pflegte, ein Fächer von Flammen unter den goldenen Monden der Morgendämmerung.
Der Schatten hing im Süden wie eine Welle in der nächtlichen See, zum Fall bereit, und ließ die winzigen Türme, die auf seinem Grund wie Sterne glänzten, zwergenhaft erscheinen. Zwischen den langen Wolkenfetzen, die vor dem wütenden Südwind herfegten, jagten immer noch ein paar helle Sterne und winzige Monde durch den glänzend blauen Himmel. In der elfenbeinernen Blässe, die den Osten überzog, hingen Monde, die durch das Licht der versteckten Zwillingssonnen vergoldet wurden.
Istvans Füße bewegten sich schnell in einem uralten Muster, während seine Hasturklinge, auf der Notfeuer glühte, Lichtmuster über seinen ganzen Körper wob.
Wenig mehr als die Hälfte seiner Streitmacht war hier und machte sich bereit für den Ritt nach Kajpor und zu den anderen Burgen, die Jagat ihnen als Teil des Waffenstillstandes überlassen hatte. Eisenfaust und seine Männer waren am Vortag nach Ojakota marschiert, zusammen mit verschiedenen Kompanien, die nach Manjipor ziehen sollten. Die Orissianer waren auf dem Heimweg.
Doch Jagats Armee und die von Hansio würden bald an der ganzen Grenze verstreut sein. Nach dem Frieden könnten sich auch Istvans Männer verteilen, um am Patrouillendienst teilzunehmen.

Angenommen, die Dunklen Wesen würden vorher angreifen? fragte er sich. *Dann,* so sagte er sich, *werden wir als Reserve dienen und ihnen zur Hilfe kommen.* Das war solange möglich, wie die Grenze innerhalb eines Tagesmarsches angegriffen wurde, aber...
Seltsam, dachte er, *wie das Pferd der Zeit, das sich sonst so schnell zu bewegen schien, wenn es seine Jungen von ihm wegbrachte, auf die Begegnung in Kajpor dennoch so langsam zuging.*
Während die aufsteigenden Sonnen den Wolken das Aussehen von dahintreibenden Pfauenfedern verliehen, fuhr seine Klinge sanft wieder in ihre Scheide zurück.

In einem Delirium der Angst ritt Jodos mit Shacchio durch das verhaßte Sonnenlicht nach Süden. Hotar und seine Männer murrten weiter hinten. Die Spinne hatte sich unter der Kopfbedeckung ihres Opfers versteckt.
Alles verbündete sich gegen ihn. Jeder Schritt seines Pferdes brachte ihn den schrecklichen Türmen der Blauroben näher, und wenn ihre Aufmerksamkeit einmal auf ihn fiele, so wäre er vernichtet. Aber der Meister würde ihn ebenso sicher vernichten.
Er *mußte* einfach Erfolg haben! Er würde sie schon noch allesamt essen! Wenn der Waffenstillstand aufrechterhalten bliebe und sein Plan mißlänge, würde der Meister ihn ewig leiden lassen. Doch der Geist der Erinnerungen seines Bruders flüsterte in seinen Geist: *Du kannst nicht ewig leiden!*
Seltsame Gedanken erhoben sich aus Chondos' gestohlenem Geist, verwirrende Gedanken, die alles in Frage stellten, was Jodos je für wahr gehalten hatte. Der Meister konnte ihn nicht ewig leiden lassen, genausowenig wie Jodos das Mädchen, das in Tarencia auf ihn wartete, ewig leiden lassen konnte. Früher oder später würde das vergängliche Fleisch absterben. Und was würde dann aus ihm werden? Würde er wirklich Teil von dem werden, was ihn aß? Oder war das eine Lüge?

Er wollte nicht darüber nachdenken. Aber er merkte, daß sein Geist in seinem Inneren nach einer Spur von all den anderen Leben suchte, die er gegessen hatte: Frauen, Männer, Kinder, Kobolde, Eidechsen, Insekten, Teile eines Ghuls . . .
Er versuchte, seinen Geist von diesen furchterregenden Gedanken abzulenken und statt dessen an die Frau zu denken, die auf ihn wartete. Er hätte sie doch besser vor seiner Abreise essen sollen. Aber es war so wenig Zeit gewesen. Und er wollte sie langsam und sorgfältig essen, jede Faser ihres Fleisches genießen, jeden Augenblick der Qual. Aber dann wäre sie ja nicht mehr da – und wieder suchte er in seinem Geist nach den anderen Frauen, die er gegessen hatte, und er versuchte einen Teil von ihnen in seinem Inneren zu finden, der noch lebendig war.
Vage kam ihm dann ein Traum in Erinnerung, jener immer wiederkehrende Traum von einer riesigen Frau, von deren gigantischen Brüsten er getrunken hatte. Irgend etwas – nicht Blut – etwas Süßeres. Der Geist seines Bruders sagte ihm, was es war, und sein Magen drehte sich vor Abscheu um.
Er mußte zu ihr zurück, dachte er in plötzlicher Panik. Er hatte in ihr Fleisch gelaicht. Wenn irgend jemand anderes vor ihm zu ihr käme, so würde dieser *sein* Fleisch essen! Sie würden dann Macht über ihn haben. Oder, was noch schlimmer war, sie könnte entfliehen, und die Kreatur in ihrem Inneren, sein eigenes Fleisch, könnte entkommen, heranwachsen und ihn jagen.
Der Geist seines Bruders lachte grausig in seinem Kopf. Menschlicher Laich jagte nicht die eigenen Eltern, so erinnerte er sich. Und sein Laich würde menschlich sein. So wie er selbst auch menschlich war.
Essen und Laichen sind in deinem Geist völlig durcheinandergebracht, sagte der lachende Geist seines Bruders. War denn Essen und Laichen nicht dasselbe, fragte er sich. Wenn die Großen gegessen hatten, pflegten sie zu laichen. Und dann jagten sie und aßen ihren Laich.
Aber du bist keiner von den Großen, sagte Chondos' Geist.

Jodos schauderte. Er würde sterben! Er war menschlich, und Menschen starben nun einmal. Aber die Großen würden ihn retten! Emicos oder der alte Isuri oder irgendein anderer Bluttrinker würde sein Blut aussaugen, und dann würde er wachsen und . . .
Aber wäre das wirklich er, der sich da erhob? Oder wäre es jemand anderes, der seinen Körper trug, so wie die Spinne, die sich unter dem Hut neben ihm versteckte, die Körper ihrer Opfer trug?

Chondos sah sich vor eine schwere Entscheidung gestellt. Er konnte entweder den Weg zurück zur Straße gehen oder versuchen, bergab dem Fluß zu folgen.
Die Schlucht würde sicherer sein, dachte er in Erinnerung an seine frühere Flucht. Doch es würde wohl schwierig werden, auf diesem Wege die Pferde hinabzubringen. Vor allem würde es länger dauern. Und sein Volk war in Gefahr. Wenn er zu spät käme . . .
Er brachte die Pferde irgendwie zurück zur Straße und jagte weiter. Er wechselte die Pferde oft, um zu vermeiden, daß sie zu sehr erschöpft würden.
Er war schon ein paar Stunden lang geritten, als er weit, weit entfernt eine riesige Ebene von schwach blau überschattetem Land sah, das sich zu einem schrägen grauen Dach hinauf erstreckte, welches in einem sonnenerleuchteten Vorhang aus glühendem Nebel endete.
Tränen blendeten seine Augen, als die Vision sich farbenfroh über die Weite des zerstörten Landes zu der hellen Barriere hin erstreckte. Seine Fersen trieben das Pferd vorwärts. Er wollte lachen, schreien. Nach einer Weile fing er an zu singen.

Die Dunkelheit entschwand dahin,
Das Schwarz zu Grau erhellte sich,
Von Hasturs Turm das Feuer schien,
Es dämmerte das Tageslicht.

Die Straße bog nach links ab, ein breites Sims über der Leere.

Der kühne Pertap war wahrhaft froh,
Des Tages Licht wiederzusehn...

Das Zaumzeug ruckte in seiner Hand. Eines der geführten Pferde wieherte, und das Führungsseil flog durch die Luft, als es seinen Kopf herumwarf. Das Pferd zwischen Chondos' Knien schwankte ebenfalls, erhob seinen Kopf und wieherte. Auf der Straße hinter ihm antwortete ein anderes Wiehern, und er hörte ein hartes, schnelles Klopfen von Horn auf Stein. Er wandte sich im Sattel um, als das Galoppieren lauter wurde.

Vier Pferde brachen aus dem Hohlweg hervor. Die Reiter auf ihren Rücken wedelten mit rostroten Schwertern. Er ließ das Führungsseil los und ließ die Pferde frei, die er zuvor geführt hatte. Dann trat er dem nächststehenden Tier in die Flanken. Seine Fersen prallten von den Rippen zurück. Das Brüllen machte seine Kehle heiser.

Die donnernden Hufe erreichten ihn. Er ließ das Pferd den Weg suchen und wandte seinen Geist der Gefahr hinter sich zu. Er stand in den Steigbügeln und wirbelte mit seiner Fackel so lange durch die Luft, bis ein Lichtrad entstand. Die Verfolger kamen rasch näher, und er sah, daß ihr Anführer sein Pferd brutal mit dem Schwert anstachelte. Blut tropfte von den Hinterbacken des Tieres.

Chondos schlug dem Mann die Fackel ins Gesicht. Dieser wich kreischend zurück. Das Pferd bäumte sich auf, schlug aus und drehte sich dann am Rande des Abhangs in der Luft. Es verschwand. Die Schreie des Reiters und des Pferdes vermischten sich zu einem leiser werdenden Geheul. Chondos fluchte. Er hatte nicht gewollt, daß das Pferd starb. Die Bronze drückte sich kalt gegen Chondos' Handfläche, als er den nackten gebogenen Stahl in seinen Gürtel steckte. Hufschläge hämmerten in seinen Ohren.

Die anderen waren stehengeblieben, als ihr Anführer ins

Leere flog, doch jetzt kamen sie erneut und schnell heran. Das krumme Schwert baumelte auf merkwürdige Weise quer über seinem Rücken, nicht wie die geraden Klingen, die er kannte. Der auf und ab jagende Kopf eines wilden Pferdes kam auf gleiche Höhe. Eine gebogene Klinge wirbelte durch die Luft. Sein Arm schleuderte ihr Stahl in den Weg, und er spürte den Stoß des Schwertgriffs in seiner Hand. Eine Wolke von Rost fiel von dem klirrenden Metall. Er sah, wie sich die Augen seines Feindes weiteten.
Noch einmal schwang sich die schwerfällige braune Klinge durch die sonnenlose Luft. Seine Muskeln spannten sich, und wieder donnerte Stahl – aber diesmal schlug eine Drehung seines Armes die gegnerische Klinge zur Seite, und seine Hand bewegte sich durch einen Schauer kühlen braunen Pulvers. Der Rost seiner Schwertspitze wurde mit Rubinrot getränkt, als sie durch die pulsierende Kehle drang.
Aber der Felsvorsprung wurde breiter, und nun kamen auch die übrigen Angreifer näher, und ihre Schwerter jagten auf seinen Rücken zu wie wütende Flügel. Sein schmerzendes Handgelenk schwang sein Schwert in einem wilden Tanz, während dichte Wolken von Rost sich von klirrendem Stahl lösten. Furchtbare, aber schlecht plazierte Hiebe prallten vom Dreieck seines Stichblattes ab. Aber es waren noch zwei Gegner da, und sein Arm wurde allmählich müde.
Er lehnte sich gegen die Zügel zurück, und über seinem Ohr donnerte und bebte Stahl und wirbelte seine eigene Klinge nach rechts. Das andere Pferd stolperte vorüber, als seine Klinge unter dem Schädel des Gegners durch dessen Rückgrat schnitt.
Als Chondos sich drehte, hieb das gegnerische Schwert nach seinem Gesicht, aber sein eigener fliegender Stahl schlug es zurück, stach in die Kehle und stieß den Mann würgend über den Schweif seines Pferdes.
Das reiterlose Pferd galoppierte davon. Chondos nahm einen tiefen Atemzug und schaute auf den Sterbenden herab. Sein Pferd tänzelte und stampfte auf den Boden, nervös vom Ge-

ruch des Blutes. Das Zucken hörte auf, und die blutige Kehle lag still. Chondos wollte sich gerade wieder auf seinen Weg machen, als er die Schwertscheide am Gürtel des Toten sah. Er besänftigte sein Pferd, stieg ab und hielt den Kopf des Tieres, bis es sich genügend beruhigt hatte, so daß er sich bücken und den Gürtel des Toten nehmen konnte.
Der Nebelvorhang, der die Grenze markierte, wurde schwächer. Er starrte über die Einöden darunter. Er konnte die Vorhügel erkennen, und dann die riesige Ebene. Schwach erkannte er auch eine gewundene Linie. Dies mußte der Fluß sein, dem er gefolgt war. Ob es der Yukota war?
Er mußte es sein, wenn der Ort, an dem man ihn gefangen hatte, tatsächlich jenes sagenumwobene Kudrapor gewesen war. Und wenn er weiterreiten würde, würde er dicht bei Hasturs Turm die Kantara erreichen.
Er würde zu jenem Turm reiten und ihnen von der Gefahr berichten:

Er ritt in das helle Sonnenlicht
Und weiter zu des Turmes Tor.
Er schrie den Hasturs ins Angesicht:
»Noch kämpfen Menschen in Kudrapor!«

Und das war alles, was zu tun war. Die Hasturs würden sich dann schon um seinen Dämonenbruder kümmern und auch um all das andere – wenn er nur rechtzeitig dort wäre.

Notfeuer traf die Heere der Nacht,
Die Dunklen floh'n unter Schmerzensgestöhn.
Der kühne Pertap war wahrhaft froh,
Des Tages Licht wiederzusehn.

19

Am fünften Tag nach der Schlacht ritt Istvan unter einem wolkenlosen Himmel nach Osten. Ein starker Südwind hatte die Wolken weggefegt. Die kühle Bergluft, die aus dem Schatten herüberwehte, machte die Hitze erträglich. Istvan fröstelte, als er aus dem Fluß unter das grüngolden leuchtende Blätterdach ritt.

Während des ganzen langen Weges über die Einöden von Manjipé hatte Arjun DiFlacca die vogellose Stille durchbrochen, indem er die »Ballade von Pertaps Ritt« gepfiffen hatte. Er war auf dem Weg nach Hause, äußerst stolz auf seine Heldentaten, und er freute sich darauf, seine Mutter und seine Heimat wiederzusehen und seine Männer für die Grenzpatrouille zu sammeln.

Das Pfeifen des Jungen endete, als auf den Bäumen Vögel zu singen begannen. Er wandte sich Istvan zu und lächelte, sagte jedoch nichts. Istvan war darüber höchst erfreut. Von Arjuns pompösem Gerede hatte er mittlerweile mehr als genug. Dennoch war er ein guter Junge, und er würde zu einem ehrenhaften Mann heranwachsen. Lucarrho wäre stolz auf diesen Sohn gewesen. Der Wald verschwamm. Istvan blinzelte wütend mit seinen nassen Augenwimpern. Wie viele Jahre mochte es nun her sein, seit Rafayel gestorben war?

Die Baumstämme am Rande der Straße bewegten sich, als Istvan vorüberritt, rot und grau, braun und schwarz, ein Irrgarten beweglicher Säulen, fast so verworren wie die gewundenen Kanäle von Istvans Gedanken.

Pferdehufe stapften durch dicke Blätterschichten. Der Wind in den Zweigen über ihm glich einem Flüsterchor. Ein Eichelhäher ließ seine bunten Federn über ihm aufblitzen und schrie die ewige Frage der Soldaten: *Warum? Warum? Warum?*

Sterbende junge Soldaten hatten ihn dies oft gefragt, und andere hatte es in ihren Kummer um die Toten eingefangen. Er hatte es stets verstanden, nichtssagende, aber doch beruhi-

gende Antworten darauf zu finden. Für Krieg gab es immer irgendeine Entschuldigung.
Aber das war es nicht, wonach sie wirklich fragten. Sie fragten nicht: »*Wofür sterben wir?*« Nein, die Frage war eine tiefere. Sie fragte nach dem Rätsel des menschlichen Lebens. *Warum muß der Mensch sterben?*
Das war die furchtbarste Waffe des Schattens. Zauberer, die als Sterbliche geboren waren, hatten die Welt seit Jahrhunderten bedroht. Es gab Vampire, die so alt waren wie Kandol Hastur-Lord. Ein Mensch mußte sich stets fragen, ob der Tod wirklich dem Halbleben der Vampire vorzuziehen war. Krieg, Tod, Alter, Furcht, Übel, Verlust...
Die kadarinischen Philosophen hatten über den Sinn der Dunklen Wesen debattiert. Einige sagten, auch sie seien Manifestationen der einen Seele. Andere waren der Ansicht, daß jenes andere Universum, aus dem sie kamen, eine andere Seele hätte – eine böse Seele.
Er schüttelte irritiert den Kopf. All dies brachte ihn nicht näher an ein Verständnis von Leben und Tod, von Angst und Verlust heran.
Verlust... Wie viele Jahre war es nun her? Sieben? Acht? Und wo – *was* war Rafayel jetzt? Der Körper, ja, darüber wußte er Bescheid. Aber gab es noch etwas anderes, und wo war es wohl? Schwebte es irgendwo und wartete darauf, geboren zu werden, oder...?
Martos?
Nein, nein, das war Unsinn. Martos mußte zehn oder zwölf Jahre alt gewesen sein, als Rafayel starb. Er konnte keine Wiedergeburt von Rafayel sein. Es sei denn, jene Theorie traf doch zu – daß Zeit keine Rolle spielte...
Es war fast so, als sähe er in Martos sein jüngeres Selbst. Vielleicht, wenn die Seele tatsächlich frei von der Zeit war, war Martos auch er selbst in einer anderen Zeit. Vielleicht würde er als Martos zurückkommen, wenn er starb, oder er selbst konnte auch eine Wiedergeburt von Martos sein –
»Kommandant DiVega!« Arjun DiFlaccas Stimme brach in

Istvans Gedanken ein. »Biegt Ihr hier auch ab, Lord? Ich dachte, Ihr würdet nach –«

Istvan kam urplötzlich wieder zu sich. Fast wäre er dem jungen Grenzländer blind auf dem Weg in seine Heimat gefolgt. Was war nur mit ihm los? Er gab sich Tagträumen hin, wie einer dieser dummen Poeten!

»Dort geht's lang, Lord.« Der Seher ritt aus der Gruppe der Begleiter vor, und Istvan überließ ihm die Führung.

Arjun DiFlacca ritt auf der anderen Straße weiter, zurück in seine Heimat und zu seiner Familie. Seine junge Stimme rief einen fröhlichen Abschiedsgruß, und dann verschwand er zwischen den Bäumen. Istvans Trupp jedoch folgte dem Seher auf einer abzweigenden Straße, die nach Ojaini führte. Auf dieser Straße würden sie den König treffen.

Äste knarrten im Wind. Blätter wehten wild durch die Luft, als sich zwischen zwei Bäumen ein Wirbelwind erhob. Aus den Büschen neben der Straße erhob sich ein Fasan und flatterte mit seinen kurzen Flügeln.

»Lord Istvan«, sagte der Seher. »Hier ist eine Botschaft aus dem Norden. Einer der Seher in Prinz Phillipos' Armee sagt, daß der Prinz Ipazemas Armee dazu gezwungen habe, sich am Opontis-Fluß zum Kampf zu stellen.«

»Wer wird wohl gewinnen?« fragte Istvan.

»Das kann noch niemand sagen, Lord. Ipazemas Armee ist größer, aber Prinz Phillipos' Armee hat wahrscheinlich erfahrenere Veteranen in ihren Reihen. Zur Zeit sind jedoch beide Seiten noch dabei, ihre Schlachtlinien aufzubauen.« Er schloß die Augen einen Moment lang und schaute durch die weitentfernten Augen des anderen Sehers. »Und *ich* würde sagen, Lord, daß der Prinz die bessere taktische Position hat.«

»Gut!« sagte Istvan. »Ich wünschte, ich könnte dort sein! Aber laßt es mich wissen, wenn der Kampf beginnt. Gibt es Nachricht von Lord Shacchio? Könnt Ihr mir sagen, wie weit sie noch entfernt sind?«

Der Seher schloß seine Augen und verfiel wieder in Trance. »Nicht mehr weit, Lord«, sagte er und öffnete seine Augen.

»Vielleicht noch einen Ritt von einer guten Stunde. Ich mache mir übrigens Sorgen um Lord Shacchio. Ich fürchte, er ist sehr krank. Er hätte nicht mit dem König kommen sollen.«
»Was ist denn nicht in Ordnung mit ihm?«
»Schwer zu sagen – ich nehme an, es ist sein Alter.« Der Seher zuckte die Achseln. »Es ist ein langer Ritt von Tarencia, doch haben wir alle schon seit einiger Zeit eine gewisse Anspannung bei ihm bemerkt, oder – es ist wirklich schwer zu erklären, Lord. Wenn man durch Shacchios Geist schaut, ist es so, als würde man durch gekrümmtes Glas schauen. Es scheint, als sei er sich nicht völlig der Dinge bewußt, die um ihn herum geschehen. Er ist wie ein Mensch, der an Fieber leidet.«
Istvan grübelte. »Könntet Ihr ihn davon überzeugen, daß er einem jüngeren Mann –«
»Er ist ein sehr störrischer alter Mann, Lord, und er ist sehr stolz. Und außerdem sind auch die übrigen königlichen Seher entweder mit Prinz Phillipos in den Krieg gezogen, oder sie haben sich der Grenzpatrouille von Lord Jagat angeschlossen. Wir haben versucht, einen der Seher der Gilden dazu zu bringen, dem König seine Dienste anzubieten – doch Lord Shacchio bestand darauf, daß er dem Königreich sein ganzes Leben lang gedient habe und daß er seinen Posten niemals verlassen werde.«
»Ja.« Istvan lächelte. »Das klingt nach Shacchio. Von ihm hieß es immer, er würde eher seinen Kopf dazu benutzen, ein Loch in eine Mauer zu schlagen, als zu versuchen, mit Hilfe desselben einen Weg um die Mauer herum zu finden.«
Der Seher grinste, hob dann seine Hand und schloß die Augen. Sein Gesicht entspannte sich. »Die Schlacht hat begonnen.« Seine Stimme war tonlos und schrill. »Ipazemas Reiter rücken vor und versuchen, die Flanken anzugreifen. Die Männer des Prinzen stehen fest hinter ihrem Schildwall und verteidigen die Reiter hinter sich, aber einige Pfeile der Weitschießer müssen über den Wall hinweggeflogen sein, denn da ist ein Pferd, das ausschlägt und brüllt –«

Ein Gurgeln wie ein Todeswürgen erschütterte die Worte in seiner Kehle. Istvan sah, wie sich seine glasigen Augen öffneten und weit aufgerissen blieben.
»Übel!« krächzte der Seher und hielt sein Pferd an. »Übel – etwas –«
»Wo ist es? Was ist verkehrt?« rief Istvan auffahrend. Seine Hasturklinge blitzte auf. Der Seher schüttelte seinen Kopf und schloß dann erneut die Augen. Der ganze Zug war nun zum Stillstand gekommen. Die Wartenden hielten den Atem an. Nach wenigen Augenblicken angespannter Stille öffneten sich die Augen des Sehers. »Jetzt ist es vorbei. Ich glaube nicht, daß es irgendwo hier in der Nähe war. Jeder Seher, der es beobachtete, konnte es spüren – sogar Lord Shacchio.«
»Was?« fragte Istvan scharf. »Was geht vor?«
»Einen Augenblick lang war es so, als ob – etwas – etwas übles –« Der Seher schauderte und richtete sich dann auf. »Eines der Dunklen Wesen schaute durch mich – durch meinen Geist – durch unser aller Geister, schaute auf die Schlacht.« Er schauderte erneut. »Ich glaube, der – der Schmerz und die Furcht müssen es angezogen haben. Ich kann es jetzt nicht mehr finden. Keiner von uns.« Er richtete sich erneut auf. »Lord Shacchio und der König sind jetzt fast hier – direkt hinter jener Wegbiegung, die dort vor uns liegt.«
Istvan schaute vor sich, wo sich die Straße zwischen den Bäumen außer Sicht wand. Er erspähte undeutliche Gestalten, die sich hinter dem grünen Schleier bewegten.
»Dort sind sie! Seht Ihr?« Der Seher deutete auf einen Punkt. Ein Pferd wurde sichtbar. Der Mann auf seinem Rücken hielt einen Stab in der Hand, und der wilde Wind bewegte ein nachtblaues Banner. Eine silberne Hand hielt eine goldene Krone.
Zweige knisterten, als der Wind das Dach des Waldes streifte und die verwobenen Zweige gegeneinander rieb, so daß sie wie Verwundete stöhnten. Istvan klopfte seinem beunruhigten Pferd auf die Schulter. Kies rollte unter ihren Hufen, während es nervös tänzelte. Istvan beruhigte es, und als er

wieder aufschaute, hielt die königliche Reisegesellschaft an. Bleiche Männer mit Falkengesichtern in königlicher Livree umgaben Lord Shacchio und den König. Lord Shacchio sah wirklich sehr dünn und bleich aus.

»Wir erwarteten Euch früher, Lord Istvan«, sagte der König kalt. »Natürlich kann man von einem Mann in Eurem vorgerückten Alter kaum erwarten, daß er besonders schnell reist, aber dennoch . . .«

Istvan kämpfte, um eine wütende Antwort zurückzuhalten, die ihm auf der Zunge lag.

»Der Fehler liegt bei mir, Lord König«, warf der Seher gewandt ein, während Istvan noch immer nach einer höflichen Antwort suchte. »Lord DiVega ist immer noch ziemlich kräftig für einen Mann seines Alters, doch von Eurem eigenen Seher, Lord Shacchio, kann man dies wohl kaum behaupten, fürchte ich. Seine Schwäche hat es für mich schwierig gemacht, Euch in dieser riesigen Wildnis ausfindig zu machen. Er ist ein sehr kranker Mann.«

Ein schwacher Protest von seiten Shacchios ertönte.

»Ja, das stimmt«, sagte der König, »und ich hätte ihn nicht auf eine so lange Reise mitnehmen sollen. Aber er bestand darauf. Und wie Ihr sehen könnt, ist die Reise wirklich zu anstrengend für ihn gewesen. Man sollte ihn nach Ojaini bringen und ihn der Fürsorge eines Heilers anvertrauen, anstatt daß er mich weiterhin begleitet. Würdet Ihr ihn dorthin bringen?«

»Ich?« Der Seher schaute den König verwundert an.

»Würdet Ihr ihn begleiten?«

»Ich – es wäre das Beste, Lord König, wenn ich ihn ersetzen würde und einige Eurer Soldaten ihn an meiner Stelle begleiten würden –«

»Besser wäre es, wenn ein Heiler mit ihm reiten würde«, sagte der König. »Aber ich habe keinen bei mir. Doch meine ich mich zu erinnern, daß die Mitglieder Eures Ordens ebenfalls darin geschult sind, diese Künste auszuüben, ist es nicht so?«

»Nun ja...«, zögerte der Seher. »Die grundlegende Ausbildung ist in beiden Fällen gleich, und gewisse Bestandteile der Heilkunst sind Teil unseres Trainings, doch –«

»Dann tut, was ich Euch auftrage!« warf der König ein. »Das ist ein Befehl!« Als der Seher immer noch zögerte, fügte er hinzu. »Ich bin jetzt fünf Tage auf der Reise gewesen, und mich hat keine Nachricht erreicht, die nicht ebensogut ein paar Stunden hätte warten können. Deshalb glaube ich nicht, daß es etwas ausmacht, wenn ich mit Lord Istvan ohne Seher nach Kajpor reite.«

»Aber Lord«, sagte der Seher, der immer noch zögerte.

Dann beendete Lord Shacchio den Streit. Er schwankte und fiel in die Mähne des Pferdes.

»Werdet Ihr *jetzt* gehorchen?« knurrte der König, als der Seher dem Älteren zu Hilfe kam. Und Istvan, der aufblickte, als der König sprach, war erstaunt über das grausame, triumphierende Grinsen auf dem Gesicht des jungen Mannes. Die Wut, die schon fast abgekühlt war, glühte erneut auf, aber dann sprach der König.

»Lord DiVega, würdet Ihr einen Teil Eurer Eskorte diese beiden Männer nach Ojaini begleiten lassen?«

Die Namen seiner Gefallenen hallten durch Martos' Geist: Styllis, Etharthos, Darios, Rinaldo, Amando, Evarin und noch viele mehr – wie viele von den jungen Männern, die ihm in den Süden gefolgt waren, waren aus den hellen Träumen ihrer Jugend gerissen, um die Felder der Grenzländer mit ihrer Asche zu weihen. All jene hellen jungen Träume, jene hellen jungen Leben, Asche!

Tagelang hatten lange Reihen von rumpelnden Wagen wertvolles Holz aus der Kantara herangebracht und viele Ballen von Stroh und Reisig. Jetzt waren die Totenfeuer bereit, getränkt mit Öl, und in der frühen Morgendämmerung waren die Wagen zum Vajrakota-Turm weitergeholpert und hochbeladen mit Toten zurückgekommen.

Jagat legte eigenhändig die Fackel an Hansios Totenfeuer. Als

das Holz aufflammte, ertönte Jagats tiefe Stimme. »Segne uns, o unsterbliches Feuer!«
Und von der versammelten Armee her klangen Stimmen zurück: *»Segne uns, o unsterbliches Feuer!«* Ein Trupp von Fackelträgern lief durch die langen Gassen zwischen den Reihen der Totenfeuer und entzündete diese. Viele Stimmen erhoben sich zum feierlichen Gesang:

Der Mensch ist nur ein Gefäß,
In dem das Unsterbliche Feuer brennt.
Der Mensch ist nur ein Kanal,
In dem das Unsterbliche Wasser fließt.
Der Mensch ist nur eine Höhle,
In der der Unsterbliche Wind atmet.
Doch sein Fleisch ist ein Teil der Erde.

Flammenräder glühten golden. Dicker schwarzer Rauch rollte vor dem Wind. Martos wandte seinen Kopf angewidert ab und dachte an die Marmorgräber in Kadar. Aber an der Grenze konnte man einen Menschen nun einmal nicht beerdigen; die Leichen wären nicht lange im Boden liegengeblieben. Wenn der Leichnam sich nicht von selbst erhob, um nach dem Blut seiner Verwandten zu jagen, gruben die Ghule ihn aus.

Die Erde soll essen
Vom Samen des Menschen,
Und der Mensch soll Ihre Milch trinken.

Er erinnerte sich an Eldirs berühmte Zeile: *Der Tod ist höflich zu dem Menschen, der ihm im Dienste einer ehrenhaften Sache begegnet.* Er versuchte, in diesem Ausspruch Trost zu finden. Doch dann trat Armandos totes Gesicht wieder vor sein inneres Auge, mit den Knochensplittern, die aus der roten Kluft zwischen seinen beiden blauen Augen hervorstachen. Die Freundlichkeit, die in jenem Schrecken liegen sollte, schien ihm ziemlich kärglich.

»Die Erde muß gefüttert werden!« sangen die vereinten Stimmen. Dichter Rauch rollte nach Norden. Die lodernden Flammen erzeugten eine unglaubliche Hitze. Martos spürte Tränen und wischte sie von seinem rauhen Gesicht ab.

Denn alle Nahrung kommt
Aus den Brüsten der Erde.

Asche, dachte er, Asche für die Felder der Grenzländer. Und seine Träume waren auch Asche, und seine verbrannten Knochen würden einst Nahrung für dieses Land sein.

Korn sprießt aus
Den Brüsten der Erde,
Um den Leib des Menschen zu nähren.

Verheiratet mit einer Frau des Landes, würde er jetzt Teil dieses Landes sein. Istvan DiVega würde zurück in die weite Welt reiten, doch er würde hier begraben werden, in diesem kleinen Königreich des Grenzlandes, von dem noch nie jemand etwas gehört hatte. Er würde nicht ruhmvoll nach Hause reiten können, als Held der Kriege, und Birthran als Meister der Schule der Drei Schwerter nachfolgen. Er würde sein Leben am Rande der menschlichen Welt beenden, gefesselt an ein Stückchen öden Landes, das er mit seinem eigenen Fleisch und Blut und mit seinen eigenen Knochen fruchtbar machen müßte, wo er auf dem nackten Fels den Boden aufbauen müßte, und auf dem er seine Asche zurücklassen würde, wenn er starb.

Mutter Erde erhebt sich und nimmt Gestalt an,
Um in der Gestalt der Menschen zu wandeln.
Doch der Mensch ist ein Teil der Erde.
Alles muß zur Erde zurückkehren.
Jetzt ist Mutter Erde für eine Weile
In der Gestalt dieser Menschen unter uns gewandelt.

Doch immerhin – Land! Sein Vater war ein nachgeborener Sohn gewesen, er war Zeit seines Lebens von anderer Leute Gunst abhängig gewesen und hatte auf fremdem Land leben müssen. Hier gab es Land.

Für so kurze Zeit nur
Ist Mutter Erde gewandelt
Unter dem Namen dieser Menschen!

Aber solch ein Land! Meilen von grauem Staub, der zu reinigen und zu rekultivieren war und der mit den Aschen von Toten geheiligt werden mußte.

Mutter! Erdmutter!
Du wandelst in unserer Gestalt!
Wir haben dich geliebt unter den Namen
Dieser Menschen!

Land für seine Kinder? Staub und Asche!
Eine Stimme sang: *»Die Wärme des Lebens im Feuer!«*
»Und die Seele kehrt in den Schoß zurück!« antworteten die anderen.
»Das Blut des Lebens wird zu Regen!« ertönte eine Stimme.
»Und die Seele kehrt in den Schoß zurück!« sang der Chor.
»Der Atem des Lebens wird zu Wind!« schrie eine Stimme.
»Und die Seele kehrt in den Schoß zurück!«
»Die Gebeine werden zur Mutter Erde!«
»Und ihre Kinder kehren in den Schoß zurück!«

Die Stimmen erhoben sich im Chor, während der schwarze Rauch emporquoll. Alle Totenfeuer waren nun entzündet, und jetzt füllten die Flammen auch die Zwischenräume aus und wurden zu einem einzigen riesigen Freudenfeuer, in dem Freund und Feind, Grenzländer und Söldner eins waren.

Die Erde ist unsere Mutter!
Die Erde ist unsere Braut!
Heilig, sie erwartet süßen Samen!
Denn die Erde muß den Samen des Menschen essen,
Und der Mensch muß Ihre Milch trinken.
Alles Leben fließt aus ihren Brüsten,
Den Brüsten der Braut des Kriegers.

Die Zwillingssonnen waren hoch oben im schiefergrauen Himmel in einer silbernen Wolke verborgen. Ein eisiger Wind strich über Chondos' Rückgrat. Die tiefe Schlucht des Flusses durchschnitt die leblose Ebene. Es schien ihm, als würde der Wind ironisch jenes Lied singen, das er gesungen hatte, als er den Berg hinuntergeritten war, »Die Ballade von Pertaps Ritt«.

Die Männer, die schlafen in Kudrapor,
Schlafen mit Waffen in der Hand...

Kudrapor stand jetzt unter ihm, der niedrige braune Turm, der sich trotzig zwischen blutrotem Lehm gegen das vorherrschende Grau erhob.
Schlafen mit Waffen in der Hand, schien der höhnende Wind in seiner Seele zu murmeln. Ja, wenn die Knochen ihrer Hände noch zusammenhielten, war es eigentlich wahrscheinlich, daß sie um die Griffe der uralten Schwerter geschlossen wären. Wenn man ihnen die Waffen nicht schon vor vielen Jahrhunderten abgenommen hatte...
Er dachte an die verrosteten Klingen, die die Kobolde trugen, und dann schaute er mit einem plötzlichen erregten Prickeln auf den Bronzegriff, der von seinem Gürtel herabhing. Dies war womöglich Pertaps Schwert gewesen!
Aber nein. Seine Lippen erinnerten sich und sangen das Lied, und schmetterten es über die pilzbewachsene Ebene:

Ihr Söhne Hasturs, helft uns nun!
Folgt mir mit Eurer Macht!
Ich muß zurück nach Kudrapor,
Den Gefährten ich Hilfe versprach.

Hastur kam im Lichterblitz:
Ein helles Schwert lag in seiner Hand.
»Nimm dieses Schwert, Pertap, und flitz!
Kein Nachtwesen kann ihm halten stand.«

Zweifellos mußte *jenes* Schwert noch zwischen Hasturs Gebeinen liegen. Kein Nachtwesen hätte es gewagt, seine Klinge oder seinen Griff anzufassen. Und wahrscheinlich lagen Pertaps Gebeine noch unberührt in den moderigen Hallen dort unten. Er richtete sich auf, und seine Faust ballte sich um den Schwertgriff an seiner Seite. Pertaps Schwert lag immer noch in jenen Hallen dort unten!
Es war verrückt. Er wußte, daß in Kudrapor Dunkle Wesen hausten – Kobolde zumindest. Und dennoch, dort war Pertaps eigenes Schwert!

In diesem Schwert ist unsere Macht,
Und ihr Notfeuer erhellt unseren Weg ...

Er schaute rasch zum silbernen Schleier der Sonnen auf. Es war so hell wie außerhalb des Schattens an einem dunstigen Tag. Die Dunklen Wesen waren jetzt zweifellos in den Ruinen und Tunneln und versteckten sich vor dem Sonnenlicht, das jederzeit durch den Dunst brechen konnte.
Er lenkte das Pferd am Rande der Schlucht entlang und führte die übrigen widerspenstigen Pferde hinter sich her. Er hielt nach einem Weg Ausschau, der hinabführte. Es dauerte nicht lange, dann fand er eine Rampe aus hinabgespültem Lehm, die noch vom Regen glitschig war. Die rotwandige Schlucht darunter kam ihm bekannt vor. Vielleicht war es die gleiche, in der er von den Kobolden gefangen worden war. Er sah zerschmetterte

Knochen im Schlamm liegen und fragte sich, ob sie den Kobolden gehörten, die bei jenem Kampf getötet worden waren. Als er sich dem Einschnitt näherte, glitt er vom Rücken seines Pferdes und führte nun alle drei Pferde. Die Zügel schnitten in seine Hand, als die Tiere mit zitternden Nüstern scheuten. Er dachte kurz an die übrigen Pferde, die nun irgendwo in den Bergen waren, und er hoffte, daß ihr Instinkt sie sicher aus dem Schatten führen würde. In den letzten Tagen hatte er in der Ferne immer wieder einzelne Pferde beobachten können. Eines davon war von einem jagenden Ghul verfolgt worden.
Vor sich sah er massive braune Erdwälle. Die Jahrhunderte hatten viele Schichten von dem schwarzen kegelförmigen Dach abgetragen, doch die Steine der Mauern waren immer noch stark. Doch ohne den verschleiernden Regen waren nun doch eindeutig leichte Anzeichen von Verfall zu erkennen. Am Ende der langen Brücke öffnete sich der türlose Torbogen wie ein gieriges Maul. Bruchstücke rostiger Teile mußten Reste der längst verschwundenen Türflügel sein.
Er starrte in die Dunkelheit dahinter. So sehr ihm die Helligkeit hier Sicherheit bieten mochte, jenseits der Mauer half ihm das nicht im geringsten. Er würde sich dort in einem Unterschlupf der Dunklen Wesen befinden, mit nichts weiter bewaffnet als blankem Stahl.
Mit blankem Stahl und einer Fackel, korrigierte er sich selbst. Aber dennoch war es Wahnsinn. Feuer konnte ihn gegen die meisten Nachtwesen schützen, sogar gegen Vampire und kleinere Dämonen. Aber weder Trolle noch Kobolde fürchteten das Feuer. Ghule konnten ihre Angst überwinden, und die größeren Dämonen konnten Flammen ersticken. Er wußte nicht, was ihm in den Ruinen begegnen würde; aber genausowenig wußte er, was ihm in den noch vor ihm liegenden Meilen begegnen würde.
Alte Geschichten besagten, wenn der Besitzer eines Hasturschwertes Hasturs Namen anriefe, würde ihn das Hasturgeschlecht hören und ihm zu Hilfe kommen. Vielleicht war dies nur eine Geschichte. Doch wenn es stimmte, dann würde die

Hasturs, wenn sie ihren Namen aus dem Schatten hören würden, eine solche Warnung zumindest erreichen. Dann könnte wenigstens das Land gerettet werden, selbst wenn er sterben würde.

Wenn nur das Land gerettet würde, wäre es gleichgültig, ob er stürbe. Wie sagten doch die Grenzländer? *Der Tod ist die Braut des Kriegers.* Manchmal sagten sie auch anstatt »Tod« »Erde«.

Die Erde ist ebenso die Braut des Königs wie die des Kriegers, dachte er.

Es war sein Land und sein Volk. Wenn er stürbe, um beides zu retten, hätte er seine Krone verdient. Selbst wenn jene alte Geschichte nicht der Wahrheit entspräche, hätte er eine weitaus größere Chance, die Türme zu erreichen, wenn er mit einem Hasturschwert bewaffnet wäre als nur mit Feuer und einfachem Stahl.

Das Silberschwert zerbrach am Griff,
Die Fackel verbrannte bis zur Hand ...

Und dieses Schwert war nicht einmal aus Silber.

Ein Stöhnen ertönte, dessen Ursprung nicht vom Wind stammte. Sein Arm wurde fast aus dem Gelenk gerissen, als die Pferde zurücksprangen und die rauhen Lederzügel in seinen Handteller schnitten.

Ihr Söhne Hasturs, helft uns nun! Das Stöhnen schwoll in der Ferne unheimlich an und ab. Er erinnerte sich an die Kobolde, die neben der Brücke miteinander gesprochen hatten. Was hatten sie nur so sehr gefürchtet. Was es auch sein mochte, es war jedenfalls hier direkt vor ihm. Schon bald würde er ihm gegenüberstehen.

Es wäre besser, ihm mit Pertaps Schwert in der Hand entgegentreten zu können.

Tragt unser Licht nach Kudrapor:
Dann fliehen die Dunklen im Schrecken.

Dennoch hatte das Schwert Pertap letztendlich nicht gerettet. Das torlose Maul von Kudrapor schielte wie ein leerer Schädel. Wenn er die Pferde verlor, während er nach dem Schwert suchte, würde er niemals rechtzeitig die Grenze erreichen. Was hatte der Meister gesagt? *Zehn Tage, keinen mehr!* Fünf Tage waren nun schon verstrichen, und was konnte nicht noch alles auf ihn warten in jenem unbekannten Gebiet, das zwischen ihm und der Grenze lag.

Es gab keine andere Möglichkeit. Die Hasturs mußten gewarnt werden, bevor sein Bruder seine Mörder auf die Lords des Grenzlandes losließ. Sein eigenes Leben spielte keine Rolle. Ein König kann immer sterben, doch das Land muß leben. Das Land war das Wichtigste.

»Wartet einen Augenblick, Lord Istvan«, sagte der König mit sanfter Stimme. »Einer meiner Begleiter ist zurückgefallen und muß uns einholen.« Istvan musterte ihn. Sieben Wächter, hatte Shacchio gesagt. »Mein Leibdiener«, sagte der König. »Sein Pferd – humpelte, wegen eines Steins unter einem Huf. Er mußte ihn entfernen und das Pferd ausruhen lassen.« Ein Leibdiener? Das erklärte es. Niemand pflegte Diener mitzuzählen.

Die beiden Seher und ein paar von Istvans Leuten waren nach Ojaini losgeritten. Lord Shacchio allerdings nur unter Protest. Istvan dachte an den roten Seher, den er schon aus seiner Jugend kannte. *Geht heim, Lord Shacchio, und starrt in das Feuer«,* hatte der König grausam gesagt.

Der Wind rollte in riesigen Wellen über das Dach des Waldes. Istvan hatte geglaubt, zumindest sein eigenes Pferd sei an den Sturm gewöhnt und an das rauhe Stöhnen, das dieser den Ästen entlockte, doch als ein Mann auf einem Pferderücken hinter ihnen auf der Straße herangeritten kam, hatte die Stute mit einem explosiven Schnauben ihren Kopf hochgeworfen und ausgeschlagen. Auch alle anderen Pferde bäumten sich auf, und so blieb Istvan nicht mehr Zeit als nur einen kurzen Blick auf den bleichen Mann in der Livree der Diener zu werfen, der sich ihnen nun anschloß. Die Pferde waren immer noch aufgeregt, als sie schließlich den Pfad zur Burg einschlugen.

Sieben Männer in Grenzländerkleidung warteten auf der Straße. Istvans Hand fiel auf seinen Schwertknauf, doch die sanfte Stimme des Königs sprach hinter ihm.

»Auch das sind meine Leute, Lord Istvan.« Er lachte. »Habt Ihr etwa gedacht, ich hätte in meinem eigenen Königreich keine Agenten? Ich bin nicht so jung und dumm, wie Ihr vielleicht denken mögt! Ich hatte sie instruiert, mich hier zu treffen. Sie sind schon lange in meinen Diensten, und sie haben mir schon gedient, lange bevor mein Vater starb. Wartet hier, während ich sie begrüße.«

Sein Pferd ritt vorbei. Vom Ende des Zuges führte der bleiche Diener plötzlich sein Pferd in einem großen Bogen um Istvan herum, als wolle er sich so weit wie möglich von ihm entfernt halten. Die Pferde waren immer noch nervös, erschreckt durch das ständige laute Rascheln des Windes in den Blättern, und wieder hatte Istvan alle Mühe, seine Stute unter Kontrolle zu halten, während hinter ihm alle Pferde ausschlugen und sich aufbäumten. Das Pferd des Bannerträgers jagte davon, und das riesige blaue Tuch breitete sich so aus, daß es den Diener fast völlig vor Istvans Sicht verbarg.

Nach einem Augenblick konnte Istvan sein Pferd wieder beruhigen, obgleich die Äste noch immer über ihm ächzten. Da hatte der König die Grenzländer schon erreicht, und der Leibdiener und Bannerträger standen dicht hinter ihm.

Istvan klopfte seinem Pferd auf die Schulter und merkte, daß er sich müde fühlte. *Müde und alt*, dachte er. Vielleicht sollte er all dies aufgeben, heimreiten und ins Feuer starren, wie Chondos es schon Lord Shacchio empfohlen hatte. In das Feuer starren und zuschauen, wie sein Körper allmählich abstarb.

Irgend etwas an diesen Grenzländern war äußerst merkwürdig, aber er konnte sich nicht erklären, was es sein mochte. Sie hatten ihre Pferde in einem Kreis um den König aufgestellt,

und ihre Stimmen waren unter dem Rauschen der Blätter nur ein schwaches Murmeln.
Ein merkwürdiges Bruchstück drang an sein Ohr: »Reinen Blutes...« Was mochte das nun wieder sein? Er merkte, daß er lauschte, doch durch den Tumult der im Wind treibenden Blätter drang nur hin und wieder ein einzelnes Wort an sein Ohr.
»... entflohen ...« hörte er, und einen kurzen Augenblick später hörte er ein tiefes Brummen: »... Meister ...« Zweige ächzten und stöhnten und versetzten sein Pferd in Panik. Dann beruhigte sich der Wind soweit, daß er folgende Fetzen erkennen konnte: »... kroch davon ...« und »... verwundet ...« bevor der Wind wieder anschwoll. Als er versuchte, diese wenigen Worte in einen sinnvollen Zusammenhang zu bringen, packte ihn die Entrüstung. Warum hatte der König ihm befohlen, sich abseits zu halten? War es nicht seine Pflicht zu wissen, was in diesem Krieg vor sich ging? Oder hatte dieser Lackaffe, dieser Grünschnabel etwa beschlossen, er sei zu alt, als daß er ihm vertrauen könne?
Plötzlich hatte er Abscheu vor sich selbst. Er spionierte Worten nach, die nicht für seine Ohren bestimmt waren! Wenn es wichtig wäre, würde ihn der König sicherlich herüberrufen. Ob es so immer anfing? Spionieren, die Ohren nach Neuigkeiten ausstrecken, bis man schließlich zu einem geschwätzigen Nichtsnutz würde, der sich ständig in fremde Angelegenheiten einmischte und über seine Jugend prahlte? Er schüttelte seinen Kopf wütend, wandte sich ab und versuchte, nicht mehr zu lauschen.
»Reiten von der Grenze ...« erreichte seine Ohren, und dann ein scharfes Zischen. Die Stimmen wurden leiser.
Als er wieder aufblickte, wandten sie sich um und schauten hinter sich. Der König wirkte hochmütig, und Istvan kämpfte gegen seine Wut an. Sollte doch dieser Narr seine kleinen Geheimnisse für sich behalten! Doch er konnte es nicht verhindern, daß er an Aimon DiBraise und Almos DiCassio denken mußte und an all die anderen guten Männer, die

gestorben waren, damit dieser – dieses verzogene Kind mit seiner spitzen Zunge auf seinem Thron sitzen konnte. Und all das wegen jenes Versprechens, das einem Sterbenden zu geben er dumm genug gewesen war!
Er schüttelte mit dem Kopf und fragte sich wieder einmal aufs Neue, ob er wohl auf der falschen Seite stünde. Und dennoch, wenn dieses Königreich bestehen bleiben sollte, wenn es nicht zu kleinen Fürstentümern auseinanderfallen sollte, die für die Dunklen Wesen leichte Beute wären, welche andere Wahl hatte er dann? Sowohl Jagat wie auch Prinz Phillipos würden einen besseren König abgeben – vielleicht sogar Hansio. Doch keiner von ihnen wäre in der Lage gewesen, das Königreich zusammenzuhalten. Aber ob dieser Narr wohl in der Lage sein würde, es zusammenzuhalten? Allein der Gedanke rief schon Qualen hervor.
Der König ritt heran, und die Grenzländer scharten sich hinter seinem Banner.
»Sie werden mit uns weiterreiten«, sagte er und deutete mit dem Daumen über die Schulter. Istvan nickte.
»Denkt daran, daß sie ihre Kriegsrüstung in Kajpor ablegen müssen«, sagte Istvan und ließ beiläufig seine Augen über die furchtbar schlecht sitzenden Rüstungen gleiten. Plötzlich erkannte er, was ihn so sehr daran beschäftigt hatte. Jede Provinz der Grenze hatte einen besonderen Stil bei den selbstgefertigten Lederrüstungen, obgleich es für einen Fremden gewöhnlich schwierig war, die Unterschiede zu erkennen. Doch diese Männer hier warfen alle drei Stile durcheinander. Der Mann an der Spitze trug einen glänzend lackierten purpurroten Helm im Mahavara-Stil, darunter einen Brustpanzer aus Manjipé, und Schulterstücke, die nur aus der Kantara stammen konnten, mit ihren Schnallen aus lackiertem und gebündeltem Holz an Stellen, wo die Krieger der anderen Provinzen Knochen benutzt hätten. Und außerdem wirkten diese Männer hier für Grenzländer seltsam bleich.
Das Knacken der im Wind wehenden Äste wurde zu stark für sein ohnehin schon nervöses Pferd, und es fing an auszuschla-

gen und sich aufzubäumen, als Chondos mit seinem bleichen Diener vorüberritt. Istvan mußte den Kopf des Tieres gegen sein Knie drücken, um es vom Durchgehen abzuhalten.
Der Bannerträger hatte sein Pferd an der Spitze des Zuges umgewendet. Die Grenzländer nahmen respektvoll am Rande der Straße Aufstellung und warteten, bis der übrige Zug vorüber war. Istvan hörte die sanfte, spöttische Stimme des Königs hinter sich.
»Nun, alter Mann, sobald Ihr Euch wieder erinnert habt, wie man ein Pferd reitet, sind wir abmarschbereit. Wir haben noch einen langen Ritt vor uns.«
Schon wieder das Alter! Hatte Chondos eigentlich jemals über etwas anderes mit ihm gesprochen? Dieser dumme Spott traf ihn tief. Er kämpfte gegen eine wütende Entgegnung an und ließ die Zügel locker. Das Pferd trabte los. Er hatte Mühe, es in die richtige Richtung zu lenken, und ein paarmal mußte er es scharf herumreißen, doch dann wurde das Tier allmählich wieder ruhiger, obgleich die Äste über ihm immer noch wild im Wind knarrten. Die Grenzländer schlossen sich ihnen an, als die Kolonne vorbeigeritten war.
Nachdem sie die sich wild bewegenden, ächzenden Bäume hinter sich gelassen hatten, erwartete er, daß die Pferde sich beruhigen würden. Doch sogar nachdem sie den Fluß überquert hatten und über kahle Ebenen ritten, wo der ohrenbetäubende Wind nur heiser zu atmen brauchte, um die Totenstille zu übertönen, während er sie mit Sand bewarf, machten die Pferde immer noch Schwierigkeiten, als ob irgendein fürchterliches Wesen hinter ihnen herritte.

Chondos ging durch das Maul von Kudrapor, und das leise Schlurfen seiner Füße ließ hohle Echos von den Steinen widerhallen. Schutthaufen bedeckten den Boden. Seine Zehen schlugen gegen etwas Hartes, und ein Schädel rollte klappernd von seinen Füßen weg. Er hörte das Strömen des Flusses, der unter ihm am Gestein nagte. Ein fernes Heulen erhob sich gegen den Wind.

Das Fackellicht fand altes Gemäuer, verlor es aber wieder in der tanzenden Dunkelheit. Erneut blitzten die Mauern auf, und die scharfen Umrisse eines Gewölbes gähnten und verschwanden dann wieder. Er stolperte darauf zu.
Er meinte über sich ein Rascheln gehört zu haben und schaute rasch hoch. Dünne graue Pfeilschlitze leuchteten in der Dunkelheit unter dem Dach. Schwarze Stümpfe von zerbrochenen Balken standen vor, wo einst ein weiteres Stockwerk gewesen sein mußte. *Echos,* dachte er. Der Ort war wie eine Glocke. Wie leise er auch seine Füße aufsetzen mochte, stets flüsterten Echos an den Wänden entlang. Und alle paar Schritte stieß er gegen irgend etwas, das er nicht gesehen hatte – zerfallendes Holz oder Knochen oder verrostetes Metall – immer wieder ertönten die Echos.
Er hatte ein gezacktes Stück Stein von einem der zerbrochenen Türme mit einem Lederriemen an den Griff seines Schwertes gebunden. Sein schwaches Notfeuer leuchtete wie ein ferner Stern. Er hatte seine Ärmel mit Steinen aus dem Turm angefüllt.
Wieder hörte er ein fernes Heulen. Er fragte sich, ob dies Wind sein konnte, der sich in den Schießscharten verfing. Ein so starker Wind mußte mit Sicherheit Geräusche produzieren. Als er an dem Gewölbe angekommen war, zögerte er. Das Stückchen Stein, das im Fackellicht rötlich glänzte, wirkte ziemlich klein. Er murmelte Hasturs Zauber und spürte, wie sich ein angenehmer Panzer um seinen Geist schloß.
Er stieß seine Fackel durch die Tür. Ein Spinnennetz glühte bei der Berührung mit der Flamme auf. Chondos erspähte einen winzigen, weißlichen, davonrennenden Punkt und warf instinktiv seine Fackel nach ihm. Er schrumpfte zusammen, flammte auf und verschwand.
Er nahm einen tiefen Atemzug von der faulig riechenden Luft und schritt durch die Tür. Hier schien es keine Echos zu geben. Als er aufblickte, sah er die schwarzen Balken eines intakten Gewölbes. In diesen inneren Teil des Berg-

frieds drang weniger Außenluft, und deshalb war ein größerer Teil des alten Holzes erhalten geblieben. Wie lange mochte es her sein? Dreihundert Jahre? Oder vierhundert?
Aber wo war die Flamme von Pertaps Schwert? Er hielt die Fackel hinter sich, starrte durch die Dunkelheit und hielt nach irgendeinem Anzeichen für das Notfeuer Ausschau. Pertaps Klinge müßte wie die Sonne leuchten.

Er wendete sein gutes Pferd:
Und über die Grenze er ritt,
Notfeuer glänzte um ihn her,
Und zerteilte das Dunkel Schritt um Schritt...

– Aber damals hatten die Hasturs ihre vereinte Macht in die Klinge projiziert.

Der Schatten zerteilte sich vor seinem Schwert:
Seine Zauberkraft trat hervor...

Jetzt würde das Schwert Pertaps wahrscheinlich kaum viel heller sein als der Stein, der an seinem Stichblatt befestigt war.
Schwaches Licht drang durch eine weitere Tür. Er bahnte sich seinen Weg zu ihr hin, und sein Herz pochte wild. Er steckte seine Fackel durch Spinnweben und drang in den nächsten Raum ein, wo er angestrengt nach der Lichtquelle Ausschau hielt.
Aber was er sah, war nicht Pertaps Schwert, sondern das Grau riesiger Fensterschlitze und den riesigen Mund eines offenen Tors und dahinter eine Andeutung von wirbelndem, schäumendem Wasser.
Er biß seine Zähne zusammen, und seine Schultern fielen herab. Er erinnerte sich an die Diskussion zwischen Emicos und Vidraj: *Der alte Pertap ging zuerst, war es nicht so?* Die Männer von Kudrapor waren nicht im Kampf gefallen, die meisten von ihnen zumindest nicht. Sie hatten sich selbst

umgebracht, um die Vampire davon abzuhalten, sie zu ergreifen.
Seine Augen suchten und fanden eine Treppe, die zum zweiten Stockwerk hinaufführte. Zweifellos hatten sie dort ihr letztes Gefecht gekämpft. Er fürchtete sich vor der Suche auf jenem unbeleuchteten Boden.
Er erstarrte. Der Boden war nicht unbeleuchtet. Ein schwaches Strahlen, mehr wie Sternenlicht als wie Sonnenlicht, fiel die Treppenstufen hinab. Er rannte darauf zu und ignorierte dabei die Dinge, die unter seinen Füßen rollten und klapperten sowie auch die anschwellende Welle von Echos und Geräuschen. Ein Pferd wieherte außerhalb des Turmes. Er hielt inne. Er hörte wildes Wiehern und dann durch den Schlamm donnernde Hufe. Seine Finger legten sich fest um den Schwertknauf.

Jodos war vor Wut außer sich und fürchtete sich gleichzeitig. Die Spinne hatte die ganze Sache fast verdorben und ihnen allen Tod und Ruin gebracht, als die durch seinen Geist in den Shacchios geschaut hatte. Jetzt wußte jeder Seher im ganzen Königreich, daß etwas Gefährliches vorging. Und was war mit den Blauroben? Hatte einer von *ihnen* es auch beobachtet? Suchten sie jetzt nach der Spinne? Oder gar nach ihm?
Es bereitete ihm hämische Freude, den Toten Mann im Einklang mit seiner Dienerrolle Aufgaben verrichten zu lassen, die ihn in bedrohliche Nähe des Notfeuers in DiVegas Schwertscheide brachte. Er genoß die Qual der Spinne, wenn sie sich am Körper ihres Opfers krümmte.
Sprießende grüne Halme besudelten das flache Land westlich des Flusses. Nur hier und da waren kleine Flecken sauberen Staubes zu sehen, doch das gleißende Licht vom Himmel ruinierte sogar diese noch. Etwas Gutes hatte das Leben in den Wäldern gehabt: die Sonnen waren die meiste Zeit über verborgen gewesen.
Eines Tages würde er – oder das, was ihn essen würde – erleben, daß diese Lichter gelöscht würden, wenn die Dunklen

Lords von jenseits der Welt kämen, die Barriere durchbrächen, um jenen gräßlichen blauen Himmel auszuwischen und sowohl die Welt als auch die Sonnen aufzuessen. Und dann noch eine und wieder eine, Welt um Welt, Universum um Universum, bis alles verschwunden war, dann konnten sie sich damit befassen, einander zu essen, bis zuletzt nur der Überlebende zurückbliebe, endlos in der schwarzen Unendlichkeit des Universums laichend und essend.

Das würde in ferner Zukunft geschehen. Lange Zeit vorher würde er erleben, wie dieses Grün zerstört würde, wenn der Laich der Großen wie schwarzes Lauffeuer plündernd und raubend aus dem Schatten hervorbräche und Gras und Boden zu gutem, grauem Staub versengen würde. Dann würde er sich triumphierend der königlichen Stadt zuwenden, um seinen Laich zu essen und die Frau, die ihn trug.

»Dort vor uns liegt Kajpor, Lord König«, sagte DiVega und deutete auf eine bestimmte Stelle. Schwarze Steintürme erhoben sich aus dem Grün. Kleinere Gebäude gruppierten sich darum herum, die aus dieser Entfernung wie bloße Punkte erschienen. »Es ist jetzt nicht mehr weit. Ein Ritt von einer Stunde vielleicht, vielleicht auch ein wenig mehr.«

»Gut«, sagte Jodos betulich. »Dieser Ritt muß für Euch sehr anstrengend gewesen sein. Ihr werdet froh sein, rasten zu können, da bin ich mir sicher.« Durch den Tumult des Schwertes hindurch konnte er DiVegas Irritation spüren. Als DiVega sich abgewandt hatte, entblößte Jodos hinter dem Rücken des Seynyorers seine Zähne. Das brennende Schwert verursachte ihm Kopfschmerzen, doch DiVega würde es in der Ratskammer ablegen müssen. DiVegas Geist würde dann in seiner Macht sein, und er würde ihn leiden lassen. Er würde DiVega durch die Macht seines Geistes erstarren lassen, so daß er beim Abschlachten der Grenzländer zuschauen müßte, und dann würden die Männer vom Volk des Reinen Blutes ihn langsam aufschlitzen und essen. Doch beim Gedanken an diese Idee verspürte er

wenig von dem Vergnügen, das er sich davon erhofft hatte. Nichts von dem Nervenkitzel, den er verspürt hatte, als er beispielsweise die Frau gefoltert hatte.
Wieder murmelte der Geist seines Bruders Obszönitäten. Das konnte doch wohl nicht wahr sein! Es hatte nichts zu tun mit jenem schrecklichen Ritual, in dem die Menschen laichten, und ebensowenig mit der Art, wie dieser Laich sich ernährte.
Wieder erinnerte er sich an den Traum von der gigantischen Frau, an jene Flüssigkeit, die er aus ihren Brüsten getrunken hatte und an die Gefühle, die er verspürt hatte, als er sah, daß sie gegessen worden war. War das der Grund, weshalb die Männer vom Volk des Reinen Blutes Frauenbrüste so sehr als Delikatesse bevorzugten? Doch sie waren nur Sklaven, menschliche Sklaven. Er versuchte nun seine Gedanken der Frau in Tarencia zuzuwenden, und dem, was er mit ihr tun würde, wenn er zurückkäme.
Und dann würde er sie töten, und sie wäre nicht mehr. Für immer fort. Dieser Gedanke erfüllte ihn mit einem merkwürdigen Gefühl der Leere. Und das, obgleich er schon spüren konnte, wie sein Fleisch in jenen Essenswahn verfiel.
Die Erinnerungen seines Bruders lieferten ihm einen anderen Grund dafür, daß das Fleisch in jenen Wahnzustand geriet. Er schauderte. Wie ähnlich auch der menschliche Brutwahn sein mochte, er war doch nicht das gleiche! Dies war der Essenswahn der Großen vor dem Laichen!
Doch die Großen hatten kein Fleisch.
Er war verwandt mit den Großen! Er war kein einfaches menschliches Wesen mit den gewöhnlichen menschlichen Trieben, die in so viele verschiedene Kanäle geleitet wurden! Und doch waren sein Bruder und er vom selben Fleisch, im gleichen Schoß gewachsen. Hätte Emicos ihn nicht gestohlen, so wäre er wie sein Bruder aufgewachsen.
Er konnte den Gedanken nicht ertragen. Dennoch wußte er unausweichlich, daß Emicos ihn in den Schatten gebracht hatte. Die Erinnerungen seines Bruders zwangen ihn, sich

dies anzuschauen. Er war von der menschlichen Art. Er war genommen und benutzt worden. Er war keiner der Großen. Gebraucht und verformt. Die Gedankenformen, die Wünsche und Gelüste, die den Großen natürlich waren, waren ihm für alle Zeiten unerreichbar. Er konnte nur seine menschlichen Antriebe zu einem hohlen Gespött ihrer dunklen Freuden verformen. Eine wilde Wut auf diejenigen, die ihn benutzt hatten, verformt hatten, ihn belogen hatten, überfiel ihn. Er sah sich schwach durch den Geist seines Bruders, durch menschliche Augen.
Er war gefangen zwischen den Welten, weder das eine noch das andere. Er war keiner der Großen. Doch ebensowenig konnte er ein Mensch sein. Rebellion wallte in ihm auf, doch er war hilflos. Die Blauroben würden ihn vernichten, denn er könnte sich jetzt nicht mehr ändern, um menschlich zu werden. Er mußte dem Meister dienen oder von beiden Seiten gejagt werden, wenn er versagte.
Hoffnungslosigkeit höhlte ihn aus. Wenn die Bluttrinker ihn nicht annähmen, würde er sterben. Doch selbst wenn sie es täten, war es immer noch nicht sicher, daß man ihn nicht auch diesbezüglich angelogen hatte. Er wußte, wie die neuerwachten Untoten aussahen. Es schien keinen Ausweg zu geben.
Jodos ließ die Barrieren fallen, die er gegen den Geist seines Bruders errichtet hatte. Vielleicht könnte er mit beiden Geistern irgendeinen Ausweg aus dieser Falle finden. Zumindest wäre auf diese Weise ein Teil seines Geistes menschlich.
Vielleicht sollte er die Frau doch nicht essen. Vielleicht sollte er sie mit seinem Laich entfliehen lassen. Dann würde zumindest dieser Teil von ihm überleben. Und dieser Teil würde ihn *nicht* jagen!
Doch sollte er sich einen so delikaten Festschmaus wirklich entgehen lassen?

Chondos bewegte sich rasch auf die Treppenstufen zu. Wenn er jetzt hinausliefe, könnte er den Pferden nicht helfen. Doch mit Pertaps Schwert in den Händen . . .

Etwas bewegte sich in der Dunkelheit. Eine riesige Gestalt stand auf den Stufen, und rote Augen starrten in seine eigenen. Er fühlte ein Kratzen an den Grenzen seines Geistes und murmelte leise Zauberworte, während er sein Schwert erhob. Ein trockenes Rasseln aus der Kehle der Gestalt wurde plötzlich zu einer Stimme, die voll und vibrierend gegen den Stein erscholl.
Dann wurde hinter ihm das Trippeln von Füßen laut. Chondos erhob sein Schwert und schlug auf die rotäugige Gestalt ein. Der Vampir wich schneller aus als eine Fliege. Eiserne Finger schlossen sich um Chondos' Handgelenk. Er spürte, wie sich seine taube Faust von der glatten Bronze löste. Dann fühlte er, wie das Schwert aus seiner Hand glitt.
Ein wilder Schrei bohrte sich durch seinen Kopf. Sein Handgelenk war plötzlich wieder frei. Er griff nach schlüpfriger Bronze mit einer Hand, die von einem schmerzenden Handgelenk wie tot herabhing. Da schrie der Vampir wieder und schüttelte eine seiner Hände so, als sei sie von Feuer versengt worden. Der Stein, der am Stichblatt des Schwertes befestigt war, hatte das Fleisch des Untoten gestreift. Chondos stieß mit seiner Fackel zu. Wenn er an seinem Gegner vorbeikäme und den Raum erreichen könnte, wo Pertaps Schwert lag . . .
Der Vampir duckte sich vor den Flammen. Chondos versuchte, sein Schwert zu erheben, doch der Stahl zog an seinem gepeinigten Handgelenk, und er konnte mit seiner gefühllosen Hand kaum das Schwert halten.
Füße klatschten auf Stein. Kleine, schwarze Gestalten schwärmten auf ihn zu. Er erhob das nutzlose Gewicht seines Schwertes bis auf Schulterhöhe. Große Augen wie Mondsicheln glühten ihn aus den dunklen Gesichtern an. Eine rostige Klinge schwirrte auf seine Knie zu. Er sprang zur Seite und schwang die Fackel.
»Fangt ihn lebendig!« Die vibrierende Stimme des Vampirs erfüllte den Raum. »Sein Blut gehört mir!« Wieder flog die braune Klinge auf sein Knie zu. Er stolperte zurück, und seine Augen schwebten durch den Raum. Auf dem Weg, den er

gekommen war, gab es keine Fluchtmöglichkeit. Die Tür war gefüllt mit glühenden Augen. Nur ein Narr mochte hoffen, er könne sich seinen Weg die Treppe hinauf zum silbernen Licht von Pertaps Schwert erkämpfen.
Das knochenbleiche Gesicht des Vampirs stürzte auf ihn zu. Er jagte die Fackel wie im Reflex nach oben, und das tote Ding schrie und verschwand.
Die kleinen dunklen Gestalten sprangen ihn an. Er schwang das Schwert auf sie nieder. Es fühlte sich so an, als würde er einen Hammer schwingen. Sein Arm bebte unter dem Aufprall, und der Griff des Schwertes rutschte ihm durch die Hand. Die kleine schwarze Gestalt brach unter dem Streich zusammen. Er zog die Klinge zurück und sah andere zögern, deren riesige Augen das Licht der Fackel zurückwarfen. Er rannte zur Tür. Sogleich waren sie hinter ihm her, so wie er es erwartet hatte – doch wo war der Vampir? Lauerte er in irgendeiner Ecke?
Er sah Nebel vor der Tür. Plötzlich verfestigte sich das weiße Gesicht vor ihm, die fahlen Lippen geöffnet, die Fänge wie Spieße. Eine Hand legte sich um das Handgelenk, das die Fackel hielt.
Er warf sich zurück, spürte, wie sich die Muskeln in seinem Arm drehten, und hieb mit dem Schwert zu. Das Gelächter des Vampirs verstummte, als die scharfe Klinge durch spröde Knochen und Fleisch drang. Chondos spürte, daß er die Balance verlor und fiel. Die Hand mit der Fackel, die plötzlich wieder frei war, wedelte durch die Luft.
Der Vampir fing Feuer. Die plötzliche Hitze versengte Chondos' Gesicht. Trockenes Fleisch und Knochen knisterten. Chondos rollte mit versengtem Haar weg. Er hatte die Fackel fallen lassen, doch unerklärlicherweise hielten seine Finger immer noch das Schwert.
Koboldaugen starrten ihn an. Er erhob sich auf die Füße. Einen verrückten Augenblick lang dachte er daran, sich unter sie zu stürzen und sich zur glühenden Tür vorzukämpfen, die er immer noch hoch über ihren Köpfen sah. Doch diese Hoff-

nung verging, als ein Dutzend rostbraune Klingen auf ihn zuflogen. Er sprang zurück und verteidigte sich wild. Wenn er hier lebendig herauskäme, so würde das schon ausreichen. Seine Klinge dröhnte und zitterte, doch er schaffte es, den Griff fest in der Hand zu halten, während er den hoch aufschießenden Flammen auswich. Jetzt hatte er Platz zum Laufen, und seine Beine waren länger als die der anderen.
Er jagte durch das Tor. Die Kobolde arbeiteten sich durch die Ruine des überschwemmten Dammes. Er rammte sein unhandliches Schwert in die Scheide und tauchte in die strudelnden Wasser des Yukota.

Jodos spürte das Unbehagen der Spinne, als sie sich den dunklen Steintürmen von Kajpor näherten und damit auch dem unsichtbaren Kraftfeld, das um die Mauern der Burg schimmerte und knisterte.
Es würde ihm kaum gelingen, die Spinne in die Burg zu bringen, bis er die Juwelen im Herzen des Zaubers lokalisiert und einige davon entfernt hätte. Er zermarterte sein Gehirn nach irgendeiner Ausrede, um den Leibdiener außerhalb der Burg lassen zu können.
Um die Burg herum war ein Lager errichtet, und er spürte, daß dies eine weitere Gefahr war. Überall gab es Seher und Heiler. Es gab zwar keinen besonderen Grund, weshalb sie den Toten Mann einer näheren Untersuchung unterziehen sollten, doch es waren zu viele, um sie entweder zu kontrollieren oder um ihnen aus dem Wege zu gehen.
Er mußte sich erneut an seinem Sattelknopf festhalten, da das Pferd unter ihm tänzelte. Er blickte rasch über seine Schulter auf den Toten Mann zurück, der am Ende des Zuges ritt. Wenn dieser zu weit zurückfiele, würde das auffallen. Doch wenn er zu nahe an den übrigen Zug heranrückte, machte sein Geruch die Pferde nervös. In DiVegas Kopf konnte Jodos schwach durch das brennende Schwert hindurch erkennen, daß sich dessen Gedanken erneut den Pferden zuwandten. Es war wieder einmal Zeit, ihn abzulenken.

»Dumme Viecher!« sagte er laut. »Glaubt Ihr, es ist der Wind? Er bläst direkt aus dem Schatten. Glaubt Ihr, daß sie etwas riechen?«

»Nun...« sagte Istvan bedächtig. »Wir sind nur etwa zwölf Meilen vom Schatten entfernt. Ich weiß nicht, ob ihr Geruchssinn so weit reicht oder nicht.«

»Ich hätte gedacht, Ihr in Eurem Alter wüßtet über alles Bescheid«, fuhr Jodos fort. Er lachte innerlich, als er sah, wie DiVega erstarrte.

Hinter ihm krümmte sich die Spinne. Ein starker Dämon würde diesen Schutz durchbrechen können, und Kobolde und andere rohe Fleischkreaturen konnten ihn eine Weile ertragen. Doch die Macht der Spinne war zu schwach, und ihr Körper war zu zerbrechlich.

Sie ritten in das Getümmel des Lagers. Überall lärmten Geister. Männer verfluchten ihre Pferde, als die Gruppe der Neuankömmlinge vorüberritt und vor dem Burgtor anhielt. Jodos entspannte sich ein wenig. Hier bestand wenig Gefahr, daß ein Seher die Spinne unter so vielen tauben und schwatzenden Geistern erkennen würde. Der Mahlstrom der Gedanken war zu laut und zu chaotisch, um erträglich zu sein.

Dies war das erste Mal, daß Jodos eine Armee von Menschen bei der Arbeit sah, und ihre Leistungsfähigkeit erschreckte ihn. Die Seynyorer schienen einander niemals in die Quere zu kommen, und bei all dem Chaos ihrer Gedanken arbeiteten sie doch gut und stritten auch nicht miteinander. Er nahm an, daß dies so war, weil sie einander nicht aßen. Doch welche Angst hielt sie dann überhaupt bei der Arbeit? Sie brachen ihr Lager ab. Er sah, wie Zelte abgebaut und zu Paketen verschnürt auf die Wagen verladen wurden.

Ein Seher kam aus dem Tor, und Istvan rief seinen Namen. Jodos verspürte eine Andeutung von Furcht. Doch die Spinne verschwand schon und begab sich in den Haufen der Männer vom Volk des Reinen Blutes.

Jodos ging mit DiVega zu dem Seher, wobei er den Geist seines Bruders als Maske über seinen eigenen zog.

»Sagt Lord Jagat, daß der König hier ist«, befahl DiVega dem Seher. »Wir können ihn noch heute nachmittag treffen.«
»Lord Jagat hat keine Seher mehr bei sich, Kommandant. Er hat sie alle mit seiner Grenzpatrouille fortgeschickt.«
DiVega stand blinzelnd da, und sogar durch die Flamme des Schwertes hindurch konnte Jodos den Tumult sehen, der in ihm tobte. Schon früher hatte er kurz diese Besorgtheit gesehen, die in den äußersten Ecken von DiVegas Geist brütete. Jetzt könnte sie ihm von Nutzen sein.
»Warum habt Ihr nicht Eure Seher ebenfalls zu dieser Patrouille geschickt, Vetter Istvan? Es erstaunt mich, daß Ihr Euch weniger um mein Königreich sorgt als meine Feinde!«
DiVegas Kinnlade fiel herab, und Jodos fuhr fort: »Diese Patrouille ist wichtiger für die Sicherheit des Königreichs als irgendwelche Diplomatie! Wir können Reiter einsetzen, um Botschaften zu befördern!«
DiVegas Gesicht schwankte zwischen Schock und freudiger Erregung. Seine Augen strahlten, der offene Mund verformte sich zu einem zuckenden Lächeln. Der Effekt war so absurd, daß der Teil von Jodos' Gehirn, der mit Chondos' Erinnerungen gefüllt war, ihn zum Lachen zwang. Und dann lachte DiVega ebenfalls. Der Seher starrte beide mit Augen an, die glotzten wie die eines Kobolds, während die beiden sich schüttelten und sich die Bäuche hielten und donnernde Lachanfälle austauschten.
Nach einer Weile nahm DiVega einen tiefen Atemzug und zwang sich zu sprechen, wobei er nach Luft schnappen mußte, um gegen das Lachen anzukämpfen. »Lord König, niemand hat mir jemals einen Befehl gegeben, der sinnvoller gewesen wäre oder den auszuführen mir mehr behagt hätte!« Er wandte sich dem glotzäugigen Seher zu. »Nun, D'Oleve, Ihr denkt zweifellos, wir seien so verrückt wie liebestolle Ziegen, und Ihr könntet recht haben. Doch Ihr braucht das Lord Jagat gegenüber nicht zu erwähnen!«
Jodos mußte erneut lachen. Es war zum Fürchten. Er hielt den Geist seines Bruders fest über seinem eigenen, und der war

angefüllt mit lachenerregender Erinnerung und hellem, warmfarbenem Kitzeln. Die alte Angst, von seinem Essen gegessen zu werden, erhob sich wieder in ihm, doch er wagte es nicht, die Geistmaske von seinem eigenen Geist herunterzuziehen, solange der Seher in der Nähe war.

»Nun«, sagte DiVega nüchtern, »nehmt Euch ein Pferd und reitet zu Lord Jagat. Sagt ihm, der König sei hier und möchte ihn...« Er runzelte die Stirn. »Wie lange werdet Ihr brauchen, um Lord Jagats Lager zu erreichen?«

»Mit einem guten Pferd«, sagte der Seher, »werde ich bei Anbruch der Dunkelheit oder ein wenig später dort sein. Ich kann ihn in ein paar Stunden erreichen, wenn ich das Pferd zu Tode schinde, doch dann müßte ich die letzten Meilen womöglich zu Fuß zurücklegen.«

»Nehmt ein zweites Pferd mit«, sagte Istvan. »Doch wird es dann wohl in jedem Fall zu spät für Jagat sein, um heute noch zu kommen.« Er hielt inne und dachte nach. »Wie weit ist es? Zwanzig Meilen? Vier oder fünf Stunden Marsch?«

»Zwischen vier und sechs Stunden«, antwortete D'Oleve. »Das hoffe ich zumindest. Gestern jedenfalls hatte er sein Lager nur wenige Meilen nordöstlich des Alpakota aufgeschlagen.«

»Dann könnte er nicht vor – oh, wahrscheinlich Mittag hier sein«, sann Istvan nach. »Nun gut. Sagt ihm also, der König sei hier und wolle ihn und die anderen Lords morgen treffen, wie zuvor vereinbart. Keine Kriegsrüstung und so weiter. Wäre Mittag« – er wandte sich wieder Jodos zu – »oder direkt nach der Ankunft Jagats für Euch ein annehmbarer Zeitpunkt, Eure Majestät?«

Am Mittag würden die hellen Lichter am Himmel brennen. Doch zu dem Zeitpunkt, zu dem er sie alle getötet hätte, wäre es schon später. Und er würde dann genügend Zeit haben, sie alle aufeinanderzuhetzen, bevor der Angriff begänne. Der Meister könnte Männer und Kobolde über die Grenze schikken und den in der Nähe von Rajinagara verborgenen Drachen. Die Blauroben wären tagsüber weniger wachsam, und

die Armee des Schattenreiches könnte die Grenze überquert haben, bevor sie es auch nur bemerkt hätten.
»Ja«, sagte er und nickte. »Ich werde bereit sein.«
Ein junger Mann war aus dem Burgtor getreten. Er war weder wie ein Seynyorer noch wie ein Grenzländer gekleidet, doch trug er, wie Hotar, die Hoflivree der königlichen Garde. Der junge Mann salutierte und stand dann in Habachtstellung und wartete darauf, daß man ihn bemerkte.
Die Erinnerung seines Bruders erkannte diesen Mann. Er war ein Verwandter Lord Rinmulls, der zu den Müßiggängern an Chondos' Hof gezählt hatte, und er war zu der besonderen Ehrengarde abkommandiert worden, die Chondos oder seinen Vater bei ihren Besuchen in Ojaini eskortierte.
»Sagt Jagat«, sprach DiVega erneut zu D'Oleve, »daß der König ihn um die Mittagszeit erwartet. Ich werde DiVarro bei mir behalten. Setzt Euch mit ihm wegen Jagats Antwort in Verbindung. Doch den Rest der Seher werde ich mit Euch zu Jagat schicken, damit sie bei der Grenzpatrouille dienen können.«
D'Oleve salutierte. DiVega grüßte ebenfalls. Auch der junge Mann salutierte, so daß DiVega erneut salutierte, und Jodos merkte, daß der Geist seines Bruders ihn schon wieder fast zum Lachen brachte.
»Lord König, ich möchte Euch den Kommandanten Eurer hiesigen Garnison vorstellen, Lord Nahos von Atavipor. Ich glaube, er hat Euch schon früher gedient.«
»Ja«, sagte Jodos. »Ich erinnere mich gut an Lord Nahos.« Er lächelte. Chondos hatte diesen Mann nicht gemocht, da er ihn für einen selbstsüchtigen Speichellecker hielt, doch Jodos hatte eine besondere Verwendung für ihn. »Ich bin sicher, Lord Nahos wird erfreut sein, mich durch die Burg zu führen. Ihr braucht nicht mitzukommen, Lord Istvan. Ihr solltet Euch ausruhen nach einem so langen Ritt! In Eurem Alter solltet Ihr Euch von den jungen Offizieren solche Lasten abnehmen lassen. Ihr habt die Erlaubnis zu gehen!«
DiVega, dessen Augen von plötzlicher Wut kalt geworden waren, verbeugte sich tief und wandte sich ab. Jodos unter-

drückte ein bösartiges Grinsen wegen der Steifheit des sich entfernenden Rückens, und wandte sich dann wieder Lord Nahos zu.

»Sollen wir hineingehen?« sagte er zu dem etwas verwunderten jungen Mann, der zweifellos einen kühleren Empfang erwartet hatte.

20

Donnerkopf schnaubte, und sein Zaumzeug klirrte. Seine Mähne flatterte im rauhen Wind. Die tote Landschaft erstreckte sich vor ihnen, grinsende Wunden von Staub, und dahinter wartete Schwärze. Martos fragte sich, was Donnerkopf wohl im Wind roch, der über ihre Gesichter strich. Die Pferde waren immer ziemlich schwierig, wenn sie mit den Köpfen zum Schatten gewandt standen.

Dreihundert Männer waren von Jagats Lager losgeritten, während der düstere schwarze Rauch der Totenfeuer immer noch nach Norden quoll. Ein Viertel dieser Truppe hatte sich schon abgespalten und sich nach Westen bewegt, zu dem Treffpunkt, von dem aus sie über das Land am Vajrakota patrouillieren würden. Bald würden sich auch die Zurückbleibenden in verschiedene Patrouillen aufteilen und ihre Posten beziehen.

Es wäre besser gewesen, dachte Martos, wenn sie das Lager vor der Bestattung verlassen hätten. Noch immer klang ihm der Gesang der Grenzländer in den Ohren, und seine Sicht wurde plötzlich von nebligen Juwelen getrübt. Nein, es war schon gut, die Toten zu ehren und den Kameraden Lebewohl zu sagen, die mit ihm nach Süden geritten waren...

Und all das nur, damit Istvan der Bogenschütze einen weiteren Sieg erringen und die Grenzländer neue Felder gewinnen konnten. Er schüttelte ärgerlich seinen Kopf.

Dieser Teil der Grenze war für die Letzten übriggeblieben. Die Seynyorer patrouillierten hier schon bei Nacht, wenn die Gefahr am größten war, und beide Armeen waren immer noch in diesem Bereich konzentriert.
Weit im Westen hatten die Männer der isolierten Burg von Ekakin während des ganzen Krieges eine notdürftige Patrouille aufrechterhalten. Jagat hatte ihnen mehrere Seher geschickt, und auf seinen Vorschlag hin hatte Istvan drei seynyorische Kompanien mit ihren Sehern dorthin befohlen. Da Ekakin neutral geblieben war, war jenes Gebiet leicht zu patrouillieren.
Doch südlich von Ekakin bog die Grenze direkt dorthin ab, wo der Turm von Ketusima am Ende einer langen Ausbuchtung des Sonnenlichts zwischen den Klippen des Schattens glühte: Jagats Reich, Damenco, wo die Grenze fast hundert Meilen weit zurückgetrieben worden war. Dadurch waren hier fast zweihundert Meilen Grenze, an denen patrouilliert werden mußte. Ymros war am Vortag nach Manjipor geritten, mit achtzehnhundert Männern aus Kaligaviot, Manjipor und Damenco, und mit ihnen waren alle verbliebenen Seher fortgeritten.
Hier, wo die Seynyorer die Nachtwachen übernahmen, hier, wenn überhaupt irgendwo, war der Ort, wo man mit Sehern patrouillieren mußte. Damenco, wo sich der Schatten zu beiden Seiten hin auftürmte, schwebte in besonders großer Gefahr, denn hier würden die Dunklen Wesen wahrscheinlich zuerst zuschlagen.
Überall breitete sich die Wüste des tödlichen grauen Staubes aus, und vor ihm wurde die schwarze Mauer allmählich durchsichtig und verwandelte sich zu einem sonnenlosen Gebiet. Weit entfernt waren die geisterhaften Umrisse von Bergen unter einem schmutziggrauen Himmel zu erkennen.
Dieses unfruchtbare Land! Verfluchtes Land! Land für seine Kinder und die Kinder seiner Kinder! Hatte die Wahl ihrer Mutter seine Nachkommen hierzu verurteilt? Nahrung, die aus Knochen hervorgewachsen war, würde ihre Brüste mit

Milch füllen. Das Land würde seine Kinder ernähren, und seine Kinder das Land.
Im Norden, in Inagar, wartete Kumari, eine Frau, bei der Milch und Honig floß, deren Körper von ihrem Kind anschwoll, jenem Kind, das eines Tages Staub erben würde, der weggeräumt werden mußte, und bloßen Fels, der allmählich mit Erde bedeckt werden mußte – Erde, die mühsam über viele Jahre hinweg aus Mist und Sand aufgebaut werden mußte, aus Küchenresten und aus der Asche der Toten – auch aus seiner eigenen Asche und aus der Asche seiner Männer. Er hatte das Land selbst geheiratet, und jetzt würde sein Samen die Erde füttern, an deren Brüsten er gesaugt hatte. *Die Erde ist die Braut des Kriegers*, dachte er, und er erinnerte sich an den tiefen Chorgesang: *Der Mensch ist ein Teil der Erde.*
Das reiche, aufregende Leben in den Städten des Nordens gehörte für immer der Vergangenheit an. Die Freuden des Krieges und des Friedens waren vorüber. Jetzt würde es weder Frieden noch Krieg geben, nur die endlosen, häßlichen kleinen Kämpfe mit den Kreaturen des Schattens, die spukten und plünderten.
Fast die Hälfte seiner Männer war hier gestorben und war nun Nahrung für das Land. Die Verbliebenen waren meist verwundet. Er hatte die Patrouille kaum mit seinen eigenen Leuten füllen können, selbst wenn Lord Jagat nicht darauf bestanden hätte, daß zumindest die Hälfte der Patrouillen aus Grenzländern bestehen sollte. »Grenzländer kennen die Grenze«, hatte Jagat gesagt.
Das Muschelhorn heulte auf, und seine Hände schlossen sich um die Zügel. Die Pferde wurden langsamer und hielten schließlich an. Es war Zeit für eine der Patrouillen, sich von der restlichen Gruppe zu trennen. Ein paar Scherze, um die Angst der Männer zu verbergen, die einander möglicherweise nie mehr treffen würden, und dann setzte ein scharfes Kommando die Pferde in Trab.
Über seine rechte Schulter sah er fünfzig Männer über den

Staub reiten, durch das Sonnenlicht, auf die sonnenlose Ebene und die geisterhaften Berge zu. Fünfzig schien ihm plötzlich eine erbärmlich kleine Zahl zu sein.
Bald war er an der Reihe. Die Pferde würden heute müde sein. Die nächste Woche über würden sie langsamer geritten werden, um ihre Kraft für den Fall aufzusparen, daß die Dunklen Wesen tatsächlich kämen, und außerdem um genügend Zeit zu haben, die Grenze sorgfältig zu studieren. Doch heute noch mußten die Männer sie antreiben, einfach um ihre Posten zu erreichen.
Martos starrte in die Dunkelheit jenseits der Grenze. Sonnenloses Land lag flach und öde vor ihm. Dahinter waren schwache Andeutungen der Gebirgskette zu sehen.
Wenn irgend etwas aus dem Schatten kommen würde, wäre er dann wohl in der Lage, es zu sehen? Noch nicht, erkannte er. Bevor sie nicht in einen Bereich von vier Meilen Abstand zur Grenze gekommen wären, wäre alles, was so klein wie ein Mensch war, bestenfalls als undeutlicher Punkt zu erkennen.

Chondos war ein guter Schwimmer, und er hatte schon mit Gewässern gerungen, die wilder waren als dieses hier. Doch seine beiden Arme schmerzten – er hatte verrenkte Schultern und verstauchte Handgelenke. Und er wußte, wenn er sich an die langen Arme erinnerte, die sich vor ein paar Nächten aus dem Fluß erhoben hatten, um das Pferd zu packen, daß es hier noch andere Gefahren gab als starke Strömungen.
Er drehte sich im Wasser, um auf dem Rücken zu treiben, trat mit den Füßen Wasser und schaute hinter sich. Einer der Kobolde stieß einen anderen ins Wasser und schrie und brüllte dabei wütend, doch das Opfer drehte sich um und schwamm zurück an das niedrige Ufer, während der Rest mit großen Augen zuschaute. *Sie kennen die Gefahren des Flusses nur zu gut,* dachte Chondos. War er ins Leben oder in den Tod gesprungen? Das würde er bald wissen.
Er drehte sich wieder um und schwamm mit der Strömung. Bald würde er an der kleinen Insel vorüber sein, auf der

Kudrapor stand, und dann konnte er sich durch den Strom zum anderen Ufer hinüberkämpfen. Er fragte sich, ob er die Pferde jemals wiedersehen würde. Er sah das rote Ufer vorüberrasen. Wurzeln längst abgestorbener Bäume, die sich durch den hellen Lehm wanden, zuckten, als er vorüberkam. Er fühlte sich hochgehoben, während das Wasser um ihn anschwoll und ihn hilflos wie ein treibendes Blatt mit sich führte. Roter Lehm, vermischt mit Grau, erhob sich vor seinen Augen.

Die Welle trieb ihn gegen weichen Schlamm. Sein Schwimmstil wandelte sich zu einem krabbelnden Laufen, der Schlamm saugte an seinen Händen und Füßen. Das Wasser strömte von ihm herab. Er stolperte die Uferböschung hinauf, und eine seiner schlammverklebten Hände schloß sich um eine vorstehende Baumwurzel. Sie zerfiel in seiner Hand zu Pulver, als sich etwas geschmeidig um seinen Knöchel legte und seine Füße unter ihm weggezogen wurden. Seine Finger krallten sich um den nassen Schwertgriff. Er drehte sich im Fallen und zog das Schwert. Der Schlamm stieß den Atem aus seinen Lungen.

Ein straffgespanntes grauweißes Seil verlief von seinem Fuß in den Fluß hinein. Etwas wie ein bleicher entwurzelter Baum schwamm im Wasser und schwang Ranken, die riesigen, sich windenden Wurzeln glichen. Seine verstauchten Handgelenke schmerzten, als das Gewicht des Schwertes hinabsauste und durch eine langgestreckte breiige Masse fuhr. Weißer Schleim floß über seine Füße. Die Schlinge an seinem Bein erschlaffte.

Seine andere Hand tastete sich hinauf zu seinem Ärmel und suchte dort fieberhaft nach einem Gegenstand. Seine Finger fanden einen zerklüfteten Stein. Er kam auf die Füße, und in seiner Hand glühte nun Notfeuer durch seine Finger. Ein Dickicht von peitschenden Tauen kreiste nun über ihm, wie eine Hand, die kurz davor war, sich zu schließen. Er warf den flammenden Edelstein in die Mitte, wo die Ranken zusammentrafen.

Er wurde taub von einem Geheul, das Himmel und Erde zu erschüttern schien. Wasser überflutete seinen Mund und seine Augen, würgte ihn und machte ihn blind. Er wurde von den Füßen gerissen und in den Schlamm geworfen.
Würgend und hustend schüttelte er das Wasser aus dem Gesicht und sah eine Welle, die in den Fluß zurückfiel. Stromaufwärts erhob sich am Tor von Kudrapor ein sich windender, schmutzigweißer Baum aus dem Wasser, dessen peitschende Glieder mit einer schwarzbepelzten, um sich tretenden Frucht beladen waren. Ein Kobold segelte durch die Luft und flog mit blutüberströmtem Fell gegen die Burgmauer.
Der Schlamm unter Chondos' Füßen schäumte. Der Himmel drehte sich. Er konnte nichts mehr sehen. Dann merkte er, daß er panisch am Strom entlangrannte, fort von dem Geheul – aber leider nicht fort von allem, was er fürchtete. Vor sich hörte er andere Stimmen, die brüllten und heulten. Durch die schrecklichen Schreie hindurch hörte er das Wiehern und Schnauben erschreckter Pferde.
Er verlor Kudrapor aus den Augen, als er am Ende der Insel vorbeilief. Dahinter sah er ein anderes Ufer.
Braune rauhfellige Ponys jagten auf das Wasser zu. Hinter ihnen waren die riesigen grauen Gestalten von Ghulen zu erkennen, die sich geisterhaft gegen den grauen Staub abhoben und deren langen Fangzähne in ihren geöffneten Mäulern glänzten.
Andere Gestalten versuchten, den Pferden den Weg abzuschneiden. Sie waren kleiner, bleicher und heulten und stöhnten, während sie rannten. Menschliche Gestalten? Er war sich nicht sicher, doch um ihre Gliedmaßen flatterten zerlumpte Fetzen.
Er nahm einen tiefen, zitternden Atemzug und versuchte, gegen die Panik anzukämpfen, die seine Beine zu lähmen drohte. Sein Herzschlag schüttelte seinen Körper, seine Sicht wurde verschleiert.
Er sollte jetzt hinüberschwimmen und die Pferde retten, solange das Flußunwesen stromaufwärts beschäftigt war. Aber

dabei würde nichts Gutes herauskommen. Die Pferde waren umzingelt, und nur mit seiner Klinge allein würde er sich keinen Weg bahnen können.

Hellfarbig strahlte in seiner Erinnerung eine Morgendämmerung aus der Zeit seiner Kindheit. Er sah die Steinwüste um Suknia und Jagat, stark und riesig, der seine Lippen spitzte, um unter seinem weißen Schnurrbart zu pfeifen. Er erinnerte sich auch an das Grenzlandpony, das in einem braungelben Kleefeld graste und dabei seinen Kopf hochwarf und wieherte.

Er rang um die Kontrolle seines Herzschlages und seines Atems. Eines der Pferde trat mit seinen Hufen einen Ghul, der ihm zu nahe gekommen war und schleuderte ihn zurück. Ein anderes schlug aus, und seine Vorderfüße schlugen in die Luft, als eine der kleineren Gestalten vor ihm zur Seite sprang. Ein peitschender Huf zerschmetterte einen Schädel. Die Gestalt brach zusammen, und die Hufe des Pferdes donnerten immer wieder auf sie nieder. Dann zog sich das Pferd zurück, und das Ding auf dem Boden drehte sich um und stand wieder auf.

Chondos zog Luft in seine Lungen und pfiff. Zwei der Pferde schenkten ihm keine Beachtung, doch das dritte warf wiehernd seinen Kopf hoch und jagte dann weg von den Kreaturen, die es bedrohten, zum Ufer hin.

Die anderen folgten ihm. Chondos pfiff erneut. Das Pferd blieb am Wasser stehen, trampelte mit seinen Vorderbeinen im Schlamm und sprang in den Fluß.

Hinter ihm her kamen die Ghule und die Horde der heulenden, menschenartigen Gestalten.

Das zweite Pferd sprang in den Fluß, und als das dritte zögerte, kam eine der kleineren Gestalten herbeigerannt und sprang auf seinen Rücken. Das Pferd schlug aus und sprang in den Fluß. Die Kreatur, die sich auf seinem Rücken festkrallte, schien steif zu werden. Sie fiel hinunter und sank wie ein Stein. Einer der Ghule sprang ins Wasser, und seine Glieder streckten sich wie die eines gigantischen Frosches.

Chondos rannte auf die Stelle zu, wo der Strom sie mitnehmen sollte. Bis jetzt gab es kein Anzeichen von Gefahr an diesem

Ufer, doch das konnte sich schnell ändern. Er konnte schwache Andeutungen von Heulen jenseits des Lehmufers vernehmen.
Hinter den pferdeköpfigen Wellenkeilen und der spritzenden Gestalt des Ghuls sah er etwas auftauchen, das auf dem funkelnden schwarzen Wasser dahintrieb, etwas Menschenähnliches, das sich nicht bewegte.
Nur einer der Ghule war dem Pferd ins Wasser gefolgt. Die übrigen hockten am Ufer. Ihre Knöchel steckten im Schlamm, und ihre langen Gliedmaßen streckten sich über das Wasser aus. Einer von ihnen bellte schrill. Plötzlich entstand ein Getümmel. Der Ghul im Wasser zappelte und schwamm ans Ufer zurück. Chondos erstarrte. Stieg das Wasser an?
Ein rascher Blick stromaufwärts zeigte ihm, daß ein mächtiger Wellenberg sich vor etwas Riesigem und Bleichem aufbäumte, das sich schnell flußabwärts bewegte. Mit einem letzten Blick auf das öde Land hinter sich steckte Chondos das tropfende, jetzt nutzlose Schwert weg und holte die restlichen Gesteinsbrocken aus seinem Ärmel.
Das Pferd war fast am Ufer angelangt, als das unheimliche Ansteigen des Wassers Wellen auf das Ufer spülte, an dem Chondos stand. Er sah, wie sich die Mähnen der Pferde aus dem Wasser erhoben und dann auch ihre Schultern. Ein plötzlicher Schrei des schwimmenden Ghuls wurde erstickt. Wellen schlugen zusammen, wo er zuvor gewesen war, und Blasen stiegen aus der Tiefe auf.
Chondos pfiff noch einmal und hoffte, die Pferde würden sich beeilen. Er hielt einen glühenden Stein in einer Hand, zum Wurf bereit.
Wasser klatschte unter Chondos' Füßen. Die Pferde, die jetzt erschreckt waren, bemühten sich, schneller aus dem Wasser zu waten, doch sie sanken in dem tückischen Schlamm ein. Schließlich erreichte das erste Tier das Ufer, und bald folgte ihm das zweite. Etwas Langes und Bleiches erhob sich aus dem Wasser und versuchte, das dritte Pferd zu packen.
Chondos' wurfbereiter Arm schnellte vor und warf den Stein.

Juwelenartiges Feuer flog. Der Stein verfehlte den Fangarm, sprang über das Wasser und versank. Doch schon hatte Chondos den zweiten Stein wurfbereit, und diesen schleuderte er nicht auf das leicht zu verfehlende Ziel des Tentakels, sondern auf den undeutlich sichtbaren Körper dahinter.

Eine große Entfernung zwar, aber dafür auch ein leichter zu treffendes Ziel. Ein ohrenbetäubender Schrei ertönte, und das letzte Pferd watete aus dem Wasser. Chondos raste los, um das erschreckte Tier einzufangen und schwang sich auf seinen Rücken, als es weiterraste. Es schlug aus, als Chondos das Bein über seinen Rücken schwang, und einen Augenblick lang klammerte er sich gefährlich an Sattel und Mähne fest. Nur ein Fuß war am Widerrist des Pferdes festgehakt. Doch dann schaffte er es, sich in den Sattel zu schwingen. Er hielt sich mit aller Kraft fest, während die drei Pferde das glitschige Ufer hochrannten.

Er warf einen raschen Blick über seine Schultern, über das schäumende Wasser, wo peitschende Ranken den Fluß schlugen, hin zu den braunen Mauern der alten Burg, wo Pertaps Schwert immer noch lag:

Das Schwert zerteilte des Schattens Nacht:
Seine Zauberkraft trat hervor;
Und durch ihn brannte Hasturs Macht,
Als er zurückritt nach Kudrapor.

Eines Tages würde auch er zurück nach Kudrapor reiten.

Traurig wandte er sich von der alten Legende ab. Die drei Pferde jagten über ansteigendes Land, und Chondos blickte plötzlich in helles Licht. Eine graue Ebene erstreckte sich vor ihm nach Norden, und in der Ferne blendete eine Mauer aus Licht wie Kristall oder Opal seine Augen. Sie schnitt das graue Dach des Schattens ab, und dahinter konnte er einen weiteren Himmel sehen. Das Land dort glühte und deutete auf sonnenbeleuchtete Ebenen hin, die sich Meilen um Meilen in den Norden erstreckten.

Er sah den Yukota an einem trostlosen Wald von Säulen vorbeifließen – den zweiglosen, blätterlosen und borkenlosen Stümpfen längst abgestorbener Bäume. Weit entfernt sah er ein Feuer jenseits des Nebelwalls, das schwach sichtbare Glühen eines Hasturturmes. Agnasta!

Doch er war auf der falschen Seite des Flusses. Der Yukota war tief und turbulent, dort wo er an jenem Turm vorbeifloß. Er mußte eine Stelle finden, wo er den Fluß erneut überqueren konnte.

Plötzlich hielten die Pferde mit zitternden Nüstern an. Er zwang das Tier, auf dem er ritt, weiterzulaufen, und schaffte es auch noch, die Zügel eines der beiden anderen zu packen. Wenn eben möglich, sollte er jetzt die Pferde wechseln, denn dasjenige, das er augenblicklich ritt, spuckte Schaum, und es würde zusammenbrechen, wenn er es noch härter antriebe.

Dann schluchzte plötzlich in dem öden Grau vor ihm eine Stimme herzerweichend. Eine zweite schloß sich ihr an, und dann noch eine dritte. Ein langgezogenes, unheimliches Heulen fiel in den jammernden Chor ein.

Er bemühte sich, die beiden Pferde unter Kontrolle zu bekommen. Er hielt gleichzeitig die Zügel des geführten Pferdes fest im Griff, während das andere ausschlug und zu entkommen versuchte. Hufe preschten davon. Wenn sein Reittier frisch gewesen wäre, wäre er wohl jetzt kaum auf dem Sattel sitzengeblieben, und noch viel weniger hätte er die zuckenden, zerrenden Zügel halten können, während das andere Pferd zu entkommen versuchte. Jetzt hatte er nur noch diese beiden Pferde, denn das dritte, das immer noch herrenlos herumlief, hatte beim ersten Jammern Reißaus genommen.

Jodos fühlte sich, als sei er durch einen Sturm von prickelndem, stechendem Licht gegangen. Im Herzen jenes Sturms glühte ein Haufen von Kristallen, die auf ihn ebenso erblindend wirkten wie DiVegas Schwert. Sie waren in Silber eingefaßt, und auch zwischen ihnen war Silber. Er sah, daß sich die Linien im Zentrum zu Dreiecken und Pentakeln überlagerten, die sich wie blaue Funken und Lichter von flüssigem Feuer zwischen den Edelsteinen wanden. Dennoch sah er durch Nahos' Augen nicht mehr als ein schwaches Glühen und spürte nur eine herzerquickende, schwache Wärme von angeregtem Blut.

»Hier ist es, Lord König«, hörte er Nahos sagen, zuerst in seinem Kopf und dann in seinen Ohren. Jodos wandte seine Augen von dem Wirbel der Edelsteine ab, fand eine brüchige Stelle in der Mauer und deutete mit seinem Finger darauf.

»Schaut hierher«, sagte er mit freundlicher Stimme. »Schaut genau hin! Seht Ihr es? Schaut! Seht Ihr das Zeichen? Schaut auf das Zeichen! Könnt Ihr das Zeichen sehen?«

»Ja.«

»Ihr seht das Zeichen. Ihr seht nur das Zeichen. Könnt Ihr noch etwas außer dem Zeichen sehen?«

»Nur Stein, Lord König.«

»Seht nur den Stein und das Zeichen. Die Zeit existiert nicht. Ihr seht nur den Stein. Die Zeit hat angehalten. Die Zeit schweigt. Dies ist ein kurzer Augenblick, und Ihr schaut auf das Zeichen. Wenn ich Euch befehle, anderswohin zu schauen, werdet Ihr wegschauen, doch Ihr habt nur einen kurzen Augenblick lang auf das Zeichen geschaut, und nichts ist geschehen. Schon bald werdet Ihr all dies vergessen. Jetzt schaut Ihr auf das Zeichen. Ihr seht nur das Zeichen.«

Während er sprach, zog er seinen Dolch und trat nahe an die Edelsteine heran. Kein Mensch war zu sehen, und dort, wo Nahos stand, würde dieser jedem, der zufällig vorbeikäme, die Sicht nehmen. Dann befahl Jodos Nahos knapp, sich hinter ihn zu stellen, damit er die Sicht noch mehr behinderte, und schnitt mit seinem Dolch rasch über einige der silbernen Linien. Funken sprangen auf und ließen seine Hand zucken. Er fing an, die Fassung um den großen glühenden Stein in der Mitte zu lockern. Doch als er das Silber entfernt hatte, so daß der Stein locker war, entfernte er ihn nicht, sondern verfuhr ebenso mit einem der kleineren Steine, der sich an der Spitze eines der Dreiecke befand.

Er spürte, wie das Feuer des Zaubers in seinen Nerven flakkerte. Es dauerte nur einen kurzen Augenblick, die Silberfassung des kleineren Steins zu lösen. Dann fuhr er mit seiner Klinge darunter, und schon fiel der Stein heraus, so leicht, wie wenn man ein Auge aus seiner Höhle drückte. Er spürte ein Knacken, das plötzliche Abnehmen der schwirrenden Kraft.

Er nahm rasch einen Stein aus jedem der Dreiecke, und beim zweiten dieser Steine spürte er schon, wie der Zauber zerbrach. Das Schwirren hörte auf. Die verglühende Flamme beruhigte sich.

Bei der Entfernung des vierten Steines erstarb sie zu einem nur noch andeutungsweise fühlbaren Strahlen. Er verbarg die Steine sorgsam in seinem Ärmel. Er würde sie später irgendwo verschwinden lassen. Dann steckte er noch seinen Dolch weg. Lord Nahos hatte sich nicht ein einziges Mal bewegt, sondern stand wie angewurzelt da, und seine Augen waren auf das Loch in der Mauer gerichtet.

»Keine Zeit ist vergangen«, sagte Jodos nun sanft. »Ihr habt nur eine Sekunde lang auf einen Stein geschaut.« Er veränderte seine Stimme, ließ sie nun laut und fröhlich ertönen: »Und nun schaut auf die Spitze jenes Turmes. Das ist noch *alte* Steinarbeit! Doch kommt, Ich möchte in den Raum schauen, wo die Verhandlungen stattfinden sollen.«

»Ja, Sire«, antwortete Nahos und blinzelte auf den Turm. Er war sich nicht dessen bewußt, daß er eine ganze Weile gestanden und auf das Loch im Stein gestarrt hatte. »Er liegt direkt vor uns.«

Nahos führte ihn durch riesige geöffnete Türen in eine große, schwach erleuchtete Halle. Hinter der Tür und außer Reichweite des Sonnenlichts glühten an den Wänden schwach Hexenjuwelen, und in ihrer Nähe waren Halter, um viele Fackeln und Kerzen zu halten. Der Raum mußte einst reich ausgestattet gewesen sein. Kratzer an den Wänden zeigten, wo Ornamente entfernt worden waren. Die polierten Steine auf dem Boden unterschieden sich von denen an

der Mauer. Wahrscheinlich hatten sie ehemals zu einem anderen Gebäude gehört.
An der anderen Seite des Raumes erhoben sich drei Stufen zu einem Torbogen. Sie waren mit einem einst prächtigen alferidischen Teppich bedeckt, der nun in der Mitte ziemlich abgeschabt und zu einem graustichigen Grün und Blau verblaßt war, auf dem nur schwache Andeutungen der einst leuchtenden Farben zu sehen waren. Die Umrisse schlurfender Füße hatten sich in den Teppich eingegraben, und an vielen Stellen war der darunterliegende Steinboden sichtbar.
Die Türen aus gehämmerter Bronze wirkten im Dämmerlicht braun wie Holz. Lord Nahos ergriff die riesigen Griffe und drehte sie. Die Türflügel öffneten sich, und ein plötzlicher Lichtstrahl ließ verblaßte Bilder auf dem uralten Teppich erkennen.
Als Jodos und Hotar ihre Augen an den unerwarteten Glanz gewöhnt hatten, fanden sie sich in einem Raum, der ein wenig kleiner war als der, den sie soeben verlassen hatten, unter einer kuppelförmig gewölbten Decke. Die Fenster warfen das Licht von der Mauer zu ihrer Linken auf den polierten Boden, Licht, das auf dem dunklen Stein so fest wie Bronze zu sein schien.
Der Sonnenstrahl im Zentrum färbte die Platte einer hölzernen Tafel in der Mitte des Raumes glühend braun, und um diesen herum standen Stühle.
»Ist es nicht ein wahrer Schatz?« sagte Nahos und trat an den Tisch, um auf das Holz zu klopfen. »Er ist uralt, und erst die hölzernen Stühle! Auf den meisten Burgen in Manjipé wurden solche Dinge schon vor langer Zeit verbrannt. Das ist der Vorteil der Lage direkt am Fluß!«
Jodos hörte nicht zu. Er wandte sich von den Fenstern ab – winzige Schlitze, die in spiegelumrandete Nischen eingelassen waren, welche das Sonnenlicht sammelten, so daß die Fenster wesentlich größer wirkten. Statt dessen schaute er nun zu der anderen Mauer. An beiden Enden war eine Tür eingebaut – Türen mit Schlössern. Zwischen ihnen hing ein langer Wand-

teppich. Alte takkarische Krieger starrten ihn aus dem verblaßten Stoff an.
»Wohin führt diese Tür?« fragte er beiläufig und deutete auf die nähergelegene der beiden.
»Zu den Küchen, Sire«, sagte Nahos.
»Und die andere?« Er deutete in den Hintergrund des Raumes.
»Dort ist ein kleiner Vorraum, der im Augenblick ziemlich kahl ist. Wünscht Ihr, ihn zu sehen?« Er kramte in seiner Tasche und zog ein Bündel Schlüssel daraus hervor. »Da sind sie! Sie waren irgendwo in der Küche versteckt – wir fanden sie rein zufällig wieder. Sie lagen in einer Schachtel, die mit Staub bedeckt war, und wahrscheinlich sind wir die ersten seit Generationen, die sie benutzen!«
Als sie das Ende des Raumes erreicht hatten, sah Jodos überrascht, daß die Mauern nicht ganz zusammentrafen, sondern einen Zwischenraum offenließen, der das Ende eines langen Korridors zu sein schien.
»Wohin führt das hier?« fragte er.
»Zum Stall, Sire.« Nahos steckte den Schlüssel ins Schloß, während er sprach. Die Tür öffnete sich. In diesem Raum gab es keine Sonne. Im Licht der Türöffnung war ein kleines Quadrat Boden zu sehen. Jodos leckte sich die Lippen.
»Wollt Ihr, daß dieser Raum wieder eingerichtet wird, Sire?« fragte Nahos. »Wir könnten Möbel hineinstellen, wenn Ihr es wünscht –«
»Schaut mich an!« sagte Jodos. Nahos drehte sich um, und Jodos fing die Augen des Mannes mit seinen eigenen ein.
»Gebt mir den Schlüssel«, sagte er nach einer Weile, und Nahos händigte ihm den Schlüssel aus. Sein Gesicht zeigte ein unbewegliches Starren. »Dreht Euch um und schaut die Mauer an«, sagte Jodos. »Ihr werdet nichts sehen und nichts hören, bis ich Euren Namen rufe. Keine Zeit vergeht.« Er wandte sich Hotar zu. »Hol den Rest der Leute. Sag ihnen, sie sollen ihr Gepäck mitbringen.«
Hotar entfernte sich. Jodos wandte sich wieder dem kleinen

Vorzimmer zu. Es war leer und seit langem unbenutzt, und es erinnerte an einen Raum im alten Rajinagara. Er schätzte seine Länge ab, wobei seine Augen leicht die Dunkelheit durchdrangen. Dies hier war wesentlich besser als alles, was er erhofft hatte! Er lachte und warf den Schlüssel müßig in seiner Handfläche hoch.

Er würde die Spinne auf DiVega setzen, beschloß er. Dann würde er DiVega seinen Truppen befehlen lassen, nach Norden zu marschieren, um Prinz Phillipos zu Hilfe zu kommen. Oder sollte er das zuerst tun? Das würde einfacher sein.

Hotar kam mit den Männern vom Volk des Reinen Blutes zurück.

»Ich werde euch in diesen Raum einsperren«, sagte Jodos. »Morgen, wenn ich die Tür öffne und euch rufe, werdet ihr herauskommen und die Männer im angrenzenden Raum töten. Habt ihr verstanden?« Hotar nickte. »In eurem Gepäck ist Essen und Wasser, und ihr werdet nur einen einzigen Tag dort drin sein.«

Hotar deutete auf Nahos, der gegen die Wand gelehnt stand. »Laßt den da bei uns, dann haben wir reichlich zu essen.«

Jodos dachte kurz darüber nach, kam aber dann zu der Überzeugung, daß Nahos vermißt werden würde, und schüttelte seinen Kopf. Außerdem könnte Nahos brüllen. Er wollte jetzt unbedingt vermeiden, daß noch irgend etwas schiefginge. Vielleicht sollte er die Spinne auf Nahos setzen und den Körper des Dieners den Männern vom Volk des Reinen Blutes zum Essen überlassen. Doch könnte irgendein Seher Nahos, der ja Offizier war, eine Botschaft überbringen wollen . . .

»Nein«, sagte er. »Ihr müßt ruhig sein! Keiner darf merken, daß ihr hier seid. Wenn man euch entdeckt, werdet ihr getötet. Und kommt ja nicht auf die Idee, euch gegenseitig aufzuessen! Nach dem morgigen Tag wird es Essen im Überfluß geben!«

Er wendete sich Nahos zu.

»Nahos! Du hast nichts gesehen und nichts gehört. Wache jetzt nicht auf, sondern geh durch die Tür hinaus und dreh dich um.« Nahos stolperte durch die Tür. Jodos folgte ihm und händigte ihm den Schlüssel aus. »Verschließe die Tür. Du wirst dich daran erinnern, daß du die Tür geschlossen hast, und du wirst dich daran erinnern, daß wir sprachen über –« er suchte im Geist des Mannes – »die Kunst und Geschichte des alten Königreiches.« Das Schloß rastete ein. »Jetzt gib mir den Schlüssel. Du wirst dich daran erinnern, daß du den Schlüssel in deine Tasche gesteckt hast, und wenn du bemerkst, daß er verschwunden ist, wirst du annehmen, du hättest ihn draußen verloren. Wir öffneten die Tür, schauten hinein und verschlossen sie wieder.« Jodos verbarg den Schlüssel in seinem Gewand. »Nichts anderes ist passiert. Du wirst dich daran erinnern, über die Kunst des alten Königreiches gesprochen zu haben. Wache nun auf.«

Jodos schaute sich erst noch im Raum um und dann wieder zu der verschlossenen Tür. Wenn sie erst alle entwaffnet waren, würde es ziemlich einfach sein, einen Vorwand zu finden, um die Tür zu öffnen. Nichts konnte schiefgehen.

Und was, wenn es doch passierte? Was konnte er dann tun? Der Meister würde ihn vernichten, langsam und schmerzhaft. Wenn die Blauroben ihn nicht vorher fingen, und das wäre ebenso schlimm. Er schaute verzweifelt um sich und sah den Korridor, der zu den Stallungen führte.

»Zeigt mir den Weg zu den Ställen!« sagte er, und Nahos führte ihn dorthin.

Ein Fluchtweg, doch wohin könnte er entfliehen? Es *gab* keinen Ausweg. Dann erinnerte er sich an jene riesige Kollision von Geistern, die er in Portona ausgemacht hatte. Dort herrschte weit mehr geistiger Lärm und Verwirrung als in dem Lager dort draußen. Weder die Blauroben noch die Großen würden ihn dort jemals finden!

Irgend etwas trieb ihn – irgend etwas aus dem Teil seines Geistes, der seinem Bruder gehörte – *jetzt* zu fliehen. Einfach alles zurückzulassen und wegzulaufen; fortzurennen und sich in den Städten des Nordens zu verstecken. Aber das war närrisch. Jetzt konnte doch wirklich nichts mehr schiefgehen.

Wenn alles vorüber wäre, würde er ein Heer von Nachtwesen nach Tarencia führen. Er lächelte und leckte sich über seine Lippen. *Sie* würde dort auf ihn warten. Und schon wieder stieg Zweifel in ihm auf. Vielleicht sollte er sie doch entfliehen lassen. Und seinen Laich auch? Ein furchterregender Gedanke.
Nichts konnte jetzt noch schiefgehen. Wenn sich die Tür öffnen würde, wäre das Schicksal der Grenze besiegelt. Und ohne sein flammendes Schwert wäre DiVega hilflos.

Chondos streichelte die erschrockenen Pferde. Das heulende Geräusch wurde lauter. Er ritt weiter, während sich die nervösen Tiere aufbäumten und ausschlugen. Die helle Grenze blendete seine Augen. Er starrte durch dicke graue Luft, die Nebel oder Rauch sehr ähnlich kam. Er konnte nicht weit sehen. Dann schließlich sah er durch den täuschenden Dunstschleier die Wesen, die heulten. Sie stolperten über den Staub, schmutzig und zerlumpt, eine Armee von Toten, deren Haar mit Ruß bedeckt und deren Haut grauweiß war – Männer und Frauen und Teile von Kindern. Kinder, denen ein Arm oder ein Bein fehlte. Beinlose Kinder, die sich einhändig über den Boden schleppten. Einige der Stümpfe waren noch blutig, und zersplitterte Knochen ragten aus blutlosem Fleisch hervor. Andere waren fast geheilt, und Ansätze von winzigen Gliedern waren dort, wo zuvor die Wunden gewesen waren. Was diese Wesen sein mußten, wußte er nur aus Gerüchten. Die Neuverstorbenen, kaum erwachten Vampire, die noch benommen waren vom Schock des Todes und die noch nicht gelernt hatten, ihre neuerworbene Kraft zu gebrauchen.
Er versuchte, die Pferde zu einer langsamen Gangart zu bewegen, um sie ruhig um die erbarmenswerte Horde herum und von ihr weg zu führen, doch das Tier unter ihm brüllte und winselte erschreckt. Er sah sich erhebende Köpfe, deutende Hände, und dann ließ er die Zügel fallen. Das Pferd ging durch, als die Vampire stolpernd heraneilten.
Er spürte, wie der Haltestrick seine Hand zurückzog, als das

Pferd am anderen Ende stolperte. Dann erhob es sich und rannte wieder, doch er sah den Schaum auf seiner Haut und wußte, daß es dieses Tempo nicht lange durchhalten würde. Er fragte sich, ob die Wesen hinter ihm wohl überhaupt müde werden würden.

Er versuchte, auf den Fluß zuzureiten, doch das Tier wurde langsamer und kämpfte gegen das Zaumzeug. Dann hörte er schrille Schreie und erblickte undeutliche Gestalten, die durch den Nebel rannten. Eine Meute Ghule kam vom Fluß herangetrottet.

Bald würden die Pferde müde werden, und die Ghule und Vampire hatten das sicherlich erkannt – und sein Schwert war nur aus Stahl. Jetzt blieb auch keine Zeit, eine Fackel anzuzünden. Wenn es ihm doch nur gelungen wäre, Pertaps Schwert zu erreichen!

Er wendete sein gutes Pferd,
Und über die Grenze er ritt.
Notfeuer knisterte um ihn her,
Das beidseitig das Dunkel zerschnitt.

Schreie und Geheul ließen sein Pferd noch wilder springen. Chondos schaute zurück und sah, daß die Ghule und Vampire sich getroffen hatten und miteinander kämpften. Er dachte an die verstümmelten Kinder, jene kriechenden Kinder ohne Gliedmaßen, die nicht sterben konnten. Kobolde mit Peitschen erschienen, und Peitschenhiebe schlugen auf Ghule und Vampire gleichermaßen nieder und trieben die beiden Gruppen auseinander.

Plötzlich spürte er, wie der Sattel sich hob, und ihm wurde übel. Die Welt drehte sich um ihn, während sich sein Pferd aufbäumte und wankte. Er spürte, wie ihm das Leder vom Zügel des anderen Pferdes aus der Hand gerissen wurde.

Eine Fontäne von Nebel schäumte vor ihm auf. Rote Kohlen glühten in seinem Kopf. Chondos sah, wie sich ein weißes Gesicht bildete. Die Gestalt schwang mit der sich drehenden

Welt weg, als das verängstigte Pferd herumwirbelte und davonlief, doch Chondos schaute zurück und sah die roten Augen einer Gestalt, die regungslos war wie Stein und ihn beobachtete.

Die Helligkeit der Grenze lag jetzt hinter ihm, und beide Pferde jagten in den Schatten zurück. Er rang mit den Zügeln, riß den Kiefer des Pferdes herum und versuchte, es zurück zum weißgestreiften Horizont zu bewegen.

»Komm schon, alter Junge!« brummte er und versuchte, das Pferd zu beruhigen, indem er seiner Stimme einen sanften und leichten Ton zu geben versuchte. »Sei ein gutes Pferd, laß uns den richtigen Weg einschlagen!« Doch das Pferd kämpfte gegen das Zaumzeug, ruckte mit seinem Kiefer und verdrehte Chondos ohnehin schon gezerrte Schulter aufs Neue, als er mit beiden Armen gegen die Kraft des Tieres ankämpfte.

Verzweiflung und Furcht hinderten ihn. Ein Pferd konnte ungeschickten, jungen Vampiren davonlaufen, die durch die Staubwüste stolperten, doch ältere Vampire, die sich ihrer Macht sicher waren, waren eine andere Sache. Und es war nicht nur der Tod, dem er gegenüberstand, sondern außerdem auch ein jahrhundertelanges, endloses Versklavtsein an die Dunkelheit und den Durst.

Ein Mann kann immer sterben, pflegte man an der Grenze zu sagen.

Ein Mann, ja, dachte er. Aber wie war das mit einem König? Was war mit einer Nation oder einem Volk? Er könnte zwar sich selbst durch den Tod retten, aber nicht sein Königreich; nicht die Grenzländer und ihre Frauen und Kinder, und ebensowenig die schwächeren Menschen, die hinter ihnen Schutz suchten.

Die Pferde kämpften nun nicht mehr gegen das Zaumzeug, sondern wirbelten mit einem wilden Wiehern herum und jagten zurück auf das bleiche Band der Grenze zu.

»Gut so! Gutes Pferd!« Er klopfte dem Tier auf die Schulter, doch es war immer noch in Panik und jagte wild weiter,

wenn auch jetzt in die richtige Richtung. »Ruhig! Was ist los mit dir?«
Etwas kratzte an der Schale, die um seinen Geist lag. Er kramte in seinem Ärmel nach einem weiteren glühenden Stein und murmelte die Worte von Hasturs Zauber. Das Pferd schüttelte sich und bäumte sich auf. Chondos spürte, wie etwas Kaltes gegen seinen Rücken drückte.
Er wandte sich um und schaute in den Nebel. Rote Augen starrten ihn an. Ein Schrei erstickte in seiner Kehle. Der Nebel verdeckte den Schweif des Pferdes und verdickte sich zu schneeweißem Fleisch und eisigen Zähnen. Ein schattenartiger Arm legte sich um ihn, bereit, ihn zu umschlingen und ihn zu den weißen Nadeln zu ziehen, die sich im Maul des Wesens bildeten.
Seine Hand schloß sich um den Stein. Sein Arm fuhr aus dem Ärmel hervor, und die beladene Hand versank in Schlamm.
Der Stein glühte in seiner Hand. Fleisch erglühte in rubinrotem Licht. Elfenbeinerne Spitzen schlugen kurz vor seinem Gesicht zusammen. Die roten Augen wurden stumpf. Plötzlich wurde der Stein heiß und brannte in seiner Hand. Chondos schleuderte ihn von sich und spürte, wie getrocknetes Fleisch gegen seine Finger flockte.
Das Pferd bäumte sich auf. Chondos packte seine Mähne und konnte sich nur mit Mühe im Sattel halten. Ein toter Arm streifte seine Schulter. Der Leichnam auf der Kruppe seines Pferdes schlug mit dem Kopf zuerst auf dem Boden auf. Spröde Knochen zerbrachen. Der Stein leuchtete triumphierend in einem Haufen von Knochen und Staub.

»Horch!« sagte Paidros.
Martos erstarrte und schaute in die sternenlose Wüste im Süden. War dieses schwache Heulen dem Wind zuzuschreiben? Doch dann hörte er dahinter ein anderes Geräusch: schwaches Klingeln und Klirren, sowie das Quietschen von Leder.
»Dort«, sagte Suktio und deutete nach Norden. Durch die graue Unbestimmtheit des Staubes hindurch waren die Gestalten von Männern auf Pferderücken schwach im Zwielicht zu erkennen. »Seynyorer, denke ich.«
Der regenbogenfarbene Sonnenuntergang war schon längst von der Spitze des schwarzen Westens verschwunden. Die Pferde grasten das frischgewachsene Gras auf den kleinen Inseln unvergifteter Erde ab, die sie inmitten des Staubes fanden. Der wilde Südwind wehte ihre winzigen Feuer zu hohen Flammen auf. Martos machte sich Sorgen. Die Flammen konnten ihr restliches Brennmaterial in Brand setzen, das hoch aufgetürmt neben den Feuern lag für den Fall, daß die Grenze aufbräche.
Er sah jetzt magere, langbeinige Pferde näherkommen und winzige Schimmer von Mondlicht auf Kettenpanzern. Er stieg auf sein Pferd und ritt ihnen mit Suktio zusammen entgegen.
»Was?« rief der seynyorische Kommandant aus. »Ihr habt keine Seher? Ihr seid tapfere Männer!« Er schüttelte seinen Kopf. »Ein gefährliches Geschäft. Nun, das wird sich wohl übermorgen ändern, habe ich recht, D'Almida?«
»Wahrscheinlich«, sagte sein Seher mit einem Nicken. »Morgen wird Lord Jagat nach Kajpor losreiten und um die Mittagszeit König Chondos treffen. Und wenn der Friede erst einmal geschlossen ist, werden alle verfügbaren Seher an der Grenze patrouillieren. Das sind zwar immer noch nicht genug, doch wir hoffen, wir können nach Seynyor schicken lassen, um mehr anzufordern.«

»Habt Ihr den ganzen Tag über an der Grenze nichts bemerkt?« fragte der Kommandant.
»Nichts«, sagte Suktio. Martos schüttelte den Kopf.
»DiFlaccas Kompanie patrouilliert in der Nähe von Vajrakota«, sagte der Seher. »Sie berichteten über ein paar Ghule und Trolle, die letzte Nacht auf der anderen Seite der Grenze aufgetaucht seien, aber keiner von ihnen kam über die Grenze.«
»Was mögen sie dort nur essen?« fragte der Kommandant.
»Sich gegenseitig, hoffe ich!« entgegnete Suktio.

Schließlich verlangsamte Chondos' erschrockenes Pferd wieder seinen Gang, so daß er es zum Anhalten bringen konnte. Er glitt vom Rücken des Tieres, zog den Wassersack vom Sattel und entleerte ihn in die Kehle des armen Geschöpfes. Es war zwar nicht annähernd genug, doch es war alles, was er hatte, und er hatte jetzt auch nur noch dieses eine, erschöpfte Pferd. Er hatte gesehen, daß das andere, bedeckt mit blutigem Schaum, in den Schatten zurückgestolpert war.
Er führte das Tier langsam auf das glühende Band zu, das die Grenze markierte, direkt auf den schwachen Schein von Agnasta zu. Er versuchte, die Entfernung zwischen sich selbst und dem dunstigen Glühen abzuschätzen, doch die Unbestimmtheit verwirrte seine Augen. Es konnte nicht weiter sein als noch einen Tagesritt, überlegte er, und vielleicht war es sogar weniger.
Er war nun so gewöhnt an das Heulen der verstümmelten Toten, daß er ihm nicht mehr Beachtung schenkte, als ein Waldbewohner den Geräuschen der Vögel und Insekten zu schenken pflegte, bis sein Pferd so plötzlich anhielt und seinen Kopf hochwarf, daß er das Gefühl hatte, seinen Füßen würde der Boden entzogen. Der heulende Chor wurde lauter und wilder. Mit dem Stöhnen vermischte sich nun das tiefe Röhren von Trollen und unheimliches Heulen und Quieken. Und der Himmel über ihm war plötzlich mit schwarzen Streifen überdeckt.

Er zog den Kopf des Tieres herab und kroch auf seinen Rükken. Es war jetzt kühler, doch das Pferd würde nicht mehr weit laufen können. Es schlug wild vor Angst aus, und er kämpfte, um es im Galopp zu halten, obwohl er gleichzeitig gegen sein eigenes wild rasendes Herz ankämpfen mußte. Das Pferd kämpfte mit seinem Maul gegen das Zaumzeug und versuchte, vom Fluß wegzukommen. Er schloß daraus, daß sich dort Dunkle Wesen aufhalten müßten. Der größte Teil des Heulens kam aus dieser Richtung.
Etwas Riesiges und Dunkles rannte im abnehmenden Tageslicht auf ihn zu. Seine Finger schlossen sich um den Schwertgriff. Dann wieherte sein Pferd einen Willkommensgruß, und Chondos erkannte, daß es ein anderes Pferd war. Die Nacht legte ihre Schleier um ihn. Er ließ die Zügel locker und überließ seinem Pferd die Führung, wobei er nur dann und wann eingriff, um zu gewährleisten, daß es nach Norden lief, auf das schmale nachtblaue Band zu, das lebendig wie eine Flamme in der dumpfen schwarzen Blindheit des Schattens glühte und die Grenze markierte.
Schon bald liefen die beiden Pferde, die in der gespenstischen Nacht beieinander Schutz suchten, in einem leichten Trab nebeneinander her. Ein Tritt gegen den Bauch seines Pferdes ließ dieses so weit vorlaufen, daß er das Zaumzeug des anderen ergreifen konnte. Das Pferd war sowohl gezäumt als auch gesattelt, und er dachte sich, daß es wohl dasjenige sein müsse, das vorher vor dem Heulen der Toten geflohen war, doch es war zu dunkel, als daß er dies mit Sicherheit hätte sagen können. Er redete den beiden Tieren beruhigend zu und brachte sie dazu, im Schritt zu gehen. Sie waren jetzt beide erhitzt und naßgeschwitzt, doch das Heulen erstarb hinter ihnen, und die Tiere beruhigten sich allmählich. Er konnte vom Sattel gleiten und beide Pferde führen, während er fieberhaft nachdachte. Sie brauchten Wasser und Ruhe, doch heute nacht würde kein Ring von glühendem Stein sie mit schützendem Notfeuer umgeben. Wie konnten sie im offenen Gelände rasten, ohne den Schutz eines zerbrochenen Turmes?

Chondos war selbst auch todmüde. Es war unwahrscheinlich, daß er es heute nacht wagen könnte zu schlafen, doch er mußte zumindest die Pferde ausruhen lassen – Nahrung und Wasser für sie finden, und einen sicheren Ort zum Essen und Trinken.

»Eine wichtige Nachricht, Lord König!« Istvan eilte in den Raum des Königs, und der bleiche, unbeholfene Diener hastete davon. »Der Herzog von Ipazema ist auf der Flucht. Seine Soldaten laufen zu Tausenden über. Prinz Phillipos hat den Norden unter Kontrolle!«

Er sah einen merkwürdigen, ertappten Blick auf dem Gesicht des Königs; dann wandte sich der Junge ab und starrte aus dem Fenster in die sternenklare Nacht. *Seltsam!* Istvan schaute auf den Rücken des Königs. Der Junge verhielt sich ja fast so, als hätte er bei diesem Ergebnis eine Wette verloren, und nicht, als hätte er sein Königreich und wahrscheinlich sogar die eigene Haut gerettet. *Ist Chondos verrückt geworden? Oder...* Istvans Geist tastete.

»Nun, alter Mann«, sagte der König und brach in seine Gedanken ein, »jetzt ist alles vorüber, nicht wahr? Ihr und König Phillipos, ihr beide habt es geschafft! Ipazema läuft um sein Leben. Der alte Hansio ist endlich tot. Und Jagat ist mit der Grenzpatrouille beschäftigt! Ihr habt mehr geschafft als die meisten Menschen während eines ganzen Lebens! Ein sterbendes Feuer brennt am heißesten, sagt man. Jetzt, nachdem das Königreich seinen Frieden gefunden hat, werdet Ihr vielleicht auch Zeit zum Ausruhen finden.«

Irgend etwas am Lob des Königs ließ den letzten Rest von Istvans Hochgefühl verschwinden. Die Arbeit war getan. Jetzt würde er auf die Weide geschickt werden wie ein altes Kriegspferd.

»Prinz Phillipos verdient das Lob, Lord...« Er ließ seine Stimme nachschleppen. Was machte das schon aus? In dem bißchen Leben, das ihm noch bliebe, was würde da Ruhm für ihn schon bedeuten?

»Ihr solltet besser etwas schlafen«, sagte der König. »Morgen – morgen folgt die Krönung all Eurer Bemühungen, das Ende all Eurer Arbeit. Der letzte Widerstand wird weichen, und ich werde wahrlich herrschen.« Er wandte sich Istvan mit einem seltsam gaunerhaften Lächeln zu. »Ich habe mir bereits überlegt, wie ich Euch belohnen werde.«

»Oh, Ihr braucht Euch keine Mühe zu machen, Lord König«, protestierte Istvan verlegen. »Das ist eine Familienangelegenheit! Ich – ich brauche keine Belohnung, wenn ich meinen Verwandten helfe! Prinz Phillipos verdient dies viel mehr als ich!«

»Es wird mir eine Freude sein, den Prinzen ebenfalls zu belohnen, wenn ich ihn das nächste Mal treffe!« Der König lächelte. »Doch kommt, Vetter, es wird spät. Die Nacht bricht an, und es wird dunkel! Wird es nicht Zeit, daß Ihr Euch ausruht?«

Die Pferde warfen ihre Köpfe hoch, zogen an Chondos' Armen und tänzelten erregt. Er verfluchte sie. Dann hörte er durch das Geheul der Nacht in der Ferne Wasser gurgeln.

Er schwang sich auf den Rücken des ausgeruhteren Pferdes und ließ den Tieren freien Lauf. Auch er selbst verspürte brennenden Durst. Wenige Augenblicke später tranken beide Pferde aus einem winzigen Bach, der auf den Yukota zuströmte. Er selbst stellte sich stromaufwärts von den Tieren ans Wasser und trank ebenfalls, und die ersten Schlucke waren kühl und süß. Doch dann ließ ein plötzlicher fauliger Geschmack ihn würgen, und er hörte auf zu trinken.

In der Nähe des Baches wuchsen riesige Büsche von Pilzgewächsen, und nach einer Weile zog er die Pferde vom Wasser weg und warf ihre Zügel über einen starken Ast. Er hörte, wie sie in der Dunkelheit kauten, und spürte, wie ihre Körper unter seinen Händen kühler wurden.

Ruhe und Nahrung. Doch früher oder später würde irgendein umherschleichendes Nachtwesen ihre Spur wittern. Ohne Feuer konnte ihn nur die Ausdauer und die Geschwindigkeit

der Pferde retten. Er könnte ein Feuer entzünden, doch das würde meilenweit in der Dunkelheit zu sehen sein und die Nachtwesen wie Motten anziehen.
Er wünschte sich, er könnte es wagen, den Pferden die Sättel abzunehmen, denn ihre Rücken mußten schon arg wundgerieben sein. Doch er mußte jederzeit in der Lage sein, aufzusitzen und loszujagen. Zumindest war hier Nahrung, und zwar nicht nur jener Pilz, sondern außerdem auch die Blätter der Büsche. Doch nicht alle dunklen Formen um ihn waren Büsche, wie er nun erkannte, als er gegen kaltes Gestein stolperte. Hoffnung glühte auf.
Er suchte, bis er zwei schildförmige Platten fand, die neben einem riesigen Gesteinsbrocken aufragten, und in der Höhlung dazwischen sammelte er Zweige und dünne, tote Äste. Dann rollte er einen vierten Stein an die offene Stelle, um sein Feuer nach allen vier Seiten hin zu verbergen.
Das Feuer, das er entzündete, war klein, doch er häufte ungeheure Mengen Reisig daneben auf, das er jederzeit in die Flammen werfen könnte, falls die Dunklen Wesen kämen. Dann endlich wagte er es, den Pferden die Sättel abzunehmen und sie an einen Busch zu binden, der nahe am Feuer stand. Zu guter Letzt setzte er sich nieder und wärmte seinen Rükken am Feuer, wobei das Schwert über seinen Knien lag. Er starrte in die unheimliche Nacht hinaus und versuchte, den nächsten Tag seiner Reise zu planen. Seine Augenlider waren schwer, doch er wußte, daß er zu nervös war, um schlafen zu können.

Weit im Norden glitt der drachenköpfige Uoght, eine Säule dunklen Rauchs, auf die Grenze zu. Vor sich her rollte er eine Welle kalter Magie, die schimmernde Notfeuer erstickte. Mit einem Dutzend seiner Verwandten wurde Miron Hastur zurückgeschleudert und unter Donner aus dem Weg der Dunklen Wesen geworfen.
Nur selten waren die Kinder Hasturs der nackten Gewalt von Uoght selbst ausgesetzt. Meist blieb der Regent der Dunklen

Lords im Hintergrund verborgen und trieb Horden von Sklaven vor sich her in die Schlacht. Doch unter allen Mächten der Dunkelheit waren nur Sabuath und die Acht Dunklen Lords mächtiger. Selbst die großen Dyolen krochen zitternd vor Uoght. Jetzt sammelten sie sich hinter ihm, ungeheure Mächte, die sich kaum durch die Risse im Gebäude des Raumes zu zwängen vermochten.
Mirons Verwandten ließen weite Löcher in der Linie der Türme, während sie eilten, um die Bedrohung aufzuhalten. Hinter ihnen wurden die westlichen Provinzen von Kadar mit Streifen von Staub durchpflügt. Verstreute Banden von Nachtwesen spukten in den einsamen Höfen und Farmländereien. Kompanien von seynyorischen Söldnern marschierten über den Kontinent, um das Rückgrat der Armee zu stärken, die König Manuel, der Friedensstifter, widerwillig an die Grenze geworfen hatte.
Doch merkwürdigerweise fand Miron Hastur auf all dem gequälten Land unter dem verschmolzenen Hasturgeist nur ein paar verstreute Banden von irdischen Nachtgängern, die sich gewöhnlich zum Durchbrechen der Grenze zu sammeln pflegten.

Martos übernahm die Wache unter den hell leuchtenden Sternen, doch er beobachtete die dunkle Hälfte des Himmels. Dort war innerhalb der Meile, die jenseits der Grenze sichtbar war, nicht das Geringste zu sehen. Doch um Mitternacht bewegte sich irgend etwas zwischen Schatten und Lager. Sein Mund öffnete sich, um zu brüllen. Sein Schwert sprang aus der Scheide, eine Fontäne von Sternenlicht, doch ein Funkeln des Mondlichts auf Ketten hielt den Schrei in seiner Kehle zurück.
Winzige Männer auf langbeinigen gespenstischen Pferden ritten von rechts nach links am Rande des Schattens entlang und spähten in die Dunkelheit. Martos hoffte, daß sie weiter sehen könnten als er. Er zitterte, als ein eisiger, faulig riechender Wind aus dem Schatten sein Gesicht kühlte. Ein Fußschritt

hinter ihm ließ ihn herumfahren. Ein Glanz von Sternen und schnellen Monden verwirrte seine Augen einen Moment lang, bevor er Suktio erkannte. Sogar der Staub glänzte im Mondlicht. Er deutete auf die entfernten Reiter.
»Seynyorer«, sagte er. *Vor kurzem*, dachte er, *waren sie noch Feinde.*
Suktio nickte. »Ich habe sie schon vorher gesehen.« Er schwieg und starrte auf den Boden. »Die Frauen in Inagar sagen, daß du ein Verwandter unseres Lords werden wirst.«
Martos schluckte und mußte gegen das Stottern ankämpfen, bevor er antworten konnte.
»Ja.«
»Es ist gut«, sagte Suktio sehr sanft. »Sie ist –« er zögerte lächelnd – »sehr schön. Du wirst – wirst gut für sie sorgen?«
Martos spürte, daß Suktio dies nicht als Frage gemeint hatte. In Kadar war alles viel förmlicher. Frauen hatten niemals Liebhaber, bevor sie heirateten, und Liebhaber und Ehemann waren beide an genaue Etiketten gebunden. Doch das war hier an der Grenze anders. Martos ließ sich Zeit, um seine Stimme zu beherrschen und nach Worten zu suchen.
»Könnte irgendein Mann sie anders behandeln? Könntest du es?«
»Ich würde sie hüten wie das seltenste Juwel der ganzen Welt!« sagte Suktio. »Denn das ist sie!«
Martos lächelte und nickte, doch er traute sich nicht zu antworten. Er war zutiefst gerührt, und seine Zunge war gelähmt. Grenzlandfrauen wurden leicht zu Witwen. Zumindest wußte er jetzt, daß für sie und ihr Kind gut gesorgt werden würde.
Er starrte hinter sich in das Ödland im Süden mit seinem schwarzen Himmel und verstand plötzlich, weshalb die Grenzländer einen menschlichen Feind zu begrüßen pflegten. Krieg an der Grenze war ein einziger grimmiger, gesichtsloser Schrecken, bei dem es auch nicht die geringste Andeutung von menschlichem Mitleid oder menschlicher Ehre gab. Und zu einem solchen Krieg war er für den Rest seines Lebens

verurteilt, während Istvan der Bogenschütze im Ruhm seines Triumphs zurückreiten konnte.
Die Reiter an der Grenze wurden zu Punkten und verschwanden. Er und Suktio weckten die nächste Wache und suchten ihre Decken. Doch Martos lag noch lange wach und dachte nach, während er auf die weißen Sterne und die perligen Monde starrte, die über ihm am Himmel vorüberzogen.

Istvan DiVega wachte in der Dunkelheit auf. Er blinzelte und suchte nach Sternen. Einen Augenblick lang konnte er nicht verstehen, warum über ihm ein Dach war und die ruhige Luft eines Raumes statt eisigen Windes und der silbernen Funken von Sternen.

»Vater!« rief Chondos aus. Der alte König lächelte seinem Sohn zu und sprach, doch wiehernde Pferde übertönten seine Stimme. Chondos versuchte, sich zu drehen, um nach der Quelle des Lärms Ausschau zu halten, doch seine Muskeln waren blockiert, und er konnte sich nicht bewegen. Das Gesicht seines Vaters verschwand. Kaltäugige Gestalten drängten durch die Dunkelheit.
Seine Augen öffneten sich. Der Stein drückte kalt gegen seinen Rücken. Pferde wieherten wild in der Dunkelheit, und er konnte die Büsche ächzen hören, an denen sie angebunden waren, als ob die Tiere versuchen würden, sich davon loszureißen. Er stand torkelnd auf und wäre dabei fast wieder hingefallen. Der Schlaf hatte ihn nach den vielen Stunden im Sattel steif gemacht. Seine verrenkte Schulter und seine verstauchten Handgelenke schmerzten, als er nach seinem Schwertknauf griff. Seine andere Hand schloß sich um eine Fackel.
Vom Feuer waren nur noch schwach glühende Reste übrig. Er blies hinein, warf Reisig und Blätter auf die Glut. Sein Kopf schwirrte, als er immer wieder Luft aus den Lungen stieß, um das Reisig anzufachen, und die Glut leuchtete immer heller

auf. Er spürte, daß Augen ihm von hinten in den Nacken starrten, und seine Haut wurde kühl vom Schweiß.
Die Zweige loderten auf. Er stieß das Ende der Fackel in die Flammen und hörte hinter sich die Pferde treten, stampfen und wiehern. Er wirbelte herum und peitschte die entzündete Fackel zu einer hellen Flamme auf, und eine schwach sichtbare Gestalt sprang aus dem Lichtschein. Die Pferde bäumten sich auf und zerrten wild an ihrem Zaumzeug, wobei sie die wenigen Blätter von den ohnehin fast blätterlosen Büschen schüttelten. Er hatte den armen Tieren die Sättel abgenommen, um ihre wundgescheuerten Rücken zu entlasten. Jetzt mußte er den in Panik versetzten Tieren die Sättel wieder auflegen, während das Ding, das er gesehen hatte, außerhalb des Fackellichts herumschlich. Ein einziger Tritt konnte sie alle auf Gnade oder Ungnade den Nachtwesen ausliefern.
Er zögerte bei dem aufgehäuften Reisig und steckte es unter schlimmsten Befürchtungen mit der Fackel an. Die Flamme würde man meilenweit sehen können – doch sie waren ja ohnehin schon gefunden worden, und das Wiehern der Pferde würde schon bald weitere Jäger anziehen.
Grünes Holz knisterte in einem goldenen Lichtschein, der die Pferde noch wilder machte. Zweige knackten, während die Tiere am Busch zogen. Er sah eine dunkle Gestalt aus dem Licht hasten, doch war sie in der Dunkelheit verschwunden, bevor er sehen konnte, was es war. Während er zu den Pferden taumelte, murmelte Chondos etwas Beruhigendes, zog dann sein Schwert aus der Scheide und stieß die Fackeln in den Boden. Er wich summend Tritten aus. Er hatte keine Zeit für Schmerzen, und seine vorherige Steifheit ging in Angst und Eile unter.
Die Berührung seiner Hand und der Ton seiner Stimme begannen trotz der großen Angst Wirkung bei den Tieren zu zeigen. Allmählich beruhigten sich die Pferde. Zweimal warnte ihn das plötzliche Wiederaufflackern ihrer Panik, und wenn er sich dann umdrehte, sah er jedesmal eine menschenähnliche Gestalt, die am Rande des Feuerscheins lauerte.

Dann ergriff er die Fackel und trat ihr entgegen. Aber jedesmal verschwand die Gestalt daraufhin wieder in die Dunkelheit. Doch Augen warfen das Fackellicht zurück.
Schließlich hatte er es geschafft, dem frischeren der beiden Pferde den Sattel wieder aufzulegen, obgleich das Befestigen der Sattelgurte eine Feuerprobe war. Das Tier hätte fast alles wieder abgeworfen, als es Chondos' Fuß in seinen Rippen spürte. Seine schmerzende Schulter war lange, bevor er die Sattelgurte fest genug gezerrt hatte, noch wunder als vorher schon. Es gelang ihm kaum, dem Pferd den Sattel auf den Rücken zu legen, bevor es losraste.
Die Stimmen der Nacht wurden lauter und rückten näher. Er fürchtete, daß seine Zeit nun abgelaufen sei. Das Feuer brannte gefährlich niedrig, und sein Licht wurde von Funkenpaaren in der Dunkelheit zurückgeworfen. Er mußte innehalten, einen Augenblick lang atmen und seinen Rücken gegen den riesigen Stein lehnen. Die Pferde fingen erneut an zu wiehern und auszuschlagen.
Klauen kratzten an dem Felsen hinter ihm. Er sprang auf und drehte sich um. Ein Kopf erhob sich ins Licht der Flammen. Blattförmige Augen, die so groß waren wie eine Hand, glühten neben einem langen schwarzen Maul. Ein verkrümmter Körper kroch auf den Fels. Das Maul gähnte, und Feuerlicht ließ auf gelben Fangzähnen goldene Funken erglühen. Lange Beine katapultierten es zu seiner Kehle.
Chondos DiVega trat ihm entgegen, und sein Schwert jagte zu einem gewaltigen Hieb hoch. Fauliges Blut spritzte über seine Robe, während sich Hände mit Klauen über seiner Schulter vergeblich in der Luft zusammenkrallten. Hinter sich hörte er schrille Stimmen und das Laufen von Füßen. Er wandte sich um, wobei sein Körper ebenso wie sein Geist sich an Istvan DiVega erinnerte, wie er in der Morgendämmerung im Garten getanzt hatte.
Zerlumpte, ausgemergelte, rotäugige Männer rannten auf ihn zu, und ihr trockenes Fleisch dürstete nach Blut. Hinter ihnen her kamen graue Ghule von gummiartiger Konsistenz, von

denen einer noch an einem sich windenden, kreischenden kleinen Ungeheuer nagte, das zappelte und zurückbiß.
Chondos sprang zum Feuer. Heißes Holz versengte seine Hand, als er das noch nicht verbrannte Ende eines langen Zweiges ergriff und es über den rotglühenden Haufen peitschte. Helle Kohle schlug in die Gesichter der Wesen, und einige dieser Stücke flammten im Fluge wieder auf. Die Vampire kreischten, als ihre zerlumpten Kleider in Flammen aufgingen und ihr trockenes Fleisch Feuer fing.
Die langen Arme eines heranspringenden Ghuls streckten sich nach ihm aus. Der gebogene Stahl seufzte, flackerte in gelblichem Licht und schnitt durch Fleisch und Knochen. Der Ghul heulte, stolperte und lag dann regungslos am Boden.
Mit einem zischenden Geräusch loderte ein ganzer Busch auf und jagte einen Funkenschauer in die Nacht. Ein paar Vampire brannten und brachen zusammen, und wieder gab es neue Leichen. Andere hingegen rannten heulend umher, sprühten Flammen und setzten weitere ihrer Kumpanen in Brand. Einige stolperten in Sträucher, und trockene Blätter explodierten zu unheimlichen, brennenden Blüten.
Plötzlich war die Dunkelheit von einem trüben Glühen erleuchtet. Brennende Vampire rannten schreiend durch die lodernden Büsche, Funkenfontänen schossen auf, und der kalte Wind von den Bergen erfaßte die Flammen und jagte Funken von Busch zu Busch. Chondos starrte mit erhobenem Schwert in eine Landschaft von Feuer. Die rauchige Luft trocknete ihm die Kehle aus.
Er drehte sich, um zu den wiehernden Pferden zurückzulaufen. Er würde den Sattel zurücklassen müssen. Rauch und Schlacken stachen in seine Augen und in seine Haut. Er sah, daß die Pferde ausschlugen und von den Büschen wegdrängten, ihre Köpfe wild hochwarfen und versuchten, ihr Zaumzeug loszuwerden.
Der Rauch verflog, und er sah eine dunkle Gestalt, die von einem der Pferde zurücksprang. Er rannte. Die Gestalt erhob sich mit glühenden roten Augen. Chondos sah mit Schrecken,

daß das lederige Fleisch von einem Arm abgenagt worden war, und daß ein weißer Knochen daraus hervorstak. Als er sich zu der Gestalt umwandte, bemerkte er, daß sie ihm auf schreckliche Weise bekannt vorkam, obgleich auch auf ihrem Gesicht Knochen durch das Fleisch hindurch sichtbar waren, ebenso zerlumpt wie die Reste von Kleidungsstücken, die immer noch um das knochige Gerippe flatterten. Doch dies war ein Gesicht, das ihm irgendwo schon einmal begegnet war.

Der Tote taumelte auf ihn zu. Seine dürren Arme segelten, seine Lippen waren von den langen scharfen Zähnen zurückgezogen und seine fleischlosen Finger klammerten sich um die eine Hand, die er verloren hatte.

Krank vor Schrecken sprang Chondos zurück, und sein Schwert schwang um die Achse seines Handgelenks. Er versuchte, das zerklüftete Gesicht zu treffen, doch seine Klinge schnitt darunter durch den Körper. Es fühlte sich an wie verfaultes Holz. Einen Augenblick lang war kein Blut zu sehen. Dann jedoch schoß eine winzige rubinrote Fontäne aus dem Nacken auf, und der Kopf rollte zu seinen Füßen. In wildem Schreck bückte er sich, packte das feuchtkalte Haar und schleuderte den Schädel in das Feuer hinter sich.

Unter Knallen und Krachen gaben die Wurzeln des Busches nach. Er sah die Pferde durch das Inferno rennen. Den Busch, an dem sie festgebunden waren, hatten sie entwurzelt und schleiften ihn nun zwischen sich her. Er rannte ihnen nach, um sie einzufangen, wobei jeder scharfe Atemzug wegen des Brandgeruchs und des stechenden Rauches in seinen Lungen brannte. Stampfende, pelzbedeckte Muskeln tauchten zitternd vor ihm auf. Er zog sein Schwert und sprang los, um die fliegende Mähne des Tieres zu packen. Seine Finger blieben in Pferdehaar stecken, das ihm in die Hände schnitt. Er kämpfte, um nicht zu stürzen. Er lief weiter und steigerte allmählich seine Geschwindigkeit, um auf den Rücken des Tieres springen zu können.

Er preßte seine Knie gegen den Rumpf des Pferdes, das seinen Sattel abgeworfen hatte. Es hob ihn hoch und nahm ihm den

Atem, indem es sich zwischen seinen Beinen drehte und ausschlug. Es gelang ihm, einen Arm um den Nacken des Tieres zu schlingen, und dann versenkte er sein Gesicht in seine Mähne und klammerte sich mit seinen Beinen immer wieder fest, wenn er den Halt verlor. Irgendwie gelang es ihm, oben zu bleiben. Die Hitze der Flammen versengte das Haar auf seinem Hinterkopf, und als er seine Augen öffnete, blickte er in wild prasselndes Feuer. Der von den Pferden mitgeschleifte Busch ging neben ihm in Flammen auf, und das Pferd unter ihm verfiel in ein unstetes, eher panisches Rennen.

Kalte Luft schlug ihm ins Gesicht. Er richtete sich auf und versuchte, sich rittlings auf dem auf und ab peitschenden Pferderücken zu halten. Vor ihnen lag über einem roterleuchteten Ödland schwarzer Himmel. Ein gigantischer Feuerball erhob sich neben ihm, versengte seinen linken Oberschenkel und hinterließ eine Flammenspur.

Jenseits davon war die Seite des anderen Pferdes in bernsteinfarbenes Licht getaucht, und die Augen des Tieres glühten wie heißes Eisen. Hinter sich sah er eine pulsierende rote Feuerwolke und Rauch. Funken tanzten wie helle Insekten, die im Wind schwärmten, und überall jagten Gestalten durch die Nacht.

Ein Ghul stürzte sich auf eine schreiende Fackel, die in der Nähe vorbeirannte, und riß einen Arm von ihr ab, der noch kein Feuer gefangen hatte. Er löschte den schmorenden Schulterstumpf in einem Haufen toten Staubes und fing an zu essen. Er zerknackte den Knochen zwischen seinen massiven Kiefern, während der brennende Vampir weiterrannte.

Chondos starrte erschreckt auf die Szene, wandte dann sein Gesicht ab und suchte verzweifelt nach dem hellen Horizont, um durch die Flammen und die Dunkelheit des Schattens das Licht der Grenze zu finden. In welche Richtung mochten die Pferde rennen? Er hatte die Orientierung verloren. Er war gefangen durch die Blindheit der Pferde, die sich in ihrer Angst vom Feuer antreiben ließen, das sie selbst hinter sich herzogen.

Er hielt die Mähne mit einer Hand fest und zog mit der anderen sein Schwert. Er mußte den größten Teil der Flammen abschlagen, sonst würde das verbrannte Pferd rennen, bis es unter ihm stürbe. Schon jetzt durchnäßte der Dampf, der vom Nacken des Tieres aufstieg, seine Brust. Er preßte Knie und Oberschenkel fest gegen die sich hebenden Rippen und drehte sich, wobei das Gewicht seines Schwertes über seinem Kopf hing und ihn fast in die brennenden Zweige trieb. Feuer und Dunkelheit pulsierten in seinen Augen. Er versuchte, die Zügel und den Zweig zu finden, an dem diese befestigt waren. Farbige Lichter verwirrten ihn.
Er lehnte sich vor und schlug an der Seite des Pferdes entlang. Ein federnder Zweig schlug die Klinge zurück und hätte ihn fast zu Fall gebracht. Erneut schlug er zu, und wieder prallte die Klinge ab. Funken trafen in die Flanke des Pferdes, und Chondos spürte, wie er rutschte, als das verbrannte Pferd sprang.
Schreie ertönten vor ihm. Eine Horde blockierte den Weg. Im Schein des Busches sah er starrende Gesichter und zerlumpte Gestalten. Kobolde kamen herbeigerannt und schwangen Speere und Peitschen. Er sah Ghule vorbeilaufen. Dann rasten sie durch eine zerstreute Horde von Untoten. Einer sprang auf ihn zu, doch Chondos schwang sein Schwert über dem Kopf, dieses fuhr hinab, und der Vampir wich zurück. Sein Kopf rollte auf seinen Schultern. Er hing nur noch an einem dünnen Faden. Er erhob seine Hände, um den Kopf zu packen und ihn wieder auf den Rumpf zu setzen. Doch bevor die Wunde Zeit hatte zu heilen, kam ein Ghul herbeigesprungen, und die beiden fielen zu Boden. Andere verhungerte Gestalten rannten auf ihn zu, doch sie zögerten, da sie sich vor dem feurigen Ball fürchteten, den die Pferde zwischen sich zogen. Dann war er an der Meute vorbei, und hinter ihm ertönten Schreie und das Knallen von Peitschen.
Plötzlich sah er, wie das andere Pferd vorjagte, und im gleichen Augenblick rasten die glühenden Äste auf ihn zu. Er drehte sich und hieb immer wieder auf die starken Zweige ein.

Dann ertönte ein lautes Krachen, und das Feuer erlosch. Ein einziger glühender Ast wurde noch am Boden neben dem Pferd mitgezogen. Das Pferd jagte weiter. Der Wind des Ritts blies Chondos den Schaum des Tieres ins Gesicht. Hinter ihm brüllten hungrige Stimmen. Der brennende Ast hinterließ eine Spur von verkohltem Holz und von Funken. Büsche gingen in Flammen auf, als sie vorbeigaloppierten.

Vor sich sah er das gesattelte Pferd, das leichtfüßig fortrannte. Als er zurückschaute, konnte er gegen das ferne Glühen von Feuer schwach Gestalten erkennen, die ihn verfolgten, doch sie schienen weit zurück zu sein. Die Verfolger zerstreuten sich und fielen immer weiter zurück, und das pulsierende orangefarbene Glühen verschwand in der Ferne. Zu seiner Rechten streifte ein glänzendes nachtblaues Band den pechschwarzen Himmel. Die Pferde holperten weiter und rasten durch die leere Nacht. Erst nachdem er sich schon eine lange Zeit an den rauhen Rücken geklammert hatte, hatte er das Gefühl, daß das Pferd, auf dem er ritt, langsamer wurde.

Wasser plätscherte plötzlich über seine Füße. Sein Pferd hielt an und trank aus einem seichten Bach. Dankbar glitt Chondos vom Rücken des Tieres. Er hatte das Gefühl, daß der Nacken des Pferdes naß vom Schaum und heiß wie Feuer sei. Am Ufer glühte eine rote Kohle zu seinen Füßen. Es war das verkohlte Endstück des Zweiges, den er hinter sich hergezogen hatte.

Es kostete einige Zeit, das andere Pferd zu beobachten, das wild vor Furcht und Schmerz war. Es kostete weitere Zeit, die beiden Pferde abzutrocknen – und hinter sich konnte er Geheul und Schreie hören, was anzeigte, daß die Nachtwesen ihnen folgten. Das Pferd, das er geritten hatte, würde nicht mehr lange durchhalten, doch er konnte es nicht den Dunklen Wesen überlassen. Wie er selbst war es ein Teil der natürlichen Welt, Teil des Königreiches, das er zu retten versuchte. Er entzündete eine Fackel an dem glühenden Ast und zog beide Pferde in den Bach. Er warf die noch brennende Kohle in die Büsche und hoffte, auf diese Weise die Spur noch weiter zu verwischen. Dann watete er, solange wie möglich, strom-

aufwärts. Anschließend hielt er sich wieder in Richtung der Grenze und führte die müden Pferde, um sie für einen letzten Ritt zu schonen. Seine nassen Schienbeine waren kalt und seine Oberschenkel wund vom Reiten.
Er war weit nach Westen abgedriftet. Er konnte das umwölkte Licht des Agnasta-Turmes winzig zu seiner Rechten erkennen. Hinter sich sah er ein rotes Glühen. Das waren die Büsche in der Nähe des Flusses. Ein wenig später hörte er wilde Schreie hinter sich und er nahm an, daß das Feuer und der Fluß ihre Jäger verwirrt hatte. Doch im Laufe der Nacht hörte er noch ein weiteres Mal die Geräusche der Verfolger, und er schwang sich widerwillig auf den Rücken des frischen Pferdes. Abwechselnd im Schritt und im Trab ritt er so rasch wie möglich weiter. Hinter ihm wurden die wilden Stimmen deutlicher. Er hatte zu kämpfen, damit die Pferde weiterhin ein gemäßigtes Tempo einhielten, denn sie wollten losrennen.
Weit vor ihm wurde das glühende Band des Lichts heller. Die Morgendämmerung nahte. Ob ihm das jetzt helfen würde? Über seine Schulter sah er rote Flecken im Licht seiner Fackel glänzen. Er gab seinem Pferd die Sporen und ließ es laufen. Graues Licht riß das Dach des Schattens auf. Das Lichtband war cremefarben geworden. Fahles Licht drang in den Schatten ein. Als er sich umwandte, sah er Ghule, die auf allen Vieren hinter ihm herjagten, und über ihnen schritt gnadenlos die drohende Masse eines Trolls. Hämmernde Hufschläge ließen seine Knochen erzittern. Die kalte Luft schlug ihm ins Gesicht. Er ließ die Zügel fahren und spürte, wie das Pferd seitlich ausbrach. Als er sich umdrehte, sah er stolpernde Gestalten, die versuchten zu rennen und deren zerrissene Kleidung im Winde flatterte. Doch die Pferde rasten in wildem Tempo an den hungrigen Untoten vorüber.
Das reiterlose Pferd stolperte und zog Chondos' Pferd zur Seite. Beide Pferde fingen sich wieder, doch Chondos sah, daß das andere Tier schäumte und zitterte; und während er es beobachtete, stolperte es erneut. Er ließ den Zügel des Tieres los, bevor es sein Reittier hätte mit sich ziehen können. Die

Wesen hinter ihm holten auf. Chondos dachte an Pertap und umklammerte Schwert und Fackel mit festem Griff, doch sein Mut sank, als er vor sich schaute. Es waren noch mindestens fünfzehn Meilen bis zur Grenze, und die Pferde wurden schon jetzt müde.

Das reiterlose Pferd brüllte und sank auf die Knie. Chondos lenkte sein Reittier herum, erhob sein Schwert und sah, wie die gelben Fänge der Ghule sich näherten. Das sterbende Tier erhob sich wieder und stolperte vorwärts.

Ein Ghul sprang auf seinen Rücken. Andere kamen hinzu, und die Untoten drängten sich dahinter. Mit einem halb gemurmelten, entschuldigenden Fluch jagte Chondos sein Schwert über die Kehle des Pferdes und sprengte auf seinem Reittier davon. Das gefallene Tier war sofort von grauen Körpern übersät, und Vampire fielen auf ihre Knie und leckten die sich ausbreitende purpurrote Lache auf.

Die Hufe des Tieres wirbelten, und die mahlenden Muskeln spielten unter der Haut, während Chondos' Pferd davonjagte. Einige der Vampire stolperten hinter ihnen her, doch schon bald blieben sie weit zurück. Chondos sah, wie sie hinter ihm kleiner wurden. Es hieß ja allgemein, Grenzlandponys seien stark. Das konnte Chondos nur hoffen. Der Lichtvorhang schien noch weit entfernt. Wenn er die Grenze nicht bald erreichen würde, würde er sie nie mehr erreichen, und die Dunklen Wesen würden in sein Königreich eindringen.

Als er sich ein gutes Stück von der Horde entfernt hatte, ließ er das Pferd in eine langsamere Gangart verfallen. Er mußte das Tier so weit wie möglich schonen. Das Pferd würde ermüden, die rennenden Untoten hingegen nicht. Meilen verschwanden unter den Hufen, während er ritt, zunächst im Schritt, dann im Galopp, dann wieder im Schritt. Das Pferd war immer noch nicht sonderlich erhitzt.

Vor ihm wurde das Band aus milchigem Licht heller. Er konnte Andeutungen der dahinterliegenden Landschaft erkennen. Hoffnung beflügelte ihn. Pertap war dem Schatten

entronnen, und das würde ihm auch gelingen! Er war schon jetzt weiter gekommen als Pertap.
Er dachte an Pertaps Schwert, das immer noch in den zerfallenden dunklen Hallen von Kudrapor glühte. Pertap hatte nur eines getan, was er noch nicht getan hatte. Doch das würde er eines Tages nachholen. Er fing an zu singen, während die schnellen Hufe des Ponys den Takt dazu schlugen.

Notfeuer brannte um sein Pferd
Und trieb die Dunklen heulend fort.
Pertap schaute hinter sich
Und Sonnenstrahlen sah er dort.

Doch wenn er über seine Schulter sah, konnte er nur die Gestalten von Ghulen und Vampiren sehen, die immer größer wurden und näher kamen. Und kleinere verkrümmte und verzerrte Gestalten rannten jetzt zusammen mit ihnen: Kobolde, die ihre rostigen Klingen schwangen.
Hinter ihm war der grimmige Tod und vor ihm das Sonnenlicht. Die Meilen flogen unter den Hufen des kleinen Pferdes dahin. Graue Erde und grauer Himmel jagten in farblosen Nebeln vorüber. Vor ihm endete das Dach des Schattens, und durch den ausdünnenden Dunstvorhang sah er den Himmel, der sich zu einem lodernden sonnenhellen Blau öffnete.
Sein Pferd kochte nahezu, und auf seinem Nacken und seinem Maul stand Schaum. Die Gerüche trieben das Pony weiter, das nun immer schneller lief. Über seine Schulter sah Chondos, daß die Vampire zögerten und unschlüssig in die Helligkeit vor sich starrten. Einige kehrten um, doch andere liefen weiter, und mit ihnen die Koboldsoldaten. Chondos ließ seine Zügel fahren und zog das Schwert. In der anderen Hand hielt er die Fackel bereit. Er brummte dem Pferd beruhigend zu und trieb es trotzig weiter.

Als Pertap ritt nach Kudrapor,
Die Nachtwesen folgten ihm nicht,

Sie kreischten und rannten und flohen davon:
Er brachte das Tageslicht!

Schaum vom Maul und Nacken des Pferdes flog ihm ins Gesicht und benäßte seine Brust. Er konnte Flecken von Gras jenseits des Schattens erkennen, Gras, das im Licht der Zwillingssonnen hellgrün leuchtete. *Fast geschafft!* Die Grenze war nun kaum noch als solche zu erkennen, und das sonnenerleuchtete Land vor ihm war kein fremdes Land mehr, sondern der gleiche Boden wie der, auf dem er ritt. Der hohe blaue Himmel und die endlose Ebene erstreckten sich vor ihm, und das Sonnenlicht strahlte jenseits der Grenze wie ein Versprechen. Er konnte die Sonnen selbst erkennen, die noch in einem Schleier verborgen waren.

Seine Kameraden auf der Burg,
Staunten, daß Pertap dies sei,
Die Sonne drang durch die Dunkelheit,
Und zeigte, daß Kudrapor frei!

Das Pony stolperte, kam aus dem Tritt, erholte sich dann aber und rannte weiter, und der Atem zischte durch seine schaumgefüllten Nüstern. Jeder Schritt schleuderte Chondos fast aus dem Sattel. Die Dunklen Wesen holten auf. Als Chondos zurückschaute, sah er eine Gestalt mit weißem Gesicht, die immer näher kam – und dahinter andere.
Schaum flog vom Fell des Ponys, das zwischen Chondos' Schenkeln so heiß wie Feuer brannte. Der stolpernde Ritt kam ins Stocken. Schaum spritzte in Chondos' Augen und verschleierte den Himmel. Der stolpernde Galopp wurde zu einem Trab und dann zu einem ungleichmäßigen Trott, und schließlich zu einem taumelnden Schritt. Chondos glitt vom Sattel. Das tropfende, keuchende Tier quälte sich auf zitternden Füßen weiter und fiel schließlich mit hängender Zunge vor dem schlaffen Maul und mit rollenden Augen zu Boden. Es lag zuckend zu Chondos' Füßen, bedeckt mit blutigem Schaum.

Weißgesichtige Leichen rannten heran. Karminrot und zerlumpt wagten sie sich in ihrem Durst nach lebendigem Blut in das feindliche Licht der Morgendämmerung vor. Chondos sah in die roten Augen, die ihn aus einem Gesicht anstarrten, das er kannte. Diesmal wußte er, wer es war. Im Leben war dies einer seiner Wächter in Rashnagar gewesen. Er lebte jetzt nicht mehr. Aus seinen Lungen strömte kein Atem. Weiße Spitzen glühten im offenen Mund, als die Leiche über den sich aufbäumenden Körper des Pferdes sprang und Chondos an die Kehle wollte.

Chondos warf seine Fackel in das weiße Gesicht. Haar flammte auf. Trockene Lumpen brannten. Das vertrocknende Fleisch fing Feuer. Die Kreatur brüllte unbeschreiblich und torkelte zurück.

Doch hinter ihr trat ein weiteres Dutzend vor, und überall um sie herum tauchten die verkrüppelten, verkrümmten Gestalten der Kobolde auf. Hier war kein Ort zum Kämpfen. Chondos zog sein Schwert, gab dem Pferd den Gnadenstoß und schleuderte die Fackel in einen Haufen rennender Vampire. Dann drehte er sich um und rannte dem Sonnenlicht entgegen, das jetzt weniger als eine Meile entfernt war. Als er über die Schulter blickte, sah er, daß der Körper des Pferdes mit schmausenden Untoten bedeckt war. Doch die Kobolde rannten immer noch hinter ihm her und schwangen ihre rostigen Klingen.

Irgendwo glaubte er den schwachen Klang eines fernen Hornsignals zu hören.

»Hör dir das an!« sagte Paidros, doch Martos hatte es schon gehört. Er erstarrte im Sattel. Wieder war der Klang zu hören, jener lange, heulende Ton von Chandras Muschelhorn.

»Das ist Suktios Horn!« rief Valiros aus.

»Sie haben etwas gesehen!« Paidros flüsterte dies fast.

»Schnell!« Hufe mahlten durch den Staub. Martos' Herz pochte, als sein Pferd seitwärts ausbrach. Jetzt war er gekom-

men, jener gefürchtete und doch auch während langer dumpfer Wachen mit Schrecken ersehnte Augenblick.
Doch kein Notfeuer markierte die Grenze. Agnasta, das im hellen Sonnenlicht lag, glühte kaum. Tatsächlich kennzeichnete in solcher Nähe nichts die Grenze. Hinter einer Meile sonnenerleuchteten Landes war die Farbe wie weggewaschen, als ob ein Sturm über dem Ödland hinge, düster und sonnenlos, unter einem Schleier schmutziger Wolken, bis hinauf zu einem Nebel, der die Füße der geisterhaften Berge verdeckte.
Suktios Horn tönte erneut, und Martos sah ihn, winzig in der Ferne, wie er seine Gruppe von kleinen Männern und Pferden führte.
»Dort!« brüllte Paidros, doch er deutete nicht auf Suktios Männer. Seine Hand wies auf den Schatten. Schwarze Punkte hoben sich aus dem Grau ab; zweibeinige Punkte rannten.
Suktios Männer kamen näher, und andere kamen herangaloppiert und sammelten sich, fünfzig Männer gegen das Schattenreich. Martos versuchte, die schwärmenden Punkte zu zählen, was ihm aber nicht gelang. Er zog sein Schwert, hängte den Schild an den Arm und gab seinem Pferd die Sporen. Die winzigen Flecken wurden größer und veränderten sich, während unter wirbelnden Hufen Meilen vorüberflogen. Einige der Punkte sahen aus wie Männer in zerlumpten Kleidern, doch andere waren Gestalten aus irrsinnigen Träumen: tierköpfige Ghule und verkrüppelte Kobolde, die Klingen schwangen.
»Schau!« Valiros deutete auf einen Punkt. »Dort, der ganz vorne, sieht aus wie ein Mensch, der vor dem Rest davonläuft.« Martos sah ihn, mauseklein wie ein Zinnsoldat, ein Mensch, der rannte, dessen Arme und Beine sich wie wild bewegten. Ein lichtloses Schwert schwang mit seinem Arm. Schon näherten sich einige der schnelleren Nachtwesen dem laufenden Mann. Martos sah, wie er sich plötzlich umdrehte und ein Gewitter von gutplazierten Hieben auf seine Verfolger niederprasseln ließ. Dann wandte er sich wieder um,

während die Leichen der Verfolger fielen. Selbst aus dieser Entfernung noch konnte Martos erkennen, daß dies gute Schwertarbeit war. Ein Schauer von Stolz fuhr durch seinen Körper.
Die Ghule hielten an und sammelten sich um die gefallenen Leichen. Der laufende Mann jagte in das Sonnenlicht, und Martos sah die zerlumpten menschlichen Gestalten anhalten und dann umkehren. Doch die Kobolde rannten weiter und schwärmten mit erhobenen Krummschwertern in das Licht der Sonnen.
Martos stand in den Steigbügeln und hielt sein langes glitzerndes Schwert in die Luft.
»Vorwärts!« brüllte er. Er formulierte seine Worte sorgfältig, während er gegen das Stammeln ankämpfte, das seine Zunge zu erfassen drohte. »Helft ihm!« Er gab Donnerkopf die Sporen, und zu beiden Seiten peitschten die Hufe durch den lautlosen Staub.
Der Läufer wandte sich zu seinen Verfolgern um. Im Sonnenlicht leuchtete sein blutiges Schwert silbern auf. Trotzig hielt er es hoch, doch Martos konnte erkennen, daß sein Schwertarm erschöpft war.
Das Klirren von Rüstungen erschreckte die Kobolde. Beim Anblick der kadarinischen Rüstungen bekamen sie eulengroße Augen und quiekten. Wind kühlte Martos' Gesicht. Donnerkopf wieherte. Das Zwergenschwert schlug durch Knochen. Der müde Läufer stolperte zur Seite, als die Reiter durch das Koboldpack pflügten. Die Kobolde liefen wild durcheinander und rannten quiekend über die Grenze zurück. Hufe trampelten, und scharfe Schwerter flogen im triumphierenden Glanz der Sonnen.
Martos wendete Donnerkopf und trabte dem Mann entgegen, der schweratmend dastand, befreit vom Schatten, zerlumpt und müde, kaum in der Lage, auf den Füßen zu stehen, und der das Blut von seinem Krummschwert wischte. Er schaute auf, als Martos sich näherte, und ließ das Krummschwert in die Scheide gleiten. Martos stutzte. Wo hatte er nur diese

großen schwarzen Augen schon einmal gesehen? Er hatte diesen Mann schon einmal irgendwo getroffen. Die schwarzen Bartstoppeln ließen das Gesicht rund wirken, doch das Fleisch darunter war hager.

»Der Verschwundene Prinz!« keuchte Suktio neben ihm. »Beeilt euch!«

Plötzlich jagte ein Grenzlandpony in den Rücken des Mannes, und Stahl verschwamm zu einem flimmernden silbernen Film.

Bevor Martos den Mund zum Brüllen öffnen konnte, verschwamm der Fremde unter dem Flug des sich drehenden Schwertes, und das Krummschwert erhob sich geschmeidig aus der Scheide und durchschnitt die Luft, während das Pferd vorüberjagte.

»Halt!« brüllte Martos, der seine Sprache wiedergefunden hatte, während der Fremde sich drehte und seine Schwertspitze in einer vertrauten Bewegung peitschen ließ – eine Figur aus der *Schule der Drei Schwerter.* »Was soll das heißen?« Alle Grenzländer starrten ihn an.

Suktio sprach: »Er ist der Verschwundene Prinz, der aus dem Schattenreich zurückgekommen ist! Wir müssen ihn schnell töten, Lord, bevor...«

»Ihr Narren!« brüllte der Fremde. »Der Verschwundene Prinz hat das Schattenreich schon längst verlassen. Er sitzt jetzt auf meinem Thron! Ich bin Chondos, euer König!« Alle starrten ihn an. »Ich bin in Rashnagar gewesen, als Gefangener der Nachtwesen! Hört mir zu! Mein Bruder plant, die Lords der Grenze auf einem Treffen zu töten – während sie über den Frieden verhandeln. Dann werden die Dunklen Wesen kommen.«

Martos erstarrte. Das Treffen in Kajpor? Das war heute!

»Es ist alles ein Trick, Lord, eine Falle!« Suktio jagte an Martos' Seite. »Er versucht uns in einen Hinterhalt zu locken, oder vielleicht wollen sie auch, daß der Frieden nicht geschlossen wird.« Martos schüttelte den Kopf und kämpfte wieder mit seiner Zunge. Er versuchte sich zu erinnern, wann er die

Geschichte vom Verschwundenen Prinzen gehört hatte. Hinter seinen Augen sah er wieder den Fremden – *nein: König Chondos* – unter dem herabfallenden Schwert tanzen und sein eigenes aus der Scheide ziehen, direkt in die Bahn der niederfallenden Klinge hinein. Er sah wieder die Krönung und den jungen König, der mit der Anmut eines Schwertkämpfers daherschritt.

»Wurde nicht der... der andere... der Verschwundene Prinz... als Kind... entführt? Und von den Dunklen Wesen... erzogen?«

»Ja, Lord.« Suktio starrte ihn finster an. »So sagen zumindest die Menschen.«

»Wer ist dann bei den Dunklen Wesen Schwertmeister?« fragte Martos.

»Wer bildete den Lord Prinz in der Kunst der Schule der Drei Schwerter aus? Hast du nicht gesehen, wie er Nathos' Hieb abwehrte? Hättest *du* den Hieb so abwehren können? *Ich* hätte es vielleicht gekonnt, doch nur die Meister der Schule der Drei Schwerter lehren diese Abwehr. Sie ist Teil des Tanzes der Zwölf Hiebe. Wer im Schattenreich hätte ihn dies lehren können?«

»Es gibt im Schatten Vampire, die früher Schwertkämpfer gewesen sind«, sagte Suktio, doch Martos hörte den Zweifel in seiner Stimme. »Dennoch – wir *müssen* ihn töten, Lord! Selbst wenn einer meiner eigenen Leute aus dem Schatten zurückkäme, würde ich ihm nicht trauen, es sei denn, er trüge ein Hasturschwert oder einen ähnlichen Talisman. Wenn er *ihr* Gefangener war, werden sie dann nicht auch seinen Geist verändert haben?«

»Dann sollen die Hasturs urteilen!« forderte Chondos. Unter den Grenzländern brach überraschtes Gemurmel aus. »Bringt mich zum nächsten Turm! Sie werden wissen, ob ich lüge oder nicht! Oder...« der junge Mann richtete sich auf und senkte seine Klinge auf den Boden »... wenn ihr euch so sicher seid, daß ihr mich töten müßt, dann reitet zumindest anschließend zu den Hasturs und laßt sie den Mann prüfen, der sich König von Tarencia nennt! Und verhindert jenes Treffen!«

»Paidros!« rief Martos und zwang sich, seine Zunge zu kontrollieren. Der kleine Mann ritt heran und grüßte gewandt. »Nimm zehn Männer!« Er schaute Paidros in die Augen und dann blinzelte er, unfähig, sich irgendein anderes Signal auszudenken. Paidros' Augenbrauen hoben sich. »Begleitet *König Chondos* zum nächsten Hastur-Turm. Verteidigt ihn gegen alle Feinde.« Wieder blinzelte er.

Paidros nickte und sprach dann bedächtig. »Agnasta ist der nächste Turm, doch dort ist keine Furt, außer der bei Ojaini, und es heißt, das Wasser sei dort zu wild zum Schwimmen. Vajrakota liegt noch weiter entfernt, doch wenn wir die Straße nach Ojaini nehmen, wird es spät am Tag sein – lange nach Mittag –, wenn wir dort ankommen. Wenn das, was der König sagt, stimmt, muß irgend jemand losreiten, um Lord Jagat zu warnen.«

»Ich werde in das Lager meines Lords reiten!« sagte Suktio.

»Wir alle müssen reiten«, sagte Martos. Suktio wollte protestieren, doch Martos wandte sich dem König zu. »Ihr sagtet ... wie will er die Lords des Grenzlandes töten?«

»Ist es heute?« Chondos schwankte und schloß müde die Augen.

»Die ... es gibt Mörder ... Männer vom Volk des Reinen Blutes ... das ist ein Volksstamm, der im Schatten lebt ... sie sind an einem Ort verborgen, der sich ... Kadpor nennt, glaube ich, Kampor oder so ähnlich. Sie sollen angreifen, sobald die Lords ihre Waffen ablegen.« Er schüttelte den Kopf. »Ich weiß nur wenig darüber. Sie erzählten mir nicht ... alles.« Er sank müde in sich zusammen. Er mußte lange gelaufen sein und gekämpft haben, dachte Martos.

»Wenn Jagat schon nach Kajpor aufgebrochen ist«, sagte Martos an Suktio gewandt, »wenn er schon dort ist, müssen wir uns den Weg in den Sitzungssaal hinein bahnen und ihn retten. Besetze ein Pferd mit zwei Männern und gib das freibleibende Pferd dem König. Wir werden gemeinsam bis zum Ende der Straße reiten. Vielleicht werden wir Lord Jagat dort treffen. Wenn nicht ...« Er zuckte die Achseln. »Du reitest zu Jagats Lager weiter, und ich hoffe, daß er dort ist – oder daß du ihn auf der Straße triffst. Paidros wird den König nach Agnasta bringen. Und der Rest von uns muß nach Kajpor reiten.«

22

Jodos brannte vor Ungeduld, während die verhaßten Feuerbälle am Himmel aufstiegen. Hatte er an alles gedacht? Konnte noch irgend etwas schiefgehen? Und wo blieb Lord Jagat?

Der letzte Seher war gegangen. Die seynyorischen Truppen, die um die Burg ihr Lager errichtet hatten, waren alle fortmarschiert. Zurückgeblieben waren nur Lord Nahos und zwanzig Männer in königlicher Livree, ungepanzert und, mit Ausnahme ihrer Degen, unbewaffnet.

Durch die Spinne schickte er dem Meister eine Nachricht und schritt dann ungeduldig im Ratszimmer auf und ab und warf immer wieder einen kurzen Blick auf die Tür, hinter der die Männer vom Volk des Reinen Blutes versteckt waren. Zweimal schon hatten sie ein leises Geräusch verursacht. Beim erstenmal hatte er die Tür aufgesperrt und sie wegen ihrer Dummheit angefahren. Beim zweitenmal, Stunden später, hatte er mit der Faust an die Tür geschlagen, war weggegangen und hatte die Männer vom Volk des Reinen Blutes mit der Frage zurückgelassen, ob wohl die Tür geöffnet und sie getötet würden.

Er schlich durch das Schloß und versuchte sich mit Gedanken an Melissa zu ermutigen, die in Tarencia wartete, und an die Dinge, die er mit ihr anstellen würde, wenn die Stadt erst ihm gehörte. Doch selbst das war ihm durch die korrumpierende

Menschlichkeit im Geist seines Bruders und durch die Zweifel, die sie hervorgerufen hatte, verdorben worden. Vielleicht würde er sie fortschicken und sie mitsamt seinem Laich entfliehen lassen. Er schauderte bei dem Gedanken, ihm wurde übel, sein ganzes Training war umsonst, und doch ...

DiVega wartete auf den Stufen des Ratszimmers. Die brüllende Kraft seines Schwertes brannte in Jodos' Geist. Er überlegte, wie er den alten Narren leiden lassen konnte, wenn dieser das Schwert erst einmal beiseite gelegt hätte.

»Schon fast Mittag«, sagte DiVega freundlich. »Jagat muß auf dem Weg sein. Er wird in wenigen Stunden hier eintreffen.«

»Stunden!« rief Jodos aus. Er hätte schreien können. Wenn es nur irgendeine Möglichkeit gäbe, DiVega zu verletzen!

»Es ist sinnlos, sich zu ärgern«, sagte Istvan sanft. »Es ist genügend Zeit.«

»Ich hätte gedacht, Ihr in Eurem Alter müßtet das Gefühl haben, daß die Zeit kurz ist!« sagte Jodos grausam. DiVegas Augenbrauen zogen sich zusammen, dann lachte er unerwartet.

»Es würde mir schon gefallen, wenn ich den Ausgang dieser ganzen Sache miterleben würde, das ist wahr! Aber wenn nicht, wird die Welt auch weiter ihren Lauf nehmen!« Sein Lächeln reizte Jodos nur noch mehr. »Und zumindest werde ich dann meine Ruhe haben.« Er erhob sich. »Wenn sie inzwischen ankommen sollten, ich gehe jetzt ins Ratszimmer, um zu meditieren.« Er verbeugte sich, schritt durch die Tür und schloß sie. Jodos wurde steif und starrte hinter ihm her. Wenn die Männer vom Volk des Reinen Blutes jetzt Lärm machten ...

Chondos schaute vom Sattel seines Grenzlandponys zu dem kadarinischen Kriegspferd auf, das an ihm vorbeiritt, und fühlte sich wieder wie ein Kind. Kadarinische Rüstungen glänzten im Sonnenlicht. Die Nordländer sahen aus wie eine Armee Helden aus irgendeiner alten Legende. Die Grenzlandponys bemühten sich, mit ihren kurzen Beinen mitzuhalten.

Sie trieben ihre Pferde an, doch nicht bis zum Letzten. Suktio ärgerte sich, doch der kadarinische Anführer mit dem grimmigen Gesicht – war sein Name Martos gewesen? – fuhr ihn an: »Du kannst dein Pferd am Ende der Reise töten, nicht gleich zu Beginn!« Männer wie diesen würde er brauchen, dachte Chondos.

Chondos döste im Sattel, sein Geist schwankte erschöpft zwischen Schlaf und Wachsein hin und her. Immer wieder träumte er vom Schattenreich, wo die Nachtwesen ihn jagten. Wenn er dann erwachte und sich unter Menschen wiederfand, durchpulste ihn große Freude und Liebe, und der Wunsch wurde in ihm wach, alle Menschen zu umarmen. Er vermochte kaum zu fassen, daß dies real sein sollte und nicht nur wieder ein neuer Trick des Meisters.

Jetzt gab es auch endlich wieder richtiges Essen. Es war zwar nur Zwieback, aber nach Tagen mit nichts anderem als Pilzen war dies wahrlich ein königliches Mahl. Sonnenlicht und gutes Essen und die Gemeinschaft der Menschen . . .

Doch Pirthio, sein einzig wahrer und vertrauenswürdiger Freund, war tot. Alles hatte sich während seiner Abwesenheit verändert: Sein Königreich war durch Krieg gespalten, und auch Hansio lebte nicht mehr, sein unversöhnlichster Feind! Es war fast, als würde er in ein anderes Königreich zurückkehren.

Nun, sie würden sehen, daß sich auch ihr König verändert hatte.

Tausende von Meilen im Norden glitt der drachenköpfige Uoght hinter Wellen von Schmerz auf die Grenze zu. Über ihm sammelten sich Dyolen. Ihre Macht erschütterte die Barrieren der Hasturs.

Doch die Barrieren hielten stand. Die vereinigten Geister woben ein Feuer, das sogar Uoght bei Tageslicht nicht unbeschadet durchdringen konnte. Miron Hastur war ein Lichtstrahl, der sich in und aus einem Regenbogenlabyrinth bewegte, kantige Lichtstäbe und kristallene Reben lebendigen

Sonnenlichts. Sein Körper hielt eine Kugel pulsierenden Lichts. Sein Geist war eins mit den Geistern seiner Verwandten. Angesichts dieses gigantischen übermächtigen Geistes verkrochen sich die ekelhaften Gestalten der Dyolen hinter der nebligen, drachenköpfigen Säule. Doch die Dämonen, die sich um sie gesammelt hatten, waren verschwunden. Waren sie unter die Erde gesunken, um auf die Nacht zu warten? Oder flogen sie unsichtbar am Himmel des Schattenreichs und sammelten sich für einen Angriff auf irgendeinen entfernten Punkt?

Martos und Suktio gaben das Signal zum Anhalten und zügelten ihre Pferde nebeneinander. Sie schauten über die lange Steinstraße. Es gab kein Anzeichen für Reiter, weder im Osten noch im Westen. Ob Lord Jagat und seine Begleiter schon in Kajpor angekommen waren?

Paidros ritt mit dem König und den zehn Männern heran, die als Eskorte gewählt worden waren – es waren ausnahmslos Kadariner. Er hatte Martos' Zeichen verstanden.

»Dort liegt dein Weg, Paidros.« Martos wandte sich im Sattel um und deutete nach Osten. »Direkt auf die Burg zu und dann am Fluß entlang nach Agnasta.«

»Was ist mit dir?« fragte Paidros. »Wenn du Lord Jagat gerettet hast, wirst du eine starke Truppe brauchen. Warum sollen wir nicht die beiden Angesicht zu Angesicht in Kajpor gegenüberstellen?«

Martos schüttelte den Kopf. »Nein, nur die Hasturs können glaubwürdig entscheiden, wer der wahre König ist«, erklärte er. »Und wenn die Dunklen Wesen kommen, müssen die Hasturs gewarnt werden. Du mußt ihn nach Agnasta bringen, und zwar so schnell und so sicher wie möglich.«

Paidros salutierte, doch in seinen Augen lag Kummer.

Ein kleines Pony drängte sich zwischen die riesigen Kriegspferde. Chondos streckte von hinten seine Hand zu Martos hoch. »Das Glück begleite Euch, Hauptmann!«

Das ist ein König, dachte Martos erstaunt und ergriff die ihm

dargebotene Hand, *der den jüngstgeborenen Sohn eines jüngstgeborenen Sohnes des Hauses Raquio grüßt.*
»Wir schulden Euch viel«, fuhr Chondos fort. »Das ganze Königreich ist Euch zu Dank verpflichtet, denn Ihr habt nicht nur mein Leben gerettet, sondern das ganze Land.«
Martos' Zunge stotterte stumm in seinem geschlossenen Mund, als der König davonritt. Als er sich umdrehte, sah er, wie Suktio Chondos nachstarrte.
»Wenn das König Chondos ist«, murmelte Suktio leise, »dann hat sich die Welt verändert.«
Martos verbrachte einen Augenblick damit, seine Zunge unter Kontrolle zu bekommen. »Du ... reitest jetzt besser los«, brachte er schließlich hervor. »Suktio ... wenn ... wenn du Lord Jagat auf dem Weg triffst« – er versuchte, sich eine Botschaft auszudenken, die er Lord Jagat überbringen lassen könnte, doch alles, was ihm einfiel, klang närrisch – »halte ihn von Kajpor fern, bis ... und ... wenn ... wenn wir uns nicht mehr treffen ...« und Kumari stand weinend vor seinen Augen, und seine Zunge lag wie ein Klotz im Mund.
»Schweig, Mann! Du solltest keine bösen Omen aussprechen!« Suktios Zähne blitzten, und er ergriff Martos' Arm oberhalb des Ellbogens. »Du und ich, wir werden Finger und Daumen sein, Schwertarm und Schildarm! Ich werde dich wiedertreffen, bevor morgen die Sonnen untergegangen sind! Möge Mutter Erde die Hufe deines Pferdes antreiben, und mögen Hasturs Flammen dich vom Dunklen fernhalten!«
»Und ... und dich auch, Suktio!« konnte Martos hervorstoßen. Suktios rechte Hand schwang hoch. Seine Fersen stießen in die Seiten seines Pferdes. Seine Stimme erhob sich falkenstolz, und die drei Männer, die er als Begleiter ausgewählt hatte, traten aus den Reihen vor, um mit ihm zu reiten. Kurz darauf verschwanden schon alle vier in der Ferne.
»Sitzt – *ab!*« brüllte Martos und glitt von Donnerkopfs Rükken. »Schnallt eure Sättel fest!« Er setzte den Fuß gegen Donnerkopfs Rippen und zog, bis der Gurt festsaß. Seine Männer taten das gleiche. »Aufgesessen!« brüllte er und

schwang sich in den Sattel. Er schaute rasch nach links und rechts. Suktio und seine Männer waren schon winzige Punkte auf der Straße nach Manjipor. Paidros und seine Begleiter wurden langsam kleiner, da ihre Pferde in gemäßigtem Tempo trabten. Valiros ritt an Martos' Seite. Martos lächelte ihm zu und nahm, nachdem er seine Zunge in der Gewalt hatte, einen tiefen Atemzug: »Im – *Schritt!*« befahl er.
Hufe knirschten, und die Reiter jagten los. Die wenigen verbliebenen Kadariner ritten in perfekter Ordnung, während die Grenzländer sich in einem Haufen um sie scharten. Martos spürte Donnerkopfs Nacken; er war wärmer, als ihm lieb war, doch zumindest nicht naß. Er befahl Trab, und dann, als sie sich weiter von der Straße entfernt hatten, Galopp.
Sie ritten nach Nordosten. Die Straße ließen sie zu ihrer Rechten hinter sich. Martos erhob einen Arm, als sie an Chondos und seiner Eskorte vorbeiritten, die immer noch auf der Straße ritt. Er sah wieder Paidros' besorgtes Gesicht. Der König hatte sich in seinen Steigbügeln erhoben. Dann waren sie vorbeigeritten, und er fragte sich, als sich vor ihm die riesige grüne Ebene ausbreitete, ob er vielleicht einen Fehler gemacht hatte, ob in Kajpor vielleicht doch der wahre König wartete, und ob er wohl Paidros und die anderen in der Macht des Verschwundenen Prinzen zurückgelassen hatte.
Doch dann überlegte er, daß wohl keine Kreatur, die im Schattenreich aufgewachsen war, es wagen würde, zu einem der Hasturtürme zu reiten! Und es hieß, daß die Dunklen Wesen sich sogar fürchteten, den Namen der Hasturs auszusprechen. Doch das war ja möglicherweise nicht wahr.
Sein Sattel holperte unter ihm, und er kämpfte gegen den Drang, sich umzudrehen und hinter Paidros herzureiten. Er führte sich erneut den gewandten Schwerthieb jenes Mannes vor Augen, der sich selbst König nannte – jenen Mann, der sein Bruder in der Schule der Drei Schwerter war. Konnten die Dunklen Wesen eine so schlaue Täuschung geplant haben? Doch war eine solche Verwechslung tatsächlich möglich? Hatten nicht die Hasturs den Geist des Königs bei der Krönung

einer Prüfung unterzogen? War es möglich, daß die Hasturs sich hatten täuschen lassen? Die Legende berichtete, daß sie vor vielen Jahren schon einmal getäuscht worden waren. Das bedeutete, daß es der andere Bruder gewesen war – Jodos, wenn dieser hier die Wahrheit sprach –, dessen bittere Botschaft die Treue von Lord Jagat vergiftet hatte. Wenn das stimmte, so würde es die Wunden des Krieges schnell heilen lassen! Doch wofür waren dann seine Männer gestorben, fragte sich Martos. Für die Felder der Grenzländer? Für den Ruhm des Hauses DiVega?

Nach diesem Bürgerkrieg würde Chondos sicher auf seinem Thron sitzen. Eine zweite Rebellion würde kaum zu bewerkstelligen sein, wenn die Menschen erst einmal wüßten, daß sie zum Werkzeug der Dunklen Wesen geworden waren.

Wenn die Menschen erführen, daß sie nicht gegen ihren rechtmäßigen König, sondern gegen eine Marionette des Schattenreichs rebelliert hatten, würde ihre Sicht von diesem Krieg sich ändern – sie wären dann stets treu geblieben. Nach Hansios Tod würde das Königreich nun für lange Zeit Ruhe haben, und Chondos, der in den Augen seines Volkes unschuldig wäre, könnte alle Schuld dem Schatten anlasten. Die Dunklen Wesen hatten sich in ihrer Bosheit selbst betrogen.

»Du wirst bei dieser Hitze die Pferde noch töten!« brüllte Valiros über den Lärm der Hufe hinweg. Die Zwillingssonnen strahlten ihr erbarmungsloses Licht auf die Ebene. Martos berührte Donnerkopfs Nacken, und sein Herz erbebte. Doch die Gedanken an Jagat und an Kumari, die in seiner Vorstellung weinte, und an die Dunklen Wesen, die hungrig im Schatten warteten, stärkten ihn.

»Dann töten wir eben die Pferde«, brüllte er zurück.

»Zumindest könntest du ihnen etwas Gewicht abnehmen!« forderte Valiros. »Werden wir unsere Rüstungen wirklich brauchen?«

Martos zögerte und dachte nach. Dann zog er den Helm aus und warf ihn von sich.

»Nein!« brüllte er und legte seinen Brustpanzer ab. Brustplatten und Rückenplatten fielen klirrend zu Boden. Dann donnerten die Hufe weiter.

Istvan lächelte immer noch, als die Bronzetüren sich hinter ihm schlossen. Die letzte Schmähung des Jungen war eher ein Kitzeln als ein Stich gewesen – teilweise, weil er so *dumm* gewesen war, und teilweise wegen ihrer unbestreitbaren Wahrheit. Wie wichtig die Aufgabe eines Menschen auch sein mochte – wie wichtig sie auch tatsächlich war –, jener alte grinsende Schädel konnte ihn in jedem Augenblick mit sich nehmen, und die Welt mußte dann weiter ihren Lauf nehmen.

Sein Alter? Männer starben, die jünger waren als er. Sogar Kinder starben. Es gab kein Alter, das vom Tode verschont blieb.

Er legte den Schwertgürtel ab und die Klinge in der Scheide vor sich hin. *Man kann die Zeit nicht mit einem Schwert bekämpfen,* hatte er zu Olansos gesagt, doch das Schwert zu verstehen hieß, das gesamte menschliche Leben zu verstehen. Die gesamte Geschichte der Menschheit war – zumindest in dieser Welt – eine Geschichte des Krieges und des Todes.

Bei der Vorstellung, wie er selbst mit der Skelettgestalt des Todes kämpfte, mußte er erneut lächeln. *Tod!* Alle Menschen starben einen langen und schmerzhaften Tod, von dem Augenblick an, in dem sie geboren wurden. Und die Frauen standen dem Tod jedesmal gegenüber, wenn sie ein Kind gebaren, obgleich die Künste der Heiler dies leicht vergessen ließen.

Ein leises Geräusch drang an seine Ohren. Er lauschte, hörte jedoch nichts mehr. Er dachte, es wäre aus einem Nachbarraum gekommen. Ratten? Oder nur ein Diener bei seiner Arbeit? Er verbannte den Gedanken aus seinem Geist und wandte sich wieder dem Schwert zu.

Tod! Dies war nur eine Form jener unausweichlichen scharfen Sense. *Tod!* Der Leichnam, der Kummer der Hinterbliebenen, die Abscheulichkeit des Verfalls. In seinem Geist flog der

Blauhäher zwischen den Bäumen umher und schien *Warum? Warum? Warum?* zu schreien.
Er starrte auf das Schwert, durch die Oberfläche aus Magie und Feuer hindurch, starrte auf das unschuldige Metall, das aus irdischem Erz geschmolzen war, erhitzt und gehämmert und gehärtet, um den Tod darzustellen.
Es gab kein Schwert, außer im Geist der Menschen. In der natürlichen Welt war es immer nur Metall. Seine Form und Funktion war Teil des Geistes. Doch die gleiche Gestalt wuchs auch in der Natur, im Horn, im Fangzahn und in der Klaue. Der Geist des Menschen hatte diese Form gehämmert – sicherlich wuchs das Schwert aus dem Geist des Menschen ebenso natürlich hervor wie ein Horn aus dem Schädel eines Tiers oder wie die Krallen aus den Pfoten einer Katze.
Als einzige unter den Waffen wurde das Schwert nicht zum Jagen oder zur Arbeit benutzt. Mit einer Axt konnte man Bäume schlagen, mit einem Messer konnte man Kaninchen enthäuten oder einen Stock schnitzen. Speer und Bogen waren ursprünglich für die Jagd gemacht. Das Schwert hingegen hatte nur einen Zweck: Menschen zu töten.
Warum schrie der Häher hinter seinen Augen. Wo es doch ohnehin schon so viele Möglichkeiten gab zu sterben, warum sollte da der Mensch noch eine weitere schaffen?
Die Frauen stiegen zu den Toren des Todes hinab, um von dort neues Leben zurückzubringen. Welchen vergleichbaren Preis konnte der Mensch aus der Schlacht zurückbringen?
Er starrte auf das Schwert, allein in einem leeren Universum, der Geist des Menschen inkarniert in einem Stück Stahl. Die Notwendigkeit und die Macht, gegen das Schicksal zu kämpfen, sich selbst und die eigenen Lieben vor Zeit und Wandel zu schützen.
Dafür war ein Schwert da! Und das war es, was die Menschen im Krieg suchten: sich dem Tod zu stellen und den Tod zu besiegen – kurze Zeit zumindest. Die Welt neuzugestalten in einem Drama, in dem menschliche Feinde Symbole für Schicksal oder Böses oder Wandel wurden. Manchmal wurden

diese Symbole Wirklichkeit. Doch meist wurde dem ohnehin schon vorhandenen Schmerz der Welt nur eine weitere Quelle des Schmerzes hinzugefügt. Doch Krieg war eine Illusion, ein Symbol, eine Stufe, auf der das innere Drama in der äußeren Welt Gestalt annehmen konnte. Der Tod war überall.

Der Mut, sich der Unvermeidlichkeit des Todes zu stellen, das war eine der Prämien, die der Mensch auf dem Schlachtfeld suchen mochte. Doch der meiste Mut war einfacher gesunder Menschenverstand. Das Wissen, daß es schwieriger war, den eigenen Rücken zu verteidigen als die Brustseite, und daß ein davonlaufender Mensch leicht zu töten war; daß die ganze Schlachtlinie zerstört werden konnte, wenn man seinen Platz in ihr nicht hielt, und daß man dann selbst samt aller Kameraden getötet werden konnte.

Er hatte *diesen* Mut jahrelang gehabt. Er reichte für das Drama des Krieges aus, doch im Alter und im Frieden, wo der Tod sich mit all seinem Schrecken langsam und in würdigem Tempo näherte, war solcher Mut nutzlos.

Schmerz schmerzt nicht. Angst schmerzt. Jeder Schmerz wurde stärker, wenn man glaubte, daß er töten könnte. Es gab einen Drang, eher jeden Schmerz zu ertragen, als sich jenem letzten Schrecken zu stellen. Und doch sagten die Menschen, daß das Leiden beim Tode aufhörte.

Viele Menschen fanden Mut in dem Gedanken, daß alles über die andere Seite des Todes bekannt sei. Doch in Wahrheit spielte es gar keine Rolle, was im Jenseits wartete. Ob der Mensch wiedergeboren wurde, wie jetzt die meisten glaubten, oder ob man in irgendein wunderbares jenseitiges Königreich einging oder sogar die endlosen Torturen, die die alten Croytarrer nach der Legende als Schicksal ihrer Feinde darstellten – was von allen gefürchtet wurde, war der Schleier, nicht das Geheimnis selbst. Der Mut eines Menschen bestand darin, den Schleier sich nähern zu sehen, zu spüren, wie er einhüllte. Was immer dahinter folgen mochte, man mußte sich ihm stellen, sogar dem unvorstellbaren Nichts des Nichtseins. Es machte keinen Sinn, sich um das Geheimnis Sorgen zu machen, denn früher oder später mußte jeder den Schleier durchschreiten, und dann würde man wissen, wenn dann überhaupt noch eine Person da war, die wissen konnte. Stellen mußte man sich dem Verlust des Atems, dem Anhalten des Herzens und dem Ende des physischen Körpers.

Schmerz schmerzt nicht. Angst vor dem Schmerz schmerzt. Schmerzte der Tod, oder war es nur die Angst vor dem Tode? Wenn der Tod schnell genug war, blieb keine Zeit, ihn zu fürchten. Der Tod in der Schlacht war der beste, doch es schien so, als hätte er, Istvan, diese Chance endgültig vertan – das war die Strafe für sein langjähriges Training mit dem Schwert. Das Blut auf seinen Händen verurteilte ihn dazu, die Beute des Alters zu werden – jenes langsamen Todes, den die Menschen Leben nannten.

Auf das Schwert schauend hörte er Birthrans Stimme: *Jedesmal, wenn du das Schwert berührst, stehst du dem Tod gegenüber.* Doch bedeutete der Tod auch, das Schwert und alles, wofür es stand, aufzugeben, jede Möglichkeit zu dienen, zu verteidigen und zu verändern. Wenn das Schwert der Tod war, so war es auch das Leben mit all seinem Streben.

Der Tod ist die Braut des Kriegers, pflegten die Grenzländer zu sagen. Eine kalte Braut, konnte man meinen, doch sie sagten es auch noch auf eine andere Weise: *Die Erde ist die Braut des Kriegers.* Alles Leben kam aus der Erde und kehrte zu ihr zurück.

Eine Wahrheit dämmerte ihm. Er konnte sie fast greifen, doch dann störte ein leises Scharren seine Gedanken, als würde sich etwas in der Nähe bewegen. Er runzelte die Stirn. Vielleicht war etwas im Korridor am Ende des Raumes? Dann hörten seine scharfen Ohren das Geräusch erneut. War es ein Fußtritt?

»Ist da jemand?« rief er.

Stille.

Nach einem weiteren Moment atmete er aus und wandte seinen Geist wieder dem Schwert zu. In einer Burg von dieser Größe war Raum für viele Menschen, und es war eigentlich nicht verwunderlich, wenn Echos Geräusche nah erscheinen ließen.

Er schaute auf das Schwert, das zugleich Leben und Tod war, Angst und Mut, und dann dachte er an die sechzehn Männer, die er in den Straßen von Tarencia getötet hatte, um sich den langsamen Tod des Alters zu erkaufen. Aus dem gleichen Grunde hatte er Hansio getötet, der unter den Grenzländern als Held angesehen wurde.

Er erinnerte sich, wie *Sie* am Ende seine Hand nicht hatte halten können . . .

Der allmähliche Verlust der Sinne, der Kampf um den Atem, der Schmerz, der Verlust der Hoffnung – das war vielleicht das Schlimmste. Das Ende des Selbst, der vertrauten Einheit von Körper und Geist, der Identität. Es war nicht der Tod, der gefürchtet wurde, es war die *Idee* des Todes.

Identität? Trotz seiner Erinnerungen war er nicht mehr der junge Istvan der Bogenschütze, der sicher auf einem Felsen gestanden und hilflose Männer getötet hatte. Weder sein Körper noch sein Geist waren noch der gleiche.

Dieser Körper war aus dem Essen entstanden, das er gegessen hatte, aus dem Wasser, das er getrunken hatte, aus der Luft, die in seine Lungen hinein- und wieder herausgeströmt war. Er war eine Form, durch die die Elemente flossen. Dieser Geist war ein Raum, eine Leere, in der verschiedenartige Ideen aufflackerten.

Das Herz würde stehenbleiben, doch wie oft hörte er seinem Schlag zu? Der Kampf um das Atmen? Es war sicher nicht schlimmer als ein harter Kampf. Schmerz? Er hatte schon früher Schmerz erlitten. Ohne Angst war er nur noch eine Empfindung. Und im Übrigen, warum sollte man sich vor dem Unbekannten fürchten? Und vor dem Unkennbaren sicherlich am allerwenigsten. Er würde niemals die Nicht-Existenz *kennen*, ob sie nun auf ihn zukam oder nicht. Jene Furcht war nur das Versagen der Imagination bei dem Versuch, sich das Nicht-Sein vorzustellen. Wenn er es kennen

würde, würde es ja existieren, und eine Leere, die man wahrnehmen konnte, war nicht das Nicht-Sein!
Ansonsten war nichts zu befürchten, weder das Wiedertreffen verlorener Personen, die man geliebt hatte, noch das Umherirren als heimatlose Seele, die auf die Wiedergeburt wartete. Sogar die Erinnerung an Leiden, die man selbst verursacht hatte, war nichts, was man fürchten mußte. Wenn der Tod erst einmal vorüber wäre, was bliebe dann noch zu fürchten? Eine ruhige Freude ergriff ihn. Er saß da, und das Schwert vor ihm wirkte wie eine Schranke.
Jetzt blickte er selbst durch seine Augen, nicht der äußere Mensch, den die anderen sahen, nicht jenes Bündel von Gewohnheiten und Gedanken und Verhaltensweisen, das die Menschen Istvan DiVega nannten, sondern sein wahres Selbst. Er schaute durch ein anderes Augenpaar, einen anderen Geist, andere Erinnerungen. Er war Martos, er war Jagat, er war Olansos, er war die glühenden Sonnen und die Erde, er war das Schwert, das er zu seinen Füßen sah.
Gereinigt und eins mit seinem Schwert und mit allen Dingen wartete er auf den Tod.

Eines der starken kleinen Grenzlandponys starb im Lauf und warf seinen verblüfften Reiter zu Boden. Martos' Augen wurden vom Schaum verschleiert, der von Donnerkopfs Nacken spritzte.
Schäumende Pferde stolperten und fielen. Kajpor wuchs aus der Ebene vor ihnen, und nacheinander lahmten die Pferde und fielen zurück. Fast ein Drittel der Grenzländer würde zu Fuß nachkommen müssen.
Martos' Herz schmerzte, als er spürte, daß Donnerkopf wie Feuer unter ihm glühte. Leidenschaftlicher Stolz auf die Ausdauer des kräftigen Tiers ließ ihn erschauern. Valiros, der Meisterreiter, ritt mit ihm Kopf an Kopf auf einem Pferd, das dem toten Evarin gehört hatte. Nur einer der Kadariner war bis jetzt zurückgefallen. Die großen kadarinischen Kriegspferde hatten mehr Ausdauer als die Grenzlandponys.

Hinter ihnen lagen Ponys auf der Ebene ausgestreckt. Andere humpelten im Schrittempo weiter und ließen rasch nach. Nur fünf der Grenzlandpferde liefen noch. Jetzt sah Martos, wie Rojero zurückfiel und sein taumelndes Pferd in Schritt fallen ließ. Das Ziel lag jetzt kaum noch eine Meile von ihnen. Doch noch drei weitere Kadariner fielen aus, ebenso ein Grenzländer, bevor sie abwechselnd trabend und galoppierend am Tor ankamen. Hinter Martos ritten nur noch vierzehn Männer.
Männer in königlicher Livree kamen herbeigeeilt. Martos hielt Donnerkopf an und sprang zu Boden. Er merkte, daß er stammelte.
»Wo ist Lord Jagat?« stieß er schließlich hervor, während die Wächter zuerst ihn anstarrten und dann die erschöpften Pferde.
»Der Lord von Damenco ist noch nicht angekommen«, sagte der Mann, der das Kommando zu führen schien. Martos schloß die Augen. Die toten Pferde hinter ihm, die unter Zuckungen starben, Donnerkopf mit Schaum bedeckt, der dicker war als Wolle – und das alles für nichts! Suktio mußte Jagat auf der Straße getroffen haben.
Er mußte unbedingt mit DiVega sprechen. DiVega mußte erfahren, was los war.

Jodos wartete in der kühlen, schwachbeleuchteten Halle, bis er schließlich den Lärm der Hufschläge im Hof hörte. Lord Jagat war endlich da! Er rief die Spinne herbei.
»Richte dem Meister aus, er kann jetzt beginnen!« sagte er. Endlich konnte der Meister die hungrigen Horden loslassen, die, wie die Spinne versicherte, an der Grenze warteten. Diejenigen, die die Sonne ertragen konnten, würden vor Einbruch der Nacht losmarschieren. Die Dämonen, die nach Süden geflogen waren, um sich in Rashnagar zu sammeln, würden auf die Türme losgelassen werden, bevor die Blauroben Zeit fänden, sie zu besetzen. Dann würden Uoght und die großen Dyolen den Norden verlassen und nach Süden eilen, um das Werk zu vollenden. Doch lange vor diesem Zeitpunkt

schon wären die Sterblichen führerlos und verwirrt – eine leichte Beute!
Er lächelte, während er zur Tür schritt. Dann schreckte er zurück, als er den großen Mann und die großen Pferde sah. Er stülpte seinen Geist über den des Fremden und sah die Bescherung! Das Gesicht seines Bruders . . .

»Wo ist Istvan DiVega?« fragte Martos. »Ich muß sofort mit ihm sprechen.«
»General DiVega ist in der Burg«, sagte der Wachsoldat. »Folgt mir.«
»Kümmere dich um die Pferde«, sagte Martos zu Valiros und übergab ihm die Zügel. Überall um ihn waren Männer abgesessen und gingen mit ihren schäumenden Pferden auf und ab. Als er sich abwandte, sah er den schweren Schild dort hängen, wo er ihn am Sattel gelassen hatte. Er hatte gedacht, er würde ihn brauchen, um Jagat zu retten. Zumindest konnte er jetzt Donnerkopf von diesem Gewicht befreien.
»Keine Kriegsrüstung!« ertönte die scharfe Stimme des Kommandanten, als der Schild vom Sattel fiel. »Das war die Bedingung für die Friedensverhandlungen!«
Martos wandte sich um. Der Schild hing locker in seiner Hand. Er wollte etwas sagen, doch ein Schrei kam ihm zuvor.
»*Dort ist er!*« brüllte einer der Grenzländer. »Der Verschwundene Prinz!«
Das Schwert des Wächters flog aus der Scheide, als Martos die schlanke Gestalt an der Tür erblickte. Er erkannte das bartlose Gesicht, das Gesicht des Mannes, den er an der Grenze gerettet hatte.

»*Verrat!*« brüllte Jodos. »Tötet sie alle!« Er wich nach hinten aus, als er Nahos' Schwert auf den riesigen Mann vor ihm einschlagen sah. Grenzländer rannten auf die Tür zu, als er sie hinter sich zuschlug. Tod war in ihrem Geist, und es waren zu viele, um sie zu kontrollieren.
Er rannte. Wenn die Wachen die Eindringlinge nicht töten

würden – und sie waren ihnen zum Glück zahlenmäßig überlegen –, dann konnte er immer noch die Männer vom Volk des Reinen Blutes freilassen und sie gegen die Neuankömmlinge kämpfen lassen. Doch DiVega würde jetzt nicht kommen. Er mußte die Spinne auf DiVega setzen, wenn er ihn dazu veranlassen konnte, sein Schwert beiseite zu legen. Wenn die Spinne DiVegas Körper ritt, würde er die Kämpfe wieder beginnen lassen und die Seynyorer losschicken, um Jagat und die anderen zu töten.

Ein Lichtstrahl traf Martos' Augen. Er fuhr zurück und schob den Arm durch die Halteriemen seines Schildes. Er sah Grenzländer zur Tür laufen. Dann peitschte wieder ein Schwert auf ihn zu, und seine Sicht wurde von seinem erhobenen Schild blockiert, während seine jetzt freie Hand den Griff des Zwergenschwerts umklammerte. Männer in Hoflivree kamen herbeigelaufen. Er sah Gonsalo niederfallen, und das versetzte seinen Arm in Raserei. Sein Schwert durchschlug Nacken und Rückgrat des Kommandanten.

An der Tür, wo der Mann gestanden hatte – sein richtiger Name war Jodos, wie Martos sich nun erinnerte –, hatten sich die fünf Grenzländer auf die Soldaten der königlichen Garde gestürzt. Martos kam ihnen zu Hilfe, und Valiros an seiner Seite ebenfalls. Weitere Wachen griffen an. Ihre leichten Schwerter donnerten gegen Martos' Schild.

Martos' Klinge wirbelte los und schlitzte durch weiches Fleisch und zersplitternde Knochen. Blut spritzte auf, als er zusammen mit Valiros durch den Knoten der Gardesoldaten platzte und zur Tür jagte, wobei beide ihre Feinde vor sich her durch eine lange, düstere Halle trieben.

Gebrüll und das Klirren von Stahl auf Stahl erreichten Istvans Ohren. Er stand behende auf, hob sein Schwert vom Boden auf und schnallte es um. Die Bronzetür öffnete sich, und der König stürzte herein, gefolgt von seinem bleichen Diener.

»Mörder!« brüllte der König über den Lärm des Stahls hin-

weg, der durch die offene Tür schnell lauter wurde. Füße trappelten auf der Treppe dahinter. Der bleiche Mann schreckte unbeholfen zur Seite, als Istvan an ihm vorbeisprang.
Drei Grenzländer stürzten mit blutigen Schwertern auf ihn zu. Seine Hastur-Klinge fuhr in feurigem Flug aus der Scheide und durchschnitt die Kehle des Anführers. Zu seiner Linken ertönte unter einer fallenden Klinge ein Schrei. Seine Klinge drehte sich, während sie davonschwebte, und ging in einem langen Schlag nieder, der durch Leder und die darunterliegenden Rippen jagte. Gebückt stieß er zu und wischte den Schlag des letzten Grenzländers zur Seite.
Am anderen Ende der Halle sah er Schwerter wirbeln, und er hörte Männer brüllen, wo die Garde des Königs mit einer Handvoll Kadariner kämpfte. Während er sie beobachtete, starben Männer beider Seiten. Als er die Treppenstufen hinuntersprang, über die Körper der drei Grenzländer, die er getötet hatte, fielen zwei weitere Kadariner, und dann noch einer. Jetzt waren nur noch drei übrig, die Rücken an Rücken kämpften.
Doch die Männer des Königs starben ebenfalls. Kadarinische Schwerter forderten einen fürchterlichen Blutzoll, und der zahlenmäßige Unterschied wurde geringer. Schon jetzt waren es nur noch sieben gegen drei. Als er nach unten rannte, waren es zwischen einem Schritt und dem nächsten plötzlich zwei gegen sechs.
Einer der beiden, das sah er jetzt, war Martos, dessen Schild an seinem Arm dröhnte, während seine sonnenlose lange Klinge sich in einem tödlichen Kreis drehte.
Trauernd über diesen unglaublichen Verrat, rannte er auf die schlagenden, klirrenden Schwerter zu.

Valiros starb an Martos' Seite, doch seine Klinge stieß zwischen die Rippen des Wächters und ließ nur vier zurück, die nun seinen Freund bedrohten. Drei standen direkt vor Martos, und er hörte hinter sich laufende Füße. Er stampfte, schüttelte den Schild und hob das Schwert hoch in die Luft. Als die drei vor ihm zurückwichen, wirbelte und schlug er, und sein scharfes Schwert jagte auf den Punkt zu, wo der Nacken in die Schulter überging. Er tänzelte weg, als Blut aus der verletzten Arterie hervorschoß. Sein Schild stieß ein Schwert zurück, während seine von Zwergenhand geschmiedete Klinge durch Rippen und Rückgrat schnitt, als er zurücksprang. Er ließ die Leiche zwischen sich und die beiden anderen fallen.

Aufblitzendes Licht flackerte über die dunklen Mauern, blitzte von dem feurigen Schwert in der Hand des rennenden Mannes – *DiVega!*

Die verbliebenen Wachen sprangen zurück, als der Leichnam ihnen entgegenfiel. Martos' Hand flog auf dem Flügel seines Schwertes. Eine der Wachen fiel mit gespaltenem Schädel; eine taumelte unter Stahlgeschepper zurück. Martos sprang mit einem hohen Schlag los, und sein Schild stürzte unter die Klinge, die sich zum Parieren erhob, und hob sie hoch, während er sich drehte, um sich Istvan dem Bogenschützen entgegenzustellen.

DiVega hielt im Lauf an und nahm die Abwehrposition gegen einen Schild ein. Seine Schwertspitze schwebte über seinem Kopf. Er kreiste vorsichtig.

Er trat einen Schritt zurück. Martos ließ den Schild vom Arm gleiten, schleuderte ihn scheppernd auf den Steinboden und schloß beide Hände um den Knauf des Zwergenschwertes. Ob Stolz oder Mitleid ihn trieb, hätte er nicht zu sagen vermocht, doch er wollte Istvan dem Bogenschützen gegenüber keinen Vorteil ausnutzen.

Was tue ich hier nur? fragte er sich, als ihm plötzlich einfiel, daß er doch gekommen war, um mit diesem Mann zu sprechen, nicht um gegen ihn zu kämpfen! Alles war so schnell gegangen.

Er öffnete den Mund und suchte nach Worten, um DiVega zu sagen, daß sie Verbündete seien, nicht Feinde, doch seine nutzlose Zunge wollte sich nicht rühren.

Das glühende Schwert wirbelte auf seine Augen zu. Martos' Klinge dröhnte, als er abwehrte. Dann holte sie wieder aus. Er sah, daß die Klinge eine Kerbe aufwies. Er konnte nicht Schwert und Zunge gleichzeitig gebrauchen! Es bestand jetzt keinerlei Chance, irgend etwas zu erklären und Frieden zu schließen, es ging hier nur um Töten oder Getötet werden.

Jodos lächelte grausam, während er die Szene von der Tür her beobachtete. Letztendlich hatten sie ihm doch noch alle in die Hände gespielt.
Der Rohling, der da gegen DiVega kämpfte, war einer von Jagats wichtigsten Vertrauten. Wenn es ihm gelänge, den alten Mann zu töten, wäre es jetzt, nachdem die anderen tot waren, eine einfache Sache, seinen Geist zu packen, so wie er damals im Garten den von Sandor gepackt hatte. Dann würde der Leichnam die Spinne zu Lord Jagat tragen und die Grenzländer in die Vernichtung führen.
Wenn DiVega gewänne, wäre das Ganze etwas schwieriger, doch dieser scheinbare Verrat würde genügen, um den Krieg wieder auszulösen. Selbst wenn es ihm nicht gelänge, die Spinne auf DiVega zu setzen, könnte er ihm befehlen, die Grenzländer sofort anzugreifen. Sie würden einander bekämpfen und töten, während die Dunklen Wesen über die Grenze kamen. Dann konnte er eine Truppe gegen sie führen und Seynyorer und Grenzländer gleichzeitig auslöschen, während sie gegeneinander kämpften.
Dieser Plan konnte zweifellos fehlschlagen. Er könnte den Kadariner jetzt leicht töten, indem er seinen Geist ergriff, während die scharfen Schwerter flogen, doch es wäre besser, wenn DiVega verlöre. DiVega konnte er durch die Flamme seines Schwertes nicht erreichen.
Er mußte sich beeilen: Sein Bruder ritt zu den Blauroben, um sie zu warnen. Die langsamen Pferde würden eine Weile brauchen, doch wenn Chondos den Turm erst einmal erreicht hatte, würden die Hasturs jagen.

Istvan fühlte Stahl durch seine Handfläche gleiten, als Martos' zweihändige Abwehr den Stoß zur Seite schlug, der aus Istvans eigenem ersten Rundschlag entstanden war. Er sah das Zwergenschwert sich drehen. Ein Ausfallschritt brachte ihn unter die hochfahrende Klinge, und seine linke Hand hob sich, um das Handgelenk über seinem Kopf zu umklammern. Martos zog einen Griff scharf nach unten, weil er den Schlag über seinen Bauch voraussah und verhinderte, der seinen eigenen Streich sonst beantwortet hätte. Doch Istvan fing den schnellen Hieb auf den Hals kaum ab, der dann folgte, und indem er seinerseits auswich, kam er Martos' Abwehrschlag zuvor.

Sollte es hier geschehen? Der Tod starrte ihn aus Martos' Klinge an.

Ebensogut konnte er jetzt sterben, dachte er. Er hatte sicherlich lange genug gelebt. Jetzt war Martos' Zeit gekommen. Doch er hatte sein Wort gegeben. Er allein stand zwischen Martos und dem König.

Die Spitze der langen Klinge jagte an seinem Stichblatt vorbei und hinterließ einen langen roten Strich im Stoff an seiner Schulter. Er versenkte sich in die ruhige Annahme des Todes, während sein Geist sich auf die peitschenden, zischenden Klingen konzentrierte.

Martos fühlte eine wilde Freude durch sich pulsieren. Er konnte diesen Mann töten, das wußte er jetzt. Er jagte wie ein Wirbelwind auf ihn zu, und seine schwerere Klinge fegte die des anderen weg wie Stroh und zwang die zerbrechliche Gestalt, zurückzuweichen. Er sah den Gegenangriff, den er schon erwartet hatte, und schlug zu. Seine Klinge sprang hoch zu jenem zweihändigen Streich, der ihn fraglos zum größten lebenden Schwertkämpfer machen würde.

Zu spät sah er den schrecklichen, unausweichlichen Gegenschlag.

Der Knauf des Zwergenschwertes streifte Istvans Schulter. Die Klinge des Hasturschwertes trieb fast gerade hinter den Rippen hoch, durch die Lungen und dann wieder aus der Schulter heraus. Das Zwergenschwert fiel scheppernd zu Boden. Istvan spürte, wie der Elfenbeingriff aus seiner Hand gezogen wurde.
Frei von Angst, unbesorgt zwischen Leben und Tod schwebend, den Feind, der ihm gegenüberstand, liebend, war sein Geist eine Weile lang losgelöst und ruhig gewesen, während der guttrainierte Schwertarm mit höchster Konzentration selbständig und absichtslos agiert hatte.
Istvan DiVega schaute auf den Mann, der blutend zu seinen Füßen lag. Gefühle zerstörten die perfekte Ruhe. *Wie Vater und Sohn*, sagte die Stimme des Jungen in seiner Erinnerung. Die Jungen starben, die jungen Männer starben immer, während er weiterlebte. *Ich werde es Birthran berichten müssen*, dachte er dumpf.
Dann sah er zerrenden Schmerz im Gesicht des anderen und erkannte, daß der Junge noch lebte. Er lebte, und er versuchte zu sprechen. Istvan kniete mit einem Hoffnungsschimmer nieder. Wenn er einen Heiler finden könnte, wenn der Junge lange genug leben würde, so daß ein Heiler zu ihm kommen könnte . . .
Das Schwert in der Wunde hielt das Blut noch in den Adern zurück.
Er sah Lippen sich bewegen und beugte sich nieder, um zuzuhören, und gleichzeitig öffnete er den Mund, um dem Jungen zu sagen, er möge ruhig liegen bleiben, damit er einen Heiler suchen könne. Abgehackte Atemzüge kämpften darum, die Form von Worten anzunehmen.
»DiVe – Ch – Istvan . . .« Die Stimme des Jungen war ein flüsterndes Krächzen. Istvan sah, daß die fiebrigen Augen sich auf sein Gesicht fixierten. *»Nicht – König! – König – nicht König! Nicht –«* schwache Muskeln zuckten, als er sich zu bewegen versuchte. *»Nicht – Chondos! Nicht – Chondos! Jodos! Jodos! Jodos! – nicht König!«* Muskeln verzerrten sich

in seinem Gesicht, und die Flamme des Schwertes glühte durch Blut hindurch. »Meine – Brust – mein – Kind – kümmere dich um mein Kind!« Plötzlich wurden seine Augen heller, als ob das Licht des Schwertes durch sie schiene. Sie schlossen und öffneten sich und konzentrierten sich auf Istvans Gesicht. Seine Stimme wurde ruhiger. »Nicht – der König – nicht – Chondos!«

»Er lügt!« brüllte eine Stimme. Istvan wandte den Kopf. Über die Schulter sah er den König auf dem Treppenabsatz stehen. Er hatte seine Hände wie Klauen in die Luft erhoben, und seine Augen glühten in einem Gesicht, das von Wut und Furcht verzerrt war. »Lügen!« brüllte er wieder.

Doch er war viel zu weit weg, als daß er hätte hören können, was Martos gesagt hatte! Selbst wenn die Stimme des Jungen lauter gewesen wäre ...

Eine Welle von Schmerz verschleierte Istvans Blick und pochte durch sein Gehirn. Seine Stärke wich von ihm, und sein Geist war verwirrt. Was geschah jetzt? Er war so müde, und sein Kopf ... sein Kopf ...

Neben seinem Kopf brannte ein Feuer, zu hell und zu heiß. Er krümmte sich und entfernte sich davon. Eine Hand streckte sich aus dem Feuer und schloß sich um seine eigene. Der Schmerz nahm ein wenig ab. Die starke Hand zog an seiner, zog seine eigene Hand mit sich in das Feuer, bis sie einen bekannten, glatten Griff berührte.

Seine Sicht wurde wieder klar, und die Stärke floß in seinen Körper zurück. Das Licht, das seine Augen verletzt hatte, war also das Schwert in Martos' Körper gewesen, das von Notfeuer erglühte – dessen pulsierendes Rot durch Martos' Fleisch leuchtete. Seine Hand lag auf seinem Schwertknauf und Martos' Hand auf seiner.

Und in diesem Licht erschien es ihm so, als sähe er pulsierende dunkle Linien, die wie Spinnweben durch die Halle verliefen, bis zu der Tür hinauf, wo der König mit seinem teiggesichtigen Diener stand und das dunkle Netz zusammenhielt.

»Das ist nicht der König«, ertönte Martos' Stimme jetzt klar und stark. »König Chondos reitet nach Agnasta. Das da ist Jodos, der Verschwundene Prinz.«
Istvans Beine spannten sich zum Sprung, und seine Hand packte den Schwertgriff fest, um ihn herauszuziehen. Wenn er das Schwert aus Martos' Körper zog, würde der Junge sterben. Doch es war kein Heiler in der Nähe. Kein Heiler könnte rechtzeitig herbeigeholt werden. Martos lächelte ihn an.

»Zieh das Schwert heraus.« Der Schmerz war Schock und Benommenheit gewichen. Er hatte sprechen müssen, und er hatte gesprochen. In Istvans Händen lag jetzt die Zukunft des Königreichs und auch die des Kindes in Kumaris Schoß und das Leben von Kumaris ganzem Volk. Er konnte nichts fühlen, und sein Gesichtssinn versagte. »Ich bin am Ende«, sagte er mit schwacher, aber ruhiger Stimme. »Kümmert Euch um mein Kind.«
Istvan zog das Schwert heraus. Martos' Gesicht verzerrte sich, und er versuchte Kumaris Namen auszusprechen, doch Blut quoll aus seinem Mund und erstickte das Wort. Er lächelte schwach und starb.
Istvan sprang auf die Füße. Das Notfeuer brannte in seiner Hand und vertrieb die dunklen Mächte von den Treppen.

Jodos wirbelte herum, brüllte der Spinne Worte der Macht zu, daß die Kreatur es ja nicht wagen sollte, ihm nicht zu gehorchen, und rannte in die Ratskammer. Er lief zur Tür, schloß sie auf und rief die Männer vom Volk des Reinen Blutes heraus. Er ließ die Tür angelehnt und jagte den langen Korridor entlang, der zu den Stallungen führte.
Er wußte, wie kläglich er versagt hatte. Alle seine Pläne waren fehlgeschlagen, und er wußte genau, welche Belohnung er dafür zu erwarten hatte. Er würde ein Pferd nehmen und weit, weit weg nach Nordosten reiten und in den Städten der Menschen untertauchen, wo weder der Meister noch die Blauroben ihn jemals finden würden.

Der bleiche Diener sprang zur Seite, als Istvan die Treppenstufen hinaufstürmte. Dann vollführte er einen ungeschickten Schlag, den Istvan leicht abwehrte, indem er seine Klinge fast reflexhaft in das fallende Handgelenk jagte. Kein Blut kam aus der Wunde, doch das Schwert loderte auf, und eine Wand von Notfeuer flackerte um den Körper des Mannes. Die Gestalt fiel zu Boden, und Istvan starrte sie an. Der Mann war ein Toter!

Er rannte weiter, und in seinem Kopf brodelte es. Der Mann war natürlich schon die ganze Zeit über tot gewesen. Er erinnerte sich jetzt an die Art, wie der »Diener« immer versucht hatte, ihm aus dem Weg zu gehen, wenn er ihn traf. Was auch immer den Leichnam geritten hatte, es hatte die Hasturklinge sogar in ihrer Scheide gefürchtet.

Er stürmte mit schlagbereitem Schwert durch die Tür in das Ratszimmer. Was hatte Martos ihm zu sagen versucht, als er starb? Es hätte der Name einer Frau sein können – *Camilla?* Ein Mädchen aus Kadar? *Kümmere dich um mein Kind,* hatte der Junge gesagt. Er hatte gar nicht gewußt, daß der Junge ein Kind hatte! Wie sollte er es nur finden? Wo war es? Er wußte es nicht. Er würde es nie erfahren.

Eine Tür stand angelehnt, eine Tür, die zuvor geschlossen gewesen war. Dahinter ertönten Geräusche. Er schritt vor und öffnete sie mit einem Ruck.

Die Männer vom Volk des Reinen Blutes erhoben sich aus der Erstarrung, in der sie so lang auf das Signal gewartet hatten, das dann schließlich gekommen war. Hungrig bewegten sie sich auf die Tür zu.

Sie öffnete sich, und eine Gestalt stand im Türrahmen – nicht Jodos, ihr Meister, sondern ein Mann, dessen brennendes Schwert ihn eindeutig als Feind kennzeichnete. Einen Augenblick lang krümmten sie sich, aber dann stürmten sie alle zusammen mit zum Schlag erhobenen Klingen los. Sie waren hungrig, und es war nur ein einziger Mann.

Dann stand der größte lebende Krieger mitten unter ihnen, und sein Schwert sang.

Knaur®

Taschenbücher

Bd. 1

ISBN 3-426-01230-8

Bd. 2

ISBN 3-426-01231-6

Bd. 3

ISBN 3-426-01232-4

Bd. 4

ISBN 3-426-01233-2

Dieser insgesamt 4 Bände umfassende Romanzyklus spielt in der wunderbaren Welt Windameirs und seiner Reiche Cypher und Atlanton. Er erzählt die Geschichte von Broko, dem Zwergenfürsten, und seiner Gefährtin, dem Bären Bruinlen und dem Otter namens Olther, wie sie ausziehen und die Krone Windameirs retten.